彙編校註綴白裘

第三冊

黃婉儀　編註

臺灣 學生書局 印行

彙編校註綴白裘
第三冊

目　次

副末

瑞日山河錦繡

梨園風月時新

翠盤輕舞奏陽春

此時花共月

著意最關情

臨翠陌　轉芳塵

共攀桃李出精神

且靜聽清新樂府響遏行雲

　　　——交過排場

釵釧記‧謁師

生：李若水，大學士。
丑：李若水的僕人。
小生：皇甫吟，新科進士。
付：皇甫吟的僕人。
末：張御史。
淨：張御史的僕人。

（生上）

【引】官有餘閒，垂簾下，鶴舞琴彈。

下官李若水，連日考試出簾，正覺煩冗，官兒。（丑上）有。
（生）你到門上伺候，倘有各衙門拜賀，說我老爺連日科場辛苦，懶於接見，止留帖兒，容日答拜。（丑）吓。

（付隨小生上）

【引】自慚未報有恩人，披肝瀝膽豈忘情？

（付）這裡是了。（小生）通報。（付）吓，相煩通報：新進士拜。（丑）家爺閱卷辛苦，懶於接見，止留帖兒，容日答拜。（小生）尊官，你去裏說，難生皇甫吟求見。（丑）報得的？（付）報得的。（丑）是。（付下）

（丑）啓爺，新進士拜。（生）咦！我怎麼樣吩咐你？又來裏！（丑）小官也是這等回他。他說：難生一定要求見。（生）哪個難生？咦，難門生皇甫吟。原來是他！說我出來。（丑）吓，老

爺出來。（生）賢契。（小生）恩師。（生笑介）果然是賢契！阿呀，請起，請起。（小生）不敢。（生）賢契請。（小生）不敢，恩師請。（生）自然是賢契請。（小生）不敢，請。（生）吓，賢契執意不行，罷，老夫只當引道。（小生）恩師請上，待難門生拜見。（生）不消。（小生）難生幸賴恩師釋放，得以生全；今日又蒙提拔，此恩此德，捐軀難報！（生）前日釋放，是下官分內之事；今日高擢，是賢契文才所取，與下官何功之有？此乃天定，豈由人為。（小生）山海之恩，淪于骨髓，豈敢忘于旦夕。（生）看坐。（丑）吓。（小生）恩師在上，難門生怎敢坐。（生）未免有幾句話兒談談，哪有不坐之理。請上坐。（小生）告坐了。（生與小生隨意答白）（淨隨末上）

【引】高節清名獬豸冠，真誠鐵面寸心丹。

　　（淨）這裡是了。（末）通報。（淨）門上有人麼？（丑）什麼人？（淨）通報，御史張老爺拜。（丑）家爺閱卷辛苦，懶於接見，止留帖兒，容日答拜。（末）唔，留下帖兒。（丑）吓。（末）來。（丑）有。（末）這乘小輔是誰的？（丑）新進士的。（末）吓？新進士見得，難道我倒見不得麼？迴避。（淨應下）（丑又進裏介）啟爺，御史張老爺拜。（生）哦，張御史賢契可曾拜過？（小生）還未。（生）如此，請到書房少坐。（小生）是。（小生下）

　　（生）道有請。（丑）家爺出來。（生）吓，張大人。（末）李大人。（生）大人請。（末）請。大人請上，下官有一拜。（生）學生也有一拜。（末）恭喜大人，主事文場，吾輩有光。（生）下官叨蒙聖恩，謬掌絲綸，實切惶愧！大人請坐。（末）有坐。大人。（生）大人。（末）聞得什麼貴客在此，何不請出來一

會？（生）沒有吓。（末）外邊這乘小轎是？（生）吓，非客也，是敝門生。（末）是貴門生，何不請出來一會？（生）方纔正在此道及，正要拜張大人，過來。（丑）有。（生）請皇甫爺出來。（丑）吓。皇甫爺有請。

（小生）恩師。（生）賢契，你方纔說要去拜張大人，哪哪哪！如今大人在此，何不就面拜了？來來來。大人，敝門生求見。（末）吓，這就是貴門生。（小生）大人。（末）進士公。（生）叩下去，下個全禮。（末）不消。常禮罷。（生）如此，從命罷。（末）進士公請坐。（小生）大人在此，怎敢坐。（生）大人在此，敝門生焉敢坐。（末）哪有不坐之禮。（生）吓，也罷，賢契。（小生）恩師。（生）哪！告個坐兒，告個坐兒。（末）不消。（小生）大人告坐了。（末）進士公坐了。（生）大人命坐，坐了。（小生）是。

（末）請問進士公高姓是？（小生）覆姓皇甫，名吟。（末）貴處莫非是真州？（生）大人何以知之？（末）下官久聞真州有個飽學叫做皇甫吟，就是進士公麼？（生）就是敝門生。（末）久仰吓！（小生）不敢。（末）請問大人，諸進士多來參見過了麼？（生）還未。（末）諸進士未來，惟公獨至，何也？（生）吓，有個緣故。（末）什麼緣故？（生）這個敝門生與別個不同。（末）為何？（生）他當初為事在獄，是下官恤刑釋放；今科高掇，又是下官所取，他感此二節，所以先來看老夫。（末）吓，想進士公既在黌門，所犯的是何罪？（生）說也話長。（末）倒要請教。（生）敝門生呵，為結……（小生）恩師。（生）吓，你見張大人在此，不妨，說得的。說說罷，說說。（末）請教。

（生）

【高陽臺】為結朱陳，分開秦晉，（末）他令岳叫什麼？（生）他的乃岳名喚史直，他嫌貧愛富之門。（末）此女可從？（生）斯女堅貞，相期會在園亭。（末）其時進士公可曾去？（生）敝門生若去，倒是一段好事。（末）為何不去？（生）他心上狐疑，與一個朋友商議。（末）那人叫什麼？（生）那人叫，叫……（小生）韓時中。（生）吓，韓時中。（末）韓時中便怎麼樣？（生）他假言利害，阻他的行期。堪恨，時中假扮去脫騙也。（末）大人，此女可認得出否？（生）大人又來了。那史碧桃是個不出閨門的女子，哪裡認得出是真丈夫假丈夫？他就付釵釧擬定成婚。待來朝，懸懸望娶，不來親迎。

　　（末）進士公，以後便怎麼樣？（小生）

【前腔】垂問，未語先零[1]。（末）為何掉下淚來？（生）做門生事在傷心，提起掉下淚來。（小生）可憐家貧，守分素心映雪囊螢。我妻父見晚生家寒，要將寒荊改嫁。（末）改嫁哪個？（小生）魏樞密。（末）可是魏公廉？（生）就是這老狗才！（末）大人不要罵，是學生的敝同年。（生）吓！是大人的貴同年？（末）是敝同年。（生）大人。（末）大人。（生）貴同年只怕欠通吓。（末）欠通。（小生）欠通，欠通！（生、末笑介）（末）令正可從？（小生）此女不從，（末）不從好。（小生）含冤溺水江心無憑。（末）吓，大人，想就把此事來陷害進士公了？（生）是吓，來陷害敝門生了。（小生）告我，因奸致死屈問也，（末）進士公怎不向問官質辯麼？（小生）大人，那時怎容晚生質辯吓？（末）是吓。（小生）百般的敲打招成。

1　底本作「淋」，據清鈔本《釵釧記》（《古本戲曲叢刊》二集景印）改。

（生）大人，敝門生是瘦怯怯的書生，怎經得三拷六問，受刑不起，屈打成招的吓。（末）問官不明，枉送性命。（生）問官不明，問官不明。（小生）賴恩師，明冤釋放，超吾軀命。

　　（末）請問大人，以後便怎麼樣問明此事？（生）下官呵，

【前腔】恤刑，鞫審其情，我就心生一計，只得借觀人物，把時中取為首卷，拘留在府無憑。只得詐……（笑介）大人，說也惶恐。（末）大人，請教。（生）只得詐納東床，遣人賺取釵荊。多幸，奸人釵釧誘出也，（末）大人，既賺出原贓，就該一頓板子活活敲死這畜生！（生）那時我怎肯饒他，當時的入罪吾伸。敝門生呵，他復芹宮，於今得中，喜沐皇恩。

　　（末）

【前腔】聽陳，知汝哀情，須知公冶，原無罪犯拘刑。主聖臣賢，果不負恩重殊深。評論，吾女史氏碧桃也，他夫姓皇甫名吟。進士公，（背介）我待、待說來，欲言又忍，略試其心。

　　（生）大人請坐。大人為何沉吟起來？（末）不是下官沉吟。請問進士公如今高擢了，可思想那溺水的夫人麼？（小生）大人吓！（末）進士公。

　　（小生）

【前腔】這傷心，妻室含冤，（末）不要悲傷。（生）不必悲傷，且免愁煩。（小生）夫遭縲紲，叫人怎不思想？（末）可思想？（生）正是，你可思想？（小生）欲見無由，除非是夢裡三更。（末）這等青年，還該再娶一位。（生）是吓，還該再娶一位。（小生）叫人，難言難訴珠淚零，怎能彀仍復前盟。恩師。（生）賢契。（小生）我佩釵釧，懸懸想念，怎敢別娶娉婷。

　　（末）大人。（生）大人。（末）老夫為小女出嫁在即，欲造些釵釧，無有好樣式，適見進士公的寶釵樣式甚好，欲借一觀，不知可否？（生）賢契，你可使得麼？（小生）吓……恩師。（生）賢契。

　　（小生）

【尾聲】我思妻覩物如廝認，借去難拋夫婦恩。（生）賢契，此間張大人借你釵釧，無非是略觀樣式。阿呀，即便送送來的吓，你何必拘拘論假真。

　　大人請收了。（末）告辭了。（生）再請少坐。（末）不消。（生）有慢。（末）無限心中不平事。（生）一番清話又成空。（小生）兩葉浮萍歸大海。（合）人生何處不相逢。（生）大人請了。（末）進士公，老夫借去，明日就送來，放心吓。請了。（下）（小生）告辭了。（生）說哪裡話！還要細談賢契。（小生）恩師。（生）那釵釧是朝夕佩帶在身的麼？（小生）朝夕佩帶的！（生）好，賢契，你比前大不相同了吓。（小生）皆賴恩師提攜。（生）就是令正夫人，必然含笑於九泉。（小生）不敢。（生）阿呀，賢契請。（小生）不敢。恩師請。（生）來吓。（同下）

按　語

〔一〕本齣出自月榭主人撰《釵釧記》第二十八齣〈會釵〉。

〔二〕選抄此齣的散齣鈔本有中國國家圖書館藏朱執堂抄《時劇集錦》。

西廂記‧請宴

貼：紅娘，崔鶯鶯的婢女。

小生：張生，張君瑞，書生。

（貼上）

【花心動】半萬賊兵，捲浮雲片時掃盡。孤兒幼女，死裡逃生。今日個列山珍，陳水陸，張君瑞合當欽敬。

　　我，紅娘。奉老夫人之命，請張先生赴席，只得走遭。

【步步姣】憑著他善武能文書一紙，早醫可了相思病。薄衾單枕有人溫，鳳帳鴛幃早則不冷。今日個東閣玳筵開，煞強似西廂和月等。

　　此間已是書房門首了。開門，開門。（小生）是哪個來了？

【前腔】客館蕭條春將盡，碧草埋芳徑。（貼嗽介）（小生）聽隔窗嗽一聲。（貼）開門。（小生）他啓朱唇疾忙答應。（貼）張先生。（小生）吓，原來是紅娘姐，請到裡面坐。（貼）先生請。（小生）紅娘姐請。（貼）先生萬福。（小生）紅娘姐到此何幹？（貼）奉老夫人之命，著我來請先生赴席。（小生）吓，請我赴席。如此，就去。（貼）且慢。秀才們聞道請，恰便是聽了將軍令。

　　（小生）請坐。（貼）有坐。（小生）請問紅娘姐，此酒為何而設？（貼）先生聽稟：

【宜春令】第一來為壓驚。（小生）第二呢？（貼）第二來

因謝承。（小生）擺什麼筵席？（貼）殺羊茶飯。（小生）可曾停當？（貼）來時早已安排定。（小生）還請何客？（貼）斷閑人，不會親隣。（小生）難道叫我獨酌麼？（貼）和俺鶯娘匹聘。（小生）原來請我去做親，我好快活也！（貼）我只見他歡天喜地，謹依來命。

先生，為何看了地下只管走來走去？（小生）小生客邊乏鏡，聊借天光以照我影。（貼）吓，原來如此。

【五供交枝】來回顧影，文魔秀士風欠酸丁。（小生）你看兩鬢如何？（貼）下工夫將頭顱來掙，遲和疾擦倒蒼蠅。光油油耀花人眼睛，酸溜溜螫得牙根冷。天生這個後生，天生那一個俊英。

（小生）請坐。（貼）有坐。（小生）請問紅娘姐，今宵此去如何？（貼）先生，我有一個法兒教導你。（小生）請教。

（貼）

【玉交枝】今宵歡慶，我鶯娘何曾慣經。須索要款款輕輕。（小生）漢家自有制度。（貼）燈兒下共交鴛頸，端詳可憎，誰無志誠，你兩人今夜親折證。（小生）我謝芳卿。（貼）還該謝我。（小生）我倒忘了。謝得紅娘姐錯愛，成就此姻親。

（貼）

【解三醒】今日個東閣玳筵開香焚寶鼎，繡簾外風掃閑庭，落紅滿地胭脂冷，白玉欄杆花弄影。（小生）我好快活也！（貼）準備著鴛鴦夜月銷金帳，孔雀春風軟玉屏。合歡令，更有那鳳簫象板，和那錦瑟鸞笙。

（小生）

【前腔】可憐我書劍飄零無厚聘，感不盡姻親事有成。新婚燕爾安排定，除非是折桂手報答前情。我如今博得個跨鳳乘鸞客，到晚來臥看牽牛織女星。（貼）你好僥倖吓！（小生）非僥倖，受用的珠圍翠繞，結果了黃卷青燈。

（貼）

【前腔】憑著你滅寇功勳舉將能，卻不道兩字功名未有成。為甚麼鶯娘心下十分順？端只為君瑞胸中有百萬兵。專請你有恩有義閒中客，迴避了無是無非廊下僧。奉夫人命，請先生莫教推托，和賤妾即便同行。

【尾聲】老夫人專待等，常言道恭敬不如從命。張先生，你曉得我家下乏人，休使紅娘來再請。

（小生）自然就去。（貼）成了親事，將什麼來謝我？（小生）若成親之後，將纏頭綾錦謝嬌紅。（貼）水溢藍橋路未通。（小生）管取門闌多喜氣。（合）定教女婿近乘龍。（貼）張先生，恕乏人邀，就來吓。（小生）紅娘姐先請，小生隨後就來。（貼）就來吓。（下）

（小生）就來的。琴童，老夫人請我去做親，快拿我的新員領來，新皂靴帽來吓！（喜氣下）

按　語

〔一〕孫崇濤教授指出《南西廂記》版本概可分為二系，一是以富春堂本《南調西廂記》為代表的雜調系，二是以汲古閣本《南西廂記》為代表的崑腔系。本齣接近汲古閣本第十七齣〈東閣邀賓〉。

〔二〕歷來選刊《南西廂記》（含雜調系與崑腔系）這一齣的坊刻散齣選本還有：《纏頭百練二集》、鬱岡樵隱輯《新鐫綴白裘合選》、《醉怡情》、《方來館合選古今傳奇萬錦清音》風集卷上（下層）、石渠閣主人輯《綴白裘全集》。選抄此齣的散齣鈔本有中國社科院圖書館藏《集錦》。選刊王實甫撰《崔鶯鶯待月西廂記》相同情節的坊刻散齣選本有：《風月錦囊》、《詞林落霞》、日本德山毛利家棲息堂文庫舊藏本《時調青崑》、《來鳳館合選古今傳奇》四集〈絃索調〉上、《歌林拾翠》、廣平堂刊《崑弋雅調》、敏修堂刊《清音小集》。又，聞正堂刊《綴白裘全集》選目也有〈請宴〉，惜該書下落不明，不知選刊的是《南西廂記》抑或《王西廂》。

西廂記‧拷紅

老旦：崔鶯鶯之母。
貼：紅娘，崔鶯鶯的婢女。
小生：張生，張君瑞，書生。
旦：崔鶯鶯，相國千金。

　　（老旦上）

【引】淒涼蕭寺空迤逗，故國不堪回首。

　　雕籠不解藏鸚鵡，繡幙何須護海棠。這幾日，竊見鶯鶯語言恍惚，神思倍加，腰肢體態，比舊大不相同，莫非做出些歹事來？不免喚紅娘出來，問他便知端的。吓，紅娘哪裡？（貼上）吓，來了。

【引】若不是紅娘引誘，怎能個兩邊成就。

　　（老旦）紅娘快來！（貼）阿呀且住，今日老夫人為何怒氣沖沖的在那裡叫我，莫非此事知覺了？這便怎麼處？啐，自古道：「醜媳婦少不得要見公婆的。」就去何妨。（老旦）吓，紅娘。（貼）在這裡。（老旦）吓，我叫了你這一會纔來！（貼）老夫人呼喚，紅娘是就來的吓。（老旦）你見了我為何不跪？（貼）好端端的為何要跪起來？（老旦）你不跪麼？（貼）吓，要跪就跪。（老旦）好個要跪就跪。我且問你，你每夜同小姐到後花園中去做什麼？（貼）啐，我只道有什麼要緊事……（起介）（老旦）哇！還不跪著！（貼）這是燒香吓。（老旦）燒什麼香？（貼）小姐

說：「若要萱堂增壽考，全憑早晚一爐香。」是保佑老夫人的吓。（老旦）是保佑我的？（貼）正是。（老旦）可有什麼了？（貼）沒有什麼了。（老旦）我打死你這小賤人！（打介）（貼）阿唷，阿唷！老夫人吓……（老旦）我且問你，早上繡鞋因甚濕？晚間金鎖為誰開？（打介）（貼）阿唷！（哭介）

　　（老旦）

【桂子香】[1]我著你行監坐守，誰許你胡行亂走！一任的握雨攜雲。（貼）什麼握雨攜雲介？（老旦）嗐！（打介）（貼）阿唷，阿唷！（哭介）（老旦）常使我提心在口。你花言巧語，花言巧語，（貼）怎敢花言巧語介。（老旦打介）（貼）阿唷！（老旦）將沒作有，使我出乖露醜。（貼）好端端，有什麼出乖露醜介？（老旦）吓，你這小賤人不說麼？待我打死你這小賤人！（打介）（貼）阿唷，唷唷！老夫人吓……（哭介）（老旦）我打、打你這賤丫頭，你不說與始末根由事，如何索罷休！

　　（貼）

【前腔】那日閒停刺繡，把此情窮究。道張……（老旦）張什麼？（貼）待我說嚄。道張生病染沉疴，他和我到書齋問候。（老旦）住了！那張生有病，與你們什麼相干？（貼）不要說是小姐不該去的，就是連紅娘也是不該去的。（老旦）這便纔是。（貼）阿呀張生，你這天殺的！著紅娘暫回，著紅娘暫回。（老旦）小姐呢？（貼）小姐權……（老旦）權什麼？權什麼？（貼）待我說嚄。小姐權時落後。（老旦）阿呀，罷了，罷

---

[1]　這支是南仙呂宮過曲【桂枝香】，底本不確。

了！想女兒家豈是落後得的？唔！落後便怎麼？（貼）落後沒……就落後了。（老旦）吓，你這小賤人不說麼？（貼）阿呀老夫人吓，想女兒家落後，還有什麼好處介？**想做了鳳友鸞交。漫追求，說與始末根由，如今索罷休。**

（老旦）氣死我也！（擲戒方地介）（貼拾介）啐，這樣東西豈是打人的牢什！（老旦）我如今打也打不得你這許多，罵也罵你不得這許多。起來，隨我去。（貼）哪裡去？（老旦）到官去。（貼）吓，紅娘正要到官去。（走介）（老旦）吓吓吓，小賤人，你怎麼要到官去？（貼）想此事非關張生、小姐、紅娘之事。（老旦）是哪個不是？（貼）都是老夫人之過也。（老旦）哎！小賤人，怎麼都是我的不是？（貼）阿呀，你且坐了嚱。（老旦）沒規矩！

（貼）聽紅娘說嚱，豈不聞：「信乃人之根本，人而無信，不知其可也。大車無輗，小車無軏，其可以行之哉？」昔日兵圍普救之際，老夫人以親口許之：「但能退得賊兵者，願以小姐妻之。」那張生非慕小姐姿色，豈肯區區建退賊兵之策？今日兵退身安，老夫人就悔言失信。既不成其親事，只合酬之以金帛，令張生捨此而去；不合留於書院，使怨女曠夫，早晚各相窺視。所以，老夫人有此一端差處。

（老旦）目下呢？（貼）目下若不息此事，一來玷辱了相國家聲，二來，那張生名望也不輕的嚱！既以施恩與人，而令彼反受其辱。若到官司，老夫人先有治家不嚴之罪，忘恩負義之愆。莫若恕其小過而成其大事，則滌其舊染之污而自新，豈不以為長便乎？紅娘不敢多說，望夫人思之。（老旦）依你這賤人，便怎麼？（貼）依紅娘麼，一些也不難，將小姐配與張生，一樁事就完了。（老

旦）這賤人，倒也說得乾淨。（貼）唔，不乾淨也不說了。（老旦）胡說！退後。（貼上坐，挽頭纏腳，手指老旦暗罵介）

（老旦）咳！我不合養此不肖之女。若到官司，一來玷辱了相國家聲；況我家世無犯法之男，再婚之女。罷！倒不如依了這賤人罷。（見貼介）哇！快去喚那禽獸過來。（貼）哪個吓？（老旦）張生。（貼）這是紅娘不去的。（老旦）為何？（貼）又道是紅娘傳消遞息了吓。（老旦）吓，你這賤人放刁。哪個在？取板子來！（貼）阿呀，去！阿呀，去！張生，快來！

（小生上）吓，紅娘姐，你為何這般光景？（貼）好吓！你們兩個快活，被老夫人知道了，帶累我打得這般模樣。（小生）這便怎麼處？（貼）不妨，如今被我說得一些事也沒有了，喚你去和小姐做親。（小生）叫我怎好去見老夫人？（貼）不妨，你妝一個假道學搖吓擺吓，擺將去就是了。（小生）咳！

【引】 自古未沉舟可補，如今覆水難收。

（貼）張生當面。（小生）老夫人拜揖。（老旦）吓，張生，我何等樣待你？怎麼幹出這樣事來？（小生）小生只此一遭。（貼）兩遭沒，外甥都有了。（老旦）胡說！快喚那不肖女出來。（貼）吓，小姐有請。（旦上）吓，紅娘，你為何這般模樣？（貼）好吓，你們兩個快活，被老夫人知道了，將我打得這般光景。如今被我說好了，教你兩個去做親。（旦）羞人嗒嗒，怎好去見母親？（貼）自己娘跟前，怕什麼羞，照依前日見張生的光景，低了頭，閉了眼，就是了。

（旦）

【引】 見人猶靦覥，不敢強抬頭。

（貼）小姐到。（旦見老旦，福介）（老旦）嘖嘖嘖！好一個

不出閨門的千金小姐！虧你羞也不羞！（貼）小姐是初犯。（老旦）胡說！吓，張生，我今日就把鶯鶯與你成親。只是一件，我家三代無白衣女婿，今晚成了親，明日就要上京應試。倘得一官半職回來，老身之倖也。（貼）也待他們滿了月去。（老旦）滿什麼月！（貼）三朝是要過的。（老旦）什麼三朝、四朝！快去喚一個儐相來。（貼）阿呀老夫人吓，想他們兩個還要用什麼儐相介？待我去看杯酒來就是了吓。

【錦堂月】止不過再整鶯儔，（遞酒介）（合）重諧伉儷，心猿意馬收留。且把往事從前，今朝一筆都勾。再休題東帖傳情，惟願取功名成就。從今後，看萬里風雲，早當馳驟。

　　（小生、旦先下）（老旦）吓，紅娘，收拾行李，明日打發他早些起程。（貼）曉得。（老旦）咳！罷了，罷了！（貼）咳！罷了，罷了！（老旦）吓吓吓，小賤人，你怎麼學我？（貼）哪個學老夫人吓？（老旦）是你學我。（貼）噲，哪個學老夫人？是要打的嘻。（老旦）小賤人，明明是你學我。（貼）我麼？咳！罷了，罷了！（老旦）小賤人，小賤人！（打貼、渾下）

按　語

〔一〕孫崇濤教授指出《南西廂記》版本概可分為二系，一是以富春堂本《南調西廂記》為代表的雜調系，二是以汲古閣本《南西廂記》為代表的崑腔系。本齣接近汲古閣本第二十八齣〈堂前巧辯〉。

〔二〕歷來選刊《南西廂記》（含雜調系與崑腔系）這一齣的坊刻散齣選本還有：《醉怡情》、《來鳳館合選古今傳奇》、廣平堂刊《崑弋雅調》、《審音鑒古錄》。選刊王實甫撰《崔鶯鶯待月西廂記》相同情節的坊刻散齣選本有：《詞林一枝》、《賽徵歌集》、《歌林拾翠》。又，《樂府歌舞台》選目有〈巧辯〉，惜在佚失的卷冊，閩正堂刊《綴白裘全集》也有〈拷婢〉，惜該書下落不明；兩種不知選刊的是《南西廂記》抑或《王西廂》。

綵樓記・拾柴

付、丑（前）：木蘭寺和尚。
生：呂蒙正，貧儒。
付、丑（後）：頑童。

（付、丑同上）

【光光乍】和尚出家，身上掛袈裟。聽得鐘聲吃齋飯，真個快活光光乍！

（付）念念從心不絕，火坑變作蓮池。（丑）金山脚下是冥途，亡者逍遙得渡。（付）唔道我哩兩個是囉個了？（丑）是囉個介？（付）我乃木蘭寺中兩個住持便是。（丑）個沒說哩儕介？（付）弗是吓，我若弗說沒，個星看戲人，只道我哩是〈打山門〉裡個兩個和尚哉嚟。（丑）弗差個。

（付）噲，師弟。（丑）哪？師兄。（付）我們這幾日僧多齋少，連日又被呂蒙正在此攪擾，眾僧多吃得不敷，如何是好？（丑）噲，師兄，我有個更改法拉裡。（付）儕個更改法？（丑）往常間呢撞子鐘勒吃齋，那間吃子齋勒撞鐘，等個呂蒙正到來，投其一空。你道如何？（付）妙得極！我搭唔先吩咐哩丑一聲。（向內介）大眾聽者！（內）吓。（付、丑）本寺僧多齋少，眾僧吃得不敷，連日又被呂蒙正在此攪擾，氣他不過，那間有個更改法拉里。（內）儕個更改法？（付、丑）每常間呢撞了鐘吃齋，那間吃子齋撞鐘，使蒙正到來，投其一空。大家聽聽，阿曉得個來？

（內）曉得了。（付、丑）阿角著個來？（丑）噲，師兄，說子半日，身浪阿角得有點冷冰冰？（付）直頭弗熱嚧。（丑）昨日我哩阿二孖個娘送一壺玫瑰燒酒孖，阿要到我房裡去呷一鍾吓？（付）使得個喲！但是無儕吃沒哪？（丑）有孖，昨日買子一斤牛肉脯，還剩一半孖來。（付）介沒哪哼擾吪個介？（丑）自家弟兄，說啥客話介。（同下）

　　（小生上）阿唷，好大雪吓！

【引】遠觀山峻嶺崎嶇，阿唷，看看落在雲端裡。

　　（內作鐘聲介）咦！木蘭寺中鐘鳴了。吃齋去，吃齋去。（付、丑上）（丑）師兄，個個素菜有子點油水介儕好吃個。（付）正是哉。（小生）來得正好。（付）則吃得個點油水。（小生）這般光景，莫非吃過了？（丑）阿唷，囉哩來個陣冷風。道猶未了，窮鬼早到。（小生）不要管，待我上前見禮。（付）話聲未絕，窮鬼又來參謁。（丑）弗要理哩，我搭吪念佛。

　　（小生）二位上人拜揖。（付）賢婿，賢婿。（丑）哪哪哪！師兄，哪說叫哩賢婿？（付）哩叫我丈人，自然我叫哩賢婿哉那。（丑）讓我去問哩。噲，呂痴子，我哩出家人亦無得囝兒，哪說叫我哩丈人，討個樣乾便宜？（小生）吓，非也，稱二位是上人吓。（丑）稱呼吓，個也罷哉。

　　（付、丑）呂官人，個樣大風大雪，吪來做儕？（小生）吓，卑人特來……（付）我曉得哉，阿是燒香？（小生）不是。（丑）莫非了願？（小生）也不是。（付）介沒儕正經？（小生）卑人特來吃齋。（丑）吃齋吓。咳，呂官人，吪是讀書人，不在蛟龍背上撐船。（付）反在餓虎口中奪食。（小生）一碗就彀了。（付、丑）咳，我對吪說：一日三遭，三日九遭，卻也面長哉。（小生）

什麼三遭、四遭！半碗粥湯就殼了。（丑）只是要吃不一記餓狗搶屎拉哩嗒嗒。（付）佳氓，佳氓，餓壞氓個，打弗起個哉。（小生）咳，炎涼出于僧道吓！（丑）偌個？倒是偌個炎涼出于僧道？那是要打個哉！（付）師弟，弗要是介，我搭吓數說哩兩句罷。（丑）有理個！（付、丑）咳，呂官人，呂官人，咳！

【宮娥泣】伊行行止，你好沒廉恥！齋和米多是檀越的。你看山門冷落，自覺孤恓。止有薄粥數碗，奈僧多尅減清如水。我兩人尚不能充飢，伊家好不度己。

　　（小生）

【前腔】我特（丑）師兄，哩突落子偌哉，讓俚尋。（小生）特來到此。中途裡，慌慌的叫我實難存濟。破衣（付、丑）好衣裳滿身打子結，破得好。（小生）百結難遮體。（付、丑）倒虧吓哪哼來個。（小生）一步步拖泥帶水。如今（付、丑）儒巾拉氓頭上。（小生）歸猶未得。阿呀，熬（付）走開點，咬得來哉！（丑）咬我個隻北鳥！（小生）熬不過這飢寒凍餒。

　　（付、丑合）

【漁燈兒】笑你文章滿腹珠璣更舉筆如飛，誰知你命蹇時乖耽寒受餒？料伊料伊不久歸泉世，枉自把容顏憔悴，如今急急去離休、休累山門寺裡。

　　走吓個清秋路！（小生）吓，什麼意思？（丑）弗要拉個搭秋打渾。（小生）呢，禿驢！（付）秋谷碌！（小生）賊禿驢！（付、丑）呔！舞言亂話，窮喉極哉偌？（小生）狗禿驢，十方施主的，難道吃了你家的。賊禿驢，這等可惡！（付）捉個毽養個放生池裡去。（丑）師兄，弗要是介，吓進去。（付下）

　　（小生）狗禿驢，賊禿驢！十方施主的，難道吃了你家的？禿

驢，禿驢！（丑）嘈，呂官人，弗要見子和尚罵賊禿個呢。原是我裡師兄弗好，十方施主個，儕個吃子哩個了，要哩是介肝經火旺吓？（小生）一寺裡的和尚，只有你好。（丑）我好麼？（小生）你好。（丑）我嘸儕好，無非隨眾點。（小生）我若得了第，這個主持少不得是你的。（丑）儕個？呂官人得子第，個個主持沒就是我個？（小生）是你的。（丑）個瞎倒要謝聲個哉。呂官人，多謝吓。（小生）罷了。（丑）呂官人，我到有吓個心，留介一大碗拉丞。（小生）一大碗豰了，在哪裡？（丑）拉丞二山門外。（小生）吓，在二山門外。（丑）來嘘。（小生）多謝你。（丑）無儕嘘，無非是蘑菇、香蕈、豆腐、麵勁合湊成多個一大碗拉丞。（小生）豰了，多謝你。（丑）嘖嘖嘖！中生走開點，呂官人來哉。呂官人請點嘘，飢不擇食耶。（小生）唉！這是豬狗吃的東西，怎麼將來我吃？（丑）儕個，豬養大子沒殺肉賣；狗吃壯子沒看山門。吓比豬狗弗如丞來。吓弗吃？嘖嘖嘖，狗，元是吓來吃子罷。介沒得罪哉，失陪，失陪。（下）

　　（小生）吓，狗禿驢，狗男女，你把豬狗來比我。賊禿驢，我也是個不得第的秀才，你把豬狗來比我。禿驢！阿呀，你看：桌上有現成筆硯在此。待我題詩一首以記今日之恨……阿唷唷，你看筆頭多凍緊了。狗男女，你把豬狗來比我。（念介）十度投齋九度空。吓，禿驢，你把豬狗來比我。（又念介）囘耐闍黎飯後鐘。（付、丑上）師兄，像是個個窮鬼去哉，我搭吓看看看……（付）阿呀，阿呀！好好能個一堵白牆頭，纔不拉哩塗壞哉！奪子哩個罷。啐！（奪筆介）吓拉丞做儕？好好能個牆頭，纔不拉吓塗壞哉。（小生）狗禿驢，十方施主的，塗壞了你家的？（付）阿彌陀佛，天叫吓說出來個。十方施主個，囉哩個根椽子是吓個？倒折子

去。（丑）囉哩個塊磚頭是吅個？倒扳子去。（小生）禿驢！
（付、丑）囉哩個搭石灰是吅個？倒刮子去。（小生）賊禿驢！
（付、丑）呔，舞言[1]亂話，和尚也會罵個噓。（小生）禿驢，你
敢罵？（付、丑）窮鬼！餓殺坯！（小生）狗男女，狗男女！
（付、丑）苦握鳥！討飯坯！（小生）狗禿驢！（丑）師兄，弗要
罵哉，看哩今夜就要中喇。（付）僓了？（丑）吅看哩滿身拉虱魁
星踢哉了。（付）道人，放狗出來咬殺個窮鬼。啤，啤，啤！（小
生）阿呀，阿呀！（哭，走出外介）（付）嚇殺個窮鬼。（丑）關
子門進去罷。（同下）

　　（小生）阿呀皇天吓！衣衫百結爛如絨，行似猿猴臥似弓。生
怕嶺頭雲作雪，只愁樹上鳥啼風。半升糧米無錢買，滿腹文章總是
空。咻！我幾次欲投河內死，那術人道我有三公。皇天吓皇天，你
好貧富不均，貧富不均吓！（哭介）

【山坡羊】那豪的豪的忒憑，似我這樣窮的窮的忒煞，衣
衫飯食兩事愁無奈。我穿一雙破爛鞋，走遍長街與短街。
烏紗帽兒吓吓吓擋不得蒙塵態，這樣淒涼誰來佈擺？傷
懷，腹中飢事怎捱？哀哉，身上單寒事怎捱？

　　阿唓唓，天阿！你看這雪越下得大了，怎生行走？且喜有所瓦
房在此，且向房簷下躲一躲再行。

【步扶歸】我只得躲、躲在房簷下。（跌介）阿呀，可憐
吓！不知什麼東西把我絆上一跌，待我起來看……吓，卻原來是
一塊柴。唔？什麼人失落在此的吓？左右無人，待我拾回去，攏
些火來與娘子大家亨一亨。我忙、（內嗽介）忙把袖兒揣，免

1　底本作「念」，參考上文改。

得妻兒埋怨我空手回。（付、丑扮頑童上）（丑）阿大。
（付）阿二，我哩白相去。（丑）有理個。咦！個是窮鬼喲，不個
雪團子哩嗒嗒。（付）是哉。嚕！嚕！（小生抖介）阿唷唷！
（付、丑）倒好白相個。再來，再來。（小生）唔唔唔……我只道
是天宮降下來的。卻原來一班小喬才。（付、丑）呔！傖個小
喬才小喬才。（小生）小畜生，不在學裡攻書，反在外邊闖禍。
（付、丑）闖子禍沒哪了？（小生）小畜生，**把雪塊胡亂揣**。

　　小畜生！（付、丑）大中生！（小生）稟了先生，打你的腿。
（付、丑）稟先生哉。有心不個滿天星哩使使。嚕，嚕！（小生）
小畜生，可惡！（下）

　　（付）第二個，窮鬼去哉，我哩前頭跌雪人去吓。（丑）弗
好，跌雪獅子罷。（付）啐！先跌雪人，然後再跌雪獅子。（丑）
有理個！（付）我哩去吓。（丑）走吓。（下）

按　語

〔一〕本齣情節接近明刊《李九我先生批評破窰記》第十三齣〈乞
寺被侮〉、明鈔本《綵樓記》第十一齣〈木蘭邏齋〉，但曲牌、曲
文不同。

綵樓記・潑粥

貼：劉千金，呂蒙正之妻。
末：劉千金娘家的僕人。
丑：劉千金娘家的婢女。
小生：呂蒙正，貧儒。

（貼上）

【引】兒夫出外去投齋，大雪滿天不見還。

　　奴家劉氏，小字千金。我爹爹職居宰輔，前因高結綵樓，拋毬招婿。爹爹道我誤擲匪人。拜堂時，見蒙正衣衫襤褸，將奴家與蒙正雙雙趕出。如今樓身破窰之中，無衣無食，多分死期即日矣！我官人從早出去，怎麼這時候還不見回來？

　　（末、丑上）今日雪中送炭，他年錦上添花。這裡是了。你去叩門。（丑）吪，是哉。開門，開門。（貼）吓，來了，是哪個？（末、丑）是我。（貼）原來是蒼頭、梅香。（末、丑）小姐。（貼）罷了。到此何幹？（末）老奴奉夫人之命，同梅香送白銀十兩，白米五斗，請收了。（貼）梅香，煩你拿了進去。（丑）是哉。（貼）吓，院公，銀米老爺可知道的？（末、丑）是夫人瞞過老爺送來的。（貼）院公，你回去對夫人說，丈夫若有好日，自當圖報。（末、丑）說哪裡話！小姐，我們去了。姑爺回來，說聲罷。（貼）有慢你們。（末、丑）好說。（下）

　　（貼）院公已去，不免到窰門首盼望一回。

【步步姣】踏雪歸來多勞倦，撲簌簌心驚顫。我想官人呵，柴無米又無，若不是慈幃念奴，如何支遣？吓，不免煮些粥湯與官人禦寒。薄粥兩三匙，略略充飢膳。（下）

　　（小生上）

【前腔】冒雪冲寒街頭轉，雪緊風如箭。朱門九不開，素手歸來，怎生不怨？撥盡地爐煙，羞覿妻兒面。來此已是窰門首，不免逕入。吓！這是男人腳跡；咦！又是女人腳跡。妻吓，你做出事來了！我且不要進去，看什麼人走出來。咦咦咦，我呂官人不是好惹的嘑。阿啾，阿啾……

　　（貼上）怎麼還不見回來？我且開了窰門盼望一回。阿呀，好大雪吓！（小生）阿呀，好冷吓！（貼）吓，這是官人！吓，官人為何凍倒在此？（小生）偶然失足。（貼）待我扶你到窰中去。（小生）窰中去。（貼）待我與你打一打雪。（小生）有理！打一打雪。（貼）這是什麼東西？（小生）吓，娘子，是一塊柴在此，你拿去攏些火來大家亨一亨。（貼）是吓。官人，奴家煮得些粥湯在此，與你禦寒。（小生）阿呀，娘子吓，你，你上無親，下無隣，這粥沒從何而來？阿呀，我不要吃！（貼）不須問我，且吃一口兒著。

　　（小生）咳！

【江兒水】我寧可謁盡朱門遍。阿呀妻吓，你做出來了。我連朝空手回。（貼）空手回來，不曾埋怨你吓。（小生）滿頭風雪紛紛墜，寂寞荒村無隣里，這碗薄粥從何至？問取娘行端的來歷。說與卑人，免使心中疑慮。

　　（貼）

【前腔】我夫休憂慮莫致疑。（小生）寧可清貧，不可濁富。

（貼）好！自古男兒不受嗟來食。在此飢寒無依倚，充寒忽見梅香至。（小生）住了，梅香從何而至？（貼）我母親教他來的。（小生）叫他來何幹？（貼）探取奴家消息，送些銀米，來與奴家周濟。

（小生）不信有這等事！就是那梅香來沒，為何有男人的腳跡吓？（貼）吓，那梅香是個女子，如何負得這五斗米來？是我母親瞞了爹爹，叫梅香同著老院公一齊送來的呀。（小生）吓，你母親瞞了爹爹，著老院公、梅香一齊送來的？（貼）正是。（小生）真個？（貼）真個！（小生）果然？（貼）果然！（小生）吓，阿呀呀呀！如此卑人錯怪了。娘子，奉揖了。（貼）好男子漢，正該如此。

（小生）既說明了，拿粥來吃。（貼）是。（小生）他母親瞞了爹爹，著老院公送來的。（貼）官人，粥在此。（小生）取來。（貼）官人，你手顫，待我拿了與你吃。（小生）不妨，取來。（貼）今日去投齋可投得著麼？（小生）我正要告訴娘子。卑人今日去投齋，不想他們更改了飯後鐘，及至卑人到時，竟將我差辱一場。被卑人道了幾句，這些禿驢竟將我一趕……（作潑粥，各哭介）

【香柳娘】歎緣乖分淺，歎緣乖分淺，許多不遂，思量飯食非容易。苦肝腸寸斷，苦肝腸寸斷，欲待要充飢，誰想又不濟。想蒼天困我，想蒼天困我，何年運至？雙雙淚垂。

（貼）

【川撥棹】休憂慮，勸伊行莫慘悽。呀，我只道潑在塵泥，我只道潑在塵泥，官人，幸喜得裙兒兜起。請些兒充

肚飢，有餘粒再煮炊。

（小生）取來。（小生吃介）（貼）官人慢些吃。（小生）好粥！正是：飢時得一口，勝似飽時一斗。好吃，好吃！吃完了，拿去。（貼）官人吃了這粥，身上可暖些麼？（小生）娘子，吃了這粥，身上就暖烘烘起來了。（貼）方纔問也不問一個明白……（小生）卑人得罪了。（貼）我倒忘了，還有十兩銀子在此。（小生）吓，又有銀子！阿呀銀子吓銀子，我好幾時不曾見你了嚧，正所謂「貧人遇寶」。多謝岳母！娘子，收好了。今當大比之年，我欲待上京應試，這銀子留一半家中用度，一半可作路費。娘子，你道如何？（貼）官人吓，功名大事，有何不可。但願此去馬前喝道狀元來，這回好個風流婿。（小生）阿呀娘子吓，我此去若得功名，還有相見之日；若不得功名……罷！誓死科場，永不見你之面了嚧。（同哭介）

【漁家傲】聞知上國招賢展試闈，功名事怎敢遲？恩情和你且暫離。（貼）此行願你登高第，博得個一朝榮貴。（小生）伊休慮村館蕭條，多只在旬日後便回。娘子，卻不道金榜上無名誓不歸。

（貼）

【剔銀燈】慌慌的奔馳到帝畿，願此去高攀仙桂。男兒得遂平生志，竟舉筆成文無比。他時，荷衣掛體，休教奴在破窯中眼巴巴望你。

（小生）

【破地錦】那時，窮不了咱和你。天下盡知，登高第報著名兒。不枉了十載寒窗，苦心勞志。（合）步雲梯，管十年身到鳳凰池。

【麻婆子】（貼）怕有、怕有朱門女，求親向此時。（小生）我記取、記取雕鞍上，絲鞭向後垂。（貼）休忘昔日綵樓兒，和你團圓百歲永無比。（小生）共伊、共伊同偕老，叫傍人作話題。

　　吓，娘子。（貼）官人。（各哭介）

按　語

〔一〕本齣情節接近明刊《李九我先生批評破窰記》第十五齣〈邏齋空回〉、明鈔本《綵樓記》第十二齣〈辨雪澄粥〉，但曲牌、曲文不同。

〔二〕《風月錦囊》、《徵歌集》、《賽徵歌集》、《怡春錦》、《玄雪譜》、鬱岡樵隱輯《新鐫綴白裘合選》也選刊了類似情節，這些選本的曲文與本齣接近。

鐵冠圖‧別母

老旦：周遇吉之母。

旦：周遇吉之妻。

貼：周遇吉之子。

生：周遇吉，岱州總兵，領兵抵禦李自成。

末：周府的家將。

　　（老旦上）

【引】暮景喜安康，兩鬢星霜。（旦上）晨昏甘旨勤供養，侍奉姑嫜。（貼上）螢窗日夜苦鑽研，黃卷青緗。

　　（旦）婆婆。（貼）婆婆。母親。（老旦）罷了。老身乃周遇吉之母，我孩兒職居岱州總兵，家眷僑居寧武關。老身年過耄耋，喜得媳婦賢孝，善調中饋；孫兒勤攻書史，娛我暮年。孩兒兩月不回，使我時刻思念。（旦）婆婆，聞得流賊圍困岱州，你孩兒日夜在城守禦，怎得閒暇回來？（老旦）你一向為何再不提起？（旦）恐驚了婆婆，所以不敢說。（老旦）可著人打探消息便好。（貼）孫兒昨日已差人前去打聽，早晚必有回音了。

　　（生提鎗上，丑持皂旗上）

【引】敗北非因畏敵狂，慮萱堂倚門凝望。

　　（丑接鎗下）（末）老爺回來了？（生）我且問你，太夫人在哪裡？（末）在堂上與夫人、公子講話。（生）吓，過來，你去準備酒筵伺候。（末應下）

　　（生）母親。（三旦各見介）（老旦）我兒，你回來了？做娘
的正在此想你。（生）母親請上，待孩兒拜見。（老旦）罷了。
（生）孩兒久離膝下，定省有缺，負罪靡涯，恕孩兒不孝之罪。
（老旦）兒吓，你勤勞王事，職分當然，我豈罪汝。（生）夫人。
（旦）相公。（貼）爹爹。（生）罷了。（旦）相公，聞得賊兵圍
困岱州，何能得暇回來？（生）我正為賊兵猖獗殊甚，特地回來作
個……（二旦）作個什麼？（生）咳！你問他怎麼。（二旦）好奇
怪。（末上）啓爺，酒筵完備了。（生）看酒來。（末應下）
（生）母親，孩兒特治一樽，與母親介壽。（老旦）生受你。

　　　　（生）

【小桃紅】擎杯含淚奉高堂，（老旦）孩兒面貌聲音，甚是悲
慘之狀。（生）搵不住萬斛瓊珠漾也。勸萱親強笑加餐，好
把暮年頤[1]養，阿呀親娘吓，切莫要念兒行。（老旦）孩兒光
景，似有可疑。（生）咻，我好恨吓！（旦）相公恨什麼來？
（生）恨我幼時呵，怎不去效漁樵，習耕牧，守田園，事農
桑也？倒得個全終養盡子職無妨。習甚麼劍和鎗？登甚麼
廟和廊？到如今教我進退意傍徨。

　　　　（老旦）我兒，

【下山虎】恁般悽愴，這等悲傷，有甚衷腸事，何妨細
講？（生）孩兒只為……遠在任所，不能早晚依依膝下，故爾如
此。（老旦）吓，就是遠在任所，不過一兩日日程耳，何必愁容
切切，悲聲怏怏。必有萬恨千愁故斷腸，何須恁掩藏？

1　底本作「怡」，據清鈔本《虎口餘生》（《古本戲曲叢刊》五集景印）
　　改。

（生）孩兒沒有甚事，望母親寬懷暢飲。（對旦扭嘴介）（旦）媳婦奉敬婆婆一杯。（跪介）（老旦）生受你。**手捧這霞觴，心內細參詳。我曉得了！孩兒，你不須悒怏，我有個保節全身善後方。**

（生）母親知道什麼來？（老旦）你因流賊兵困岱州，恐戰死沙場，無人奉養我，所以如此，可是麼？（生）吓，孩兒的心事多被母親猜著了，怎敢隱瞞。可恨流賊統領強兵，直壓城下，怎奈岱州兵少糧盡，孩兒連戰數陣，不能退敵，岱州已被打破。孩兒只得退守寧武關，怎奈賊兵接踵追來。我想，此關前無應援，後無退步，旦夕必破。為此，特……特回來見母親一面。孩兒戰死沙場，分所當然，只是不能保護母親，所以才心如割。（老旦）我道你必為此事。（生）孩兒欲命家將，保護母親逃往他州外府，暫避幾時，免得受此驚恐。（老旦）孩兒此言差矣！我聞昔日王陵之母，尚然能成子之名，

【五般宜】難道我未亡人，畏著刀鋒劍芒？難道我暮年人，戀著夕陽寸光，不能個成子效忠良？（生）母親，還是遠避的是。（老旦）你教我避到哪裡去吓？我平生志向，只願你裕後流芳。自古婦人三從為首：在家從父，出嫁從夫，夫死從子。吓，你父親不幸早亡，喜汝名登武庫，出鎮此土。今當國難盡忠，你做娘的呵，也是理所正當，何必再商。吓，遇吉的親兒！（生）母親！（老旦）你若是為國捐軀，不負我諄諄訓義方。

（內喊介）（末急上）啓爺，賊兵圍困關前了。（生）閃開！（兩邊望介）阿呀母親吓，賊兵圍困關前了，怎麼處吓？也罷！待我自刎了罷。（老旦）哦！你若戰死沙場，則名垂青史；若死在家

中，只道你眷戀妻孥，可……可不遺臭萬年？（生）母親說得是。
咳，皇天吓皇天！我周遇吉不幸至此。（老旦）過來，我說個古人
與你聽。東晉時有個蘇峻，跋扈提兵犯闕。其時有個大夫卞昆，仗
劍與蘇峻戰于關下而死，一子隨父而亡，家中妻子亦伏劍而斃。其
母年過九十，拍案大笑曰：「吾門幸哉！吾門幸哉！父死為忠，子
死為孝，妻死為節，母死為義。」其母亦自刎而亡。忠孝節義出于
一門，至今巍巍廟像，赫赫丹青，千秋萬世，永垂不朽。我們也效
學他家，豈不美哉？（生）母親說得是。皇天吓！周遇吉不幸至
此。

　　（老旦）家將過來。（末）有。（老旦）我家遭此大難，合門
盡節，你每各自逃生去罷。（末）太夫人，小人蒙太夫人豢養，恩
同骨肉，怎忍拋撇而去？情願死在一處的嚛。（老旦）好，難得！
難得我家有此義僕，勝似卞家一等也。家將，與我趕他出去。
（末）是。老爺請出去罷。（生）母親，孩兒是去了嚛！

【小麻楷】[2]遵嚴訓，難違抗，只得含悲忍痛，拜倒堦傍。
阿呀！堪傷，痛衰年暮景罹此災殃。（老旦）過來。從今後
絕伊留戀，斷伊縈繫，免伊凝望。

　　（二旦扯，生付劍旦介）（生）母親，孩兒是去了，謹遵堂上
慈親命。夫人！（旦）相公！（生）親兒！（貼）爹爹！（生）
罷！捐盡餘生答聖明。（下）

　　（旦）相公已去，妾當早為自盡便了。

【五供養】我是裙釵婦，守糟糠，閨箴從幼慕共姜，貞操

2　這支牌名應是【山麻楷】。

自矢[3]凜冰霜。阿呀婆婆吓！只為齠齡幼子衰老姑嫜，因此上偷生忍死相偎傍。罷！倒不如先淬青鋒，免使伊牽心掛腸。

（自刎下）（貼哭倒介）阿呀親娘吓！（末）太夫人，小夫人自刎了。（老旦）好，眞乃烈婦也！

（貼）阿呀婆婆吓，孫兒呵，

【江頭送別】不能夠，遵祖訓，光耀門牆；不能彀，承父志，繼紹書香。窮途流落誰倚仗？罷！倒不如先遊黃壤。

（撞死下）（末）太夫人，小官人觸堦而死了。（老旦）好！我家有此賢孫，難得，難得！與我把前後門封起來，與我四面放火。（末執火把遶場下，老旦跳火下，末刎介）（土地、仙童引三旦、末即下）

（丑素旗隨生上）阿呀親娘吓！

【蠻牌令】看風助火威光，火趁猛風颺。漫天飛烈焰，遍地閃金光。阿呀親娘吓！不能夠殷勤奉養，倒使你骨朽刑傷。千倍恨，淚萬行，這的是終天抱恨，萬刼難忘。帶馬。（丑）吓。

（生）

【尾】騰騰怒氣飛千丈，絕卻家庭內顧腸。也罷！俺待放膽揚眉和他戰一場。

阿呀親娘吓！（下）

---

3 底本作「會」，據清鈔本《虎口餘生》改。

按　語

〔一〕本齣情節、曲文接近遺民外史撰《虎口餘生》第二十四齣〈別母〉。

〔二〕選刊此齣的坊刻散齣選本還有《審音鑑古錄》。選抄此齣的散齣鈔本有中國藝術研究院藏佚名抄《崑弋曲選》。

鐵冠圖・亂箭

生：周遇吉，岱州總兵，領兵抵禦李自成。
丑：左金王，李自成的部將。
外：射蹋天，李自成的部將。
付：李過，外號一隻虎，李自成的部將、結義弟。
淨：李自成。

　　（生趕殺丑上）（生）賊將，報名上來。（丑）我乃左金王是也。（生）賞你一鎗！（作戰，丑敗下）

　　（外上接戰）（生）賊將留名。（外）俺乃射蹋天是也。（生）賞你一鞭！（作戰，外敗下）

　　（付上接戰）（生）賊將何名？（付）俺乃御弟一隻虎是也。（生）看鎗！（作戰，付敗下）

　　（淨扮闖王，引眾軍上）你看，那周總兵殺死我數員上將，越殺越有精神了。看他威風凜凜，抖搜精神，料難勝他，不如輟兵退回，再去攻打別處，慢慢的來招撫他便了。（付）哥吓，我想那周遇吉雖然英雄，到底寡不敵眾。如今哥哥帶領了弓箭手，埋伏在前面山谷之中，待兄弟與他交戰，詐敗伴輸，引他追趕到來，一聲梆子響，萬弩齊發，不怕他飛上了天去。（淨）御弟此計甚妙，叫他插翅也飛不去。我就去埋伏，你去引他到來便了。（付）得令。（下）

　　（淨）眾將官。（眾）有。（淨）你們多帶強弓硬弩，隨俺到前面山谷中去埋伏者。（眾）得令。（淨）用箭須用長，挽弓須挽

強；射人先射馬，擒賊必擒王。（下）

　　（生追外上，外敗下）

　　（生）

【採芙蓉】戰場黯黯陣雲黃，雲寒霧慘蒼茫。（付上）噎！
周遇吉，敢與俺戰幾十個回合麼？（生）呔！毛賊，只俺這鎗尖
動處，便披靡奔逸忙忙。（付）放馬過來。（生、付殺陣介）
（付敗下）（淨引弓箭手上）眾將官。（眾）有。（淨）你每就在
此處埋伏，等待二大王引那周遇吉到來，聽我梆子響，便亂箭齊
發，不得有違。（眾）得令。（俱立高處介）（生追付上）（生）
呔！毛賊，哪裡走？（付敗下）（淨）眾將官，與我放箭者。（眾
亂箭，生敗下）（淨）眾將官，周遇吉已中箭，我們追上前去。
（眾）得令。（淨）似烏號遍張，飛蝗驟雨難遮障。（下）

　　（生敗上，將鞭挂地介）叨喇，叨喇……不想誤入羅網，身被
重傷。雖然殺出重圍，我的性命決然難保了！

【尾犯玉芙蓉】悲快，身未死忠魂先漾，心已碎丹心雄
壯。（付上）呔！周遇吉，你敢再與我戰幾十合麼？（生）放馬
過來！（作殺陣，生鞭打付左臂，敗下）（生）聖上吓聖上！臣力
已盡，不能保護你社稷了。出師未捷身先喪，贏得英雄淚兩
行。（內）周遇吉還不投降，等待何時？（生）咘嘈！誰敢來？
吓！誰敢來？（內）早早投降，免得受死。（生）誰敢來？誰敢
來？休無狀！（拜介）望龍城稽顙，也罷！（拔劍介）好從容
結纓，正是談笑飲干將。

　　呔！誰敢來？誰敢來？也罷！（作自刎，站立場中介）

　　（淨引眾上）（眾）周遇吉自刎在此了。（淨）吓！周遇吉果
然自刎了？咳，可惜吓可惜，真乃是忠良雄將！若是明朝將官個個

如此，孤家怎能到此？

（付梨臂上）吼喲，吼喲……罷了吓！（淨）御弟為何如此光景？（付）阿喲，哥吓，方纔與周遇吉交戰，左臂上被他打了一鞭，吼喲痛殺我也！吓？這是何人的屍首？（淨）是周遇吉。

（付）吓吓吓，你這等英雄，也有今日。拿刀來，拿刀來，待我砍他幾十段。（淨）他也自各為其主。御弟，且到後營將息，快請太醫調治要緊。（付）多謝哥哥。（下）

（淨）眾將官。（眾）有。（淨）把周遇吉的屍首衣冠盛殮，抬到高阜處安葬，不許傷損；待孤家登位之後，再行旌獎。（眾）得令。（作抬屍下）

（淨）眾將官。（眾）有。（淨）與我整頓大隊人馬，直擣燕京便了。（眾）得令。

（合）

【朱奴犯銀燈】蟠螭旗雲中搖漾，飛豹旌風外飄揚。虎將猙獰豪氣狂，馬如龍掣斷絲韁。遙望，五雲帝鄉，指日裡歸吾掌。（眾下）

按　語

〔一〕本齣情節、曲文接近遺民外史撰《虎口餘生》第二十五齣〈自刎〉。

〔二〕選刊此齣的坊刻散齣選本還有《審音鑑古錄》。選抄此齣的散齣鈔本有中國藝術研究院藏佚名抄《崑弋曲選》。

鐵冠圖·借餉

老旦：王承恩，司禮太監。

丑：小太監。

淨（前）：國丈。

外：張文康，顯爵。

淨（後）、付：相臣、首輔。

（老旦扮老太監，丑扮小太監同上）

【六么令】太倉久虛，呼庚嚎癸，無計施為。九重特命下丹墀。咱家司禮監王承恩是也。只因流賊漸近神京，城中禁衛之兵雖有數十萬，皆老弱殘疲之輩。如今招兵聚糧，方可禦敵，怎奈倉庫空虛，難辦無米之炊。因此，聖上特命咱家呼喚勳戚大臣，商議助餉之策，此時想已到了。孩子們，引我到天順門去。忙迤邐，下彤墀。殷勤勸勉輸金幣，殷勤勸勉輸金幣。（下）

（淨上）

【前腔】天家貴戚，玉食錦衣安享朝夕。鵷班首領恁威赫，恁威赫。（老旦見介）（淨）咲，王公公好！你喚我，我已猜著了。（老旦）你猜著什麼來？（淨）不是齎金玉，定是賜珍奇。（老旦）你怎麼這時候纔來？（淨）我在羅綺叢中時時醉，羅綺叢中時時醉。（老旦）你好受用吓！如今流寇將到保定府了，你可知道？（淨驚介）有這等事！

（老旦）

【孝南枝】俺奉君王命，出禁帷。（淨）聖上命你來何幹？
（老旦）只為賊兵如山壓帝畿，指日間[1]鳳闕即摧危，龍城即
崩碎，合宮驚悸。可憐萬歲爺和娘娘呵，旰食宵衣，憂惶勞
悴。（淨）作速差兵前去退敵便好。（老旦）怎奈將寡兵微，更
兼糧餉無接濟。（淨）這是要緊的。（老旦）便是。只為太倉久
虛，內幣已竭，左右支吾，無可措辦。因此，聖上特遣本監來，傳
集各勳戚大臣，商議助餉之策，要老皇親做個首倡。伏望捐私
橐，濟國危。待國家安定了，少不得倍酬償，還要獎忠義。

　　（淨）阿呀！我又不掌朝綱操國柄，就靠每年支這幾擔祿米，
幾兩俸銀，還不夠我家中用度，哪有什麼羨餘！要我助餉……（老
旦）老皇親位極人臣，寵冠百僚，自當首倡義舉，為國家出一臂之
力。

【前腔】抒忠節，倡義舉，丹書彤管千古題。（淨）銀子錢是
勉強不得的，我家裡沒有，難道叫我賣身不成？（老旦）老皇親與
國家休戚相關，國安家安，國危家危。帶礪保[2]安危，休戚應非
細。國家若還不保，卻不道山傾玉毀。（淨）老夫閑[3]宦冷官，
有何所蓄！難道聖上與娘娘不知道麼？（老旦）你不見外邊那些文
臣武將，拚身捨命的拋家棄產，為國家勤勞？你是國家至戚，反如
此起來。早難道兩手堅持，從傍冷覷？萬一流賊打破了城池，
你縱有金穴銀山，那時成何濟。老皇親，不可執性。（淨）果
然沒有。（老旦）果然沒有？（淨）當真沒有！（老旦）外戚如

1　底本作「見」，參酌文意改。
2　底本作「係」，據清·同德堂巾箱本《虎口餘生》改。
3　底本作「閽」，據清鈔本《虎口餘生》（《古本戲曲叢刊》五集景印）改。

此，國事去矣！只管向這鄙夫說什麼。含悲楚，搵淚珠，對西風，漫揮涕。孩子，閉了門，等別位到了再講。（下）（淨）他憤憤而去，倘奏知聖上，見罪起來，怎麼處？我今湊出萬金，自去獻上，諒他決不見怪。小公公，去請王公公轉來。（丑）請公公轉來。（老旦上）又叫咱怎麼？（淨）老公公，我老夫一時昏憒，望公公勿罪。我如今回去，將家私變措萬金來助餉便了。老公公好好的奏聞于中宮得知。（老旦）老皇親，這不是咱得罪你，你的職分應該如此。（淨）是是是。（下）（外扮張文康上）疾風知勁草，板蕩見忠臣。（相見介）老公公，有何聖旨？（老旦）只為賊兵臨近，倉庫久虛，聖上特命咱家傳集各官助餉哩！（外）不瞞老公公說，本爵累歲日用之餘，二十餘年積蓄，不上三萬餘金，情願盡行交納，以助軍餉。（老旦）老皇親如此仗義，待咱家奏聞聖上。只恐君懸望，敢怠遲？把臣衷奏彤墀。（外下）

　　（淨、付扮二相上）平明登紫閣，日晏下彤墀。老公公，有何聖旨？（老旦）咱家奉聖旨，命各勳戚貴大臣家，捐輸家財，以充兵餉。二位乃朝中極富極貴、數一數二的大臣，請二位老先到來，做個首倡。

　　（淨、付）老公公，我二人呵：

【前腔】年衰邁，清且癯。在黃扉供職調爕理，票擬贊樞機，平章軍國計，有限的祿薄俸微。（老旦）二位一人之下，萬人之上，權侔人主，富堪敵國，若捐三、五萬金，打甚麼緊？（淨、付）承老公公再三勉諭，不好違命。也罷，待我們回去設處百金來獻。（老旦）百金也不夠軍中一餐小菜，要它怎麼。（淨、付）若嫌少，學生就再不敢奉命了。（老旦）百金之事，幹得甚麼？（淨、付）若嫌少，學生便不敢奉命了。（老旦）走來。

這是聖上旨意，誰敢違拗。你們一向在朝，受了大俸大祿，今日國家有難，捐助些些也不為過。當初張子房破產為國報仇，張巡、許遠烹童殺妾以勵軍心；二位身為元輔，反如此坐視。**那些個為國捐軀，成仁取義。枉了紆紫拖朱，在三台躑躅。**（淨、付）不是我們慳吝，其實囊無所蓄。（老旦）二公平日所為，瞞得別人，瞞不得咱家。也罷，待咱替二位寫了罷，每位一萬，也不為多。（淨、付）這個怎當得起！還望公公見諒。（老旦）肯不肯由你，咱家去覆旨，但憑聖上處分便了。**嗟世途，恁嶮峨。恨不得拔青萍，斬魑魅。**（下）

（淨）王公公含怒而去。我和你傳集眾官到舍下，只說聖上命我二人同眾官商議，各要捐金助餉，攢湊三、五萬銀子進獻，不免慷他人之慨罷了。（付）有理！但是到尊府寂寥無興，不如到舍下，有新開斗大一枝大紅牡丹，香豔撩人，大家痛飲一回。正是：今朝有酒今朝醉，管什麼明日愁來明日憂！（各渾下）

按　語

〔一〕本齣情節接近遺民外史撰《虎口餘生》第十八齣〈借餉〉，但曲文、賓白有差異。又，本齣次序應在〈別母〉、〈亂箭〉之前。
〔二〕選刊此齣的坊刻散齣選本還有《審音鑑古錄》。選抄此齣的散齣鈔本有中國藝術研究院藏佚名抄《崑弋曲選》。

鐵冠圖·刺虎

小旦：費貞娥，明宮女。
付：李過，號一隻虎，李自成義弟。
老旦、正旦：李府婢女。

（小旦上）

【端正好】慍君仇，含國恨，切切的慍君仇，憤憤的含國恨。誓捐軀要把仇讐手刃，因此上苟且貪生一息存，這就裡誰知憫？

奴家費氏，小字貞娥。從幼選入宮闈，以充嬪御，蒙國母娘娘命我伏侍公主。不想流賊篡奪我國，逼死君父，一家骨肉，死于非命。可笑那些臣子，沒有一個為國家報仇洩恨的。難道如此奇冤極恨，就干休了不成？我想，忠義之事，男女皆可做得。為此，我到宮中取了一把匕首，藏于身畔，又假裝公主模樣，指望得近闖賊，殺此巨寇。不想，將奴賜與兄弟一隻虎為配。罷！且待他來時，我自有道理。

【滾繡毬】俺切著齒點絳唇，搵著淚施脂粉，故意兒花簇簇巧梳雲鬢，錦層層穿著衫裙。懷兒裡冷颼颼匕首寒光噴，心坎裡急煎煎忠誠烈火焚。俺佯姣假媚裝痴蠢，巧語花言諂佞人。看俺這纖纖玉手待猸仇人目，細細銀[1]牙要啖

---

[1]　底本作「剛」，據清·同德堂巾箱本《虎口餘生》改。

賊子心。俺今日呵！要效那漆膚豫讓爭名譽，斷臂要離逞智能。拚得個身為虀粉，拚得個骨化飛塵。誓把那九重帝主沉冤洩，誓把那四海蒼生怨氣伸，也顯得大明朝還有個女佳人。

（內吹打介）你聽，鼓樂之聲，想是此賊來也。吓，不免喬裝歡笑去對他便了。（下）

（四雜引付上）拓地開疆膽氣豪，從龍附鳳佐皇朝。龍潛且作趙匡義，有日天心屬我曹。方纔眾將每，道俺今夜與公主成婚，備了筵宴與俺稱賀。俺哪有心情與他每飲酒？被他每你一杯、我一盞，吃得大醉，方纔放我回營，好不知趣也！將校迴避。（雜下）

（老旦、正旦上）二大王回來了。（付）公主娘娘在哪裡？（二旦）在內帳。（付）與我請出來。（二旦）公主娘娘有請。（小旦上）（付）公主，拜揖。（小旦）將軍萬福。（付笑介）妙吓！這一福就酥了俺半邊。（小旦）將軍乃蓋世英雄，皇朝國棟。（付）不敢。拙夫不才，怎敢當公主稱羨！（小旦）奴家乃亡國之女，不堪侍寢宮闈。（付）豈敢！公主乃金枝玉葉，鳳女天孫，萬望勿嫌愚夫粗莽，就是萬千之幸了。今後宮內之事，悉從公主掌握，凡有吩咐，小將一一從命。（小旦）但夫婦乃人倫之始，當行花燭之禮，合卺之儀，方成大禮。（付）如此，侍女每，撤宴過來，待我與公主交拜。（二旦）喜筵俱已完備了。（內吹打定席介）（付）公主請。（小旦）將軍請。

（付）

【叨叨令】銀臺上煌煌的鳳燭燉，金猊內裊裊的祥煙噴。（付）我和你一夜夫妻百夜恩。（小旦）怎道是一夜夫妻百夜恩，試問恁三生石上可有良緣分？（付）公主，早些睡了

罷。（小旦）他只待流蘇帳暖洞房春，高堂月滿巫山近。恁便道上了藍橋幾層，還只怕漂漂渺渺的波濤滾。將軍請。（付）公主請。（貼）請。（付飲介）乾。（付笑介）我好喜也！（小旦）恁道是喜殺人也麼哥。（付）樂殺我也！（小旦）又道是樂殺人也麼哥。（付）待我回敬公主一杯。（小旦）將軍所賜，奴家自當遵命，也要請將軍奉陪一杯。（付）要我陪一杯麼？當得。侍女每，斟酒過來。（二旦）曉得。（付）公主請。（小旦）將軍請。（同飲介）（付）乾。（小旦）赤緊的這蠢不喇沙叱喇也學些丰和韻。

　　（付醉介）（二旦）將軍甦醒。（付）公主，俺醉得緊了，安寢了罷。（小旦）將軍，侍女每皆辛苦了，將喜筵分散他每去罷。（付）也要留幾個在房伏侍。（小旦）房中奴家自能侍奉巾櫛，可教他每去罷。（付）吓，想是公主娘娘怕羞，不好解衣就寢。侍女每過來，公主賞你每酒筵，謝了公主，各自去罷。（二旦）多謝公主娘娘。（付）掌燈送入洞房。（吹打進房介，二旦下）（小旦關門介）將軍，今乃喜日，為何還披此鎧甲？（付）一向在皇兄帳中護衛，防備奸細，日夜不能卸甲。（小旦）如今天下已定，還慮什麼奸細？今宵乃將軍百年喜日，豈可穿此不祥之服？（付）有理。咱也要卸了鎧甲，把身子鬆動一鬆動，快活睡一夜好覺。待我喚侍女每來卸甲。（小旦）不消喚他每，待奴家親與將軍卸甲，纔是婦道。（付）只是勞動不當。（小旦）好說。

【脫布衫】除卻了鐵兜鍪鳳翅嶙峋，解下了八寶龍泉偷開利刃，卸下了錦征袍團花襖襯，鬆解了獅蠻帶玉扣雙捫，卸下了搪猊鎧鎖子龍鱗。

　　（付作臂痛介）阿喲！（小旦）將軍尊臂為何如此？（付）不

瞞公主說，前日在寧武關被周遇吉打了一鞭，至今未曾痊癒。（小旦）原來如此。侍奴家扶將軍入帳安寢。（付）我慾火如焚，按捺²不定，求你早些睡，不要遲延了。（小旦）待奴家除了簪珥，脫了袍服就來。

【小梁州】除下了翠翹寶髻耳璫瑱，脫下了鳳衾³氤氳。俺把那金蓮兜緊鳳鞋跟，防滑褪，扎起繡羅裙。

（看兩邊介）呀！

【么篇】聽房櫳寂寂悄無人，但聞得戌漏頻頻。將軍，將軍……呀，覷著他眵瞙醉眼醒還昏，休驚迍，覷定了心窩把寶刀掄。

（駭介）阿呀，賊子！（刺介）（付）不好了！（跌介）（奪刀介）（小旦拔劍亂砍介）

【快活三】鋼刀上怨氣伸，銀燈下冤家殞⁴。嘆皇天不佑，不能把渠魁刈，便死向黃泉猶兀自含餘恨。

（老旦、正旦上）姐姐，二大王與公主做親，為何房中叫喊起來？我每去看一看。閉門在此，我每打進去。（打進介）阿呀！二大王為何滿身鮮血倒在地下？呀！原來被人刺死了。好利刃吓！前心直透後心。（見小旦介）吓，你為何殺死了二大王？拿他去見大王。（小旦）哇！你每誰敢來？誰敢來？我原非公主，乃費氏宮人。今日殺此巨寇，替君報仇，便將我凌遲碎剮，亦不畏怯！（二旦）你配了二大王爺，享無窮富貴，也不辱抹了你，況何等將你寵

2　底本作「納」，據清・同德堂巾箱本《虎口餘生》改。

3　底本作「滾」，據清・同德堂巾箱本《虎口餘生》改。

4　底本作「盡」，據清鈔本《虎口餘生》（《古本戲曲叢刊》五集景印）改。

愛，你也不該如此。（小旦）咳！

【朝天子】恁道謊陽臺雨雲，莽巫山秦晉，可知俺女專諸不解江皐韻？俺含羞酬語，搵淚擎樽，遇寃家難含忍。猛拚得花憔柳悴，珠殘玉損，早難道貪戀榮華便忘了終天恨？（二旦）拿你去見大王，就是個死哩！（小旦）咳，一任他屠腸截割[5]，一任他揚灰碾塵，今日裡含笑歸泉，阿呀，費宮人吓費宮人，可惜你大材小用了！又何必多唇吻。

你看：此賊又活了！（自刎介）（下）

（二旦）阿呀，他竟自刎了。好個烈性的女子！我每且把屍首抬過一邊。（抬付下）姐姐，我每去報與大王爺知道便了。正是：三寸氣在千般用，一日無常萬事休。（下）

按　語

〔一〕本齣情節、曲文接近遺民外史撰《虎口餘生》第三十一齣〈刺賊〉。

〔二〕選刊此齣的坊刻散齣選本還有《審音鑑古錄》。選抄此齣的散齣鈔本有：中國國家圖書館藏佚名抄《戲曲選抄》、中國藝術研究院藏佚名抄《崑弋曲選》。

5　清・同德堂巾箱本《虎口餘生》作「胃」。

鳴鳳記・河套

外：夏言，老太師。
丑：夏言的僕人。
小生：呂本，禮部尚書。
末：周用，左都御史。
淨：嚴嵩，嚴介溪，太師。

（眾引外上）

【引】官居台鼎，廣集忠良同輔政。漫憂朔漠有王庭，還懼朝廷添奸佞。

　　愁脈脈，忍見塞鴻飛北闕。傍午征書盈案積，悶懷堆幾尺。不憚汗流終日，豈作中書伴食。咳！朝內奸雄除不得，誰人同著力？我，夏言。志存報國，力恢河套，前日差都御史曾銑督兵前去，幸他紀律嚴明，謀猷克固，可謂文武全才！怎奈仇鸞這廝，按兵負固，不肯發兵相助；曾銑屢請援兵，又被那丁汝夔等以固守城池為詞。我想，若再不救援，則前功盡棄。我知道吓，那嚴嵩怪我老臣執政，又忌曾銑成功，致令邊將損兵，英雄喪氣，如何是好？我今日邀請老成[1]眾官商議，且看那嚴嵩議論如何。官兒。（丑）有。（外）各位老爺請到的麼？（丑）請到的。（外）到時通報。（丑）曉得。

---

[1]　底本作「誠」，據《六十種曲》本《鳴鳳記》改。

（小生上）

【引】邊城塵土暗滄溟，勒石燕然未有人。（末上接）漫勞臺閣費經綸，補袞分憂志可矜。

　　（小生）下官禮部尚書呂本是也。（末）下官左都御史周用是也。（合）夏太師相招，一同進見。（丑）呂、周二位老爺到。（小生、末）老太師。（外）救時無善政。（小生）坐鎮有清風。（外）願借匡扶力。（眾）同收擊楫功。（外）請坐。（小生、末）不敢。（雜引淨上）

【引】親臣密邇佐明君，順旨承顏稱上心。

　　（付）嚴爺到。（眾）太師請。（淨）列位請。（眾）不敢。（淨）佔了。（雜）到儀門。（外迎介）（淨）老太師。（外）介溪公。（淨）學生有事來遲，仰祈恕罪。（外）介溪公釋[2]政而來，足仞盛情。（眾見禮介）老太師。（淨）列公，勞待了。（眾）學生輩理應伺候。

　　（外）官兒，各位老爺都齊了麼？（丑）還有兵部大堂丁老爺未到。（外）再去邀。（淨）住了。（丑）吓。（淨）老太師，可是那兵部丁本立麼？（外）正是。（淨）學生委他點盤軍器去了。（外）今日可來麼？（淨）只怕不得進謁，望太師恕罪。（外）今日是他職分之事，也該來議一議纔是。（淨）不知老太師呼喚，學生委之在前，所以不能進見。那軍器也是要緊的，望老太師恕了他的罪罷。（外）既是介溪公有所委托，官兒。（丑）[3]吓。（外）不消去邀了。（淨）多謝老太師。

2　底本作「攝」，據《六十種曲》本《鳴鳳記》改。
3　底本作「雜」，參考上文改。

　　（放茶介）吾等蒙老太師見召，不知有何台諭？（外）介溪公還不知，那敵人犯邊，烽煙不息，督臣待救；帷幄無謀，皆你我兩人之罪，如何是好？（淨）原來為此麼。列公請。（眾）老太師請。（淨）大家同議。（眾）不敢。（淨）佔了。老太師聽啓：那醜虜陸梁，[4]自古有之，三皇不能化誨，五帝不能懲督。故漢室和親，唐家納幣，典午當衰，五胡雲擾，靖康失計，二帝蒙塵。觀此虎狼之威，終是犬羊之類。今日之禍，必是庸悍守臣不從朝命，效甘延壽之開邊，慕馮奉世之生事，致使虜騎長驅，犬戎犯順。[5]然小醜盜弄潢池，終無能為也。（外）為今之計，便怎麼？（淨）為今之計，不過戒令將士，固守城池為上；若使戀戰貪功，必致喪師辱國，所謂「明先王荒服之道，峻四夷出入之防」而已。老太師以為何如？

　　（外）介溪公差矣！先王守在四夷，謂彼此各有界限，王者不治夷狄，謂華夷不可相親。未聞中國淪喪，置而不較者！故石敬塘獻地契丹，罵名萬代；金國主捐燕蒙古，遺臭千年。況此河套沃野千里，我祖宗披荊帶棘，開創何難！今到子孫，束手閉門，委棄甚易。赤子蒼頭，皆為左袵；玉容粉面，盡被腥羶。[6]迢迢古道積橫屍，凜凜朔風飄怨血，此誠我臣子所不忍見聞者。齊襄僅春秋之一國，尚然復九世之仇；賈誼為洛陽之少年，猶思繫單于之頸。我和你堂堂天朝，落落宰相，固宜[7]滅此而後朝食，乃甘於喪師失地，使天下後世，將謂你我為何如人也？介溪公請自三思。

4　集古堂共賞齋本作「邊寇陸梁」。

5　集古堂共賞齋本作「北騎長驅，西戎犯順」。

6　集古堂共賞齋本作「盡棄沙塵」。

7　底本「宜」字脫，據《六十種曲》本《鳴鳳記》補。

　　（淨笑介）老太師議得極是！列位，還有一說。（眾）是。
（淨）大抵建功立業，也要度德量力。趙有李牧，匈奴不敢犯邊；
蜀有孔明，南人不敢復反。苟非其人，必難成事。況河套之失，咎
在前人，與我輩何與？吓，列公，如今既沒于北虜[8]，即為朔漠之
鄉，得其人不足臣，得其地不足守。故牛僧孺不受悉怛，賈捐之請
棄珠崖，古人所為，必有定見；況我國家四海盡屬版圖，何在彈丸
黑子？百萬日增戶口，哪須屑爾蒼生？若追踰垣之賊，必引斬關之
盜。那曾銑不過是白面書生，未嫻軍旅，前既輕為以取其敗，豈可
重發而喪其功？（外）依公處之，如何高見呢？（淨）依我處之，
必須先斬曾銑，韃虜[9]不攻自退。

　　（外）咳！介溪，你如此說來，南朝可謂無人矣！大抵子不能
為親成家，即為不孝；臣不能為君開國，即為不忠。故獻納二字，
富弼強爭；睢陽一城，張巡死守。忠臣賢將，何代無之？顧用與不
用耳。道濟若存，胡馬豈容南牧；李綱見用，趙家豈至北轅。若中
有忌功之臣，則外無有能之將。盧杞用而懷光叛，秦檜相而岳公
死，豈非孤忠被誣之故歟？今曾銑有樂羊子之忠，未免謗書一篋；
仇鸞有姚令言之變，反加錫命三章。咳！介溪吓，忠邪莫辨，用舍
不明，時事可知矣！罷！我老臣不能調玉燭于光天，豈忍見銅駝于
荊棘？明日奏過聖上，親總六師，鞠躬盡瘁，死而後已。（淨）還
請再議。（外）不必再議，不必再議。（眾）老太師請息怒。

　　（淨）老太師，你何須如此著惱。自古順天者存，逆天者亡。
皇上久厭兵革，方與邵真人打延熙萬壽清醮，老太師執意要興兵，

8　集古堂共賞齋本作「北地」。
9　集古堂共賞齋本作「強寇」。

可不先逆了天了？（外）列公，聽他言語，就見心跡。正所謂「長
君之惡其罪小，逢君之惡其罪大」！皇上修眞打醮，必是小人導
之。（淨背）這個小人也小得過。（外）吓，如此說來，你就是閉
門修齋的王欽若了。（淨笑介）阿呀，哈哈哈！修眞打醮，這是聖
意，與我何干？把我比做王欽若。罷，我甘心認做王欽若。只是，
老太師也不該謗毀明君。

　　（外怒介）

【端正好】憑道俺謗明君違天命，不知是哪一個諂佞公
卿，把君權侮弄將朝綱紊，間阻了忠勳。（淨）間阻了朝廷
何事？（外）俺這裡撲登登按不住心頭忿，（眾）老太師請息
怒。（外）效微忱拚死捐生，做不得拂鬚參政，待要對天朝
明詢干君聽。

　　（淨）我和你同為宰輔，只是未達一間耳，也不要太欺了人。

　　（外）

【倘秀才】俺這裡持身剛正，說什麼太欺人。誰知是你們
價作弊，俺和你矢天日辨個忠誠。俺待學會澶淵提著過河
兵，俺待學擒元濟安著淮蔡民，祇怕那金甌破損，你不救
那曾銑呵，卻不道檀道濟壞了長城。（眾）足見老太師忠君為
國之心。（外）俺只是一心分破帝王憂，兩條眉鎖江山恨。
列公！只看俺兩鬢星星。

　　（淨）老太師不消說得，是個忠臣；如今大家在此，哪個是奸
臣呢？（外）只你是奸臣！（淨）我哪些兒奸處呢？（外）你還說
不奸！（淨）奸在哪裡？

　　（外）

【滾繡毬】你闢私門賄賂行，（淨）那科道官怎容得我？

（外）半朝臣皆從順。（淨冷笑）好個皆從順！（外）你狼吞虎噬，傷殘了萬民百姓，害得那有功臣百事無成。你是個老秦丞再生奸佞。（淨冷笑）又是秦檜，又是秦檜！哈哈哈！何苦，何苦！（外）私寢邊兵，迎合著君王性，何異那守天雄束手無門。（末）老太師請息怒，嚴太師必無此心。（外）只教你一時富貴如朝露，萬古奸回遺臭名。仔細評論。

（淨）列公，你聽他自己比做裴晉公、寇萊公，把我比做王欽若又是秦檜，教我也沒分身處。罷！我奸臣且退，讓你忠臣多做幾年。正是：要為匿怨求名士。（眾）老太師請息怒。（淨）列公，你聽他把我如此光景，教我哪裡當得起！（眾）不必動怒，請了。（淨）罷，權作吞聲忍氣人。（下）

（眾）嚴太師去了。（外）這奸雄竟自去了。列公，那曾銑有何罪過，就該處斬麼？（眾）便是。（外）我明日親自面君，先除奸佞，然後興師。（眾）老太師，自古道：「去河北賊易，去朝中朋黨難。」忍耐些罷。（外）咳，列公還不曉得我夏言平生剛介麼？倘有不虞，何惜一死！

【尾】猛拚捨著殘生命，不學他靦覥依回苟祿人。接踵奸雄與日增，翹首邊塵何日清？怕聽嘶風胡馬鳴，忍見中原戰血腥？誰犯龍顏願剖心？誰向燕山去勒銘？追想高皇萬苦辛。只是可惜吓！二百年基業無人整，將俺赤惺惺一片丹心化成灰燼。

籌邊無計奈如何！（末）忠佞由來是兩途。（小生）酒逢知己千杯少。（合）老太師，那話不投機半句多。（外）咳，明日老夫面奏皇上，待我親自領六師出征便了。（眾）老太師高年，還須仔細斟酌斟酌。請了。（下）

按　語 ✏

〔一〕本齣出自《鳴鳳記》第六齣〈二相爭朝〉。

〔二〕選刊此齣的坊刻散齣選本還有：《萬壑清音》、《醉怡情》
（標目〈折奸〉）、《來鳳館合選古今傳奇》（標目〈議邊〉）、
《審音鑑古錄》。又，下落不明的聞正堂刊《綴白裘全集》選目也
有〈折奸〉，疑是此齣。

鳴鳳記·醉易

丑：嚴世蕃，權相嚴嵩之子。

末、生：嚴家的僕人。

小生：易弘器，書生。

　　（丑扮嚴世蕃，末、生扮二家人隨上）

【引】嚴君聲勢震如雷，縱橫謀，何求不遂。

　　我爹爹齒爵俱尊，兒孫並貴。人稱我為半朝天子，可謂不謬矣！只是，易家與我世仇，他有肥田三千畝，在我北庄相近，爭奈他恃強負固，不肯報獻。正思用計害他，何期那易弘器小畜生又中了解元。昨日到京，特來參謁。我見他一貌堂堂，必然高發，若不早除了他，如虎生翼，後日我子孫難保不[1]受其害。我已定下一計，昨日已曾發帖，請他今日飲宴，盡歡沉醉，留他在書房中歇宿，那時鎖禁書房。我房中有個使女秋蓉，顏色頗醜，要他也是無用。著家奴彭孔認作妻子，待等三更時分，先殺易弘器，後斬秋蓉，共成奸罪。天明時，叫彭孔執了兩顆首級到兵馬司去出首，只說易弘器乘醉佯狂，強奸良婦，併妻殺死。那彭孔不惟無罪，抑且有賞。那易弘器一死，田產不怕不是我的。走來。（生、末）有。（丑）筵席可曾完備了麼？（末、生）完備多時了。（丑）易相公到時，即便通報。（生、末）吓。（眾下）

───────────────

1　底本作「恐」，據《六十種曲》本《鳴鳳記》改。

（小生扮易弘器上）

【引】文省幸掄魁，到皇都，赴禮²闈。

小生江西解元易弘器，因到京會試，今日蒙嚴府招飲，不得不領其情。此間已是。（生）易相公到了？（小生）是，相煩通報。（生）少待。大爺有請。

（丑上）怎麼說？（生）易相公到了。（丑）道有請。（見介）吓，取大衣服來。（小生）不消，不消。（脫介）佔了。（拜介）（小生）輕率進謁，執贄無儀；猥辱寵招，侍食有愧。（丑）解元兄，我和你英豪聚會，何必謙恭；故舊相逢，勿存形迹。請坐。（小生）如此，叨坐。占了，不當之甚。（丑）解元兄獨占魁名，愚父子亦當有光，今春諒必大魁天下矣。（小生）惶恐。（丑）今日聊具豆觴，少壯文場之興。（小生）多謝。（丑）取大盃來。（眾）吓。（丑）斟酒，是解元酒。（小生吃介）（丑）斟酒，是會元酒。（小生吃介）（丑）再斟酒，是狀元酒。（小生吃介）吃不得了。（丑定席介）

【玉交枝】春風和靄，漫論交酒斟玉盃。鬱金潋灎生光彩，請君家暢飲開懷。笙歌奏處意和諧，黛眉舞罷盃還再。（合）喜共遊皇宮玉臺，須沉醉肉林酒海。

（小生）告辭了。（丑）且慢，小酌還在萬花樓上，請兄一玩。掌燈。（同走，上樓，坐介）

（小生）

【前腔】寒微自揣，荷恩榮光生上臺。玳筵開處頻加愛，

2　底本作「孔」，據《六十種曲》本《鳴鳳記》改。

兩情豈復[3]疑猜。錦堂春暖肆徘徊，玉樓人醉生狂態。
（合）喜共遊皇宮玉臺，須沉醉肉林酒海。

（小生）小生量不能勝，告辭了。（丑）易先生不必如此拘
束，天色尚早，請再飲幾盃。（小生）多感盛情，勉強再坐片時。
（丑）小廝，看白玉盃來。（生）吓。（丑）請滿飲此盃。（小
生）請。（丑）候乾。（小生）小生其實量窄，慢些便好。乾。
（丑）好量吓！小廝斟酒來。（小生）吃不下了。（丑）一定要滿
飲此盃。（小生）太熱了。（丑）太熱，看溫涼盃來。（小生）實
是吃不得了。（丑）請開懷抱，滿飲此盃。（小生）乾。（生）溫
涼盃在此。（丑）解元兄，此盃斟酒在內，要暖自暖，要涼自涼，
乃是雲高木老兒送來的，請乾。（小生）再不敢從命了。（丑）不
吃麼？小廝們，與我跪在那裡，等易相公乾了，你們起來。（眾）
易相公，請酒！（跪介）（小生）起來，我吃。乾。

（丑）解元果然醉了……天色已晚，回寓不及了，請到書房中
宿了罷。小廝們，扶好了！（眾扶介）易相公，這裡來。此間已是
書房，請進去。（進介）（睡介）易相公，睡了罷。（丑）小廝，
把書房門鎖好了。（眾）曉得。（丑）斷送一生豪氣，已消半熟黃
粱。（丑、眾俱下）

按　語

〔一〕本段出自《鳴鳳記》第三十一齣〈陸姑救易〉前半齣。

3　底本作「後」，據《六十種曲》本《鳴鳳記》改。

鳴鳳記・放易

老旦：陸氏，嚴世蕃的表姑。
小生：易弘器，書生。
付：彭孔，嚴世蕃的傭人，殺手。

　　（老旦扮陸氏上）手似扶人杖，心如活命丹；救得千人傑，勝[1]燒萬炷香。老身陸氏，乃嚴太師表妹，世蕃之表姑；因孀居[2]無家，暫依親戚。我世蕃姪兒教我教導小姐的針黹，因此得宿臥房。方纔聽見他夫妻兩人商議：今晚將易解元灌醉，鎖禁書房，待等三更時分，差彭孔先殺解元易弘器，後斬秋蓉，共成奸罪。老身一聞此言，唬得我汗流脊背。我想，那易解元乃是少年英俊，就是秋蓉這丫頭亦非其罪，險些斷送兩條性命。我正思量無計可使，天幸世蕃姪兒睡去，被我竊得匙鑰在此。待我悄悄的開了書房門，救了易生出來，那秋蓉自然不死。老身住在此多年，路徑頗熟，為此，燈火也不取，猶恐走漏風聲，黑暗來此。咳，易生，易生，若不是遇了老身，險些死于非命也！咳，此間已是書房門了。果然鎖禁在此。天哪，若是應該救他，一開就是。咦，果然開了，謝天地。不免進去。易生，易生！易解元，易解元！不知睡在哪裡？（小生打鼾介）哪裡打鼾響？（摸介）這個就是了，果然吃得爛醉在此。易

1　底本作「常」，據《六十種曲》本《鳴鳳記》改。
2　底本作「苦」，據《六十種曲》本《鳴鳳記》改。

解元！（小生）吃不下了。（老旦）還不知死在頭上，醒來逃難去！

（小生）

【奈子花】問管家昏夜何來？（老旦）我是老嫗，不是什麼管家。（小生）問娘行昏夜何來？（老旦）為郎君猝犯飛災。（小生）小生醉後不知天地，有甚飛災？（老旦）那嚴世蕃道你是夏家的內姪，欲佔你田園，頃刻就差人來殺你。（小生跌介）阿呀媽媽，救我一救！（老旦）為此老身呵，奮身力救，恐遭毒害。（小生渾介，老旦各跌介）（老旦）易生，易生，你尋路徑逃生莫待。（小生）如此說，你就是我重生父母了。深賴，銘心鐫骨曷勝感戴。

（跌介）（老旦）阿呀天哪，快些逃難去罷！（小生）媽媽，我一步也走不動了！

【前腔】我戰兢兢脚步難捱。（跌介）（老旦）那邊是內室了，這裡來。（小生）為酩酊欲去還來。若不是媽媽救我，險些兒做了粉齏肉醢。（老旦）好了，這裡是園門首了。（小生）園門鎖在此，怎麼好？（老旦）不妨，有匙鑰在此。（開門介）如今是外面走得通的了。（小生）吓，走得通的了。方幸得餘生猶在。（老旦）易生，你行快些，防著後面追來莫解。

（小生）請問媽媽高姓？（老旦）我乃嚴世蕃的表姑陸氏。（小生）吓？莫氏？（老旦）陸氏。（小生）表姑陸氏。（小生吐介）（老旦）阿呀且住，我救便救了他，欲去不能，欲回不可，這裡有口井在此，不免投井而死罷。（小生）阿呀媽媽，使不得的！（老旦）阿呀，那邊有人來了！（小生）在哪裡？（老旦作投井下）（小生）阿呀救人吓，救人吓！我那親娘！阿呀你看，媽媽為

我投井而死。我那親娘吓：

【尾聲】你好似浣紗女子身傾壞，仗義捐生實可哀。媽媽，我欲待要救你，又恐有人追來，我也顧不得你了。罷！我且逃出樊籠不再來。

（內應，小生渾下）

（付扮彭孔，掛腰刀上）欲求豫讓心，先試荊軻劍。我叫彭孔。方纔拉厾吃夜飯，有人對我說：「大爺厾叫㕶。」我就丟落子個飯碗，一走走得去。我說：「大爺叫我做儕？」大爺說：「彭孔，走得來。有一個酒頭來厾書房裡，你捉子渠來。」我說：「是哉。」問起緣故，原來是易解元與我大爺有仇，今將他灌醉，鎖禁書房。待等三更時分，著我先殺易解元，後斬秋蓉，共成奸罪。等待天明，將兩顆首級到兵馬司去出首，把秋蓉認作妻子，說易弘器乘醉佯狂，強奸良婦，并妻殺死。說：「不惟無罪，亦且有賞。成事回來，重重再賞。」我說：「是哉。」

我答應答應子渠，弗知阿能個到我手來？等我一路摸子去。吶，奇哉！哪了書房門才開拉里哉？像是羅個先割子稻椎頭去哉。我且進去看。弗知睏拉厾落裡？咦！個是榻床哉，必定睏來上。阿呀，我個兒，兒子吓，憑你銅筋鐵骨也要斬子肉油醬。看刀！（殺介）吶？哪了個𡚸娘賊身上能瘦？纔是一把骨頭，一點肉也沒得個。且住，等我來摸摸看。咦？哪了弗見？吓，是哉！像是扳厾榻床底下，等我亂斬一斬渠使使。阿呀，弗是個哉，得我來推窗一看，就知明白。阿呀弗好哉，一定是走漏子消息，不伊溜子去哉。且到後門頭去看看介……阿呀弗好哉，花園門才開拉裡哉，自然是逃走哉。等我趕上去叫渠轉來。喂！易相公，易解元，易弘器，易家門裡，老易！你身體走子去沒罷哉，拿子個頭來介。我只道是個

酒頭，再弗曉得哩是個逃客。且住，只是教我哪亨回頭我哩個大爺介？啐！我想大爺與他有仇，我彭孔卻與他無仇，何苦要去害他的性命。我如今且將機就計，回覆大爺罷。正是：得放手時須放手，得饒人處且饒人。介個奤娘賊介慳吝個，一個頭弗肯出。吓，落裡去捉一個飛來頭罷。（下）

按　語

〔一〕本段出自《鳴鳳記》第三十一齣〈陸姑救易〉後半齣。

尋親記‧跌書包

旦：郭氏，周瑞隆之母。

貼：周瑞隆。

　　（旦上）

【引】愁雲障海頭，月冷空閨裡。

　　獨學無友，孤陋寡聞，想我孩兒在學攻書，敢勝似前番了。若得他成人，也不枉了我教訓一番。正是：黃金滿籯[1]，不如教子一經。

　　（貼急上）阿呀，苦吓！

【引】蒙娘嚴命去攻書，受盡萬千羞恥。

　　娘在哪裡？阿呀娘吓！（跌地介）（旦）兒吓，你在學裡攻書，為何這般模樣回來？快說與我知道。

【紅衫兒】（貼）娘親教孩兒從義學，（旦）從義學，為何這般光景？（貼）早被人欺。（旦）是哪個欺你？（貼）是那同窗朋友搬鬥是非。（旦）他怎麼樣欺你？你也該忍耐些罷了。（貼）阿呀娘吓，怎受他打罵禁持，這冤屈訴誰？（旦）你為何不稟先生？（貼）先生呵，憐他是富室之兒，又何曾問取。

　　（旦）

【前腔】莫怪那人欺侮，自恨我家無主。因你父他鄉，教

――――――――――――――

1　底本作「盈」，據《六十種曲》本《尋親記》改。

娘獨自。阿呀林公子吓，縱然你打死我的孩兒，有誰來救取？吓，兒吓，你且寧耐，到義館攻書，休得懶廢。若得你一舉成名，那時誰不來敬你。

（貼）

【獅子序】他頑劣，娘怎知？（且）是他頑劣，與你何干。（貼）況終朝他是飽食暖衣，不似我守著這幾甕黃虀。他怪我做楊修捷對，又道是我學班馬勤讀書。他是琢磨不就，反生嫉忌。他還罵得孩兒好恨哩！（且）他罵你什麼來？（貼）他罵我是窮酸寒賤。不是孩兒誇口說，若讀起書來呵，管封侯萬里，索甚毛錐。

（且）

【前腔】只為家貧窘，難度時，況娘親力薄勢單，只愁我旦夕間喪在溝渠。（貼）連娘也不來護我了。（且哭介）阿呀兒吓，非是娘不來護你，爭奈我家不如，力不如，勢不如，與他每爭甚閒氣。（貼）一學中朋友多是向著他的。（且）吓，你這些年紀，還不曉得麼？正是世情看冷暖，果然人面逐高低。

兒吓，你且忍耐，待我做娘的送你去，我對先生說就是了。（貼）若是別家，孩兒去的；若到他家去，孩兒死也是不去的。（且）兒吓，讀書是大事，你不要執性，還是去的是。（貼）孩兒決然不去的。（且）你真個不去？（貼）真個不去！（且）果然不去？（貼）果然不去！（且）你若不去，我是要打的嘻。（貼）就打死孩兒，也是不去的。（且）畜生！這等倔強。我打死你這畜生！（貼倒地，且打介）畜生吓！

【東甌令】娘言語，尚兀自不遵依，可知朋友中間爭是

非。這番打罵不成器，虧娘數載吃遭際。（貼）母親是婦人家，受得這樣氣；孩兒是男子漢，受不得這樣氣的。（旦）哪個是男子漢？（貼）孩兒是男子漢。（旦）好一個男子漢！（哭介）阿呀兒吓！他年若得錦衣歸，這便是男兒。

　　（貼）

【前腔】男文墨，女針黹，教子讀書是爹所為。可憐不識椿庭訓，斷機將兒誨。他年若得錦衣歸，我爹爹又不在眼前，早難道身掛老萊衣？

　　（旦）休得與人爭是非，從今勤讀苦攻書。（貼）龍逢淺水遭蝦戲，鳳入深林被鵲欺。（旦）拿了書包，隨我前去。（貼）我是不去……（旦）今日天色已晚，且待明早，待我送你前去，我對先生說就是了。你且隨我進來，兒吓，鶴隨鸞鳳飛騰遠，人伴賢良志氣高。隨我進來。（貼哭下）

按　語 ✎

〔一〕本齣出自《周羽教子尋親記》第二十五齣〈訓子〉。

〔二〕選刊此齣的坊刻散齣選本還有：《怡春錦》、《來鳳館合選古今傳奇》、《萬錦嬌麗》、《歌林拾翠》、《方來館合選古今傳奇萬錦清音》、石渠閣主人輯《續綴白裘》。標目或作〈訓子〉，或作〈教子〉、〈周娘訓子〉。

尋親記·榮歸

旦：郭氏，周瑞隆之母。
付：張禁，報訊人，當年押解周瑞隆父親的解差。
貼：周瑞隆。

（旦上）
【剔銀燈】孩兒去京華拜紫宸，一別杳無音信，知他有著荷衣分？知他是依舊白身？思之，教人斷魂。無由得音書到門。（付上）春從天上至，恩向日邊來。此間已是。大娘子拜揖。（旦）客官何來？（付）大娘子，難道就不認得了麼？我當初原是一解人。（旦）吓，原來是張禁哥！我丈夫怎麼樣了？（付）周官人不曾身殞，我中途放他逃生命，人多道他無塚孤魂。（旦）今日到此何幹？（付）如今，小相公步青雲。（旦）不信有這等事！（付）吓，娘子不信，現有登科錄在此。特來報兩樁喜信。

（旦）果然我孩兒中了！謝天地！待小兒回來，登門叩謝罷。（付）好說。大娘子，告辭了。（旦）你是恩人我怎知？定將恩怨訴孩兒。（付）教子喜登黃甲第。（旦）張禁哥請轉！小兒回來要見父親，往哪裡去尋？（付）吓，尋親只在鄂州歧。（旦）吓，多謝了。（付）好說。這也難得。（下）（旦）這也可喜。（虛下）
（四雜紅氈帽執旗，引貼上）
【引】平地一聲雷，桃浪暖已化龍魚。

　　（吹打，拜家堂介，眾下）（旦上）（貼）母親請上，待孩兒拜見。（旦）住了，你先去拜了父親，然後來拜我。（貼）阿呀母親吓，二十年來不曾提起父親，今日孩兒榮歸，為何提起父親來介？（旦）哇！你沒有父親，身從何來？我只道你是孝順子，誰知是忤逆兒。兀的不痛殺我也！

　　（貼）呀！

【入破】錦衣榮歸故里，誰不生歡喜，我娘親緣何翻成一段愁緒？試問還疑，未審孩兒有何罪？娘寬恕責罰，娘嚴命，兒不敢違。

　　（旦）

【入破一】你怎生不知我吃萬千狼狽？不因你我也喪溝渠，怎肯受他人禁持？（貼）料想爹行必受何人冤屈，我是個不孝兒，長養成人兀的不知娘的就裡。

　　（旦）

【入破二】為築河堤，你爹娘被官差逼離，無錢用去求張敏借錢使。誰知他虛填了空頭文契，又把人殺死，誣告伊爹做殺人重罪。他又計囑官司，把你爹屈招認罪。

　　其時幸有新太爺到任，你做娘的也顧不得羞恥，只得攔住馬頭訴冤。那新太爺清如水、明如鏡，出你爹爹的罪名，發配到廣南雍州。那張敏又買囑解差，不容回家，就在府場分別，要在中途暗害。

【滾三】又逼我成婚。只因你在娘身，已無可推辭，只得把花容割損方脫離。（貼）母親，孩兒只是不信。（旦）兒吓，你若不信呵：只看娘臉上刀痕，是你娘傷心之痛處。

　　（貼）

【衰四】聽說痛悲，聽說痛悲使兒心碎。二十載爹受冤娘
受苦，兒不聞之，逆天罪大。恨張敏不仁，恨張敏不仁，
把我爹謀害。這奸賊，誓不同天，難容在世。

（且）你如今待要怎麼？

（貼）

【衰中】孩兒呵，拚棄了官，拚棄了官，縱殺他，只准復
仇之罪。（且）我兒吓，殺了人是要做重囚的嚧。（貼）我寧做
重囚，我寧做重[1]囚，不殺他被人笑好羞恥。

（且）

【衰拍四】你休得差遲，你休得差遲。爹陷他鄉里，你不
去尋親，閑聒甚的？（貼）孩兒一定要報仇的嚧！（且）若去
報仇，若去報仇，必落囚牢裡。那時兒遭罪，娘思憶，爹
不歸，一家裡多荒廢。（貼）未審爹行，未審爹行，災禍
如何脫離？目今流落何方地？還是甚處？（且）那解子張禁
來說，你爹爹去時，在神祠裡感夢相憐，救他脫離。（貼）母
親，叫孩兒到哪裡去尋介？

（且）

【出破】你若要尋親，只在鄂州界裡尋端的。目今便作行
李計，又添我別離淚垂。（貼）如此，孩兒就去。（且）怎生
前去？（貼）待孩兒進去更換衣服，母親寫起書來。（下）

（且）相公吓！

【一封書】妻郭氏寸箋，上達兒夫周解元：從別後，苦萬
千，恨張敏不仁難盡言。今喜孩兒得中選，棄職尋親到海

1　底本「重」字脫，據《六十種曲》本《尋親記》補。

邊。見鸞箋，莫留連，及早回來雪大冤。

　　（貼上）母親可曾寫完？（旦）書已寫完在此了。

【哭相思】莫憶娘親便轉歸。（貼）孩兒就此拜別，望娘寬取莫思兒。（合）世上萬般哀苦事，無非遠別共生離。（貼）母親在家保重。（旦）路上須要小心。（貼）是。（旦）孩兒轉來。若尋見父親，早早回來，免得做娘的倚門懸望。（貼）是。（悲下）（旦）兒去也，雙淚垂，兒行千里母心隨。叫娘望斷南來雁，一日思兒十二時。（悲下）

按　語 ✎

〔一〕本齣出自《周羽教子尋親記》第二十九齣〈報捷〉。

〔二〕選刊此齣的坊刻散齣選本還有：《風月錦囊》、《歌林拾翠》、聞正堂刊《綴白裘全集》。選抄此齣的散齣鈔本有中國社科院圖書館藏《集錦》。

牡丹亭・學堂

貼：春香，杜麗娘的婢女。
生：陳最良，閨塾師。
旦：杜麗娘，官宦千金。

（貼上）

【一江風】小春香，一種在人奴上，畫閣裡徒嬌養。侍娘行，弄粉調朱，貼翠拈花，慣向妝臺傍。陪他理繡床，陪他理繡床，隨他上學堂。小苗條吃的是夫人杖。

　　花面丫頭十三四，春來綽約省人事。終須等個助情花，處處相隨步步覷。我，春香。自幼跟隨小姐，妝樓刺繡，臺榭觀花。看他名為國色，實守家聲，杏臉嬌羞，老成持重。只今老爺延師教授小姐講學，就著我伴讀，請來先生叫做什麼……（想介）嘎，嘎，叫陳最良。阿呀，那老人家好不古板吓。老爺又對他說：「倘有不到的所在，只打這丫頭。」呀噂！可不是我的晦氣。（笑介）想我春香可是與他出氣的麼？今早伏侍小姐早膳已畢，叫我去看看先生可在學館中……（內嗽介）咦，你看那老人家，端端正正坐在那裡了，待我去請小姐出來上書。正是：有福之人人伏侍，無福之人伏侍人。（下）

　　（生上）吟餘改抹前春句，飯後尋思午晌茶。蟻上案頭沿硯水，蜂穿窗眼咂瓶花。我，陳最良。在杜衙設帳，教授小姐，極承老夫人管待。今日早膳已畢，怎麼還不見小姐進館？卻也嬌養了

些，待我敲三聲雲板。（敲介）春香，請小姐上書。（貼內應介）
　　（旦上）

【遶地遊】素裝纔罷，款步書堂下。（貼上）**對淨几明窗瀟灑。**

　　（貼）小姐來了。（旦見介）先生萬福。（生）坐了。（貼）春香見先生。（生）罷了。（貼）先生休怪。（生）哪個怪你？（貼）不是，小姐來遲了些。（生）不是吓，女學生，凡為女子，雞初鳴，咸盥漱櫛笄，問安于父母。日出之後，各供其事。如今女學生既以讀書為事，須要早起進學，不得懶惰。（旦）以後再不敢了。（貼）先生，我知道了，今夜我同小姐竟不要睡。（生）為何呢？（貼）等到三更時分，就請先生上書，如何？（生）這又太早了。（貼）喲，早又不好，遲又不好，難吓！

　　（生）多講！去！學生，昨日上的書可曾溫習熟麼？（旦）溫習熟了，只待先生講解。（生）春香，你可曾熟麼？（貼）我麼……也熟了。（生）熟了？背來。（貼）是。吓，小姐，先生教你背書。（旦）先生教你背。（生）教你背。（貼）我是爛熟的了。（生）熟了怎麼不背？背來。（貼）先生，到晚間背罷。（旦）朝上背與先生聽。（貼作背不出）小姐題一字來。（旦）關。（貼）關關……（生）關關。（貼）吓，關關，關關……（生）關關雎鳩。（貼）吓，關關雎鳩，雎鳩……（生）在。（貼）關關雎鳩，在……雎鳩，在……（生）在河之洲。（貼）吓，關關雎鳩，在河之洲。窈窕淑女，君子好逑。（貼對生）可是爛熟的了？（生）一句多背不出，反說爛熟的了！拿去再讀！吓，女學生，聽講。（旦）是。（生）春香，你也聽著。（貼）曉得。

　　（生）關關雎鳩：關關，是鳥聲也；雎鳩，是鳥名也。（貼）

先生，鳥聲怎麼樣叫的？學一個與我每聽聽。（生）咮！怎麼樣學
與你聽？此鳥性喜幽靜，在河之洲。（貼）吓，是了，我曉得了。
不是昨日，是前日……呀唓，不是今年，是去年，我衙內關著一個
班鳩兒，被小姐放了，一飛飛到何知州衙內去了。（生）這是「興」！
（貼）一個小鳥兒有什麼興。（生）胡說！興者，是起也，起那下
文。窈窕淑女，是幽閑女子。君子好逑，有那等君子好好的去求
他。（貼）先生，為什麼要好好的求他？（生）吭，我依註講解，
只管胡講！（旦）先生依註講書，學生自會。但把《詩經》大意教
演一番。（生）聽講。春香，你也聽著。（貼）吓，曉得。

　　（生）

【掉角兒】論六經《詩經》最葩，閨門內有許多風雅。有
指證姜嫄產娃，不嫉妒后妃賢達。更有那詠〈雞鳴〉，傷
燕羽，泣江臯，思〈漢廣〉，洗淨鉛華。有風有化，宜室
宜家。（旦）先生這經文有許多？（生）《詩》三百，一言以蔽
之：沒多些，只「無邪」二字，付與兒家。

　　（旦）是。（貼）好，講得好聽。（生）書已講完。春香，取
紙筆來與小姐寫字。（貼）曉得。（旦）學生自會臨書，春香還勞
先生把筆。（貼）先生，小姐自會臨書，春香還勞先生把筆。
（生）你書也背不出，又要寫字。（貼）背得出的了。（生）看小
姐寫字。（貼）先生，字寫個順硃兒罷。（生）不要多說，看你小
姐寫字。（旦）先生，字寫完了。（貼）先生，小姐的字寫完了。
（生）寫得快吓，取來我看。（貼）吓。（取字，生看介）好吓！
我從不曾見這樣好字。（貼）在那裡讚了。（生）這是什麼格？
（旦）先生，這是衞夫人傳下，美女簪花之格。（生）果然寫得
好。（貼）先生，我也寫個奴婢學夫人，如何？（生）尚早。

　　（貼作呆介）小姐，我要出恭。（旦）對先生說。（貼）先
生，領出恭籤。（生）吓，你來得幾時，就要出恭了？（貼）來了
半日了吓。（生）不許去。（貼）哎喲，急了！（生）喂，去去就
來。（貼）吓，領籤。（生）就來吓！（貼）曉得。啐，我哪個要
出恭，且到那邊閑耍一回再來。（奔下）

　　（旦）先生，敢問師母尊年了？（生）目下平頭六十。（旦）
吓，既如此，待學生繡雙鞋兒上壽，只要請個樣兒。（生）生受
你。依孟子上樣兒，做個「不知足而為屨」罷。（旦）曉得了。
（生）吓，春香去了半日，怎麼還不見來？春香，春香！（貼上）
哎喲，只管讀書，那邊有個大花園，桃紅柳綠，好耍子吓！（生又
叫介）春香，春香！（貼）來了。這老遭瘟的又在那裡叫了。吓，
待我只做個出恭不完的意思，進去便了。（作唧籤、手縛裙帶介）
（生）春香。（貼）喲，恭也出不完，只管叫交籤。（旦）你為何
只管去了吓？（貼）阿呀，小姐，你只管在此讀書，原來那邊有一
座大花園，桃紅柳綠，好耍子得緊！（生）吓吓吓，你不在此陪小
姐攻書，反到後花園去頑耍；自己去了也罷了，又來引動小姐。取
荊條來，我要打了。（貼）先生，打哪個？（生）打你！打哪個。
（貼）打我吓，只怕將就些罷。（生）你怎麼引逗小姐？（貼）阿
呀，先生又來了。

【前腔】我是個女郎行哪裡應文科判衙？止不過識字兒書
塗嫩鴉。（生）古人讀書，有囊螢的，趁月光的。（貼）待映月
耀蟾蜍眼花，待囊螢把蟲蟻兒活支煞。（生）還有懸梁刺股
的哩。（貼）比似你懸了梁，損頭髮，刺了股，添疤納，有
甚光華！（內叫賣花介）（貼）咦，小姐，你聽一聲聲賣花，
把讀書聲差。（生）又引逗小姐！這番真個要打了，取手來！

（打介）（貼揪住介）放手，放手！（貼）**我是個嫩娃娃，怎生禁受恁般毒打？**

（貼奪戒方擲地介）（生）阿唷唷，有這等事，氣死我也！明日告訴老相公，這等可惡，要辭館了。（旦）哇！賤人這等放肆！先生，請息怒，恕他初犯，容學生自去責罰他罷。（生）該責，該責。（旦）有這等事，賤人，拾起來。（貼拾介）（旦）取來。（貼）吓，小姐，送與先生罷。（旦）胡說！取來。（貼）吓。（旦）過來跪了。（貼）怎麼要我跪起來介？（旦）哇！還不跪？（貼）就跪。（旦）對先生跪。（貼）跪了小姐罷。（旦）胡說。（貼）就對先生罷。（跪介）（旦打貼介）（貼）阿唷，阿唷！（旦）好丫頭，這等放肆！自古「一日為師，終身為父。」先生打你不得，反去唐突先生麼？（貼）我沒有唐突先生吓。（旦）還要胡說！（又打介）（貼）吓唷，吓唷！（旦）自今以後呵：

【前腔】你手不許把鞦韆索拿，腳不許把花園路踏。（貼）嘴兒說說罷。（旦）**這招風嘴把香頭來綽疤。**（貼）眼睛瞧瞧罷。（旦）**招花眼把繡針兒簽瞎。**（貼）瞎了眼是沒用的了吓。（旦）**賤人，要你怎麼？則要你守硯臺，跟書案，伴詩云，陪子曰，沒的爭差。**（貼）就差些也罷了。（旦）胡說！**則問你幾絲兒頭髮，幾條兒背花？敢也怕些些，夫人堂上那些家法。**

（連打介）（貼）阿呀小姐，再不敢了。噲，先生，討饒討饒噓。（生）問他下次可敢了？（貼）再不敢了噓。（生）女學生，他既知罪了，饒了他罷。（旦）既是先生討饒，且饒你。（貼）啐！早些說便好。（旦）吓，又胡說。（貼）不敢。（旦）起來謝了先生。（貼）謝了小姐罷。（旦）胡說，謝了先生。（貼）多謝

先生討饒。（生）今後再不可如此。（貼做鬼臉學生介）（生）喂，這個丫頭。吓，春香，不是我做先生的苦苦教授你，

【尾聲】女弟子則爭個不求聞達，和男學生一般兒教法。（旦合）怎辜負這一弄明窗新絳紗。

（內）老爺請陳相公用飯。（生）知道了。你先去，就來。（內應）我陪老相公閒話去，你每功課完了方可回衙。（貼）吓，曉得。（旦）學生送先生。（生）不消了。（貼）春香送先生。（生）罷了。（下）

（貼）呀啐！老白毛，老不死，好個不知趣的老村牛！（旦）吓，死丫頭，自古道：「一日為師，終身為父。」難道打你不得的？還要背後罵他。（貼）小姐，背後罵了，他是不曉得的呀。（旦）胡說，隨我回衙去罷。（貼）吷。（走介）

（旦）走來，我且問你，方纔說的花園在哪裡？（貼）小姐，你自去讀書，不要學我這樣死丫頭要頑耍的。（旦）這丫頭倒來還嘴！不是吓，你實對我說，花園在哪裡？我也要去閑耍吓。（貼）小姐，你果然也要去麼？（旦）正是。（貼）小姐，來。哪哪哪！那邊不是？這邊不是？（旦）可有景致麼？（貼）有景致吓。有亭臺六七座，鞦韆一兩架，遶的流觴曲水，面著太湖山石，奇花異草，委實華麗得緊。（旦）吓，原來有這等一個好所在……（貼）小姐幾時去遊玩呢？（旦）吓吓吓，我想明日不好，後日欠佳。吓，除非是大後日，老爺下鄉勸農，你可吩咐花郎，教他打掃亭臺潔淨，和你去遊玩便了。（貼）曉得，待我就去吩咐。（旦）也曾飛絮謝家庭。（貼）欲化西園蝶未成。（旦）無限春愁莫相問。（貼）綠蔭終借暫時行。（旦）你快去吩咐收拾，後日准要去的。（貼）是，曉得。（下）

按　語

〔一〕本齣出自湯顯祖撰《牡丹亭》第七齣〈閨塾〉，還融合了第九齣〈肅苑〉以及馮夢龍撰《墨憨齋重訂三親會風流夢》第五折〈傳經習字〉部分文字。

〔二〕選刊此齣的坊刻散齣選本還有《審音鑒古錄》。選抄此齣的散齣鈔本有：中國社科院圖書館藏《集錦》、中國國家圖書館藏朱執堂抄《時劇集錦》。

牡丹亭‧遊園

旦：杜麗娘，官宦千金。
貼：春香，杜麗娘的婢女。

　　（旦、貼同上）
【遶地遊】（旦）夢回鶯囀，亂煞年光遍，人立小庭深院。（貼）注盡沉煙，拋殘繡線，恁今春關情似去年？
　　（旦）春香。（貼）小姐。（旦）曉來望斷梅關，宿妝殘。（貼）小姐，你側著宜春髻子恰憑欄。（旦）剪不斷，理還亂，悶無端。（貼）已吩咐催花鶯燕，借春看。（旦）春香，可曾吩咐花郎掃除花徑麼？（貼）小姐，已吩咐過了。（旦）取鏡臺、衣服過來。（貼）曉得。（旦照鏡、掠鬢、更衣介）（貼）雲髻罷梳還對鏡，羅衣欲換更添香。
　　（旦）好天氣吓！
【步步嬌】裊晴絲吹來閒庭院，搖漾春如線。停半晌整花鈿，沒揣的菱花，偷人半面，迤逗的彩雲偏。（貼）小姐，請行一步。（旦）我步香閨怎便把全身現？
　　（貼）
【醉扶歸】你道翠生生出落的裙衫兒茜，豔晶晶花簪八寶填。（旦）可知我一生愛好是[1]天然？（貼）小姐，恰三春好

1　底本作「似」，據明末朱墨本《牡丹亭記》（《古本戲曲叢刊》初集景印）改。

處無人見。不隄防沉魚落雁鳥驚喧，則怕的羞花閉月花愁顫。

（貼）來此已是花園門首，請小姐進去罷。（旦）你看：畫廊金粉半零星。（貼）小姐你看：好金魚池吓！（旦）池館蒼苔一片青。（貼）踏草怕泥新繡襪，惜花疼煞小金鈴。（旦）不到園林，怎知春色如許！（貼）便是。

（旦、貼合）

【皂羅袍】原來姹紫嫣紅開遍，似這般都付與斷井頹垣。良辰美景奈何天，便賞心樂事誰家院？朝飛暮捲，雲霞翠軒。雨絲風片，煙波畫船。錦屏人忒看得這韶光賤！

（貼）小姐，杜鵑花開的好盛呵！（旦）【好姐姐】遍青山啼紅了杜鵑，（貼）這是荼蘼架。（旦）荼蘼外煙絲醉軟。

（貼）是花都開，牡丹還早哩。（旦）牡丹雖好，他春歸怎占的先？（內鶯叫介）（貼）小姐，你看那鶯燕成對兒，叫得好聽吓！（旦）閒凝眄，生生燕語明如剪，嚦嚦鶯聲溜的圓。

（貼）小姐，留些餘興，明日再來耍子罷。（旦）有理。（貼）小姐，這園子委實觀之不足也。

（旦）

【尾聲】觀之不足由他繾，便賞遍了十二亭臺是惘然，倒不如興盡回家閒過遣。

（貼）小姐，你且歇息片時，我去看看老夫人再來。（旦）你去去就來吓。（貼）曉得。（貼下）

按　語

〔一〕本齣出自湯顯祖撰《牡丹亭》第十齣〈驚夢〉前半齣。

〔二〕選刊此齣的坊刻散齣選本還有：《怡春錦》、《玄雪譜》、《新鐫歌林拾翠》、《醉怡情》、《來鳳館合選古今傳奇》、《方來館合選古今傳奇萬錦清音》、聞正堂刊《綴白裘全集》、《審音鑒古錄》。選抄此齣的散齣鈔本有中國國家圖書館藏佚名抄《戲曲選抄》。

牡丹亭・驚夢

旦：杜麗娘，官宦千金。

貼：春香，杜麗娘的婢女。

丑：睡魔神。

小生：柳夢梅，書生。

末：花神。

老旦：杜麗娘之母。

（旦）驀地遊春轉，小試宜春面。春吓，得和你兩留連，春去如何遣？咳，恁般天氣，好睏人也！吓，春香，春香。（回看沉吟介）天吓，春色惱人，信有之乎！我杜麗娘常觀詩詞樂府，古之女子，因春感情，遇秋成恨，誠不謬矣。我今年已二八，未逢折桂之夫；忽慕春情，怎得蟾宮之客？咳，我杜麗娘生於宦族，長在名門，年已及笄，不得早成佳偶，誠為虛度青春，光陰如過隙耳！（淚介）可惜我顏色如花，豈料命如一葉乎！

【山坡羊】沒亂裡春情難遣，驀地裡懷人幽怨。則為俺生小嬋娟，揀名門一例一例裡神仙眷。甚良緣，把青春拋的遠。俺的睡情兒誰見？則索因循腼腆。想幽夢誰邊？和春光暗流轉。遷延，這衷情哪處言？淹煎，潑殘生除問天。

（睏介，丑扮夢神，持鏡上）睡魔睡魔，紛紛馥郁。一夢悠

悠，[1]何曾睡熟？某乃睡魔神是也。奉花神之命，今有柳夢梅與杜麗娘，有姻緣之分，著我勾取他二人入夢可也。（執鏡引，小生執柳枝上，又引旦起，見介）（小生）呀，小姐，小生哪一處不曾尋到，卻原來在這裡。（旦斜視不語介）（小生）恰好在花園中折得垂柳半枝，小姐，你既淹通書史，何不作詩一首，以賞此柳枝乎？小姐，咱愛殺你也！

【小桃紅】[2]則為你如花美眷，似水流年，是答兒閒尋遍，在幽閨自憐。小姐，和你那答兒講話去。轉過這芍藥欄前，緊靠著湖山石邊，和你把領扣鬆，衣帶寬，袖梢兒搵著牙兒苫也，則待你忍耐溫存一晌眠。（合）是那處曾相見，相看儼然，早難道好處相逢無一言？（摟旦下）

（末上）催花御史惜花天，檢點春工又一年。蘸客傷心紅雨下，勾人懸夢彩雲邊。吾乃南安府後花園花神是也。因杜麗娘與柳夢梅日後有姻緣之分，杜小姐遊春感傷，致使柳秀才入夢。吾神專掌惜玉憐香，竟來保護他，雲雨十分歡幸也。

【鮑老催】單則是混陽蒸變，看他似蟲兒般蠢動把風情搧，一般兒嬌凝翠綻魂兒顫。這是景上緣，想內成，因中見，怕淫邪玷污了花臺殿。待我拈片落花驚醒他。（向鬼門丟花介）呀，他夢酣春透了怎留戀？拈花閃碎的紅[3]如片。

柳秀才，你夢畢之時，好生送杜小姐仍歸香閣，吾神去也。

1　底本作「分福祿。一夢優悠」，據《審音鑒古錄》（《善本戲曲叢刊》景印）改。

2　這支是【山桃紅】，底本不確。

3　底本作「紀」，據明末朱墨本《牡丹亭記》（《古本戲曲叢刊》初集景印）改。

【雙聲子】柳夢梅，柳夢梅，夢兒裡成姻眷。杜麗娘，杜麗娘，勾引得香魂亂。兩下姻緣非偶然。羨夢裡相逢，夢裡同歡。（下）

　　（小生攜旦手上）

【山桃紅】這一霎天留人便，草藉花眠。則把你雲鬟點，紅鬆翠偏。休忘了緊相偎，慢廝連，恨不得肉兒般，和你團成片也，逗得個日下胭脂雨上鮮。（合）是那處曾相見，相看儼然，早難道好處相逢無一言？

　　（小生）小姐，你身子倦了，請將息片時，小生去了。正是：行來春色三分雨。（旦）秀才……（小生）在。妙阿！睡去巫山一片雲。（下）

　　（老旦上）夫婿坐黃堂，嬌娃立繡窗。怪他裙衩上，花鳥繡雙雙。呀，我兒為何睡眠在此？吓，我兒，我兒醒來。（旦醒介）秀……（老旦）吓，是我吓。（旦）原來是母親。母親萬福。（老旦）我兒，什麼「秀」吓？（旦）吓，孩兒刺繡才罷。（老旦）你為何不到學裡去看書，青天白日睡眠在此？（旦）告稟母親知道：孩兒適在花園中遊玩回來，身子睏倦，少睡片時，不知母親到此，有失迎接，望母親恕罪。（老旦）兒吓，花園中冷靜，少去閑行。咳，女兒家長大，自有這許多情態，且自由他。我去了。正是：宛轉隨兒女，辛勤做老娘。（旦）孩兒送母親。（老旦）罷了。（下）

　　（旦）咳，天吓，今日杜麗娘好僥倖也！方纔偶到後花園中，百花開遍，覩物傷情，沒興而回，晝眠香閣。忽見一生，年可弱冠，丰姿俊雅，手持柳絲一枝，要奴題詠。那時待要應他一聲，心中自忖：素昧平生，不知名姓，何得輕與交言？正想之間，只見那生向前，說了幾句傷心的話兒，將奴摟定，到牡丹亭畔，芍藥欄

邊，共成雲雨之歡。兩情和合，真個是千般愛惜，萬種溫存。歡畢之時，又送我回香閣，幾聲將息而去。正待自送那生出門，忽值母親到來，將奴喚醒，驚得一身冷汗，卻是南柯一夢。又被母親絮了許多，奴家口雖無言答應，心內思想夢中之事，何曾放懷。行坐不安，自覺如有所失。娘吓，你叫我學堂中看書，叫我看哪一種書方消得悶吓？（掩淚介）

【綿搭絮】雨香雲片纔到夢兒邊，無奈高堂，喚醒紗窗睡不便。潑新鮮，冷汗粘煎。閃得俺似心悠步嚲，意軟鬟偏。不爭多費盡神情，坐起誰忺則待去眠。

（貼上）晚妝消粉印，春潤費香篝。小姐，被已熏了，請進去睡罷。

（旦）

【尾聲】困春心，遊賞倦，也不索香熏繡被眠。阿呀天吓！有心情那夢兒還去不遠。

（貼）小姐，看仔細吓。（同下）

按　語

〔一〕本齣出自湯顯祖撰《牡丹亭》第十齣〈驚夢〉後半齣。

〔二〕選刊此齣的坊刻散齣選本還有：《怡春錦》、《玄雪譜》、《新鑴歌林拾翠》、《醉怡情》、《來鳳館合選古今傳奇》、《方來館合選古今傳奇萬錦清音》、聞正堂刊《綴白裘全集》、《審音鑒古錄》。選抄此齣的散齣鈔本有：中國社科院圖書館藏《集錦》、中國國家圖書館藏佚名抄《戲曲選抄》。

牡丹亭・尋夢

旦：杜麗娘，官宦千金。

貼：春香，杜麗娘的婢女。

（旦上）

【月兒高】幾曲屏山展，殘眉黛深淺。為甚衾兒裡，不住的柔腸轉？這憔悴非關愛月眠遲倦。可為惜花，朝起庭院？

　　忽忽花間起夢情，女兒心性未分明。無眠一夜燈明滅，怪殺梅香喚不醒。奴家昨日偶爾春遊，何人見夢？綢繆顧盼，如遇平生。獨坐思量，情殊悵悒，真個可憐人也！（貼上）香飯盛來鸚鵡粒，清茶擎出鷓鴣斑。小姐，請用膳。（旦）春香，我哪有心情吃什麼飯？（貼）夫人吩咐，朝飯要早。（旦）你說為人在世，怎生叫做吃飯！（貼）阿呀，一日三餐，叫做吃飯了。（旦）我不要吃，你自去吃便了。（貼）還是去吃些好。（旦）惹厭！還不走？（貼）吓，受用餘杯冷炙，勝如膩粉殘膏。（下）

　　（旦）春香已去。天哪！昨日所夢，池亭儼然。只圖舊夢重來，無奈新愁一段！尋思輾轉，竟夜無眠。我待乘此空閑，背卻春香，悄向花園尋夢則個。（作出門介）吓，天哪！正是：夢無彩鳳雙飛翼，心有靈犀一點通。一徑行來，你看花園門洞開，守園的都不在此，則這殘紅滿地呵！

【懶畫眉】最撩人春色是今年，少甚麼低就高來粉畫垣，

原來春心無處不飛懸。（絆介）呀，什麼子吓？是睡荼蘼抓住裙衩線，恰便是花似人心好處牽。

（貼上）吃飯後，不知小姐哪裡去了。吓，不免尋將去。

【不是路】何意嬋娟，呀，小立在垂垂花樹邊？小姐，你纔朝膳，個人無伴怎遊園？（旦）畫廊前，深深驀見喃泥燕，隨步名園是偶然。（貼）娘回轉，幽閨窄地教人見，那些兒閒串？

（旦）

【前腔】哇！偶爾來前，好吓，道得我偷閒學少年。（貼）不偷閑，偷淡？（旦）吓，欺奴善，把護春臺都猜做謊桃源。（貼）小姐，我敢胡言？這是夫人著我來的噓。（旦）夫人著你來說些什麼？（貼）夫人道春多刺繡宜添線，潤逼[1]爐香好膩箋。（旦）還說什麼來？（貼）說這荒園塹，怕花妖木客尋常見，去小庭深院。

（旦）吓，原來如此。我知道了。你好生答應夫人去，我隨後就來。（貼）閒花傍砌如依主，姣鳥嫌籠會罵人。（旦）呀，你看，春香已去，我如今正好尋夢也。

【忒忒令】那一答可是湖山石邊？這一答是牡丹亭畔。嵌彫欄芍藥芽兒淺，一絲絲垂楊線，一丟丟楡莢錢，線兒春甚金錢弔轉？

且住，我想昨日夢裡，那書生將柳枝來贈我，要奴題詠，強我歡會之時，好不話長也！

1　底本作「遍」，據明末朱墨本《牡丹亭記》（《古本戲曲叢刊》初集景印）改。

【嘉慶子】是誰家少俊來近遠，敢迤逗這香閨去沁園？話到其間腼腆，他捏這眼，奈煩也天，咱噷這口，待酬言。

【尹令】咱不是前生愛眷，又素乏平生半面。則道來生出現，乍便今生夢見。生就個書生，哈哈生生他抱咱去眠。

我想那書生這些光景，好不動人春意也！

【品令】他倚太湖石，立著咱玉嬋娟。待把俺玉山推倒，便日暖玉生煙。挼過雕欄，轉過鞦韆，揹著裙花展，敢席著地怕天瞧見。好一會分明，美滿幽香不可言。

夢到這好時節，為甚花片兒弔下來，把奴一驚也？

【豆葉黃】他興心兒緊嚥嚥，嗚著咱香肩。俺可也慢掂掂做意兒周旋、周旋²，等閑間把一個照人兒昏善。這般形現，那般軟綿。忒見一片撒花心的紅葉兒弔將來半天，弔將來半天，敢是咱夢魂兒廝纏？

咳，尋來尋去，都不見了。牡丹亭、芍藥欄，怎生這般淒涼冷落，杳無人跡？好不傷心也！（淚介）

【玉交枝】是這等荒涼地面，沒多半亭臺靠邊，好似咱眯瞇色眼尋難見。明放著白日青天，猛教人抓不到夢魂前。霎時間有如活現，打方旋再得俄延。呀，是這答兒壓黃金釧匾。

（睡倒介）秀才，秀才……呀啐！我若再見此生呵，

【月上海棠】怎賺騙？依稀想像人兒見。那來時荏苒，去也遷延。非遠，那雨跡雲蹤纔一轉，敢依花傍柳重重現？昨日今朝，眼下心前，陽臺一座登時變。

再稍停一會兒。呀，無人之處，忽見大梅樹一株。你看：梅子

2　底本作「全」，據明末朱墨本《牡丹亭記》改。

磊磊，可愛人也！

【二犯么令】偏偏則他暗香清遠，傘兒般蓋的周全。趁這春三月紅綻雨肥天，葉兒青，偏迸著苦仁兒裡撒圓。愛殺這畫陰，便再得到羅浮夢邊。

罷，罷！這梅樹依依可人，我杜麗娘死後，得葬于此，幸也！

【江兒水】偶然間心似繾，在梅樹邊。這般花花草草由人戀，生生死死隨人願，便酸酸楚楚無人怨。待打并香魂一片，陰雨梅天。阿呀，人兒吓，守的個梅根相見。

（坐倒介）（貼上）佳人拾翠春亭遠，侍女添香午院清。不知小姐哪裡去了？小姐，小姐。呀，小姐走乏了，在梅樹邊打睡哩。小姐：

【川撥棹】你遊花苑，怎靠著梅樹偃？（旦）春香，一時間望眼連天，一時間望眼連天，[3]忽忽地傷心自憐。（合）知怎生情悵然，知怎生淚暗懸？

【前腔】幾度徘徊口懶言，呀，聽這不如歸春暮天。（貼）小姐，去了，明日再來罷。（旦）春香。難道我再到這亭園，難道我再到這亭園，則掙得個長眠和短眠？（合）知怎生情悵然，知怎生淚暗懸？

（旦）

【尾聲】軟咍咍剛扶到畫欄邊，報堂上夫人穩便。咱杜麗娘呵，少、少不得樓上花枝也則是照獨眠。

武陵何處訪仙郎？（貼）只怕遊人思易忘。（旦）從此時時春夢裡。（合）一生遺恨繫人腸。（同下）

3　底本此句脫，參考曲格，並據明末朱墨本《牡丹亭記》補。

按　語

〔一〕本齣出自湯顯祖撰《牡丹亭》第十二齣〈尋夢〉。

〔二〕選刊此齣的坊刻散齣選本還有：《怡春錦》、《玄雪譜》、《新鐫歌林拾翠》、《醉怡情》、《來鳳館合選古今傳奇》、《方來館合選古今傳奇萬錦清音》、閩正堂刊《綴白裘全集》、《審音鑒古錄》。

牡丹亭‧圓駕

末：陳最良，內廷宣旨傳訊的黃門官。

淨、丑：皇宮值殿將軍。

外：杜寶，杜麗娘之父。

小生：柳夢梅，杜麗娘之夫。

旦：杜麗娘。

老旦：杜麗娘之母。

貼：春香，杜麗娘的婢女。

付：石道姑。

生：傳旨太監。

（末上）

【點絳唇】寶殿雲開，御爐煙靄，乾坤泰。日影金堦，早唱導黃門拜。

　　鸞鳳旌旗拂曉塵，傳聞闕下降絲綸，與王會盡妖氛氣，不問蒼生問鬼神。下官，大宋朝新除授一個老黃門陳最良是也。昨日杜平章題奏一疏，為誅除妖賊事。中間劾奏柳夢梅係刦墳之賊，其妖魂托名亡女，不可不誅。杜老先生此奏，卻也名正言順。隨後柳生也題奏一本，為辨明心跡事。都奉有聖旨：「朕覽所奏，幽隱奇特，必須返魂之女面駕敷陳，取旨定奪。」老夫又恐怕真是杜小姐還魂，已著官校傳旨去了，五更朝見，定有分曉。正是：三生石上看來去，萬歲臺前辨假真。言之未已，值殿將軍早到。

（淨、丑上）日月光天德，山河壯帝居。殿廷示威武，堦殿肅朝衣。俺乃值殿將軍是也。萬歲爺升殿，今日輪該值班，不免在此伺候。道猶[1]未了，奏事官早到。

（外上）

【前腔】有恨妝排，無明軋帶，眞奇怪。（小生上）這啞迷難猜，明鏡有重瞳在。

岳丈大人拜揖。（外）哎！你是罪人，誰做你的岳丈？（小生）平章老先生請了。（外）誰和你平章？（小生）古語云：「梅雪爭春未肯降，騷人擱筆費平章。」今日夢梅爭辨之時，少不得要老平章擱筆。（外）你是個罪人，誰來與你咬文？（小生）小生得何罪？老平章乃罪人也。（外）老夫有平李全大功，當得何罪？（小生）你哪裡平得個李全？只平得個「李半」！（外）怎生只平得個「李半」？（小生）你只哄得那楊媽媽退兵，怎哄得全來？（外）誰？誰說來？和你官裡講去。

（末上）午門之外，誰人喧嚷？且去看來。呀，原來是老平章和新狀元。放手，放手！狀元何事激惱老平章？（外）他罵俺是罪人，俺得何罪？（小生）你還說無罪麼？便是處分令嬡一事，也有三大罪。（外）哪？哪三大罪？（小生）太守縱女遊春，家法不嚴，罪之一也。（外）再呢？（小生）女死不搬喪，私建庵觀，罪之二也。（外）難道。（小生）嫌貧逐婿，吊打欽賜狀元，罪之三也。（外）好個狀元，哪裡有做賊的狀元！

（末）老平章請息怒。狀元，你以前也有些罪過，看下官面分，和了罷。（小生）黃門大人與下官有何面分？（末）狀元公有

---

[1]　底本作「尤」，參酌文意改。

所不知，尊夫人請俺上過學來。（小生）吓，敢是鬼請先生的？
（末）狀元公好忘舊了！（小生）怎麼忘舊？（末）當初失足溪
橋，曾有老夫來？（小生）吓，足下就是南安陳齋長麼？（末）惶
恐，惶恐。（小生）呀，老黃門，我與你分上不薄，如何妄報我為
賊？你做門館報事不眞，只怕做了黃門，奏事也不實。（末）遠遠
望見尊夫人將至。二位先行叩禮，今日便見虛實了。

　　（內）奏事官上御道。（外）臣平章杜寶見駕。（小生）臣新
科狀元柳夢梅見駕。願吾皇萬歲，萬歲！（末）平身。（外、小
生）萬萬歲！（內）聖上有旨：宣返魂杜麗娘朝見。（末傳介）
（旦冠帶上）麗娘本是泉下女，重瞻日月向丹墀。來此已是午門。
【醉花陰】平鋪著金殿琉璃翠駕瓦，響鳴稍半天兒刮喇。
（丑、淨）啲！什麼婦人衝上御道？拿下！（末）是駕上宣來的，
不要驚他。（旦）呀，似這般猙獰漢叫喳喳，在閻浮殿見了
些青面獠牙，也不似今番怕。（末）前面來的是女學生杜麗娘
麼？（旦）呀，那黃門官好像陳師父，待我叫他一聲。陳師父！
（末）呀，眞個是女學生吓！恁是人是鬼，不怕驚了聖駕？（旦）
禁聲！再休提探花鬼喬作衙，則說狀元妻來見駕。

　　（末）奏事人就此拜舞山呼。（旦）臣妾杜麗娘見駕。願陛下
萬歲，萬歲。（內）平身。（旦）萬萬歲！（內）聽旨：杜麗娘是
眞是假？就著伊父杜寶……（外）臣有。（內）出班識認。（旦）
萬歲。爹爹！孩兒麗娘在此。（外）鬼乜邪，眞個一般模樣，好大
膽！臣杜寶謹奏，臣女亡已三年，此女酷似。此必花妖柳怪假托而
成。
【畫眉序】臣女沒年多，道理陰陽豈重活？願我皇向金堦
一打，立見妖魔。（小生）好狠心的父親也！臣柳夢梅啓奏陛

下：那杜寶呵，他做五雷般嚴父的規模，則待要一下裡把聲名煞抹。（外合）便做閻羅包老難彈破，除取旨前來撒和。

　　（內）平身。（外、小生）萬歲。（內）聽旨，朕聞：「人行有影，鬼形怕鏡。」定時臺上有秦朝照膽鏡，著黃門官引杜麗娘照鏡，看花蔭之下，有無蹤影。回奏。（末）領旨。女學生眞個是人是鬼？隨我來。（旦）曉得。

【喜遷鶯】人和鬼教怎生酬答？人和鬼教怎生酬答？（末）且隨我照鏡。（旦）影和形現托著面菱花。（末）鏡無改面，委係人身。（旦）只這波渣，（末）再向花街取影。回奏。（旦）花蔭這答，一般兒蓮步迴[2]鶯印淺沙。（末）臣黃門官啓奏。（內）奏來。（末）杜麗娘有蹤有影，的係人身。

　　（內）平身。（末）萬歲。（內）杜麗娘旣係人身，可將前亡後化之事一一奏來。（旦）萬歲，臣妾二八年華，自畫春容一幅，曾于柳外梅邊夢見此生。妾因感病而亡，葬於後園梅樹之下。後來果有此生姓柳，名夢梅，拾此春容，朝夕懸念，感動十殿陰司，因此出世成親，幸爾復見天日。哎呀悽惶煞！這的是前亡後化，抵多少陰錯則這陽差，陰錯則這陽差。

　　（內）平身。（旦）萬歲。（內）聽旨：柳狀元質證，杜麗娘所言眞假？因何預名夢梅？（小生）臣柳夢梅謹奏：實名春卿，因夢而改名也。

【畫眉序】臣南海泛絲蘿，夢向嬌姿折梅萼。果登程取

_____

2　底本作「回」，據明末朱墨本《牡丹亭記》（《古本戲曲叢刊》初集景印）改。

試，養病南柯。因借居紅梅院中，遊其後園，拾得麗娘春容，因而感此真魂，成其人道。（外）臣杜寶啓奏陛下：此人欺誑陛下，兼且玷污臣之女也。論臣女呵：便死葬向水口廉貞，肯和生人做山頭撮合？（小生合）便做閻羅包老難彈破，除取旨前來撒和。

（內）平身。（外、小生）萬歲。（內）聽旨，朕聞有云：「不待父母之命，媒妁之言，則父母國人皆賤之。」杜麗娘自媒自嫁，有何主見？（旦）萬歲，臣妾受了柳夢梅再生之恩，

【出隊子】真乃是無媒而嫁。（外）誰保親來？（旦）保親的是母喪門。（外）送親的？（旦）送親的是女夜叉。（外）這等胡為！（小生）陰陽配合，正理。（外）正理，正理！花你那嶺蠻一點紅嘴。（小生）老平章，你罵俺嶺南人吃檳榔，其實唇紅齒白。（旦）嗔聲，眼睜睜立著個女孩兒，親爹不認，倒做鬼三年，有個遠方秀才從夢影裡便認了親。則怎這喇生生回陽附子較個爭些，為甚麼翠呆呆下氣的檳榔俊煞了他？爹爹，你不認，還有娘在哩。現放著實丕丕貝母開談親阿媽。

（老旦上）為奏重生事，踹入正陽門。（末）呀，老夫人也來了。（外）那來的真像俺夫人，怪哉！（老旦）萬歲，臣妾杜平章之妻一品夫人甄氏見駕。（外）臣杜寶啓奏陛下：臣妻甄氏已死揚州亂賊之手，臣已奏請恩旨襃封。此必妖鬼，揑作母子一路，白日欺天，伏乞聖裁。（內）平身。（外）萬歲。（內）聽旨：甄氏既死于揚州亂賊之手，何得臨安母子同居？（老旦）臣妾甄氏謹奏：

【滴溜子】揚州路，揚州路，遭兵刼奪。長安道，長安道，遠來藏躲。（末）如此說，下官賊營聽見是假的。（老旦）黑夜，向錢塘經過。偶爾投宿，遇著亡女麗娘，駭問其由，方

知已返魂，心才安妥。母子同居，豈是鬼窩。

（內）平身。（老旦）萬歲。（內）朕聽甄氏所奏，其女重生無疑。則他陰司三載，多有因果之事。假如前輩君王臣宰不臻的，可有發付他？從直奏來。（旦）這話不提罷了，提起多有。（末）女學生，子不語怪，比如陽世府部州縣，尚然磨刷卷宗，他那裡有甚會案處！

（旦）

【刮地風】哎呀！那陰司一樁樁將那文簿查，使不著恁猾律拿喳。是君王有半副迎魂駕，臣和宰玉鎖金枷。（末）女學生，你所言沒有對證。假如依你說，秦檜老太師在陰司怎麼樣受用？（旦）也知道些，說他的受用呵：那秦太師他一進門就忒楞楞的黑心搥敢搗了千下，淅另另的紫筋肝就剁作三花。（末）為甚剁作三花？（旦）道他一花兒為大宋；一花兒為金朝；一花兒為長舌妻。（末）好利害！這等，那長舌夫人有何受用？（旦）若說秦夫人的受用：他一到了陰司，擄去了鳳冠霞帔，赤體精光，跳出幾個牛頭夜叉，只一對七八寸長的指弧兒，輕輕的把他撇道兒搯、長哎舌揸，聽的是東窗事發。（外）多是鬼話！俺且問你：鬼乜邪，人間私奔自有條法，陰司可有麼？（旦）有的是柳夢梅七十條，爹爹發落過了，女兒陰司收贖。桃條打，罪名加，桃條打，罪名加，做尊官勾管了簾下。則道是沒真場風流的罪哎過些，有甚麼饒不過這嬌滴滴的女孩兒家？

（內）聽旨：朕細聽杜麗娘所奏，重生是真。就撤殿前金蓮寶炬，著黃門官押送午門外，父子夫妻相認，歸第成親。謝恩。（眾）萬歲，萬萬歲！（末）退班。（淨、丑下）

（老旦）恭喜相公高轉。（外）怎想夫人無恙！（旦）爹爹，認了孩兒罷。（外）青天白日，小鬼頭遠些。陳先生，如今連那柳夢梅俺也疑將起來，則怕也是個鬼。（末）是個踢斗鬼。狀元過來，認了丈人翁罷。（小生）我柳夢梅只認得十地閻君為岳丈，餘不相干！（外）俺也誰要你認！（旦）相公，見了我母親。（小生）岳母光臨，小婿有失迎接，罪之重也。（老旦）賢婿，恭喜，賀喜。相公，女兒重生，女婿高中，十分之喜，不必煩惱了。

（末）狀元，還是過來認了岳丈。（小生）他也不認我，我也不認他了！（末）狀元，聽學生一言分勸：

【滴滴金】你夫婿趕著了輪迴磨，便君王使的個隨風舵。那平章怕不做賠錢貨，倒不如娘共女翁和婿明交割。（小生）老黃門，我是個賊犯，怎好相認。（末）阿呀，你是個得便宜人偏會撒科。女學生，老夫看來，還是你不是。（旦）有甚不是？（末）只道你偷天把桂影挪，不爭多先偷了地窟裡花枝朵。

（旦）陳師父，你不教俺後花園遊玩，怎看上這攀桂客來？（外）鬼乜邪，怕沒有門當戶對？看上柳夢梅什麼來！

（旦）

【四門子】是看上他戴烏紗象簡朝衣掛，笑笑笑、笑的來眼眉花。爹爹，人家白日裡高結綵樓，招不得個佳婿，你女兒睡夢裡、鬼穴裡，選著個狀元郎，還要甚門當戶對？則你個杜杜陵慣把女孩兒嚇，那柳柳州他可也門戶風華。爹爹，認了女兒罷。（外）離異了柳夢梅回去，就認你。（旦）你教俺回杜家，赴了柳衙，便作怎杜鵑花也叫不轉咱子規紅淚灑。咳，天那！見了俺前世的爹，即世的媽，顛不喇悄魂靈立化。

（作倒介）（外）我那麗娘的親兒吓！爹爹認了。

（付、貼上）

【鮑老催】到駕前定奪。（付）呀，原來一眾官員在此。眼見他喬公案斷的錯，聽了那喬教學的嘴兒嗑。（末）來的是春香。前在賊營見的首級都是假的，奇怪！（貼）老爺、夫人在上，春香叩頭。（付）道姑叩頭。（外、老旦）罷了。（貼）呀，陳師父也做了官了？恭喜。（末）春香賢弟來了。吓，這姑姑是賊。

（付）啐，陳教化，誰是賊？你報得好吓！報老夫人和春香多死了，做的個，紙棺材，舌鍬撥。（旦）春香，見了狀元。

（貼）狀元老爺，春香叩頭。（小生）這丫頭哪裡來的？（貼）你和小姐在牡丹亭上做夢時，有俺在哩。（小生）好！活人活證。

（旦）春香，爹爹還認我是鬼。（貼、付）小姐：**鬼團圓不想到真和合，鬼揶揄**[3]**不想做人生活。老爺，你便是鬼三台費評跋。**

（貼）我們先回府準備喜筵。（付）說得有理！（同貼下）

（末）朝門之下，人欽鬼伏之所，奉著聖旨，誰敢不從？少不得小姐勸狀元認了平章，成其大事。（旦）柳郎，拜了丈人罷。

（小生）哪個是我丈人？我不認得！

（旦）

【水仙子】呀呀呀、怎好差！好好好、恁著恁玉帶腰身把玉手叉。（小生）打得好桃條！（旦）拜拜拜、拜荊條曾下馬。扯扯扯、做太山倒了架。他他他、點黃錢聘了咱。俺俺俺、逗寒食吃了他茶。你你你、待求官報信則把口皮兒

3　底本作「柳榆」，據明末朱墨本《牡丹亭記》改。

揸。是是是、是他開棺見櫬澌除罷。爹爹爹、你可也罵勾咱鬼乜邪。

（生上）聖旨下！聖旨已到，跪聽宣讀。詔曰：「據奏奇異，敕賜團圓。平章杜寶進階一品，封淮陰郡公；妻甄氏，封淮陰郡夫人。狀元柳夢梅除授翰林院學士；妻杜麗娘封陽和縣君，特賜鳳冠霞帔。就著鴻臚官韓子才送歸宅第。謝恩。」（眾）萬歲，萬歲，萬萬歲！

（眾合）

【雙聲子】姻緣詫，姻緣詫，陰人夢黃泉下。福分大，福分大，周堂內是朝門下。齊見駕，齊見駕。真喜洽，真喜洽，[4]領陽間誥敕，去陰司銷假。（眾下）

（小生、旦）

【煞尾】從今後把牡丹亭夢影雙描畫，（旦）虧殺恁南枝挨暖俺北枝花，則這普天下做鬼的有情誰似咱！（同下）

按　語 ✎

〔一〕本齣融合湯顯祖撰《牡丹亭》第五十五齣〈圓駕〉與馮夢龍撰《墨憨齋重訂三親會風流夢》第三十七折〈皇恩賜慶〉而成。

4　底本第二句「真喜洽」脫，參考曲格，並據明末朱墨本《牡丹亭記》補。

琵琶記·墜馬

末：吉天祥，禮部尚書。
生：中舉仕子。
小生：蔡伯喈，狀元。
付：中舉仕子。
丑：探花。
淨：包有功，士兵。

（眾引末上）
【引】杏園春早，星散文光耀。
　　珠簾高捲會羣仙，繡幰低垂列管絃。瓊林勝處風光好，別是人間一洞天。下官，禮部尚書吉天祥是也。今日新科狀元遊街，赴宴瓊林，聖上命我陪宴。左右打道。（眾應合）
【水底魚】朝省尚書，昨日蒙聖旨。狀元及第，教咱陪宴席，教咱陪宴席。（下）
　　（四小軍引二生、付上）
　　（合）
【窣地錦襠】嫦娥剪就綠雲衣，折得蟾宮第一枝。宮花斜插帽簷低，一舉成名天下知。（下）
　　（四小軍引丑上）

【前腔】¹玉鞭裊裊，如龍驕騎。黃旗影裡，笙歌鼎沸。（笑介）如今端的是男兒，行看錦衣歸故里。

（跌介，小軍扶起介）（二生、付同上）快些扶好了。年兄為何墜了馬？（丑）列位年兄，小弟方才呵，

【叨叨令】只聽得鬧吵吵街市上遊人亂，劣頭口抵死要回身轉。（二生、付）怎麼不勒住了？（丑）戰驚驚只恐怕韁繩斷，（二生、付）為何不加鞭？（丑）我是一個怯書生、怯書生早已神魂散。（二生、付）如今不妨事麼？（丑）險些兒跌折了腿也麼哥，險些兒撞破了頭也麼哥！列位年兄，小弟方才墜馬，倒有個比方。（眾）有甚比方？（丑）好一似小秦王三跳澗。

（二生、付）如今年兄的馬往哪裡去了？（丑）不要問牠。（二生、付）為何？（丑）傷人乎？不問馬。（二生、付）借一匹與年兄騎了去罷。（丑）若借來乘了，小弟就該死了。（二生、付）這卻為何？（丑）豈不聞孔子有云：「有馬者借人乘之，今亡已夫」？（二生、付）今亡已夫！此去杏園不遠，大家步行去罷。扶好了。（行作到介）

（末上）此位先生為何這般光景？（二生、付）敝年兄方纔墜了馬，故爾如此。（末）墜了馬？快請太醫。（丑）老大人，不消請得太醫。晚生方纔馬上跌下來，無非跌挫了這肋頭子，只消喚一名有力氣的排軍，與晚生揉這麼一揉就好了。（末）喚個有力氣的排軍過來。（淨）有！小的有力氣。（末）與這位爺揉腿。（淨）是。爺，小的叩頭。（丑）你叫什麼名字？（淨）小的叫包有功。

1　這支是【哭岐婆】，底本不確。

（丑）好，你的名兒就叫得好。包有功。（淨）有。（丑）我的兒，你與我老爺揉好了腿，重重有賞。（淨）謝爺。是左腿右腿？（丑）左腿。（淨）吓。（拍介）（丑）阿呀，我把你這該死狗頭！我老爺疼得了不得在這裡，你把我老爺的腿這樣軟款揉揉才是，怎麼一上手就是這麼……阿唷！（眾）輕些。（淨）吓。（丑）再來，慢慢的……（扭介）阿吓，有些意思。再略重些。住了！把我的腿輕輕放下來。待我來。（立介）吽，吽，好了，明日領賞。

　　（丑、眾）老大人請上，晚生們有一拜。（末）老夫也有一拜。（丑、眾）五百名中第一仙，花如羅綺柳如煙。（末）綠袍乍著君恩重，皇榜初開御墨鮮。（丑、眾）龍作馬，玉為鞭，等閑平步上青天。（末）時人謾說登科早，月裡嫦娥愛少年。

　　（末）列位先生，每科狀元赴宴瓊林，多有吟詩舊例；如詩不成，罰以金谷酒數。（丑、眾）何謂金谷酒數？（末）三十六巨觥，七十二小杯。（丑）這也難飲。（小生）請大人命題。（末）就把龍、鳳、魚、龜為題便了。（丑、眾）請。（小生）佔了。（眾）不敢。（小生）昔未逢時困九淵，風雲扶我上青天。九州四海敷霖雨，擊壤高歌大有年。（眾）請。（生）佔了。幾載丹山養鳳毛，羽毛初秀奮青霄。和鳴投入皇家網，五色雲中雜九韶。

　　（眾）好！請。（付）佔了。三月桃花處處同，禹門雷動尾初紅。人人盡道池中物，今在恩波雨露中。（眾）好！

　　（末）請這位先生做龜。（丑）阿呀，言重吓言重！老大人，敝年兄做的是龍、鳳、魚，怎麼輪到晚生就做起龜來？（眾）是龜詩。（丑）雖是龜詩，也覺不雅。老大人，敝年兄做的無非是五言四句，七言八句，不足為奇。如今請老大人另出一題，或是長篇，

或是短賦，做這麼一俏子，也顯晚生胸中……（眾）抱負。（丑）不敢。（末）也罷！就把方纔墜馬為題。（丑）吓，老大人，可容晚生手舞足蹈做這麼一做？（末）使得。（丑）老大人，得罪了。列位年兄，小弟就來也。

【古風】我就說個君不見。君不見去年騎馬張狀元，他跌、跌折了左腿不相連，又不見、又不見前年騎馬李試官，他跌、跌壞了窟臀沒半邊。我想世上三般拚命事，（眾）哪三般？（丑）行船走馬這是打鞦韆。小子今年大拚命，也來隨眾跨金鞍。跨金鞍，災怎躲？时耐畜生侮弄我。我把韁繩緊緊拿，縱有長鞭不敢打。哇！唔！吓！大喝三聲不肯行，連攛幾攛不當耍。須臾之間掉下馬，好似狂風吹片瓦。昨日行過樞密院，只見三個排軍來唱喏，小子慌忙跑將歸。（眾）卻是為何？（丑）怕他請我教場中騎戰馬。

　　（眾）好！（末定眾席，眾答席，各坐介）
　　（合）

【山花子】玳筵開處遊人擁，爭看五百名英雄。喜鰲頭一戰[2]有功，荷君恩奏捷詞鋒。（合）太平時車書已同，干戈戢文教崇。人間此時魚化龍，留取瓊林，勝景無窮。

【大和佛】寶篆沉煙香噴濃，濃熏綺羅叢。瓊舟銀海翻動酒鱗紅，一飲盡教空。（小生）持盃自覺心先痛，縱有香醪欲飲難下我喉嚨。他寂寞高堂菽水誰供奉？俺這裡傳盃喧笑。（眾）年兄，休得要對此歡娛意忡忡。

2　底本作「佔」，據《六十種曲》本《琵琶記》改。

（合）

【舞霓裳】願取羣賢盡貞忠，盡貞忠。管取雲臺畫形容，畫形容。時清莫報君恩重，惟有一封書上勸東風。撰個河清德頌，乾坤正，看玉柱擎天有何用？

（眾合）

【紅繡鞋】猛拚沉醉東風，東風。倩人扶上玉驄，玉驄。歸去路，畫橋東。花影亂，日朦朧。沸笙歌，引紗籠。

【尾】今宵添上繁華夢，明早遙聽清禁鐘。皇恩謝了鵷行豹尾陪侍從。

（眾先下，丑作勒馬）咦！又來了。（作加鞭打馬下）

按　語

〔一〕本齣主體情節、曲文接近汲古閣《六十種曲》本《琵琶記》第十齣〈杏園春宴〉，有小幅度修編。

〔二〕選抄此齣的散齣鈔本有：中國社科院圖書館藏《集錦》、中國國家圖書館藏朱執堂抄《時劇集錦》。

琵琶記‧廊會

貼：牛小姐，蔡伯喈重婚之妻。
末：牛府的僕人。
旦：趙五娘，蔡伯喈的元配。
丑：惜春，牛府的婢女。

　　（貼上）
【引】心事無靠托，這幾日翻成悶也。

　　不如意事常八九，可與人言無二三。奴家自嫁蔡伯喈之後，見他常懷憂悶，我再三問他，他又不肯說與奴家知道。原來他有媳婦在家，數載不歸，要與我一同回去侍奉雙親。我去對爹爹說知，和他同去，誰想我爹爹竟不肯。被奴道了幾句，幸得爹爹心回意轉，已曾差人前去，接取他爹娘來此同住。倘或早晚到來，不免著院子到街坊上去，尋幾個精細婦人來與他使喚，多少是好。吓，院子哪裡？（末上）來了。書當快意讀易盡，客有可人期不來。夫人，有何吩咐？（貼）院子，你到街坊上去，尋幾個精細婦人來使喚。（末）曉得。踏破鐵鞋無覓處，得來全不費工夫。

　　（旦上）
【遶地遊】風餐水臥，甚日得安妥？問天天怎生結果？

　　我一路問來，此間已是牛府。你看那邊有一府幹哥在彼，不免上前稽首。吓，府幹哥，貧道稽首了。（末）道姑何來？（旦）貧道遠方人氏。（末）到此何幹？（旦）聞知夫人好善，特來抄化。

（末）住著。（旦）是。（末）啓上夫人，精細婦人沒有。有一道姑在外，說夫人好善，特來抄化。（貼）道姑麼，且喚他進來。

　　（末）曉得。吓，道姑。（旦）怎麼說？（末）夫人著你進去，須要小心吓。（旦）曉得。吓，夫人在上，貧道稽首了。（貼）吓，道姑何來？（旦）貧道遠方人氏。（貼）到此何幹？（旦）聞知夫人好善，特來抄化。（貼）你有甚本事，來此抄化？（旦）貧道不敢誇口，大則琴棋書畫，小則女工針黹，次則飲食餚饌，無所不通，無所不曉。（貼）吓，道姑，你既有這等本事，何不住在我府中吃些現成茶飯？強如在外抄化。你意下如何？（旦）若得如此，感恩非淺。只怕貧道沒福，無可稱夫人之意。

　　（貼）吓，道姑，我且問你，你還是在家出家的呢，還是在嫁出家的？（旦）貧道是在嫁出家的。（貼）吓，幾乎誤了大事！院子過來。（末）有。（貼）他是在嫁出家的，是有丈夫的了。你可多打發他些齋糧，教他往別處去罷，我這裡難以收留。（末）吓，曉得。道姑，夫人道你是在嫁出家的，必定有丈夫的了，府中難以收留，著我多打發你些齋糧，教你往別處去抄化罷。

　　（旦）啊呀苦吓！我不合說出是有丈夫的吓。夫人，我不為抄化而來，特來尋取丈夫的。（貼）吓，原來如此。你丈夫姓甚名誰？（旦）我丈夫姓……阿呀……（欲言又止介）且住，夫人問我丈夫姓甚名誰，我若竟說出來，恐怕夫人嗔怪；若不和他說，此事終難隱忍。我記得臨行時，蒙張大公吩咐道：「逢人且說三分話，未可全拋一片心。」我如今把「蔡伯喈」三字拆開與他說，看他意下如何。吓，夫人，我夫姓祭名白諧，人人都說在貴府廊下，敢是夫人也認得他麼？（貼）我哪裡認得！吓，院子，你管著許多廊房，可有個姓祭名白諧的麼？（末）小人管這些廊房，並沒有什麼

姓祭名白諧的。（貼）吓，道姑，我這裡沒有，你到別處去尋罷，休得耽誤了你。（旦）啊呀天吓！人人都說我丈夫在牛府廊下住，如今又沒有，敢是你死了麼？你若是死了，叫我依靠何人。（貼）咳，可憐！道姑，你不消啼哭，可住在我府中，我著院子在街坊上尋取你丈夫便了。（旦）若得夫人如此，再造之恩了。

（貼）道姑，只是一件，你在我府中住，休得恁般打扮，我與你換了衣裝。（旦）吓，夫人，貧道不敢換。（貼）為何不敢換？（旦）貧道有一十二年大孝在身，所以不敢換。（貼）吓？大孝只有三年，如何有一十二年？（旦）夫人有所不知：貧道公死三年，婆死三年。（貼）也只得六年吓。（旦）我那薄倖兒夫，久留都下，一竟不回，替他代帶六年，共成一十二年。（貼）吓！有這等行孝的婦人！吓，道姑，雖然如此，怎奈我家老相公最嫌這等打扮的，你略略換些素縞罷。（旦）勉依夫人嚴命。（貼）吓，院子。（末）有。（貼）你喚惜春將裝奩、衣服出來。（末）曉得。吓，惜春姐，夫人著你拿裝奩、衣服出來。（末下）

（丑上）來哉。寶劍贈與烈士，紅粉送與佳人。夫人，裝奩、衣服在此。（貼）放在桌兒上。（丑）是哉。（貼）道姑，你可照鏡梳妝則個。（旦）是，貧道告梳裝了。（作照鏡介）呀，鏡兒吓鏡兒，我自出嫁之後，只兩月梳妝，幾時不曾照你。呀，苦吓！我的容顏這般消瘦了。（貼）且免愁煩。

（旦）

【二郎神】容瀟灑，照孤鸞嘆菱花剖破。記翠鈿羅襦當日嫁，誰知你去後，釵荊裙布無些。（貼）你且戴著釵兒。（旦）這金雀釵頭雙鳳軃。奴家若戴了釵兒阿，可不羞殺人形孤影寡。（丑）若是不歡喜戴釵，阿要戴子個朵花罷？（旦）

說什麼簪花，撚牡丹教人怨著嫦娥。

（貼）既如此，惜春收了進去。（丑）是哉。（下）

（貼）

【前腔】嗟呀！他心憂貌苦，真情怎假？道姑，你為著公婆珠淚垂。我公婆自有，不能夠承奉杯茶。你比我沒個公婆承奉呵，不枉了教人作話靶。吓，道姑，我且問你根芽。你公婆，為甚雙雙命掩黃沙？

（旦）

【集賢賓】[1]為荒年萬般遭坎坷，我丈夫又在京華。（貼）你丈夫不在家，遭了這等荒年，甘旨何人承奉呢？（旦）把糟糠背咽暗吃擔飢餓，（貼）你公婆死了，哪得錢來斷送呢？（旦）公婆死是我剪頭髮賣了去埋他。吓！如此苦楚！棺木埋葬呢？（旦）奴把孤墳自造。（貼）獨自一個怎生造得墳墓來？（旦）運土泥盡是奴麻裙包裹。（貼）呀，你好誇口吓！（旦）也非誇，（貼）我只是不信。（旦）吓，夫人，你若是不信，哪！只看我手指傷，血痕尚染衣麻。

（貼）咳！

【前腔】道姑，我愁人見說愁轉多，使我珠淚如麻。（旦）吓，夫人為何也掉下淚來？（貼）我丈夫也久別雙親下，（旦）為何不辭官回去？（貼）他要辭官被我爹蹉跎。（旦）他家中敢有妻室麼？（貼）他妻雖有麼……（旦）他家中既有妻室，自能侍奉，不回去也罷了。（貼）怕不似你會看承爹媽。（旦）他的父母妻小如今在哪裡？（貼）在天涯。（旦）夫人，

1　這支是南商調過曲【囀林鶯】，底本不確。

何不著人去接取到來同住也好？（貼）教人去請，知他路上如何？

　　（旦）呀！

【啄木兒】[2]我聽言語，教我悽慘多，吓，料想他們也非是假。待我將言語試他一試，看他如何。吓，夫人，他那裡既有妻房，咈！取將來怕不相和。（貼）咳，說哪裡話！但得他似你能撶巴，我情願讓他居他下。（旦）難得吓，難得！（貼）只愁他程途上苦辛，教人望巴巴。

　　（旦）呀！

【前腔】錯中錯，訛上訛，唉，只管在鬼門關上空占卦。吓，夫人，若要識蔡伯喈的妻房……（貼）如今在哪裡？（旦）夫人，遠不遠千里，近只近在目前。（貼）吓，你說話好蹊蹺吓。（旦）吓，夫人，你當真要見他麼？（貼）當真要見他！（旦）吓，果然要見他？（貼）咳，真個要見他！奴家豈有謊言。（旦）罷！我事到其間，也不得不說了。吓，夫人，奴家便是無差，（貼）果然是你？（旦）非謊詐。（貼）阿呀！原來是姐姐到了。啊呀姐姐吓，你原來為我遭折挫，你為我受波查。咳！教伊怨我，教我怨爹爹。

　　奴家實不知姐姐到來，有失迎接，望乞恕罪。（旦）豈敢。（貼）吓，姐姐請上，受奴一拜。（旦）吓，夫人請上，賤妾也有一拜。（貼）吓，姐姐。（同拜介）

【金衣公子】和你一樣做渾家，我安然你受禍，你名為孝婦我被傍人罵。（旦）傍人怎敢罵夫人？（貼）公死為奴，婆

2　這支是南黃鍾過曲【啄木鸝】，底本不確。

死為奴，姐姐，奴情願把你孝衣穿著，奴把濃妝罷。（合）事多磨，冤家到此，逃不得這波查。

（旦）

【前腔】他當初原也是沒奈何，被強將來赴選科，辭爹不肯聽他話。（貼）吓，姐姐，他在此，豈不要回來？有個緣故。（旦）什麼緣故？（貼）怎奈辭官不可，辭婚不可，只為三不從做成災禍天來大。（合）事多磨，冤家到此，逃不得這波查。

（貼）吓，姐姐，路上辛苦了，請進去安息安息罷。（旦）是。無限心中不平事。（貼）一番清話已成空。（旦）一葉浮萍歸大海。（合）人生何處不相逢。（貼）吓，姐姐請。（旦）豈敢。還是夫人請。（貼）吓，姐姐是客，自然是姐姐請。（旦）如此，賤妾斗膽了。（貼）豈敢。（旦）請。（貼）吓，姐姐請。（同下）

按　語

〔一〕本齣主體情節、曲文接近汲古閣《六十種曲》本《琵琶記》第三十五齣〈兩賢相遘〉。

〔二〕版心標目作「小相逢」。

〔三〕選刊此齣的坊刻散齣選本還有：《風月錦囊》、《醉怡情》、《歌林拾翠》、《審音鑑古錄》。

琵琶記・書館

小生：蔡伯喈。

末：僕人。

貼：牛小姐，蔡伯喈重婚之妻。

旦：趙五娘，蔡伯喈的元配。

（小生上）

【鵲橋仙】披香侍宴，上林遊賞，醉後人扶馬上。金蓮寶炬照迴廊，正院宇梅梢月上。

　　日晏下彤闈，平明登紫閣；何如在書案，快哉天下樂。下官早臨長樂，夜值嚴更，召問鬼神，或前宣室之席；光傳太乙，時頒天祿之藜。惟有戴星沖黑出漢宮，安能滴露研硃點《周易》？這幾日且喜朝無繁政，官有餘閒，庶可留志于詩書，從事于翰墨。正是：事業要當窮萬卷，人生須是惜分陰。這是什麼書？吓，這是《尚書》。這〈堯典〉說道：「虞舜父頑母嚚象傲，克諧以孝。」咳！他父母這般相待，他猶是克諧以孝。我父母虧了我什麼？我反不能夠奉養他，看什麼《尚書》！（又展看介）這是《春秋》。《春秋》中鄭莊公賜羹于穎考叔，穎考叔曰：「小人有母，未嘗君之羹，請以遺之。」咳！我想，古人有口湯吃，兀自尋思著父母；我如今享此厚祿，如何倒把父母撇了？枉看這詩書，濟得甚事？當年俺[1]爹

---

[1]　底本作「先」，參酌文意改。

娘叫我讀書，指望學些孝義，誰知反被這詩書誤了。咳！

【解三酲】嘆雙親把兒指望，教兒讀古聖文章。似我會讀書的倒把親撇漾，少甚麼不識字的倒得終養。書吓，只為你其中自有黃金屋，卻教我撇卻椿庭萱草堂。還思想，畢竟是文章誤我，我誤爹娘。

【前腔】比似我做負義虧心臺館客，倒不如守義終身田舍郎。〈白頭吟〉記得不曾忘，綠鬢婦緣何在那方？書吓，只為你其中有女顏如玉，怎教我撇卻糟糠妻下堂。還思想，畢竟是文章誤我，我誤妻房。

咳！指望看書解悶，誰知反添愁緒。如何是好？吓，也罷，不免觀些壁間山水罷。（出位看介）這是豆人寸馬。妙吓！這是清溪垂釣，這也畫得好。（看介）吓！這軸神像是我昨日在彌陀寺中燒香拾得，院子不知，也將來掛在此。待我看來——不知什麼故事。呀！

【太師引】細端詳，這是誰筆仗？覷著他教我心兒好感傷，好似我雙親模樣。且住，若是我那爹娘，有我媳婦在家，善能針黹，怎穿著破損衣裳？前日曾有書來，道別後容顏無恙，怎這般淒涼形狀？且住，我這裡要寄一封書回去，尚且甚難，他那裡呵，有誰來往直將到洛陽？須知道仲尼陽貨一般龐。

（哭介）吓，我理會得了！

【前腔】這的是街坊，誰劣像？覷莊家形衰貌黃。若是我那爹娘呵，若沒個媳婦來相傍，少不得也是這般淒涼。敢是神圖佛像？（看介）呀，我正看到其間，猛可的小鹿兒在心頭撞。丹青匠由他主張，須知道漢毛延壽誤了王嬙。

（末捧茶上）苔痕上堦綠，草色入簾青。老爺請茶。（小生）

這軸畫像是你掛在此的麼？（末）是小人掛的。（小生）取下來。
（末）是。（末收，生看畫後介）這畫後面有標題麼？（末）有標
題。（小生）取過來。（末）是。（小生看介）你自迴避。（末）
曉得。（下）（小生）「崑山有良璧，鬱鬱璠瑜姿。嗟彼一點瑕，
掩此連城玉。人生非孔顏，名節鮮不虧。拙哉西河守，何不如皋
魚？宋弘既以義，王允何其愚！風木有餘恨，連理無傍枝。寄語青
雲客，甚勿乖天彝。」（看介）吓，這詩是誰人寫的？一句好，一
句歹，明明嘲著下官。誰人到得我書館中來？且請夫人出來，便知
端的。夫人哪裡？

（貼上）

【夜遊湖】猶恐他心思未到，叫他題詩句，暗裡相嘲。

（小生）夫人，誰人到我書館中來？（貼）相公的書館，誰人
敢到。（小生）說也可笑。下官昨日在彌陀寺燒香，拾得一軸畫
像，那院子不知，也將來掛在此處。誰人在背後題詩一首？（貼）
敢是當初畫工寫的？（小生）哪裡是畫工寫的！況且墨跡未乾。諒
必夫人知道，為此動問。（貼）吓，這詩上如何說？（小生念前詩
介）（貼）奴家不解其意，請相公解說一遍。（小生）「崑山有良
璧，鬱鬱璠瑜姿。嗟彼一點瑕，掩此連城瑜。」（貼）相公，這是
怎麼說？（小生）那崑山是地名，產得好美玉。玉之溫潤者，乃是
璠瑜之姿。若有了些瑕玷掩了他的顏色，便不貴重了。（貼）「人
生非孔顏，名節鮮不虧」這兩句呢？（小生）孔子、顏子是大聖大
賢之人，如今的人，能忠不能孝，能孝不能忠，怎能夠名行無虧？
所以說名節鮮不虧。（貼）「拙哉西河守，何不如皋魚」怎麼說？
（小生）那西河守是戰國時人吳起，魏文侯拜他為西河郡守，他貪
官戀職，母死不奔喪。那皋魚是春秋時人，只為周遊列國，他父母

死了，那皋魚回來，痛哭一場，自刎而亡。（貼）吓，原來如此。「宋弘既以義，王允何其愚」怎麼解說？（小生）宋弘乃光武時人，光武要把妹子湖陽公主嫁他，宋弘不從，回奏官裡道：「貧賤之交不可忘，糟糠之妻不下堂。」這是不棄妻的故事。那王允是桓帝時人，司徒袁隗要把姪女嫁他，他就休了前妻，娶了袁氏；這是棄妻的故事。（貼）「風木有餘恨」怎麼說？（小生）昔日有個王褒，乃是孝子，他在城南守墳，每遇誕日，舉木悲號，即淚涕著樹，樹亦枯死。子路山居，做詩兩句道：「樹欲靜而風不寧，子欲養而親不在。」這是大孝的故事。（貼）那「連理無傍枝」呢？（小生）西晉時東宮門首有槐樹二株，接脈而生，四下俱無傍枝。為人一夫一婦，乃為連理；再娶一妻，即為傍枝。（貼）「寄語青雲客，甚勿乖天彝」？（小生）道傳與這些做官的，決不可違背了天倫之彝。

　　（貼）原來有這些緣故。相公，那奔喪的和那不奔喪的，哪個是孝道？（小生）自然奔喪的是孝道，那不奔喪的是亂道。（貼）那棄妻的和那不棄妻的，哪個是正道？（小生）自然不棄妻的是正道。（貼）相公，你待學哪一個？（小生）我的父母存亡未卜，決不學那不奔喪的。（貼）相公，似[2]你這般腰金衣紫，假如有個糟糠之婦、襤褸之妻到來，你可認也不認？（小生）夫人說哪裡話來！自古交不可絕，義不可滅，縱然醜陋，也是我的妻房，豈有不認之理。（貼）只怕事到其間，自然不肯認了。（小生）咳，夫人！

【鏵鍬兒】你說得好笑，可見你的心兒窄小。沒來由漾卻苦李，再尋甜桃。古人云：棄妻有七出之條。他不嫉不淫與

2　底本作「自」，參酌文意改。

不盜，終無去條。那棄妻的眾所誚；那不棄妻的人所褒。縱然他醜貌，怎肯干休棄了？

（貼）

【前腔】伊家富豪，那更青春年少。看你紫袍掛體，金帶垂腰。做你的媳婦呵，³應須有封號，金花紫誥。必俊俏，須媚姣。若還他醜貌，怎不相休棄了？

（小生）

【前腔】咳，你言顛語倒，惱得我心兒轉焦。莫不是你把咱奚落，特兀自裝喬⁴？引得咱淚痕交，撲簌簌這遭。那題詩人呵，把我嘲，難恕饒。若不說與我知道，怎肯干休罷了？

（貼）

【前腔】我心中自忖，料想不是個薄情分曉。相公吓，管教你夫婦會合在今朝。伊家枉然焦，只怕你哭聲漸高。（小生）題詩的是誰？（貼）是伊大嫂，身姓趙。說與你知道，怎肯干休罷了？（小生）不信有這等事！（貼）待我請他出來便知道了。姐姐快來！

（旦上）

【入破】⁵聽得鬧吵，敢是我兒夫看詩囉唪？（貼）姐姐快來！（旦）是誰忽叫？想是夫人召，必有分曉。（貼）相

3　底本此句脫，據清陸貽典鈔本《新刊元本蔡伯喈琵琶記》（《古本戲曲叢刊》初集景印）、《六十種曲》本《琵琶記》補。

4　底本作「嬌」，據清陸貽典鈔本《新刊元本蔡伯喈琵琶記》、《六十種曲》本《琵琶記》改。

5　這支是南越調近詞【入賺】，底本不確。

公，是他題詩句你還認得否？（小生）他從哪裡來？（貼）他從陳留郡為你來尋討。（小生）呀！莫不是趙氏五娘麼？（旦）正是。（各哭介）（小生）阿呀妻吓！（旦哭介）（小生）你怎穿著破襖，衣衫盡是素縞？莫是[6]我雙親不保？（旦）難說難道，從別後，遭水旱，只道兩三人同做餓殍。（小生）張大公可有周濟麼？（旦）只有張大公可憐，嘆雙親別無依靠。兩口顛連相繼死，（小生）呀！原來我爹娘都死了。如何殯斂？（旦）是我剪頭髮賣來送伊妣考。（小生）如今安葬了未曾？（旦）把墳自造，土泥盡是我麻裙裹包。（小生）呀！聽伊言語，怎不教人痛腸咽倒？（昏倒介）（二旦）相公甦醒，相公甦醒！（小生醒，哭介）阿呀爹娘吓！（旦）這不是你父母的真容？（小生）吓！這就是我爹娘？

　　（哭拜介）阿呀！

【下山虎】[7]蔡邕不孝，把父母相拋。早知道你身難保怎留漢朝？你為我受煩惱，（拜旦介）娘子，你為我受劬勞。謝你葬我爹，葬我娘，你的恩難報也。又道是養子能待老。（合）這苦知多少？此恨怎消？天降災殃人怎逃？

　　（小生）

【前腔】我脫卻官帽，解下藍袍。（合）急上辭官表，共行孝道，豈敢憚劬勞。同去拜你爹，拜你娘，親把墳塋[8]

6　底本作「莫不是」，「不」字衍，參酌文意刪。

7　這支是南越調過曲【山桃紅】，底本不確。

8　底本作「堂」，據清陸貽典鈔本《新刊元本蔡伯喈琵琶記》、《六十種曲》本《琵琶記》改。

掃。也使地下亡靈安宅兆怨恨消。（合）這苦知多少？此恨怎消？天降災殃人怎逃？

【尾】幾年分別無音耗，奈千山萬水迢遙。阿呀爹娘吓！只為三不從生出這禍苗。

　　（小生）阿呀，爹爹！（旦）公公！（小生）母親！（旦）婆婆！（三人大哭，欲下又上）爹娘！（旦、貼）公公！婆婆！（大哭下）

按　語

〔一〕本齣主體情節、曲文接近汲古閣《六十種曲》本《琵琶記》第三十七齣〈書館悲逢〉，刪了兩支【小桃紅】。趙五娘所題的詩出自第三十六齣〈孝婦題真〉。

〔二〕歷來坊刻散齣選本選刊的狀況為：一、選刊全齣，有題畫詩以及伯喈解詩賓白者：《樂府萬象新》、《樂府玉樹英》、《樂府菁華》、《樂府歌舞台》、《醉怡情》、《歌林拾翠》、《方來館合選古今傳奇萬錦清音》、《審音鑑古錄》。二、選刊全齣，但無題畫詩，也無伯喈解詩賓白者：《風月錦囊》。三、選刊全齣，有題畫詩卻無伯喈解詩賓白者：《摘錦奇音》。四、前半齣以詩為試探的情節不錄，僅選刊後半齣相逢場景者：《時調青崑》。另，聞正堂刊《綴白裘全集》的目錄有〈館逢〉，惜該書下落不明，內容不詳。

琵琶記‧掃松

生：張廣才，蔡伯喈的鄰居。

丑：李旺，蔡伯喈派來的使者。

（生上）

【虞美人】青山今古何時了，斷送人多少！孤墳誰與掃荒苔？連塚陰風吹送紙錢來遠。

　　冥冥長夜不知曉，寂寂空山幾度秋。泉下長眠人未醒，悲風蕭瑟[1]起松楸。老漢張廣才。曾受趙五娘之托，教我與他看守墳塋。前兩日有些閒事，不曾去看得，今日不免去走一遭。

【步步嬌】只見黃葉飄飄把墳頭覆。（趕介）捉、捉、捉！厮趕的皆狐兔。咳，不知哪個不積善的，將樹木多砍去了，為甚松楸漸漸疏？（跌介）阿呀呀！什麼東西把我絆上這麼一跌？吓，卻原來苔把磚封，笋迸泥路。老哥，老嫂，小弟張廣才作揖了吓。自古道：「未歸三尺土，難保百年身。已歸三尺土……」咳，只怕你難保百年墳，老漢在一日，與你看管一日，若我死後呵，教誰來添上三尺土？

（丑上）

【前腔】渡水登山多勞苦，來到這荒村塢。遙觀一老夫，

1　底本作「消息」，據清陸貽典鈔本《新刊元本蔡伯喈琵琶記》（《古本戲曲叢刊》初集景印）、《六十種曲》本《琵琶記》改。

試問他家，住在何所？趨步向前行，卻原來一所荒墳墓。

　　那邊有個老公公，不免去問一聲再行。老公公，請了。老公公！（生）吓。（丑）老公公。（生）小哥何來？（丑）小可從京中下來的。（生）到此何幹？（丑）特來問路。（生）小哥是京中下來的，不識路途來問我？（丑）正是。（生）但不知小哥往哪裡去？（丑）咱要問到陳留郡去，往哪裡走？（生）吓，這裡方方一帶，就是陳留郡了。（丑）這裡就是陳留郡了！阿呀謝天地！陳留郡且喜到了。老公公，再問一聲，這裡有個蔡家府在哪裡？（生）我這裡只有蔡家莊，沒有什麼蔡家府吓。（丑）俺老爺在京做了大大的官，就是莊也改作府了。（生）是吓，但不知你老爺叫甚名字？說得明白，指引得明白。（丑）阿喲喲喲，老爺的名字誰敢叫！前日有個人叫了俺爺名字，拿去砍了，還問了三年的徒罪哩。（生）一個人死了也就罷了，又問什麼罪？（丑）老公公，你有所不知，俺老爺是死也不饒人的。（生）小哥，京中或者叫不得，那表號是叫得的；況且這裡荒僻去處，無人聽見，但叫不妨。（丑）吓，既如此，我說來你聽，不要嚷。（生）我不嚷，你說來。（丑）俺爺叫做蔡伯喈。（生）吓？（丑響說介）

　　（生）吓！咳！

【風入松】不須提起蔡伯喈！（丑）為偌了嚷起來？（生）說著他每忒歹。（丑）他做官清正，沒有什麼歹處吓。（生）他去做官（丑）有幾年了？（生）有六七載。（丑）正是，有六七年了。（生）撇父母拋妻不睬。（丑）他父母如今在哪裡？（生）兀的這磚頭土堆，（丑）是什麼在裡頭？（生）是他雙親喪葬在此中埋。

　　（丑）太老爺、太奶奶多死了！怎麼樣死的呢？（生）小哥，

你有所不知。

【前腔】一從別後遇荒災，更無人依賴。（丑）誰人承值這兩個老人家？（生）小哥，虧他媳婦相看待，（丑）他是女流家，哪裡看待得來？（生）把衣服釵梳都解。（丑）就是釵梳典當，也是有盡時的。（生）便是。小哥，這小娘子將釵梳解得錢來，買米做飯與公婆吃。他背地裡把糟糠自捱，（丑）有這等事！（生）公婆的反疑猜。

（丑）敢是公婆道他背地裡吃了好東西麼？（生）正是。（丑）以後呢？（生）以後：

【急三鎗】他公婆的親看見，雙雙痛死。無錢送，只得剪頭髮賣了買棺材。（丑）講了半日，調起謊來了。那頭髮能值幾何，斷送了人，又造得這所大大的墳墓？（生）小哥，你有所不知。他去空山裡，裙包土，血流指，感得神明助，與他築墳台。

（丑）自古孝感天地，果然有此。如今，這小夫人在哪裡去了？

【風入松】（生）他如今已往帝都來，（丑）這許多路程，把什麼東西做盤費吓？（生）小哥，說也苦憐，他肩背著琵琶做乞丐。（丑）阿呀，我老爺特差我來接取太老爺、太奶奶、小夫人，如今太老爺、太奶奶多死了，小夫人又往京中去了，教我如何回覆老爺呢？分明是一樁美差，如今變了一樁苦差了吓。（生）是吓，你如今反做一樁苦差了。來，來……你跪了，我叫，你也叫。（丑）吓，老公公叫，我也叫？（生）正是。（丑跪介）（生）老哥。（丑）老哥。（生）你該稱太老爺才是。（丑）吓，太老爺。（生）老嫂。（丑）太奶奶。何如？（生）如今你兒子做了大大的

官。（丑）你兒子做了大大的官。（生）今差……（丑）今差……
（生）你叫什麼名字？（丑）你叫什麼名字。（生）我來問你。
（丑）我來問你。（生）我問你吓！（丑）吓，老公公問我吓。我
麼，姓李，名旺，表字興之，小名阿狗。（生）誰來問你的表號。
（丑）不表也不明。（生）今差人李旺。（丑）差人李旺。（生）
前來接你享榮華。（丑）享榮華。（生）受富貴。（丑）受富貴。
（生）你去也不去？（丑）你去也不去？（生）咳！叫他不應魂
何在？空教我珠淚盈腮。（丑）呸！活見他娘的鬼！老公公，
你休啼哭，待我回去稟知老爺，多做些功課追薦他便了。（生）小
哥，他生不能養，死不能葬，葬不能祭，這三不孝逆天罪大，
空設醮枉修齋。

　　小哥，他如今在哪裡？（丑）他如今入贅牛丞相府中。
【急三鎗】（生）你如今疾忙去到京臺，說張老道與蔡伯
喈。（丑）道些什麼來？（生）道你拜別人的父母好美哉，
親爹娘死不值得你一拜。

　　（丑）老公公，你有所不知，不要錯埋怨了他。他辭官，官裡
不從；辭婚，牛太師不容，也是個出于無奈吓！（生）果然？
（丑）果然。

　　（生）
【風入松】吓，他原來也是出于無奈。小哥，你今日來呵，
好一似鬼使神差。小哥，他當初在家原不肯去赴選的。（丑）
是哪一個王八入的叫他去的？（生）小哥，你不要罵，是我老漢再
三強要他去的。（丑）吓！是老公公。得罪得罪！（生）這三不
從把他廝禁害，三不孝亦非其罪。（丑）險些錯埋怨了他。
（生）這是他爹娘福薄命乖。（合）人生裡多是命安排。

　　（生）小哥，你如今回去，一路上但見一個婦人像道姑打扮，拿看一幅真容，背著一面琵琶，這便是你小夫人了；你便好好承值他去了。（丑）這個自然，小可理會得了。

　　（生）雙親死了兩無依。（丑）待俺回去說了，教俺爺連夜趕回來便了。（生）小哥，就是今日回來已是遲。（丑）夜靜水寒魚不餌，滿船空載月明歸。告辭了。（生）哪裡去？（丑）你看天色已晚，且到前面飯舖子裡去歇宿一宵，明日早行了。（生）小哥，前途沒有旅店，可到老漢家中櫃住一宿，明日早行便了。（丑）老公公從未識荊，今日怎好打攪造府。（生）說哪裡話！四海之內，皆兄弟也。隨我來。（丑）這等，多謝了吓。來來來，老公公，說了半日的話，也不曾問得老公公尊姓大名。（生）吓，老漢麼，就是你老爺好比鄰張廣才，張大公就是老漢。（丑）吓！你老人家就是張大公？張廣才就是你？待小的見個禮兒，見個禮兒。（生）豈敢豈敢。（丑）一定要，的一定要的。怪道我家老爺在京時刻想念，吃茶也想，沒有張大公，怎有這樣好茶吃；吃飯也想，沒有張大公，怎有這樣好餚饌吃。一日，老爺在毛廁上登東，說：李旺，看粗紙伺候。小的拿了粗紙去，見老爺掙紅了臉說：阿呀……我那張大公吓……（生）休得取笑。（丑）這叫做背後思君子。（生）方知是好人。我明日寫書打發你去便了。這裡來。（丑）老公公，府上在哪裡？（生）就在前面，小哥，隨我來。（丑）老公公請。（生）這裡來。（丑）走吓。（生）走吓。（同下）

按　語

〔一〕本齣主體情節、曲文接近汲古閣《六十種曲》本《琵琶記》
第三十八齣〈張公遇史〉。

〔二〕選刊此齣的坊刻散齣選本還有：《風月錦囊》、《八能奏
錦》、《玄雪譜》、《新鐫歌林拾翠》、《醉怡情》、《來鳳館合
選古今傳奇》、《萬錦嬌麗》、閏正堂刊《綴白裘全集》、《審音
鑑古錄》、敏修堂刊《清音小集》。選抄此齣的散齣鈔本有中國國
家圖書館藏朱執堂抄《時劇集錦》。

義俠記·戲叔

貼：潘金蓮，武大郎之妻。
小生：武松，武大郎之弟。
丑：武大郎。

（貼上）

【縷縷金】痴男子，假裝喬，我饞涎一縷怎生熬？奴家一見了武二就看上了他，常把眼角傳情，話頭勾引；他卻撇清裝假，只做不知。我今日浸得一壺涼酒在此。待他今日來家後，用心引調。任從他鐵漢也魂消，須落我圈套，須落我圈套。

（小生上）

【引】揮汗歸來罷曉街，何日成名得建牙？（貼）叔叔，回來了麼。（小生）嫂嫂。（貼）叔叔今日回來得早吓。（小生）嫂嫂，我公門無事早回家，問兄長可曾歇下？

（貼）吓，你哥哥麼，還沒有回來。（小生）沒有回來，且到縣前去尋他。（貼）吓，叔叔，他是做生意的人，到哪裡去尋他？且到裡面去坐了，等他回來就是了。（小生）既如此，嫂嫂請。（貼）叔叔請。（進介）

（小生）嫂嫂。（貼）叔叔。（小生）好熱天！（貼）叔叔身上穿的是幾層衣服？（小生）兩三層。（貼）這樣熱天，哪裡穿這許多。你看做嫂嫂的，穿得這等單薄。也罷，待我與你解下來涼一涼罷。（小生）不消。武二答應官府穿慣的，不勞嫂嫂費心。

（貼）穿慣的。好性兒吓。

　　（小生）桌兒上是……（貼）吓，這是奴家浸得一壺涼酒，等叔叔回來解渴。（小生）既有酒，等哥哥回來一同吃罷。（貼）哪裡等得及。我同叔叔先吃一杯，等他回來再吃罷。（小生）如此，多謝嫂嫂。（貼）叔叔是海量，大杯罷。（小生）竟是大杯。（貼）叔叔請。（小生）放在桌兒上。（貼放杯，斜看介）（小生）多蒙嫂嫂所賜，武二立飲。乾。（貼）叔叔後生家，不要吃單杯，吃個成雙杯。（小生）噯！有酒待武二吃便了，什麼單雙！（貼）叔叔，我說的是酒喲。（小生）我原說的是酒吓。乾。（貼）好量吓。（小生）我倒忘了，待武二借花獻佛，回敬嫂嫂一杯。（貼）奴家不會吃的，半杯罷，半杯。（小生）就是半杯。（貼）取來。（小生）閃開！待我放在桌兒上。（貼）又要放在桌兒上，古執得緊。（作掤肩介）多謝叔叔。（小生）我武二在此，多謝嫂嫂。（貼）阿呀，好說，叔叔請坐。（小生）嫂嫂請坐。（貼）待我閉上了門。（小生）青天白日，為何把門閉上了？（貼）閉了門穩便些。叔叔請坐。（小生）嫂嫂請坐。（貼）叔叔，今日無人在此。（小生）無人在此便怎麼？（貼）不是吓，做嫂嫂的有句話。（小生）嫂嫂有話，武二洗耳恭聽。（貼）吓，叔叔：

【古輪臺】我要問伊家，聞說你在東街背地裡戀煙花，（小生）噯！哪有此事？（貼）你原何不說知心話？何不攜來家下？（小生）我是風虎雲龍，怎肯向平康入馬。（貼撓腳介）叔叔，你在客邸孤單，少年狂放，只怕你心頭不似嘴喳喳。（小生）我原非虛話。（貼）我不信。（小生）不信時且待兄長還家，把咱行事，試將來問他，可知真假。（貼）

休說那冤家。（小生）咻！夫妻說什麼冤家？（貼）這風流話，若還知道怎嫌他？

（小生）嗳！

【前腔】嗟呀！好教人懸望巴巴，這時候不見兄歸。（貼）叔叔，再請飲一杯。（小生）嫂嫂，你且暫停杯斝。況天氣炎熱，（貼）叔叔往哪裡去？（小生）閃開！只索向門外臨風瀟灑。（貼）到如今，把機關用盡，怎肯輕輕便拋。叔叔，且同消夏，卻怎生忔不撐達？（小生）只為奔馳勞頓，心慵意懶，好難禁架。（貼）此意你知麼？伊休詐。（灑酒作吃半杯，小生伸腰看介）（貼）叔叔，這半杯殘酒飲乾咱。

（小生）住了，這酒是哪個吃的？（貼）是叔叔吃的。（小生）是我吃的，取來。（作潑酒介）呀吓！（貼）阿呀呀，啐啐啐！

（小生）

【撲燈蛾】我怪伊忒喪心，怪伊忒喪心，羞恥全不怕。有眼睜開看，俺武二特地詳察也！（貼）啐，啐！（小生）走來，我是含牙戴髮、頂天立地丈夫家，怎肯做敗倫傷化。嫂嫂，（貼）唔！（小生）你不要想差了念頭吓！我哥哥倘有些風吹草動，武二這雙眼睛認得你是嫂嫂，拳頭……（貼）拳頭便怎麼？（小生）卻不認得你是嫂嫂！（貼）阿呀武二，你不要誇口吓！（小生）我非誇，自[1]從打虎手兒滑。

1　底本作「是」，據明萬曆繼志齋刊《義俠記》（《古本戲曲叢刊》初集景印）改。

（貼）嚃啐，嚃啐！

【前腔】笑伊直恁村，笑伊直恁村，不辨眞和假。酒後聊相戲，怎便將人叱咤也？武二，你將我做什麼人看待吓？（小生）不過是嫂嫂罷了。（貼）可又來！常言道嫂如娘大，嘖嘖嘖，好吓，好一個知輕識重丈夫家，㗶，只會把至親欺壓。（笑介）叔叔，總塗抹，從今兩意莫爭差。

　　（作背後抱小生腰，小生撒介）噯！

【尾】這場家醜堪羞殺，（貼）自恨當初錯認了他。吓，叔叔。（小生）沒廉恥！（貼）啐，蠢才！啐，啐！（下）（小生）阿呀哥哥吓，只恐終須作話靶。

　　（丑上）清晨出去猶嫌晚，下午回來汗未消。（小生）哥哥，回來了。（丑）兄弟，居來哉。裡向請坐。（小生）㗒！（丑）兄弟：

【五更轉】你甚時來家裡？阿曾吃點心來？（小生不應介）（丑）若是弗曾吃飯，做阿哥個盤裡有兩個饅餅乩，拿得吃子罷。敢是點心兒你尚未吃？阿要吓？阿要吓？阿呀緣何頻問你多不應？㑚意思？吓，我曉得哉！敢是嫂……（內喊介）嫂什麼？（丑）羅個說吭？要吭來乩冷膨毧咳嗽。噲，兄弟，敢是嫂嫂跟前慢憎著你？阿是介？亦弗是。我那間眞正猜著哩哉。莫非你受了官司氣？（小生）咳，本縣太爺，何等待我，什麼官司氣？把我行李搬出來，不住在這裡了。（丑）呧呧呧！吭個賊狗腿狗骨頭，欺老個，嚇小個。縣裡大爺歡喜吭，應該欺瞞我做阿哥個㑚？老虎呢不吭打殺子，我做阿哥個汗毛吓阿敢拔一拔？吭阿記得小時節，拖子兩管鼻涕，坐拉門檻浪子，撈鷄糖屎吃個日脚哉？乞我一記硬爍勒，攢得來脫脫哭。那間長大子，長子兩斤毛力，自

道人能介欺瞞我做阿哥個儕？咻！阿呀且住，我裡兄弟往長日脚弗是介個，今日罵哩弗開口，打哩弗動手，是儕意思吓？往常日脚，阿哥長，阿哥短，無話弗[2]說，為儕了蓋個光景？吓，有數說勾：「若要好，大做小。」我哩兄弟及受勼個，讓我不一勼你使使沒哉。無得眼淚沒哪處？吓，有哩哉！灑吐來裡。阿呀兄弟吓，同胞兄弟看娘面，千朵桃花一樹生。就是做阿哥個有儕弗到之處，萬百事體要看爺爺面上；弗看爺爺面上，要看阿姆面上；就弗看阿姆面上嚀，要看吓丒阿嫂面上。（小生）吓！（丑）阿呀我個好兄弟吓，**你若還怪我，我就先陪禮。**做阿哥個跪里哉。（小生）阿呀，哥哥請起！（丑）吓說子沒，我起來丒。（小生）哥哥起來，我說便了。（丑）吓若說，我就起來哉。是羅個欺瞞子吓了？（小生）阿呀哥哥吓，**你若問起根由，與你裝些幌子。**

　　（丑）吓拉羅里居來？（小生）方纔兄弟呢，在縣前回來。（丑）賣子鹽勒居來？（小生）不是，縣前回來。（丑）我也拉縣前居來。（小生）多蒙嫂嫂浸得一壺好酒……（丑）吳家里五個，張家里三個。（小生）哥哥，我告訴你。（丑）我也拉里告訴吓。（小生）我在縣前回來，多蒙嫂嫂浸得一壺涼酒……（丑）我今朝原弗肯出去個，纔是吓丒阿嫂叫我拿出去，鬧奪無人要，亂搶弗動手。（小生）飲酒中間說什麼單吓雙……哥哥，哥哥！（丑）廿四個餅出去，原剩十二雙。（小生攙丑翻勼斗介）呀吒！（下）

　　（丑）第二個，二官人，二舍，阿二！個個入娘賊，我正是算賬頭上，拿我一攙奔子去哉。且住，二官忿忿而去，大嫂必知其故，等我叫哩出來。（向內叫介）噲，我個房下，山妻，拙荊，內

人，我哩個，阿聽得吓？咳，有數說個：「三朝新婦，月裡孩童。」做親個夜頭要緊子點，叫子一聲娘了，那間無個「娘」字，再弗肯出來勾哉。我哩個娘！（貼上）呀啐，敢是叫命麼？（丑）介中生介叫得應勾。（貼哭介）（丑）咦？一個氣出，一個氣進，我哩二官人肚裡個氣，為僥了過子吓肚皮裡去吓？（貼）呀啐！

【前腔】只為你那蠢殺才，不爭氣，（丑）住子！吓個樣女娘家弗知嫌足，嫁著子我堂堂一軀個武大官人，有僥蠢？吓看我要上就上，要下就下，參頭狼能介拉里！有僥弗爭氣。弗要說別樣，吓看我個兩根狗嘴髭鬚，有羅個生得出？（貼）累奴家吃負虧。（丑）吃子羅個虧？一定是鄉鄰人家哉，等我去罵個星毬養個。吠！南北兩橫頭，羅裡個星烏龜花娘欺瞞我里家主婆，武大官人弗弗是好惹個嗄，等我賣落子餅擔，搭哩打一場興官司！（貼）進來，你罵哪個？（丑）我拉里罵個星鄉鄰，欺瞞我里家主婆。（貼）鄰舍人家誰敢欺負老娘。（丑）介勒羅個欺吓？（貼）情知只有武二來家裡，見他冒暑歸來，備些酒漿茶水。（丑）無茶有水，是娘個好意。（貼）可是好意？（丑）一團好意，個個蠢才無彀，弗曉得個，以後哪介？（貼）誰想他太不仁將奴戲。（丑）吠吠吠！將奴戲，將奴戲，放子吓虼辣騷豬婆黃胖甕濃宿篤狗臭屁！我里二官人正直無私，弗是個樣人。吃酒打老虎是哩個本等，況且我里兄弟還是童男子，鉆阿弗曾出個來。從來不聽婦人言，塞聾子耳朵，弗聽見，弗聽見……（貼）大郎阿，他無顏在此，必要遷居矣。（丑）便是個一個兄弟，要住拉屋裡個。（貼）若要兄弟同居，也罷！還我休書一紙。

（丑）住子！夫妻淘裡，羅里無得句把說話？開口休書，閉口休書，就是個把兄弟住拉屋裡，哪就要哩搬起來！（貼哭，打桌

介）天吓！還我休書來……（丑）儕個？打家生儕？我也會打個
嚧。我打穿吓個捲銅照壁，打碎個火石溜舂灘個鑊子底，我㢛穿吓
個花娘！等我舂穿子吓個馬桶底，看吓哪亨撒尿。（貼）呀倅，氣
死我也！（丑）阿呀，我個娘吓，吓是氣弗得個，前夜頭氣子了，
放子一夜個屁，虧得我兩個膝饅頭塞住子。（貼）沒廉恥！（丑）
看你花消粉碎恨難禁。（貼）無奈強徒苦逼凌！（丑）須信路遙知
馬力。（貼）果然日久見人心。明日快叫他搬！（丑）就搬耶，臭
花娘。（貼）吓，你罵哪個吓？（丑）羅個罵吓介？（貼）你說什
麼花？（丑）我說娘頭上到帶介朵好花。（貼）賊嘴！（丑）臭花
娘罵哉，阿是罵子皇后了？（貼）吓唷，天殺的，好罵！（丑）阿
唷，好打！我㢛穿吓個花娘！弗要箭箭上肚，吓會打我也會打個
嚧。（貼）你敢打！（丑）打沒打哉儕，㢛穿吓個花娘！非但打，
我還會踢，我就踢……（貼）倅！（下）（丑）個一腳直踢子個㢛
養個戲房裡去哉！（渾下）

按　語

〔一〕本齣出自沈璟撰《義俠記》第八齣〈叱邪〉。
〔二〕選刊此齣的坊刻散齣選本還有：《玄雪譜》、《樂府歌舞
台》、《醉怡情》、《歌林拾翠》、《方來館合選古今傳奇萬錦清
音》、聞正堂刊《綴白裘全集》。選抄此齣的散齣鈔本有中國藝術
研究院藏佚名抄《崑弋曲選》。

義俠記‧別兄

末：武松的下屬。
小生：武松，都頭。
丑：武大郎，武松之兄。
貼：潘金蓮，武松之嫂。

　　（末扮士兵，隨小生上）
【秋蕊香】半月不瞻兄面，何時不[1]意惹情牽？

　　哥哥開門。（丑上）昨夜秋光入小庭，至今醉眼未曾醒。（開門介）（貼上）空堦夜色涼如水，羞看牛郎織女星。（丑）兄弟，居來哉偌。（小生揖介）哥哥。（丑）兄弟。（小生）嫂嫂。（貼斜眼不理介）叔叔。（小生）士兵，你把酒餚放下，先到縣前去，有事即來報我。（末）吓。（下）

　　（丑）兄弟請坐。（小生）哥哥請坐。（各坐介）（貼背白）這廝敢是放我不下，故此又來了？（丑）吓，兄弟，昨日是七月七，買子一壺酒，削子一塊藕，滿膀介摸再尋吼弗著，弗知吭拉羅里。（小生）縣中有事，所以不得工夫。（丑）今日為偌了，買子酒，拿個星物事居來？（小生）哥哥，兄弟蒙本縣大爺差往東京公幹，故此回來一別。（丑）要幾時居來丒介？（小生）約要兩月方

1　底本「不」字脫，據明萬曆繼志齋刊《義俠記》（《古本戲曲叢刊》初集景印）補。

回。（貼背白）這廝要去了。（丑）僥能長遠介！（小生）哥哥，做兄弟的有句話要對哥哥講，若能依得我，滿飲此盃。（丑）吼說個說話，做阿哥個豈有弗聽個。我乾子個鍾酒，吼說嘌是哉。（吃介）乾。（小生）哥哥，我也別無他事，

【風入松】只為你從來心性軟如綿，（丑）是吓！吼弜阿嫂因為嫌我個軟了，日夜淘神碌氣個哉。（貼）啐！（丑）阿唃，阿唃！（小生）哥哥，講話。（丑）拉里聽，拉里聽。（小生）你是個隻手空拳，（丑）長拳我個拿手，只是吼出去子，就有人欺瞞我哉。（小生）你若被人欺壓……（小生看貼，貼看小生，丑兩邊看介）兄弟，說話沒好好能說，弗要是介拍檯拍橙。（小生）遭人騙，我回來後必竟將……（將拳頭拍檯，又兩邊看介）他消遣！你須遲出去早歸息肩，哥哥吓！（丑）哪？（小生）你把門兒閉得安然。哥哥，可依得麼？（丑）兄弟，吼個說話比金子有透，依吼便罷。（小生）嫂嫂也請一杯，武二也有一句話在此。（丑）阿聽見？阿叔有僥話對吼說了，立子起來嘻，立子起來。（貼）唔，叔叔有話，請教。（小生）哪！只為吾兄質朴他的命迍邅，望伊家看覷週全。（丑）阿聽得阿叔說，叫你照看照看我，弗要搭別人七搭八搭。（貼）阿呀，我是婦人家，哪裡週全得來介？（小生）常言道：「表壯不如裡壯。」（丑）自哩裡股裡壯得極個嘻。（小生）須教裡壯人欽羨，怕什麼男兒家柔軟？卻不道夫禍少皆因婦賢，那籬牢處犬難穿？

（丑）是吓！籬笆夾得緊，羅怕野狗鑽。（貼起怒介）啐，天殺的！（丑）阿呀！（貼）你有甚閑話對外人說了？（丑）羅個是外頭人介？（貼）倒來欺負老娘麼？（丑）弗吓，弗吓。（貼）武二，過來！（小生）吼！（貼覷包頭介）你不要認差了人吓！我是

不帶網巾的男子漢，叮叮噹噹婦人家！（丑）婦人家。（貼）拳頭上站得人起，膀子上跑得馬過！（丑）肚皮上射得箭過虿來。（貼）我是要在人面前做人的嘻。（丑）弗差，單歡喜立拉人面前，不歡喜立拉人背後個。

（貼）

【急三鎗】自從我與武大為姻眷，不敢欺嚇，便是一螻蟻不敢進門前。（丑）螞蟻無得一個進來個。（貼）卻有甚蘿不固招外犬？胡言語休得把人寃。

（小生）嫂嫂，你今日說便這等說。

【風入松】只怕你心頭不似口頭言，（丑）好好能說。（小生）若、若得能如此心堅，何須武二將言勸。（丑）吾虿是說，我是吃。（小生）與兄長爭些門面。（貼氣介）（丑）好好能說，好好能說……（小生）嫂嫂，你今日說的話，我一句句不忘你言，罷！將此酒祭蒼天。（潑酒介）

（貼）武二，走來！

【前腔】既是你多伶俐將人勸，（丑）吾虿是說，我是吃。（貼）卻不道長兄嫂有父娘權。我當日嫁武大原說無親眷，不知哪裡來的這個什麼兄弟，真和假強來纏。

（丑）住虿，吃一鍾去。（貼）哪個要吃什麼酒？少間進房來，我就……（小生伸拳睜眼介）吓！（貼抖介）啐，啐！（抖下）（丑）阿呀，兄弟，弗要理個樣女娘家，我哩是吃酒。（小生）哥哥請。

（丑）兄弟：

【前腔】二哥休聽婦人言，我和你且自留連。兄弟，我拉里想……（小生）哥哥想什麼？（丑）我想，上床脫了鞋和襪，知道

來朝穿不穿。想人生難保長康健。阿呀好兄弟吓！（小生）哥哥。（丑）我個親兄弟！（小生）哥哥。（丑）吓出去子，我做阿哥個倘然有僥三長兩短，是……阿呀兄弟吓！（小生）哥哥！（丑）須把一盃酒將咱澆奠。（哭介）（小生）哥哥為何出此不利之言？也罷！自今以後不要出去做買賣了。且只在家中自閑，（丑）只是屋裡艱難嘔哪？（小生）常與你寄盤纏。

　　恐怕官府催促，就此拜別。（丑）僥就要去哉？

　　（合）

【哭相思】一瓢長醉任家貧，明日千山與萬津。（小生）哥哥在家保重，我去了。（丑）吓去罷。（小生）哥哥請轉。（丑）哪？（小生）這頭小門是開不得的噓。（丑）曉得個。去罷，去罷。（小生）是。（丑）兄弟轉來，兄弟轉來。（小生）怎麼？（丑）吓打子活老虎，弗要倒不別人打子死老虎去吓。（小生）嗳，休得多講。（丑哭介）阿呀，兄弟吓！（小生）哥哥吓！（哭下）（丑）正是流淚眼觀流淚眼，斷腸人送斷腸咿啞咿啞人哉僥。（下）

按　語

〔一〕本齣出自沈璟撰《義俠記》第十齣〈委囑〉。

〔二〕選抄此齣的散齣鈔本有中國藝術研究院藏佚名抄《崑弋曲選》。

義俠記‧挑簾

貼：潘金蓮，武大郎之妻。
老旦：王婆，媒婆、牽頭。
付：西門慶。

　　（貼上）

【一江風】恨冤家，聽兄弟臨行話，把我禁持怕，怎奈何他？索性做個乖張，早把簾兒下。叫他且信咱，叫他且信咱。爭知僝僽落他，有一日犬兒放入籬兒下。

　　奴家要挑這簾兒，不曾帶得竹竿，不免取了出來。（下）
　　（付上）

【又】沒台孩，午睡醒來快，步出門兒外，記上心來。前日子囉個說格裡紫石街上有個標致女客拉里？囉個說個？吓，是哉！記得王婆，許我姻親在。行來紫石街，行來紫石街，誰家簾半開？（貼上，又簾打付介）（付）囉個是介打頭打腦介？吓唷，妙阿！這回打動我的相思債。

　　（貼）

【又】告官人，休把奴嗔怪。（付）阿敢怪介！（貼）失手把竿兒褪。（付）弗要說失手，就是故意何妨！（老旦上）好天氣吓，這是西門大官人。吓，你忒殷勤。（付）亦是囉個？原來是乾娘。（老旦）不在他簾下低頭，打得好！打你個不掩閨。（貼）乾娘來。（付）拉亍叫吥。（老旦）大娘子在門首。

（貼）奴家挑這簾兒，一時失手，打了這位官人的頭，叫他不要見怪，多多上覆，多多致意。（老旦）吓，吓，大官人，這位大娘子說，一時失手，掉下竿兒，打了你的頭，不要見怪；叫老身，哪哪！多多上覆，多多致意。（付）僑說話！只是學生個粗頭弗中打個，若是娘子見愛，送到宅上，木魚能介敲白相，如何？（老旦）什麼說話！（付）乾娘也去上覆個位娘子，說應該打小生。（老旦）還該打你每。（貼）叫奴難置身。（付）娘行何必多謙遜。

　　（揖介）（老旦）這是什麼意思？（付）有素說個：「有個唔唱拉前頭。」（老旦）休得取笑。（貼）乾娘，我進去了。（老旦）正是，進去罷。（付）再說說進去。（貼）正是：東邊日出西邊雨。（老旦）還有竹竿在此，拿了進去。（付脚踏竹竿）（老旦）尖酸老，促恰老！（貼）道是無情卻有情。乾娘進去了，常來說說閒話。（付看呆介）

　　（老旦）冒！（付）啐，啐！（老旦）到老身家裡去坐坐？（付）倒拉吤屋裡去坐坐。（老旦）請坐，待我取茶來。（付）弗要茶，倒是冷水罷。（老旦）為何？（付）殺殺個火。（老旦）這位娘子有火力，一根竹桿就燒酥了你。（付）個位娘子囉吤個嘘？（老旦）這是閻羅王的妹子，五道將軍的女兒——你要問他做什麼？（付）認認眞眞個問吓，倒拉吤說鬼話哉。（老旦）把些糖兒抹在你嘴上，叫你哧也哧不著。我不說，你且猜一猜看。（付）要我猜囉個介？頭一猜就要猜著沒好吤。囉個個底老介？（老旦）就在縣前賣熟食的。（付）縣前賣熟食的……吓，是里哉！

【紅衲襖】莫不是賣棗糕徐三的女豔姣？（老旦）不是。（付）頭一猜就猜不著。吓，是哉！莫不是銀擔子李二的親底

老？（老旦）也沒相干。（付）亦弗是。吓，是哉！莫不是花胗膊六¹小四的家生俏？（老旦）若是他，倒是一對好夫妻了。（付）吓，莫不是賣粉團許大郎的客標？（老旦）多不是。（付）介沒，猜不著個哉，倒是吥說子罷。（老旦）**我說著時叫伊也心焦。**（付）個位娘子姓焦？（老旦）不是姓焦吓。（付）僭個新椒、舊椒？一樣價錢。（老旦）**我說出來叫咱也好笑。**（笑介）（付）介個老媽吃子笑蕈，啥能介好笑？（老旦）你道他是哪個的老婆？（付）囉個介？（老旦）**他便是賣炊餅的武大的渾家也。**（付）吓！阿是拉縣前賣餅個武大？人人叫渠三寸丁谷樹皮。方才個此人就是俚個家主婆？（老旦）就是他了。（付）完了，完了！壞哉，壞哉！乾娘，故世去還要矮來。（老旦）為何？（付）折盡子福哉。（老旦）休得取笑。（付）咳，可惜好**一塊肥羊肉倒落在狗口嚼。**

　　（老旦）嚼，嚼……（付、老旦各笑介）正是：駿馬每馱村漢走。（老旦）巧妻常伴拙夫眠。（付）你一向許我個，就是此人罷？（老旦）這位娘子動也動不得。（付）為僭了？（老旦）這位娘子性子又不好，況武大又關防得甚緊，叫我難對他說。（付）個老媽就虱作難哉；若得上手，重重里謝你。（老旦）若要這位娘子，須要依我。（付）自然依吥。（老旦）要買一疋白綾，一疋藍綢，十兩好湖綿與我。（付）事體拉虱皷當中來，先要幾哈物事？（老旦）不是我要你的。（付）阿是個位娘子要？（老旦）也不是。那位娘子他做得一手好針線，只說央他做我的送終衣服，約他到來，大官人做個不期而會……拿耳朵來，如此如此，恁般就是了

1　明萬曆繼志齋刊《義俠記》、《六十種曲》本《義俠記》作「陸」。

呀。（付）好計策，好計策！老媽也拿耳朵來，竟是介便罷。乾娘！

【皂羅袍】謝你不推別故，霎時間便有六出奇謀。山山九里十面大埋伏，十二峯雲雨來朝暮。千金莫吝，百年甚促。三生有約，兩情不辜，十分光做一個姻緣簿。

（老旦）一分錢鈔一分貨。（付）有錢使得鬼推磨。（老旦）不要說謊。（付）若還說謊負心的⋯⋯（老旦）起個誓來。（付）難免天災與神禍。（老旦）東西就買了來。（付）我居去買子，就叫男兒送來乾娘。事成之後，還要答吼是介來！（下）

（老旦）我說，這兩日有些財炁——昨夜燈花結蕊，今朝喜鵲頻頻，不是生意順溜，定有財物進門。竟與他做⋯⋯（笑下）

按　語

〔一〕本齣出自沈璟撰《義俠記》第十二齣〈萌奸〉，刪掉最後一支【皂羅袍】。

〔二〕選刊此齣的坊刻散齣選本還有：《玄雪譜》、洞庭蕭士輯《綴白裘三集》、《醉怡情》、《歌林拾翠》、《方來館合選古今傳奇萬錦清音》、閏正堂刊《綴白裘全集》。又，石渠閣主人輯《綴白裘全集》有目無文。

義俠記‧做衣

貼：潘金蓮，武大郎之妻。
老旦：王婆，媒婆、牽頭。
付：西門慶。

　　（貼上）
【懶畫眉】昨日簾前事差迭，兩目相挑心共悅。重門一入暗傷嗟，水流何處花偏謝，路隔桃源雲萬疊。

　　且喜武大不在眼前，偶說出昨日心事。呀，聽小門聲響，想是乾娘來了。
　　（老旦上）
【前腔】庭院涼生暑消歇，大娘子，想你玉手初來針線貼。（貼）乾娘，吾妝成未展繡文結，你清晨何事臨寒舍？（老旦）無事不登三寶殿，欲請神針特造謁。

　　（貼）昨日多謝。（老旦）好說。（貼）今日到此有何事？（老旦）老身向年蒙一個財主佈施送終衣料，一向不曾做得，今年正遇閏月，急要做完；只是沒有好裁縫，欲求大娘子裁一裁，改日再請人做。（貼）乾娘若不棄嫌，待奴家做了罷。但不知今日日子可好？（老旦）多謝大娘子。你一點福星，何必選日？就是今日罷。請到吾家去。（貼）恐怕大郎回來。（老旦）大郎回來，在吾家聽得見的。（貼）如此，乾娘請。（老旦）大娘子請
【前腔】曲徑通幽省周折，繞過門兒賓主別。

　　（老旦取衣料介）大娘子，衣料在此。（貼）乾娘，要做多少長？（老旦）三尺三寸有了。（貼）待吾量一量，一尺，二尺，三尺。（戲老旦介）（老旦）討吾便宜。（貼）乾娘，三尺有了。（老旦）長些的好。（貼）短些的好。（老旦）長些。（貼）衣短身長俏喲。袖子多少大？（老旦）一尺夠了。（貼）一尺二寸。（老旦）一尺夠了。（貼）袖大惹春風喲。（老旦）休得取笑。（貼）**吾將雲錦漫裁剪。**（老旦）**天孫**[1]**妙手被人間借。**（貼）**願萬縷千絲不斷絕。**

【前腔】**針線初拈剪刀撇。**（付上，敲門介）**門外誰人聲響徹？**（老旦）待吾去看來。（付低白）乾娘，此人來麼？（老旦）來了。待吾先進去，你後來，做個不期而會便了。（貼）乾娘，是哪個？（老旦）是一隻狗在那裡走來走去吓。（付）乾娘阿拉屋裡？（老旦）**原來壽衣施主偶相接。**（付）拉里做僧？（老旦）蒙你施的送終衣料，煩這位大娘子縫做。大官人來看嚇，絕好的針線。（付）若是裁縫做個，弗消看得；大娘子做個，倒要看看個。（貼）不要看。（老旦）不妨的。（付）真正好針線！**這般妙手難酬謝。乾娘，此位誰家宅內客？**

　　（老旦）就是前日打你頭的這位娘子。（貼）乾娘走來。前日失手打了這位官人的頭，叫他不要惱。（老旦）是了。大官人，大娘說，前日失手打了你的球，叫你不要惱。（付）阿敢惱！若是娘子愛個粗頭，明朝送到宅上來，排拉枕頭邊，木魚能介[2]打白相

1　底本作「生」，據明萬曆繼志齋刊《義俠記》（《古本戲曲叢刊》初集景印）改。

2　底本作「个」，參考〈挑簾〉改。

罷。（老旦）休得取笑。（付）個位大娘子拉里做衣裳，該備介點僖替大娘子澆澆手纔是。（老旦）大官人，常言道：「一客不煩二主。」就是大官人來澆手如何？（付）個個極使得！只是今日不曾帶得銀子出來……（老旦）待吾來搜搜看。（付）弗要搜，方纔討得一注房錢在此，哪！一錠拉丑。（老旦）哪裡要這許多。（付）用剩子送拉大娘子買菓子吃。

　　（貼）乾娘，我要去了。（老旦）不妨事的。你不認得這位大官人，他是陽穀縣裡第一個有名的財主，本縣老爺與他時常來往，家中又開一爿生藥舖，最肯撒漫的。又是我的乾兒子，你又是吾的乾女兒，你們兩個就是乾姊妹了，就坐坐何妨。（貼）吾不信。（老旦）待我叫與你聽。吓，乾兒子。（付）乾阿姆。（老旦）吾的嫡嫡親親的乾兒子。（付）吾的嫡嫡親親乾阿姆。（貼笑介）（老旦）大官人，有現成的在此，先吃起來。（付）極妙個哉，待吾奉敬大娘子一杯。（貼）不吃酒的。

　　（付）

【香柳娘】幸相逢齊暢，幸相逢齊暢，為娘稱謝，愧無珍品堪陳設。（老旦）大娘子，你也回敬大官人一杯。（貼）感伊家用情，感伊家用情，淺量為君竭，羞顏為君撇[3]。（合）料三生契結，料三生契結，歡情正奢，可能卜[4]夜？（付）乾娘，個個酒弗好吃，去買呷好個得來。（老旦）原是前日子剩下來的，待吾去買好的來。（貼）乾娘，吾要回去了，恐怕大郎回來。（老旦）大郎回來，曉得在吾家，不妨得的。（付）乾娘，走

3　底本作「撇」，據明萬曆繼志齋刊《義俠記》改。
4　底本作「不」，據明萬曆繼志齋刊《義俠記》改。

遠點咭。（老旦）吾曉得，待吾閉上了門。正是：天上人間，方便第一。（下）

　　（付）娘子拜揖。（貼）方纔見過的了。（付）方纔見個是弗志誠個，那間是志志誠誠個。娘子請坐，請一杯。（貼）奴家量淺。（付）大凡堂客，淺個好。（貼）什麼說話！（付）請問娘子尊姓？（貼）姓武。（付）姓魯？（貼）姓武。（付）姓蘇？（貼）姓武吓！（付）吓，姓武吓，阿是文武之武？個個姓到少個。縣前有一個賣炊餅的矮子，也姓武，還是宅上個尊使呢，還是盛族？（貼）吓，是拙夫。（付）是賊[5]夫？（貼）是家主公。（付）吓！是家主公。阿呀，笑殺笑殺，話靶話靶！哪說介位標致娘娘配子介個貨郎兒！咳，常言道：「巧妻常伴拙夫眠。」日裡呢，你入東，我入西，也罷哉；個個夜裡松箍段能介一段壓拉心口頭子，好弗難過！有子上頭，沒子下底；有子下頭，沒子上頭，哪亨過？咏！纔是媒人之過，只顧銅錢銀子，弗顧別人生死，吾若做子官府，該打哩四十！（落扇介）（貼）扇兒掉了。（付）扇子掉哉，來囉哩，吾個娘吓！（貼）尊重些。（付）吾有個心來個。（貼）你既有心，吾豈無意，只是怕你口嘴不好。（付）吾若口嘴不好，就對天罰咒哉。老天在上，吾西門慶呵，

【前腔】若忘了伊此情，若忘了伊此情，暫時拋捨，願天罰吾遭磨折。（付）吾罰哉，你也來罰一個。（貼）吾不會罰。（付）罰咒啥弗會。（扯貼跪介）聽金蓮誓言，聽金蓮誓言：若忘了大官人呵，願身首不相連，天誅更不赦。（合前）

5　底本作「貼」，推測西門慶的反應會跟前面一樣，以諧音博笑，參酌文意改。

　　（貼）吾要回去了。（付）阿是要急殺我了！（貼作不肯，付抱下）（老旦上，聽介）

【前腔】聽人聲杳然，聽人聲杳然，想在枕邊低說。待吾叫他們出來。你們快些出來！（貼整衣急上）（付）乾娘來哉。（老旦）好吓，你們幹得好事！武大郎回來，吾要……（付、貼跪介）望高抬貴手來相赦。（老旦）你們要官休私休？（付、貼合）官休便怎麼，私休便怎麼？任伊怎的說，誰人敢逆也。（老旦）要官休、報武大郎；要私休、瞞武大郎。（付、貼）私休計設，叩頭稱謝。

　　（老旦）既如此，你兩人多要依我。今日為始，大娘子，你每日到我店中來，不可失信。（貼）奴家依乾娘便了。（老旦）大官人，你是不要說了，所許之物，千萬不可失信。（付）吾居去立刻就送來。（老旦）待吾去看看可有人。（暗看介）沒有人，去罷。（付與貼摟介）（貼）啐！（付）清秋路，黃葉飛。（下）（老旦）待吾閉上了門。唔，頭髮多亂了。方才是……（伸二指，貼搖手，老旦又伸一指，各笑下）

按　語

〔一〕本齣出自沈璟撰《義俠記》第十四齣〈巧媾〉，惟將原作鄆哥窺聽奸情的段落（【香柳娘】一支）挪到〈捉奸〉，如此一來〈做衣〉、〈捉奸〉兩齣的主題更加凸顯，情節更加合理。

〔二〕選刊此齣的坊刻散齣選本還有：《怡春錦》、《歌林拾翠》。

八義記・遣鉏

淨：屠岸賈，下大夫，權臣。
付：鉏霓，屠岸賈的門客。

（雜扮四小軍，引淨屠岸賈上）（淨坐介）呔！（眾下）
（淨）
【青哥兒】男子漢不可無毒，惡心腸且藏肺腑。趙盾無知太欺人，除非殺卻吾心足！

恨小非君子，無毒不丈夫。今日晉侯在絳宵樓飲宴，時耐趙盾這老賊苦諫，晉侯大怒，罷宴入宮而去。我若做了晉侯，必然殺那老賊！目今，晉侯正在盛怒之下，我就將機就計，害了這老賊，我必為正卿矣。且住，若到後堂去，夫人曉得了，又要苦諫，不免到後花園中，慢慢的想個計策害他便了。眉頭一皺，計上心來。我府中有一人，名喚鉏霓，只因打死了人，投在我府中。我見他有些肝膽，因此收留他住在府中，若得他肯為刺客，吾計成矣！也罷，不免到後花園中散步一回。（下）

（付扮鉏霓上）
【前腔】醜老婆強如獨宿；粗米飯強如吃粥；布衣布襪布頭巾強如赤膊。淡白酒高歌一曲，這便是無量之福。

將相本無種，男兒當自強。我，鉏霓。只為拳頭沒眼，打死了人，告在屠爺臺下。屠爺見我有些義氣，免我死罪，留在府中。我如今身上穿的、口中吃的多是屠爺的。咳，我想此恩此德，何日報

答？今早老爺入朝未回，不免到後花園中遊玩一番，有何不可。呀，來此已是花園了。園門半開，不免挺身而進。呵唷妙阿！你看：四時有不謝之花，八節有長春之草，這園中委實好景致也！

【蛾郎兒】只見草芊芊，柳拖煙，梅子青青濺齒酸。微微雨，春歸人有餘閒，路傍猶自打鞦韆。待來年再遊玩，唱一曲劉郎阮。[1]

（淨暗上）也嗶！（付跪介）（淨）你是什麼人？（付）小的是鉏麑。（淨）也呔！這是夫人出入之所，擅敢大膽在此行走！（付）小的不知，望爺饒怒。（淨）吓，你不知麼？（付）是。（淨）去罷。（付）吓。

（背介）且住，每常見我千歡萬喜，為何今日這等著惱？也罷，大膽去問一聲。（淨背介）我正在此想他，不想他竟來了。（回身走，見付介）呔！（付跪介）（淨）你去了，為何又轉來？（付）爺，小的每常見了爺，千歡萬喜，萬喜千歡，今日為何這等著惱？（淨）心內有事，對你講又分不得憂、出不得力……（付）爺對小的說了，或者分得憂、出得力也未可知。（淨）吓？分得憂？（付）分得憂！（淨）出得力？（付）出得力！（淨）既如此，隨我到亭子上來。（走介）鉏麑，我只因趙盾弄權，無計可使。（付）爺，趙盾弄權，何不遣人刺之？（淨）禁聲！（各兩邊看介）（淨）只是……少個刺客。（付）小的願為刺客。（淨）只是他行事奸滑，你怎生近得他？（付）老爺勿憂。小的打聽得他父子二人，每逢朔、望日到後花園中燒香。明日正是三月初一，等到

1　明汲古閣《繡刻演劇》本《八義記》（《古本戲曲叢刊》二集景印）作「唱一曲哩囉哩嗹」。

更深人靜，待小的跳牆而過，潛入園中，把他父子一刀一個，有何難哉？（淨）著著著！鉏麑，我的兒。（付）爺！（淨）若成事回來，重重有賞！（付）謝爺。（淨）事若不成，休來見我！（付）吓。（各做身段介）

【奈子花】太平時誰想有奸細？一朝中趙盾獨貴，官居極品，尚懷著不良之意。（淨）鉏麑，你可用心前去。

　　（付）曉得。（淨）謀事在心懷。（付）逢咱必受災。（淨）叫他閉門家裡坐。（付）禍從天上來。（淨）快去！（付）老爺請轉。（淨）怎麼說？（付）小的沒有囊刺。（淨）吓？你沒有囊刺？（付）是。（淨）也罷，隨我到書房中來。（付）吓。（淨）來，來吓。（同下）

按　語

〔一〕本齣可能是在明富春堂本《趙氏孤兒記》第十三折（重）與佚名撰《八義記》第十四齣〈決策害盾〉的基礎上修編而成。

八義記・上朝

外：<u>趙盾</u>，丞相。
末：<u>程英</u>，<u>趙盾</u>的門客。
淨：<u>屠岸賈</u>，下大夫，權臣。
丑：<u>張千</u>，<u>屠岸賈</u>的手下。

　　（外扮<u>趙盾</u>，末扮<u>程英</u>，提燈執笏上）
【出隊子】朝廷為念，赤膽忠心天地知。五雲深處是丹
墀，執笏當胸來拜趨。伏望吾王，納臣諫語。
　　（淨扮<u>屠岸賈</u>，丑扮<u>張千</u>，提燈執笏上）
【前腔】陰謀心事，只恐遲遲泄漏機。吾今先去拜丹墀，
把誤國奸臣來斬取，好歹今朝，辨別是非。
　　<u>張千</u>，那邊的車馬是哪個的？（丑）是<u>趙</u>老丞相的。（淨）把
馬去了鞍，車去了輪。（丑）吓。（下）（淨進介）哪個在朝房？
呀，原來是老丞相。請了。（外）請了。（淨）今日為何來得恁
早？（外）為袪除奸佞事，所以來早。（淨）我今日為進貢事，待
我先奏。（外）往常是我先奏，你今日旣為進貢事，讓你先奏。
（內）來者何官？就此俯伏。（淨）臣<u>屠岸賈</u>見駕。願吾王千歲，
千千歲！（內）有事奏事，無事退班。（淨）臣<u>屠岸賈</u>啓奏。
（內）奏來。（淨）今有外邦進一犬，名曰神獒，能識忠佞，望陛
下收用。（內）聖旨下：「<u>屠岸賈</u>所奏外邦進來神獒，能識忠佞，
即著虎豹房收養。謝恩。」（淨）千歲，千千歲！

　　（外）臣趙盾啓奏：為除奸驅侫事。（內）奏來。（外）臣聞帝王乃萬民之所賴，社稷之所關，若根本一搖，則天下動矣。今屠岸賈專權誤國，玩法欺君，妄殺平民，罪大惡極，望吾王將屠岸賈速正典刑，以安人心。臣若虛誑，即以其罪，死而無恨。（淨）臣屠岸賈啓奏：今外邦進來神獒，能識忠侫，望陛下放出神獒，以辨忠侫。（內）聖旨到來：「二卿所奏不同，今外邦進來神獒，能[1]識忠侫，二卿暫進金堦，文東武西，兩班站列，著虎豹房放出神獒，以辨忠侫。謝恩。」（外、淨）千歲，千千歲！（外）好！今日纔辨個明白。（淨）老丞相，你今日也說是奸臣，明日也說是侫臣，今日才得見個明白。老丞相，倘神獒撲著我，我是個奸侫；倘撲著你，便怎麼樣？（外）倘撲著我，我也是奸臣了，何消說得！（淨）張千，放神獒出來。（丑）吓。（丑放犬上，撲外下）（淨、丑趨下）

按　語 ✎

〔一〕本段主體情節、曲文接近《六十種曲》本《八義記》第十九齣〈犬撲宣子〉前半齣。

〔二〕《風月錦囊》、《醉怡情》、石渠閣主人輯《續綴白裘》也有情節類似的選齣，但它們與本段是不同的劇作。

1　底本作「既」，參考上文改。

八義記‧撲犬

生：提彌明，金鑾殿的值殿將軍。
外：趙盾，丞相。
淨：屠岸賈，下大夫，權臣。
丑：張千，屠岸賈的手下。

（生扮值殿將軍上）人平不語，水平不流。自家值殿將軍提彌明是也。今有屠岸賈放出惡犬，撲著趙老丞相，我此時不救他，等待何時？（犬趕外上，即下）（生打死犬介）（淨、丑趕上）（丑）不好了，神獒打死了！（淨）誰人打死神獒？（生）是提彌明。（丑）呔！齊門人僭了？走到革里戲臺上來打狗。

（淨）胡說！綁了。臣啟陛下：神獒撲著趙盾，被提彌明打死，必與趙盾同謀造反，請旨定奪。（內）聖旨到來：「提彌明無故打死神獒，必與趙盾同謀。速將提彌明一十八口家眷，盡行誅戮。神獒撲著趙盾，奸佞無疑。速點羽林軍三千，圍住西府。趙盾要活的，趙朔要活的，公主娘娘金枝玉葉，賜棕轎一乘，抬入冷宮，即著春來伏侍。其餘三百口家眷，盡行誅戮。謝恩。」（淨）千歲，千千歲！張千。（丑）有。（淨）把提彌明一十八口家眷盡行斬首。（丑）吓。（生）咳，我死為忠臣，你生為奸佞。罷了，罷了！（下）

（淨）張千，就著你領羽林軍三千，圍住西府。趙盾要活的，趙朔要活的，公主娘娘金枝玉葉，賜棕轎一乘，抬入冷宮，即著春

來伏侍。其餘三百口，盡行誅戮。快去！（丑）曉得。老爺，這狗方才撲著趙老丞相，緊趕緊走，慢趕慢行，弗是狗，直頭是老爺個祖宗哉。（淨）唉，胡說！今日你辛苦了，把這狗賞了你罷。（丑）謝狗賞。（淨）唉！（丑）不是，謝老爺賞狗。老爺，明日早些到小百戶家裡來。（淨）做什麼？（丑）吃狗肉麵。（淨）胡說！（下）

　　（丑）咳，好端端一隻狗，哪亨就打殺哉？也罷，等我來贊哩幾句介：好狗，好狗，真好狗！兩隻脚來兩隻手。今朝打殺拉戲場上，明朝個燈籠囉個收？（下）

按　語

〔一〕本段主體情節、曲文接近《六十種曲》本《八義記》第十九齣〈犬撲宣子〉後半齣。

八義記‧嚇痴

付：靈輒，樵夫。
末：程嬰，趙盾的門客。
外：趙盾，丞相。

（付扮靈輒上）

【引】昔日正寒貧，遇公卿，銀米相贈。

　　我，靈輒。向日多蒙趙老丞相贈我銀米，不想，我母親一病歸天，今已安葬，如今特來拜謝。府中人說入朝未回，不免到朝房門首去伺候。（末扮程嬰上）匆匆清早起，隨主入朝房。（付見介）大叔。（末）你是什麼人？（付）難道不認得了麼？我就是桑間的靈輒。（末）吓，是吓，你就是靈輒，為何到此？（付）多蒙老爺所賜銀米，回家去，我母親死了，殯葬已畢，思想老爺的恩德，特來拜投門下。（末）老相公入朝未回，我和你一同在此伺候便了。（外）阿呀……（跌上）（末、付）阿呀，這是老爺。為何如此模樣？（付、末扶外起介）（外）阿呀，程嬰！（末）為何這般光景？
　　（外）

【滾】[1]忒無理！（末、付）哪個無理？（外）忒無理！讒、

----

[1] 這支牌名不一，明富春堂本《趙氏孤兒記》（《日本所藏稀見中國戲曲文獻叢刊》第一輯景印）作【中都悄】，《六十種曲》本《八義記》作【番鼓兒】。

讒、讒臣在庭幃，哱、哱、哱，惡犬趕來無處躲避。（付）老爺，靈輒在此等候多時，不知公相因何如是？（外）吓，你、你……你是靈輒？（付）是靈輒。（外）桑間的？（付）是，桑間的。（外）緣何在此處？（付）欲投門下。（外）程嬰，車來。（末、付）吓！車打折了輪了。（外）馬、馬……馬來。（末）阿呀老爺，馬沒了鞍了。（外）阿呀呀呀，教我奔走無門沒個道理。（付）恩人有危，寬懷放取。待小人負去，不須憂慮。

（馱外介）（外）程嬰，快回去報與駙馬知道。（末）曉得。（外）程嬰，快報與公主知道。（末）吓。（外）快去！快、快、快去！阿呀……（付馱外下）（末）阿呀，不想平白地降此大禍，我不免去報與駙馬、公主知道。阿呀怎麼處吓？（下）

按　語

〔一〕本齣可能是在明富春堂本《趙氏孤兒記》第十八折與佚名撰《八義記》第二十齣〈靈輒負盾〉的基礎上修編而成。

連環記‧起布

小生：呂布，丁建陽的部將。
外：丁建陽，邠州刺史。

（小生扮呂布，淨、生、末、付扮四小軍，引上）

【引】膂力過凡流，浩氣衝牛斗，談笑覓封侯，回首功成就。

　　未表食牛豪邁志，沉埋射虎雄威，封侯必竟屬吾徒。雲臺諸將後，廟像許誰摹[1]？到處爭鋒持畫戟，怒來叱咤喑嗚，千人辟易氣消磨。不須黃石略，只用論孫吳。自家姓呂，名布，字奉先，本貫西川武源郡人也。幼習武藝，頗有兼人之勇；欲慕封侯，不辭宵旰[2]之勞。為此，遠投邠州刺史丁建陽麾下，為驍騎都尉，名雖部將，情同父子。正是：欲圖遠建奇勳，不愧蠅隨驥尾。道言未了，主帥升帳也。

（雜扮四小軍，引外上）

【引】河內擁貔貅，胸次羅星斗。定斬賊臣頭，石補蒼天漏。

　　（小生）主帥在上，呂布甲冑在身，不能全禮。（外）吾兒少禮。（眾）眾將官叩頭。（外）起過一邊。（眾）吓。

1　底本作「謨」，據清鈔本《連環記》（《古本戲曲叢刊》初集景印）改。
2　底本作「霄漢」，參酌文意改。

　　（外）自家丁原，字建陽。才兼文武，任治藩籬。近聞董卓弄權，劫遷天子，荼毒生靈。俺欲會合諸侯共討此賊，吾兒意下如何？（小生）布聞：「亂臣賊子，人人得而誅之。」主帥既有忠義之心，呂布敢不奮勇當先。（外）吾兒言之有理。今日黃道吉日，就此起兵前去。（眾）吓。

　　（合）

【泣顏回】羽檄會諸侯，運神機陣擁貔貅。同心戮力，斬奸臣拂拭吳鈎。嘆蒙塵冕旒，起羣雄雲繞誇爭鬥。（合）看長江浪息風恬，濟川人自在行舟。

　　（小生）

【前腔】恢復舊神洲，想何時得遂其謀[3]？奸雄肆志，把山河一統全收。俺志吞虎彪，大丈夫肯落在他人後？（外）欲除奸佞賊。（小生）非武不能克。（外）眼望旌捷旗，耳聽好消息。（眾合）看長江浪息風恬，濟川人自在行舟。

　　（小生）呀，你看那些人馬，好不嚴整也！（笑下）

按　語

〔一〕本齣主體情節、曲文與鄭振鐸藏清鈔本《連環記》第四折〈起布〉接近。

3　清鈔本《連環記》作「奇謀」。

連環記・問探

小生：呂布，投董卓後封溫侯。
丑：夜不收，打聽軍情的探子。

（四小軍引小生上）
【點絳唇】手握兵符，關擋要路。張威武，虎視眈眈，誰敢關前過。

　　百萬貔貅氣象雄，秋風劍戟億崆峒。將軍已定安邦策，奪取中原第一功。某，姓呂名布，字奉先。时耐曹操這廝，領兵會合諸侯，前來侵犯，又著劉關張三人前來討戰。俺已差能行探子前去探聽，待他回來便知分曉。

　　（丑扮探子上）報！報！報！打聽軍情事，名為夜不收。日間藏草內，黑夜過荒坵。俺乃能行探子是也。奉呂將軍將令，著俺打聽那曹軍虛實。果然來的兇勇，須索回覆去也。

【醉花陰】虎嘯龍吟動天表，黑漫漫風雲也那亂攪。雄兵百萬逞英豪，唬、唬得俺汗似湯澆。緊緊的將麻鞋捎[1]，密悄悄奔荒郊。聲喏轅門，報！探子回營。（眾喊下）聽小校說分曉。

　　（小生）探子，看你短甲隨身衲襖齊，曹兵聲勢意何如？兩腳猶如千里騎，肩上橫擔令字旗。喘息定了，慢慢的說來。（丑）呂

---

[1]　底本作「悄」，據清鈔本《連環記》（《古本戲曲叢刊》初集景印）改。

將軍穩坐中軍，待小校慢慢的說者。

【喜遷鶯】打聽得各軍來到，打聽得各軍來到，展旌旗將戰馬連鑣。只這週遭，鬧攘攘爭先鼓噪，盡打著白旗旛將義字兒標。聲聲道：肅宇宙斬除妖，奮威風掃蕩塵嚣！

（小生）白旗標「義」字，諸路合兵戎，屯營在何處？哪個是先鋒？細細的說上來。（丑）吓。

【出隊子】俺只見先鋒前導，猛張飛膽氣豪，恰便似黑煞神降下碧雲霄。手執著點鋼鎗長蛇矛晃耀，怎當他光掣電鋒芒纏繞？

（小生）那張飛俺也認得：他臉如黑漆奔如飛，兩眼圓睜似虎鬚，挺挺身材高八尺，聲如霹靂喊如雷。跨下烏騅能捷戰，蛇矛丈八手中提。先鋒翼德非我慮，後隊何人說俺知。

（丑）

【刮地風】嗳呀！俺只見後隊雲長勇氣驍[2]，倒拖著偃月長刀。焰騰騰赤馬紅纓罩，跐踊跳霜蹄突陣咆哮。劉玄德弩箭能奇妙，發一矢連射雙雕。這壁廂那壁廂金鼓齊敲，天聲震，星斗搖，地軸翻沸起波濤。中軍帳號令出曹操，他們掌三軍展六韜，掌三軍展六韜。

（小生）那關雲長俺也認得：面如重棗唇若硃，一雙鳳眼臥蠶眉，腰大十圍身一丈，五柳鬚長八尺餘。能使青龍偃月刀，曾破黃巾名始知。身騎駿馬紅纓罩，結義桃園永不移。那劉玄德俺也認得：他面如冠玉唇如珠，龍準鳳眼世間希，兩耳垂肩真異相，雙手過膝可稱奇。身披素鎧銀驄馬，箭射穿楊百步餘。玄德後隊吾不

───────────────

2　底本作「鼻」，據清鈔本《連環記》改。

慮，許多兵馬緊相隨？再說上來。

（丑）

【四門子】亂紛紛甲冑知多少，擺隊伍，分旗號，步隊兒低馬隊高，把城池蟻聚蜂屯繞。左哨又攻，右哨又挑，呀！滿乾坤煙塵暗了。

（小生）他那裡人馬雖多，俺這裡人馬也不少。待俺：頭帶纍珠嵌寶冠束髮，紫金鳳額雉尾插。大紅袍上繡團花，獅子搖頭連環甲。獅蠻寶帶嵌玲瓏，馬乘赤兔聲雜遝[3]。手提畫桿方天戟，擋住咽喉龍虎閘。俺這裡領兵就來也！

（丑）

【水仙子】忙忙的掛戰袍，忙忙的掛戰袍，呂將軍領兵須及早。快快快、騎駿馬走赤兔，持畫戟鬼哭神號。緊緊緊、虎牢關堅守著，狠狠狠、狠看羣雄眼下生奸驕。蠢蠢蠢蠢、這羣雄不日氣自消，咱咱咱、咱截住了關隘咽喉道，望望望、望策應助神勞。

（丑跪介）（小生）探子，你辛苦了，賞你一腔羊，一罈酒，銀牌十面，免你一月不打差。去罷。（小生下）（丑）謝爺賞。

【尾】俺這裡得勝軍多受討，一個個都要掛甲披袍，呂將軍騎著赤兔馬破曹兵把名標。

（使旗下）

3　底本作「蹈」，參酌文意改。

按　語

〔一〕本齣主體情節、曲文與鄭振鐸藏清鈔本《連環記》第十六折〈問探〉接近。

〔二〕選刊此齣的坊刻散齣選本還有：《萬壑清音》、《怡春錦》、《來鳳館合選古今傳奇》、《歌林拾翠》、石渠閣主人輯《綴白裘全集》。除《來鳳館合選古今傳奇》在佚失的卷冊，內容不詳外，《萬壑清音》等四種齣首都是先演董卓上場，呂布向他報告曹操會各路諸侯前來交戰情事，再接呂布問探情節。就摘單齣的角度而言，本齣較為集中精練。

荊釵記·改書

淨：孫汝權，愛慕王十朋之妻錢玉蓮的土豪。

末：信差。

（淨上）

【雙勸酒】儒冠誤身，一言難盡。為玉蓮可人，常縈方寸。若得他配合秦晉，那其間燕爾新婚。

　　咳！凡人不可貌相，海水不可斗量。王十朋個小畜生，搭吾做盡子冤家！個個錢玉蓮明明是吾個房下，乞哩央個許將仕做子媒人，竟搶子去！到京應試，個個狀元吾是穩穩放來荷包裡個，弗知囉裡學個剪絡法，竟剪子去哉！在家搶子吾個「洞房花燭夜」，到京來又奪了吾「金榜掛名時」，思之可恨！吾聞得他昨日去參万俟丞相，要招他為婿，他又不從，被他又了出來。咳，老王，老王，哪了吾能弗會算計。吾便就子万俟丞相個頭親事，等吾成子錢玉蓮，豈不是一得而兩便乎？吾今朝聞得有個承局要往溫州公幹，小王要寄家書居去。那間吾坐拉下處也無用，且到街上去踱踱，尋著子承局，只說也要寄家書，甜言蜜語，騙哩個家書改作休書回去，說退他的親事。吾原去央張姑娘為媒，待他姑嫂兩個扭做一處，摟在一團，那錢玉蓮嫁子學生吾……原是一本好賬！男兒吓，吾出去走走就來；倘或吾搭子客來若叫吾，切不可答應。切記，切記。（內）曉得。

　　（末上）

【前腔】官差限緊，心中愁悶。在途路苦辛，怎辭勞頓。只恐怕誤了公文，那其間有口難分。

　　（撞介）（淨）吓，個哪說！吙個個朋友像是蟹變個橫走個了，蓋條大路，拿學生蓋一礑。（末）咦？這位相公有些面善。吓，莫非就是溫州孫相公麼？（淨）吓，足下莫非是承局哥麼？（末）小子就是。（淨）阿呀，得罪得罪！久違久違，常想。忙碌碌囉裡去？（末）要到貴處去下公文。（淨）亦要敝處去哉，哪了過個條路上來？（末）吓，王狀元要寄家書，特去取了來，為此打從這裡走。（淨）吓，老王有家書居去了？咳，足見你炎涼世態！（末）怎見得？（淨）你看見老王中子狀元了，忙兜兜介去拿家書；看見學生照舊了，望也弗來望望吾。（末）不知孫相公在此，不曾來拜得，得罪得罪！（淨）假如學生也有介一封書，弗知吙阿肯帶帶？（末）孫相公有書，小子自然帶去。（淨）果然肯個？極感激個哉。但是要寫起來勒，阿可以屈到敝寓去？（末）當得。

　　（淨）穿長街，過短巷，此間已是。（進介）再奉揖。（淨）孫興官壽纔拉囉裡去哉？有客人拉裡，拿茶出來。個也奇哉，纔弗拉屋裡哉。承局哥，有素說個：「大王弗靈，小鬼弗興」，吾裡個星小价看見小弟弗中了，吾前脚出子門，哩氚後脚也出去哉，弗是入賭場，就到人家去看戲哉。哪處呢？若留個兄坐介，小价纔弗拉屋裡……吓，吓，方纔買書還剩個三錢銀子拉里，兄到酒店裡去吃子罷。（末）吓，孫相公修起書來，小子在此候了去就是了，何須又要費鈔？（淨）弗是，有個原故，小弟個毛病弗好，若是做文章、寫書柬，有個人立拉眼睛前頭子，字脚脚也寫弗出哉。兄竟去吃介一壺，小弟書也寫完哉，阿是兩便？（末）如此，從命了。（淨）兄吓，你自沽三杯酒。（末）孫相公，你早寫萬金書。（拿

包走介）

（淨）呀，拿子包去哉，叫吾弄儕介？叫哩轉來。承局哥，轉來。（末）怎麼說？（淨）兄弗像個老江河，京中撇白剪絡個極多，老兄到酒肆中去，難道拿個包拉手裡子吃酒？少弗得放拉臺上。倘若吃子兩鍾酒，忘其所以，倒是學生之故哉。阿可以放拉敝寓，少頃來拿書，連包一齊拿子去，如何？（末）吓，吾曉得孫相公的意思，恐怕小子去了不來取書，要留在此做個當頭，竟放在此便了。（末下）

（淨）有個樣心個人也弗是狗養個哉。為兄之說，倒是介惡水澆介。就拿子去，轉來，拿子去……哈哈哈！若不是花言巧語，怎得包兒到手。吾且關子門勒介，那間就是玉帝來請吔門前去，也歇介歇。咦？儕個香家婆香哉？咳，家堂菩薩，祖宗，亡人：若錢玉蓮該是吾個房下，個封書竟拉包裡。呀，蓋哆哈結。一個結，兩個結，三個結，記子三個結介。（取書看介）咦！拉裡哉。「此書煩寄到溫州府城雙門巷內錢老貢元岳父大人親手開拆」（大笑介）快活，快活！樂殺，樂殺！等吾拆開來看寫個哆哈儕拉浪……

（念介）

【一封書】男百拜拜覆，母親尊前妻父母：個個狀元獨該讓哩做，一句說話，一家門纔包盡哉。吾老孫要包個一家門，就是三兩托白羅紙也寫弗盡吓。（又念介）離膝下到都，一舉為魁身掛綠。除授饒州僉判府，待家小臨京往任所。寄家書，付承局，草草不恭兒拜覆。

好，寫得好！那間吾動起手來罷。他寫家書，吾改休書。自幼與他同窗，筆跡相同，低頭不論紅白。（笑介）拿硯瓦裡水來。

（念介）

【前腔】**男八拜拜覆，母親尊前妻父母：**（念介）**離膝前到都，一舉為魁身掛綠。**個句也是要個（寫介）孩兒已掛綠，除授饒州僉判府，（念介）待家小臨京往任所。個句也是要個。呀，老孫差哉，個句是要個，個句亦是要個，弗是拉裡改書，倒拉裡鈔書哉！若不放他幾句要緊處，怎得玉蓮到手？哪亨蓋個話頭便好？吓吓吓，有拉裡哉，就拿個万俟丞相招贅個節事寫上去沒是哉。（寫介）**贅居万俟相府為女婿，可使吾前妻別嫁孫汝權。**個也奇哉，溫州城裡城外，若大若小，姓張姓李個多得極，哪亨偏要嫁個花嘴花臉個孫汝權？雲端裡跑彎頭，露出馬腳來哉。弗好，弗好……（吟哦介）可使前妻別嫁他。咦，他者何人也？弗好！可使前妻別嫁，別嫁我。阿呀，越發弗好哉，個是王十朋寫個喲，我者，原是王十朋哉喲。吓，吾想，曹子建七步成章，等學生踱介踱兒介……哈哈哈！有拉裡哉。可使吾前妻，吓，可使吾前……吓呀，亦弗是哉，再踱起。（又踱介）祖宗，亡人，家堂菩薩！吾老孫著腳做俚鄙文七字件，一揮而就，哪亨今日句把說話再思量弗出哉？個個承局若是會吃酒個，多吃鍾把還好；若弗會吃酒個，吃子碗飯亦拉眼睛前頭哉。哩個書亦拆開哉，吾個書倒弗曾寫來，故便哪處？（思介）詩興不來，搖折腿吓，搖折腿吓……**可使前妻別嫁夫。**咦，通吓，是裡哉。**贅居相府為女婿，可使前妻別嫁夫。寄家書，要改個！寄休書。寬哩寬介，免嗟吁，吾到饒州來取汝。**

取哩個娘，弗取哩個家婆。個叫做「扁蒲雞叫，不個葫蘆題裡使使」。（封寫介）「此書煩寄到溫州府城雙門巷內錢老貢元岳父大人親手開拆」。是哉，原替哩包好子介。方纔是三個結，一個結，兩個結，三個結，是哉。原書且袖過子介，那間就來也弗怕哩

哉。等吾也寫兩句來朱吉子介。（寫介）「字付朱吉：吾自到京，功名之事，照舊丕丟。你不要殼吾中子，在家倚官托勢，至囑，至囑！可將冬暖夏涼描金彩漆拔步大涼床搬到十二間頭透明樓上，等吾居來與錢玉蓮做親。要緊，要緊！千萬，千萬！」哪亨蓋個結句沒好？吓，有理哉！茶廳上、大廳上不要放黃狗、黑狗進去，出屎出尿癩癩細細，切記，切記！是哉，封好子介。「此書煩寄到五馬坊孫宅，付與家人朱吉開看。」

（末上）折梅逢驛使，寄與隴頭人。孫官人，開門，開門！（淨）來哉。（開介）來哉麼？（末）來了，書可曾寫完？（淨）寫完子書，亦拉欓上睏子一忽哉。個是兄個包裹，檢點檢點。白金二兩，聊為路費。（末）多謝多謝。（淨）個是學生個家書，煩到家下去。

【朱奴兒】說因科舉離鄉半春，從別後斷魚絕鱗。今日天教遇你們，趁良使[1]附回音信。（合）還歷盡山郭水村，指日到東甌郡城。

（淨）休憚山高與路長。（末）傳書管取到華堂。（合）不是一番寒徹骨，怎得梅花撲鼻香。請了。（下）

（淨）快活，快活！男兒，快些收拾行李，居去做親。帽兒光光，打扮做新郎。吓丑五錢一分，替吾暖房。樂殺哉，樂殺哉！（下）

---

[1] 底本作「便」，據《六十種曲》本《荊釵記》改。

按　語

〔一〕本齣主體情節、曲文接近汲古閣《六十種曲》本《荊釵記》第二十一齣〈套書〉。

玉簪記·琴挑

小生：潘必正，書生。
貼：陳嬌蓮，避亂出家的宦家女，法名妙常。

（小生上）

【懶畫眉】月明雲淡露華濃，欹枕愁聽四壁蛩。傷秋宋玉賦西風，落葉驚殘夢。閒步芳塵數落紅。

　　小生對此溶溶夜月，悄悄閒庭，背井離鄉，孤衾獨枕，好生愁悶！不免到白雲樓下閒步一回，多少是好。（下）

　　（貼攜琴上）

【前腔】粉牆花影自重重，簾捲殘荷[1]水殿風。抱琴彈向月明中，香裊金猊動。人在蓬萊第幾宮？

　　妙常連日冗冗俗事，未曾整理冰絃；今夜月明如水，不免彈〈瀟湘水雲〉一曲，少寄幽情則個。（彈介）

　　（小生上）

【前腔】步虛聲度許飛瓊，乍聽還疑別院風。淒淒楚楚那聲中，誰家夜月琴三弄？細數離情曲未終。

　　嘎！原來是陳姑彈琴，門兒半掩在此，不免到彼細聽一番。

　　（貼）

1　底本作「花」，據明萬曆繼志齋刊《重校玉簪記》（《古本戲曲叢刊》初集景印）改。

【前腔】朱絃聲杳恨溶溶，長嘆空隨幾陣風。（小生進介）
仙姑彈得好！（貼驚介）呀！仙郎何處入簾櫳？早是人驚恐。
相公此來，莫不為聽雲水聲寒一曲中？

　　（小生）小生孤枕無眠，閒步花蔭，忽聽琴聲嘹喨，不覺步入
到此。驚動了，有罪。（貼）好說。小尼亦見月明如洗，夜色新
涼，故爾操弄絲桐，少寄岑寂。有辱尊聽。請坐。（小生）有坐。
（貼）久聞相公精于琴理，意欲請教一曲，何如？（小生）小生略
知一二，只是弄斧班門，怎好出醜。（貼）好說，一定要請教。
（小生）如此，請。（貼）請。（小生彈介）

【琴曲】雉朝雊兮清霜，慘孤飛兮無雙。念寡陰兮少陽，
怨鰥居兮徬徨、徬徨。

　　（貼）此乃〈雉朝飛〉也。君方盛年，何故彈此無妻之曲？
（小生）小生實未有妻吓。（貼）這也不干我事。（小生）敢求仙
姑面教一曲，何如？（貼）既聽佳音，已清俗耳，何必初學，又亂
芳聲。（小生）豈敢。請教。

　　（貼彈介）

【琴曲】煙淡淡兮輕雲，香靄靄兮桂蔭。喜良宵兮孤冷，
（小生）彈得好阿！（貼）請坐。抱玉兔兮自溫、自溫。

　　（小生）妙！此乃〈廣寒遊〉也，正是出家人所彈。只是，終
朝孤冷，難消遣些。（貼）相公言重，我們出家人，有甚難消遣
處？

【朝元歌】長清短清，哪管人離恨。雲心水心，有甚閒愁
悶。一度春來，一番花褪，怎生上我眉痕！雲掩柴門，鐘
兒磬兒枕上聽。柏子坐中焚，梅花帳絕塵。（小生）果然是
水清玉潤。（貼）長長短短，有誰評論，怕誰評論？

（小生）

【前腔】仙姑，更深漏深，獨坐誰相問？琴聲怨聲，兩下無憑準。翡翠衾寒，芙蓉月印，三星照人如有心。只怕露冷霜凝，衾兒枕兒誰共溫？（貼怒介）呀，相公，你出言太狂，屢屢譏訕，莫非春心飄蕩，塵念頓起？我去對你姑娘說！看你有何分解。（背介）（小生）小生信口相嘲，出言顛倒，望乞海涵！巫峽恨雲深，桃源羞自尋。仙姑阿，你是個慈悲方寸，望恕卻少年心性，少年心性。

告辭了。你肯把心腸鐵樣堅，（貼背低語）豈無春意戀塵凡？（小生）今朝兩下輕離別，一夜相思枕上看。（下）

（貼）潘相公，花蔭深處，好生行走。（小生復上）借一燈行如何？（貼急關門介）（小生）呀，你看，陳姑十分有情，及至挑動他，他又著惱。不免躲在此間，聽他說些什麼……

（貼）咳，潘郎，潘郎！

【前腔】你是個天生俊生，曾占風流性。無情有情，只見他笑臉兒來相問。我也心裡聰明，把臉兒假狠，口兒裡裝做硬。我待要應承，這羞慚怎應他那一聲？我見了他假惺惺，別了他常掛心。看這些花蔭月影，淒淒冷冷，照他孤另，照奴孤另。

夜已深了，不免抱琴進去罷。正是：此情空滿懷，未許人知道。明月照孤幃，淚落知多少。（下）

（小生）小生在此聽了半晌，雖則不甚明白……

【前腔】聽他一聲兩聲，句句含愁悶。看他人情道情，多是塵凡性。妙常，你一曲琴聲，淒清風韻，怎教你斷送青春？那更玉軟香溫，情兒意兒，哪些兒不動人？他獨自理

瑤琴，阿呀，為何身上一霎時寒冷起來了？我獨立蒼苔冷，分明是《西廂》行徑。（揖介）老天阿老天！早成就少年秦晉，少年秦晉。

　　閒庭看明月，有話和誰說？榴花解相思，瓣瓣飛紅血。（下）

按　語

〔一〕本齣出自高濂撰《玉簪記》第十六齣〈絃裡傳情〉。

〔二〕選刊此齣的坊刻散齣選本還有：《樂府萬象新》、《樂府玉樹英》、《樂府菁華》、鬱岡樵隱輯《新鐫綴白裘合選》、《樂府歌舞台》、《來鳳館合選古今傳奇》、《歌林拾翠》、《方來館合選古今傳奇萬錦清音》。選抄此齣的散齣鈔本有：中國社科院圖書館藏《集錦》、中國國家圖書館藏佚名抄《戲曲選抄》。

繡襦記‧打子

末：宗祿，鄭家老僕。
外：鄭儋，鄭元和之父。
淨：西肆長。
小生：鄭元和。

（末上）天街馬驟與車馳，爭聽悲歌〈薤露〉詞。年少歌郎若相識，令人心下轉生疑。我，宗祿，跟隨老爺朝覲到此。方纔隨老爺拜客回來，只見天門街上士女紛紛，卻是東、西兌肆賭唱歌詞。好奇怪！內中有一年少歌郎，聲音舉止，宛然是我家大相公模樣，不免將此事報與老爺知道。呀，道猶未了，老爺來了。

（外上）
【新水令】杏園東去曲江西，約同僚一船回去。嘆故人青眼稀，覓舊題蒼苔翳。鳳闕崔嵬，仰瞻¹在白雲深處。

（末）宗祿叩頭。（外）宗祿，行李可曾收拾麼？（末）俱已完備了。（外）各位老爺可曾下船？（末）都下船了。（外）如此，下船去罷。（末）小人有一事告稟。（外）有什麼言語？起來講。（末）小人今早跟隨老爺拜客回來呵，
【步步嬌】只見天門街上人如蟻，（外）為何有許多人？

---

¹ 底本作「瞻仰」，據明末朱墨本《繡襦記》（《古本戲曲叢刊》初集景印）乙正。

（末）不免忙偷覷。（外）那些什麼人？（末）原來是東、西肆長在那裡賭唱歌詞。見一個歌郎貌甚奇。（外）那郎歌有甚奇處？（末）內中有一歌郎儼然是大……（外）大什麼？（末）儼然是我大相公模樣。（外）與大相公的模樣，豈有此理！（末）看他舉止行藏，面龐無二。（外）既如此，你何不問他一聲？（末）欲待問因伊，猶恐他不是。

　　（外）宗祿：

【折桂令】那歌郎雖是清奇，豈是我家千里之駒。（末）儼然是大相公。（外）宗祿，你把此話休提！大相公呵，為金多被盜，久喪溝渠。身不到帝闕金闔，名已登鬼籙陰司。（末）明明是大相公！（外）宗祿，你與我訪問端的，免我猜疑。那少年²是伊誰，與我兒一樣丰姿？

　　（末）那些歌郎都到酒肆中去吃酒了，少不得在此經過，若是大相公，扯來見老爺便了。（末）若是大相公，扯來見我；若不是，不可生事。（末）曉得。（外）宗祿，是不是，扯來見我！（末應下）（外）正是：渾濁不分鱔共鯉，水清方見兩般魚。（下）

　　（淨打小生上）大哥為何打我？

【園林好】（淨）白馬篇唱得不低，二萬錢使我頓輸。（小生）是我贏的，又不是奪你的。（淨）打你這來歷不明之子，扭你去，到官司。扭你去，到官司。

　　（小生）地方，救人吓！（末急上）住了，住了！為什麼打他？（淨）他奪了我二萬貫錢。（末）他叫什麼名字？（淨）叫鄭

2　明末朱墨本與《六十種曲》本《繡襦記》均作「年少」。

元和。（末打淨介）這是常州府鄭太爺的公子。拿這狗才，拿這狗才！（小生）打，打這狗才……（打淨下）

　　（末）大相公，老爺在此。（小生）我不是大相公，不要認差了。（末）我是宗祿。（小生）不認得什麼宗祿……（末）老爺快來！大相公在此。（外上）在哪裡？吓！果然是你這不肖子！（小生）爹爹吓！（外打介）畜生吓！

【雁兒落】聞說你為金多死盜賊，誰想你流落在卑污地。做歌郎歌〈薤露〉詞，哪裡是念之乎者也兒？

　　（打介）不肖子，你許多輜裝都在哪裡去了？

　　（小生）

【江兒水】被盜刼輜裝去。（外）那樂秀才呢？（小生）為財疏朋友離。（外）來興呢？（小生）來興逃走了。（外）逃走了？你一向在哪裡？（小生）止剩得孤身流落在泥途裡，更遭疾病多狼狽。（外）既有病，何不死了？（小生）幸得肆長加恩惠。（外）加什麼恩惠？（小生）館穀虧他周濟。為感恩私，只得權……（外）權什麼？（小生）爹爹，待孩兒說。權做歌郎報取。

　　（外）別樣事可以權得，那歌郎豈是權做得的？（打介）

【得勝令】呀！指望你步青雲登高第，卻原來裹烏巾投凶肆。廣寒宮懶出手攀仙桂，天門街強出頭歌〈萬里〉。不肖子吓，你曾讀書史，怎不知廉恥？我鄭儋的祖宗吓，積德個門閭，養這等習下流的不肖子。

　　（末）老爺請息怒，大相公有話說與老爺知道。

　　（小生）爹爹吓！

【玉交枝】因遭顛沛，故從權徑竇奔馳。不踰閑大德兒無

愧，執卑聊表微軀。爹爹吓！（外）誰是你爹爹！（小生）虎狼尚然不食兒，可憐骨肉當饒恕。望爹爹深垂憫慈，論至親莫如父子。

　　（外）這般卑污，還說父子！我就一頓板子敲死你這不肖子。（小生）爹爹，放孩兒回去見母親一面，情願就死。（末）老爺，放大相公回去見夫人一面。（外）不肖子，你這般模樣，

【沽美酒】還想到高堂慰別離？休指望帶伊回，你是個牛馬襟裾卻去除。打教你精皮膚受鞭笞，打教你血流漂杵，（末）大相公已打死了！只管打……（外）打死了好，方出俺心頭的氣。

　　（末）老爺，大相公已死，可念父子之情，買一口棺木盛殮了回去。（外）你去買！（末）吓。（外）哇！買大些的，連你這狗才多盛在裡頭。（末）不買……（外）這樣不肖子，把他屍骸撇在荒郊野外，漏澤園中，等他鴉食心肝狗食肉，蛆鑽皮骨蟻鑽屍！拖出去！（末哭介）吓！大相公吓！（外）哇！狗才，誰要你哭。（末）不哭。（外）這等可惡。果然……死了？（末應介）（外）真個死了？（末）是。（外）元和！（末）大相公！（外）咳！我鄭儋有何得罪祖宗，養這不肖子，玷辱門牆……（看鬚悲介）宗祿，你方纔說去買……（末）買棺木。（外）買也罷，不買也罷。（下）

　　（末）阿呀大相公，倒是我宗祿害了你了！大哥，勞你抬一抬。

【尾】千金屍棄荒蕪地，（抬放下介）看鴉鵲紛紛來至。老爺，你一時之忿，把大相公打死，回去夫人知道，隨你鐵打心腸也痛悲。

　　屍棄荒郊地，孤魂甚日歸？何人陳薄奠，誰與飯來迨³？吓，大相公！大相公……（悲下）

按　語

〔一〕本齣主體情節、曲文接近明末朱墨本《繡襦記》第二十五齣〈責善則離〉。

〔二〕選刊此齣的坊刻散齣選本還有：《醉怡情》、《來鳳館合選古今傳奇》、《歌林拾翠》、《方來館合選古今傳奇萬錦清音》、聞正堂刊《綴白裘全集》、石渠閣主人輯《綴白裘全集》。選抄此齣的散齣鈔本則有中國藝術研究院藏佚名抄《崑弋曲選》。

3　底本作「炊」，據明末朱墨本《繡襦記》改。

繡襦記‧收留

淨：揚州阿二，卑田院乞丐。
小生：鄭元和。

（淨上）吓嗄，好冷吓！跣足蓬頭破納袱，左提竹杖右提籮。寒來怕見朔風面，只為飢寒沒奈何。自家揚州阿二便是。兩日天氣寒冷，不曾出門，今日天氣晴和，不免到天門街上討些渾酒渾漿、骨頭骨腦，吃他一飽，回來睡他一覺，有何不可？有理！

【光光乍】叫化頭，少慮憂，衣食何常有？走到長街去討求，老爹、奶奶不絕口，老爹、奶奶不絕口。

（見小生介）吷吷吷！叫化子好沒時運，纔出門來就撞著一個死人，真正遭你娘的瘟！咳，個個毱養個……好雙鞋子！不免剝個毱養個來換酒吃。有理！（小生動介）吷吷吷！我阿二是不怕鬼個嘘。咦！還是活個來，活個來。待我撥開來，看是哪個……（撥介）咦！個個毱養個，倒有些認得個。他是這個，這個……那個，那個……正所謂「貴人多忘事」。他叫鄭元和！個個毱養個好嗓子，前日天門街上賭唱歌詞，人人喝采個個道強個嘘。為甚子死在這個落地？吓，是了是了，聞得他老子做甚麼官的，必竟見他不長進、不學好，一把扯回去，乒，乓，劈，拍……（打介）阿唷，阿唷，打了我的爛腿了……打殺了，撩在這裡。咳，我想人是無恆用個。

【洞仙歌】我朝聞楚歌詞，日暮身亡矣。我想那死人個心頭

是冷個，活人心頭是熱個，待我摸個毬養個一摸……咳，我揚州阿二死貓、死狗也是弗怕個嘘！（摸介）**試摸他胸口溫和，咦！他的口內微微氣。**前日東肆長有子鄭元和，贏了二萬貫錢，我如今呵，**悄地裡馱回，還將藥石醫。**我卑田院裡有子小鄭個毬養個，弗是我揚州阿二誇口說，**我這回不怕無生意。**待我叫醒他。鄭元和，鄭元和！（小生）阿呀！（淨）個毬養個，還想在李亞仙床上作姣聲哩，呔！我是來救你的。**低聲喚醒元和，馱回院裡教歌。**

　　正是：救人一命，勝造七級浮屠。毬養個！今日嫖，明日嫖，嫖得身體輕飄飄。開點，馱嫖客來哉，馱嫖客來哉！（馱下）

按　語

〔一〕本齣根據《繡襦記》的〈卑田救養〉（《六十種曲》本是第二十六齣）修編而成，增加【光光乍】一支及揚州阿二的大段賓白。

〔二〕散齣選本選刊類似情節最早可追溯到清順治四年《來鳳館合選古今傳奇》三集下的〈丐救〉，該版保留〈卑田救養〉前半齣東肆長主動尋找鄭「屍首」並裹以蘆蓆的情節，再接揚州阿二救鄭元和事，本齣只演阿二救鄭事，主題集中。

〔三〕選抄此齣的散齣鈔本有中國藝術研究院藏佚名抄《崑弋曲選》。

雙冠誥·蒲鞋

末：馮仁，馮家老僕。
旦：何碧蓮，馮家婢女，馮家主人馮瑞的通房。

　　（末上）

【解三酲】恨形衰，救貧無計，傷家難，主死人離。止留得碧蓮爭盡孤兒氣，五六年熬遍寒飢。我，馮仁。自從六十五歲上邊家主遭變，誰想大娘、二娘頓忘結髮恩情，欣然再醮，把一個三四歲的小官人狠心撇下。若無碧蓮姐苦守馮門，可不絕了先老爺的宗祀？咡！只恨那兩個狠心的婦人臨出門時，把房中物件罄捲一空。可憐阿！弄得我們衣單食缺。又虧得蓮姐會做針黹，鎮日替那些鞋襪鋪裡緝幾雙鞋襪，又與人家做些針黹，趁些手工錢將就度日，不覺過了五六年光景。老漢今年已是七十一歲了，吓，幸而靠著天地，手腳還健，只是做不得重難生活，只好做幾雙草鞋相幫糊口。天吓！只願我再活幾年，待小官人長大成人，我死也無怨了！此時日已過午，眼力還清，不免把草鞋做起來。我指望乘暄捆屨相為食，只怕垂死蒼頭歲月非。（旦上接唱）相依倚，苦貧無儲粟，泣撫孩提。

　　院公。（末）蓮姐出來了麼？（旦）正是。（末）竈上可曾收拾完麼？（旦）我母親在那裡收拾。（末）既如此，大家趕些生活。若是手中略略放鬆些，就濟用不來了。（旦）便是。今早人家拿件舊衣服來補綴，不免就做起來。（末）你做衣服，待我打草鞋

便了。（各做介）

（合）

【前腔】禦飢寒，女工微細，痛連年，減食單衣。還虧得嬰兒食用無多費，聊博個接濟無虧。（旦）吓，院公。（末）蓮姐。（旦）我看小官人資性聰明，讀書必然有望；但恐他出了書館，未必自肯用功，我要夜間親自督他勤讀。（末）好吓。（旦）只是沒有燈油，怎麼處？（末）油吓？這個不難。今早那鞋舖裡店官與我的糴米銀子，原說要多趕幾雙草鞋與他的，如今先換了燈油再趕還他便了。（旦）如此甚好。吓，院公，只恐聰明懶究詩書義，不爭的祇索糕糜苦攬衣。（合）空噓氣，嘆貧無[1]就塾，撚斷空機。

（末）草鞋已完，待我就去。油瓶呢？（旦）油瓶在此，你去就來。（末）就來的。（末出門，旦關門下）（末）正是：不將辛苦易，難近世間財。

按 語

〔一〕本段出自陳二白撰《雙冠誥》第二十齣〈織履〉前半齣。

〔二〕聞正堂刊《綴白裘全集》選目有〈訓讀〉，可能就是這齣，惜該書下落不明，無從核對。

---

[1] 底本作「聊」，據天一閣藏清康熙間鈔本《雙冠誥》改。

雙冠誥·夜課

末：馮仁，馮家老僕。
小生：馮雄，馮瑞之子。
旦：何碧蓮，馮瑞的通房婢女，馮雄庶母。
丑：何碧蓮之母。

（小生掰書包上）

【引】厭辛勤，方喜離書堂。呀，又見清燈明亮。

　　我，馮雄。放學回來，已到自家門首了。院公，開門，開門。（旦上）來了。欲盡三遷教，還燃子夜燈。（作開門介）（小生）吓，母親。（旦）我兒回來了？（小生）正是。院公哪裡去了，母親出來開門？（旦）外邊換油去了。放了書包，進去吃晚膳。（小生）是。（下）

　　（末上）休言織屨些微業，又得書窗一夜明。吓，蓮姐，油在此。（旦）放下。（小生上）吓，院公。（末）小官人，你回來了麼？（小生）正是。（旦）院公，你辛苦了，進去安息罷。（末）正是，我先進去睡了，待我閉上門。吓，小官人，你要用心讀書吓！你著實要用心讀書吓！（小生）曉得。（末作欠伸下）

　　（旦）我兒。（小生）母親。（旦）我聞古人讀書，囊螢映雪；如今不暖不寒天氣，夜間正好用功。我叫院公換得些油在此，你可燈下讀書，待我做些針黹伴你。（小生）是。

　　（旦）兒吓：

【繡帶太平】那人倫道書中備講，伊當仔細參詳。做官的要把君忠，為子的要把親揚。（小生）母親，那文章多是聖賢經旨，為甚要讀他？（旦）那文章多是前賢古聖留人樣，怎只把口頭遊蕩？最難得是青年正芳。兒吓，你休辜負淨几明窗。

（小生）

【懶針繡】慈訓諄諄死難忘，我誓必耀祖榮宗，敢負娘？只恐命乖難強那穹蒼，論文才我便可登金榜。（旦）我兒，學問無窮，怎說這般大話。怎便把心高氣蕩？從來的自滿人欺下，休道是他高我更強。（小生作倦介）難攔[1]擋，（呵欠介）那倦魔侵擾，偏揀著人靜昏黃。

（旦）阿呀，纔坐得幾時，就是這般光景了？（小生）吓，母親，夜深了，明日再讀罷。（旦）住了，難道這[2]夜獨深在你不成？（小生）吥……讀嘑讀。

（旦作悲介）

【醉宜春】思量，孤兒寡婦，要爭名奪利，難比尋常。你心慵意懶，怎做得刺股懸樑？吓！又睡了。我兒醒來讀書，醒來讀書嘑。悲傷，空將苦口告伊行，他早向黑甜酣暢。咳，罷罷罷！我真做了一場春夢，五年痴想。

（作打小生介）吓，我兒醒來讀書，醒來讀書。怎麼這等懈怠？（小生）阿呀親娘吓，什麼時候了還不睡，只管打我介？

【鎖窗繡】是這等漏永更長，不顧我力倦神疲體欠康。

1　底本無「攔」字，參考曲格，並據天一閣藏清康熙間鈔本《雙冠誥》補。
2　底本作「今」，當是「這」形訛，參酌文意改。

（背介）總然伊行便是我親娘，（旦聽介）三遍教子也須相諒，怎將人沒半些兒鬆放。不由人淚千行萬行，不由人淚千行萬行。

　　（旦）吓，我叫你讀書，難道是我歹心腸麼？你親娘、嫡母雙雙現在，你要去自去便了。（小生）阿呀，就是我親娘也未必只管打我的。（旦）吓！原來不是我親生的，以致如此。吓唓！碧蓮阿碧蓮，你著甚來由吓？

【節節高】從今後割斷了癡腸，悔當初何太妄，阿呀相公吓！你陰靈須鑒我心無喪。罷！（作燒書介）（小生）阿吓親娘吓！（旦）燒書卷，毀筐床，拋燈幌，從今你南我北休思傍。（小生慌跪介）阿呀親娘阿，我一時顛倒言無狀，只懇娘行念先亡，孩兒願受黃荊杖。

　　（丑持紙燈上）

【東甌令】黃昏靜，恁喧揚，底事娘嗔兒又慌？阿呀我個寶寶，為僥了拉裡哭？呀呀呀！我個妮子，為僥了氣得手腳冰生冷介？（旦）母親吓，他下流不肯思習[3]上。（丑）哩哪哼了介？（旦）他道、道我不是親生養。（丑）吓！有介事！我個妮子，吾弗要動氣，等我去發作哩。吾個小斫頭個哪能弗好！個句說話弗是吾說個，哪能弗娶得？（小生）阿呀外祖母吓，我從今不敢再乖張。只望你勸娘行，早回嗔休把怒懷傷。

　　（丑）我個妮子，只要自今以後，

【尾聲】謹依母命休違抗，休教負了再生娘。來，賠子娘個弗是罷。（小生）是。（跪介）孩兒今後再不敢了。（丑）罷，男

3　底本作「撐」，據天一閣藏清康熙間鈔本《雙冠誥》改。

兒小，間子渠下遭罷。（旦）咳！我恕得他追悔，難禁那恐惶。

起來。（丑）娘拉㐖叫呒起來，起來子罷，今後弗可吓。（小生）是。（旦背白，丑與小生場角界白。旦背）且住，方纔他說若是親娘，必多憐惜；我想他親娘、嫡母離此不遠，把一個親生兒子丟了五六年。（丑場角界白）[4]阿呀，我個肉吓，個個娘是得罪弗得個嘻！若是得罪子娘，是天浪是介戳敤戳敤要佛佛響個嘻。（小生）是。（丑）虧我出來得早，弗然沒，亦是半死個一頓㐖；昨夜頭出子尿阿弗曾打來！（小生）是你出的！（丑）小斫頭個，哪說倒是我出個？（旦接前白）信也不著人來問一聲。我如今叫他到大娘、二娘家去各走一遭，看他每怎生相待。（轉介）我兒過來。（丑）阿聽得娘拉㐖叫？（小生）母親。（旦）自今以後，須要努力專心；倘得成名，一來與先人爭氣，二來也不枉我撫養一番。（小生）謹依母命。（丑）句句纔是好說話，聽子吓！（旦）還有一說，我適纔看罈裡邊只有一日飯糧了。（丑）正是，米阿無得哉。（旦）生活又趕不及。（丑）日短了。（旦）我想，你的親娘、嫡母改嫁的多是富足人家。（丑）直頭纔好㐖嘻！（旦）我明日叫老院公領你前去，不拘銀米，借貸些來，權過幾日再作道理。（小生）是，待孩兒明日就去便了。（丑）夜深哉，進去睏罷。

（旦）煢煢孤寡最堪傷。（丑）針黹工夫各自忙。（小生）不是一番寒徹骨。（合）怎得梅花撲鼻香。（旦）吓，母親，夜深了，又要你老人家起來。（丑）儕說話！自家大細。進去睏罷。（旦）母親，叫他睡罷。（丑）是哉，呒先去睏罷。（旦下）

---

4 底本作「丑界」，參考上文及《綴白裘》慣用法補。

（丑）看仔細吓，被頭裡有一個火鬆拉丢嚏，弗要踢翻子吓。阿呀我個肉阿，個個娘比吥丢個親娘要勝百十倍丢嚏，下遭沒……阿唷唷！尿急哉，跟我進去睏罷。（同下）

按　語

〔一〕本段出自陳二白撰《雙冠誥》第二十齣〈織履〉後半齣。

〔二〕聞正堂刊《綴白裘全集》選目有〈訓讀〉，可能就是這齣，惜該書下落不明，無從核對。

雙冠誥‧借債

老旦：羅惠娘，馮雄的嫡母。

末：馮仁，馮家老僕。

小生：馮雄。

貼：莫貞娘，馮雄的親娘。

旦：何碧蓮，馮雄庶母。

　　　（老旦上）

【步步嬌】生小多情懷春便，怎負得豔冶韶華絢。你看雙雙燕影翩，可見物尚綢繆，怎教人不貪戀？奴家羅惠娘，自馮門轉嫁到此，不覺已是五六年光景。雖則破落人家，喜得風流子弟，那些雲情雨意，倍勝舊人。只是斷井頹垣，終輸故處，也只索丟開罷了。今日丈夫出外去了，不免到門首觀看一回，有何不可。呀，早已綠暗紅稀，春色闌珊矣！我如今呵，只落得粉嬋娟遇知音，正好把春光眩。

　　　（末同小生上）小官人，走吓。

【前腔】只見姹紫嫣紅芳菲遍，鳥弄香風軟。聽笙歌處處喧，（小生）可憐我感慨窮途，寂寥深院。（老旦上）好天氣吓！（末）小官人，卻好大娘在門首。（小生）這就是大娘麼？（末）正是。阿呀，小官人吓，和你促步向堦前。（小生）院公，我忙將禮數來厮見。

　　　（末）大娘。（老旦）是哪個阿？（末）老漢在此。（老旦）

吓，原來是你老人家。（末）小官人，過來見了大娘。（小生）
是。大娘拜揖。（老旦）吓，老人家，這是哪個吓？（末）吓，大
娘難道不認得了麼？（老旦）不相認吓。（末）諾，這就是馮雄小
官人喲。（老旦）吓！這就是馮雄小官人麼？（末）正是。（老
旦）阿呀，幾年不見，這等長成了。到哪裡去？（末）特來拜見大
娘。（老旦）特來見我？如此，到裡邊來。（末）小官人，到裡邊
去。（小生）是。（老旦）見我有何說話？（末）小官人把苦情告
訴告訴大娘嘘。（小生）大娘吓：

【忒忒令】可憐我孤和寡淒涼怎言？柴共米桂薪難免。
（末）大娘，難得緊嘘！（老旦作不應介）（末）呒！（老旦）柴
荒米貴，家家如此，說他怎麼。（末背白）不像吓。（小生）庶母
呵，因教我來此，要借些餘羨。（老旦）我這裡不過是溫飽人
家，將就過日，有甚餘羨。（末）看先人面上。（小生）大娘吓，
惟望你念先人，恤孤兒，垂憐憫，感謝你不淺。

　　　（老旦）阿呀，你這句話講差了。（末）何差呢？（老旦）我
在馮家受了什麼好處，叫我念什麼先人、舊人？恤甚孤兒？莫說沒
有，就有也不便借與你。（末）大娘，這是為何呢？（老旦）哪！

【前腔】我雖然在你家幾年，今已是勾銷前件。（末）在我
家這幾年，難道一些好處也沒有的？還該看先相公的面上。（老
旦）若教我思舊，你的親娘曾見？（小生）是，母親那裡孩兒
還沒有去，先來看大娘的。（末）是吓，先來拜見大娘的吓。（老
旦）吓，阿呀，阿呀，如此，快些去。（末）吓吓吓！為何呢？
（老旦）哪！倘若是久遲延，我丈夫回……（末）回來便怎
麼？（老旦）生疑忌。（末）吓，原來這個緣故！（老旦）請。
倒望你快轉。

　　（末怒介）咳，大娘差矣！當初先相公在日，何等恩愛，怎麼說不曾受馮門什麼好處？就是今日有得借……咳咳咳，沒得借，也須好好的說。難道小官人到此沒，茶也不值得留他吃一盃？（老旦）茶吓？（末）唔！（老旦）倒不便。（末）呀？我看你這般光景，也太覺難為情了。

【沉醉東風】我怪娘行說得好偏，呀！早難道陌路人相見。咳！可惜我老死快了。（老旦）你不死便怎麼？（末）我若不死吓，**我冷著那眼兒看，**（老旦）看我什麼？（末）**看你這淫賤。**（老旦）吓！馮仁，你休得無禮！難道我罵你不得麼？（末）住、住了！你怎麼還罵得我？（老旦）阿呀，你必竟還是馮家的舊奴吓，這等可惡。（末）是吓，我還是馮家的舊奴。走來，難道你就不是馮家的舊人麼？啾啾呸！**這其間怎不展轉？**小官人回去罷，不須再言，早歸故園，大娘，走來。（老旦）怎麼？（末）**怕傍人直口要罵你這不賢。**

　　（老旦）啐！老狗才！（小生）阿呀院公，回去罷。（末）不賢！小官人回去罷，不要睬他。（小生）阿呀，阿呀！（同下）（老旦）啐！老狗才這等可惡，放肆！阿唷唷，這是哪裡說起！平白地倒受這老狗才一番搶白。我欲待要罵他一頓，自己原有些不是了。且進去罷。正是：閉門不管窗前月，分付梅花自主張。且住，少間丈夫回來，可要對他說？啐！不要說了，不要說了！（下）

　　（末、小生上）走走走。咳，不想世上有這等薄情的婦人！阿呀，小官人吓，看大娘這般光景，料想二娘那裡也沒甚好處，不要去了，回去罷。（小生哭介）阿呀院公吓，你說哪裡話來！那邊是我親娘，難道也像這裡不成？我巴不得要見親娘之面，怎麼說不要去呢？（末）吓，你一定要去？（小生）一定要去。（末）如此

沒，去去去。哪！打從那邊走。（小生）是。

　　（小生、末合）

【前腔】早離卻蒼苔斷垣，又過了綠楊平堰。遙望那粉牆邊，逶迤西轉，早來到那家庭院。咦！看小門緊拴。裡面有人麼？為甚的人聲杳然？開門。（貼內應）是哪個？（末）吓，小官人，裡面答應的就是你親娘的聲音了。（小生）吓！這就是我親娘的聲音？（末）正是。（小生）吓，院公吓！怕娘兒對面按不住淚漣。

　　（末）開門。（貼上）來了。是哪個？

【園林好】恨狂且被外人所牽，撇得我淒涼自遣。（末）二娘開門。（貼）是誰個來敲門扇？（開門介）（末）吓，二娘，老漢在此。（貼）吓！原來是你這老人家。（末）小官人，這便是你的親娘了嚛。（小生）阿呀親娘吓，你撇得孩兒好苦吓！（哭介）（貼）阿呀，這是你父親命短所致，並不是我要來撇你嚕。只是道永團圓，誰料做假姻緣。

　　（末）何如？又是那邊的光景來了。（小生）阿呀親娘吓！

【前腔】雖然是爹行夭年，也須把孩兒照管。孩兒呵，哪一日不……（貼場角界白）[1]叫我怎麼照管得你呢？（小生接上唱）肝腸千斷！（貼）就是斷腸也沒用吓。（末）吓吓吓！怎麼說斷腸也沒用？（小生）孩兒今日一來問候母親；二來奉庶母之命，目下柴完米盡……（末）便是！柴完米盡。（小生）難以支持，要向母親暫借些須。（末）正是，不拘多少。（小生）自當加利奉還。（末）加利奉還。（小生）只求母親俯念骨肉之情，不要

1　底本作「貼界白」，參考〈夜課〉及《綴白裘》慣用法補。

空了孩兒這回往返。（末）正是，不要負了小官人的來意。（小生）豈容易見慈顏？還懇你發矜憐。

　　（貼）你且起來。（末）官人，起來噓。（貼）阿呀，這個斷斷不能殼的。（末）吓？是什麼說話？（貼）我自轉嫁到此，你晚爹又貧窮，兼之嫖賭，自己身衣口食尚且不敷，哪有銀錢借與你？（末）好，說得乾淨！（貼）老人家。（末）唔。（貼）你去對那碧蓮這丫頭說，當初原斷過在先，說不來干涉于我，怎麼今日又來饒舌？（末）吓吓吓！

　　（貼）

【江兒水】不記得相辭日，（末）相辭日便怎麼呢？（貼）如何出大言？（末）不曾說什麼吓。（貼）好不瀾翻唇舌把人輕賤。那貞節牌坊是伊家建，這飢寒又何必向我求援。（小生）阿呀母親吓，須念母子之情便好，怎麼說起當初和庶母鬧氣的話來介？（末）是吓，這是舊話，提他怎麼。（貼）兒阿，常言道得好：「親娘轉嫁是閑人」喲！假如你做了官……（末）做了官便怎麼樣？（貼）喏！可知道輪不著我誥封榮顯。也罷！你既來這一番，老娘是軟心腸的吓，有在此了。（末）好，有望了。（小生）母親發心了。（貼）哪！我有一百黃錢，權留做一餐朝膳。（小生接錢作喜介）

　　（末看怒介）咳！二娘：

【前腔】虧你下得心腸硬鐵樣堅。阿呀小官人阿，反怪你多恩庶母無明見。你這樣婦人，是棄子忘夫有何慈善？咳！原叫你不要來的喲，又何須教你來生憎厭？嗨！我此來差矣，羞、羞殺了老奴顏面。（小生拿錢，仍作快活介）（末）方纔那銅錢呢？（小生）在這裡。（末）拿來拿來。（小生）我要的，

我要的……（末）咳！沒志氣。呀呀呀吓！**我就餓死黃泉，不要他做這碗羹飯。**

（末將錢擲地，小生哭介）（貼）你們不要？（末）不希罕！（貼）我是要的。（拾錢介）如今料沒有什麼說了，快請出去。（小生）阿呀親娘吓，孩兒巴不得多在母親身邊，一刻也是好的；怎麼多餘孩兒得緊介？（貼）不要說一刻，就在此一日也沒用，不如早些回去。（末）小官人，去罷。咳，好沒志氣。咄！有這等事！小官人走罷。吓吓吓！

【五供養】（小生）娘行見淺，怎忍將兒，恁地輕捐？（貼）啐！（小生）阿呀親娘吓，你資財無借貸，也須款待好週全。（貼）啐！**空拋淚漣，須自恨命途乖舛。勸你歸須早，莫遲延，我在此呵，似晏公落水自家難。**

（末）吓嘎嘎！

【前腔】**我從來罕見，骨肉相逢，似仇敵相看。**小官人阿，**你何須魂入地？**（小生）阿呀親娘吓！（貼）啐！（末）咄！**我難按氣沖天。去吓，走嘮，休多眷戀，算當初是空桑出現。**（貼）呀，**多少親娘嫁，寧獨我為然？何勞饒舌費多言。**

唦啐！老狗才，這等不中抬舉。（推小生跌介，關門下）（末）吓！竟自閉門進去了。阿呀你這賤……咳！我欲待要罵他一頓，只是小官人在此，不好意思。阿呀小官人阿，你親娘尚然如此，那大娘越發不要怪他了，快些回去罷。

（小生）阿呀院公吓，你看這般光景，叫我怎生回去對庶母說介？（末）阿呀小官人阿，看你的親娘如此光景，家中的還叫他是庶母！（小生）叫什麼呢？（末）該叫他是嫡嫡親親的親娘纔是。

（小生）阿呀真正是親娘！千虧萬虧虧殺了你嚘。（末）咳，可
憐！小官人，不要說了，回去罷。

　　（小生）

【玉交枝】我心酸足軟，（末）看仔細。（小生）待回家叫
我如何向前？只道是歡天喜地愁懷展，又誰知這樣回旋。
（末）小官人，可見你家中母親真可憐，吓吓吓，昊天罔極
恩深遠。（小生）院公，只待我奮雄心高攀桂仙，那時節奉
泥封把雙親孝賢。

　　（末）已到自家門首了。（小生）母親開門。（旦上）來了。
【前腔】姣兒聲喚，他早回家我憂心放寬。（開門介）（小
生哭進，末閉門介）告訴你母親！呀呀呀，我說不要叫他出去，出
去惹人憎厭，下次餓死在家裡，不要叫他去。世上有這等狠心的婦
人，氣死我也！（下）（旦）我兒回來了麼？（小生跪介）母親
吓！（旦）為甚的啼痕淚眼聲聲怨？又何須恁地悲惋？（小
生）母親，再生恩莫言，孩兒萬死慚無限。感洪恩，恩高似
天；負洪恩，罪深似淵。

　　（旦）兒吓，怎麼一句話也不說，只管啼哭？（小生）孩兒奉
母親之命，先到大娘家去。（旦）那大娘怎生看待？（小生）那大
娘全然不睬。後來又往親娘家去。（旦）住了，那親娘自然不同
了。（小生扯旦哭介）阿呀親娘吓，一發不要說起，苦死孩兒也！
吭吭吭……（旦）這般光景，我多想像得知，也不必說了。兒吓，
只要你自今以後，
【川撥棹】須把精神煥，破工夫圖貴顯。（小生）我如今
誓把心堅，我如今誓把心堅，向螢窗潛心究研。（合）奮
功名願始完，報娘恩心始安。

【尾聲】今朝心志天神鑒。（旦）願你早向雲中快著鞭。吓，兒吓，不枉了持節操的貞心一念堅。

　　（哭介）吓，我兒。（小生）母親。（旦）親兒！（小生）親娘！（合）吓，阿呀……（同哭下）

按　語 ✐

〔一〕本齣出自陳二白撰《雙冠誥》第二十一齣〈借米〉。

〔二〕聞正堂刊《綴白裘全集》選目有〈見娘〉，可能就是這齣，惜該書下落不明，無從核對。

雙冠誥‧見鬼

老旦：羅蕙娘，馮瑞前妻。

生：馮瑞，兵部尚書。

外：馮瑞的隨從。

貼：莫貞娘，馮瑞前妾。

淨：馮瑞的僕人。

　　（老旦上）好苦阿！

【剔銀燈】空回首難禁淚眼，圖恩愛誰料中途拋閃！我，羅蕙娘。為因馮郎早逝，轉嫁後夫，既喜風流，又多憐惜，自謂終身有賴，十分歡喜；不想一病不起，遽又相拋。我想將起來，左右是改嫁過的了，還要守什麼志！因此，將他留下這幾件衣服到河邊滌洗乾淨，好待滿七之後，攜嫁別家便了。我從來怕讀〈柏舟〉怨，待三醮好圖完善。來此已是河邊了，不免就在這石上浣衣則個。看清漣，臨流坐浣，（內吹打介）呀！遠遠望見一隻大官船來了，看個若[1]耶溪泛船。（暫下）

　　（生官帶，雜扮二牢子，外扮中軍，淨扮院子上）（生）中軍。（外）有。（生）吩咐梢水，將兩傍吊窗開了，把船緩緩而行。（外）吓！（眾喝，內鳴鑼介）

　　（生）

---

[1]　底本作「若個」，參考曲格、參酌文意乙正。

【太平令】鄉樹依然，從此欣看[2]老故園，恩光滿載笙歌囀。下官數年不回，喜得鄉關如故，風景不殊。（老旦上）吓！好一隻大官船阿！（生）呀！見溪畔立嬋娟。

（老旦見生作驚介）阿呀，阿呀！（下）（生）呀？

【園林好】見佳人睜睜水邊，宛似我那人活現[3]。且住，方纔看那岸上的婦人，行動舉止，好似我髮……（看兩邊介）退後。（眾應，退介）好似我髮妻羅氏，為何如此狼狽？吓，難道我這幾年不回，他竟改……咳，豈有此理！若說「改嫁」二字，在于碧蓮這丫頭斷然有之。就是莫氏貞娘，或者我孩兒沒命死了，這也難保。若論那羅氏，他乃名門舊族之女，難道幹此亡廉喪恥之事？唔，如不然嘅，他有甚莨莠親眷？卻底事似驚弦，[4]頻垂盼，急回旋。

（引眾下）（老旦上）阿啐，阿啐！阿呀，唬死我也，唬死我也！吓，好奇怪，方纔船中那位官員，宛然似我馮郎模樣。

【嘉慶子】難道他當初未死是出外遠？只是，那棺木是哪裡來的呢？眼見有[5]靈柩扶歸在堂前。縱使面貌相同，怎有這般相像？吓，是了！敢是他還魂奇變。且住，若是他還魂，我這裡與馮家相隔不遠，也該早早聞得吓。難道他嗔我嫁，鬼胡纏？卻怎的旗蕩漾，樂喧闐？

阿呀天吓，好生委決不下……吓，有了！我不免拉了二娘同去

2　底本作「能」，據天一閣藏清康熙間鈔本《雙冠誥》改。

3　底本作「治活」，據天一閣藏清康熙間鈔本《雙冠誥》改。

4　底本作「卻低似驚弦」，參考曲格，並據天一閣藏清康熙間鈔本《雙冠誥》補、改。

5　底本作「得」，據天一閣藏清康熙間鈔本《雙冠誥》改。

問個明白，便知就裡。有理吓有理！正是：雪隱鷺鷥飛始見，柳藏鸚鵡語方知。阿呀且住，若果是馮郎做了官，這官誥……兀赫！穩穩是我的了。就此前去，就此前去！（下）

（貼提吊桶上）

【品令】紅顏命薄，又配惡姻緣。黑心病倒，死人把活人纏。奴家莫氏貞娘，被千刀萬剮的媒人說騙，嫁了這短命的冤家。日日在外嫖賭，教我受盡淒涼。略略開口，是……阿喲喲，非打即罵！如今又害了勞怯之症，困倒在床。哪哪哪！那淘米、打水多要我自去。天阿！索性死了，也好讓我去再嫁一個；如今這般光景，教我怎生受得這般苦楚吓！天哪！[6]我如今問你難星何時滿？凤生何罪，將我這般凌賤？來此已是河邊了，阿呀天吓！倒不如死向黃泉，也免得餓眼垂涎被活寡煎。

（內敲鑼，生引眾上）

【豆葉黃】滿懷悶慮，必竟難言。（貼見生驚介）阿呀！（生）呀！卻怎生河畔佳人，好似我貞娘顏面？相同相像，這邊那邊。吓，不信有這般奇異，[7]越牽我[8]肝腸助我憂煎。（生定睛看介）

（貼）阿呀！

【玉交枝】凝眸驚看，這儀容與馮郎宛然。（生）好奇怪！（貼）卻怎生睜睜不住端詳眼？早難道是冤魂出現？（生）

6　底本原無「天哪」二字，考量以下三句曲文文意，據天一閣藏清康熙間鈔本《雙冠誥》補。

7　底本「不信有這般奇異」闌入賓白，參考曲格，並據天一閣藏清康熙間鈔本《雙冠誥》改。

8　底本作「叫人」，據天一閣藏清康熙間鈔本《雙冠誥》改。

一些也不差。（貼）是了是了！他正是慘亡做了冥府官，怪我改嫁胡廝纏。（生）吩咐挽船。（貼）阿呀！頓教人魂飛膽寒，阿唪！急急回家求神拜天。阿唪，阿唪！（拖吊桶下）

　　（生）吓，事有可疑。院子過來。（淨）有。（生）你作速上岸，到我家中，把喜信報與大夫人、二夫人知道，說我即刻榮歸了。（淨）吓！擺小船過來。（下）

　　（生）

【尾聲】九疑山難分辨，攪得我寸心撩亂，分明是白晝相逢似醉夢間。

　　（鳴鑼吹打，眾喝，同下）

按　語

〔一〕本齣出自陳二白撰《雙冠誥》第二十七齣〈舟會〉。

雙冠誥‧榮歸

丑：薄氏，何碧蓮之母。
旦：何碧蓮，馮瑞的通房婢女，馮雄庶母。
淨：馮瑞的僕人。
末：馮仁，馮家老僕。
小生：馮雄，馮瑞之子，探花。

（丑上）
【引】老少孤嫠相倚憑，堪嗟骨肉伶仃。（旦上）盼斷柴門，多少淚珠傾。

　　母親。（丑）罷哉。吓，我兒，自從小官人進京會試，已經兩月有餘，但願他高中，把你旌表封贈，也不枉了你一場辛苦。（旦）母親，旌表一事，非我本懷，但得他一舉成名，接續馮氏書香一脈，奴願足矣。（丑）好！我個好兒子，有志氣！

　　（淨上）纔離青雀舫，又到白雲鄉。一路問來，此間已是，不免叩門。開門，開門。（丑）我個兒子，外頭有人虺叫門，等我出去看看。（旦）是，母親出去看來。（丑）是囉個嘻？（淨）我是報喜的。（丑）報喜個？住虺。兒子吓，外頭說是報喜個，像是小官人中哉。（旦）謝天地！母親，快去開他進來。（丑）是哉！噲，報喜個呢？（淨）在這裡。（丑）裡向坐。你是報儕喜個？（淨）我是馮老爺差來的，報與大夫人、二夫人知道，老爺即刻榮

歸了。（丑）儕個大夫人、二夫人！冬瓜纏拉茄畝¹哩，報差哉。
（淨）不差，是兵部馮老爺衣錦榮歸了吓。（且）阿呀，你報差
了，我家呵，

【粉孩兒】煢煢的守孤幃，形共影。（丑）弗知瞎問哆哈儕
個？（且）**甚尚書馮老，畫錦歸省？**（淨）吓？這裡難道不是
馮家麼？（丑）幾里原姓馮耶。（淨）吓，旣是姓馮，怎麼又說不
是？（丑）唔報喜也要問個明白，我里相公死子十來年哉，只有一
個小官人拉亢京裡會試，只得十六七歲來。儕個大夫人、二夫人、
馮老爺？（淨）沒有？（丑）無得得子人身就走來個蕩亂闖！（淨
望內看介）唔，不像有幾位夫人在那裡吓。（丑）呔！看儕？挖出
唔個兩隻眼烏珠，賊忒嘻嘻，阿是要偷點儕了？（且）**卻不道疾
風暴雨不入寡婦之門？怎望門投一味胡行。**（淨）這等說，
眞個不是了。（丑）弗是革裡，走唔娘個清秋路！（淨）姆，近處
又沒有別個姓馮的。吓，也罷，且回覆老爺便了。只道錦上花，誰
知井中水？（下）（丑）倒不拉個俳養個騙子介一騙，明明是個白
日撞。（且）母親，關了門進去罷。（丑）正是，關子門進去罷。
（且）咳！我想，相公在日，文才淵博，相貌魁梧。（丑）孔夫子
能介才學，梓潼帝君能介一副好面孔噓。（且）此時若在，未必沒
有高官顯爵。（丑）及弗才未入流有個拉身浪哉。（且）怎奈早亡
了！（丑）可惜短子壽命哉。（且）**痛紫金樑一旦摧頹，只願
玉堦樹依舊重整。**

　　（丑）咳！弗要哭哉，進去罷。（同下）
　　（生引眾上）

---

¹　底本作「姆」，參考《尋親記·茶坊》、《鮫綃記·寫狀》改。

【福馬郎】種種疑團如畫餅，早見柴門外，疏樹影。迴避。（眾）吓！（下）（生）方纔院子來回覆，說我家中不肯廝認，難道我數年不回，那房子已賣與別人了？因此，急急上岸。已到自家門首。開門！（丑上）亦是囉個噱？（生）是我回來了。（丑）咦！試聽聲音熟，快逢迎。（開門介）（生）媽媽。（丑）阿呀弗好哉！有鬼，有鬼！我個兒子，快點拿刀來！（旦上）吓，母親，為何這等慌張？（丑）相公拉里出現。（生場角界白）[2]吓？為什麼？好奇怪！（旦）在哪裡？（丑）哪哪哪！拉丑個搭。等我去拿掃帚來，趕渠出去。（急下）（生）碧蓮。（旦）阿呀！（生）呀！難道劉郎渡已迷津？（旦作驚抖介）阿呀！（生）因何事恁耽驚？

（旦）阿呀相公吓！我在此替你撫孤守節，教子成名，還有什麼放心不下，反來驚駭我們介？（生）這又奇了。

（旦）

【紅芍藥】悲十載杳隔幽冥，怎鬼揶揄白畫相驚？（生）吓，我好端端在此，怎麼說是鬼。（旦）眼見得君家遭不幸，（生）我何曾死！（旦）被林喬那賊戕命。（生）這是哪裡說起！（旦）當初你死在開封，大娘、二娘不肯扶你靈柩回來：是我碧蓮典盡衣共荊，為盤費載歸鄉井。（生）不信有這等事！你們為何曉得我死了？（旦）只因你久不回程，遣馮仁探取方省。

（生）住了，是何年月日到開封府來的？（旦）是景泰元年正月上旬。（生）吓，一發奇了，那年呵，

---

2 底本作「生界白」，參考〈夜課〉及《綴白裘》慣用法補。

【耍孩兒】我已受于公入幕請，（旦）什麼于公？為何請你？（生）為赴勤王事，驀忽地共赴神京。（旦）既如此，為何書信也不寄一封回來？（生）怎麼說沒有？我也曾寄家書，併封著五百兩安家聘。（旦）是哪個寄回來的？（生）是房主人張近喬寄回的，現付那[3]老居停攜歸贈。（旦）阿呀！何曾有什麼書信、銀子寄回來介？（生）是了！一定是那房主人負了我的銀子，反把那假信來哄你們的吓。（旦）阿呀！（生）哇！縱使我是鬼，也曾與你同衾共枕過的，難道我忍心來害你不成？你看我：有氣、有聲、有形、有影，是鬼也不是鬼？你且放大了膽，上前來認我一認，我[4]與你親折證。

（旦）相公，你既不曾死，

【會河陽】那數載孤蹤在哪方住停？從頭一一話分明。（生）我那年前去勤王，護駕北狩。後來聖駕幸回，不想我留陷胡地，直至如今方得逃回。聖上道我護駕有功，特封我為兵部尚書，所以今日衣錦榮歸——你怎麼說我是鬼？（旦）如此說，真個不曾死？（生）真個不曾死！（旦）果然不曾死？（生）我何曾死！（旦）阿呀，相……啐啐啐！（生）嗻嗻嗻，呸！上前廝認罷了，有這許多張致。（旦）如此，相公請上，待碧蓮叩頭。（生）罷了。（旦）賤妾囈語施張，唐突貴人。（生）起來。（旦）乞恕奴痴愚心性。（合）淚兒攔不住[5]潛潛搵，意兒兩下裡生悲哽。

3　底本作「附著」，據天一閣藏清康熙間鈔本《雙冠誥》改。

4　底本作「須」，據天一閣藏清康熙間鈔本《雙冠誥》改。

5　底本作「盡」，據天一閣藏清康熙間鈔本《雙冠誥》改。

【縷縷金】（末上）忙抖擻，離神京，先遞泥金報，慰離情。且喜已到自家門首，門兒開在此，不免逕入。吓，蓮姐。（旦）院公回來了。（生）馮仁。（末）阿呀！有鬼吓有鬼！蓮姐，你白日青天怎與鬼魂廝並？（生）吓吓吓，這也可笑，哈哈哈！（旦）吓，院公，相公不曾死，你不要害怕。（末）又、又、又來了！那靈柩是我扶回的，怎麼說不曾死。（生）吓，馮仁。（末）阿呀！（生）馮仁，我當初原不曾死，因那年受了于老爺之聘，將安家銀五百兩，修書央房主人張近喬寄回，不想他賴了這五百兩銀子，將這口空棺木來哄騙你們。我一向陷留胡地，今日做官回來了。（末）如此說，老爺真個不曾死？（生）真個不曾死。不須害怕，上前相見。（末）吓，哈哈哈！如此沒，老爺請上，待老奴叩見。（生）罷了。（末）喜東君榮耀返家庭，渾同再生[6]慶，渾同再生慶。

（生）起來。你老人家忙碌碌，從哪裡來？（末）老奴麼，在京中回來。（生）偌大年紀，在京中何幹？（末）報老爺喜信：老奴同小官人進京會試，中了探花，頃刻榮歸了。（生）哪個什麼小官人？（末）就是馮雄小官人。（生）吓！馮雄孩兒中了探花？（末）中了探花！（生）頃刻榮歸了？（末）正是！（生）吓，哈哈哈！正所謂「悲喜交集」也。過來。（末）有。（生）吩咐滿門結綵。（末）是。

（生）快請大夫人、二夫人相見。（旦不應，哭介）（生）吓？為何如此？（對末介）就是你去。（末）吓，老爺，什麼大夫人、二夫人？（生）就是大娘、二娘。（末）吓？就……就是他？

6　底本作「歡」，據天一閣藏清康熙間鈔本《雙冠誥》改。

（哭介）（生）吓吓吓，為何這般光景？（末）阿呀老爺吓，若不說起他們猶可，若提起他二人，老爺吓，只怕你怒髮衝冠，淚珠滿地。（生）難道他兩個多死了麼？（末）咻！若是死了倒也乾淨。（生）這是怎麼說？（末）老爺請台坐，容老奴告稟。（生）你且說來。（末）一自東君病癒，避仇洛下潛身。老奴呵，親自到彼探虛真，誤得東君訃音。疾速歸家報信，忙催扶柩攜靈。阿呀老爺吓，豈知你妻、妾各懷心，終日尋端覓釁。（生）這卻為何？（末）他不顧孩兒幼小，終朝打罵欺凌。可恨他二人呵，把妝盒收拾罄無存，懷抱琵琶別艇。（旦）院公少說。（生）吓！怎麼說？（末）他兩個多改嫁了。（生）他、他、他二人多改嫁去了？（末）正是。（生）阿呀！（旦、末）老爺甦醒，老爺醒來！

（生）吓嘎嘎！老人家，你把前後事情細細說來。（末）阿呀老爺吓，你今日縱然衣錦耀門庭，[7]只怕你羞覷故園鄉井。阿呀老爺吓，他二人臨去之時，把房中物件收拾得罄盡，將小官人托付與蓮姐，就向他深深下個全禮。

【越恁好】他、他拜辭賢婢，拜辭賢婢，撇親兒再醮行。（生）有這等事！吓嘎嘎，氣死我也！（末）老爺吓，千虧萬虧，哪！虧殺了蓮姐嘘。（旦、末各哭介）他與你撫孤守節，掙馮氏好聲名。（生）住了，你兩人在家怎生度日？（末）阿呀老爺吓，虧得蓮姐會做針黹，早起晏眠，替人家做些針黹，趁些手工錢勉強度日；又送小官人到學裡讀書。除了小官人，我兩人是只吃得兩餐薄粥嘘。十年吃盡苦共辛，一言難罄。（生扶旦哭介）阿

7　天一閣藏清康熙間鈔本《雙冠誥》此句之前有二句：「虧得蓮姐守志，一心教子成名」。

呀我那恩妻吓！你十二年耽飢忍餓，撫孤守節，教子成名，莫說下官感激，就是我馮氏歷代祖宗，無不感恩于地下也！（跪介）（旦）阿呀！老爺請起。（生）**我感伊貞烈成家慶，伊行實丕丕相幫贈。**（生、旦各拜，起介）（末）吓，哈哈哈！

（老旦、貼扮二小軍，引小生上）

【紅繡鞋】**鰲頭一舉成名，成名。榜中誰似年青，年青。**（眾）老爺回府了。（小生）迴避。（老旦、貼應下）（末）小老爺回府了。（小生）母親。（旦）我兒回來了？（小生見生介）吓？這是何人？（旦）這就是你爹爹，過來見了。（小生）吓？我爹爹已死，哪有此事！（旦）我兒，當初你爹爹不曾死，如今做官回來了。（小生）豈有此理！吓，院公，靈柩是你扶回來的，怎麼說不曾死。（末）小老爺，當初老爺受了于老爺之聘，赴闕勤王，將家書、銀信托房主人寄回。不想房主人欺心，賴了銀子，假揑空棺，是我錯認了。真個不曾死，快去相見。（小生）咳，豈有此理！（生）吓，我兒，那別樣事呢可以假得，這夫妻父子可是冒認得的？（笑介）哈哈哈！你從幼別了我，不知其間隱情。你若不信，待我差人到開封府，拿那張近喬來，問他就明白了。（小生）吓，如此說，果然是爹爹了！爹爹請上，待孩兒拜見。（生）罷了。（小生）**兒不孝，失趨庭。蒙慈訓，荷栽成。團圓會，喜難禁。**

（生）下官當朝請得榮封誥命在此，請夫人受了。（旦）這個……焉敢當此！（小生）告母親知道，孩兒得第之後，備將母親賢德表奏，朝廷不日就有敕書到來旌獎。孩兒先得榮封官誥，請母親受了。（生）吓！我兒也有封贈麼？（小生）正是。（生）夫人，一發妙得緊，正所謂「冠上加冠」了。

（生、小生合）

【尾聲】父兒托庇多僥倖，聊當個酬恩薄敬。（且）相公，這冠誥若是該受，相公的先受了。（生）這卻為何？（且）哪！**這撫育是婢女之常，何須要謝承。**

（生）說哪裡話來！請到裡面細講。父子榮華雙誥封。（小生）酬恩報德意無窮。（且）今朝謄把銀缸照。（合）猶恐相逢是夢中。（且、小生下）

（生）馮仁過來。（末）有。（生）吩咐把棺木燒化了，連夜差人，速到開封府提張近喬回話！（末）曉得。（生下）

（末）吓，哈哈哈！如今是守出了吓。哈哈哈……（笑下）

按　語

〔一〕本齣出自陳二白撰《雙冠誥》第二十八齣〈榮歸〉。

〔二〕聞正堂刊《綴白裘全集》選目有〈返園〉，可能就是這齣，惜該書下落不明，無從核對。

副末

一段新奇故事

演敎兩極馳名

三千今古腹中論

言開驚四座

打動五靈神

六府齊才幷七部

八方浩氣凌雲

歌聲遏住九霄雲

十分全會者

仁義禮先行

　　　　——交過排場

琵琶記・訓女

外：牛丞相。

生、末：牛府的僕人。

淨：老媽媽，牛府的管家婆。

丑：惜春，婢女。

貼：牛小姐，丞相之女。

（旦、付、老、貼扮四小軍，末、生扮二院子，引外上）

【齊天樂】鳳凰池上歸環珮，袞袖御香猶在。棨戟門前，平沙堤上，何事車填馬隘？星霜鬢改，怕玉鉉無功，赤舄非材。回首庭前，淒涼丹桂好傷懷。

（末、生）迴避了。（眾）吓。（眾下）（外）蕪蘼徑路草蕭蕭，自古雲林遠市朝。公道世間惟白髮，貴人頭上不曾饒。老夫姓牛，名卓。官居師相，位極人臣，富貴功名已滿心意。這幾日久留禁地，不曾回府，聞得這些使女終日在後花園中戲耍。自古欲治其國，先齊其家。院子。（生、末）有。（外）喚老媽媽和惜春出來。（生、末）曉得。老姆姆，惜春，老爺喚。

（淨、丑同上）吹，來哉。（淨）噲，丫頭，老鴉叫。（丑）眼睛跳。（淨）弗是打。（丑）定是吊！（淨）打沒弗打三千。（丑）吊也弗吊一年。（淨）唔也沒得說。（丑）我也無得話。（淨）丫頭，我搭唔有說有話去。（丑）是哉。

（淨）老爺，老婢叩頭。（丑）惜春叩頭。（外）你這老婢

子，我托你做了管家婆，不去拘束這些使女們，反同他們在後花園中戲耍，是何道理？（淨）阿呀，老爺，我說吓弗要居來，居來就要淘我老太婆個氣哉。（丑）哪！老爺倒淘吓個氣。（淨）老爺在上，老婢在下。（生、末）什麼上下！（淨）分子上下好說。我也弗[1]知老爺個長短，你也弗曉得我個深淺。（生、末）什麼說話！（淨）老爺，惜春個個丫頭，若弗打哩兩記，弗是成精就要作怪哉。（丑）老爺，吓一記弗要打，看我阿成儕精、作儕怪！（淨）自從個一日老爺入海去了。（末）入朝！（淨）潮！弗是海裡來個。個個丫頭水性弗曾退個來。（丑）我倒日日驚風驚浪過個哉。（淨）我拉廚房下洗馬桶。（末）飯桶！（丑）個個老花娘！飯桶，儕個馬桶！（淨）正是，忒個著子急了，香臭弗曉得個哉。惜春個個丫頭孃孃婷婷得來哉，一看看見子我，也弗叫，也弗招，拏個張嘴來紐哩紐。（生）什麼？（淨）意會我個意思哉。我說：「惜春姐，做儕個？你為儕弗做淘小姐拉繡房裡做洒線哩，到廚房裡來做儕？」哩說：「老媽媽，如今春三二月，豔陽天氣，你看蜂也鬧，蝶也鬧。人世難逢開口笑。笑一笑，少一少；惱一惱，老一老；捏一捏，蔌一蔌；弼一弼，跳一跳；疊一疊，要一要。大家去白相相吓！」（外）你可曾去？（淨）我是弗肯去個，乞哩拿我兩隻手一搭搭拉我肩家上子，說：「去吓，去吓！」（外）你可曾去？（淨）去是弗曾去，乞哩說得高興子了，即得跟子哩去蹀子介一蹀……（生、末）這是去的了。

　　（外）惜春，你這小賤人，怎不與小姐在繡房中做些針黹，反在後花園中戲耍，這是怎麼說？（丑）老爺，哩有告，我有訴。個

一日，我搭小姐拉繡房裡繡老爺個狗牛肚子。（末）吙！斗牛補
子。（淨）個個小花娘！斗牛補子，儕個狗牛肚子！（丑）阿呀，
我要說拉老爺心坎浪去了。（淨）傷子老爺個心哉吓。（丑）但弗
知老爺個肚子哪亨生拉丑？（生、末）不要閑爭。（丑）個一日我
拉丑繡個老爺個斗牛補子，只見個老姆拉丑窗外頭，拿個手來是介
招哩招——曉²得小姐拉丑，弗好叫得——哩拿個隻手得來招我去。
（淨）阿呀呀！嚼爛子舌頭根耶！（丑）我就寫回帖回哩哉，上寫
著：「多承手教，有甚終朝。何勞恁說，敢費佳餚？今遵家教，敢
犯法條？特此奉覆，不勞再邀。」老爺，阿是要算回頭哩個哉？

　　（外）你可曾去？（丑）我是再三再四個弗肯去；哩是再五再六
個要我去。我亦是再七再八個弗肯去；哩亦是再九再十個要我去。
我即是弗肯去，哩心生個計策，說：「丫頭，吙手上個癩疥瘡阿好
來？」我說：「弗好來。」哩說：「拿我看。」一搭搭住子我個手，對
子背上一馱，說道：「馱馱馱，賣升羅；升羅破，再買個好升羅。」
一馱竟馱進子花園門哉！老爺，個個老媽年紀是介一把，骨頭沒得
四兩重。一進進子花園門，阿呀呀，就弗是哩個世界哉嚄！把假山
推倒，金魚壓壞，牡丹冤折哉，海棠踏壞哉。一盆細葉菖蒲，認子
哩是是松毛韭菜丑，說道：「阿呀，個盆韭菜乾殺哉！等我澆點揢
用勒介。」哩竟扯開子褲子帶，柞落柞落，一場大尿，澆得哩東倒
西歪，根根蠟黃，那間倒像老爺個髭鬚。（末）胡說！（外）如此
說，你也是去的了？（丑）去是弗曾去，是介走子介一走。

　　（外）院子。（生、末）有。（外）取板子過來，與我各打十三！
（生、末）吓。（取介）（丑）阿呀，我是十四來個，弗是十三。

2　底本作「瞎」，參酌文意改。

（淨）老爺，我是心領哉。（丑）今日是火日，打弗得個，打子要腫個。（生、末）吓！困下去。（打介）一五，一十，十三。（淨、丑）阿唷！（生、末）打完。（外）院子迴避。（生、末）吓。（下）

（外）請小姐出來。（淨、丑）吓，小姐有請。

（貼上）

【花心動】幽閣深沉，問佳人，為何懶添眉黛？

（淨、丑）小姐到。（貼）爹爹萬福。（外）你可知罪？（貼）孩兒不知。（外）吓！（貼跪介）（外）你還說不知麼？自古婦人之德，不出閨門，行不動裙，笑不露齒。今日是我的孩兒，異日要做他人的媳婦。我這幾日不在家，你放這些使女，反同他們終日在後花園中戲耍。倘或這些賤人做出些事來，可不連累你的芳名也誤了？取戒方！（丑）小姐拉裡哭哉。（淨）可看亡故夫人面上。（丑）小姐是出手貨，打弗起個。（外）咳，我本待要責你幾下，可惜你……

【惜奴嬌】杏臉桃腮。（淨）老爺頭上帶子馬抬。（丑）老姆姆和惜春起來，雙手托起子下胲。（淨）老爺好像招財。（外）哇！當有松筠節操，蘭蕙襟懷。閨中言語，不出閨閫之外。老姆姆，我年衰，不教我孩兒是伊之罪。惜春，這風情，今休再！（合）記再來，但把不出閨門的語言相戒。

【前腔】（貼）堪哀，萱室先摧。（淨）老爺，小姐思念夫人。（外）咳！（丑）哩做儕嘆氣介？[3]有我拉裡……（外）胡說！（貼）嘆婦儀母訓，未曾諳解。（外）人孰無過？改之為上。（貼）蒙爹嚴訓，從今怎敢不改。老姆姆，我是裙釵，早晚

3　底本作「嘆氣哩做儕是」，參酌文意改。

望伊家將奴誨。（淨）阿呀，折殺子我哉！（貼）惜春，要改
前非，休違背。（合）記再來，但把不出閨門的語言相戒。
【黑麻序】（淨）看待，父母心，婚姻事，須要早諧。勸
相公，早畢兒女之債。（外接）休呆，如何女子前，胡將
口亂開！（合）記再來，但把不出閨門的語言相戒。
【前腔】（丑）輕洝，我受寂寞，擔煩惱，教我怎捱？細思
之，怎不教人珠淚盈腮。（貼接）我寧耐，溫衣并美食，
何須苦掛懷。（合）記再來，但把不出閨門的語言相戒。
　　（各立起介）（外）婦人不可出閨門。（貼）多謝嚴親教育
恩。（淨）自古成人不自在。（貼）須知自在不成人。（外）快伏
侍小姐到繡房中去，今後不可如此。吓，吓！（踱下）
　　（淨、丑）是哉。（丑）纏是吓個老花娘！（淨）哪了，你個
小花娘！（貼）你們不必爭論，今後不可如此，隨我進來。（淨、
丑）曉得。（貼下）
　　（淨）小花娘！（丑）老䀉千人！（淨）讓我去吃飽子飯里來
收拾吓個小花娘。（丑）我也弗懂吓個，弗怕吓個老花娘。老䀉千
人個！（各罵渾下）

按　語

〔一〕本齣主體情節、曲文接近汲古閣《六十種曲》本《琵琶記》
第六齣〈丞相教女〉後半齣。
〔二〕選刊此段的坊刻散齣選本還有：《風月錦囊》、《審音鑑古
錄》。選抄此齣的散齣鈔本有中國社科院圖書館藏《集錦》。

琵琶記·剪髮

旦：趙五娘，貧婦。

（旦上）

【金瓏璁】饑荒身自窘，哪堪連喪雙親，身獨自，怎支分？衣衫都典盡，首飾並無存。無計策，只得剪香雲。

萬苦千辛難擺撥，力盡心窮，兩淚空流血。裙布荊釵今已竭，萱花椿樹連摧折。金剪盈盈明似雪，遠映愁眉月。一片孝心難盡說，一齊分付青絲髮。自那日婆婆沒了，多虧張大公週濟。如今公公又亡，無錢資送，難好再去求他。我一時想起，只得剪下頭髮，賣幾文錢鈔，將他做個意兒，卻似叫化一般。苦吓！不幸喪雙親，求人不可頻。聊將青絲髮，斷送白頭人。

【香羅帶】思量兩淚零，如何禁聲？哭聲父親、哭聲母親。母親前日已身傾也，感得張公週濟貧，送老親，我何顏再求羞怎忍？剪髮傷情也，苦只苦當初鸞鳳分。

【其二】一從鸞鳳分，誰梳鬢雲？妝臺懶臨生暗塵，那更釵梳首飾典無存也。是我耽擱你，虛度青春，如今又剪你資送老親。剪髮傷情也，怨只怨結髮薄倖人。

【其三】思量薄倖人，辜奴此身，欲剪未剪教我珠淚零。我悔不當初早披剃入空門也，做個尼僧去，今日免艱辛。少甚珠圍翠擁蘭麝薰。我的身死兀自無埋處，說甚剪頭髮愚婦人！

【其四】堪憐愚婦人，單身又貧，只為開口告人羞怎忍。這金刀下處應心疼也，卻將堆鴉鬢，舞鸞鬐，與烏烏報答鶴髮親。可憐霧鬢雲鬟女，斷送了霜鬟雪鬢人。

【臨江仙】連喪雙親無計策，只得剪、剪下香雲。（哭介）非奴苦要孝名傳，正是上山擒虎易，開口告人難。

　　頭髮已剪下，不免將去貨賣則個。

按　語

〔一〕本段主體情節、曲文接近汲古閣《六十種曲》本《琵琶記》第二十五齣〈祝髮買葬〉前半齣。

〔二〕選刊此段的坊刻散齣選本還有：《風月錦囊》、《樂府萬象新》、《樂府玉樹英》、《樂府菁華》、《醉怡情》、《來鳳館合選古今傳奇》。以上諸本除了《來鳳館合選古今傳奇》在佚失的卷冊，無從比對之外，都是〈剪髮〉、〈賣髮〉連刊。值得注意的是，第一支【香羅帶】（思量兩淚零）這支曲牌是本段獨有。另，石渠閣主人輯《綴白裘全集》有目無文。

琵琶記・賣髮

旦：趙五娘，貧婦。

生：張大公，趙五娘的鄰居。

　　（作關門行介）出得門來，穿長街，過短巷，不免叫一聲：賣頭髮……（悲介）

【梅花塘】賣頭髮，買的休論價。念奴受饑荒，囊篋無些個。丈夫出去，哪堪連喪了公婆，沒奈何，只得賣頭髮，資送他。

【香柳娘】看青絲細髮，看青絲細髮，剪來堪愛，如何買也沒人買？這饑荒死喪，這饑荒死喪，怎教我女裙釵，當得這狼狽？況連朝受餒，況連朝受餒，我的腳兒怎抬？其實難捱。

【又】往前街後街，往前街後街，並無人睬。不免再叫一聲。賣頭髮，賣頭髮……（悲介）阿呀叫、叫得我咽喉氣噎，無如之奈。我如今便死，我如今便死，只是暴露兩屍骸，誰人與遮蓋？將頭髮去賣，將頭髮去賣，把公婆葬埋，奴便死何害？（坐地介）

　　（生上）慈悲勝念千聲佛，作惡空燒萬炷香。老漢昨見蔡老員外病勢十分危篤，今日再去看他一看。（旦）苦吓！（生）吓！那邊倒在地下的可是五娘子麼？（旦）正是。大公吓，一時頭暈，坐倒在此。（旦）老漢不便攙扶，在我拄杖上掙起來罷。（旦）是。

（生）看仔細。（旦）多謝大公。

　　（生）五娘子，你公公病勢如何了？（旦）阿呀大公吓，我公公夜來沒了！（生）吓！怎麼說？（旦）夜來公公沒了。（生）吓！你公公夜來沒了……（淚介）阿呀老友吓！我昨日還和你講話，今日就沒了？咳，正是：人無百歲期，枉作千年計。咳，可憐！五娘子，你手中拿的是什麼東西？（旦）是頭髮。（生）要它何用？（旦）公公沒了，無錢資送，只得把頭髮剪下，欲賣幾貫錢鈔，以為送終之用。（生）吓，阿呀，你公公沒了，怎麼不來與我商議？卻把頭髮剪下，豈不可惜吓？（旦）已前攪擾多番，怎敢又來啓齒。（生）咳，五娘子，你說哪裡話來！

【前腔】你兒夫曾付託，你兒夫曾付託，我怎生違背？你無錢使用，我須當貸。將頭髮剪下，將頭髮剪下，又跌倒在長街，多因是我之罪。嘆一家破敗，嘆一家破敗，否極何時泰來？各出珠淚盈腮。

　　（旦）

【又】謝公公慷慨，謝公公慷慨，把錢相貸，我公婆在地府相感戴。只愁奴此身，只愁奴此身，死也沒人埋，誰償你恩債？（合）嘆一家破敗，嘆一家破敗，否極何時泰來？各出珠淚盈腮。

　　（生）

【又】我如今算來，我如今算來，他並無依賴，尋思只得相擔待。五娘子，你不須愁煩，你快快回去看好了公公，我隨後就著小二呵，送錢米和布帛，送錢米和布帛，與你公公買棺材，你把頭髮且留在。（合）嘆一家破敗，嘆一家破敗，否極何時泰來？各出珠淚盈腮。

（旦）謝得公公救妾身。（生）你夫曾托我親鄰。（旦）惟有感恩並積恨。（合）萬年千載不生塵。（生）你回去罷。（旦哭下）

（生）慢慢的走，慢慢的走。咳，可憐！天下有這等孝順媳婦，難得吓！他公公沒了，竟把那頭髮剪下，街坊貨賣。咳，且待伯喈回來與他看，使他惶愧惶愧。（下）

按　語

〔一〕本段主體情節、曲文接近汲古閣《六十種曲》本《琵琶記》第二十五齣〈祝髮買葬〉後半齣。

〔二〕選刊此齣的坊刻散齣選本還有：《風月錦囊》、《樂府萬象新》、《樂府玉樹英》、《樂府菁華》、《醉怡情》、《來鳳館合選古今傳奇》。值得注意的是，上述這些選本除了《來鳳館合選古今傳奇》在佚失的卷冊，無從比對之外，只有《醉怡情》和本段才有第五支【香柳娘】（我如今算來）這支曲牌，其他選本沒有。另，石渠閣主人輯《綴白裘全集》有目無文。

三國志‧負荊

淨：張飛。
外：關羽。
小生：趙雲。
生：劉備。
末：孔明。

　　（淨上）咳！我想為了一個人，再不可偏顧了這張嘴。我昨日與軍師賭頭爭印，不想，走了夏侯惇。我也無計可施，只得效古人廉頗，身背荊杖，往帥府請罪走遭。咳！我這般樣見他……咹！

【端正好】似俺這般樣，見他時羞容辱。咳，張飛吓張飛，你惹大眼怎不辨一個賢愚？我望軍中好一似赴那陰司路，恨不得兩步改做那三步。

【滾繡毬】他問我贏來也是輸？夏侯惇有也是無？我最怕的劈頭一句。少停到了軍中，軍師就問：「張飛，你回來了麼？」我說：「是，回來了。」他說道：「夏侯惇呢？」我忙賠個小心，說：「夏侯惇走了。」他說：「嗃！你昨日與我賭頭爭印，如今走了夏侯惇。叫刀斧手，把張飛推出轅門斬訖報來！」阿呀不免的在那七星劍下，將我這頭顱來抓。一失人身萬刼無，古語非誣。

　　（外扮關帝暗上坐介）（淨）吽，來此已是轅門首了。吓，為何靜悄悄？那邊坐的是二哥，為何他也是悶悶的坐在那裡？吓，想

是他也不得成功。喂，二哥，二哥。（外）吓，三弟，你回來了麼？（淨）正是，回來了。二哥，你成功了麼？（外）我是得勝而回。（淨）阿呀呀，謝天地！（外）三弟，你拿的夏侯惇呢？（淨）夏侯惇……咳！走了，走了……（外）阿呀，你昨日與軍師賭頭爭印，如今走了夏侯惇，這便怎麼處？（淨）阿呀呀！二哥，好軍師吓好軍師！

【倘秀才】他穩排著呼風喚雨，舒著手拿雲握霧。二哥，我如今進去速速拜他為師祖也是遲了。（外）你昨日把性兒放下些便好。（淨）二哥，你進去對大哥說，可看桃園結義分上，在軍師面前解勸解勸。（外）這個自然。（淨）張飛是一勇性話無虛，到那裡一樁樁細數。（外）你肩上背的什麼東西？（淨）我如今只得效古人廉頗，身背荊杖，與軍師請罪。吓，二哥。（外）三弟。（淨）你進去說一聲。（外）住著。（淨）吓，二哥，來來來。（外）怎麼說？（淨）你進去見了軍師，須要放和氣些吓。（外）你如今忒小心了。（進介）軍師有請。

（付、老、貼、且、小生引生[1]、末上）怎麼說？（外）舍弟張飛回來了，現在轅門，不敢擅入。（末）趙雲。（小生）有。（末）取我軍師牌印過來。（小生）吓。（末）貧道心中正憂慮，卻是將軍英雄處。（出介）（淨見，跪介）（末）吓，三將軍，你在石堤邊拿住夏侯惇，這是你保劉朝駕海擎天柱了。

（淨）

【呆骨朵】師父道保劉朝駕海擎天柱。（末）阿呀呀，三將軍，請起。（淨）張飛是個不識字的愚魯村夫。（末）有話且

1　底本無「生」字，參考下文補。

隨我到中軍帳來。（淨）是，待我膝行而進。（跪進介）（拜末介）
（末）三將軍為何拜起貧道來？（淨）怎敢道不拜恁個軍師。
（末）你昨日不該罵我吓。（淨）我若罵了師爺呵，正是那太歲
頭上來動土。（末）你有何話講？（淨）我一一的也難分說。
（末）叫貧道也難猜吓。（淨）拜吾師有甚難猜處！（末）你今
日可認得我了？（淨）我是一個愚人，不識字不辨恁個賢。
（末）昨日你曾罵我牛鼻子懶夫。（淨）大哥，二哥，我若罵了師
父牛鼻子懶夫，是哪！正是那初生犢兒不怕恁這虎。

（末）住了。我且問你：那裡有那軍，無那軍？（淨）有有
有！（末）你拿的夏侯惇在哪裡？（淨）夏侯惇……走了，走
了……（末）你背上的是什麼東西？（淨）是荊杖。（末）要它何
用？（淨）昨日冒犯虎威，我張飛有眼無珠，得罪了師父，望師父
責治徒弟幾下罷。（末）哇！你昨日與我賭頭爭印，你今放走夏侯
惇。叫刀斧手。（眾）有。（末）與我將張飛綁了！（眾）吓。
（綁淨介）（末）推出轅門，斬訖報來！（眾）得令。（淨）阿
呀，大哥，二哥，看桃園結義分上吓！

（丑上）報！啓上軍師爺知道：今有曹操不服前輸，親領八十
三萬人馬前來討戰。（末）知道了，再去打聽。（丑）得令。
（下）（淨）阿呀，大哥，二哥，可看桃園結義分上。（眾）呔！
（生、外）刀下留人！（眾）吓！（生、外）孤窮啓上軍師。
（末）請起。（生、外）既有曹操不伏前輸，領兵又來搦戰，看孤
窮分上，何不就差張飛前去與曹操相持引戰？若能得勝，將功折
罪；不能得勝，二罪俱罰。（末）既是主公、二將軍[2]討饒，放了

2　底本作「二公子」，參酌文意改。

綁。（眾）吓。（淨）多謝師父不殺之恩。吓，大哥，二哥。
（生、外）三弟。（淨）好了好了。（末）張飛。（淨）有！
（末）今有曹操不伏前輸，親領八十三萬人馬前來搦戰，我如今與
你一枝人馬前去，贏了將功折罪，輸了二罪俱罰，你敢去麼？
（淨）我敢去，我敢去！（末）須要小心。（生、外、末同下）
（雜扮四小軍上）（淨）眾將官。（眾）有。

（淨）

【十二時】橫鎗躍馬施英武，領將驅兵列士卒。撲咚咚擂
著戰鼓，鬧吵吵喊聲舉火。殺得他開不得弓來蹬不得弩，
搖不得旗旛擂不得鼓。

（下又覆上，持鎗舞介）呔！誰敢來？吓！誰敢來？（笑介）
哈哈哈……（下）

按　語

〔一〕本齣出處待考。撰抄此齣的散齣鈔本有中國國家圖書館藏朱
執堂抄《時劇集錦》。

紅梨記・訪素

小生：趙汝州，書生。
生：錢濟之，字孟博。雍丘縣令，趙汝州的朋友。
丑：平頭，妓院龜公。

（小生上）

【宜春令】風月性，雲雨腸，自生成花狂柳狂。新詞楚楚，俏名堪與秋娘抗。蘇小小才貌相當，這雙雙風流不讓。拚醉，佳人錦瑟，翠屏珠幌。

　　日昃鳴珂動，花連繡戶春。蟠龍玉臺鏡，惟待畫眉人。小生為有謝素秋之約，昨晚一夜睡不安穩，巴得天明，便起來梳洗。如今已打扮得齊整，除下舊巾幘，換套新衣裳，果然停當。只是，怎得錢兄出來？不免催他去。錢兄，起身了麼？（生上）來了。

【前腔】鄉心切，旅夢長，（小生）錢兄，快來！（生）是何人催促恁忙？看他衣衫停當，匆匆挈伴將何往？（小生）孟博兄，你又忘了，謝素秋約我今日相會。（生）何乃太早。（小生）小弟以為遲矣。探花信浥露何妨，護花神遇風須障。（生）你似遊蜂，粉牽香惹，鎮日顛狂。

　　（小生）不是！他昨日內府事完，一定早回，今日我們早去，也見得有些志誠。（生）好一個老實社家子弟！既如此，就請同行。

　　（合）

【前腔】韋娘面，刺史腸，兩相逢迷留怎當？芳心密意，相偎相靠從前講。（生）伯疇，此間已是他家。想還未歸，你看：雕欄畔鸚鵡聲喧，畫簷邊蛛蜘塵網。（小生）真像個不曾到家的，不見，銀箏拋卻，玉臺閑放。

天氣尚早，既不在家，我每在此坐待一回。（生）使得。（丑上）院鎖春光楊柳，門深夜雨梨花。未許情諧琴瑟，空勞夢遶琵琶。小人平頭，今早去候姐姐，不想被王丞相拘留在府，只得獨自回家。呀，家中倒有人坐在此，不知哪個？原來是趙相公、錢老爺。（生、小生）平頭，姐姐回來了？（丑）不要說起！姐姐在內府承值已完，昨日到王丞相府去，不想被他囚禁，不放回來。小人今早去候，沒處問個消息，以此只得自回。（生、小生）為甚囚禁他？

（丑）

【前腔】只為花容麗，玉貌揚，那王丞相呵，死臨侵邀求鳳凰。（生、小生）你姐姐從也不從？（丑）便是抵死不從。（小生）這纏像個素秋！（丑）王丞相因姐姐不從，就發惱起來。把溫存情況，變做了瞞神唬鬼喬模樣。把我姐姐監禁在府後什麼靜房裡，昏騰騰楚岫雲遮，黑漫漫陽臺路障。一似籠囚鸚鵡，浪打鴛鴦。

（小生）原來如此！我那素秋，你怎得個出頭日子？孟博兄，我與你計較去救他便好。（生）王黼的威勢，天子尚且畏他，他把一個妓女藏在府中，我兩個措大便思量去救他，也太迂闊了。素秋既不在，我們且回下處去，等到回了再來。（小生）既然如此，且耐心坐等一回，或者放他回來也未可知。（生）我有朋友在南薰門外，向欲訪他，此去卻也不遠。兄只在此等，我去訪了他來，與你

同回去，何如？（小生）使得，兄去就來。（丑）小人也再去王丞相府前打聽，若有下落，即來回報相公。（小生）說得是，我只在此等你。（生）蓬蓽存寒士。（丑）朱門訪玉人。（同下）

　　（小生）

【普天樂】只指望撩雲撥雨巫山嶂，誰知道煙迷霧鎖陽臺上。想姻緣簿空掛虛名，離恨債實受賠償。想杜牧是我前生樣，只合守蓬窗茅屋梅花帳。素秋，素秋，我想你此時呵，托香腮悶倚迴廊，斷難穿淚珠千丈，只落得兩邊恩愛，做了兩地徬徨。

　　咳，王黼，王黼，

【錦纏道】笑村郎，強風流攀花隔牆，錯認做楚襄王。全沒有，半星兒惜玉憐香。我這裡相思暫危如石梁，他那裡愁悶城堅若似金湯。磨勒在何方？那沙吒利又十分威壯，如何更酌量。眼見得石沉山障，怨只怨孤辰寡宿命相妨。

【山桃紅】撓不著心中癢，嚥不下樽前釀。謊歌郎奪了平康巷，花衚衕添個勾魂將，溫柔鄉湧出瞿塘浪，眼睜睜教我意惹腸荒。

　　等了半日，錢兄也不來，平頭也不來，天色已晚，且回下處去，明日再來，或者有些好消息也未可知。

【尾】休言好事從天降，著甚支吾此夜長？羞殺我畫不就眉兒漢張敞。（下）

按 語

〔一〕本齣出自徐復祚撰《紅梨記》第六齣〈赴約〉。

〔二〕選刊此齣的坊刻散齣選本還有：鬱岡樵隱輯《新鐫綴白裘合選》、《審音鑒古錄》。選抄此齣的散齣鈔本有中國社科院圖書館藏《集錦》。

紅梨記‧草地

貼：謝素秋，前教坊名伎。
老旦：花婆，奉命監管謝素秋，其後卻縱放她的老婦。

　　（貼上）

【引】帝里繁華，長安人物，裝成宣政[1]風流。（老旦上）一旦刀兵齊舉，旌旗擁百萬貔貅。

　　（貼）一朝鼙鼓揭天來，百二山河當地灰。（老旦）驛館夜驚塵土夢，繁華猶自故鄉回。（貼）花婆，感得你恩山義海，脫離我虎穴龍潭！如今幸得軍聲漸遠。只是，奴家途路生疏，不知投哪條路去便好。（老旦）素娘，這等亂離世界，惟有全生要緊，若還到衝要去處，恐怕安身不穩。老婢原是雍州人氏，彼中親戚甚多，況且僻靜，兵燹一時不到，就是這條路去，如何？（貼）既如此，但憑花婆指引。（老旦）素娘，我和你投南去罷。

【傾盃玉芙蓉】抵多少煙花三月下揚州，故國休回首！為甚的別了香閨，辭了瑤臺，冷了琵琶，斷了箜篌？怎禁得笳蘆塞北千軍奏？怕見那烽火城西百尺樓。（合）似青青柳，飄零在路頭，問長條畢竟屬誰收？

　　素娘，就在此草坡上坐坐如何？（貼）花婆說得有理。（老

1　底本作「正」，據明泰昌閔氏朱墨套印本《紅梨記》（《古本戲曲叢刊》
　　初集景印）改。

旦）素娘，似你這般風流瀟灑，如花似玉，向在風塵，知心有幾？

（貼）花婆：

【鋪地錦】笑悠悠，若個是知心友。花婆，門戶中道路有甚好處！恩變做仇，但相逢便與兩字綢繆。多少鸞凰？誰是雎鳩？鬼狐尤，錯認做親骨肉。

（老旦）素娘，每常見你懷著一幅紙像，有詩兒在上，是誰贈的，這般珍重？（貼）是濟南趙解元贈我的詩，帶得在此，花婆請看。此人卻是我的相知，可惜不曾見面……（老旦）素娘，不要作耍老婢，哪裡有不曾見面的相知。（貼）花婆，誰來作耍你。卻有個緣故。那趙解元是山東才子，奴家教坊略略有名，故此，人人說道：「男中趙伯疇，女中謝素秋，天下無雙，人間希有。」兩邊思慕實也多時，他前日到京會試，兩次相訪，正因公事未曾見面。這是他贈我的詩。不想值此大難，兩邊不知下落，又不知日後得見面否……

（老旦）原來就是趙解元！他前日來參見丞相，老婢也認得，果然好人物，果然是素娘的對頭！人言定然不差。（貼）花婆，你既然見過，怎麼樣一個人？就說一說。（老旦）天色晚了，趲路要緊；況且路上不好說得。（貼）花婆，天色尚早，不妨說說去。

（老旦）畢竟要說，吓，就說：

【古輪臺】我見他態夷猶，綠袍新染翠雲流，雙眸炯炯星光溜，果是個風流領袖。況詩句清新，包籠著許多機殼。（貼）本是織女牽牛，誰料做參辰卯酉。恨無端羯虜拆鸞儔。（老旦）似這般風儕雨僝，到有個天長地久。更才子多情，佳人留意，人間傳語，三事豈人由？俱輻輳，管教百歲詠〈河洲〉。

　　（老旦）素娘，此間已是雍丘縣了，尋一個僻靜人家，過了今夜，明日入城如何？（貼）事已如此，

【尾】離鄉背井多出醜，今夜情魂不住陡，錯把雍丘做帝丘。

　　（老旦）看仔細！阿呀呀，這等要緊。（同下）

按　語

〔一〕本齣出自徐復祚撰《紅梨記》第十二齣〈訴懷〉。

〔二〕選刊此齣的坊刻散齣選本還有《審音鑑古錄》。

紅梨記・北醉隸

付：許仰川，雍丘縣衙的皂隸。
小生：趙汝州，書生，因戰亂投靠雍丘縣令。

　　（付上）頭上盔頭黑似鐵，身穿一領細直裰，腰間繫條紅帶子，手拿軍器一塊篾。自家非別，雍丘縣正堂第四班上一名皂隸許仰川的便是。今日老爺退子堂，我立拉丑石獅子邊，只見我裡伙計走得來說道：「伙計，請了請了，違教得很了。」我說：「請了請了，久違久違。」里說：「個日子有個東道拉我身邊，阿要吃落子罷？」我說：「使得個耶。」是介踢踢塌塌，一走走到酒店上，一坐坐拉丑子。我拿一隻筷吓拉檯上搭，搭，搭。走堂個聽見子走得來，看見子我：「咦，原來是許阿爹，要吃僬個沒？」是¹我說：「只揀好吃個沒拿得來。」只見番滾個四碗：頭一碗，酒煮個蒼蠅腦子；第二碗是圓眼炒花椒；第三碗是田雞個耳朵；第四碗⋯⋯好像醬油炒醋，酸溜溜，鹽塌塌。正吃得高興，只見我里兒子走得來說道：「阿伯，老爺拉丑傳吓。」我說：「老爺傳我，只得要去哉。伙計，得罪哉。」一恭而別。走到私宅，門浪說：「老爺拉丑私宅裡。」我走得進去，一看看見子，我說：「個個就是老爺，老爺在上，皂隸這裡磕頭。」老爺說：「差你到西園去請趙相公賞酒吃月。」我說：「曉得了。」老爺說：「來，趙相公是讀書君子，

_____

¹　底本作「事」，參酌文意改。

須要低聲啞氣，不要大驚小怪。」我說：「曉得了。」拿子帖子就走。這叫子「上命差遣，蓋不差遣」。酒拉肚裡，事拉肚裡，奉著老爺之命，只得要去走遭。

【粉蝶兒】醉眼生花，步離披辨不出高低平凹。咦？為偌了今日個酒纏吃了腿肚子裡去哉？吓，有了！我將這手兒搬運走前發，走，咦？咦？好一似急流中折舵的舟，好教俺難撐難架。（吃力介）走的俺氣喘身乏，恰便是秋江如畫。

來此已是花園了，不免逕入。你看：鞦韆架，木香棚，芍藥欄，牡丹亭……阿呀妙吓！

【紅繡鞋】俺只見異種奇花在架，翠疏籬遶結蒹葭。只聽得綠蔭中喳喳睡鴉聲。㗫！這壁廂蹴踘場，那壁廂鞦韆架，攪得人意迷離腳步兒斜。

（跌介）咦，想是跌了……我昨日就曉得要跌了。阿喲！有個大魚池在這里，險些兒跌了下去。阿呀，好大金睛魚倒拉荷葉上乘風涼！阿呀魚吓：

【普天樂】喜、喜的是水面上游，何、何不向龍門化？只怎擺尾搖頭淺水蘆花？愛閑游被網撈，探香餌懸鈎掛，有一日血淋漓命喪刀頭下。煞時間屠腸胃，身首分，魚鱗碎剮。

吓，方纔有兩個魚拉虼荷葉浪乘風涼，為偌弗見哉？且住，人說鬼會變魚個，弗要魚變鬼個吓……阿呀不好！

【石榴花】只聽得荷花池畔響個忽喇，小小鹿兒心頭撞個膽著怕。莫不是蝦兵蟹將水魔邪，變化來將人唬？咱奉縣主官衙，咱身伴有硃印牌銜。請解元至琴堂談月夜，哪怕你惡祟來輕惹？若追來便將怹碎剁剮。

　　阿呀好了，來此已是書房門首。有個告條在此，待我來看看：「一應閑雜人等不許檀八。」甚的「檀八」？阿[2]是談七個兄弟住丑裡向？吓，莫管他閑事，不免進去。老趙，老趙，趙相公！（小生暗上坐介）怎麼小姐還不見來？（付）且住，方纔老爺吩咐說，趙相公是讀書君子，須要低[3]聲啞氣，哪說亂嚷。咳！差了。趙相公，趙相公，吃酒去。吓，個隻耳朵是聾個，那一隻來。趙相公，趙相公。（小生）小姐來了麼？呸呸呸！（付）阿呸，阿呸！阿喲，趙相公，我這一嘴的鬍子，還要親我個嘴。我皂隸也有介一日。（小生）吓！你是什麼人？

　　　　（付）

【滿庭芳】俺本是琴堂的爪牙，雍丘縣得時的老大。（小生）吓，你是皂隸吓。（付）你讀書人全不曉謙恭禮加，自古道敬其主，以尊其使下。（小生）你是哪裡差來的？（付）我是錢老爺差來的。（小生）差你來做什麼？（付）請趙相公去吃月。（小生）可有帖兒？（付）有個。（小生）取來。（付）帖子呢？（小生）我沒有看見。（付）吓弗曾拿？（小生）我何曾見？（付）唪，在頭巾箱裡。拿去。（小生）吓，原來孟博兄請我去賞月。倘然小姐來時，怎麼好？皂隸過來，今日的酒為何而設？（付）今日的酒吓，為寂寥筵開東榻，寶鼎內焚香相迓。為悲秋覓句無雙，請文魔赴仙槎。玩冰輪，商量話，因此上造金谷邀請，並無他。

　　　　（小生）皂隸，你多多拜上老爺，說我趙相公不耐煩賞月，原

2　底本作「吓」，參酌文意改。
3　底本作「底」，參考上文改。

帖拜上。（付）你不去。也罷，只是我家老爺呵，

【上小樓】他那裡徘徊瞻眺眼兒巴，你推三阻四將人當耍。今日之酒呵，又不是鴻溝計說，宴索荊襄，為甚麼懶變嗟呀？止不過去談心飲三盃，向沒人處叙舊情，在花前月下，休只管絮叨叨將人來罵。

（小生）你去回覆老爺，說我不耐煩賞月。（付）為倩弗耐煩？（小生）看書辛苦。（付）為倩了看書辛苦？（小生）傷了些風。（付）阿呀，為倩了傷風？（小生）狗才，這等可惡！（付）吓，傷風，傷風，我有個好方子里，醫好子吙個傷風罷。你去買[4]一個銅錢飛麵，一個銅錢栀子，跌碎子亂拉鼻頭上，吊出子個些傷，就好哉。（小生）狗才，胡說！（付）我里老爺好意請你去吃酒，為倩弗去？阿是牽牛下井了？（小生）狗才，既如此，你去轉一轉來。（付）吓，轉來轉來……阿呀老弟，你這樣嚕囌得勢，叫我到囉哩去轉？（小生）好了，這狗才去了。

（付）吓，這答兒好轉。（付見鏡介）阿唷，老二！請了請了。阿是老爺等弗及，亦差吙來個？吙去回覆老爺，趙相公有甚心事，叫我轉一轉，他就來了。你去回聲老爺。阿呀老二，來來來，我告訴你，方纔趙相公認子我是倩小姐，竟親我的嘴。咦，我學拉吙看……你也親起我的嘴來哉！咳，老二，我弗曾受過個一遞個嗚！

【要孩兒】看我這鬚髯簇簇人驚怕，他也將鬚比著咱。怎把俺香腮相鬥唇迎迓，無言無語裝聾啞？咱手點時，他手也抓。俺怎肯干休罷，結扭去公堂斷理決不饒他。

---

4 底本作「賣」，從集古堂共賞齋本改。

　　（小生）不知小姐可曾來？吓，這狗才還沒有去。（付）阿喲，吓圥兩個打一個啥？咳！

【耍孩兒】你讀書人妄尊大，把皂隸覷井底蛙。因甚麼將男作女來戲耍？腰肢摟抱稱小姐。險些弄了後庭花，做一場真話巴。倘若人知道，把臉皮兒羞殺。

　　（小生）狗才，還不走！（推付出，關門下）

　　（付）吓，好意請他去吃酒，他拿我們伙計兩個打，不免回覆老爺去。

【煞尾】俺疾忙轉去回爺話，把皂隸當龍陽戲耍。少停我老爺審起雞奸事來，憑著俺荊條拿在手，打得你肉綻皮開也只當做耍。（渾下）

按　語

〔一〕本齣根據《紅梨記》第二十一齣〈詠梨〉開頭的一小段情節編創，由酒醉皂隸一人獨唱九支北曲，故名「北醉隸」。錢德蒼編《綴白裘》中有十餘齣崑腔選齣是梨園表演藝術家編創的，它們與原作的關係，可以分為擴充、補述、稼接三種類型。本齣是稼接類，這類選齣的原作劇情暫時停止，歧生新的情節，和原作僅有淡薄的關係，開自己的花，結自己的果。原作主角淡去，另闢一片舞台給不起眼的小人物，增加詼諧的情節，發揮付、淨、丑的表演藝術。本齣以酒醉皂隸為主角，著墨錯亂諧謔的送信過程，以及趙汝州的錯認、推拖所衍生出來的誤會，充滿愜快跳躍的氣氛。

節孝記・春店

老旦：萬戶木華梨之母，救助陳氏，並安排她到春店為人漿補度日。
旦：陳氏，黃覺經之母。
生：黃覺經。

（老旦上）

【引】風雪滿空中，凜冽又是隆冬。

連日大雪，不曾看得黃娘子，且喜今日少晴，不免去看他一看。此間已是。黃娘子，開門。

（旦上）

【引】鄉關何處？漫回首渾如春夢。

（開門見介）吓，原來是太宜人。請坐。（老旦）有坐。黃娘子，這幾日可有漿褙的麼？（旦）沒有。（老旦）可有補綴的？（旦）也沒有。吓，太宜人，妾身夜來夢見一人扯住我的衣袂，口口聲聲叫我是娘，醒來卻是南柯一夢。（老旦）吓，黃娘子，你日有所思，夜有所夢了。（旦）哪有這一日？

（生上）

【引】走遍天涯三十年，未知何日見慈顏。昨遇異人來指教，說在汝州春店得團圓。

只為著尋親走山谷，蹤跡歷遍遭荼毒。看看白了少年頭，咳！何日得見親骨肉？小生，黃覺經，為尋母親，來此梁縣地方。方才看過多少碑匾多不是，如今叫我到哪裡去尋？阿呀，親娘吓……那

邊又有碑匾在那裡，不知是也不是？汝，州，春，店……汝州春店！阿呀親娘吓！汝州春店雖在，不知我母親可在裡頭？（老旦）黃娘子，這兩日好大雪吓！（旦）正是。（生）裡面有兩位娘娘坐在那裡，肚中飢餓，進去求討一碗飯來充飢。吓，娘娘。（旦）敢是漿襖的麼？（生）不是。（旦）莫非補綴的？（生）也不是。（旦）既非漿襖，又非補綴，到此怎麼？（生）只為貪趲路途，腹中飢餓，求討一碗飯來充飢。（旦）日已過午，沒有了。（生）這位娘娘，方便一聲。（老旦）黃娘子，進去隨便撮囉些與他罷。（旦）是。宣父已遭陳蔡厄，鄧通嘗餓野人家。（下）

　　（老旦）漢子，看你不是這裡人？（生）我是江西人。（老旦）你是江西人？方纔進去這位娘娘也是江西人。（生）吓吓吓！方纔進去的也是江西人？

　　（旦上）漂母哀韓信，曾將一飯施。漢子，你早來便好，如今只有半碗在此，胡亂吃些罷。（生）殼了。（老旦）吓，黃娘子，這漢子是江西人。（旦）吓！江西。待我去問他。漢子，你是哪裡人？（生）我是江西人。（旦）哪一府？（生）建昌府。（旦）哪一縣？（生）南城縣清綏峰人氏。（旦）漢子，我也是建昌府南城縣清綏峰人氏。（生）吓！娘娘也是江西建昌府南城縣清綏峰人氏？（旦）正是。

【園林好】（生）聽拜稟當年事因。（旦）為何到此？（生跪）阿呀，娘娘吓！（旦亦跪）請起。（老旦）吓，黃娘子，他是求乞的，為何回他的禮？（旦）雖是求乞的，是我嫡親鄉里。（生）為元兵侵迫建城。（旦）可有父親？（生）有嚴父義復州郡，（旦）可曾恢復？（生）無援救，喪其身。說將起，淚盈盈。

（旦）你父親沒於王事，你母親呢？

【前腔】（生）我萱親，咏！被那些……（旦）低聲！太宜人在此。（老旦）阿彌陀佛。（生）胡酋擄身。（旦）一向可有消息？（生）從別後不知娘的信音。（旦）那時你多少年紀了？（生）兒五歲方當齠齔。（旦）家業如何了？（生）嘆家業，漸凋零。嘆家業，漸凋零。

（旦）漢子，你父亡母擄，年方五歲，哪個撫養長成的？（生）阿呀娘娘吓：

【前腔】賴老僕（旦）叫什麼名字？（生）陳容撫身。（旦）你父親叫什麼？（生）父黃普。（旦）你叫什麼？兒名覺經。（旦）可有妻室？（生）曾氏女，割襟為定。（旦）房屋呢？（生）將房屋，施鄰僧。將房屋，施鄰僧。

（旦）你母親別了幾時了？

【江兒水】（生）母別三十載。（旦）你母親幾歲擄去的？（生）方當二十有五春。（旦）你母親姓什麼？（生）母原陳氏名門女。（老旦）漢子，你也該祈求問卜纔是。（生）我遍處祈求無靈應，千山萬水皆歷盡，宿水風餐勞頓。（老旦）如此說，你受了苦了。（生）若得相逢，不枉了四十年間愁悶。

（旦）太宜人，說來一些也不差，明明是我的孩兒了。（老旦）漢子，如此說，這就是你的親娘了。（生）吓！如此說，這就是我的親娘了。（旦）我兒在哪裡？（生）親娘在哪裡？（旦）阿呀親兒吓！（生）親娘吓！

（旦）

【前腔】兒受驅馳奔，娘身流落貧，生來不幸逢厄運。父

死沙場幽魂冥，娘兒兩下難廝認，今日相逢天幸。娘受萬苦千辛，對孩兒一言難盡。

（生）

【五供養】娘親苦辛，自別後難逢鄉郡親人。今日逢娘面，說與數年情。（旦）孩兒試聽，被胡人擄掠其身，強逼為眷姻。（生）那時母親怎麼樣？（旦）阿呀兒吓，做娘的呵，寧死誓不遵，因此暮餓朝飢過幾春。

（老旦）

【川撥棹】郎君聽，你娘親鐵石樣人，他貞潔不失彝倫，他貞潔不失彝倫。甘漿襖守志終身，篤勤勞禮佛經，篤勤勞禮佛經。

（生）

【換頭】母子相逢如再生，提起艱辛兒怎禁？賴天恩釋放我娘親，賴天恩釋放我娘親。沒家鄉有誰投奔？感宜人憐念深，感宜人憐念深。

（旦）

【哭相思】覷著孩兒形舉止，與先夫容貌逡巡。（生）可憐嚴父喪幽冥，音容無見，別痛咽淚沾襟。

（老旦）母子相離四十冬，豈知相見在崆峒？（生、旦）今宵賸把銀缸照，猶恐相逢似夢中。（老旦）黃娘子，難得你母子相逢，明日我準備打辣酥，與你們母子餞行便了。（生、旦）多謝太宜人。（旦）妾身奉送太宜人。（老旦）不消。（下）

（旦）兒吓，我和你今晚收拾收拾，明日我們別了太宜人就起身了。（生）是，明日辭了太宜人，起早就行了。（旦）阿呀兒吓，做娘的哪一日、哪一時不在此想你？虧你尋到這個所在來！

（生）阿呀親娘吓，孩兒哪一時、哪一刻不思想母親？吓，不想倒在此處相逢。（旦）親兒！（生）親娘！（各淚下）

按　語

〔一〕本齣出自《黃孝子尋親記》第二十三折〈春店〉。

兒孫福‧勢利

生：徐小樓，因變故棲身山寺為道人。
付：和尚。

（生白蒼髯、道服上）

【憶秦娥】青山近，青山近，此生無復燃餘爐。蠟燭灰寒，春蠶絲盡。

　　老漢徐小樓。自從那年隨了和尚到山打柴挑水，不覺二十餘年，鬢髮皓然，身軀僂曲。咳，想我妻顏氏，兒女五人，自我出門之後，並無粒米柴薪，料他每決難存留。我那妻吓！若你轉嫁得好，還不致落薄，只苦了五個兒女，在晚爹手內過日，非打即罵。若在一處還好；倘不容留，飄散在外，連性命也不能保了！咳，我年今已七十多歲，已是死數中人了，還要牽掛這些孽種怎麼？我今日裡呵，

【集賢賓】做空門道侶局外人，又牽甚兒孫？奈欲斷塵緣猶未肯，向清宵觸緒紛紛。痴情暗忖，莫非有團圓之分？巴得穩，早晚間伴眠蟻蚓。

　　（付踱上，作揚州話白介）別卻公侯府，又忽到名山。（向內介）道人，昨兒個徐太夫人那裡佈施的上白米一千擔，冬春一千擔，還有麥子、豆子，多上倉廒；其餘這些紬緞布疋，還有襯錢一千兩，多上內庫。（內應介）還有這些菓品、茶食、油鹽醬醋，一一點明，不許糜費了吓。（回身見生介）

　　（生）吓，老師父回來了。（付）吓，老道，正是，回來了。
（生）辛苦了吓。（付）也不辛苦。（生）吓，老師父，這是甚麼
人家，佈施這許多財帛齋糧？（付）阿呀，老道，我在此出家幾十
年，就是兩京十三省雖不曾到過，就是那個公侯宰相，憑你甚的官
宦人家，也曾做過法事，從來沒有見這樣大人家！（生）吓，這是
何等樣大人家？（付）吓，老道，我說與你聽。（生）他家姓什
麼？（付）他家的太夫人就是當今皇上丈母娘。（生）吓！他家有
幾位公子？（付）他長子是文狀元，拜東閣大學士。次女是，阿喲
哇，利害得了不得了，就是皇上的皇后娘娘。怕不怕？（生）還有
三位公子，各居何職呢？（付）三子是武狀元，封平蠻伯；四子光
祿大夫；五子翰林院供奉，又招為駙馬。長孫還在襁褓，蔭賜承德
郎。你道怕不怕？（生）果然好個大人家！

　　（付）老道，我再把他家私說與你聽：他家田園萬頃，盡多賞
賜；大廈千間，皆是朝廷恩賞；廐中肥馬成羣，門外車輪無數；家
丁奴僕八百餘名，歌姬成隊[1]，鼓樂喧天。老道，他家這個花園，
造得十分華麗，四時有不謝之花，八節有長春之景。黃金高北斗，
米穀爛陳倉。老道，目今這個時候，莫說認得貴人一面，就在他家
廊下站一站、望一望，莫說體面，只怕連那個人身也是不脫的！

　　（生）吓，老師父，你幾時到他府中去，帶乞老漢也去認認；
去得去不得？（付）這個去得。（生）這樣富貴人家，但不知他追
荐何人？（付）追荐他先老夫君徐小樓。（生）吓？徐小樓就是老
漢了吓！（付）吓吓，說胡話！徐小樓他老早的投水死了吓。
（生）不差的，老漢那日投河，得蒙老和尚相救到此的。（付）徐

1　　底本作「對」，參酌文意改。

小樓就是你！如此說，你就是老太爺了吓？（生）不敢。（付）小僧有眼不識泰山。這裡叩頭，叩頭……（生）阿呀呀，請起，請起。

（付）好，太老爺，可曾用過早膳麼？（生）用過的了。（付）吃過的了？（生）正是，吃過的了。（付）阿呀呀，好氣色吓！你鬍鬚也生得好，猶如銀絲一般，這樣的眼睛、鼻子、嘴……就是一位太老爺嘿！

（生）正是。你可記得徐小樓是什麼樣人？（付）吓，他這疏頭上寫著「淮陰郡公左國柱」。（生）他疏上寫「淮陰郡公左國柱」？（付）「淮陰郡公左國柱」吓。（生）這便差了，老漢是個白丁，哪有什麼官銜？（付）這沒說，不是的？（生）並不是我。

（付）娘吓！這一跪髒掉了吓！老道，你沒福氣，臉上氣色不好。（生）咳！是……（付）你沒福。（生）老師父，不知他住在哪一府？（付）咳，不說了。（生）吓，老師父，再請說一說。（付）不相干！要我說，磕還我的頭。（生）吓，如此說，我老人家了，跪不下，作個揖罷。（付）不夠本錢。（生）罷罷罷！看我老人家分上罷。（付）老道，你傷了我的本錢。（生）罷，請說了罷。（付）吓，老道，我說了吓。（生）願聞。

（付）

【黃鶯兒】他積祖是淮陰。（生）吓，我也是淮陰人。他夫人姓什麼？（付）**寫著未亡妻顏氏眞。**（生）吓！也姓顏？奇吓！（付）**為先夫設荐通誠悃。**（生）可記得他兒子叫什麼名字？（付）他這個大老爺是……這個這個，那個那個……吓！徐乾！（生）徐乾？只怕記不清吓。（付）**徐乾逼清。**（生）第二個呢？（付）**徐亨嫡眞，徐貞、徐利聲名振。**（生）吓！那徐貞、徐利多是他的兒子？（付）不錯，這徐貞、徐利多是他的兒子

吓。（生）如此說來，真個是老漢了。（付）吓！又是你？（生）一點也不錯，正是老漢。（付）吓，阿呀呀！太老爺，請坐，小僧這裡又磕頭……（生）不敢，不敢。（付）太老爺，請到小僧房裡去吃個點心兒。（生）多謝，不消了。（付）爛不濟吃盃茶僭？（生）是多謝，不消了。（付）這等，虛邀太老爺了。（生）吓，老師父，還要請問，他大兒子是什麼官吓？（付）方才說的，文狀元吓。（生）咳，如此說，沒相干。他從幼不曾讀書，哪有不識字的狀元？（付）吓！沒有讀過書的。這沒說，又不是了吓？（生）這個，老師父，是我不是了。（付）咳，這個老爹！是呢竟說是，不是呢竟說不是，哄我拜懺是的，跪上跪下，好沒意思吓！（生）這個是我得罪了。（付）不是的吓，人家只道我做和尚的勢利了吓。（生）方纔說四子一女，不知這女兒叫什麼？（付）黑了天了！（生）為何？（付）一個正宮皇后娘娘，你我做和尚的背後叫他的名字，多黑了天了！（生）老師父，你看這裡四顧無人，就說何妨。（付）是的，沒人在這個所塊，就說何妨。（生）是吓，說得的。（付）是這個……我說了吓，拿耳朵過來：**掌妃嬪，徐門孝女，元后不差分。**

（生）可是狀元的元字麼？（付）哪！這樣寫的：這一劃，又一劃，如此一勾，又一腳。（生）如此說，一些也不差的。（付）吓！這等說，你就是太老爺沒，我也不跪你了吓。（生）說哪裡話！（付）世上哪有這樣個太老爺僭？（下）

（生）

【簇御林】聽言語，當理論，切莫要，便為真。世間頗有同名姓，傍人語句胡厮渾。陡心驚，是何年何日，得斷這情根？

按　語

〔一〕本段出自朱雲從撰《兒孫福》，此劇存世有康熙十年鈔本，殘上卷十八齣，沒有〈勢利〉，本段可供輯佚。

〔二〕《審音鑑古錄》也選刊此段。

兒孫福‧下山

生：徐小樓，因變故棲身山寺為道人。
外：當年拯救徐小樓的老和尚，住持。
付：和尚。

　　（生上）
【貓兒墜】因緣果報，須索證空門。二十年來一夢魂，
（內白）老和尚出來了。（生）老和尚拜揖。（外）你在此說些什
麼？（生）不曾說什麼吓。（外）我已聽得多時了。你且下山去，
完此福緣再歸佛法未遲。（付上聽介）阿喲喲，這沒說，當真是的
了！（生）弟子洗心二十年，豈可復混塵世。（外）前數已定，豈
由得你。我今贈你錦囊一封，但在熱鬧場中，須索開看，省悟吾言
便了。**生前數定豈由人**。叮嚀，急早回頭，休昧前因。
　　（生）既蒙吩咐，師父請上，待弟子拜別。（付）慢些！地下
髒呢……（付絏生衣介，生拜外）
　　（合）
【尾】歸家慢道兒孫盛，怕認不出舊時門徑。便屢變滄
桑，少不得世界存。
　　（外）殘燈無燄影幢幢，此日君歸道路長。（外下）
　　（生對付揖介）（付）阿呀呀！不敢不敢。恭喜太老爺，賀喜
太老爺，待小僧來送送。（生）這個不敢當。我去便去，只怕還不
是。（付）不是？我家老和尚說的，再也不得錯的。（生）這個自

然。（付）太老爺，你到了富貴場中，不要忘記了我們窮師窮友
吓。（生）這個豈敢，我在此多年，蒙老和尚活命之恩，怎敢有
忘！

　　（付）太老爺，方纔我家老和尚有甚的丘壑把個你的？（生）
是有的，一個錦囊。（付）吓，是的，錦囊。太老爺起身甚促，並
無甚的相送。吓，也罷，小僧有俚言八句相贈，聊為別敬。獻醜，
獻醜。（生）不敢當。（付）太老爺，你「身伴孤雲二十年」。
吓，你可是有二十年了？（生）是，有二十年了。（付）咳，你
「淒涼歷盡淚蒼髯」。這個，太老爺，你回去還是坐轎呢坐船？
（生）這個，不瞞老師父，我只好步行回去了。（付）緩步行的
好。你「牽衣細細空山過」，你「慢步歸家懶上船」。這個，太老
爺到了貴富場中，還要照應照應小僧的呢。（生）這個自然。
（付）你「齋僧不用錢和鈔，塔化應當有施錢。」阿呀噲，真個愛
也愛死了人！你「夫妻宿斷重相會」，咻，只怕你「繡被春濃不得
眠」。（生）吓？什麼不得眠？（付）不是吓，你兩個老人家久別
回去，說說話話，啼啼哭哭，兜兜搭搭，矻矻鬧鬧，到了那個晚
上，懶懶的，炒炒的，哪個肯放你睡偝？可是不得眠？（生）休得
取笑。請了。（下）

　　（付）慢請罷，慢請罷。阿呀噲！你看這個老頭子，說了回
去，風騷得很呢。你看他頭也不回，竟自去了。莫講他別的，就講
他這幾個乃郎，一個個「絲綸閣下文章靜」，我那老和尚，在「鐘
鼓樓中刻漏長」。咻！我這個孽障，「獨坐黃昏誰是伴」？你看，
這老頭子回去，雖然有了些年紀，到底是「紫薇花對紫薇郎」吓。
（渾下）

按　語 _____ ✐

〔一〕本段出自朱雲從撰《兒孫福》，此劇存世有康熙十年鈔本，殘上卷十八齣，沒有〈下山〉，本段可供輯佚。

〔二〕《審音鑑古錄》也選刊此段。

精忠記‧掃秦

末：靈隱寺的住持。

淨：秦檜。

丑：葉守一，地藏王菩薩化身的瘋僧。

（末上）掃地恐傷螻蟻命，愛惜飛蛾紗罩燈。小僧靈隱寺中住持便是。今有秦丞相到來拈香，只得在此伺候。

（眾引淨上）

【出隊子】三公之位，自小登科占大魁。只因前日殺岳飛，使我心中如癡醉。靈隱寺修齋，特來懺悔。

（末）住持接迎太師爺。住持叩頭。（淨）香金可曾收下？（末）收下了，請太師爺拈香。（吹打介）（淨）第一炷香，願風調雨順，國泰民安。第二炷香，願秦檜夫妻百年偕老。第三炷香，願……迴避。（眾下）（淨）佛爺吓，願岳家父子早登仙界。（吹打拜介）

（末）請太師爺隨喜。（淨）這裡什麼所在？（末）是香積廚。（淨）倒也潔淨。（淨）壁上有幾行字，待我看來：「縛虎容易縱虎難，無言終日倚欄杆。男兒兩點恓惶淚，流入襟懷透膽寒。」吓！這詩我與夫人在東窗下做的，是何人寫在此？和尚。（末）有。（淨）這詩是誰寫的？（末）是一個遠方和尚寫的。（淨）如今可在？（末）在。（淨）喚過來。（末）啓相爺，此僧瘋顛，恐言語冒犯，求相爺恕他。（淨）我不計較他。（末）是。

吓，瘋和尚哪裡？快來！

　　（丑內）誰喚我？（末）秦丞相喚你。（丑）俺忙哩。（末）什麼忙？（末）燒火忙。（末）撇下煙頭子，快些出來。（丑）俺又忙哩。（末）又是什麼忙？（丑）念佛忙。（末）念的什麼佛？（丑）我念的佛，普天下多不省的哩。（末）念的什麼佛，世人多不省得？（丑）南無阿彌陀佛。（末）三歲孩童多會念的。快來！（丑）俺來也！

【偈】波羅蜜波羅蜜，一口沙糖一口蜜。河裡洗澡睡寺裡，黃牛[1]兒可不撞殺你。你好痴，趲金銀，打首飾，與你妻。自己死後一領蓆，這便是落得的。

　　南無大慈大悲救苦救難廣大靈感觀世音菩薩。（末）看你垢面瘋痴，何日是了？（丑）咳！

【粉蝶兒】休笑俺垢面瘋痴，怎可也參不透我的本來主意。只為那世人痴不解我的禪機。（末）看你鬢髮蓬鬆。（丑）休笑俺髮蓬鬆。（末）掛著這織袋兒何用？（丑）掛著這破織袋，（末）袋內什麼東西？（丑）我這裡倒包藏著天地。（末）手中拿的什麼東西？（丑）我拿著這吹火筒恰離了這香積，他哪知我是地藏化身。今日個洩天機故臨來這凡世。

　　（末）你經懺也不看些！

【醉春風】（丑）我不會看經懺在恁那法堂中，我只會打、打的勤勞在恁那山寺裡。（末）你今日塗，明日塗，塗出事來了。（丑）塗出什麼事來？（末）秦丞相喚你。（丑）可是那

1　底本作「半」，據明天啟西爽堂刊《萬壑清音》改。

秦檜？（末）吙，少說！（末）我正要去見他。（末）瘋和尚到。
（淨）吙！（丑）吙！（淨）我只道怎麼樣一個瘋僧，原來這樣一
個瘋僧。（丑）我只道怎麼樣一個秦檜，原來這樣一個秦檜。
（淨）吓！怎麼擅道我的名字？（丑）你的名字，我不道有誰道
哩？（淨）你可知我是何等樣人？（丑）我怎麼不知。（淨）我乃
當朝宰相。（丑）恁是個上瞞天子下欺臣，我單道你，單道
你！（淨）好個腌臢和尚！（丑）休笑俺污，我的肚皮中倒乾
淨似²你的。（淨）我來問你的緣由。（丑）恁來問我緣由我
就對伊家說破，看他怎生的將俺來支對。

　　（淨）壁上的詩可是你寫的麼？（丑）是你做的，是我寫的。
（淨）為何「膽」字能小？（丑）我膽小出了家，你膽大弄出事來
了。（淨）你知我來意麼？（丑）我怎不知？

【迎仙客】恁來意，我先知，只因為夢驚恐故來到、故來
到俺這山寺裡。（淨）我來拜當陽，求懺悔。（丑）恁在這裡
拜當陽，求懺悔，恁待要減罪消釋，（淨）南無觀世音菩
薩。（丑）那裡是念彼觀音力。

【石榴花】太師著俺說個因依，俺與你便仔³細話個真實。
（淨）我不計較你，有話說來。（丑）恁可也悔當初錯聽了恁
那大賢妻？他也曾屢屢的誘你，恁卻便依隨。恁在東窗
下，不解我這西來意。只見他葫蘆提，無語將俺支對。恁
那讒言譖語，恁便將心昧，恁可也立起一統兒價正直碑。

【鬥鵪鶉】恁待要結搆金邦哩，也只是肥家哪裡肯為國。

2　底本作「是」，據明天啟西爽堂刊《萬壑清音》改。
3　底本作「好」，據明天啟西爽堂刊《萬壑清音》改。

恁如今事要前思，免勞、免勞得這後悔。秦檜，你下堦來。（淨）下堦來做什麼？（丑）看上面什麼東西？（淨）是天。（丑）我只道是地。豈不聞湛湛青天不可欺？如今人多理會的，恁在那唬鬼瞞神哩，恁做的事事做的來藏頭嘤露尾。

（淨）你手中拿的什麼東西？（丑）是火筒。（淨）要他何幹？（丑）要他私通外國。（淨）何不放下來？（丑）放下來，他就要弄權哩。（淨）我是君子人。

（丑）

【紅繡鞋】君子人只怕當權倚勢，俺待說著呵害得他一家兒恰便是湮滅灰飛，恁待要節外生枝可也落什麼便宜。我為甚不在恁那廚房中放，常在我這手中持？阿呀火筒兒這其間引狼煙傾了他的社稷。

（淨）你平日作何功課？（丑）有功的多被殺了。（淨）功課吓！（丑）有，有，有。（淨）在哪裡？（丑）在這袋內。（淨）和尚，取來。（末）吓。（丑）拿去。（淨）為何能縐？（丑）在蠟丸中拿出來的，怎麼不縐？（淨看介）「久聞丞相理乾坤，占斷朝綱第一人。都為羣臣朝北闕，堂中埋沒老元勛。閉門殺死忠良將，塞上欺君虐萬民。賢相一心歸正道，路上行人口……」吔？這詩怎麼不全？（丑）若遇施全，就該死了。（淨）左右，若見施全，與我拿下！（內應介）（丑）還有。（淨）在哪裡？（丑）橫看去。（淨）詩怎麼橫看？（丑）你的事怎麼橫做呢？（淨看介）「久占都堂，閉塞賢路」。吔！你敢侮弄我朝中宰職麼？（丑）吓，秦檜！

【十二月】賣弄恁那朝中得這宰職，恁可也懊惱我這闍黎。我這裡明明得這取出，他那裡暗暗得這觀窺。休笑俺

瘋魔和尚會嘴，俺可也乾淨似糖食。呀，卻便是坐兒不覺
立兒得這飢。（淨）講了半日，原來他肚中飢了。和尚，賞他一
分齋。（末應介）是。瘋和尚，相爺賞你一分齋。（丑）我不吃！
（末）他不吃，傾掉了。（淨）再賞他一分齋。（末）是。相爺又
賞你一分齋。（丑）我又不吃！（末）又傾掉了。（淨）吓，你不
吃也罷了，怎麼連壞我兩份齋？（丑）秦檜，我壞了你兩個，你就
發惱，虧你壞了他三個哩！兩頭白麵做來的，壞了你兩個有
誰得知，怎便屈殺了他三人待推著誰？痴也不痴？這中間
造化的岳家父子肚皮裡的腌臢氣。

　　（淨）這裡不是講話的所在，你隨我到那冷泉亭上來。（丑）
冷泉亭上不好，倒是風波亭上好了事。（淨）吓，和尚，我看你伶
牙利齒，有什麼本事？（丑）我會呼風喚雨。（淨）風雨在天上，
如何呼得下來？（丑）呼得下，還可以退得去。（淨）我不信！我
如今要一陣大風。（丑）有，有，有。吓，如來佛，助俺奸臣秦檜
一陣大風吓。（內作起風介）（淨）好大風！收了，收了！（丑）
收，收，收。（淨）我如今還要一陣大雨。（丑）有，有，有。
吓，東海龍王，助俺奸臣秦檜一陣大雨。（內作雨聲介）（淨）好
大雨！收了，收了！（丑）收，收，收。（淨）風雨在天上，為何
來得能快？（丑）連發十二道金牌召來的，怎麼不快？

【快活三】風來時雨便起，雲過處電光輝。把他拿住風握
住雨不淋漓。（淨）好大風吓！（丑）這不是風。（淨）是什
麼？（丑）這是朱仙鎮上黎民的怨氣。（淨）好大雨！（丑）這不
是雨。（淨）是什麼？（丑）這的是屈殺了岳家父子天垂淚。
俺有話說。（淨）有話容你講。

　　（丑）

【朝天子】太師，我與恁便說知，說著恁那就裡。不說了。（淨）為何不說？（丑）俺只索要忍辱波羅蜜。（淨）有話講上來。（丑）恁可也悔當初屈殺他三人，可也無招無對。到、到如今悔自遲，他在那陰司路下等待你，閻王跟前告你。（淨）告我什麼？（丑）這的是，你自造下，落得這傍州例。

　　告你造下十座牢房之罪。（淨）哪十座？（丑）雷霆施號令，星斗煥文章。（淨）他在哪一號內？（丑）他在「章」字號等你哩。（淨）阿彌陀佛。和尚，我如今要免六道輪迴之苦。（丑）你要免輪迴之苦不難，隨我出了家就免了。（淨）要我出家，怕沒有高僧剃度；況且這靈隱寺小，藏不下我。（丑）靈隱寺雖小，那佛力最大哩。方纔那八句詩呵，

【尾】把一個啞謎兒與恁猜，橫頭上那八個字，做一張悶弓兒在你心上射。有一日東窗事犯纔知我這西來意。若不聽俺言，少不得搥著胸、跌著腳，阿呀老太師吓，那時節你方纔悔。

　　（丑打滾下）（淨）阿呀呀，倒被這瘋和尚一番言語，說得我毛骨悚然。回去說與夫人知道。正是：與君一席話，勝讀十年書。吩咐打導。（內應介）吓。（淨）氣、氣殺我也！氣殺我也！（下）

按　語

〔一〕本齣融合明佚名撰《精忠記》傳奇第二十八齣〈誅心〉與元代孔文卿撰《地藏王證東窗事犯》雜劇第二折而成。

〔二〕選刊類似情節的坊刻散齣選本有：《風月錦囊》、《萬壑清音》、《樂府歌舞台》、石渠閣主人輯《續綴白裘》。選抄此齣的散齣鈔本則有中國藝術研究院藏佚名抄《崑弋曲選》。

鳴鳳記‧吃茶

生：楊繼盛。

小生：楊繼盛的隨從。

末：牛信，嚴嵩相府的班頭、管家。

丑：趙文華家的門房。

付：趙文華，佞臣，嚴嵩的乾兒子。

　　（小生隨生上）

【高陽臺】司馬清曹，郎官節鉞，微名已序駕列。光岳攸鍾，須知要守全節。

　　執笏彈冠，相慶處九重恩渥。凝望眼，豺狼當道，漫縈心曲。齧雪常持蘇武節，埋輪要挽張綱轂。須臾白了少年頭，愁眉蹙！下官楊繼盛，字椒山，直隸容城人也。奉中李春芳榜進士，除授兵部車駕司主事。夙勵精忠，志明大義。近日夏太師欲恢復河套，差都御史曾銑督兵前去。爭奈總兵仇鸞素蓄不臣之心，每挾和戎之計，不肯發兵相助，反欲交通馬市。又將銀三千兩買囑權臣嚴嵩，內外同謀，陰排曾銑。下官目觀其奸，豈容不奏？我如今先上仇鸞一本，就將此揭帖明告嚴嵩，使他知我假途滅虢之計，消彼奸險逆流之心，豈非一舉而兩得乎？長班。（小生）有。（生）隨我到嚴府去。正是：要為天下奇男子，須建人間未有功。（小生）這裡是了。（生）通報。（小生）門上哪位爺在？

　　（末上）人來投見先參我，要做高官須挽咱。是什麼人？（小

生）兵部楊爺在此。（末）吓！楊先兒。（生）管家，太師爺可曾
梳洗麼？（末）唔，不知可曾梳洗。（生）若梳洗了，相煩通報，
說兵部楊主事求見。（末）唔，就說你要見麼？住著。（下）
（生）長班，這是哪一個？（小生）就是牛班頭。（生）可就是牛
信麼？（冷笑介）這等大模大樣，少不得有一日會他！（末在內叫
出介）楊先兒。（生）太師可曾梳洗？（末）梳洗了。（生走，末
攔住介）梳洗便梳洗了，只是不能進見。（生）怎麼不能相見？
（末）太師爺說：「國有朝堂，門無私謁。」（生）管家，這句話
講差了，我為自己陞遷而來，這叫做私謁；我為國家大事而來，當
言則言，何者為私？（末）既有朝綱大事，何不到朝房中去議？
（生）今日先見過了太師，明日少不得要到朝房中再議。（末）怪
不得太師爺說各官安分守己，惟有楊主事專要造言生事。（生怒
介）吓！面也不曾見，倒說我造言生事麼？（末丟手本在地介）
唔！多講！門上的，打發他去，不要在此吵鬧！（末下）

　　（生看，大笑介）吓，阿呀，哈哈哈！好，好一個納言的宰
相，好一個納言的宰相吓！（想介）咻，這是怎麼說？吓，是了！
我昨日在通政司掛號，必是趙文華這廝先來報知，故此把我峻拒。
吓，也罷！我如今就到趙文華家去，使他轉達嚴府便了。長班。
（小生）有。（生）隨我趙文華那裡去。（小生）曉得。（走介）
　　（生）

【六么令】奸謀肆志，暗交通馬市相欺。陰排曾銑不興
師，忒無禮，太無知。諫臣一本除奸宄，諫臣一本除奸
宄。

　　（小生）啓爺，這裡是了。（生）通報。（小生）門上有人
麼？（丑上）來了。通政威權顯，門懸掛號牌。是哪一個？（小

生）楊老爺在此。（丑）原來是楊爺。（生）相煩通報。（丑）家爺不在。（生）哪裡去了？（丑）吓，嚴府議事去了。（生）咻，我纔在嚴府來，不曾見他。（小生）啓爺，轎馬多在。（丑）家爺步行去的。（生）唉！打這廝！（丑）不要打，不要打！待我通報。老爺有請。

（付上）

【引】昨陞通政與參謀，職在司喉舌。

（丑）楊爺拜。（付）哪個什麼楊爺？（丑）兵部楊爺。（付）可是那楊主事麼？（丑）正是。（付）咻，可厭！回他去。（走介）（丑扯住介）小的再四回他，就把小的亂打。（付）不信他就敢打你，回他去。（又走，丑）老爺出來。（付）咻，狗才！（走出介）是誰到此？（生）趙老先。（付）呀，原來是楊老先。（生）老先在府，如何尊使說不在？（付）學生其實纔回，這小廝說不明白，只管說是梁爺梁爺，學生再想不起；早知是楊老先，學生就當遠迎了。（生）豈敢。（付）請坐。（生）不多幾句話，站講了罷。（付）哪有不坐之禮。（生）如此，權坐一坐。

（付）看茶。（生）老先高陞了，我等還未奉賀。（付）庸才瑣瑣，何敢當此。（生）有此大才，必有破格的美陞。（付）一來聖天子的洪恩，二來也虧嚴太師提拔。（生）容日奉賀。（付）不敢，請。（丑送茶，各拿茶看介）（付）請。（生）請。（付）這茶好顏色吓。（生）顏色雖好，只是不香。（付聞介）唔，香的吓，香便不香……（吃一口介）倒也有味。（生）味雖有，只怕不久。

（付問丑）走來。這茶是哪個烹的？（丑）是茶童烹的。（付）把茶僮跪著！（生）老先，這茶也烹得好，為何把尊使這等

難為？（付）老先有所不知，此茶名為「陽羨茶」，聖上賜與嚴太師，太師賜與東樓，東樓轉送與學生，待他父子往來纔烹此茶，這小廝不知，胡亂把來烹掉了。（生）這等說，難道下官吃不得此茶麼？（付）茶怎麼說吃不得？自古官有尊卑，茶有高下。（生）世有炎涼，國有忠佞。（倒茶在地介）（付）換茶。（丑）曉得。

　　（付）請問老先，今日到此有何貴幹？（生）請看此揭帖，就知明白。（付）敢是請學生赴席？不敢領。（生）下官從不與人合席。（付）敢是送禮與學生？也不敢受。（生）下官從來沒有禮物送人。（付）是什麼東西？（生）是上本的揭帖。（付）如此，少間待學生在燈下細觀。請問老先，此本劾奏何人？（生）是邊上的仇鸞。（付）吓，可是那仇總兵麼？（生）然也。（付）呒，聖上道他屢建大功，不日就要旌獎他。他為人極好，時常送禮與嚴府，帶挈學生都是有的。（生）吓！難道送禮物的就是好人？（付）吓，吓，但不知老先所奏他何事？（生）他按兵不舉，交通馬市，叛逆顯然，豈容不奏。老先難道不知？（付）老先，你又來多事了！如今為官的，只要保全自己的爵祿，那些閒事，管他則甚！（生）咳，趙老先，你說哪裡話來！我楊繼盛呵！

【高陽臺】性秉鋼堅，（付）「鋼堅」兩字誰不要學？只是學不來吓！（生）心純冰潔，豈因五斗腰折？只為當道豺狼，無人抗疏能說。（付）差別，卻衣凍死誠細事，羨昔日郭家金穴。楊老先，你要盡忠呵，只怕你慕虛名，空言無補，笑伊愚拙。

　　（生）怎麼倒說下官愚拙起來？（付）也罷，待學生與老先打個關節如何？（生）什麼叫做「關節」？（付）這些還不曉得？今夜待學生燈下修書一封，差一心腹之人，星夜趕到仇總兵那裡，說

老先此本如此如此利害，著他多送些金帛與老先，此本不要上罷。
（生）咳，莫說是金帛，就是三公六位，我楊繼盛此心斷易不轉！

【前腔】貞烈，[1]六尺微軀，一腔忠義，肯使行虧名缺？

（付）老先，你雖不為利，也要避害。仇總兵與嚴府往來，此本一上，若聖上准了，不必言矣；倘若不准，也不好說得。（生）就講何妨！（付）只怕投鼠不著，反傷其器；畫虎不成，反類其狗，那時悔之晚矣！（生）咳，你說哪裡話來！我楊繼盛就死呵，也是為國捐軀，何慮著粉齏骸骨。（付）迂闊，為臣豈必烹五鼎？笑狂直比干宗絕。楊老先，你急回頭休思逆耳，漫勞饒舌。

（生）

【尾】封章明日朝金闕，從頭細將奸佞別。（付）咳，老先吓老先，只怕你未信君心，我也空自說。

（丑上）住著。啟爺：嚴府差人請爺議事。（付）知道了。吓，老先，嚴府差人請我議事，不得奉陪了。（生）你念念不忘嚴府，恐被他人笑罵。（付）老先吓，笑罵由他笑罵，好官我自為之。（生）性秉鋼強堅似鐵。（付）何須苦把冤仇結？（生走介）安得尚方斬馬劍，咻！管教殺卻佞臣頭。（生下）

（付）老先請了。學生得罪，恕不送了，恕不送了。（丑）請了請了。（付）唉！狗才，你怎麼與我請了請了，沒規矩！（丑）楊老爺去子半日哉，老爺只管僬請了請了，小人奉陪哉那。（付）他去了麼？（丑）他去子半日哉。（付）他去時可曾說什麼？（丑）他說：「安得尚方斬馬劍，管教殺卻佞臣頭！」（付）吓？

1　《六十種曲》本《鳴鳳記》作「轟烈」。

他是這等說麼？吼呀呀！楊繼盛這狗畜生，買乾魚放生，不知死活。不是我老趙誇口說，只消把嘴來在嚴府面前活動活動，管教你這忠臣頭唅喋唅喋滾將下來！（丑）老爺，凡事不可預料。倘然聖上准了他的本，封了他大大的官兒，老爺要吃他的虧了。（付）這小廝倒有遠慮。倘若聖上封了他大大的官兒，我就撥轉身來，就像奉承嚴府一般，難道也來怪我不成？（丑）好便好，只是老爺太勢利了些。（付）當今時世，全靠勢利為先，我老爺就做個勢利頭兒，有何不可。正是：富貴不可測，時世須當識。（丑）老爺，人前撒個屁，也要看風色。（付）賊卵喜個！看偌風色？打轎打轎。三十大毛板，寄了，寄了。打轎打轎。（付）吓。（下）

按　語

〔一〕本齣出自《鳴鳳記》第五齣〈忠佞異議〉。

〔二〕選刊此齣的坊刻散齣選本還有：《醉怡情》、聞正堂刊《綴白裘全集》（以上兩齣標目「義斥」）、《審音鑑古錄》。

西樓記‧樓會

小生：于叔夜，御史之子。
老旦：鴇母。
貼：穆素徽，名妓。
丑：文豹，于叔夜的書僮。

【懶畫眉】漫整衣冠步平康，為了花箋幾斷腸。小生前日在劉楚楚家，見穆素徽寫我的〈楚江情〉一曲，袖之而歸，又聞他十分想慕。那劉楚楚說，他家住在楊柳高樓下，銅環雙閤扉。又說春聯兩句是：鏤月為歌扇，裁雲作舞衣。小生今日特去訪他。藍橋何處問玄霜？呀，此間已是。吓，且住，我聞得他是第一名妓，自然闐門車馬，為何靜悄悄閉門在此？吓，有了。我輕輕試扣銅環響，（貼內）是哪個？（小生）忽聽鶯聲度短牆。
　　（老旦上）
【引】誰扣朱門嗽聲揚？不是劉郎定阮郎。
　　（開門介）吓，原來是一位相公。相公請。（小生）媽媽請。（老旦）相公尊姓？（小生）小生姓于，久慕素徽，特來相訪。（老旦）素徽就是小女喲。（小生）吓，原來就是令嬡，失敬了！（老旦）好說。（小生）請問媽媽，令嬡在家否？（老旦）不要說起，自從前日池三爺接去看梅花，回來染成一病，一概客來多不接見。有慢相公。（小生）原來如此，所以閉門在此。（老旦）便是。（小生）小生此來，極欲一見，今既有恙，不好相強，只得告

別了，改日再來罷。

（老旦）吓，相公，倘然小女問及，可有什麼話麼？（小生）吓，只說來謝花箋的，令嬡就曉得了。（老旦）既如此，相公請坐，待我問一聲看。吓，我兒。（貼內）怎麼？（老旦）有一位姓于的相公，說來謝花箋的，可要回他去麼？（貼內）可是于叔夜相公麼？（老旦）吓，請問是于叔夜相公麼？（小生）便是。（老旦）正是。（貼內）請到西樓少坐，孩兒扶病出來了。（老旦笑介）阿喲喲，早是不曾回了他去！吓，相公，小女聽了「謝花箋」三字，說請相公到西樓少坐，小女扶病出來了。（小生）只是起動不當。（老旦）好說。相公，這裡來。相公，請上樓去。老身有些小事，不得奉陪了。（小生）媽媽請便。（老旦）吓，丫鬟，看茶到西樓上去吓。（下）

（貼上）

【前腔】夢影梨雲正茫茫，病不勝姣懶下床。欣然扶病認檀郎。（小生、貼相見介）（貼）呀！果然可愛風流樣，恁地相逢看欲狂。

（貼）相公請坐。（小生）有坐。久慕雋才，兼得妙楷，今幸一晤，如渴遇漿。只是玉體不安，不合驚動，扶病而出，感次五中矣。（貼）思慕經年，適逢一旦，喜慰夙懷，死且瞑目，何有于病！（小生）小生兩日前欲拜賢妹，聞得池三老邀去看梅花，故此拜遲了，有罪。（貼）豈敢。

（小生）請問賢妹，那玄墓的梅花是盛的噱？（貼）奴家有病，不曾上去，在船上望見白茫茫一帶，想是盛的。（小生）吓，賢妹不曾上去？那梅花不過如此，倒是不上去的好。請問賢妹，妙齡幾何？（貼）今年一十六歲。（小生）如此，小生叨長三年。

（貼）相公十九歲了？（小生）正是。（貼）曾娶否？（小生）尚未。（貼）聘是一定聘下的了？（小生）也沒有。（貼）咄。（小生）卿與小生交淺言深，不知何緣得此雅愛？（貼）三生留笑，兩載神交，何言淺也？妾本煙花賤質，君乃閥閱名流。葭玉蘿喬，雖不相敵，然錦帆三奏，已殷殷司馬之挑；妾鉛槧數行，豈泛泛雪濤之筆。情之所投，願同衾穴，不知意下如何？自薦之恥，伏乞諒之。

（小生）小生一向覓緣，碌碌風塵，無有解我意者。前日在劉楚楚家得卿親筆，且聞相愛已久，不勝驚喜。今蒙以生死相訂，小生當永期秦晉，決不他圖。如負恩背義，有如此日。（貼）片刻相逢，百年定約。如有他志者，亦如此日。（小生）只是，少個媒妁，便怎麼處？然我輩意氣相投，何須用媒？（貼）〈楚江情〉一曲是吾媒也，願為君歌之。（小生）願聞。但恐俚鄙之詞，有污香頰，且吾卿病虛氣怯，只是莫歌罷。（貼）隨歌而沒，亦足明志，待奴慢歌與你聽。（小生）如此，小生奉板。

（貼）

【楚江羅帶】朝來翠袖涼，薰籠擁床，昏沉睡醒眉倦揚，懶催鸚鵡喚梅香也。把朱門悄閉，羅幃漫張，一任他王孫駿馬嘶綠楊。夢鎖葳蕤，怕逐東風蕩。只見蜂兒鬧紙窗，蝶兒過粉牆。（作氣怯住介）（小生）恐怕傷氣，住了罷。（貼）不妨，待我歌完了。怎解得咱情況？

（小生）妙吓！（貼）強按宮商，殊失作者之意否？（小生）歌中之意，摹寫無餘，正所謂「詞出佳人口」，真令人消魂也！

【大迓鼓】清商繞畫梁，一聲一字，萬種悠揚，高山流水相傾賞。吾欲乘秦鳳共翱翔，猶恐巫山還是夢鄉。

　　（丑上）馬來吓。夜放踏殘花底月，曉行嘶破陌頭煙。趙相公說道，吾里相公拉弖西樓上。革里是哉，等我帶住子個馬介。阿呀，門也開來里，讓我上樓去。相公拉弖囉里？（小生）呀，文豹，你來做什麼？（丑）相公，哪說忘記哉！今日是會文日期喲。張相公、趙相公纔拉弖等哉，相公快點去罷。（小生）吓，文豹，你只說尋我不著就是了。（丑）嗨，趙相公說拉格裡個，況且老爺也要去個，轎傘纔打弖哉。相公，快點去罷。（小生）如此，你先下樓去。（丑）介沒就下來阿。

　　（小生）阿，賢妹，正欲談心，卻忘了今日是會文日期。（貼）怎麼處？（小生）只得暫別，改日再來奉候罷。（貼）說起要別，不覺寸腸似割。相公，莫非會期從此少矣？（小生）說哪裡話！有暇就來會的。（貼）我有玉簪一枝贈君。（落地介）呀！玉簪折斷，一發不是好兆。（小生）可惜！我有舊玉一塊，不曾帶得，改日取來贈卿佩之，日後可以為記。（貼）待我送你下樓去。（小生）不消罷。（下樓介）

　　（貼）

【前腔】汪汪淚數行，（小生）不必悲傷，得暇就來會的。（丑）快介點罷。（貼）來時總會，此際堪傷。（小生、貼合）緊牽紅袖難輕放，章臺柳色繫情長，何事花驄嘶得恁忙？

　　（丑）好肉麻，快點去罷，恐怕老爺先去子了。（小生）就此告別。（貼）得暇就來一會。（小生）這個自然。琴聲簫意逗情緣。（貼）乍見隨看別淚漣。（小生）東去伯勞西去燕。（合）斷腸回首各風煙。（丑）進去罷哉，忔厭噓。（小生）賢妹，請進去罷。（貼）相公，請乘騎，奴家纔敢進去。（小生）豈敢。賢妹請

進去了，小生纔敢乘騎。（丑）神聖爺爺哉，快子點罷！（貼嘆氣下）

　　（小生）請勿感傷，小生有暇就來會的。（丑）進去哉，還要說啥介？（小生）咻！狗才，我們正在說話，只管大呼小叫，成何規矩！（丑）若弗催，個歇還丒樓上來⋯⋯（小生）誰要你多管！狗才這等放肆，回來三十戒方。（丑）廿九記半罷。（小生）半記也不饒，這等可惡！狗才這等放肆！（丑）相公轉來。（小生）做什麼？（丑）騎子馬勒去。（小生）狗才，哪個要騎什麼馬？狗才！（下）

　　（丑）吓，個個讀書人蓋個無情分個，有子個樣名妓，就忘記子老馬哉。呸出來，吪弗騎，關我儕事。等我來出介一個屁頭勒介。嘴！馬來。咦！單見腳動，弗見個馬動。嗊！馬來吓，腳波⋯⋯（下）

按　語

〔一〕本齣出自袁于令撰《西樓記》第八齣〈病晤〉。

〔二〕選刊此齣的坊刻散齣選本還有：《醉怡情》、《樂府歌舞台》、《來鳳館合選古今傳奇》、《方來館合選古今傳奇萬錦清音》、聞正堂刊《綴白裘全集》。選抄此齣的散齣鈔本有：中國社科院圖書館藏《集錦》、復旦大學圖書館藏佚名抄《戲曲五種選抄》。

西樓記·拆書

小生：于叔夜，御史之子。
丑：文豹，于叔夜的書僮。
外：周旺，送信人。
淨：趙伯將，趙祥，曾因曲譜遭于叔夜校正而出糗。

（小生上）

【一江風】意瓓珊，幾度荒茶飯，坐起惟長嘆。記西樓喚轉，他聲聲扶病而歌，遂把紅絲綰。藍橋咫尺間，藍橋咫尺間，誰知風浪翻？常言好事多磨難。

前日小生約會穆素徽，不意被父親嚴禁，不能前去。今日且喜父親出去拜客了，我如今欲待去會他一會，又恐爹爹回來知道，又是害他了。罷！只得展轉中止。是便是了，畢竟不知爹爹怎麼樣計較了他？咳！放心不下。也罷，我叫文豹去罷。文豹哪裡？

（丑上）在這裡。（小生）來，你到穆家去問一問，老爺可曾計較他，問了就來回覆我。（丑）哪個穆家？（小生）就是前日來接我的穆姑娘家裡。（丑）苦惱子，即怕弗敢勞。（小生）怎麼不去？（丑）弗去便弗去哉。（小生）這狗才，這等放肆！我差你去，怎麼回我？可惡！（丑）前日老爺道，是我同相公去子，打子二十板，難間腿還弗曾好，如今不敢去哉。（小生）吓，也罷，走來。你如今且在門首去打聽，若有相認穆家的，問一聲，回覆我。（丑）個是容易麼。（小生）咳！我如今呵，好似和針吞卻線，刺

人腸肚繫人心。（下）（丑）我拉門前去問問看嘸。

　　（外上）

【秋夜月】乍轉彎，好問于鄉宦。（丑接）咻，有些相認白鬓漢。（外）文大叔，我是穆姑娘家周旺。（丑）我說是你，緣何站定東西看？（外）老爺前日可曾計較你們？（丑）不要說起，害咱們廿板。今日你來做偖？（外）穆姑娘呵，特差來寄柬。

　　（丑）呸！還要寄偖柬？弗要拉哩纏魂淘氣！（外）呀，大叔，且不要惱，你若引我進去面見了大相公，白銀一兩奉謝。（丑）何不早說，拿來。（外與介）（丑）老兒好造化，方纔老爺拜客去了。相公，穆姑娘虱差人到此。（小生）妙吓！快喚他進來。（丑）嚕，老老，相公叫你進去，這裡來。（外）周旺叩頭。（小生）起來。我正要問你，前日老爺可曾計較你家麼？（外）相公，不要說起！昨日趙相公領了宅上一起大叔，要拆毀西樓，驅逐遠方；趙相公又詐了二十兩銀子。（小生）姑娘呢？（外）幸得姑娘不在家裡。（小生）哪裡去了？（外）燒香去了。（小生）這還好。（外）歸來曉得，痛哭不已。（小生）咻，可恨，有這等事！（外）穆姑娘含淚寫書，囑付小人必要面見，還要與相公討一件記色回去，方信小人虛實。明早開船到杭州，寄居親眷家，要緊說話多在書上。（內喝導介）

　　（丑上）老爺居來哉，快點出去罷，走走走！（外）怎麼處？（小生）怎麼好？周旺，說話多了，不及看書。你回去多多致意，說書中之言定當如如命，回書也寫不及了。（外）記色快些。（小生）吓，有舊玉在此，拿去作記便了。文豹，領他出去。（外）吓。（奔介）（丑）呸！老烏龜倒奔拉裡向去，外頭來。（推外

下）

（小生）咳！我想這樁事，必竟是趙伯將與父親說的，如今果然了。他又領我們這些惡奴去打逐，致令我爹爹嚴禁，教我別也不得一別，回書也不及寫一紙。咻，可恨，可恨！且住，書中不知有什麼言語？想必生死之約在內。咻，奇怪！你看書函上圖書密密，花押重重，又貼兩對紙方勝兒。素徽，你好不用心也！我待開，只愁腸斷；不開，又忍不過。咳，天哪！教我怎麼樣便好？

【紅納襖】看他燦瑩瑩盡淚斑，間著那印章紅花字幻。待開時恐添悲惋，不開時哪得我心上寬。細細將指甲兒挑下闌，乍破緘不覺的香氣散。（先捻髮介）這是什麼東西？呀，我道是什麼，早是一股髮兒，裊裊的好似烏雲也。且袖過了，不知書上怎麼樣寫在上？呀？為何一幅素紙，並沒有半字在上，這是怎麼說？阿呀素徽吓，恁教人猜謎難。

【前腔】吓，敢是你為愁多不耐煩？他特地著人送來，怎麼說不耐煩？吓，是了，敢是怯纖纖慵染翰？吓，我曉得了，敢是我淚模糊不見蠅頭棗？吓，明明是一副素紙，敢是你暗中揮早忘了筆硯乾？豈有此理！素徽是精細的人，哪有此事！吓，是了，莫不是孫汝權剔弄奸？且住，若是有人換去，為何原封不動，印記分明，且留香雲在內？吓，素徽，想是你厭套書寒溫泛？就是不落套語，為何一字也沒有在上？吓，我今番猜著你了。因我爹爹驅逐，料不成事，把啞迷來回絕我，多應把斷髮空書，做了決絕回音也。阿呀素徽吓，痛、痛殺人好似剜肺肝！

（淨上）當面笑呵呵，背後毒蛇窩。口善心不善，面和意不和。叔夜兄，請吓。（小生）文豹，為何放閑人到書房中來？

（淨）竟[1]弗是閑人，是我嘘。請吓。（小生）請了。（淨）噲，兄阿曉得新聞吓？（小生）兩日杜門不出，不曉得什麼新聞舊聞。（淨）就是尊翠瓦個椿事體，小弟著實拉哈周旋出力，兄弗知阿曉得？（小生）吓，可是穆家之事麼？（淨）正是。（小生）多承足感。（淨）豈敢豈敢。（小生）若不是兄在裡頭出力，他每幾乎搬了去。（淨）哪說蓋氣質？（小生）虧你還來討好！（淨）吓、吓，個個朋友相知弗得哉，輕朋友而重姊妹，直脚放屁哉！（小生）放屁，是你的文字！（淨）阿呀，兄個文字，篇篇錦繡；學生個文字，難道就是放屁？（小生）屁中之屁，屁而又屁！（淨）直頭屎渣弗如哉！

　　（小生）

【大影戲】我怪你理窮詞遁，故生怒嗔。（淨）我使方便，他感咱恩。（小生）不是他們感激你，你敪詐得好！（淨）住子，小弟敪詐子僖人？（小生）不是敪詐，這二十兩頭，難道是飛到兄袖裡來的？（淨）吓？阿是個廿兩頭？個是哩瓦道是小弟來哈是介調停週全，所以送拉我學生買茶吃個吓。這叫做：送來禮物何須遜。（小生）倒也說得冠冕，你個是紫火囤癩皮光棍。（淨）住子，囉個是光棍？僖人是光棍？吾看學生手浪自瘑頭阿無一個，僖個癩皮？自古君子絕交不出惡言，你直頭欺我。（小生）我……誰與你鬭口。（淨）既弗鬭口，為僖了塗壞子我個歌譜？（小生）吓，只此一句，有今朝破口傷情。（淨）咻，我咬斷牙齦，誓不登門。

　　（小生）倒也不勞。（淨）也希弗罕。（小生）趙祥，我怪你

1　底本作「見」，參酌文意改。

談笑起風波。（淨）小于，我就起風波怎奈何？（小生）酒逢知己
千鍾少。（淨）話不投機半句多。（小生）吓，趙伯將！（淨）于
叔夜！（小生）我因你是個朋友，在我門下走動走動、往來往來，
偏偏在我面上做工夫。今後再也不許來！你若再上我的門來，我叫
小使敲斷你的股拐。你這徹底無賴，小人油嘴！（下）

　　（淨）吓嘎，小于，吭介可惡放肆！住子，走出子門介。小于
小畜生，我搭吭父輩相交，哪竟使出介個性子來？我明朝傳齊子三
學裡朋友搭你講，還是你是我是。且住，他是宦家，我是窮儒，雞
子阿搭石子鬬個……罷！惜財忍氣子罷。咳，哪說罷？明朝竟
講……咳，說子罷罷哉。（下）

按　語

〔一〕本齣出自袁于令撰《西樓記》第十三齣〈疑謎〉。
〔二〕選刊此齣的坊刻散齣鈔本還有：《醉怡情》、閬正堂刊《綴
　　白裘全集》。選抄此齣的散齣鈔本有：中國社科院圖書館藏《集
　　錦》、中國國家圖書館藏佚名鈔《戲曲選抄》。

鸞釵記·遣義

付：劉張氏。
丑：朱義，劉張氏的房客、鄰居。

（付上）斬草不除根，萌芽依舊發；斬草若除根，萌芽永不發。只因賤人謀殺子我個小妮子，被我告到官司，問子死罪拉監裡，個個劉廷珍個小畜生，拉乓外頭討飯拉娘吃，弗得就死，個沒哪處？我想，一弗做，二不休！尋介一個人去殺子個個小畜生，絕其後患哉。則是叫囉個去好？吓，有哩哉！我想，後門頭個朱義心粗膽壯個，等我去搭哩商量商量看，有理個！格里是哉。朱義阿乓屋裡嘸？

（丑上）朱義命裡應該敗，欠子別人一身債。心上欲待還別人，看看屋裡無儕賣。囉個嘸？（付）是我。（丑）原來是親娘。（付）到我屋裡去說話。（丑）呋，等我關子門介。（作行到介）親娘，哪說？（付）我且問吓，欠子我兩季房錢，為儕了弗還？（丑）親娘，忒個無生意了；有子沒，就送拉親娘啲。（付）吓阿有本錢做生意了？（丑）弗瞞親娘說，弗多幾日個兩個銅錢纏吃完哉。（付）阿要不點拉吓？（丑）若是親娘肯借，及好個哉，利錢逐月打便罷。

（付）朱義，吓阿感激我個？（丑）哪說弗感激？日日夜夜來裡感激個！親娘若有儕風裡去、雨裡去，叫我天浪去，就拉天浪去哉儕。（付）介沒要吓天浪去。（丑）也弗難，等我天浪去扳個兩

塊青雲下來，不拉親娘鑲介一架屏風，拉圓堂裡擺擺，阿好？
（付）弗要多說，要唔上天去。（丑）吓，多時弗曾天浪去哉，打
囉裡上去呢？親娘阿有梯拉臥，借一張得來嚯。（付）我囉裡有上
天梯？（丑）介沒，我也無得拿雲手。

　　（付）弗要說天話哉，我要唔幹事。（丑）哪說？親娘要我幹
事吓？（付）正是，叫唔幹事。（丑背介）咳，個個老媽守子兩年
孤孀，竟有點熬弗過臥哉。等我來關上子門勒介，早曉得，浴阿忽
一個。吓，有裡哉！殘唾弗是藥，處處用得著。呸，呸，介沒親
娘，我來哉嚯……（付）呸出來！介入娘賊，個是算僭？（丑）親
娘說叫我幹事喲。（付）我是叫唔幹正經事，哪說幹個出事了！
（丑）吓，介沒弗關得唔事，弗要唔是介硬頭硬腦。介沒親娘叫我
幹僭事？（付）唔若肯去，先不十兩銀子拉唔，成事居來，再找十
兩。（付）幹僭事務了？（付）要唔去殺個人。（丑）哪叫我殺人
吓？（付掩丑口介）弗要嚷！（丑）悶殺子，倒是真人命臥！親娘
叫我去殺囉個了？（付）就是劉廷珍個小畜生，替我結果子哩個性
命，絕其後患！（丑）呀，我只道殺僭人。劉廷珍個個小官人，哩
臥阿伯救子我一家門性命，那間娘囡兒兩個拉監裡，就剩個小官人
拉臥叫化，還要去殺哩來？個樣銅錢銀子用弗去個，弗去！（付）
唔弗去僭？（丑）弗去。（付）啐出來！有錢使得鬼推磨，有子銅
錢銀子，怕無人去了？況且唔頭頂我個天，腳踏我個地，個點小事
務就弗肯去哉。荷香拉臥囉哩？趕拉朱義臥去，打碎哩個捲銅照
壁，劈碎哩個水缸，弗容哩住拉個搭！（丑）完哉，了子我個食肚
哉！親娘，讓我去罷哉。（付）肯去個哉？（丑）親娘，殺人個件
事務弗是楚笑個，讓我想想看。（付）快點去想！

　　（丑背介）且住，我若弗應承，倘然叫別人去子，小官人性命

決然難保；不如假意應承，再作道理。（轉介）親娘，竟去沒是哉。（付）肯去個哉？（丑）肯去個哉。（付）既是介，先拿十兩銀子去，居來再找十兩。（丑）阿呀，去不成。（付）啥了？（丑）少一件要緊物事。（付）儕物事介？（丑）利支勞。（付）難道吘瓦屋裡無得個了？（丑）弗瞞親娘說，我哩是蚌壳切菜個。（付）拉囉瓦去借子一把沒是哉。（丑）介個親娘嵩會借刀殺人個哉。（付）吓，有裡哉！前日子有個句容人，當一把切麵刀來瓦，拿拉吘看。（取刀介）朱義，吘看阿快個？（丑）單差鐵鏽子點哉，讓我磨一磨沒是哉。親娘，我問吘，個個小官人為儕了要殺哩了？（付）朱義，吘弗曉得了。

【金錢花】只因他母子無知。（丑）無知。（付）殺了翰貴孩兒。（丑）孩兒。（付）一還一報不差移。（合）南莊去莫稽遲，管教一命喪溝渠，管教一命喪溝渠。

（丑）

【前腔】安人不必多疑。（付）多疑。（丑）此去必中謀計。（付）謀計。（丑）腰懸寶劍亮如輝。（合）南莊去莫稽遲，管教一命喪溝渠，管教一命喪溝渠。

（付）此事操心莫漏聞。（丑）管教一命喪幽冥。（付）今夜陰司添一鬼。（丑）明日陽間少一人。（付）快點去，等居來找銀子。（下）

（丑）親娘轉來，來，來。（付上）哪說？（丑）那聞磨得阿快個來，親娘，吘伸長子頭頸來試試看……（付）啐出來！怕人施施，刀阿啥楚笑起來！（驚下）

（丑）吘原怕死個？個個小官人儕晦氣吓，吘個老花娘個樣狠心，拿哩瓦一家陷害，只剩得個小官人拉瓦求乞度日，還要叫我去

殺哩。我方纔若弗應承，倘然叫別人去子，小官人性命就難保哉。
我那間到街上去，尋著子小官人，回到監裡去，拜別子恩主母，同
哩上京去訴冤。阿呀，老花娘吓，你作事太偏心，千年遺臭名。我
朱義但存方寸地，留與子孫耕。快點去尋著子小官人，告訴哩得
知。快點去尋，打個搭走。快點走，快點走吓！（急下）

按　語

〔一〕本齣出自佚名撰《鸞釵記》。明代祁彪佳《遠山堂曲品》指
出《鸞釵記》傳為吳下一優人所作，惜劇作沒有傳世。舊說《鸞釵
記》是改明初鄭國軒《劉漢卿白蛇記》而成，比對《鸞釵記》的
〈遺義〉、〈殺珍〉、〈探監〉、〈拔眉〉四齣與《劉漢卿白蛇
記》，可以看出二書主題、情節、曲文差異甚大。《鸞釵記》主題
環繞在鸞釵，《劉漢卿白蛇記》主題則是劉漢卿義救白蛇，白蛇酬
恩謝寶。情節方面，二書劉漢卿遭陷害的過程大相逕庭，保全劉廷
珍的重要人物也不同（一是僕人旺保，一是鄰人朱義），拔救的動
機與過程也大不相同。再者，二書曲牌、曲文大異，絲毫看不出有
承襲的跡象；可知舊說不確。

鸞釵記・殺珍

貼：劉廷珍。
丑：朱義，劉廷珍的繼祖母買通的殺手。

（貼提籃、執竿上）

【引】父抱屈母含冤，娘吓，身遭牢獄有誰憐。覓食充飢無措辦，含羞忍恥不堪言。

屋漏更遭連夜雨，行船又遇打頭風。我，劉廷珍。只為母親、妹子被婆婆陷害在獄，又將南莊住房盡行封鎖，叫我一身沒處擺佈，只得到街坊上求討些飯食，送與母親、妹子充飢。咳！正是：上山擒虎易，開口告人難。

【山坡羊】我求乞往何方去也，阿呀爹爹吓！你幽魂不知在何處？昊天罔極，難盡千般苦，不禁垂雙淚。又豈知婆婆惡計施，將娘誣告官司裡。我那娘吓！你受盡千般惡棒槌。思之，一家兒做冤鬼。傷悲，阿呀婆婆吓！你下得虧心惡面皮。

（丑持刀上）殺，殺，殺！（貼驚倒介）阿呀大哥吓，我與你前、前日無仇，往日無冤，為、為、為何要……（丑）小官人吓，我弗是來殺唔，特來救你的。（貼）阿呀好怕人吓！（作昏介）（丑）小官人醒來。（貼）阿呀大哥，我怕！（丑）怕啥個？（貼）怕你手中的……（丑）手裡個刀吓？吙出來！個是戲房裡拿出來個，木頭做個唠，怕哩做啥？丟㕸子沒是哉。小官人，唔阿認

得我了？（貼）不認得大哥。（丑）我是洪山谷口朱義。昔日年荒歲歉，將兒烹奉嚴親，感你爹行白銀十兩贈我身，以致全家活命。為此遷移到宅，將欲報答洪恩。誰知你婆婆使計太偏心，害得你父溺母遭陷阱。我幾欲當官首告，奈因貧乏難伸。幸得皇天有眼，令吾前來……（貼又驚介）阿呀大哥，為何要殺我介？（丑）嗨，小官人，我若要殺吥，弗對吥說哉。（貼）吓，大哥要殺我，不對我說了。（丑）我特來報與你知道。小官人吓，你早作他鄉別井。（貼）如此說，你是我大恩人了。眞乃重生父母、再養爹娘！恩人請上，受我一拜。

【憶多嬌】深感伊，深謝伊，救我殘生得脫離。恁的恩深難報取。（合）不必傷悲，不必傷悲，天相吉人護持。

（丑）小官人呵，

【前腔】休垂淚，莫痛悲，同到監中報母知。拜別娘親赴帝畿。（合）不必傷悲，不必傷悲，天相吉人護持。

（貼）懊恨婆婆心太毒。（丑）害了一家還未足。（合）倖短天教一世貧，欺心折盡平生福。（貼取籃介）（丑）僭物事？（貼）籃兒。（丑）吥出來！眞眞叫化胚，還要哩做僭？（貼）路上做些盤費。（丑）小官人，你婆婆與我十兩銀子拉裡，一半留在監中使用，一半留在身邊，上京訴冤便了。小官人吓，此去逢府告府！（貼）逢府告府。（丑）逢州縣告州縣！（貼）逢州縣告州縣。（丑）就是皇帝老爺吥也說弗得哉。（貼）吓，是是是……（丑）跟我得來，跟我得來……（渾下）

鸞釵記・探監

淨：獄卒。
旦：嚴氏之女。
老旦：嚴氏。

（淨上）手執無情棍，懷揣滴淚錢。日行狼虎地，夜伴死囚眠。自家乃成都府獄中一個禁子的便是。前日太爺發下兩名犯婦到此，一些使用也沒有，不免喚他出來，難為他一番。啲！嚴氏快來！（旦扶老旦上）

【引】遭屈陷，受飢寒，不如早早赴黃泉。禁長哥萬福。（淨）呔！什麼千福萬福？自你到此，一些使用也沒有；蕭王利市錢，燈油草薦錢，一些沒有，這是怎麼說？（老旦）禁長哥吓，劈空陷害，家內貧窮，再遲幾日送些與大哥罷。（淨）放你娘的屁！若沒有錢，就要吃苦了吓！

（老旦）

【泣顏回】披鎖受災殃，頓教人血淚千行。略停幾日，送青蚨聊慰茶湯。我思之可傷，阿呀婆婆吓，怎知伊造下瞞天謊？苦逼打一旦成招，不孝名市赴雲陽。

（淨）雲陽、雲陽，請上狹床。這裡來！（扯老旦捆介）（旦、老旦）還求大哥方便。（淨）自然與你方便。待我來打……（旦、老旦接棍求介）

（旦）

【前腔】將身遮護，苦告望推詳，我甘心願替娘行。（淨）你若替打，要打一百。（旦）莫說一百，就是奴身就死，怎辭獄杖摧傷？（淨）我平生善良，可知道為善的遭羅網。舉頭上三尺神明，並沒有一寸昭彰。

　　（旦、老旦坐，淨下）

鸞釵記·拔眉

貼：劉廷珍。

丑：朱義，劉家的鄰居。

淨：獄卒。

老旦：嚴氏，劉廷珍之母。

旦：劉廷珍之妹。

（丑同貼上）

【前腔】[1]哪堪滯些冷天光？思親應是耽寒。堪憐幼主，獨自怎生前往？奈風寒怎當？好教人促淚心驚慌。（丑）小官人，到監中去呵，把前情訴與你娘行，休遲誤早作商量。

　　格里是哉。讓吾去認得點，是個常化要讓我朱二伯伯得來。噲，阿有囉個丟？（淨上）吠！什麼所在，在此討飯麼？（丑）儕物事！我是討飯個？有是介個精緻討飯個丟？吾丟朱伯伯朱享四來裡，就弗認得哉。（淨）不討飯要什麼？（丑）弗是吓，嚴家裡個一起犯人，是小弟帶管個，敝鄰劉廷珍送飯拉娘吃，要相煩吾開開丟。（淨）吠！你這囚囊的，自古說：「牢獄不通風」、「靠山吃山，靠水吃水」，都似你這般白開白報，叫我們喝風麼？（丑）吠，不過是要點儕，好好哩說，儕個鬧熱蓬生來！小官人，拿個隻錠得來，讓我咬介一點邊來哩，包介一包。噲，拿去。（淨取開看

1　指前齣的【泣顏回】。

介）呀呸！你這叫化囚囊的，哪希罕你這幾厘銀子，拿了去。
（丑）來，弗要生磅磅，唔倒老實說得來，要幾吩儂？（淨）吓，
別人呢，（出一指介）這樣；你來，（指眉介）這樣是要的。

　　（丑）吓吓吓，是哉。小官人，個毪養個竟弗要銀子個！
（貼）要什麼？（丑）自哩說，別人來呢要割一隻指頭；我朱二伯
伯來，拔兩根眉毛也罷哉。來來來，小官人，我替唔大家拔兩根
來。（貼）怕疼……（丑）你直頭一毛不拔丞！讓我來嚄。拿去。
（淨又開看介）呔！是你娘的毪毛，拿去。（丑）哪？阿是少來？
再拔兩根沒是哉，拿去添足來享格哉。（淨）你這樣人！眉毛是八
數吓！別人來要一兩，你來只要八錢——要這眉毛來何用麼？
（丑）吓，介了。一兩竟說一兩，八錢竟說八錢，儂個此道眉毛！
小官人，拿個錠得來，才不來哩。（貼）要做盤費的。（丑）弗番
道，我還有來裡。來，拿去，直頭介一隻錠來哩。（淨）拿來。
（細看介）（丑）看人起，我哩弗是用銅個。（淨作開進介）
（貼）我母親在哪裡？（淨）在後北監，隨我來。（丑）哪說？拉
丞後北監。苦惱吓！（淨）吓，嚴氏，你兒子在此看你。（老旦）
阿呀，禁長哥，放我起來。（淨）我放你起來，但不許啼哭！恐有
官府下來點閘的吓。（下）

　　（貼）母親在哪裡？（老旦）我兒在哪裡？（貼哭介）
【哭相思】痛憶娘親受陷，孩兒幾喪黃泉。

　　（老旦）我兒，怎麼幾喪黃泉？（貼）阿呀母親吓，婆婆怪孩
兒在外要飯[2]，又使朱大哥前來謀害我性命。因爹爹向日有恩於[3]

2　底本作「送飯」，參考〈殺珍〉文意改。
3　底本作「與」，參酌文意改。

他，不忍下手，在婆婆面前假意應承，同到監中拜別母親，要上京訴冤。（丑）恩主母在上：老安人與我十兩銀子，要我謀害小官人。恩主投江死了，恩主母又遭屈陷囹圄，小人怎忍下手？為此，同到監中拜別恩主母，一同上京訴冤。（老旦）如此甚好！叫我哪裡放心得下？（丑）恩主母，有小人在此，但放其心。（老旦）兒吓，事到如今，我也顧不得許多了。你父在日，存下鸞釵一股，你帶在身邊，路上做些盤費。阿呀兒吓，此去若訴得准，還有相見之日；若訴不准，與你永無見面之日了嚱！（貼）母親請上，待孩兒拜別。

　　（合）

【摧拍】不由人心不痛傷，頃刻間天各一方。那些個下堂，那些個下堂，食缺衣單，真是糟糠。此恨綿綿，地久天長。愁只愁你此去路茫茫。（合）誰個不動悽惶？

【臨江仙】無限心中苦事，一番淚雨連連。別時容易見時難，今朝辭別去，何日再團圓？

　　（丑作睡介）（淨急上）官府下來點閘了，快些出去罷。（貼）阿呀母親吓！（老旦）阿呀孩兒吓！（旦）哥哥吓！（淨）快進去，還不走！（打介）（二旦驚下）

　　（推貼出介）快走快走！阿呀，方纔還有那一個花嘴花臉的人呢？吙！官府下來點閘了，還不出去！（丑）吓，我且問吓，我問子僥個罪了，扯我拉監裡來？官府來亞囉裡？我倒要去問明白子勒介。（淨）吙！你要進來，誰來扯你進來。（丑）個到弗相干，還我銀子來。（淨）不要在此鬼渾，快走！（丑）僥走吓？要回亞來。（內喝導，丑喊介）阿呀青天太老爺……（淨）吙！你這賴皮毯養的，拿了去。（丑）弗相干，有子銀子，還有眉毛來。（淨）

不要鬧，快些走！（丑）沒得眉毛，阿呀青天太……（淨急掩丑口
介）不要喊！眉毛在此。（作拔眉介）（丑）少來。（淨）呸！還
不走！（作推出介）

　　（丑）僑個還少多根亢來，就是介推子我出來哉。來，再替個
毬養個纏纏勒介來。大阿哥，我替吓嘍呀，你亢靠山吃山，原拿子
去。（淨）好吓！這纔是。（丑）哪！介一張騷硬甌。（淨）這是
哪裡說起！（氣下）

　　（丑）問吓下遭阿敢哉？小官人，銀子來裡哉，我哩趁早走
吓。（貼）是。（丑）奔吓！（渾下）

宵光劍‧相面

生：衛青。
外：鉗徒小子，相面師。
淨：鐵勒奴，衛青的結義弟，原是公孫敖的家僕。
小生：公孫敖，衛青的結義友。
付：魏明，工人。

　　（生上）虎狼賊性本難柔，財利迷人不自由。墮馬前頭還墮馬，沉舟側畔又沉舟。我衛青為何道此兩句？只因前日受了兄弟鄭直凌辱，又設計鎖我在後門，那後門緊靠著熊耳山，並無別路，只得爬嶺過去。行至中途，遇著一虎，被我奮起神威，三拳兩腳打下山去，才脫得性命。我想虎狼食人是他的本性，我兄弟亦本天性，何故反面無情，猶如狼虎一般，把我親兄不肯相認？咳，只是我衛青命運如此，以致骨肉參商，這也不要說了。來到此間，已是甘泉宮了，不免喚本府助役人伕點齊則個。

　　（外上）鄧通終須餓死，蔡澤必竟封侯。荀卿非想沒來由，人世榮枯定偶。自家謫自仙籍，來住人寰，埋名隱姓，自涅其面，人多不識我是何等樣人，只叫我是鉗徒小子。向受異人許負相法，相人百不失一。如今公卿滿朝，我也一一看過，或多福而少壽，或有始而無終，要大富大貴子孫壽算一一俱全的，卻是難得。今來到甘泉，偶然閑暇，且到那壁廂走遭，有何不可。（見生介）呀，好奇怪！怎麼此間倒有一個大富大貴的人在這裡？我且上前去問他。請

了，先生高姓大名？（生）小生衛青，敢問先生高姓？（外）小子無名無姓，只因犯罪涅面，人人叫我是鉗徒小子。幼習相業，閱人多矣，未有先生之相。（生）先生曉得風鑑麼？（外）略知一二。（生）請先生替在下相一相。（外）如此，請居正了，把尊冠起一起。

【石榴花】看你虎頭鳳額，狀貌豈尋常。神軒舉體飛揚，似蛟龍滄海正潛藏，指日間天際翱翔。你後來呵，羨你名鑴鼎，當展封侯萬里如反掌。功名在異域殊方，看他年繫頸名王。

（生）我衛青呵：

【前腔】人奴下賤，哪有出頭望。現執役在平陽，朝持箕帚掃前堂，暮鞭答受盡淒惶。我敢懷妄想？污泥鰍哪有騰霄相。（外）豈不聞「凡人不可貌相，海水不可斗量」？（生）雖則海水難量，恐河清歲月茫茫。

（淨內）馬來吓。（小生騎馬上）

【不是路】緩鞚飛黃，目斷咸陽去路長。空悒怏，出關無侶一沾裳。（淨上）腳！腳！（小生）鐵勒奴。（淨）有。（小生）與我解行裝。看道傍少婦凝眸相，且指酒銀瓶索酒嚐。（淨）呀，憑高望，甘泉咫尺已相將。爺吓，請加鞭前往，請加鞭前往。

（小生）呀，那邊好似衛哥。（生）呀，來的好似公孫兄弟。呀，正是公孫兄弟！（小生）哥哥，小弟在此。

（生）

【前腔】你行色倉忙，何事離官出建章？今何往？莫非監

督到咸陽？（小生）哥哥，為伊行，孤身作役勞鞅[1]掌，因此一騎飛騰到此方，喜今無恙，離愁頓覺生歡暢。鐵勒奴。（淨）有。（小生）且解鞍細講，且解鞍細講。

（淨）吓，咖，咖，咖！（小生）小弟曉得哥哥來此，放心不下，相約任少卿同來探望。他因皇城干係，不敢擅離，以此小弟獨自前來探望。（看外介）此位是誰？（生）此位善能風鑑。吓，兄弟，你上前來，也煩他相一相。（外見介）奇怪！又是一位封侯的貴人。（小生）先生，你說封侯的貴人是哪一個？（外）就是足下。（小生）請教先生與我相一相。（外）如此，請居正了，把尊冠起一起。

【泣顏回】君貌太昂藏，更雄豪氣概無雙。似朝霞初放，閃雙眸電激流光。封侯豈誑？看時來奏績在邊廷上。（合）塵埃中果辨雌黃，富貴後怎敢相忘。

（外）請問高姓大名？（小生）在下乃公孫敖，現為騎郎，因訪仲卿哥哥，故此微服而來。（外）原來是公孫大人，失敬了。（小生）不敢。（外）公孫大人之相，貴不可言；後來不得衛先生提攜，難以自顯。（淨）呔！你這個先生好奚落人，怎麼就不相我這麼一相？（外）此位是誰？（小生）吓，是任少卿家餵馬的鐵勒奴。（外）奇哉，奇哉！今日相逢多是王侯好相。鐵勒哥，過來，我且不來相你，且說你平生志量如何？（淨）你要問我的志量？聽者：

【前腔】我粗豪膽氣真無兩，志吞海若手挽天狼。（外）你想幹大事業麼？（淨）那蕭曹灌絳，也曾去屠狗沽漿。若

1　底本作「央」，參酌文意改。

還處囊，願乘時破盡衝風浪。（外）原來志量如此。吾看你豹頭燕額，飛而食人，不作堂堂槐宰，定為矯矯虎臣。我看起來，三位之相，衞公第一，是天子之下一人，宰相還上一等，公孫大人與鐵勒哥各位相等，封侯不必言矣；但盡出衞公之下，亦出衞公之手。（淨笑介）好先生吓好先生！（合）塵埃裡果辨雌黃，富貴後決不相忘。

　　（外）衞先生，還有句話對你講：你百日之內有大難兩次，須要小心。（生）可避得脫麼？（外）過了此難，便如平地升天矣。（生）領教。（付上）離家七百里，管轄五千丁。自家平陽府伕頭魏明便是，總管哥呼喚，且去相見。總管哥作揖，我每眾人多齊，在此等候總管哥差遣。（生）既然齊了，你去叫他每趲工罷了。（付）啓總管知道，天氣寒冷，告假回去拿了衣服就來。（生）既如此，你回去取了寒衣，作速就來，不要誤事吓。（付）是哉，一心忙似箭，兩腳走如飛。（撞淨介，淨）呔！（付）阿呀，阿唷！介個入娘賊倈意思？倒是一嚇！（下）

　　（外）吓，方才去的是什麼人？（生）這是做工的伕頭。（外）那人面色不好，在十日內必遭橫死。（生）有這等事！（小生）相金一錠，聊當一茶，請了。（外）這個怎好受？（小生）若得應驗，後當重報。（外）多謝。告辭了。（各）請了。（外下）

　　（小生）哥哥，兄弟有王事在身，不能久停，也要告辭，再來探望哥哥。（生）兄弟，我這裡身伴無人，我欲留鐵勒奴在此作伴，不知可否？只是兄弟回去，路上乏人，如何是好？（小生）小弟回去不須用人，留他在此作伴便了。鐵勒奴。（淨）有。（小生）留你在此伏侍衞爺，我回去對你家主人說便了。（淨）曉得。（小生）帶馬。（淨）吓，請爺上馬。（生）前路多君為指迷。

（小生）避凶趨[2]吉在人為。（生）臨歧[3]分手多愁思。（合）此後相依好護持，請了。（生）請了。（小生下）

　　（生嘆介）咳，百日之內要見兩椿大難，怎麼處？（淨看生介）我怎麼好去見？（想介）吓，吓，罷！這個，爺請上，鐵勒奴叩頭。（跪介，生扶住介）請起請起，何須如此行禮。自今以後，我和你弟兄相稱。（淨）怎麼講？（生）和你弟兄相稱。（淨）唔？怎麼？弟兄相稱，唔唔唔！（生）果然。（淨）如此，我就叫了吓。我的衛……嘻嘻，使不得，使不得。（生）常言道：「四海之內，皆兄弟也」，不必多疑。（淨）衛哥！（生）兄弟！（又各重叫，淨笑介，淨）咳，是個好人，是個好人。（下）

按　語

〔一〕本齣主體情節、曲文與明萬曆唐振吾刊《宵光記》第六齣〈神鑑〉、清王奕清鈔本《霄光劍總綱》第六齣接近。

2　底本作「趣」，據明萬曆唐振吾刊《宵光記》改。

3　底本作「期」，據明萬曆唐振吾刊《宵光記》改。

宵光劍・掃殿

小生：太監。

淨：鐵勒奴，衛青結義弟。

貼：傾城，衛姬娘娘的使女。

　　（小生扮太監上）昨夜花開露井桃，未央前殿月輪高。君王有意新承寵，歌舞場中奪錦標。咱乃平陽府內掌宮內監是也。聖上新選衛姬娘娘入宮，寵幸無比，享用非常，正是：桃花貪結子葉，人心想戀紅妝。這殿是咱家掌管，要使人打掃，倘皇爺要幸臨此地，是咱接引，故此特來侍候。北門金鎖鑰，東閣應晨香。（下）

　　（淨上）

【懶畫眉】王家仙第接雲開，夢後城頭曉角哀，曈曈旭日照樓臺。人生富貴須回首，莫遣黃金漫作堆。

　　俺鐵勒奴，只為衛哥一事，清晨來此。打扮府中蒼頭模樣，我已入得大門。此間已是正殿，我且大著膽上去，只做灑掃，看可有人來。（小生上）啜，你是什麼人，大膽上殿？（淨）小人是本府蒼頭。（小生）吓，你既是本府人役，難道不知府中規矩麼？（淨）吓？（小生）左腳上殿去左腳，右腳上殿去右腳。這殿是你站的？還不下去！（淨）小人因見殿上灰塵堆滿，故此上來打掃。（小生）啜，還要多講！倘娘娘出來看見，你就是個死了，還不下去！（淨）吓。（小生）快走！（淨）吓。（小生）丹墀下用心打掃。（淨）吓。（小生）咱家起身得早，去打個盹兒。（下）

（淨）吓吓吓，這等利害！竟上不得殿的。吓，我如今只在丹墀下打掃便了。

（貼捧盒上）

【前腔】三千教舞宿層臺，眉月連娟恨不開，懶於堦裡踏塵埃。聞道五絲[1]能續命，願上南山壽一杯。

　　妾乃平陽傾城是也。昨奉公主娘娘之命，今日是端陽佳節，著我送上五彩花符與衞娘娘，不免趁此早涼，入朝去罷。昨已吩咐長隨每清晨伺候，長隨每哪裡？長隨每哪裡？（淨暗上看貼介）吓，正是他，正是他！（貼）阿呀，那些長隨每好不誤事！這時候還不見來。長隨，長隨在哪裡？（見淨介）阿呀！你是什麼人吓？（淨）小人是本府蒼頭。（貼）府中沒有你這個人吓。（淨）小人因衞青犯罪該斬，為此，小人特來替他的。

　　（貼）呀！衞青犯著何罪該斬？你且說來。（淨偷看貼介）請問殿上小娘子可是傾城姐麼？（貼）唔，我正是。你是什麼人？（淨）我是衞青義弟鐵勒奴。（貼）你何事到此？起來說。（淨）吓，阿呀小娘子吓！（貼）有話快說。（淨）不好了吓，不好了！衞青被兄弟鄭跕決殺了人，竟把衞青向年所佩宵光劍撇在屍首傍邊，本府太爺檢驗劍上有「衞青」二字，可不是衞青殺的？那問官道，禁地殺人，決不待時，只限三日內解往西京就要處決。想此事不是衞娘娘相救，無人救得；衞娘娘處，不是小娘子，再無人傳進。望小娘子留意，傳進衞娘娘，救他一救。（貼）曉得了，你去

1　底本作「三絲」，據明萬曆唐振吾刊《宵光記》（《古本戲曲叢刊》初集景印）、清王奕清鈔本《宵光劍總綱》（《日本所藏稀見中國戲曲文獻叢刊》第一輯景印）改。

罷。（淨）吓。（貼）有這等事！

　　（淨）阿呀小娘子吓！（貼）吓？你去了為何又轉來？（淨）阿呀小娘子吓，可憐衛哥的性命只有這一兩日了。（貼）知道了，去罷。（淨）吓。（下）

　　（貼）有這等事？我也等不及長隨每，不免將此事報與衛娘娘知道便了。

【六么令】我心驚膽顫，受機括密語傳言。我一心指望去朝天子，弓鞋窄，步難前。願奴得覿天顏面，願奴得覿天顏面。

　　（下）

按　語

〔一〕《宵光記》傳世有明萬曆唐振吾刊《宵光記》、清王奕清鈔本《霄光劍總綱》、曲盦鈔本等。本齣情節接近唐振吾本第十四齣〈遺信〉、王奕清鈔本第十四齣。值得注意的是，唐振吾本劇末有兩支【懶畫眉】，本齣與清王奕清鈔本都沒有；唐振吾本沒有【六么令】，但本齣與王奕清鈔本是有的，由此可知本齣與王奕清鈔本的關係深厚。

宵光劍・鬧莊

淨：鐵勒奴，衛青結義弟。

末、外、小生、付：駙馬陳午的家丁。

生：衛青。

丑：陳午，駙馬。

　　（淨上）天子祈麟太乙壇，一封丹詔萬人歡。東君忽佈陽春令，葦草多忘冰雪寒。某，鐵勒奴。只為衛哥被害，身在監中，俺費盡心機，扮作灑掃人役，潛入平陽府中報信與傾城姐知道。不料那佳人義重，天子恩深，聞得今早頒下赦書，將那監中一應有罪的人犯盡行赦免，（笑介）俺想衛哥必然得脫。吓，我如今不免到那西京府前候他出來，會他這麼一會。吓，我的哥，想你在那監中受了多少艱難也！

【粉蝶兒】受了些塵世波查，把雄心都做了一場風化，我笑他們也鬧垓垓蝶攘個蜂拿。算盡了千般計，萬條策，他哪、哪曾把頭上青天來怕？衛哥吓，恁命中的白虎來查，到今日，都做了漁樵閒話。

　　來此已是西京府前。為何這麼靜悄悄的？吓，待我問一聲吓。門上的大哥，請了。（內）怎麼？（淨）借問一聲，老爺今早坐過堂沒有？（內）坐過堂了。（淨）吓，坐過堂了？（內）正是。（淨）來來來。（內）又怎麼？（淨）再借問一聲，那監中的犯人可曾放出麼？（內）都已放出去了。（淨）怎，怎麼講？（內）都

已放出去了。（淨笑介）都已放出去了。我想監中人犯都已放出，俺的衞哥必然得脫，吓，必然得脫，我如今不免到平陽府中會他去走遭也。

【紅繡鞋】只見那鐘鼓高懸在架，瑢琅[1]的空鎖門闥。只聽得夾道裡這蒼松鳥聲兒雜。這壁廂早休衙，那壁廂早回家，俺豈是浪風流閑戲耍？

來此已是。門上的，衞哥回來了麼？（內）沒有回來。（淨）怎，怎，怎講？（內）沒有回來。（淨）沒有回來？好作怪，好作怪！府前又不見，家中又不見，他往哪裡去了？阿呀，我那衞哥吓！（哭介）

【普天樂】恁苦，苦的是那圜扉中；喜，喜的是天書下。則樂個涸轍遭波，枯木生花。跳，跳出了是非窩，拽倒了這茶蘼架。這些時何處把青驄跨？盼不到咫尺天涯，好教咱眼兒巴，意兒裡躊，心兒裡諕。

他往哪裡去了？他往哪裡去了？俺可也一定要找尋著了他的。（叫下）

（末上）好漢憐好漢。（外上）惺惺惜惺惺。（小生上）義氣若相識。（付上）洛陽鐘自鳴。（眾）請了。（外）我們乃堂邑侯府中家丁便是。昨日鄭直著畨水牛前來，送了駙馬爺一千兩銀子，我們二十兩一個，要害什麼衞青。（末）只是衞青，我們不認得，便怎麼？（付）我認得。（眾）怎麼樣一個人？（付）是一個稍長

1　底本作「蹡跟」，據清王奕清鈔本《宵光劍總綱》（《日本所藏稀見中國戲曲文獻叢刊》第一輯景印）、許之衡飲流齋鈔本《宵光劍傳奇》（《古本戲曲叢刊》初集景印）改。

大漢。（眾）既如此，我們如今迎到西京府前去候他出來便了。
（付）說得有理。（眾）走吓。（下）

（生笑上）歡來不似今日，喜逢哪勝今朝。我衛青只道死于非
命，不料天恩大赦，釋放還家。正是：喜之不勝，樂之有餘！（欲
下，眾上撞介）（生）為何撞我？（付）吓！這就是衛大哥。
（眾）這就是衛大哥麼？恭喜恭喜！（生）列位請了。（眾）衛大
哥，天大一樁事，化了一杯雪水。（生）列位，我是冤枉的，幸遇
天恩大赦，釋放還家。請了。（眾拉住介）衛大哥，我們眾弟兄三
錢一分與兄作賀，就請同行。（生）我衛青與列位素無相識，怎麼
好叨擾。請了。（眾）不是吓，我們因你是個好漢，為此要結識
你。（生）吓，既如此，只是不好叨擾。也罷！只飲三杯。（眾）
請吓。（眾進，閉門介）（生）怎麼閉上了？（眾）這是吃酒的法
兒，猶恐你逃席。（生）斷不逃席的。（又進門，眾又閉介）
（生）怎麼又把門閉上了吓？（眾）今日此酒不比尋常，要吃得你
不認得我，我不認得你哩。（眾下）（生）好朋友，素無相識，就
請我吃酒。好吓，好所在！好房子！有個匾額在此，待我看來。
「敕賜堂邑山莊」（擦眼介）敕，敕賜堂邑山莊。阿呀！我聞得堂
邑侯最是豪橫，每每害人都在山莊行事。吓，莫非中了他們之計
了？吓，趁此無人，不免逃走了罷。（眾上）吠！（將生踢倒介）
（丑上）

【引】敕賜堂邑府，有誰人敢壓我。

（眾）衛青拿到了！（丑）到了？抓他進來。（眾）吓。（捉
生丟介）衛青當面。（丑）這就是衛青麼？（眾）是。（生）哎！
（丑）不許開口！過來。（眾）吓。（丑）把他吊在馬坊。（眾）
吓。（推生下）（丑）等待三更時分，把衛青殺了，將屍首撇在灞

川河內。（眾）吓。（丑）衞青吓衞青，只敎你龍遭鐵網難施爪，虎落深坑怎脫逃！（眾下）

按　語

〔一〕本齣主體情節、曲文與清王奕清鈔本《霄光劍總綱》第十七齣〈救青〉前半齣、許之衡飲流齋鈔本《宵光劍》卷下第十八折〈救青〉前半齣接近。

〔二〕選抄此齣的散齣鈔本有中國社科院圖書館藏《集錦》。

宵光劍・救青

淨：鐵勒奴，衛青結義弟。

丑：陳午，駙馬。

生：衛青。

（淨叫喊急奔上）阿呀，阿呀！不、不好了！我聞得今早有一百多人簇擁在西京府前，將一個長大漢子竟擁出上東門外去了。且住，我聞得上東門外有一座堂邑山莊，那駙馬最是豪橫，每每害人多在山莊行事。況且與衛娘娘十分作對，一向要謀害衛哥，想必被他們刦去了，為此急急趕來，前去救他也！

【石榴花】我只聽得街坊一一問根芽，那堂邑侯豪橫更奢華。不思是朝廷把你嫌爭達，一迷裡違條法，倚靠著椒室蒹葭。覷他天家只當做泥菩薩，抵多少貴戚豪家。滿朝中宰職多擔怕，有誰人正眼覷著他。

來此已是。天色尚早，為何把門兒閉上？事有蹺蹊，事有蹺蹊……

【滿庭芳】撲登的心頭火發，我一隻手把門栓來撾，一隻腳把門檻來踏，呀！霎時間天關地軸多搖刮。且住，我在這裡打將進去，裡面倒將我的衛哥來殺了……（做殺勢介）罷！我為哥哥把雄心按納，且不用胡謅亂嗻，也不用心猿意馬。哪怕他玉無瑕，太阿出匣？陳午，陳午！少頃賺你出來時節，管教你百口亂如麻。

開門，開門！（叩門介）（內）是誰叩門？

（淨）

【上小樓】恁問俺是誰，咱就不合敲門？（又叩介）（內）是誰大膽敲門？（淨）咱問恁是誰，不出來迎迓？（內）俺這裡是潭潭都府，耀耀皇莊，誰來迎迓你！（淨）恁道是潭潭都府，耀耀皇莊，赫赫天家。小可的也不敢到莊前去，門邊覷牆邊來擦。[1]（內）你是什麼人？（淨）俺是奉天顏密來傳話。

（眾上）聖旨下了。（淨看兩邊介）（眾）老爺有請。（丑上）做什麼？（眾）聖旨下了。（丑）快排香案！（眾）排不及了。（丑）開正門！（眾開門，丑出迎介）陳午接旨。（淨）俺奉密旨，著家丁退後。（丑）吓，家丁退後。（眾）吓。（眾退後介）（淨）你就是陳午麼？（丑）是。（淨）上前來。（丑）是。（淨）在這裡了，好狗頭吓！（拿住丑介，眾上前介）（淨）恁若上前，先把陳午開刀！（丑）退後些！（眾退後介）（淨）好狗頭吓！

【耍孩兒】看我這青鋒出匣光如雪，五步之中難將富貴誇。那些個親承天語丹墀下，你休將言語來嘈雜。巧計支吾閑磕牙，俺怎肯干休罷。恁若是倚權挾勢，你就亂逞胡拿。

（丑）不知壯士為著何事？（淨）好狗頭，那衛青與你有什麼

1　底本作「牆邊覷門邊來擦」，據清王奕清鈔本《宵光劍總綱》（《日本所藏稀見中國戲曲文獻叢刊》第一輯景印）、許之衡飲流齋鈔本《宵光劍傳奇》（《古本戲曲叢刊》初集景印）改。

冤仇，要害他？好好放出，饒你的性命。（丑）不知道什麼衞青、衞白。（淨）你眞個不曉得？（丑）眞個不曉得。（淨）當眞不曉得？（丑）當眞不曉得。（淨作殺勢介）

【又】你巧裝聾喬作啞，逞隨何效陸賈，到我這跟前告一個聞消乏。你甜言蜜語三冬暖，血污遊魂萬里沙。做一場眞話巴，收拾起驚怕，打疊起嗟呀。

　　好好放出，饒你性命。（丑）壯士請息怒，是鄭直送在小莊，動也不曾動一動。快請衞大爺出來。（眾）吓。（眾推生上即下）淨看生下，將丑遞介。（生哭上介）（淨）我的哥，我的哥，站穩了，俺兄弟鐵勒奴在此。（生哭介）兄弟，若不是你來，險些性命休矣！（淨）哥哥，此處是上東門外，俺兄弟不進城，要別你去了。（生哭介）兄弟，纔得相會，怎說要別？

　　（淨）我的哥吓！

【煞尾】和你大丈夫別離了休淚灑，俺怎肯戀棧頭居轅下。憑著俺錕鋙在手內存，那拜將封侯也只當耍。

　　（欲下，生扯住哭介）兄弟，做哥哥的只是捨你不得。（淨亦哭介）兄弟也捨不得。（生）兄弟，你不要去吓！（淨）我的哥，你看：那邊陳午家丁又來了。（生）在哪裡？（淨）哥哥請了，俺是去也。（生）兄弟，你不要去吓！（淨）請了請了。（下）（生）兄弟，不要去吓……（哭下）

按　語

〔一〕本齣主體情節、曲文與清王奕清鈔本《霄光劍總綱》第十七齣〈救青〉後半齣、許之衡飮流齋鈔本《宵光劍傳奇》卷下第十八折〈救青〉後半齣接近。

〔二〕選抄此齣的散齣鈔本有中國社科院圖書館藏《集錦》。

宵光劍・功臣宴

末：韓安國，御史大夫。

外：公孫弘，大丞相。

小生：竇嬰，魏其侯。

淨：鐵勒奴，衛青的結義弟，副將軍。

付：傳令軍官。

生：衛青，將軍。

丑：陳午，駙馬。

　　（末上）上將功成瀚海隈，征夫盡賜錦衣回。慶成今日開華宴，瑞氣恩光泛酒盃。某姓韓，名安國，官拜御史大夫。今早入朝，奉聖旨，衛大將軍得勝班師，已到關上，設宴在彼，名曰「慶成宴」。朝臣自諸王駙馬以至丞相等，都要到彼迎入，復命下官主宴，朝臣如有不到者，或座間諠譁失儀者，俱係下官參奏。宴已擺齊，且待眾朝臣到來，請大將軍陞帳。言之未已，眾朝臣早到。

　　（外上）烏紗玉帶紫金魚，出入千人擁一車。若問榮華何所在？少年曾讀五車書。某覆姓公孫，名弘，官拜大丞相。蒙聖旨差往陪宴大將軍，須索走遭也。請了。（末）老丞相。

　　（小生上）運奇談伏決雄雌，大將橫行十萬師。臺上霜威凌草木，軍中殺氣傍旌旗。某，魏其侯竇嬰是也。蒙聖旨陪宴大將軍，須索走遭也。（見禮介）請了。（眾）請了。

　　（淨上）聖主懷賓忿雪消，小臣沖雪敢辭勞？匈奴自此知名

姓，休傍山陰再射雕。某，鐵勒奴，昨蒙聖上賜姓為金，優敘斬谷[1]蠡王之功，超拜為副將軍，復蒙賜宴，須索走遭也。（眾見禮介）

（末）眾朝臣俱已齊了，只有堂邑侯未到。天色尚早，我們坐待一回。金將軍，可把大將軍出塞功勞試說一遍，下官輩洗耳恭聽。（淨）列位若不嫌絮煩，待某家試說這麼一遍。（眾）願聞。

（淨）列位吓：

【點絳唇】我想那漢室初開，單于勢大，侵疆界。御駕親排，困守在平城外。

列位，我想那一節的功勞呵，

【混江龍】若不是陳平的計策，險些兒把六龍萬乘喪塵埃。笑殺那書生沒計，要與那戎寇和諧。重沉沉金帛多輸翠帳，那姣滴滴的帝女去嫁狼豺。若不是大將軍雄威蓋世，怎能個到瀚海駕輪臺？這的是除兇上報前王恨，雪恥平消後代災，肅清絕塞，列位吓，掃盡了陰霾。

（付扮中軍上）中軍叩頭。（淨）中軍，各位老爺多齊了麼？（付）只有堂邑侯陳爺未到。（淨）可是那陳午麼？（付）正是。（淨）不必等他，傳鼓開門。（付）吓，傳鼓開門。（內吹打，四小軍執大刀排上）

（生）

【引】慶成御宴賜元勳，繚繞香煙捧慶雲。

我，衛青。班師回朝，蒙聖恩先賜御宴，然後獻俘。（付）中軍進。（眾進介）中軍叩頭。（生）各位老爺齊了麼？（付）各位

---

[1] 底本作「各」，據許之衡飲流齋鈔本《宵光劍傳奇》（《古本戲曲叢刊》初集景印）改。

老爺俱齊，只有堂邑侯陳爺未到。（生）可是陳午麼？（付）正
是。（生）不必等，吩咐開門。（付）吓，吩咐開門。（生生出迎眾
介）（淨）吓，衞哥，衞哥。（眾）大將軍請。（生）列位請。
（眾）大將軍請上，我等有一拜。（生）下官也有一拜。（拜介）
（眾）久慕虎威，未得瞻企，今來何幸，叨奉末塵。（生）曩昔微
功，何足齒錄！仰賴洪庇，叨獲天恩。惶恐，惶恐。（末）下官奉
聖旨為主宴官，今日座次，須先講明。聖上因大將軍功高，待以殊
禮，故設此宴，大將軍宜居首席。（生）韓大人差矣！老丞相職司
鼎鼐，位列台階，衞青何人，敢居其上？

　　（淨）咳，衞哥，你來吓。

【油葫蘆】恁說什麼職司鼎鼐位列台階，你做皇家梁棟
材。他兀的不是太平時受用的毛錐客，他又不曾擐戈披甲
去開邊塞，哪知有那風雲呼吸真利害？今日個凱歌來，今
日個八方泰，恁大將軍則這巍巍功業可也如天大。哥吓，
這座兒、這座兒有誰人與你敢浪推？

　　（外）金將軍說得是。看酒來。（生）如此，占座了。（末定
席，與生簪花介）（末）第二位該副元帥[2]金將軍。（淨）不敢，
還是丞相請。（外）正該金將軍，不消推得。請。

　　（淨）呀！

【天下樂】猛聽得副座也輕將那金勒挨，該也不該！謝恁
個會招賢的宰相把人抬。這不是花柳街，又不是風月寨。
列位，有占了，得罪了吓，須知俺的論功酒只是敘功階。占
了，占了！

2　底本作「卿」，據下文改。

（外）請。（末與淨定席、簪花，淨手摸花，大笑介）（末定外、小生席介）（生轉定末席介）（各坐介）（付）請各位老爺上酒。（生）中軍。（付）有。（生）凡一應大小官員後至者，不許擅入。（付）吓。（淨出席介）衞哥。（大笑介）哈哈哈！

（丑上）春風翠幌錦模糊，歌舞場中日日過。我貴我榮君莫羨，命中招得好家婆。下官堂邑侯駙馬陳午是也。昨蒙聖旨關外吃慶成宴，夜來酒醉，起得遲了。我想衞青向年幾乎死在我手中，哪知他成此大功？今日怎好去相見？吓，凡事讓他些便了。哪個把門？說我在此。（付）是哪個？原來是駙馬爺。（丑）通報說我到了。（付）大將軍有令：轅門閉後，一應大小官員，後至者，不許擅入；如違者，按以軍法！（丑）好笑，我是朝臣班首，少了我，就沒有席尊了。（付）這是將令。（丑）啧！什麼將令？待我撞將進去。（進介）呀，韓大人，公孫大人，你們好吃吓，也不待我來。（外、末、小生）待之已久了。（生）什麼人擅入轅門？中軍，與我綁了。（付應介）（丑）唏唏唏！我是聖上嫡嫡親親的女婿，誰敢綁我？

（淨）吓！

【鵲踏枝】為什麼眾朝臣皆失色？哥吓，他都只為腌臢貨驀下駓。（丑）我該坐在哪裡？（末）聖上只為二位功高勞苦，故設此宴。設座副元帥之下，丞相之上。（丑）我是聖上的姑夫，何人敢占我的座位？（淨）阿呀呀呀！覷著他昂昂氣概，口兒裡一劉胡柴。（丑）我是皇帝的女婿，椒房之親！（淨）你道是椒房寵愛，聖人行女婿則這姣客。（丑）住了！大將軍功高，該坐上位，你是什麼副元帥，占我的座位麼？（扯淨下位介）快斟酒來我吃。（坐吃介）

（淨）阿呀，列位，今日這酒呵，

【寄生草】也不為叙親擺，又不是叙爵排。端的為櫛風沐雨多驚害，擺戈排甲去開邊塞，因此上開筵設席酬功待。恁看那山河帶礪國家盟，哪、哪知有豪華乳臭一個名兒在。

（打丑介）（丑）阿呀，大將軍功高蓋世，理應簪花，你這個人也要簪花？取下來與我簪！（除淨花介）（淨拿住丑介）阿吓吓吓！

【么篇】激、激得我睜還豎，惱、惱得俺氣轉來！你看那公卿貴戚多列在側，誰教你沙三、牛[3]表的皇家派？恁道是金枝玉葉的皇家脈？（眾）金將軍，他權勢甚大，讓他些罷。（淨）恁道他有權有勢帝王親，喀、喀道他不尷不尬一個村木派。

（打丑跌介）（丑）阿呀呀呀……罷罷罷！你們如此怠慢我，我去奏與聖上，憑聖上與你們說話罷，罷吓！（怒下）

（眾）你看他竟自去了。金將軍，你的量也忒窄了些些。（淨）阿呀，列位吓：

【煞尾】非是俺心兒窄量兒隘，他故意的裝聾來做呆，不睬的不睬。你們有誰人與我分剖一個明白？我謝公卿元宰，恕鯫生的罪責，俺金勒呵，拚得個碎首在金堦。（下）

（生）列位大人，堂邑侯來遲爭座，攪混筵席，將此二事奏聞聖上便了。（眾）大將軍言之有理，我等一同面聖便了。（生）為報人臣須奉法。（眾）莫待臨頭懊悔遲。（同下）

3　底本作「中」，參酌文意改。

按 語 ✐

〔一〕本齣主體情節與清王奕清鈔本《霄光劍總綱》第二十七齣、許之衡飲流齋鈔本《宵光劍傳奇》卷下第二十六折〈功宴〉接近，但御史大夫等人的上場詩及部分曲文與王奕清鈔本不同。

〔二〕選抄此齣的散齣鈔本有：中國社科院圖書館藏《集錦》、中國國家圖書館藏朱執堂抄《時劇集錦》。

牡丹亭・勸農

外：杜寶，南安府太守。

小生：書吏。

生、末：南安府大庾縣清樂鄉父老。

淨：農夫。

付（前）、丑（前）：村童。

小旦、老旦：採桑婦。

付（後）、丑（後）：採茶婦。

　　（雜扮小軍、貼扮門子，引外上）

【引】何處行春開五馬？采邛風物候濃華。竹宇聞鳩，朱[1]
旛引鹿，且留憩甘棠之下。

　　時節時節，過了春三二月，乍晴膏雨煙濃，太守春深勸農。農
重農重，緩理征徭詞訟。下官，南安府杜寶是也。向在江廣之間，
春事頗早，想俺為太守的深居府堂，那遠鄉僻塢，有拋荒游懶的，
何由得知？昨已吩咐該縣置買花酒，今日本府親自下鄉勸農，想已
齊備。（小生扮吏上）承行無令史，帶辦有農民。書吏叩頭。
（外）勸農花酒，俱已齊備了麼？（小生）齊備了。（外）吩付起
馬。（雜應，唱介）（外）住了！近鄉之處，不許囉唪！（雜應

1　底本作「采」，據明末朱墨本《牡丹亭記》（《古本戲曲叢刊》初集景
　　印）改。

介）吓。（外）為乘陽氣行春令，不是閑遊玩物華。（下）

　　（生、末扮父老上）

【引】白髮年來公事寡，聽得兒童笑語諠。我乃南安府清樂鄉父老便是。恭喜本府太爺官治三年，慈祥端正，弊絕風清，凡有鄉村保甲義倉社學，無不舉行，極是地方有福。現今下鄉勸農，我們到官廳伺候。（下）

　　（付、丑抬酒上）

【普天樂】[2]俺天生快手賊無過，衙內消消沒的睃。扛酒去前坡，（跌介）幾乎跌了哥。（付）阿呀弗好哉！一個酒鬏打碎哉。（丑）僭個！是吓打碎個！（付）僭個！吓拉前頭走，倒賴我打碎個，啐！（丑）你就扯破了花賴弗得我。

　　（付）我打吓個毦養個……（末、生上）不要打，不要打。（付）阿爹，我告訴吓。（丑）阿爹，我告訴吓。（末）不要嚷！逐一個講。（付）阿爹，渠拉前頭走，打碎子酒鬏，倒推拉我身上。吓道阿有介事？（丑）阿爹，酒罎我打碎個，難道酒漏出來也是我？（末、生）吓，你這個人獸的！罎子破了，酒自漏出來了。（丑）介沒我差哉。阿哥得罪。（付）介張硬卵！（末、生）酒還漏得不多。（丑打介）（末）怎麼打我這一下？（丑）馬坊里個鞍彎！（眾）為何？（丑）纏拉我身上。（生、末）我每到官廳伺候。（下）

　　（眾上）

【排歌】紅杏深花，菖蒲淺芽，春時漸暖年華。竹籬茅舍酒旗兒叉，雨過炊煙一縷斜。（生、末上）南安府大庾縣父老

2　這支是南仙呂入雙調過曲【普賢歌】，底本不確。

迎接太老爺。（外）官廳待候。（眾合）提壺叫，布穀喳，行看幾日免排衙。休頭踏[3]，省喧譁，恐驚林外野人家。

（生末）父老們叩頭。（外）起來。父老們，此地何都何鄉？（生、末）南安府大庾縣第一都清樂鄉。（外）待我一觀。妙吓！此鄉真個清而可樂也！你看：山也清，水也清，人在山陰道上行，春雲處處生。（末）正是：官也清，吏也清，村民無事到公庭，農歌三兩聲。（外）父老每，可知本府春遊之意乎？（生、末）父老們愚蠢，求太老爺明示。（外）聽者：

【八聲甘州】平原麥灑，翠波搖翦翦綠疇如畫。如酥嫩雨，遠膵春色蘿[4]苴。趁江南土疏田脈佳，怕人戶每拋荒力不加。還怕，有那無頭官事誤了你好生涯。

（生、末）太老爺未下馬之前，晝有公差，夜有盜驚；自從太老爺到任之後呵：

【前腔】千村轉歲華，愚父老香盆，兒童竹馬。陽春有腳，經過百姓人家。月明無犬吠黃花，雨過吹煙一縷斜。（合）佳話，真個村村雨露桑麻。

（淨扮田夫，唱山歌上）吓吓嚕！閭閻繚繞接山巔，春草青青了吓萬頃田。日暮不辭停五馬，桃花紅杏竹籬邊。阿呀好滑吓！

【孝順歌】泥滑喇，腳支沙，短耙長犁滑律的拿。夜雨撒菰麻，天晴出糞渣，香風俺[5]鮓。（生、末）太老爺在此。（淨）太老爺，農夫叩頭。（外）歌得好！「夜雨撒菰麻，天晴出

糞渣，香風馣鮓」說那糞臭。父老每，他卻不知這糞是香的。有詩為證：「焚香列鼎奉君王，饌玉炊金飽即忘。直到飢時聞飯過，龍涎不及糞渣香。」與他插花、飲酒去。（眾合）**官裡醉流霞，風前笑插花，把俺農夫每俊煞！**（淨下）

　　（丑上）

【前腔】春鞭打，笛兒吵，倒牛背斜陽閃暮鴉。嗟！他一樣小腰揪，一般雙髻丱，能騎大馬。（生）太老爺在此。（丑）太老爺，村童叩頭。（外）歌得好！怎生指著門子唱「一樣小腰揪，一般雙髻丱，能騎大馬」？父老。（生、末應介）（外）他怎知騎牛的倒穩？有詩為證：「常羨人間萬戶侯，只知騎馬勝騎牛。今朝馬上看山色，怎似騎牛得自由。」與他插花、飲酒去。（丑）多謝太老爺。（生）這裡來。（眾合）**官裡醉流霞，風前笑插花，**（丑）我好快活，**把俺村童每俊煞！**（下）

　　（小旦、老旦上）

【前腔】桑蔭下，柳篾兒搓[6]，順手腰身剪一丫。俺羅敷自有家，便秋胡怎認他，提金下馬？採桑婦女叩頭。（外）我不是魯國秋胡，也不是秦家使君，是本府在此勸農。見你們勤採罌桑，可敬！有詩為證：「一般桃李聽笙歌，此地桑蔭十畝多。不比世間閒草木，枝枝葉葉是綾羅。」與他插花、飲酒去。（老旦、小旦）多謝太老爺。（眾合）**官裡醉流霞，風前笑插花，**（老旦、小旦）**把俺採桑人俊煞！**（下）

　　（付、丑上）

【前腔】乘時雨，採新茶，一旗半鎗金縷芽。學士雪炊

6　底本作「嵯」，據明末朱墨本《牡丹亭記》改。

他，書生困想他，竹煙新瓦。（生、末）太老爺在此。（付、丑）什麼官府在此？採茶婦女叩頭。（外）歌得好。我不是郵亭學士，不是陽羨書生，是本府在此勸農。見你們採桑採茶，勝似採花，有詩為證：「只因天上少茶星，地下先開百草精。閑[7]煞女郎貪鬥草，風光不似鬥茶清。」與他插花、飲酒去。（付、丑）多謝太老爺。（眾合）**官裡醉流霞，風前笑插花，**（付、丑）**把俺採茶人俊煞！**（付、丑下）

（生、末）稟上太老爺，父老備有茶飯伺候。（外）不消。餘剩的花、酒，父老每飲過，其餘給散小鄉村，也見得本府勸農之至意。（生、末）村中男婦多來送太老爺。（外）不消。吩咐起馬。

【清江引】黃堂春遊韻瀟灑，身騎五花馬。村林裡有光華，花酒藏風雅。（生、末）父老們送太老爺。（外）不消。你看那男女，德政碑隨路打。

爾父老每與男婦老幼，多要相率勤于農桑，毋違勸勉，自然家家豐厚。汝等多回去罷，不可懶惰！（生、末）吓。（眾同下）

按　語

〔一〕本齣出自湯顯祖撰《牡丹亭》第八齣〈勸農〉。

〔二〕選刊此齣的散齣選本還有《審音鑑古錄》，選抄此齣的散齣鈔本有中國社科院圖書館藏《集錦》。

7　底本作「嫌」，據明末朱墨本《牡丹亭記》改。

人獸關‧演官

淨：桂負之。

付：尤滑稽，桂負之的妻舅。

　　（淨上）

【雙勸酒】金資滿裝，衙門停當。京師奔忙，前程堪望。
但願得官星興旺，戴一頂紗帽風光。

　　區區龍遊富翁桂負之便是。我家枉有許多錢財，自想：無官不
貴，因此同了大舅拿了三千銀子，到京營幹。所有「通州例、飛過
海」幾條門路，因選的官卑路遠，不稱鄙懷；近有邊功一例，雖則
武弁，倒也冠冕。今早大舅到兵部衙門打幹去了，等他回來，必有
好音。

　　（付上）

【前腔】營謀在行，相知偏廣。存心善良，分毫非誑。受
盡了驅馳勞攘，祇為那骨肉相央。

　　（淨）大舅回來了？（付）正是。（淨）事體如何哉？（付）
今早兵部大堂題過了疏，聖上批在兵科復核，只等科裡回奏，不日
就有衙門哉。（淨）此事真乃大舅作成也。（付）豈敢，豈敢。
　　（淨）有勞，有勞。（付）當得，當得。（淨）快活，快活！要做
官哉！（付）姐夫，只是一說，個星行頭阿曾備端正亂來？（淨）
做官沒要僱行頭個了？（付）紗帽、圓領之類哉那。（淨）弗消吘
說得，故兩日吘拉外頭辛辛苦苦、勞勞碌碌、奔奔波波、鼻鼻仆

仆，我一一二二纔停當亅哉。（付）吓！纔端正亅哉？個哈到有點弗相信。（淨）吂弗信？跟我來。（付）跟哩去聽說鬼話嚄，先看紗帽。（淨）個頂紗帽輕胎個。（付）吓，我只道是賤胎個了。（淨）倒是亨胎。（付）姐夫，今日是好日，阿可以演演？（淨）僑個叫演演？（付）戴戴哉那。（淨）戴戴就叫演演？（付）演演就是戴戴。（淨）有理個！我來演演哉。（戴介）

【耍孩兒】**烏紗定做輕胎亮。**（付）**天藍印綬鬚飄蕩。**（淨戴，沒眼介）（付大笑介）阿呀，紗帽哪說連眉毛纏過拉哈個介！（淨）下哉？介沒上點。（又起介）（付）忒上哉。（淨）哪說戴頂紗帽就弄得我弗上弗落裡哉！（付）姐夫，你戴得下來，我叫吂住沒住。（淨）吙。（付）住。（淨戴正介）哈哈哈！如何？阿是配頭做個？（付）圓領介？（淨）有吓。哪哪哪！個樣緞子如何？（付）有僑說，個是局緞吓。（淨）彭緞吓，僑局緞！（付）阿要一兩一尺？（淨）弗消，只得八錢一尺。（付）哪能便宜？（淨）我自家去買個喂。（付）便介了。著起來著起來。（淨）個沒著里僑？（付）也要看看身材大小長短。（淨）吓，看看身材大小……（嗽介）（付）僑？僑？痰上哉？（淨）個件衣裳不拉裁縫做子壓到哈哉。（付）哪了介？（淨）著上子個身，頭頸裡是介刺緊子，喉嚨頭個痰是介吼簍吼簍個，是僑意思？（付）姜著了，著伏子就弗哉那。（淨）吓，著伏子就弗個。（付）帶來，帶來。（淨）有吓。**束帶光銀不用鑲。**（付）跋轉來。（淨）呸！上帶，只管叫我跋轉來。（付）上帶只有背後頭上個，哪倒當門前上個。（淨）我只道當門前上個了。（付）喂！吂弗肯跋轉來，只怕小呷裡上歇別人個當了。（淨）吙！亂話。（付）好補子吓！（淨）**簇新員領盤金補。**走開點，等我踱兩步吂看看。（走介）

（付）哈哈哈！失枝脫節。（淨）哪了？（付）吾看：頭上戴子紗帽，身上著子員領，腳上倒拖一雙鞋皮拉弔——阿是失枝脫節？（淨）眞正，眞正。有弔！等我拿來吓。簇新個粉底皂靴，利祥齋裡買個。（付）好弔，個雙靴幾哈僑弔？（淨）吾猜猜看。（付）五錢頭。（淨）呸！問吾阿要介！（付）哪了？（淨）七錢三分弔。（付）個呷貴子點哉。（淨）單差沒人裡著靴喂。（付）有我拉裡。（淨）哪好勞大舅介。（付）我搭吾至親，番道僑了。（淨）既然是介，權當奚童。（付）還要討我個便宜來！（淨）時樣新靴底似霜。（付）**打扮就是眞官樣。自古道花須葉襯，佛要金裝。**

　　（淨）脫子下來罷。（付）住弔。拿個星見上司，會同僚，迎賓送客，也來演演。（淨）吙。（付）吾坐拉個搭，等我來做子長班來裹。啓爺：外面有客到了。（淨鬼臉介）（付）做僑？阿是啞子？伸頭縮腦做個鬼臉。（淨）無非說道：有請。（付）兆吓！喂，老爺出來。（淨）介沒客人介？（付）說弗得，亦是我來哉那。（淨）亦是吾。（付）忙殺哉。

【三煞】**見尊官禮貌莊。**（付）寅翁，請吓。（淨）阿喲會同僚，**情意將。**（付）請吓。（淨）請吓。（付）那看見子客人只有請進去，哪有請出來個？（淨）我差哉。再來再來。請吓。（付）請吓。阿呀！走路沒好好能介走，阿是燒欠子筋了？一個下爬僑得蕩蕩能個里哉。（淨）吾個個人眞正冒入鬼！（付）哪了？（淨）個是官體，叫做「鶴行走」，哪說燒欠子筋了。（付）鶴行走？介沒，我還有「老鸛跛」裡配吾來。再來再來。（淨）請吓。（付）**深恭淺喏頻稽顙。**（淨）個歇沒哪？（付）吃茶哉。（淨）請。（付）打恭。（淨）吙。（付）各郎，各郎……（淨）

官府吃茶，茶鍾裡要叫個了，儕個各郎各郎？（付）個是茶匙響。
（淨）介沒，我來。吓，吓……（付）儕？茶裡有渣哈個儕？
（淨）吐忔子個桂元核。（付）想絕哉！（淨）**獻茶抹椅多儀
敬**。那沒儕個哉？（付）扳談。（淨）吓，請教。（付）請問寅
翁，幾時命下的？（淨）前故而子。（付）兩個毡子？（淨）吾個
個人！官話聽弗出個？直話說道「前個日子」，打官話沒，說道
「前故而子」哉耶。（付）阿要笑話吾？官話沒只有前日、大前
日，儕個前故而子、前故而子！弗是個官話，直頭是個鳥話哉。
（淨）吾倒是個亂話！（付）姐夫，弗是摟，吾個官話直頭要學學
吾來。我說出來，看吾阿聽得出？亞你娘麻以雛雛細娘麻付付托
迷！（淨）吾拉吾說個哆哈儕個？我直頭一句也聽弗出。（付）弗
是，做子官要學個兩句滿洲說話，好答應上司。（淨）番青我亦會
個，我說出來吾答應。（付）吓。（淨）亞你娘麻唅喙麻阿哇沒利
以雛哈！（付）著！著！（淨）吾拉吾答應個多哈儕個？（付）哪
了？（淨）我是拉里罵吾。（付）哪說罵我？（淨）頭一句是「吾
個兔子吓」，第二句是說道「死烏龜坯耶」，吾倒拉「著、著」個
答應！**官話通文各配腔**。（付）**習官體，非草莽，真個是威
儀濟濟，相貌堂堂**。

（淨）難間脫落子罷。（付）慢點，拿個審事體也來演演。
（淨）明朝再演罷。（付）素性演透子哩。等我來喝，吾出來，噹
──打介一記雲板。（淨）弗差個。（付）依──依──（淨）做
儕？（付）喝導。（淨）官不威，牙爪威，喝響點，儕個依依！
（付）響點吓？烏喝！（淨）個沒是哉。
【**二煞**】**待衙門弊要防**。（付）捌捌三記升堂鼓。啓爺！
（淨）**立堂規法要彰**。（付）踏著子演門吾哉儕！（淨）**寬嚴**

並用無偏向。那沒做僥？（付）等我告一樁事體拉吾審，吾阿審得來？告狀人進。告狀人當面。老爺，告狀。（淨）你告什麼狀的？（付）老爺，他罵了小的，小的也罵了他；他打了小的，小的也打了他。是介一樁事體吼，看吾哪審法。（淨）個僥難介，把那先罵先打的打他二十。（付）倐荅吾個柳思春又得飯，飯沒得吃吼來！（淨）哪了？（淨）要拿個後打後罵個打他二十。（淨）哪說倒是介審法？（付）姐夫，吾弗曉得喇，賺些阿堵來償本，覓個相知去過賬。（淨）是吓，當今仕路糊塗賬。（付）做什麼居官清正？受盡了林下淒涼。

　　常言說道：「一子受皇恩，全家食天祿。」姐夫做子官，合家纏帶挈風光哉。（淨）大舅吓，若得三年任滿，

【一煞】受皇恩，封父娘。（付）阿姐介？（淨）贈宜人，是敝房。（付）我呢？（淨）老兄公舅人多讓。（付）那是鄉宦哉。（淨）見官見府稱鄉宦。（付）外甥介？（淨）公子公孫紹[1]世芳。（付）還要講公事，尋白鏹。快把桂銜告示貼遍了解庫倉場。

　　姐夫，只是一說：明朝個星紗帽、員領纏要我替吾拿進去個吼。（淨）哪了？（付）弗是吓，個搭場哈是管家一個也走弗進個。單差領憑，還差介二三百兩銀子吼來。（淨）吾是曉得個，二千兩頭是用完哉，那間只剩得一二百兩吼哉。（付）銀子沒用完哉，官哩吾做哉介。（淨笑介）是吓。

【煞尾】黃金漸漸完，烏帽看看上。（付）管叫你霎時間

1　底本作「洽」，據明崇禎間《一笠庵新編人獸關傳奇》（《古本戲曲叢刊》三集景印）改。

好事從天降。（淨）說子半日，肚裡餓哉，進去吃點僖介。
（付）有理個！那方纔「鶴行走」法介……（淨）哪個歇還要演
來？（付）直頭要演到底丒嚧。（淨）介沒，來嚧。請吓，請
吓……（付）冒！哈哈哈！（淨）大舅，今夜裡對著孤燈兒和
你慢慢的講。（同下）

按　語

〔一〕本齣出自李玉撰《人獸關》第二十三齣〈痴擬〉。

〔二〕選刊此齣的坊刻散齣選本還有聞正堂刊《綴白裘全集》。

獅吼記‧梳妝

小生：陳季常。
貼：柳氏，陳季常之妻。
淨：蘇東坡的僕人。

（小生上）

【引】談空說有遇名僧，看破浮生，了悟浮生。

　　冠天履地學為儒，無奈青雲事業虛，近向西來探秘密，黃花翠竹盡真如。小生陳慥，字季常。自從東坡雪堂偶遇佛印禪師，謬結同心之契，常聆出世之談，欲仗大士之因緣，消我前生孽債。咳！只是茫茫苦海，墮落堪虞；泛泛慈航，皈依頗切。爭奈……（看內介）爭奈妻房柳氏，生性卻有些蹺蹊，遽難化誨。咳！我只得甘心忍耐。今早去拜蘇東坡，誰想他不在家，只得就回。今已辰牌時分，待我去看娘子起身未曾……（內貼嗽介）呀，娘子出來了，整衣而見。

　　（貼上）

【引】朦朧春夢鶯啼醒，綠窗外日移花影。

　　（小生）娘子拜揖！（貼）春眠不覺曉，處處聞啼鳥。（小生）夜來風雨聲，花落知多少。（貼）陳郎。（小生）卑人在。（貼）你今日為何出門得早？（小生）卑人欲尋東坡談禪，誰想他不在家了。（貼）吓，太早了。（作伸腰介）（小生）娘子，我看你雲鬢雖亂，意態更妍，恍如宿醒太真，絕勝捧心西子，怎教人不

愛殺？（貼）我也不要你虛頭奉承，只要你實心貼伏。

（小生）吓，娘子：

【懶畫眉】我和你關關匹鳥兩和鳴，夫妻以和為貴，夫唱婦隨協氣生。須知那伯鸞德耀振賢名，白頭相愛還相敬，我怎忍反目徒傷結髮情。

（貼）陳郎，我豈不知，

【前腔】幽閒貞靜博芳名。只怕你做丈夫的呵，（小生）請教。（貼）宜室宜家道未行。（小生）吓，若論刑于之化，卑人其實不讓文王；但恐娘子……咻，怕不如淑女。（貼）吓？哪些兒見我不如淑女吓？你出言何故太欺凌？（小生）卑人怎敢！（貼）多應未諳區區性。（小生）娘子，卑人取笑，如何就認了真。（貼）誰與你取笑？（小生）取笑呀。（貼）哪個與你取笑吓？也是你作耍成真自取憎。

（小生）娘子，今後再不可取笑了！夫妻可是取笑得的？不可，不可！（貼）這便纔是。陳郎，什麼時候了？（小生）待卑人看來。吓，娘子，是巳牌時候了。（貼）去取我的鏡臺過來，待我梳妝。（小生）是，敢不效勞？吓，娘子，鏡台、犀梳、象牙眉掠俱已停當了，請娘子整妝，待卑人伺候。

（貼）

【前腔】輕塵拂去見光明。（小生偷看貼梳妝介）（小生）妙吓！照得伊丰采翩翩百媚生。（貼將抿水彈小生面介）（貼）住了！怎麼在背後做我的鬼臉？（小生）卑人怎敢做娘子的鬼臉吓？冤哉！（貼）吓，我明明看見的，還要抵賴！（小生）吓，我看娘子鏡中的影兒好像……（貼）像哪個？（小生）好像對門張家媳婦。（貼怒介）吓！你原來看上了什麼張家媳婦，竟自來比我

麼？我把菱花擲碎恨難伸。（貼取鏡丟，小生接介）（小生將扇搧貼介）娘子，不要氣，不要氣，待我與娘子打扇如何？（貼搶扇看介）吓！這丹青便面是誰人贈？莫不是擲果潘安遠寄情？

　　我看這扇兒倒也精緻，多應是年少風流之物，是哪個送與你的？（小生）是個少年朋友送與我的。（貼）是少年朋友送與你的？多少年紀了？（小生）卑人看他年紀有十五六歲，多者十七歲了。（貼）吓，原來你在外如此胡為！吓，罷了，罷了！

【前腔】男兒不自重芳名，甘比頑童背聖經。（小生）吓，娘子。你撚酸吃醋全不怕人聽。（貼）我家常說話，有誰聽吓。（小生）書中長舌宜三省。（貼）三省、三省，打得你投河落井！（小生）咻，咻！什麼說話！可惜，可惜，還好未壞。（貼）小厮每聽者，今後再有少年朋友來拜，竟自回他，不許通報，免使東君喜送迎。

　　（小生）倒是回的好。（貼換衣介）（小生）請娘子更衣。（淨上）為有[1]看花約，因傳折柬來。自家蘇老爺家蒼頭便是。奉老爺之命，去請陳相公。來此已是。陳相公在麼？（小生）娘子，外面有人，待卑人去看來。（貼）不許！待我去看來，可是少年朋友。（看介）（淨）陳相公。（貼）原來是個老僕。陳郎，你去看來。（小生）卑人不去，恐怕是個小朋友。（貼）多講！

　　（小生）是。是哪個？（淨）陳相公，你弗認得我哉麼？我是蘇老爺差來個蒼頭。（貼聽介）（小生）差你來做什麼？（淨）老

---

[1]　底本作「友」，據明汲古閣《繡刻演劇》本《獅吼記》（《古本戲曲叢刊》三集景印）改。

爺說，今日天氣晴明，南郊花事[2]可觀，為此特邀琴操相陪……
（小生掩淨口介）（貼）陳郎。（淨）幾乎悶殺子！（小生）阿
呀，「琴操」二字不知可曾聽見？（貼）陳郎！（小生）娘子。
（貼）是哪個請你？（小生）是蘇學士請我遊春。（貼）可有別
客？（小生）並無別客。（貼）方纔聽說請什麼琴操相陪，如何瞞
我？（小生）哪裡什麼琴操吓。（貼）琴操相[3]陪吓。（小生）
吓，吓……他叫卑人是陳慥吓。（貼冷笑介）哪見主人請客，反呼
客名？（小生）吓，娘子還不曉得，卑人向在洛中曾拜子瞻為兄，
兄呼弟名，乃是古禮[4]吓。（貼）你的話哪裡聽得。琴操必竟是個
妓名。（小生）娘子，今日遊春，無妓無客。（貼）若有妓，斷不
與你干休！（小生）若有妓，卑人甘心受責。（貼）你既已自招，
咳，奈家無刑具。吓，也罷，你到隔壁問李大嫂家，借昨夜打李大
伯的竹篦兒過來用一用。（小生）是。咳，叫我如何開口？（貼揪
耳介）吓！怎麼在背後罵我？（小生）卑人怎敢罵娘子。我說，李
大嫂的竹篦是時常用的，不如自做一根，免得求人；是這等說唎。
（貼）吓，也罷，我看你書房中有一根青藜杖，倒也頗堅，儘夠你
受用了，快去取來！（小生）是。咳，老天，老天，怎麼偏偏被他
看見了！吓，藜杖，藜杖，我想劉向當年呵，

【解三醒】炊藜火把瑤編曾映，今做了撻良人夏楚之刑。
只有伯俞受杖遵慈命，幾曾見甘痛決被妻刑？（貼）陳郎快
來！（小生）吓，來了。咻，我非無斬釘截鐵方剛氣，多只為

2　底本作「市」，據明汲古閣《繡刻演劇》本《獅吼記》改。

3　底本作「根」，參考上下文改。

4　底本作「理」，據明汲古閣《繡刻演劇》本《獅吼記》改。

惹草沾花放蕩情。（貼）取過來。（小生）吓，娘子，你且權
支應。（貼）要打就打，權不得。（小生）難道沒事端端也打？
罷！倘違約束，任你施行。

　　（淨又上）阿呀，哪弗見出來哉？等我叫聲介。陳相公。（小
生）吓，娘子，那人來了半日，候久了。（貼）且喚那來人進來。
（小生）是。蒼頭。（淨）哪說？（小生）大娘娘喚你進去。
（淨）是哉。（小生）走來。須要小心吓。（淨）是哉，我在行
個。各搭拉里。（見貼，對上場笑說介）介個標致大娘娘，等我志
志誠誠磕介一個頭介。（貼）你是老人家，罷了。（小生）老人家
罷了。（淨笑）介沒罷嘻。大娘娘有傽吩咐？（貼）吓，蒼頭。
（淨）哪說？（小生在背後搖手，淨點頭應介）（貼）你回去多多
拜上你家老爺，說我家相公久受戒，永不見婦人之面，休得引亂
他心，有傷雅道。（淨）大娘娘但放其心，我裡老爺一生一世從弗
曾看見女客面個來，說也話巴，老爺年紀雖然一把，還是童男子
來！（貼）多說！外廂伺候。（小生）快些出去。（淨）是哉。壞
哉，亦差拉里哉。（虛下）（小生）娘子，你方纔疑我哄你，難道
來人也說謊麼？（貼）我也不信，聞得那蘇學士呵，

【前腔】為風流招怨惹眚。（小生）這是來人說的吓。（貼）
這來人言語難憑。（小生）妙吓！今日遊春是無妓無客的。
（貼）你楊花水性渾無定。你若是犯著我戒呵……（小生）便
怎麼樣？（貼）把藜杖重才丁。（小生）說話輕些，休被那人聽
見，不像體面。（貼）胡說！家常說話，怕哪個聽見。（淨上）個
歇弗見出來，等我叫里一聲介。陳相公。（小生）娘子，外面有
人，求娘子全些體面。（貼）你欲全體面休干犯，莫怪我心腸
易變更。（淨）陳相公。（小生）娘子，怎麼處？（貼）吓，也

罷，你且趨他命，縱然你欺我不見，也難掩風聲。

（小生）這等，卑人去了。（貼）你就是這等去了？（小生）就是這等去了。（貼）過來，你自對藜杖招來，此去若有妓，打多少？（小生）此去若有妓，一下也不打。（貼怒介）吓！（小生）吓，打一下。（貼）少。（小生）打三下。（貼）少，要打一百。（小生）哪裡打得起一百！（貼）打不起不許去。（小生）就是一百。這等，卑人去了。（貼）就是這樣去了？要打一下做樣。（小生）招了就罷，又要打一下做樣。（貼）不打不許去。（小生）有理！打一下做樣的好。（淨）個歇弗見出來，等我張介張看……（看介）（小生）娘子打輕些。（貼打介）咮！（小生）阿唷，阿唷！（貼）去罷，柳色鶯聲及早春。（貼下）

（淨笑介）（小生）出門俱是看花人。蒼頭，蒼頭，你為何只管笑一個不住？（淨）相公，我想著子一個笑話了。（小生）去罷。（淨）相公，方纔拉里向爍塔介一記，打羅個吓？（小生）吓，方纔麼……打一個人。（淨）我只道打一隻狗了。（小生）休得胡說！（淨）相公去罷。（小生）你先回去。（淨）相公呢？（小生）我隨後就來了。（淨）相公，弗要怕打了弗來吓。（小生）胡說！去！（淨）介沒我去哉，相公就來吓。（下）

（小生）且住，我方纔事在倉卒之間，只得勉強應受藜杖；但是我回來時，教我怎生支吾？唓！大著膽且盡今日之樂，再作道理。正是：杖藜扶我橋東去，只怕路上行人欲斷魂。（下）

按　語

〔一〕本齣出自汪庭訥撰《獅吼記》第九齣〈奇妒〉。

〔二〕選刊此齣的坊刻散齣選本還有洞庭蕭士輯《綴白裘三集》。

獅吼記・跪池

貼：柳氏，陳季常之妻。
小生：陳季常。
外：蘇東坡。
付：陳家的僕人。

（貼上）

【引】兒夫喜浪遊，不把盟言守。嘻嘻奈予何，伊作伊還受。

　　咳，自是男兒情薄，莫怪婦人口聒。為愛出牆花，玩法甘違初約。知覺，知覺，我抵死和他一著！昨日蘇東坡請我丈夫遊春，聽見來人說有琴操相陪，我就疑惑必然有妓，再三吩咐，叫他自招，若有妓，甘受藜杖一百，他便去了。我只是放心不下，我暗地著蒼頭前去。打聽回來，我就問他席上有妓無妓，那老奴也把言語來支吾我，被我一定要打，那老奴果然說出有妓。阿呀天那！怎麼世上有這樣不守法度的男子漢？咿，他昨夜回來，我就要算賬，他卻推醉。他倒一覺好睡，咳，可憐我准准醒了一夜，難道今日還推醉不成？為此，準備藜杖與他算賬。吓，陳……咳，氣死我也！陳郎快來！（小生上）吓，來了。

【引】看花昨夜歸，尚未醒殘酒。（貼）陳郎！（築杖介）（小生跌介）阿呀聞喚急趨蹌，（作怕介）琴瑟娛清晝。

　　（貼氣介）（小生）娘子拜揖。（貼不理介）（小生）娘子有

何見教？（貼）見教，見教，可知你災星拱照？你若違拗些兒，我不死便吊。（小生）娘子，我但見你紅了臉，有話也說不出了。（貼）我且問你，昨日有妓無妓？（小生）昨日……（貼）有妓無妓吓？（小生）無！無妓！（貼）無妓？（小生）無妓！（貼）昨日坐在東坡右手，穿藕色衫兒的是誰？（小生）娘子，昨日遊人千叢萬簇，想是蒼頭看得眼花了，其實無妓。（貼）無妓？（小生）無妓！（貼）你還要嘴硬。蒼頭快來！（小生）娘子，不要對了，待卑人勉強認了罷……

　　（貼）禽獸吓禽獸，人人說你腸子有吊桶粗，我道你的膽有天樣大，輒敢如此無禮。我且問你，你昨日對藜杖招些什麼來？（小生）卑人忘了。（貼）你說，此去若有妓，甘受藜杖一百，如今打還我來。（小生）娘子，不才初犯，且饒過了這一遭罷。（貼）一定要打。（貼打，小生奪杖介）（小生）娘子打是小事，只是娘子方養成的長指甲恐抓傷了，我的罪越重了。權且恕過了這一遭，下次再犯了莫饒，著實打，重重的打。咳，可憐。（貼）吓，也罷！打且記著，再犯併責。權且恕過了這一遭，且饒你跪在池邊。（小生）跪吓，是小生的本等，不難。跪是跪了，只求娘子把大門閉上，恐怕人來看見不雅。（貼）要閉大門？打了去跪。（小生）是，不要閉大門的好。便跪，便跪。（貼）不怕你不跪。

　　（小生）咳……

【宜春令】我心中恨，（貼打小生嘴，小生作怕介）（貼）敢是恨我麼？（小生）阿呀卑人怎敢恨娘子！只恨我自己不成才。（貼）著！（小生）不長進，不學好。（貼）是吓！（小生）連累娘子受氣。（貼）你羞也不羞？（小生）哪！臉上羞，（貼）其實羞，真個羞，真個羞。（推生倒介）（小生）咳，**對著碧漣漣**

方塘水流。（貼）你這樣人活他怎麼？倒不如趁這池中清水死了罷。（小生）咳！當場出醜，（貼）人家說恩愛莫如妻子，你這等無理。（小生）這般恩愛難消受。（貼）你跪在此，待我進去吃些砂仁湯消消氣來放你。（小生）是。多謝娘子。（起介）（貼）吓？你怎麼起來了？（小生）娘子說吃口砂仁湯消消氣放我起來的吓。（貼）誰說？跪著，動也不許動！（小生）不敢動！（貼）氣死我也。（下）（內作青蛙叫介）（小生）咳，孽畜，孽畜！往常不叫，偏是今日娘子罰我跪在此，你只管咶咶咶咶叫一個不住。蛙哥，蛙哥，休得在清池咯咯爭諠。蛙哥，你在那裡叫不打緊，倘娘子聽見，只道告訴別人了嘻。免疑我對傍人嘵嘵搬口。蛙哥，可憐我陳慥，閉口片時。（聽介）好了，蛙哥不叫了。只是我膝蓋兒跪得疼得緊了。我的娘！望娘行，大發慈悲，暫時寬宥。

（作磕睡介）（外上）既已為男子，應當制婦人。牝雞曾有戒，未可令司晨。昨日陳生回去，必受柳氏之氣；為此，今日特來探聽一回。且喜門兒開在此，不免逕入。（看介）呀！這是陳生，為何跪在這池頭？奇絕，奇絕！待我閃在一邊，聽他說些什麼。（小生）娘子……唶，這是哪裡說起！

【前腔】咳，我啣冤氣，遡[1]禍由，咳，我也不怨娘子，怨只怨蘇東坡這老頭兒。（外背介白）咻？為何倒怨起我來？（小生）我好端端坐在家裡耶，他挈紅妝春郊嬉遊。今日落他機彀，（笑介）哈哈！幸喜今日還無人看見。（外背介）他還說無人看

---

[1]　底本作「訴」，據明汲古閣《繡刻演劇》本《獅吼記》（《古本戲曲叢刊》三集景印）改。

見。（小生）倘人窺嘲訕般般有。我跪久了，我的膝蓋兒越發跪得疼痛起來了。我的娘，我的奶奶，可憐我跪得疼痛得緊了嗎！**誓從今改過收心，還敢如前胡行亂走？**（外）待他再跪跪。（小生）我的娘，我的奶奶，放我起來罷。奶奶是叫不應的了，不免告求神道罷。吓，神道，神道，你快來救我陳慥吓！**望神明，轉日回天，急來搭救。**

（外）喂！救你的神明在這裡。（小生驚起）（外大笑介）（小生）東坡，緣何不先通報，直入人家？豈有此理，豈有此理！（外）等待通報，你越發跪得疼痛了。哈哈哈！（小生）我自疼痛，與你何干。人家各有內外，可笑，可笑！無理，無理！（外）咳，衣衫不整，尚屬朋友之故。陶淵明不為斗米折腰，至今猶有褒氣，你既為男子，乃甘屈膝於妻孥，豈不汗顏？（小生）跪的是我，與你何干？好不扯淡。（外）咳，世間哪有你這樣縮頭的男子！（小生）嗂嗂！（貼內白）禽獸！（外）這是誰？（小生）子瞻，敝房出來了！請回請回。（外）我道是獅子吼。（小生）請回請回。

（貼上）禽獸，緣何不待我發放？與哪個講話？（小生）娘子，蘇學士在此。（貼）我正要見他，請過來相見。（小生）是。東坡求見。（外走介）（小生扯介）走來，以禮待之。（外）這個自然。（小生）娘子，東坡來了。（外）尊嫂拜揖。（貼）蘇大人萬福。請坐。（小生）子瞻請坐。（外）有坐。（小生）娘子請坐。（貼）唔！不知禮。（外）你也忒小心了。（小生沒趣介）不受用，坐不慣。

（貼）請問蘇大人，到此有何見諭？（外）尊嫂，常聞婦道以

順為正，從一而終，是以牝雞司晨、長舌：階厲[2]！尊嫂，你如何不恪遵四德之訓，甘犯七出之條？季常有何罪，而令其長跪池頭？竊[3]恐夫既不夫，婦亦不婦，傷風敗俗，逆理亂常。咈，不可，不可！（小生）東坡，少說吓。（貼）蘇大人，奴家雖係裙釵賤質，也頗聞經史，云：「自古修身齊家之事，先刑寡妻，乃治四德。古之賢婦，雞鳴有警，脫簪有規，交相成也。」齊眉之敬，豈獨婦順能彰？反目之嫌，咳，祇緣那夫綱不正吓！今日我丈夫呵，

【梁州序】襟懷偏放，（外）季常乃瀟灑之士。（小生）不敢欺，果然瀟灑。（貼）**面皮徒厚**。（外）季常的面皮也忒厚了些。（打小生面介）（小生哭介）（外笑介）（小生）子瞻，這是何苦？嚇，嚇……（貼）**不把我機關參透**。（外）尊嫂待要他怎麼樣？（貼）**要他繩趨尺步，**（外）哎喲，這樣規矩！（小生）規矩麼，利害得緊吓。（貼）**休教惹罪招尤**。（外）季常有何罪呢？（貼）蘇大人，**羨你望隆山斗**。（外）不敢。（小生）子瞻望隆山斗，朝野聞名，久仰，久仰。（貼）**卻怎生戀煙花，輕把我兒夫誘？**（外）吓，琴操是我的相知，季常不過相陪，咻！吃這樣寡醋。（小生）子瞻少說，子瞻少說……（貼）吓？你引誘他心，倒說我吃寡醋？（持杖介）**恨不把青藜杖，打殺你這老牽頭！**（外）哈哈，你不要破口。（小生奪杖介）娘子放手。（貼）**教你狗黨狐朋莫再遊。**（打介）（小生）放手。娘子，不要破口！（外）吓，季常打得，下官卻打不得。（貼）**免使我，恁爭鬥。**

2　底本作「虜」，據明汲古閣《繡刻演劇》本《獅吼記》改。

3　底本作「切」，據明汲古閣《繡刻演劇》本《獅吼記》改。

（貼氣介）氣死我也！（小生）娘子請息怒。（外）尊嫂請息怒。季常，走來。哎喲，果然利害！（小生）何如？（外）連我也有些膽怯。（小生）你纔見麼！子瞻，請便罷。（外）我且不去，待我再說他幾句。（小生）看他手中之物，其實利害。（外）不妨。（小生）你不要連累我便好。（外）你放心，放大了膽。（小生）娘子，子瞻有言相告。（外）吓，尊嫂，下官有言相告。（貼）請道。（外）尊嫂，從來這些悍戾之婦呵……（貼）怎麼樣？

（外）

【前腔】當年為害，千秋遺臭。把那四德三從呵，一旦丟開腦後。淫心悍氣，全無半點溫柔。（貼）可笑，從來那些悍戾的怎麼樣？倒要請教。（外）有那武姬斫樹，劉氏垂悼，王導也為他揮麈[4]親馳驟。（貼）再呢？（外）明光因誦賦，溺清流。（貼）還有麼？（外）看他五虎威嚴鬼也愁。（貼）原來只這幾個，可笑。（外）唵，恨不剮，這禽獸。

（貼）喂！老蘇，你……（外）哎喲！好老蘇吓，哈哈，好美稱！（貼）言言嘲訕，句句扛幫，我須奈何你不得……（外）便把我怎麼樣？（貼舉杖打小生）吓！多是你這禽獸串通來的，我只是打你！（小生跪介）（外）軟了，軟了。

（小生）

【前腔】告娘行細察因由，蘇學士突然來候。（貼）他明明來嘲訕我的。（小生）這顛言狂語，盡皆紕繆。（貼）我一一多記在此。（小生）我自隨伊饒舌，憚爾青藜，朝夕懼相

4　底本作「麈」，據明汲古閣《繡刻演劇》本《獅吼記》改。

守。（貼）向聞你在學士處談禪，十分敬服；誰想談的多是老婆禪。喂，老蘇！（外）好美稱吓！又來了，哈哈！（貼）自古道：「各家門，自家戶。」此後免勞下顧。（外）領教，領教。（小生）娘子，**是非今說破，莫追求。**（貼）你若再攬他上門，我和你做一世的冤家。（小生）**難道不是冤家不聚頭？東坡，請暫退，免僝僽。**

（外）不妨，不妨。季常，你年將強仕[5]，蘭夢無徵，何不與令正商量娶一妾，如何？（小生）嗬！還想娶妾？弟向在洛中，蒼頭來說，說家中已納下四妾了。（外）妙吓！（小生）小弟急急趕回，卻娶了四個魑魅魍魎，教人怎下得手。（外）就是容貌醜陋些，但得生子，亦是好的。（小生）哎呀，未及月餘，連那醜陋的多趕去了，休提，休提。子瞻請便。（外）且慢，待我再說他幾句。（小生）子瞻，不要連累我罷！（外）不妨，有我在此。尊嫂。（小生）娘子，子瞻還有話說。（貼）還有什麼話說？（付暗上聽介）（外）季常此後再不敢戀酒貪花了。（貼）好！說了半日的話，只有這句話說得中聽。（付上）哪說？（貼）快烹好茶來與蘇老爺吃。（付）是哉。阿是蘇老爺說個句說話中聽了？等我拿茶出來。（下）（外冷笑介）下官也有一句說話中聽的麼？（小生）娘子，子瞻是極通理的嚧。（貼）嘖嘖！就來了。（外）聽下官奉告。（貼）請道。

（外）

【又】念鰥生略獻愚謀，論不孝須防無後。（貼）阿呀，陳門無後，與你蘇氏何干？（付上）大娘娘，茶來里。（貼）不許與

---

5 底本作「壯」，據明汲古閣《繡刻演劇》本《獅吼記》改。

他吃！（付）吷。（外）下官與季常呵，忝在金蘭交誼，忍絕箕裘？（貼）喂，老蘇！（外）又是老蘇了。（貼）想是你會麻衣相法的，怎曉得我再也不生兒子了？這也可笑。（付）蘇老爺說差哉，我裡大娘娘正要養小官人來，說個樣掃興個說話。（貼）呸！狗才，多嘴。（付）介沒亦是我差來裡哉。（外）尊嫂，你若容他娶了妾呵，也是你〈螽斯〉不妒，〈麟趾〉貞祥，百福從天祐。（付）蘇老爺少說罷，沒正經。（貼）〈螽斯〉、〈麟趾〉，周公做的詩，難道周婆肯說這話？（外）該娶，該娶。（貼）吓，怪得有官奏你毀謗朝廷，原來好管人家閑事。（外）這是宗祀正經。蒼頭，可是延宗祀要緊的？（付）個瞎弗曉得。（貼）陳慥過來。（小生）是。娘子，怎麼說？（貼）娶妾乃是好事，只是每日要打一百藜杖，直打到八十歲纔止。你若受得起，任爾施[6]為。（外）也夠受了。（付）老爺少說，連累我里相公哉。（貼）若要添一妾，與你結為仇。難道無兒沒葬坵？不免趕他出去。（貼持杖夾小生背，小生推外、付屁股，付退介）（貼）推出去，莫容留。

　　（付）人退三千里。（小生）東坡，恕不送了。請了。（貼揪小生耳下）（付關門下）

　　（外）咳，哈哈！我蘇子瞻遨遊四海，閱人多矣，何曾見這等惡婦。怎麼樣便好？吓，有了！明日我將自己的一妾贈他，一者全陳生有後，二者與柳氏分權。妙，妙！咳，柳氏，柳氏：

【尾】你雖是乾坤戾氣天生就，怎出得我東坡妙手？一計教他命即休。

6　底本作「所」，據明汲古閣《繡刻演劇》本《獅吼記》改。

正是：願天常生好人，願人常行好事。若還婦制其夫，便是背生芒刺。可笑吓可笑！（下）

按 語 ✎

〔一〕本齣出自汪庭訥撰《獅吼記》第十一齣〈諫柳〉。

〔二〕選刊此齣的坊刻散齣選本還有：《玄雪譜》、洞庭蕭士輯《綴白裘三集》。

豔雲亭・痴訴

丑：諸葛暗，瞽目算命師。

淨、付：頑童。

旦：蕭惜芬，樞密使之女，因父親蕭鳳韶與夫婿洪繪被奸人陷害，
　　裝瘋避禍。

（丑上）

【六么令】昏昏度年，終日長街東走西穿。生涯只靠課兒
錢，嚼得著，叫神仙。口兒打諢將人騙，口兒打諢將人
騙。

　　我，諸葛暗。自從放子洪相公去，恐怕有是非輪到我，不敢出
門做生意，坐拉屋裡向，是介一吃吃得筋疲力盡。外頭弗聽見說偌
說話，只得原出去做生意、嚼嚼蛆，騙兩個銅錢，買口黃湯呷呷也
是好。個兩日擺張桌子來亳官井頭，掽個把人來，原要賺渠半分三
厘，方纔炒一碗冷飯吃子。且坐得去，看今日阿有光景？喂！第二
個……咦！桌子擺好來裡哉偌。（內）先生來哉偌，桌子擺里哉。
（丑）起勞你。（內）介說話。噲，先生今日要不兩個銅錢來我沒
好嘻。（丑）個個自然。（淨、付上）喂，阿大，走來。（淨）哪
說？（付）灰堆頭一個丫頭睏拉亳，我裡騙渠井邊去，拿一塊磚
頭，只說是糕，看渠阿要吃。（淨）有理個！

　　（合）

【前腔】忙尋瓦磚，惹得痴兒戲耍來頑。喂，痴丫頭。

（旦）怎麼？（付、淨）唔！一似陰溝爬出灶中眠。喂，痴丫頭，阿要吃糕吓？（旦）拿來嘘。（淨、付）喂，羞吓！（旦笑，淨、付）看他微微笑，把頭顛。（旦吃介）（淨、付）羞吓！只怕牙兒嚼斷難吞嚥，牙兒嚼斷難吞嚥。

　　（旦打淨、付，撞丑桌介）（丑）唪，賊芘種！爺多娘少個厭戒塊。（淨、付）瞎毴養個。（渾下）（旦）吓，你們再來嘘，你們再來嘘。（丑）吪！個星賊芘種去子沒及好個哉，倒是「你們再來嘘，你們再來嘘！」真正痴弗殺！（旦）先生，你是諸葛廟中的先生麼？（丑）正是。你問我做儕了？（旦）我正要告訴你哩。（丑）有儕說話告訴我？（旦）那些小廝們呵……（丑）哪介？
　　（旦）

【鬥鵪鶉】他把我小痴兒終日胡纏，不住的將咱輕賤。（丑）道是你痴個了，個星賊芘種纏來摟吓哉。（旦）俺也是父母生身，（丑）有個樣爺娘養吓介樣物事出來，直腳是中生變個！（旦）怎覷咱是一個豚犬？（丑）吓個面孔必竟弗好看。（旦）人世上哪有面目真形？落可也無拘無管。（丑）是介說起來，倒是痴個好？（旦）俺痴兒無求望，無他戀。（丑）無求無戀，日裡哪亨過？（旦）日間來向街頭自有那剩飯殘羹，（丑）夜裡哪亨？（旦）到晚來草地上石枕價高眠。

　　（丑）個是吓個叫化本相，說裡做儕。吓痴便痴，也要存子點丫頭家廉恥。
　　（旦）

【紫花序】俺痴兒何曾背了綱常典，又不與人偷期在濮上言。（丑）蓋個好貨作，足足有人來偷吓耶？（旦）有一日鳳管鸞笙把珠簾高捲。（丑）噲，你且叫一聲天拉我聽聽介。

（旦）阿呀天吓！天不與人行方便。（丑）吓既會哭天，再哭一聲地拉我聽聽看。（旦）地吓！地肯與人從心願？

（丑笑）個個痴子，要哭天就哭天，要哭地就哭地，直腳痴弗殺個哉！（旦）先生，你道俺是痴的麼？（丑）弗是痴，倒是顛？

（旦）

【柳營曲】小痴兒也非是顛，小痴兒也非是偏。咳！小痴兒嬌滴滴也是個桃花面，小痴兒整齊齊也插著翠花鈿。先生吓，恁與俺將八卦安排，何日有個團圓？

（丑）個個痴丫頭，原來是想家公想痴個。即是吓介一付嘴臉，也要起僐卦？

（旦）先生：

【小沙門】小痴兒也有個椿萱，小痴兒也有個家園。小痴兒如珍似寶曾經練，小痴兒也度過青年。怎說俺沒下梢，一個孤單？

【聖藥王】小痴兒桌兒上有美羹甜；小痴兒架兒上有錦繡穿；小痴兒脂脂粉粉畫容顏。小痴兒也曾惜花春早天；小痴兒也曾愛月夜遲眠；小痴兒也曾松筠兔管詠濤箋。

（丑）個個痴子，直腳我個前身變個一嘴鳥說白嚼蛆！且住，個個痴子拉里鬼打渾，哪得有起課個來？弗如居去罷。噲，第二個，我去哉，收子桌子。（旦）先生，你不要去，俺還有說話哩。（丑）吓還有僐說話？

（旦）

【調笑令】小痴兒與你有些緣，小痴兒與你有些牽，（丑）啐！我搭吓有僐緣有僐牽？臭花娘！（旦）休只管嘖都都罵咱不值錢。恁與俺卜個先天，判斷昭然有甚冤愆？阿呀

先生吓，怎下得鐵心腸一串。

　　（丑）啐！（推旦，旦跌介）臭花娘，我替吥起子課嘿也是痴個哉耶。落里說起！起課，起課，撞子¹這般痴貨。閑話嚼子半日，且回去吃碗冷粥。且住，個一跌弗要跌悶子。噲！痴子……

　　（旦）先生。（丑）阿呀！（下）

　　（旦）呀！他竟自去了。我記得畢弘放我之時，曾說去尋諸葛先生可救俺，今日遇見，不可當面錯過。俺不免竟到他廟中去，再將我的根由細說一番，或有救解之策，亦未可知。

【尾】忙忙的將俺無頭事與他來分辨，又不是女孫臏望回還。他若是救我的機關，俺便一樁樁訴出心中怨。（下）

按　語

〔一〕本齣出自朱佐朝撰《豔雲亭》第四齣〈痴訴〉。

1　底本作「了」，參酌文意改。

豔雲亭‧點香

丑：諸葛暗，瞽目算命師。

旦：蕭惜芬，樞密使之女。父親蕭鳳韶與夫婿洪繪被奸人陷害，裝瘋避禍。

（丑上）

【秋夜月】事周折，遇了冤和業，一個痴兒一個瞎。言三語四無休歇，生意多斷絕，肚皮盡餓癟。

格裡是哉。開子門勒介。咳，個是落里說起！今日出去撞著子痴子，鬼打渾子一日，半個新制銅錢沒場哈賺，一粒米無得來屋裡，個沒哪處？我曉得，今夜肚皮是要耽擱一夜個哉。祖宗面前香是要點個，去兜子火來介吓。正是：一念不忘天地德。吓，元到徐親娘丕去兜子罷。寸心常感祖宗恩。（下）

（旦上）

【前腔】痛咨嗟，冤債何日赦？滿懷心事憑誰決？疾忙再去投諸葛，把冤情謾說，把行藏細說。

此間已是諸葛廟了，不免進去。門兒開在此，人又不在，往哪裡去了？我且躲在此間，待他來時，再作計較。

（丑上）噲，徐親娘，多謝子嗏！（內）先生，再吃一碗去。（丑）多謝，有哉。（內）介沒看仔細，慢慢能走。（丑）吠，是哉。咳，真正天無絕人之路，我去兜兜火，多謝子間壁徐親娘說道：「先生，阿是兜火燒夜飯吃？」我裝個假官勉，說道：「正

是。」徐親娘說道：「先生，我裡有現成泡粥拉里，阿要吃子一碗去罷？省子亦要自家去燒。」我也正用得著哉，說道：「那亨多謝介！」吃子厚撥撥介三大碗，吃得飽支支，今夜亦免子一限裡哉，阿彌陀佛。阿呀！儕了門開拉裡？亦是對門個隻黃狗哉。關子門拉介。咳，中生，我裡有儕個吃，只管走得來吓。咳，香吓，只剩得一根哉，明朝去做生意，賺兩個銅錢得來，先要買香哉。弗著來。咳！一個人沒子個雙眼睛，介個弗便當個。罷！弗得討介一個家主婆，漿洗漿洗衣裳，燒燒火，煮煮飯，掃掃地，便當便當。夜頭……咳！髭鬚才燒子去哉。咳！弄得來希臭。祖宗吓祖宗，明朝出去，亦弗要撞子痴子。阿呀，阿呀肚裡飽哉，睏子罷。咳！一頂困帽，乞個入娘賊促搭子去哉，個個弗便當。

　　（旦）先生。（丑）是人吓，沒得是賊哉吓？（旦）今日與你講了一日的話，聲音多聽不出了麼？（丑）你是痴子吓。今日乞吾炒子一日，還有儕掉弗落，今夜亦來做儕？

　　（旦）阿呀，先生：

【新水令】俺是個女郎行無奈作痴呆。（丑）我亦弗曾少吾儕個，日裡個星男兒搭吾攪，我好意替吾趕子去，吾去尋渠亍纏是，哪倒尋起我來？（旦）俺非是觀花須問柳，待要撥草去尋蛇。（丑）你尋著我也無用。（旦）念奴是拘臂攣瘸，有萬千愁，訴不了半窗明月。

　　（丑）咳！痴子，痴子，吾弗得知我個苦來。

【步步嬌】我瞽獨昏昏無明夜，靠著八卦為生業。也曾受無被、無衣遮，也曾受無米、無柴、無妻、無妾。痴子吓，我和你一般多是受磨折，正是愁人莫與愁人說。

　　（旦）

【折桂令】俺非為衣食干涉，又不是懷憧無知，夤夜來饒舌。（丑）今夜唔痴病發作；唔是丫頭家，夤夜到此，豈不被人談論？（旦）奴也知羞答答，不將男女分別。慘可是羅鉗結網難禁躞蹀。（丑）個兩句說話有點正經哏。（旦）哪裡有負紅綃踰垣豪客，譬開奴劍戟重穴？（丑）我且問唔，阿有爺娘個哉？（旦）俺有個衣錦爹。（丑）阿有弟兄姊妹介？（旦）並沒個兄姊妹些些。（丑）阿有丈夫介？（旦）則為那有約當爐，受盡了萬千磨折。

（丑）阿呀，好奇怪！

【江兒水】聽他提起胸中事，祇將冤苦說。莫不效孫臏避禍將龐兒借？我聽你這些言語，多是衷情暗裡難舒寫，想機關就裡難輕泄。（旦）阿呀先生吓！（丑）你慢自悲啼淚也。你有甚冤情，直恁地沒下梢時節？

（旦）

【雁兒落】俺只為狠權臣毒似蝎，將咱做覆巢卵輕決絕。（丑）那人是誰？（旦）王欽若五鬼祟。（丑）你父親是誰？（旦）蕭鳳韶臨忠節。呀！惜芬兒矯旨到天闕，一霎時青萍又明似雪。（丑）他既然耍害你，又是哪個放你的？（旦）有畢弘縱鳥離臺榭，他叫俺做痴兒顛不辣。（丑）如今畢弘哪裡去了？（旦）堪嗟，他一身兒先已餐刀血。曾記他言說，（丑）渠哪說介？（旦）須憑著諸葛難可脫，遇諸葛難可脫。

（丑）咳，畢弘，唔個死滅臭爛個！既是替殺替剮哉，亦荐個人得來纏儔？阿呀！

【僥僥令】我又不是神仙能變法，又不是豪俠有枝節。

吓，小姐，你家中事情，我都一一曉得。你丈夫洪繪，我與畢弘放後，不知去向。如今你一身既在……諒我這小小茅龕怎棲得一隻鳳？錯認做押衙枉自拙，錯認做押衙枉自拙。

（旦）

【收江南】呀！奴不願效于飛鸞鳳呵，怎提著有枝葉？先生，你把俺痴兒薄命向神訣，問六爻凶吉，細分說這冤業可脫？問紅顏可絕？望君平指示有枝節。

（丑）吓，小姐要問終身，這又何難。待我卜一課，便知端的。易師先聖，八卦大神，今有蕭氏惜芬，對天買卦，明彰昭報。單拆單，不動不變，難察難詳。再求外象三爻，完成一卦。拆單單，風火家人卦。小姐，此卦應爻，父母發動，世有生身，子孫旺臨。看來，小姐是非已脫，將來有親人相會之兆，大象必竟無妨。小姐既然在此，日間原到街坊伴狂求乞，夜間在此安身。

【園林好】只得再忍辱聊防虎嚙，論卦象必歸鳳穴。切莫把真情露者，恐隔牆耳窗外竊，恐隔牆耳窗外竊。（旦）如此，先生請上，受奴一拜！（丑）個是弗要個噱，折殺我哉！

（旦）

【沽美酒】謝先生來提挈，謝先生來提挈，奴只為沒親血，似這般海樣冤仇把口兒咽。憑著他來狃，不與他多般饒舌。（丑）小姐，你千金之軀，怎受這般腌臢恥辱。（旦）先生吓，說甚麼千金是妾？今日裡將塵灰當粉牒。眠的是犬羊鋪疊，吃的是雞豚飯屑。奴呵！這都是生業，宿業，活地獄燽炙。呀！這冤苦向誰行去說。

（丑哭介）小姐，我聽你這些說話……

【清江引】教我聽言詞數殘更夜，句句真情切。總然有曹

大家，爭似你心如鐵？咳，小姐，夜深哉，吓到行灶邊去登登罷。（哭下）（旦）哪有女兒家受這般凌辱也？（下）

按　語

〔一〕本齣出自朱佐朝撰《豔雲亭》第五齣〈點香〉。

清忠譜・訪文

生：周順昌，員外郎，削籍居家。

淨、付：轎伕。

丑（前）：俗妓。

外：文文起，彈劾魏忠賢，罷職南歸。

丑（後）：發開，和尚。

（生上）憶自春明別故人，燕雲遙望動星文；今朝長笑歸山塢，共向西風泣楚均[1]。我，周順昌。削籍居家，自恨不能叩閽剪除魏賊。猶幸好友文起在京，他是信國子孫，傳家忠孝，文章氣節，絕代無雙。前歲大魁天下，黃童、白叟盡識他為國家棟梁。我想他近侍講筵，必能一語回天，掃除逆賊；不意他封章甫上，嚴旨疾傳，罷斥南歸。他也不入城市，到竹塢別墅去了。我一聞此信，憤懣填胸，一口氣步出西郊，急往竹塢面晤文兄。一來問問朝政，二來會會文兄，三來大家吐吐胸中不平之氣。迤邐行來，已過西津橋了。你看：四面青山，一溪綠水，好光景也！

【園林好】盼長空待呼天痛悲，這層鬱似填胸塊磊，望不見東來紫氣。幽人[2]室，白雲西，衡門隱，碧梧棲。

1　底本作「雲」，據清順治《一笠菴彙編清忠譜傳奇》（《古本戲曲叢刊》三集景印）改。

2　底本作「出天」，據清順治《一笠菴彙編清忠譜傳奇》改。

　　（付、淨上）上磨肩頭，下磨腳底；一百底錢，奔得臭死！原
來是周老爺拉裡，歇子轎子。周老爺，阿是望文老爺？（生）你每
哪裡曉得我去拜文老爺？（淨、付）文老爺昨日拉北京居來，到竹
塢去哉。搭老爺是好朋友，自然去望望渠哉。（生）虧你猜得著。
（淨、付）現成轎子拉裡，抬子老爺去。（生）不消，我自走。
（淨、付）革裡到竹塢還要過謝宴嶺，三四十里路虱羅里走得？
（生）我是走慣的。（淨、付）各位老爺虱出來遊山，就是大阿叔
虱也要坐肩轎子，哪老爺有走個理？（生）不要混³帳！你們自
去。東山遊屐慣，何必問籃輿。（下）

　　（淨）老爺轉來！老爺面上，再弗計論個……呸！介個人也要
出來做生意。我搭渠白話，拿個轎子支拉渠屁眼頭來介。（付）我
就支拉渠洞恭裡去，弗肯坐哪呢？（淨）咳，好笑，哪說一個吏部
弗要坐轎子？弗要壞子官體介！（付）吓弗曉得，吭阿得知身邊阿
有牢錢介？（淨）是吓！正是：有錢使得鬼推磨。（付）無錢落得
腳奔波。

　　（丑上）轎子來，轎子來，抬子我去。（淨）前頭有個孟姜來
哉，打合渠抬子去。（付）有理个。（丑坐轎介，付）啐！利利市
市價錢弗說，搭子屁股就坐哉。（丑）啐，狗徘養個！作成吭個生
意，有舍弗利市。（淨）娘娘作成我哩生意，要羅哩去了？（丑）
我要到城裡去個。（淨）城裡去要三錢銀子虱。（丑）哪說三錢銀
子？欺瞞我弗曾坐歇轎子！竟是八十銅錢虱。（付）八十銅錢抬啥
個？（丑）抬人哉，抬啥介。（付）八十銅錢抬八個。（丑）只有
一個，哪了八個？（付）人沒一個，頭裡還有七個鬼拉哈。（淨）

3　底本作「管」，據清順治《一笠菴彙編清忠譜傳奇》改。

人倒弗擔斤兩，單單個雙腳有七八十斤。（付）倒是輕個。（淨）
啥了？（付）炕空個哉。（淨）吓，便介了像糞船裡屎連頭，郭
出郭進個。（丑）狗毵養個！弗要是介嚼唇嚼舌。（付）娘娘，說
明白子就走。（丑）一百銅錢沒哉。（付）便罷。娘娘要到城裡
羅虱去了？（丑）我要到穆素徽虱去了。（淨）去做啥？（丑）去
唱曲子、打十番、做勝會。（付）娘娘會唱曲子？阿可以刮個隻我
裡聽聽？（丑）你虱個樣蠢人也要聽曲子。（付）我裡倒是喬人
嘘。（淨）你唱得好，我裡抬子就走。（丑）我唱曲子要提琴、簫
管合子唱個。（付）提琴弦子沒得，獨眼簫一管拉裡！（丑）毵出
你虱花娘！我是罵個嘘。（淨）隨意唱點啥罷哉。（丑）唱個小曲
罷，吓虱要抬快點個。（淨）是哉。起！（丑）阿呀，弗要顛！
（付）吓是常時顛價个喲……（淨）只許吓虱顛別人……（丑）我
唱哉。

【剪靛花】姐兒好比玉天仙，見了人來講價錢。大錢要一
千，噯！大錢要一千。情哥還了九百五，姐兒咬定了銀牙
還要添。添上了五十錢，噯！湊足了一千錢。忙把羅裙
掀，褲子褪半邊，上身不動下身顛，快活似神仙，噯！快
活似神仙。

　　（丑跌介，付、淨下）（丑）阿呀，測死個！（渾下）
　　（生上）

【嘉慶子】萬山深處松隱蔽，只聽得澗水潺湲鳥亂啼，看
翠竹交加簷際。這裡已是文兄別墅了，過萬竹，欹柴扉，穿
花徑，踏苔莓。

　　有人麼？（外上）

【尹令】遠城市山居清秘[4]，少剝啄花間閒憩。（生）有人麼？（外）何事草堂聲沸？（開門介）（生）文起兄。（外）原來是蓼州兄。（生）請，兄吓！（合）知己睽違，驚喜還悲各淚垂。

（外）小弟削籍南歸，竟自入山，尚未叩謁，何意反承光降。（生）小弟一聞吾兄歸山之信，百憤駢增，故爾急急到此，欲求把臂劇談。

（丑上）溪聲常在耳，山色不離門。文老爺，小僧拜揖；周老爺也拉裡。（生）此僧何人？（外）是玄墓書院中發開。（丑）周老爺時常到小房來個，忘記哉？（生）倒忘了。（丑）小僧聞知老爺居來哉，特備粗菓兩封，送拉老爺點茶；拙畫一幅，送老爺掌筆。有募緣造殿緣薄一冊，要求老爺做一篇序文；吊掛四副、竹扇一把，求老爺大筆。（外）一路回來，風波勞苦，纔得到山，正思靜養，那詩文筆扎，還要少停一日。（丑）小僧來乞個路遠了，求老爺就是介揮揮罷……（生）此僧可謂不體諒之至也！（丑）周老爺，小僧也有一事相求。（生）什麼事？（丑）小僧新造子三間坐起，少一個齋匾，今日湊巧，求老爺就并見賜子！（生）這個，停幾日寫便了。（丑）省得亦要到老爺府上來介……（生）咻，可厭！（外）過來，今日周老爺來看我，未免有句正經話談談，你且去，改日來罷。（丑）如此，小僧告辭了。正是：欲求名筆易，須用耐煩心（下）。

（生）正欲清談，又來攪混，殊為可憎。（外）此輩孤拗之性，往往如此。（生）請問吾兄，朝中光景一向如何？（外）自吾

4　底本作「情」，據清順治《一笠菴彙編清忠譜傳奇》改。

兄別後，那魏賊行事一發不可言矣！（生）要一一請教。（外）那王安雖是內監，他在宮中勤慎，護持先帝于寢宮，又佐今上受命，魏賊恨安正直，矯旨將安掩殺。他又殺光宗選侍趙氏，再殺今上貴人胡氏。那裕妃張氏有寵，矯旨勒令自殺；張氏方娠，已經成男，密謀墮胎，母子俱殞。（生）有這等事！

（外）

【品令】內庭血染，屠戮逼嬪妃。堂堂天子，不得庇王姬。兇謀偪月，蔽日思狂噬。（生）祖宗先帝，炯炯精靈不昧。霆擊雷轟，少不得額爛頭顱骨肉飛。

（外）內廷弄兵，祖訓所禁。那魏賊私設內操，挑選心腹宮標萬人，裹甲出入，日夜操演，金皷之聲徹于殿陛。皇子方生，炮聲驚飛[5]；近御銃作，聖躬幾危。魏賊走馬上前，飛矢險中龍體。（生）一發不是了！

【豆葉黃】他無君無國，伏莽宮闈。恐一旦禍起蕭墻、禍起蕭墻，召不及勤王義旅。（外）徙薪曲突，天高聽迷。真個是懸絲國祚，真個是懸絲國祚，怕只怕爛額焦頭，翹首燕山慘悽。

（生）聞他如今心腹比前愈加廣佈了！（外）崔呈秀首握兵權，魏良卿冒濫封侯；要害俱置重兵，大帥盡其牙爪。各處建祠，雕龍鏤鳳。墳塋僭擬皇陵，進香如同駕幸。配享儼似孔聖，廟祀將入明堂，越分僭擬，止隔一間了。

【玉交枝】貂璫作祟，亘千秋今朝禍奇。薇垣失耀沖長慧，少不得帝座安危。（生）金甌完固天邦畿，妖氛震翰

5　清順治《一笠菴彙編清忠譜傳奇》作「震死」。

翻天地。恨奸邪空將手揮，望君門空將顙稽。

（外）吾兄如此憤怒不平，小弟若說他窮凶極惡之處，兄定然裂眥衝冠。（生）他更有什麼惡處？（外）那魏賊不奉聖諭，不申閣票，偽傳聖旨，掃蕩忠良。削奪未已，即行逮繫；逮繫方至，即加殺戮。用乾兒許顯純、楊寰為錦衣衛，造作鐵腦箍、閻王鉒、紅繡鞋、錫湯籠幾種酷刑，掠殺正人殆盡。又捏稱熊廷弼、楊鎬因失守封疆，將銀三十萬兩，托汪文言賄囑趙南星、楊漣、左光斗等十七人。先將汪文言鍛鍊多日，逼勒成招，株連蔓引，紛紛逮繫，必欲一網打盡。如今緹騎四出，只恐你我不能安寢了！（生）魏賊，魏賊，一發罷了！

【江兒水】操莽心毒吻，共驅惡黨餘。剮魚鱗快不得清流意；點臍燈消不得黎民氣；裂牛車正不得朝廷罪。兄吓，何日裡誅盡奸邪黨類？驕首懸旗，一個個剖腸戳胃。

（外）兄吓，還有可恨處，那魏賊把東林一案刊成一本《東林點將錄》，遍傳朝野，進呈御覽。（生）何為《東林點將錄》？（外）把東林名士派作梁山泊天罡地煞一百八人。（生）哪個為首？（外）李三才為開創始托塔天王晁蓋。（生）再呢？（外）葉向高為呼保義及時雨宋江，趙南星為玉麒麟盧俊儀；其餘五虎將八標，一一派去。（生）吾兄派在哪裡？（外）小弟派作聖手書生蕭讓。（生）可曉得小弟呢？（外）吾兄為玉幡竿孟康。他又把東林書院改為忠義堂，守善書院為朱貴酒店。捏造熊物賄賂贓私，為分金大買市。兄吓，如此世界，豈不是天翻地覆了？（生）魏賊，魏賊，我把你食肉寢皮，尚有餘辜也！

【川撥棹】我難消氣，怒填胸烈火吹，恨奸邪把社稷傾危，恨奸邪把社稷傾危，禁不住衝冠怒髮。（外）兄吓，且

權時息怒威，隱林泉免禍機。

（生）

【尾】蟠胸懊惱攢如蝟，聖上吓聖上！怎得我微官再起。

（外）差矣！小弟正要削籍，吾兄反欲起官。（生）兄，小弟就得
三公之位，何足為喜。若起一官得立于朝廷呵，那時把惡黨奸邪
盡剗泥。

　　小弟告辭了。（外）豈敢。天色已晚，就在山谷相聚，今夜抵
足而談，亦是快事。（生）妙吓！松月當窗絕點塵。（外）莫提蝴
蝶是前身。（生）猶恐竹塢驚好夢。（外）急懷短疏奏明君。請
（生）請。（同下）

按　語 ✎

〔一〕本齣接近清順治《一笠菴彙編清忠譜傳奇》第三折〈述
璫〉，但情節、曲文略有差異。

清忠譜‧罵祠

末：陸萬齡，魏忠賢生祠堂堂長。

外：士兵。

小生：小兵。

付：毛一鷺，應天巡撫。

老旦：太監，魏忠賢爪牙。

淨：木雕師傅。

生：周順昌，員外郎，削籍居家。

　　（末上）威勢炎炎天地昏，人人孝敬效兒孫，未識祠堂崇奉後，更將何事報親恩？自家堂長陸萬齡便是，蒙本衙門李老爺與軍門毛老爺委造魏千歲祠堂，已經完工。今日各位老爺親往虎丘迎接新塑的神像入祠，我這裡掛紅結綵、上膳進香，各項俱已完備，特特在此伺候。若說起祠堂的好處，真個是世間少有，天上無雙。海湧西來，金閶東接。山山齊拱，正對著萬笏朝天；水水歸源，恰估著牛塘勝地。金銀錢鈔，輸將萬萬，一似塵土泥沙；木石磚灰，堆積千千，恰像峰巒山谷。日則鳴鑼，鑼響處千工動手，一個個鬼運神輸；夜則敲梆，梆打時萬椿齊下，一聲聲天搖地動。做匠的如狼似虎，好一似羅剎臨空；督工的喝雨呼風，賽過哪吒降世。觀看的閉口無言，還怕死臨頭上；過往的低頭疾走，尚愁禍害當身。費盡百萬錢糧，纔得一朝齊整。雕龍插漢，鏤鳳飛雲；畫棟流霞，碧甍

耀日。墻垣堅固，賽過石頭城、紫金城[1]，萬年基業；殿宇巍峩一
似皇極殿、凌霄殿，千丈輝煌。頭門上高題著「三朝捧日，一柱擎
天」；雨坊中明寫著「力保封疆，功留社稷」。威儀雄壯，渾似五
鳳樓前，行走的誰不欽欽敬敬；氣象尊嚴，出入的如在建章宮裡，
哪敢嚷嚷喧喧。少頃的沉香像迎入祠堂，隊隊行行，簇擁著一人有
慶；今日裡普惠祠均瞻聖貌，挨挨擠擠，堪比著萬國來朝。真是：
千載齊心來仰聖，百官何必去朝天。道猶未了，你聽：鼓樂聲喧，
想是神像迎將來了。不免進去準備登座則個。正是：平日但知天子
貴，今朝纔曉廠公尊。（下）

　　（丑、旦、貼、小生扮小軍，外扮中軍，付、老旦、眾抬像
上）

【玉芙蓉】勳名貫斗杓，功業凌蒼[2]昊。洵[3]千秋浩氣，天
挺人豪。今朝德望踰周召，他日經綸翊舜堯。神容俏，勝
龍姿鳳表，遍街衢萬人瞻仰湧如潮。

　　（付）廠爺登殿，理合加冠。（老旦）有御賜的七曲纓冠在
此，進上千歲爺。（外）頭大冠小，帶不上。（付）喚陸萬齡過
來。怎麼把千歲爺的頭塑大了。（末）遵爺鈞旨，頭塑九寸五分，
這是宮中賜來的冠小了，與小的什麼相干？（付）如此怎麼處？
（老旦）這冠兒是上賜的，又不好動它。（末）不難，塑像的在
此，吩咐他將千歲的頭收一收便了。（老旦）有理。（末）塑像的

1　底本原無「紫金城」三字，據清順治《一笠菴彙編清忠譜傳奇》（《古本
　戲曲叢刊》三集景印）補。

2　底本作「冲」，據清順治《一笠菴彙編清忠譜傳奇》改。

3　底本作「詢」，據清順治《一笠菴彙編清忠譜傳奇》改。

哪裡？（淨上）塑像的叩頭。（付、老旦）把千歲爺的頭收這一分。（淨）曉得。裏爺，開刀。（老旦）嚛狗頭，咱的爺好頭疼吓！（淨）弗痛個，木頭做個了。（戴介）是哉！（付）妙吓！（老旦）如今儼然是一位太廟中神像了。（末）請爺上香。（付）如今我們都用五拜三叩首的禮了。（老旦）不消，不消。別的要行這大禮，如今咱們兩個都是爺的親生骨肉一般，不消行大禮，也不用禮生虛文，竟是多叩幾个頭就是了。（付）有理。

　　（合）

【前腔】金樽玉液澆，寶鼎沉煙裊。看食前方丈，山海珍瑤。筵前禱[4]祝祈三島，雲際嵩呼徹九霄。兒純孝，舞斑衣拜禱，望親恩天聰昭鑒孝思遙。

　　（末）請二位老爺偏殿進宴。（老旦）爺賜咱的們宴。毛哥，咱們去吃了爺賜的宴，再來上午膳罷。（付）有理。（老旦）吩咐孩子們，用心看守外邊柵門，不許閒人闖入，千歲見了要惱哩！鼓樂湊來三殿合。（付）酒杯連進萬年歡。（同下）

　　（生上）

【端正好】首陽巔，常山嶠，篤生平正氣昭昭。俺只是冷清清堅守冰霜操，要砥柱狂瀾倒。

　　俺，周順昌。孤介性成，忠貞夙秉。血淋淋一點丹心，只是忠君為國；鐵錚錚千尋勁節，不肯貪位求榮。如今閹賊專權，羣奸附勢，俺自削籍家居，恨不能奮身殺賊。近來，趨炎附勢之輩，各處建造逆祠，吾郡亦創祠于半塘，那些薰羽輸金恐後。昨有傳帖到

4　底本作「壽」，據清順治《一笠菴彙編清忠譜傳奇》改。

來，說今日塑像入祠，同[5]佺叩賀。俺一時怒髮衝冠，毀帖大罵。如今不免步到半塘，看他們恁般樣光景。

【滾繡毬】恨奸邪善類誅，逞兇圖國祚搖。數不盡拜門墙一羣狼豹，驀忽地聳生祠虎阜東郊。那一個貢沉香塑著頭；那一個獻玉帶束著腰；那一個進珍珠纓冠光耀；那一個捧金爐降速香燒。紛紛的輸金餽餉晨昏納，躋躋的稽首投誠早晚朝，總是兒曹！

　　來此已是半塘。呀，果然地侵阡陌，祠插雲霄，直恁奢侈僭擬也！

【叨叨令】見參差樓兒和殿兒直恁的巍巍峩峩的造，看多少門兒和柵兒真是個重重疊疊的靠。遙望著燈兒和炬兒閃得人輝輝煌煌的耀，猛望著身兒和首兒活現出猙猙獰獰的貌，咘！兀的不恨殺人也麼哥，兀的不惱殺人也麼哥！

（外、小生上）什麼人在此窺探？（生）又只見牙兒和爪兒向咱行喧喧填填的鬧。

　　（老旦、付上）千年桃實呈仙品，三祝聲傳效華封。（老旦）什麼人在外？孩子們，打呀。（外、小生）是吏部周爺。（老旦）什麼周爺？（付）一定是周順昌了。（生）老公祖奉揖。（老旦）住了，住了！先拜了廠爺然後作揖。（生）拜哪個？（老旦）拜廠爺。（生）要俺周順昌去拜他麼？只怕未必吓……（笑介）

【脫布衫】俺生平勁節清操，怎肯向貂璫屈膝低腰。（老旦）叩拜的甚多，獨自你倔強。（生）一任那舞斑衣趨承權要，俺只是守孤忠心存廊廟。

5　底本作「公」，當是「仝」字形訛，參酌文意改。

（付）廠爺功德巍巍，也是合當欽敬的。（生）若說那魏忠賢麼：

【小梁州】他逞著產祿兇殘勝趙高，比瓛璦[6]倍肆貪饕。他待要學曹瞞新莽恣咆哮，兇謀狡，件件的犯天條。

（老旦）廠爺有甚不好處來？（生）他的罪案多得緊哩。（老旦）你就說。

（生）

【么篇】他誅夷后妃把皇儲勦，殺忠良擅置宮[7]操。結乾兒，通奸媼，兀亂把公侯冒濫，他待要神器一身叨。

（老旦）一派胡言！（付）想是他多飲了幾杯，酒醉了。（生）俺何曾醉來？（付）你醉了。（生）咳！

【快活三】俺待學朱雲折檻號，效朱虛請劍梟。恨不把皮虮鼓任人敲，倩禰衡撾出漁陽調。

（老旦）孩子們，打這廝！（生）吓！誰敢？誰敢？（付）住了！老先生請回罷，不要在此招災惹禍了。（生）咳！

【朝天子】任奸祠鬱峍，任奸雄駕驁，枉費了萬民脂、千官鈔。羞題著一柱擎天、封疆力保。少不得倒冰山陽光照。逆像煙消，奸祠火燎，舊郊原兀自生荒草。怪豺狼滿朝，恨鶹鶸滿巢，呀吥！只貽著臭名兒千秋笑。

（生下）（老旦）啊呀，可惱，可惱！今日是廠爺塑像入祠，撞著這狗弟子鬧這一場，咱家方纔叫孩子們打他一頓，又被毛哥勸住，胸中惱不過，咱處？（付）兄吓，事不可性急，方纔就打他一

6　底本作「藍面」，據清順治《一笠菴彙編清忠譜傳奇》改。

7　底本作「空」，據清順治《一笠菴彙編清忠譜傳奇》改。

頓，幹不得甚事。如今連夜寫成一疏，送到廠爺處，差校尉拿他上京去，了他性命便了。（老旦）就把辱罵神像為題。（付）不中用，他前日與魏大中結姻，我已具一密揭報知廠爺了，如今就在〈周起元背違明旨撖減袍價疏〉內說，與東林周順昌等，干情說事，焚贓剖分，一網打盡便了。（老旦）有理，有理！多謝毛哥指教。周順昌，周順昌，此本一上，教你渾身是[8]口不能言，遍体排牙說不清。打導回衙。（同下）

按　語

〔一〕本齣情節、曲文接近清順治《一笠菴彙編清忠譜傳奇》第六折〈罵像〉。

8　底本作「似」，參酌文意改。

祝髮記‧做親

末：老管營，孔景行的總管。
淨：李司務，婚禮儐相。
丑：孔景行，先鋒將軍。
雜：鼓樂手、吹手樂手、燈伕
付：朱媽媽，媒婆。
旦：臧氏，徐孝克的妻子。
生：傳令的差官。

　　（末扮管營，淨扮掌禮，雜扮吹手、燈伕齊上）（末）你們眾人齊了麼？（眾）多齊了。（末）將軍自己去迎親的。掌禮師父請一請。（淨）曉得。伏以牡丹金雀百花仙，四喜雙珠燕子箋。此日邯鄲萬事足，千金一捧奈何天。奉請新貴人，抬身緩步。請行。

　　（丑扮孔將軍上）西墉通曉會公卿，燈火還同不夜城。正覩人間朝市樂，忽聞天上管絃聲。（末）老管營叩頭。（丑）起來，起來。早上吩咐你的各色可曾完備麼？（末）俱已完備了。（淨）掌禮人叩頭。（丑）罷哉。我將軍今夜成親，好詩賦、好讚語多念幾首，我將軍賞賜不輕。（淨）是。（雜）吹手們叩頭。（丑）起來。你們那八音樂要吹得齊整；就是個個得勝鼓，要是介著各其陳、著各其陳打得熱鬧，我將軍重重有賞。（雜）吓，燈伕們叩頭。（丑）燈伕們，那九華燈要點得來燦亮，流星炮仗乒乒乓乓，一路放得去，弗要住手！（眾）曉得。（眾吹打介）（丑）我好快

哉樂哉也！（眾行，唱介）

【朝天子】九華燈總燃，八音樂並喧，七香車半掩桃花面。孤星已散，喜三星在天。五花冠，芙蓉面。（合）唱吳歌在這邊，唱楚歌在那邊，哩嗹哩嗹哩哩嗹。看將軍十分歡忻，看三軍十分歡忻，願雙雙常作伴，願雙雙常作伴。

　　（眾吹打，丑坐介）（淨）開門，開門。（付上）忽聽笙歌沸，想是來迎娶。是囉個？（淨）是我，朱媽媽。（付）原來是李司務。（淨）將軍自家拉哩迎娶。（末）朱媽，將軍在此。（付）將軍，恭喜，賀喜。（丑）朱媽媽，你看我阿像個新郎？（付）像阿，好得勢虿！（丑）新人拉虿裡向做儕？（付）拉虿裡向梳妝踏鎮。時辰還早來，掌禮師父，吾虿請吹打吹打，正好哉。（暫下）

　　（眾吹打介）（丑）叫掌禮個來。（末）吓，喚儐相。（淨）將軍，儕個？（丑）請介請。（淨）是哉。伏以東邊一朵紫雲開，西邊一朵紫雲來。（丑）叫哩得來。（末）吓，將軍叫。（淨）將軍，儕個？（丑）方纔哪對吾說個？儕個東邊西邊，舊吓，舊得勢哉。要新個點！（淨）吓，有理哉！簇新鮮個拉哩。伏以東郭西樓萬里緣，玉簪金盒結連環。焚香祝髮兒孫福，精忠節孝永團圓。攔堂第二請哉。（丑）有點意思虿。（淨）將軍，何如？（丑）雜撮果盤戲文湯罷是嘰！罷哉，還要新點來。（淨）阿呀將軍，個是要隔夜下作個嗓。（丑）吾是老作家哉，我將軍停歇封筒重點沒是哉。（淨）姆姆姆，有哩哉！伏以百年夫婦要和諧，為儕新人弗出來？（眾）快些！（淨）眾人立得膀腳酸。（丑）催介催。（淨）新老官人拉哩火冒哉。攔門第三請儀。

　　（付扶旦上）

【鎖南枝】笙歌沸，燈火燃，一行斷送人少年。（丑）掌禮個，吾聽新人拉裡向做僑，阿曾出來哩？（淨）吓，將軍，新人在裡頭哭。（丑）哭吓？為僑了能哭得好聽？（淨）哭得好聽，討居去日日哭便罷。（丑）唃唃唃！放屁！（淨笑介）（旦）他只道是好姻緣，誰知是惡姻緣。你聯姻日，是我絕命年。笑殺楚襄王，空自夢巫山。

（丑）新人阿曾出來勒？（淨）出來了半日哉。（丑）介勒弗早點說，快點起轎！（末）吓，起轎。（丑）老管營，叫哩丒燈裡換換蠟燭，銃手丒銃阿放放。（末）吓。（丑）來，來，拿拉手裡放吓。阿唷，我好快活吓！

【朝天子】百雲袞覆鞍，五明馬著[1]鞭，十二行中金釵選。三回五轉，請一人向前。八珍饌，排芳宴。（合）唱吳歌在這邊，唱楚歌在那邊，哩嗹哩嗹哩哩嗹。看三軍十分歡忭，願雙雙常作伴，願雙雙常作伴。

（生扮差官上）喏！孔將軍住馬。（丑）哪裡來的軍令？（生）大丞相河南王有令：「現今大都督王僧辨起兵前來搦戰，著先鋒孔景行領部下人馬，星夜渡江迎敵，大兵隨後便至，牌到即發。如遲片刻，抓頭回話！」（末接令牌，生下）

（丑）老管營，方纔個入娘賊個白蘤白嚼說個多吒僑個？（末）大丞相河南王有令，說現今有大都督王僧辨起兵前來搦戰，著將軍領本部人馬，星夜渡江迎敵，大兵隨後便至，如遲，軍法從事。（丑）不要管他，回去做親。（末）將軍，使不得！有令牌在

---

1 底本作「自」，據明富春堂刊《徐孝克孝義祝髮記》（《古本戲曲叢刊》初集景印）改。

此，如若遲延，抓頭回話。（丑）個是囉哩說起！咳，老天吓！怎麼了，怎麼了？偏偏這等不湊巧！不道四時歡，先有一場惱。阿呀老管營，你可領吹手人等送夫人到衙，就將一應鑰匙多交與夫人掌管。抬，抬披掛過來。（末）吓。（丑）個個……是個個：先將冬春米一斗二升三合，對充銀子一兩五錢三分，與朱媽媽安家。就留在衙中陪伴夫人，待我將軍得勝回來，成親之後，一併重謝。（末）是。（丑）盔，盔，盔來！（末）盔在此。（丑）其餘親兵多隨我連夜渡江截殺。拿……拿僗個？拿，拿，拿鎗來！（末）吓。（丑）阿呀，天地神聖老爺！馬，馬，馬來！（末）馬在此。（丑）咳，個是囉哩說起吓！

【前腔】一封書早傳，一支兵渡關。五方旗早奪合歡扇。雙旌展轉，三通鼓早傳，五行中，姻緣淺。歌聲在那邊，軍聲在這邊，哪哩哪哩哪哪嗹。嘆孤軍又遭磨難，嘆孤軍又遭磨難。苦衝鋒先鏖戰，苦衝鋒先鏖戰。

　　（眾齊下）（丑）不妥，等我轉去……老管營轉來！（末）有。（丑）我出征之後，個個前門、後門俱要謹慎。去，去罷。（末）吓。（丑）老管營，老管營，走、走得來！（末）怎麼？（丑）門浪貼介一張告條，凡一應三姑六婆穿珠花點翠個，不許哩進來。（末）曉得。（丑）老管營，老管營！（末）又是什麼？（丑）就是捉牙蟲看水碗，個個扒烏龜算命個，嘸弗要放哩進去。（末）曉得了。（丑）阿呀老管營，老管營，轉、轉來！是個個……（末）有話快說。（丑）就是個個……無僗哉，吾去罷。（末下）（丑）嘩吥，嘩吥。（四顧，掮鎗奔下）

按　語

〔一〕本齣出自張鳳翼撰《祝髮記》第十二折。

〔二〕選刊此齣的坊刻散齣選本還有：《醉怡情》、閩正堂刊《綴白裘全集》。

祝髮記・敗兵

外：陸法和，方士。
付、淨：孔景行的部下。
丑：孔景行，先鋒將軍。

（外上）
【引】握中寶劍吐寒輝，坐嘯淨¹氛埃。入幕略施秘術，專誠試展奇才。

　　草色初黃劍氣多，腥風血污動干戈。龍蛇蟠遶旌旗列，霜雪凝光劍戟磨。自家陸法和是也。好的是陰符祕帙，胸藏十萬甲兵；習的是望氣占雲，目徹一天星斗。昨日與王都督升帳，探子來報，侯景差孔景行前來迎敵。我如今先用陰兵飛沙走石，沸浪騰煙，使他消魂喪魄，膽寒心顫，不戰自亂，必獲全勝矣。呀，遠遠望見一簇人馬，想是孔景行那廝來了，待我向深林中作法者！正是：雙腳踢翻花世界，一拳打落錦乾坤。（下）

　　（淨上）咳！爹娘養我苦熬煎，生我一身也枉然。（付上）無事端端來拼命，殺上前來殺上前。將軍呢？走上來僭。（丑上）來哉，慢慢能，阿是搶頭刀了？（立看四邊介）咳！
【二犯朝天子】萬燭叢中首更回，（內擂鼓介）尚有三通

1　底本作「靜」，據明富春堂刊《徐孝克孝義祝髮記》（《古本戲曲叢刊》初集景印）改。

鼓，抵死催。本待學遊蜂釀蜜竊香來，卻徘徊，把芳菲又
早沉埋。恨青鸞信乖，恨青鸞信乖。

　　（作睏倒介）（淨、付）將軍，殺上前去！（丑）咳，你們只
管叫我上前，囉哩曉得我巴弗能個落後吓。（淨、付）衝鋒打仗，
怎麼說出這等話來？（丑）咳，吾吾囉哩曉得！此時新夫人冷冷清
清的在家，我欲待要轉去，怎奈侯大王領大隊人馬逼在後邊，教我
如何是好，如何是好吓？（淨）將軍，當初起鳳凰臺。（付）破朱
雀窟。（合）多是將軍奮武當先。今日為何畏刀避劍起來？什麼意
思？（丑）咳，吾吾囉哩曉得！個個叫子「此一時，搭子個個彼一
時」吓。當初朱宸誤國，正德叛父，儲貳請和，親王不下，我們得
以肆志。如今王都督專斷而來，陳霸先戮力相助，陸法和道術高
妙，兵法絕倫，叫我實難抵敵拉吾。我要睏，我要睏。（淨、付）
雖然如此，寧可上前一尺，不可退後一寸，還是殺上前去。

　　（丑）咳！

【前腔】我只為一寸春心一寸灰，咳，個是囉哩說起吓！
（淨、付）好了，發威了！（丑）驀忽地魚書至，似羽檄催。
霎時鴛侶兩分開，咻，惱人懷，漫思量爛醉金釵。又誰知
未諧，又誰知未諧？

　　咦？那草叢中什麼叫？（淨、付）促織叫。（丑）偺個叫促織？
（淨、付）官話呢，叫做促織；直話沒，叫做賺績。與三尾子交感，
剔了鱗纔肯鬪，看起來將軍倒有些像它。（丑）呢！狗囊養的！我將
軍老大的一個人，怎說像這一吾吾的東西？（淨、付）將軍沒有與
夫人剔得鱗，所以如此。（丑）介沒直頭有點像吾。（淨、付[2]）

2　底本作「丑」，參考上文改。

我們就把促織為題，唱個吳歌兒與將軍聽聽，何如？（丑）如此，大家來。（合唱介）坐冊將軍也會子個贏，那間為僖了無精神？弗是將軍弗肯鬭，只因弗曾搭夫人剝得子個鱗。（雜扮陰兵，外引上衝殺介，三花面敗下）（外）就此回營。（眾）得令！

（合）

【沽美酒】仗青蛇把神鬼差，仗青蛇把神鬼差，白羽陣雲埋，使陰兵令似雷。行符呪，逞靈威，做一場翻江攪海，弄一隊山妖鬼怪。為他們地府門開；送他們在鬼門關外；請他們看閻羅世界。奇哉，異哉！捲旗旛做一堆，呀！第一功報知元帥。（齊下）

按　語

〔一〕本齣出自張鳳翼撰《祝髮記》第十六折。

祝髮記・渡江

末：達摩。

（末上）南無阿彌陀佛。

【浪淘沙】色相本來空，何異何同？寶珠辨[1]後法界通。六十七年相待也，暫住江東。

三寶莫輕毀，在我亦在彼。誰得吾皮肉？誰得吾肉髓？某，達摩是也。今日與徒弟法整相約，會於招提寺前。只因被那誌公說破，我是觀音大士傳佛心印，因此只得避地江北，待有便人捎個信兒與他便了。

【錦纏道】論功德待會靈山，大乘演譯[2]，無由運神力。誰曾見紫磨金色？那外六塵、內六根、中間六識。那裡去敲髑髏，使[3]者婆尋覓。法輪轉，西域傳心印。被誌公指摘，如今須幻跡，向嵩山少林面壁，看妙圓[4]靜智自空寂。

迤邐行來，已是江邊。只是，怎得個船來渡過江去？

【普天樂】算慈航，非難覓，縱一葦如雙舄。駕靈鼉[5]不待鵲

1　底本作「辨」，據明富春堂刊《徐孝克孝義祝髮記》（《古本戲曲叢刊》初集景印）改。

2　底本作「釋」，據明繼志齋刊《重校孝義祝髮記》改。

3　底本作「便」，據明富春堂刊《徐孝克孝義祝髮記》改。

4　底本作「緣」，據明富春堂刊《徐孝克孝義祝髮記》改。

5　底本作「驚鼉」，據明富春堂刊《徐孝克孝義祝髮記》改。

梁，跨降龍度越鮫室。凌波瞬[6]息，料御風兩袖，可比六翮。

你看，許多蘆葦在此，哪一枝不是我的渡船？待我折一枝來，渡江過去便了。阿彌陀佛！（作取蘆葦放江中，跳上介）

【古輪臺】仗佛力，江豚吹浪盡藏匿。那些兒天塹限南北，風恬浪靜[7]，穩當中流，任禹門平地三級。大海無邊，自在菩薩，看大千世界一飛錫[8]。多少升沉，好一似來往潮汐[9]。想當初楚漢烏江，曹劉赤壁，桑田滄海，何處訪陳[10]跡？從前事，須知一笑也那不值。

（內喊介）

【尾】樓船入望雲[11]帆集，又是一場白駒過隙。呀，遠遠望見一隊人馬飛渡江來，想是王都督的人馬破賊成功，奏凱回朝。他從招提寺經過，待他來時，就央煩他捎個信兒與我徒弟法整便了。我少頃寄書的時節呵，只說道江上相逢無紙筆。（下）

6　底本作「舛」，據明富春堂刊《徐孝克孝義祝髮記》改。

7　底本作「淨」，據明富春堂刊《徐孝克孝義祝髮記》改。

8　底本作「烏」，據明富春堂刊《徐孝克孝義祝髮記》改。

9　底本作「朝夕」，據明富春堂刊《徐孝克孝義祝髮記》改。

10　底本作「塵」，據明富春堂刊《徐孝克孝義祝髮記》改。

11　底本作「去」，據明富春堂刊《徐孝克孝義祝髮記》改。

按　語

〔一〕本齣首支出自張鳳翼撰《祝髮記》第十八折，主體情節、曲文出自第二十四折。

〔二〕選刊此齣的坊刻散齣選本還有：《纏頭百練二集》、洞庭蕭士輯《綴白裘三集》。選抄此齣的散齣鈔本有中國社科院圖書館藏《集錦》。

釵釧記・相約

老旦：皇甫老夫人，皇甫吟之母。

貼：雲香，皇甫吟未婚妻史碧桃的婢女。

（老旦上）

【一江風】景悽悽，觸目傷心處，楓葉飄飄墜。篋無資，旅食無魚，埋沒了馮驩志。金風透玉肌，金風透玉肌，身披絺綌衣，奈梧桐雨過愁千縷。

（貼上）有勞了吓！

【賺】抹轉街衢，蓮步忙移不敢遲。我一路問來，說此是芹官裡。你看，有許多號房，但不知是那一家？（老旦嗽介）（貼）呀，裡面有一媽媽坐著，不免進去問一聲看。吓，有了！待我揚聲吐氣進門閭。（老旦）呀，是伊誰，不知為甚來家裡？敢問娘行是阿誰？（貼）吓，奴家是問路的。（老旦）要問到哪一家去？（貼）這裡儒學中有個皇甫官人，不知是哪一家？（老旦）吓，若論儒學中，只有我家複姓皇甫。（貼）吓，請問皇甫官人是宅上何人？（老旦）呀，是小兒。（貼）阿呀，如此說，是老安人了吓，阿呀失敬了！（老旦）豈敢。請問小娘子是哪裡來的？（貼）聽咨啟，我是史門侍女來傳語。（老旦）史門？（貼）吓，老安人望勿疑忌。（老旦）吓，莫非是史親家那邊來的麼？（貼）正是。（老旦）吓，呀呀呀！我有失迎趨。小娘子。（貼）老安人。（老旦）請坐，請坐。（貼）老安人在上，怎

敢坐。（老旦）吓，親家那裡來的，哪有不坐之理。（貼）如此
沒，告坐了。（老旦）豈敢。吓，把椅兒上些，上些，再上些。
（貼）夠了，夠了。（老旦）請坐。（貼）有坐。（老旦）**小娘
子，何事勞卿顧草廬**？（貼）吓，秀才官人為何不見？（老
旦）小兒出外講書去了。（貼）來得不湊巧。老安人，我去了，改
日再來罷。（老旦）小娘子特地到此，必竟有什麼說話，怎麼就要
去了？（貼）吓，話便有一句，只是，要對秀才官人當面說的；既
然不在，改日再來罷。（老旦）小娘子有話，何不對老身說了？小
兒回來，待我與他說了，總是一般的。（貼）是吓，對老安人說
了，總是一般的。（老旦）總是一般的。請坐。（貼）有坐。（老
旦）此來莫非員外、安人著你來的麼？（貼）老安人吓，我今日此
來不是員外、安人著我來的。（老旦）是哪個呢？（貼）是我家小
姐，**著我來傳語。道你家……**（老旦）小娘子為何欲言又止？
（貼）吓，話便有一句，只是不好啓齒。（老旦）但說何妨。
（貼）吓，如此，我只得說了嘘。（老旦）請說。（貼）我家員
外、安人呵，**道你家貧乏，無物來迎娶。**（老旦）咳，委實艱
窘！（貼）**今有樞密求親，要改嫁伊。**（老旦）吓，有這等
事！親家處緣何變亂綱常理？議定姻親啲只怕難改移。咳！
史親家，史親家，你好逆倫義。咳！我也不要怪他，只恨我家
貧，受侮遭輕覰。（貼）老安人，你且免嗔聽啓，免嗔聽
啓。

　　（老旦）小娘子，你家員外、安人雖則如此，但不知你家小姐
立志如何？（貼）老安人在上，我家小姐是，喏！
【解三醒】為伊家終朝憂慮，想你囊無半點餘資。（老
旦）咳！咳！其實艱窘。（貼）為此密約中秋十五夜，叫你官

人呵，親到花園內。（老旦）到花園中來做什麼？（貼）要贈你寶和珠。（老旦）阿呀呀，若得賢哉媳婦存節志，多管是家門積慶餘。吾私喜，怎能個佳兒佳婦同奉甘肥！

　　（貼）

【光光乍】安人聽咨啓，且莫意躊躕。老安人，秀才官人回來，可對他說。（老旦）說什麼呢？（貼）教他莫向人前通私語，倘泄漏風聲難存濟。

　　（老旦）這個我曉得。

【尾】謝卿卿來點指。（貼）抬身移步拜辭歸。（老旦）小娘子，怎麼就要去了？再請少坐。（貼）老安人，我只管在此久坐，哪！只恐娘行等久時。

　　（老旦）既如此，有慢你吓。（貼）好說，好說。（老旦）感謝你殷勤，承言送好音。（貼）有緣親自會，無緣事不成。吓，老安人，我去了。（老旦）有慢了。（貼）好說。老安人，我方纔是……吓？（老旦）喏！打那邊出去，就是外廂了。（貼）吓！打那邊去，就是外廂了。（老旦）正是，正是。（貼）老安人，我去了。（老旦）有慢你。小娘子請轉，說了半日的話，不曾動問得小娘子叫什麼吓？（貼）我麼，叫……（老旦）叫什麼？（貼）叫雲香。（老旦）吓，原來就是雲香姐！請裡面待[1]茶去。（貼）不消了。（老旦）請裡面待茶。吓，雲香姐，你回去多多上覆小姐，說我若得一見，死也甘心。（貼）老安人請免愁煩，我去了。（老旦）有慢你。（貼）老安人請轉，秀才官人回來，叫他八月十五夜早些來。（老旦）我曉得了。（貼）安人打攪。（老旦）好說，看

1　底本作「代」，參酌文意改。以下同。

仔細，慢慢些走。（貼）好一位賢德老安人！我家小姐造化。
（下）（老旦）好難得，難得！（下）

按　語

〔一〕本齣出自月榭主人撰《釵釧記》第八齣〈相約〉，只保留老
旦與貼的情節，劇末小生上場的段落刪去。本齣常與下齣〈相罵〉
連演，形成對比。

〔二〕選刊此齣的坊刻散齣選本還有：《醉怡情》、聞正堂刊《綴
白裘全集》。選抄此齣的散齣鈔本有中國社科院圖書館藏《集
錦》。

釵訓記‧相罵

老旦：皇甫老夫人，皇甫吟之母。

貼：雲香，皇甫吟未婚妻史碧桃的婢女。

　　（老旦）

【引】遭逢時不利，被人談笑恥。

　　良藥苦口利於病，忠言逆耳利於行。那晚若是我孩兒去赴約，必遭其害；雖然安妥，終須不了。天吓，有這等異變之事！

　　（貼上）

【引】才郎共淑女，月下已相叙。

　　此間已是，不免逕入。呀，老安人，外日打攪。（老旦）唔！你今日又來怎麼？（貼）吓，我麼，

【入破】是小姐命我（老旦）又是小姐命！（貼）來問取，安人何不行婚禮？（老旦）這是稱家之有無。（貼）使他心中憂慮。（老旦）想這段姻親，（貼）這是一段好姻緣。（老旦）我為窘迫無週備。（貼）如今是有了。（老旦）我朝思暮想。（貼）敢是思想做親麼？（老旦）非也！指望我兒名遂方行娶。（貼）阿呀老安人，怎麼把話兒只管說遠了？（老旦）不想伊行唦緣何屢屢來催娶？（貼）今日帯為催親，小姐又著我來的。（老旦）不知你小姐是何意？（貼）老安人，我那日來期。（老旦）期是你來期的，我孩兒卻不曾來。（貼）吓？怎麼說不曾來？你秀才親到花園內。（老旦）什麼花園內？（貼）安

人何故心瞞昧？（老旦）哇！你休得亂道胡言。（貼）倒說我亂道胡言。（老旦）我孩兒是個讀書之人，他鑽穴踰牆決不為。（貼）那晚到園中來的，不是賢郎是阿誰？

（老旦）

【滾】[1]呃！聽汝言詞、聽汝言詞我儘知。（貼）知道什麼來吓？（老旦）你暗地施謀計，（貼）施什麼謀計介？（老旦）我曉得，為要改嫁樞密，（貼）這是有的吓。（老旦）要悔親，賺我兒。（貼）賺你家什麼介？（老旦）幸喜皇天有眼，那晚我孩兒卻不曾來。（貼）來也不曾吃了他。（老旦）吃是不吃吓，我的兒若來時，他的命難存濟。（貼）老安人不要惱。我曉得，敢是秀才官人瞞過了老安人來的？（老旦）胡說！母子之情，怎敢瞞我。（貼）吓，阿呀，既不瞞你呵，那晚園中、那晚園中，他覿面夫妻相會。（老旦）啐！什麼夫妻相會？敢是你見了鬼了？（貼）阿呀不是見鬼的嘻，我家小姐呵，憐乏聘，釵釧白銀，是我一一付與。（老旦）吓吓吓，什麼釵？（貼）釵！（老旦）釧？（貼）釧！還有白銀五十兩。（老旦）哈！有的。（貼）可是有的？（老旦）有，有的，有的。我也當得起？看你這樣小小年紀，這等無中生「有」！（貼）阿呀不是無中生有的嘻！你秀才官人拿了那些東西，還說得好……（老旦）說什麼來？（貼）說即日成親，即日成親。喲，將好意反成惡意。（老旦）什麼好意？是你主人的謀計。（貼）我家小姐正為員外、安人要將小姐改嫁，他節操堅持，節操堅持。（老旦）全得好節

---

[1] 指大曲中的「袞」。

操！不肯移二天損[2]名譽。（老旦）損什麼名譽？我只是不娶。（貼）你若不娶，也罷！只是可惜……（老旦）可惜什麼來？（貼）可惜枉費他心、枉費他心，不能殼全節義。（老旦）全得好節義。（貼）咳！你奸騙錢財，閑聒甚的？

　　（老旦）

【出破】呢！你休得把浪言相對設機謀，你造言生事。（貼）倒說我造言生事！你看，上面是什麼東西呵？（老旦）是天。（貼）呀啐！卻我只道是地。卻不道湛湛青天不可欺！

　　好吓，你奸騙我錢財，叫你須與受禍災！（老旦）老天應鑒察，不受這飛災。（貼）叫你偏受這飛災！（老旦）我偏不受這飛災！（貼）還了我的東西便罷，若不還我，死也死在這裡。（哭介）（老旦）哪裡說起！什麼釵釧，又是什麼銀子。吓吓吓，你看他公然上坐。啐！這個所在是你坐的？（貼）難道是龍位皇位，坐不得的？（老旦）雖不是龍位皇位，你卻坐不得。（貼）我倒偏要坐。（老旦）我偏不容你坐，小賤人！（貼）阿呀老安人，不要破口吓，我雲香是……嗒！也會罵的嗎。（老旦）吓吓吓！你敢罵？你敢罵？（貼）你這老……（老旦）吓，老什麼，老什麼？（貼）老什麼介？老安人。（老旦）我諒你也不敢罵，你這小賤人！（貼）老不賢！罵了。（老旦）吓！（貼）吓！（老旦）阿喲喲！（貼）阿喲喲！（老旦）小賤人！（貼）老不賢！（老旦）呸，走出去！這等放肆！（下）

　　（貼）啐！阿呀老不賢吓，你這等瞞心昧己，還想教子成名。

2　底本「損」字脫，據清鈔本《釵釧記》（《古本戲曲叢刊》二集景印）補。

呀啐！

【出隊子】你好無情無義，令子前來脫騙取。小姐吓，倒做了滿船空載月明歸，辜負佳人竇氏女。如此虧心，天必鑒知。

老不賢吓，你藏卻惺惺假作痴，從教親事欲何如？小姐吓小姐，你本將心托明月，呀啐，誰知明月照溝渠！（急下）

按　語 ✐

〔一〕本齣出自月榭主人撰《釵釧記》第十三齣〈相罵〉。

〔二〕選刊此齣的坊刻散齣選本還有：《醉怡情》、閒正堂刊《綴白裘全集》。

爛柯山・悔嫁

旦：崔氏，朱買臣前妻。
淨：張西橋，崔氏後嫁之夫，無徒，無賴之徒。

　　（旦上）分離易，見時難，阻鄉關。夢裡相逢兩淚潛，醒偷彈。終日不茶不飯，連宵不病不癱。兩道愁眉常自鎖，減容顏。咳！崔氏吓崔氏，如今叫我怎麼處吓？（哭介）

【粉蝶兒】哀苦號啕，好叫俺哀苦號啕，這苦也天還知道。咻！懊恨俺不識低高，生擦擦拆散鴛鴦分鳳侶也，指望換一個奢華年少。阿呀天吓！誰想到[1]命苦相遭，今日呵，只落得被傍人笑。

　　（淨拐步，作山話上）區區真晦氣，白日撞子鬼。無錢討老婆，跌折子一隻腿。我，張西橋。為謀娶朱買臣個老婆，娶親個日，拉個爛柯山腳下個條獨木橋上，忒個難走了，說我來綽綽橋，讓我來綽綽橋……弗道是一隻腳踏拱子，谷碌碌直滾到山溪下，一隻腳笋頭纔跌子出來！足足能困子兩個月日，方纔爬得起來。我裡個房下，自從進子我個門，日夜啼啼哭哭，相叫也弗相叫介一聲，茶湯水也弗傳介一傳，今日倒讓我去見個禮拉哈列介。（旦哭介）（淨）大娘娘，見禮哉。（揖介）（旦）誰要你見禮？你且坐了，有話對你講。（淨）阿呀，阿呀，我難間是錢莊貨哉，推扳弗起個

_____

1　底本作「道」，參酌文意改。

嘻。哪說拿我得來大推大扳得起來介！

（旦）

【醉春風】你可也聽俺說個根苗，（淨）好吓，有儕長短闊狹替我話，我好替吓去長截短、削闊就狹咭！（旦）**奴一時魂落，**（淨）我個兩日斧頭纏提弗起，也有點失魂落魄介拉裡。（旦）**端為俺貧窘苦難熬，**（淨）難是無儕難熬，鑲上子個笋頭，軒攏來做人家哉，有儕難熬？（旦）**今日也懊惱，**看你這般光景呵！（淨）我個光景，吓看我弗像樣，倒是個雕花匠嘻。（旦）**何苦也改絃別調。我欲待要逃回，**（淨）儕個？吓要逃居去吓？懸虛拉哈哉，直頭要撒墊撒墊亂來！（旦）**見俺的夫君，**（淨）想前頭個老公吓？（旦）**則是羞見江東父老。**

（淨）吓，吓心浪個意思，呷得破二作三，當中抽条衕堂，一邊打牆，兩邊好看，也無儕截倒個樹吓！單是外頭人個嘴刁，吓若是原去跟子朱買臣沒，我張西橋就是「此物」哉。噲！吓個吃門問個，哪能弗明白，吃門問個！

（旦）

【石榴花】**恁無徒休把俺恁煎熬，**（淨）吓自家拉亂尋生討事咭。（旦）**俺一心兒不改志堅牢。**（淨）佳子！吓嫁弗嫁，也要拿個曲尺得來量介量長短。吓今日之下已經嫁子間向來哉，哪說拿個推鉋也推弗動個副面孔來對我？（立起介）噲！囉個叫吓來個？囉個叫吓來個吓？（旦）**痛恨那潑虔婆他絮絮叨叨，害得俺無奔無逃。**（淨）我替吓話，吓若是直苗条趁手轉呢，也罷哉；再若是介七彎八曲，讓我拿個快鎈得來，好像鎈榍子能，是介其鴰、其鴰，鎈磨殺吓個花娘亂來！（旦）**俺如今就死也何足道，免得被傍人談笑相嘲。**（淨）無儕談笑，也無儕相嘲。今

日呢，是黃道吉日，上樑豎柱個日脚，我搭吓兩個，鑲嵌子蛤蜊縫，勒軒攏來做人家。（旦）呀啐！**罵你那腌臢禽獸休指望著，**（淨）我費子松砣把能個樣錠頭銀子，倒罷子弗成？倒罷子弗成？（旦）**則除是西方日上海苦焦。**

（淨）啐出來！西方日哪能個日上？吓個花娘，直脚拉丑嚼木扉哉。惱子我個性格，搭起子個一駕，拿個千金索，拽吓得起來，打吓介一頓牽鑽拳頭丑來！

（旦）

【鬬鵪鶉】**一任你便痛打凌逼，俺只是搥胸咳那跌脚。恨只恨命塞時乖，又撞著冤家強盜。**（淨）吓罵我是強盜，吓個花娘就是強盜婆哉咭！讓我來拿個五尺得來量吓個花娘。（旦）你敢打麼？（淨）我直頭量哉啥，倒怕吓了？（旦）打嘘！（淨）量哉啥！（旦）你打，你打！（淨丟尺，笑介）阿呀，我個娘吓，吓個副尊容呢，好像白染照壁能介雪白！肉色呢，猶如楠木能介噴香！我個身體猶如蛀空松板能介，拉里擊力夾臢纚酥子下來哉！（背介）且住介，停歇要拿個橫鑽得來鑽哩個眼個，哪倒傷觸哩起來？難間倒要賠個弗是丑個哉。阿呀，我個大娘娘吓，我是個樣無料量無付當個人，沖撞子個大娘娘哉，拉裡唱喏蘇氣哉。停歇床上去，咬子兩口沒是哉，咬子兩口沒是哉。（旦）呀啐！（推淨介）（淨）阿呀，阿呀！我是牆攤壁倒石脚捉弗齊拉里，拿我是介大推大扳，再跌壞子個隻脚沒，一發難收拾哉。（旦）**誰要你賠咱禮數好？咳，朱買臣吓，我好恨也！這其間挨不過凍餒飢寒，又誰知落伊圈套。**（淨）阿是眞個要淘氣僐？（內）張司務，講價錢。（淨）是哉，就來哉。臭花娘，有人拉丑叫我講價錢，等我講子價錢勒來，再若是介強頭強腦，我就像開睛落能介開吓個花

娘丕來！眞正是臭河泥塗弗上壁個。個個臭花娘，直頭是囥圖木頭，弗曾經剷削丕來。看個花娘弗出，喬頭喬腦，倒難收拾丕。咳，廢手吓！（內）張西橋，快點！（淨）來哉來哉。個個臭花娘！（下）

（旦）你看，這無徒去了。且住，我當初在家的時節，那王媽媽不知勸了我多少，我只為不聽他言，以致如此。如今趁這無徒不在，不免逃往王媽媽家中去，暫住幾時，再作區處。阿呀，崔氏吓崔氏！（走介）

【上小樓】悔只悔心兒不好，惹人談笑。俺一似浪打浮萍，凌逼難熬，珠淚相拋。似醉如痴，沒存沒濟，魂飛魄落，只落得臭名兒無端自造。

好了，且喜已離了無徒家多少路了！咳！只是，有何面目去見那王媽媽吓？

【尾】想當初不聽他言好，今日個閃得俺兒沒下梢。撞著這沒趣的冤家，且向隣姑訴分曉。

阿呀，猶恐無徒趕來，不免快行一步罷！（急下）

按　語

〔一〕本齣主體情節、曲文接近清康熙抄咸豐重訂鈔本《爛柯山》十六齣。

〔二〕選抄此齣的散齣鈔本有中國社科院圖書館藏《集錦》。

風箏誤·驚醜

小生：韓琦仲，書生。
淨：詹愛娟的奶娘。
丑：詹愛娟，官宦千金。

　　（小生上）
【漁家傲】俛首潛將鶴步移，心上蹺蹊，常愁路低。（內擂鼓起更介）小生蒙詹家二小姐多情眷戀，著乳娘約我一更之後，潛入香閨，面訂百年之約。妙吓！且喜譙樓上已發過擂了，只得悄步行來，躲在門首伺候便了。我藏形不惜身如鬼，端的是邪人多畏。來此已是。阿呀，為甚的保母還不出來？萬一巡更的走過，把我當做犯夜的拿住，怎麼處？他若問黲夜何為，把甚麼言詞答對？他若認做賊盜，還只累得自己；若還認做奸情，可不玷了小姐的名節！吓，小姐，小姐，我寧可認做穿窬也不累伊。

　　（暗摸介）怎麼還不出來？（淨上）月當七夕偏遲上，牛女多從暗裡逢。（內打一更介）弗知阿曾來哩？（小生）不好了！有人來了。（虛下）（淨）如今是一更之後，戚公子必定來了，不免到門外引他進來。偏是今夜又沒有月色，黑魆魆的，不知他躲在哪裡？不免待我咳嗽一聲。難道還不曾來？不免低低叫他幾聲。戚公子，戚相公！

　　（小生上）那邊分明叫我，不免摸將進去。（淨、小生各撞頭

介）（小生）阿呀！（淨）儕人？阿是賊？（小生不語介）弗做聲，像是此人哉。噲，你可是戚公子？（小生）正是。你可是保母？（淨）正是。哪了個歇來？（小生）來了半日了。（淨）介沒，走得來，隨我進去。（小生走，撞痛介）（淨）看高門檻。噲，你要做風流事，也說弗得痛哉。（小生慌介）（淨）慢慢里，弗要慌，有我拉里。（扯小生手同下）

　　（丑上）

【剔銀燈】慌慌的梳頭畫眉，早早的鋪床疊被。只有天公不體人心意，繫紅輪不教西墜。惱只惱，那斜曦，當疾不疾，（內打二更介）怕又怕，這忙更漏當遲不遲。

　　奴家約定戚公子在此時相會，奶娘到門首接他去了，又沒人點個燈來，獨自一個坐在房中，好不冷靜！（淨牽小生手上）間向來，你放大子個膽。（小生）身隨月老空中度。（淨）手作紅絲暗裡牽。（小生）保母。（淨）啐！弗要叫勒叫個戒噱！小姐，放風箏的人來了。（丑）來哉儕，在哪裡？（淨）拉幾里，交付拉咗子。（將小生手付[1]丑介）（小生）小姐拜揖。（丑）戚郎，你來了麼？（小生）來了。（淨）你兩個在這裡坐著，待我去點個燈來。反將嬌婿纖纖手，付與村姬捏捏看。（下）

　　（丑扯小生同坐介）（丑）戚郎吓，這兩日幾乎想殺我也！（小生）小生一介書生，得近千金之體，喜出望外。只是我兩人原以文字締交，不從色慾起見，略從容些，恐傷雅道。（丑）寧可以後從容些，這一次倒從容不得。來嘘，來嘘……（抱小生介）小姐，小生後來那首拙作可曾賜和麼？（丑）吓？你那首拙作，我已

1　底本作「對」，據清康熙翼聖堂《笠翁傳奇十種·風箏誤》改。

賜和過了。（小生驚介）這等，小姐的佳篇，請念一念。（丑）我的佳篇……一時忘了！（小生）自己做的詩，只隔得半日，怎麼就忘了？還求記一記。（丑）只為一心想著你，把詩都忘了。（小生）還求想一想。（丑）吓，等我想來……吓，拉里哉！（小生）請教。（丑）雲淡風輕近午天，傍花隨柳過前川。時人不識余心樂，將謂偷閑學少年。（小生）這是一首《千家詩》，怎麼說是小姐做的？（丑）這……果然是《千家詩》，我故意念來試你學問的。你畢竟記得，這等，是個真才子了。

　　（小生）小姐的真本畢竟要領教。（丑）阿呀，那間是一刻千金的時節，哪有工夫念詩。我和你且把正經事做完了，再念也未遲。（扯小生上床，小生立住不走介）（淨）只恐夜深花睡去，故燒高燭照紅妝。（丑放小生手介）（淨）小姐，燈來了。（小生、丑各躲帳橫頭，將帳遮介）（淨）你們大家脫套些，不要裝模作樣，耽擱了工夫，我到門首去看看，就來接你。閉門不管窗前月，分付梅花自主張。

　　（丑）戚郎。（小生）小姐。（各見，小生看丑，大驚介）呀！怎麼這樣一個醜婦！難道我見了鬼怪不成？（丑）蓋個有趣個！（小生）方纔聽他那些說話，一毫文理不通，前日風箏上的詩哪裡是他做的！

【攤破錦地花】驚疑，多應是醜魑魅，將咱魘迷，憑何計賺出重圍？（丑）戚郎。（小生）阿唷！（丑）妙吓！覷著他俊臉嬌容，頓使我興兒加倍。（小生）怎麼處吓？（丑）戚郎。（小生）阿唷！（丑）不知他為甚麼緣故，再不肯近身？是了，他從來不曾見過婦人，故此這般腼腆。頭一次見蛾眉，難怪他忒腼腆把頭低。

（小生）小姐，小生聞命而來，忘了舍下一椿大事。方才忽然想起，如坐針氈。今晚且告別，改日再來領教。

【麻婆子】勸娘行且放、且放劉郎去，重來尚有期。（丑）住了！來不來由你，放不放由我。除了這一椿，還有甚麼大似它的吓？我笑你未識、未識瓊漿味，戚郎，你若得著好處，是……唔，愁伊不肯歸。弗要說哉，睏子罷。（小生）小姐，婚姻乃人道之始，若無父母之命，媒妁之言，阿呀，就是苟合了！主婚作伐兩憑誰？如何擅把鳳鸞締？（丑）吓，我今晚難道請你來講道學麼？你既是個講道學先生，就不該到這個所在來了。（小生）不是小生自家要來的。（丑）弗是吓，你說要父母之命，媒妁之言，如今都有了。（小生）在哪裡？（丑）人有三父八母，那奶娘難道不是八母裡算的？（小生）媒人呢？（丑）一些不難，風箏不是個媒人？（小生）風箏怎麼是媒人。（丑）若不是它，我和你怎得見面？我自有乳母司婚禮，風箏當老媒。

（丑抱小生介）那間弗要說哉，去睏罷。（小生）小姐，不須如此。（淨上）千金一刻春將半，九轉三迴樂未央。（小生）不好了！夫人來了！（丑放小生手，小生急走，撞淨介）（淨）你們的事做完了麼？（小生）吓吓吓，做完了。（淨）既是介等，我送吓出去。（小生）多謝你。（淨）這裡來。（淨扯小生手行介）公子，我家小姐是個救苦救難的嘞。（小生）你這保母是個急急如令的太上老君。（急下）

（淨）敿，介個臭油嘴！如今進去討相謝。小姐，那間該謝謝媒人哉。（丑）你個老媽，不是媒人，倒是個冤魂！（淨）哪了倒罵起我來？（丑）累子半夜，剛剛有點意思，還弗曾上床，被你走來，渠只道是夫人，洒脫子衣裳，奔子去哉。（淨）個沒，你乩來

里半夜巴做儕介？（丑）不要說起，外貌卻像風流，肚裡一發老實。不過說了一更天的詩，講了一更天的道學。不但風流事不會做，連風情話也說不出一句來。如今倒弄得我上不上，下不下，下頭濕搭搭，你怎麼完我個事體？（淨）弗番道，我另有個救急之法，權且膿過一宵，再作道理。（丑）儕個救急之法？咳！今宵枉費苦千辛。（淨）倒把佳期弄忒楞。（丑）佳婿脫逃誰代職？那沒哪處？（淨）小姐，弗妨，且去眠。（丑）眠弗著哪處？（淨）小姐，公子去了，是哪！床頭別有一先生。（丑）儕個先生？（淨）角先生哉。（丑）死耶！（同渾下）

按　語 _____

〔一〕本齣出自李漁撰《風箏誤》第十三齣〈驚醜〉。

風箏誤‧前親

老旦：梅氏，詹愛娟之母。

付：戚友先，新郎。

淨（前）：婚禮的掌禮人。

丑：詹愛娟，新娘，官宦千金。

淨（後）：梅氏的婢女。

　　（老旦上）

【女冠子引】一官鮑繫人難到，兒未嫁，婿先招。

　　老身梅氏，自從老爺上任，已經一載，烽煙阻隔，音信杳然。女兒年紀十八，正當婚嫁之時。前日戚家來議婚，我想，一來是老爺的同年，二來正合門當戶對，況且老爺向曾托他擇婿，這頭親事許得不差。今乃成親吉日，花燭酒筵俱已齊備，戚家女婿想就到門也。（付儒巾、藍衫，騎馬，末扮家人同上）

【引】《嫖經》收拾賦〈桃夭〉，且嘗新淡菜，莫壓舊螆條。

　　（淨扮掌禮上）請新人下龍駒。（付下馬介）（淨）夫人，新人到門了。（老旦）就請新人。（淨）伏以桃蕊爭春柳吐煙，七朵荷花三朵鮮。兩三劈破蓮蓬子，雙雙解語並頭蓮。（丑紗巾罩面上，照常行禮拜堂介）

　　（眾合）

【山花子】雙雙拜罷笙歌鬧，滿堂賀客如螬。兩親翁金榜

共標，戴烏紗舊日同僚。女和男青春並韶，衡才絜貌差不遙。蒼天配就難鷄交，八兩半斤，不錯分毫。

（老旦）掌燈送入洞房。

【隔尾】行行不覺珠圍到，繞室多將寶炬燒。（老旦、眾下）（付）弗知哪亨蓋個標致個，待我揭起紗籠看阿嬌。

儕？帶個火面子丟儕……（看介）個個就是面孔？阿呀好面孔！我只道詹家小姐不知怎麼樣一位佳人，原來是這樣一個醜婦。

【粉孩兒】相逢處頓將人佳興掃，甚新婚燕爾，惱人懷抱。可笑我哩老官人，甚日聽子個星媒人說話，討介一件物事，怎教我翩翩公子裒馬豪，咻！配伊行野鬼山魈，我戚友先一向嫖娼宿妓，美惡兼收，精粗不擇，醜的也曾看見幾個，再弗曾看見介一個八不就個面孔，不曾像他醜得這樣絕頂。你看他鼻凸睛凹，說不盡他面容的奇巧。

個沒哪處？（丑）戚郎。（付）好怪聲！（丑）我只得一年不見你，你怎麼就這等老蒼了？（付）吓吓吓！拉丟說儕個？

（丑）

【福馬郎】為甚的一載分離人便老，全不似舊日的蓮花貌？莫不是擔愁悶，害相思，因此上把容焦？戚郎。（付）脫俗得勢！（丑）那一夜我們好好的說話，被奶娘撞進來，你只說是夫人，跑了出去。我自那一夜直想到如今，好不苦吓！（付）完哉，完哉！儕幾時先見歇我個哉吓？（丑）我終日把伊瞧，流盡了千行淚，纔等得到今朝。

（付）哇！你丟夢裡嚼個多化嗜個蛆！你難道瞎了眼，人也不認得？我何曾到你家來。（丑）唔弗曾來個？（付）我何曾見你的面，我又何曾撞著甚麼奶娘？吓，是了是了！你不知被哪一個奸夫

淫慾了去，如今天網不漏，教你自家說出來。阿唷，阿唷！

【紅芍藥】聽說罷怒氣沖霄，咈！斬伊頭恨無佩刀。我說一向乞歇個星殘個，哩今夜一定是元生個，弗道亦是殘個哉！我只道玄霜未經搗，又誰知被他人掘開情竅。到如今錯認新郎作舊交，剛抬頭便把玉郎頻叫。這供詞是賊口親招，難道說我玷清名把奇謗私造？氣殺哉！

（老旦上，淨扮梅香隨上）

【耍孩兒】為甚洞房頻廝鬧？莫不是女兒嬌羞甚，激起那鹵莽兒曹？（付）男兒，點燈歸去。（老旦）女兒女婿成親，為甚麼爭鬧起來？吓，是了！我想沒有別事，一定是為女兒裝模作樣，不肯解帶寬衣；做公子的粗豪心性，不會溫存，故此撒起性來。如今教我做娘的又不好去勸得，怎麼處？推敲，怎教我羞答答阿母把溫柔教？（付）叫人點燈，快些打轎，我要回去！（老旦）呀，為甚的學杜宇聲聲叫？便是要定省也天還早。

賢婿，為何這等焦躁？（付）咳！我不是你家的女婿，去年就有人做去了。（老旦）這話說得奇怪，難道我女兒有了破綻不成？吓，賢婿，方纔的話，老身不懂，還求明白賜教。（付）賜教賜教，還是不說的妙；若還要我說來，只愁你要上吊！（老旦）我怎麼上吊起來？（付）都是你治家不嚴，黑夜裡開門揖盜，預先被別人梳攏子宅上的粉頭，如今教我來承受這烏龜的名號！（老旦）阿呀，阿呀！我家門禁森嚴，三尺之童不得擅入。（付）弗差個，三尺之童不敢擅入，令媛相知倒走進來得個。（老旦）哪有這等的事！請問賢婿，這話是哪個講的？焉知那說話的人不是誹謗小女的麼？（付）請問：別人誹謗令媛，令媛可肯自家誹謗自家麼？（老旦）哪有自家誹謗？他怎麼肯誹謗自家？（付）這等，不消辯了。

【會河陽】供狀分明，不須駁招。（老旦）是哪個說的？（付）是這從奸婦女親來告。（老旦）說什麼呢？（付）道是去年某夜，三更有人赴招，被乳母親撞著分鴛好。那人曾把我尊名冒，那人更比我尊容好。

　　（老旦）吓，有這等事！做娘的哪裡曉得。賢婿不消動氣，待我去問他。過來。（丑）怎麼？（老旦）你既做了不肖的事，為甚麼又對他講？好好從直說來，省得我做娘的發惱。倘被隔壁娘兒兩個聽見，可不笑也被他笑死？（丑）不是吓，就是去年清明時節，有個戚公子的風箏落在我家，他黑夜進來取討，不過搭渠說子幾句閑話，其實一點相干也沒得嘘。我那一晚在燈下不曾看得明白，如今只道是他，方才說起去年的舊話來，哪曉得不是那個戚公子……（老旦打丑介）七公子！八公子！（丑哭介）（老旦）我生出你這樣東西，壞爹娘的體面，如今怎麼好？

【縷縷金】真冤孽，怎開交？難怪新郎怒發咆哮。教我有口難相勸，理窮詞拗，醜名兒終被外人嘲。別人猶可吓，先愁隔壁笑，先愁隔壁笑。

　　（付）叫人打轎回去。（老旦）賢婿，是我女兒不爭氣，怪不得你發惱。（付）哪說弗要惱。（老旦）只是，你今晚若不做親，走了回去，寒家的體面何在？（付）也弗拉我心上。（老旦）就是府上的名聲也有些不雅。（付）個也囉哩論得。（老旦）待老身替小女陪罪。（付）多說！（老旦）求賢婿包荒。（付）個節事哪包，動也動弗得！（老旦）暫為夫婦，小女若不中意，三妻四妾任憑你娶就是了（付）討小？（想介）

　　（老旦）賢婿：

【越恁好】我勸你暫時歡好，暫時歡好，再覓鳳鸞交。

（付）好鬼臉！（老旦）小女呵，只圖個中宮假號，那專房寵任你去別塗椒。（付）好賊形！（老旦）我只要這名兒不在金榜標，便是你封妻的麼詐。（付）難道今夜叫我收這殘貨不成？（老旦）不瞞賢婿說，你丈人第三個小，柳氏母女，與老身最不相投，就在隔牆居住。若還與他知道，老身這一世，怎麼被他批評得了？（付）批評殺哉！（老旦）外人笑，還在那背後把便宜討；內人笑，怎經他對面譏彈巧？

　　（付）我倒看你面上？也罷！說過子，我成親之後，就要娶小的。（丑）呀？（老旦）但憑賢婿娶就是了。（付）你不曉得，世上的婦人，偏是醜而且淫的，分外會吃醋；不要等我娶小的時節，他又放肆起來。（丑）要討小吓？還要商量商量來。（老旦）有老身在這裡，賢婿不要多慮。（付）不好，叫他過來，待我當面對他說。（老旦）過來聽了。（丑）偌介？（付）我對你說，只好饒你初犯，下次再如此，連前件一齊多要發落的。（老旦）可聽見？（丑）曉得的了。（老旦）啐！

　　（付、老旦合）

【紅繡鞋】朦朧且暫成交，成交。[1]休教辜負良宵，良宵。看月影，上花梢。譙鼓歇，烏聲嘈。急乘鸞鳳休待明朝，明朝。

　　（丑）走你娘清秋路！（老旦）咳！養女不爭氣，累娘陪小心。（下）（丑）戚郎，戚郎……（付）好怪聲！

　　（丑）

---

[1]　底本作「且暫成交」，參考曲格，並據清康熙翼聖堂《笠翁傳奇十種‧風箏誤》刪。

【尾】我原封不動還伊好。（付）我也弗信。（丑）你不信，
須驗取葳蕤[2]鎖是牢。（付）唔！便做道危城尚保，你這召
寇的官評也難書上考。

　　（丑）前度劉郎不再來，教人錯對阮郎猜。（付）走來。我已
知誤入天台路，且看你玉洞桃花開未開。（丑）弗信沒，試試看。
（付）我弗要沒哪？（丑）便罷哉，去嚛。（付）僖！唔是賊介
個，我弗歡喜是介個。（丑）啐，來嚛來嚛！（付）唔！個是僖意
思！（丑扯付同下）

按　語

〔一〕本齣出自李漁撰《風箏誤》第二十一齣〈婚鬧〉。

2　底本「葳蕤」字脫，據清康熙翼聖堂《笠翁傳奇十種・風箏誤》補。

風箏誤・逼婚

小生：韓琦仲，立功狀元，自幼依戚補臣成長。
外：韓琦仲的僕人。
雜：戚補臣的僕人。
末：戚補臣。

　　（二旦扮小軍，外扮院子，小生上）
【引】乘傳歸來萬馬迎，謾誇前是一書生。
　　下官，韓琦仲。班師復命，蒙聖上不次加陞，又見下官未曾婚娶，要把當朝宰相之女欽賜完姻。下官因為不曾看見，恐怕又做了詹家小姐的故事，所以只說家中已定了婚姻，連上三疏，纏辭得脫。如今告假還鄉，要往揚州擇配。（外）啓爺，這裡是了。（小生）通報。（外）吓。（小生）手下迴避。（眾應下）
　　（外）門上有人麼？（雜扮院子）是哪個？（外）韓老爺拜見。（雜）請少待。老爺有請。（末上）景升後裔眞豚犬，養子當如孫仲謀。（雜裏介）裏爺，韓老爺求見。（末）請相見。（雜）請韓老爺相見。（小生）老伯請上，容小姪拜謝教養之恩。（末）賢姪榮歸，老夫也該拜賀。（小生）不敢。小姪榮榮弱息，委棄塵埃，蒙老伯鞠養扶持，得有今日，恩同覆載，德配君親。（末）賢姪芝蘭玉樹，分種移根。老夫偶爾栽培，即成偉器，清光幸庇，末路增榮。請坐。（小生）告坐了。（末）賢姪，老夫起先得你的大魁之信，不勝狂喜；後來又聞得你督師征勦，心上未免擔憂。不想

你去到那裡，立了奇功，又且成了好事，可稱雙喜。（小生驚介）

（末）

【桂枝香】**功成婚定，皆堪稱慶。婚定處天遂人謀，功成處人徼天幸。**（小生）且住，這話從何而起？好生奇怪，教人摸不著頭腦。我何曾定甚麼婚姻？何曾做甚麼好事？**莫不是南柯未醒，南柯未醒？試問他良媒誰倩？良緣誰聘？**吓，是了！我猜著他的意思了。從來督師征勦的人，再沒有不擄掠民間婦女的，他疑我在西川帶甚麼女子回來做了宅眷，故此把這巧話試我。**他話分明，慮我強娶民間婦，行師欠老成。**

老伯，小姪行兵之際，紀律森嚴，再不擄掠民間一婦，並不曾有甚麼婚姻之事，老伯休要見疑。（末）哪個說你擄掠民間婦女？我講的是詹家那頭親事，賢姪怎麼自己多心起來？（小生）老伯，小姪並不曾與甚麼詹家定甚麼親事。（末）怎麼不曾？你與詹烈侯面訂過了，要娶他第二位令嬡，說不曾稟命于我，不好下聘，央他寫書回來，教我行禮，你難道就忘了不成？（小生）這是哪裡說起！小姪並不曾有這句話。（末）你若不曾有這句話，他怎麼寫書回來？（小生）吓，是了！只有那一日與詹老先生同赴太平公宴，他央按院做媒，說起這頭親事，小姪回道：「自幼蒙戚老伯撫養成人，婚姻不能自主。」這是辭婚的話，怎麼認做許親的話來？（末大笑介）如何？我說詹年兄是何等之人，肯寫假書來騙我？據你自己說來的話，與他書上的話一字也不差。況且這樁親事也不曾待他書來，我一向原有此意。只因你在京中，恐怕別有所聘，故此遲遲待你回來。（小生）這等還好，既不曾下聘，且再商量。（末）吓，怎麼不曾下聘？他書到之後，我隨即行禮過了。（小生大驚介）吓，行禮過了！咳咳咳！（末）賢姪，你為何這等慌張？這頭

親事也聘得不差，他第二位令嬡才貌俱全，正該做你的配偶。（小生）吓？才貌雙全？唔唔唔，只怕未必。

　　（末）賢姪：

【賺】他體態輕盈，姑射仙姿畫不成，況與你才相稱。正好把彩毫彤筆互相賡。（小生）請問老伯，這「才貌俱全」四個字，還是老伯眼見的，還是耳聞的？（末）耳聞的。（小生）阿呀老伯吓，自古道：「耳聞是虛，眼見是實」，小姪聞得此女竟是奇醜難堪，一字也不識的。貌堪驚，生平不曉題紅字，日後還須嫁白丁。（末）自古道：「娶妻娶德，娶妾娶色」，娶進門來，若果然容貌不濟，你做狀元的人，三妻四妾，任憑再娶，誰人敢來阻擋？（小生）就依老伯講，色可以不要，那德可是要的麼？（末）婦人以德為主，怎麼不要？（小生）這等，小姪又聞得此女不但惡狀可憎，更有醜聲難聽。他風如鄭，牆頭有茨多邪行，不堪尊聽，不堪尊聽！

　　（末）我且問你，他家就有隱事，你怎麼知道？還是眼見的，耳聞的呢？（小生）是眼……（住口介）是……是耳聞的。（末）你方纔說我「眼見是實，耳聞是虛」，難道我耳聞的就是虛，你耳聞的就是實？好，足見做狀元的人耳朵也比別人異樣些！（小生）老伯，小姪是個多疑的人，無論虛實，總然不要此女。

【前腔】便做道既美還貞，我與他夙世無緣，也強作成？（末）我的聘又下過了，回書又寫去了，他是何等樣的人家，難道好悔親不成？（小生）小姪寧可終身不娶，斷不要他過門的嘻！便做道難重聘，我情願無妻白髮守伶仃。（末）哇！小畜生！你自幼喪了父母，若不是我戚補臣，你莫說妻子，連身子也不知在何處了。如今養你成人，徼倖得中，就這等放肆起來，婚姻都

不容我做主。哦！你說我不是你的父母，不該越職管事麼？問狂生，你婚姻不許旁觀主，為甚的不襪袂無人自去行？我明日竟備了花燭酒筵，送你到詹家入贅，且看你去不去！（欲下介）你若當真不去，我就上個小小疏兒，同你到聖上面前去講一講！我一面把佳期定，一面把封章寫就和衣等。過來，請試我桂薑心性，桂薑心性。

吓！你把狀元勢來壓量我，不中抬舉。阿呀可惱，可惱！（下）

（小生）好笑！你說世間有這等的冤孽事！先人既曾托孤與他，他的言語就算父命了。況且我前日聖上跟前上表辭婚，又說家中已曾定了元配，他萬一果然動起疏來，我不但犯了抗父之條，且又冒了欺君之罪，這便怎麼了？

（坐介）

【長拍】孽障相遭，孽障相遭，冤魂纏縛，這奇難倩誰援拯？我前世與詹家有甚麼冤仇，他今生只管死纏住了我吓？有甚麼冤深難洗，讎深難解，故變個女妖魔苦纏我今生？想我遊街那一日，不知相過多少婦人，內中也有看得的，便將就娶一個也罷了。只管求全責備，要想甚麼絕世佳人，誰想依舊弄著這個怪物！多是我把刻眼相娉婷，致紅顏咒詛，上干天聽。因此上故把醜妻來塞口，問可敢再嫌憎？老天，我如今悔過了！再不敢求全責備，只求饒了這場奇難，將就些的，任憑打發一個來罷。須念反躬罪己，望穹蒼大赦，改禍為禎。

有了！我有個兩全的法兒在此。他明日送我去入贅，我就依他去，雖然做親，只不與他同床共枕。成親之後，即往揚州娶幾個美姜，帶往京中，一世不回來與他相見便了！

【尾】準備著獨眠衾，孤棲枕。聽他噥噥唧唧數長更。醜婦，醜婦！我教你做個臥看牽牛的織女星。

　　竟是這等，竟是這等！（下）

按　語

〔一〕本齣出自李漁撰《風箏誤》第二十八齣〈逼婚〉。

〔二〕選抄此齣的散齣鈔本有中國社科院圖書館藏《集錦》。

風箏誤‧後親

旦：柳氏，詹淑娟之母。

付、丑：婢女。

小生：韓琦仲，新郎。

淨：婚禮的掌禮人。

小旦：詹淑娟，新娘，官宦千金。

　　（旦上，付扮梅香同上）

【引】兒女溫柔，佳婿少年衣繡。

　　妾身柳氏，前日老爺寄書回來，教我贅韓狀元為婿。我想，梅夫人與我各生一女，他的女婿是個白衣白丁，我的女婿是個狀元才子，我往常不理他，今日成親，偏要請他過來同拜，活活氣死那個老東西！梅香，去請二夫人過來，好等狀元拜見。（付應下）

　　（末、丑、老旦、淨引小生上）

【引】姻緣強就，這惡況怎生經受？咳，冤家未見，已先眉皺。

　　（淨）新人到門。（旦）就請新人。（淨念掌禮詩賦介）（付上）夫人，二夫人說，他曉得你的女婿是個狀元，他命輕福薄，受不起拜，他不過來。（小生）既是二夫人不來，今日免了拜堂罷。（旦）說哪裡話！小女元不是他所生，儘他一聲不來就罷。叫儐相贊禮。（淨扮掌禮，交拜，定席，照常行禮，坐介）

　　（眾合）

【畫眉序】配鸞儔，新婦新郎共含羞。喜兩心相照，各自低頭。合歡酒未易沾唇，合巹盃常思放手。狀元相度該如此，端莊不輕開口。

（旦）掌燈送入洞房。

（眾合）

【雙聲子】新人幼，新人幼，看一捻腰肢瘦。才郎秀，才郎秀，看雅稱宮袍繡。神祜祜，神祜祜，天輻轇，天輻轇。[1]問仙郎仙女，幾世同修？

【隔尾】這夫妻豈是人間偶？是一對蓬萊小友，謫向人間作好逑。

（眾下）（小旦用扇遮面，內起一更介）（小生）呀，他今日一般也良心發動，無顏見我，把扇子遮住了臉。咳，這把小小的扇兒，怎遮得那許多惡狀來吓？

【園林好】我笑你背銀燈難遮昨羞，隔紈扇怎藏舊醜。咳，你就端莊起來也遲了，一任你把嬌澀態千般裝扭，怎當我愁見怪閉雙眸，愁見怪閉雙眸。[2]阿呀不好！我若再一會不動，他就要手舞足蹈起來了，趁此時拿燈去睡罷。雙炬台留孤燭影，合歡人睡獨眠床。阿呀，醜婦吓醜婦！（持燈下）

（小旦）呀，我只道他坐在那裡，只管遮住子臉，原來是空空的一把椅子。呀！他獨自一個竟自去睡了，這是甚麼緣故？

1　以上四句底本作「神祜天輻轇」，參考曲格，並據清康熙翼聖堂《笠翁傳奇十種‧風箏誤》補。

2　【園林好】第四、第五句疊，底本後句脫，參考曲格，並據清康熙翼聖堂《笠翁傳奇十種‧風箏誤》補。

【嘉慶子】莫不是醉似泥，多飲了幾杯堂上酒？看他不像個醉的。吓，是了！莫不是善病的相如體態柔？也不像有病的。莫不是昨夜酣眠花柳，因此上神倦怠氣休囚，神倦怠氣休囚？

　　我看他進房來，頭也不抬，口也不開，他如今把我丟在這裡，不偢不睬，難道我好自去睡不成？獨自個冷冷清清，又坐不過這一夜。吓，也罷！不免拿燈到母親房裡去睡罷。檀郎不屑鬆金釧，阿母還堪卸翠翹。母親，開門。（旦上，付持燈上）（內打二更介）眼前增快婿，腳後失姣兒。（付接燈，旦驚介）（小旦）母親。（旦）呀，我兒，你們良時吉日，正好成親，要什麼東西，只該叫丫鬟來取，為甚麼自己走出來？（小旦）孩兒不要甚麼東西，來與母親同睡。（旦）兒吓，怎麼不與女婿成親，反來與我同睡？

【尹令】你緣何黛痕淺皺？緣何擅離佳偶？緣何把母闈重叩？（付）小姐為僑了？（旦）吓，是了，莫不是嬌痴怕羞，因此上抱泣含愁把阿母投？

　　（小旦）母親，他不知為甚麼緣故，進房之後，怒氣沖沖。身也不動，口也不開，獨自一個竟去睡了。孩兒獨坐不過，故此來與母親同睡。（旦）吓，有這等事！我看他一進門來，滿臉都是怨氣，後來拜堂飲酒，總是勉強支持。這等看起來，畢竟有甚麼不愜意處。也罷，我兒，你且進去坐一坐，待我去問個明白，再來喚你。叫梅香掌燈。（小旦下）

　　（旦）咳！只道歡娛嫌夜短，誰知寂寞恨更長？來此已是。梅香，請狀元起來。（付）狀元老爺請起來，夫人在這裡看你。（內打三更介）

　　（小生上）令嬡不堪偕伉儷，老堂空自費調停。夫人何幹？（旦）賢婿請坐了，有話要求教。（小生）請教。（旦）賢婿，舍

下雖則貧寒……（小生）太謙了。（旦）小女縱然醜陋，既蒙賢婿不棄，結了朱陳之好，就該俯就姻盟。為甚的愁眉怨氣，全沒些燕爾之容？獨宿孤眠，成甚麼新婚之體？賢婿自有緣故，畢竟為著何來？（小生）下官不與令嬡同床，自然有些緣故……明人不須細說，好歹請自參詳。（旦）莫非為寒家門戶不對麼？（小生）都是仕宦人家，門戶有甚麼不對。（旦）這等，莫非為小女容貌不佳？（小生）容貌還是小事。（旦）吓，我知道了，是怪舍下妝奩不齊整。老身曾與戚年伯說過，家主不在家，無人料理，待老爺回來，從頭辦起未遲——難道這句話賢婿不曾聽見？（小生笑介）妝奩甚麼大事，也拿來講起。（旦）不然，什麼緣故？（付）倒底為偌個介？

（小生）

【品令】便是荊釵布裙，只要德配也相投。況如今珠圍翠繞，還堪度春秋。（旦）這等，為甚麼？（小生）只為伊家令嬡，有聲揚中篝。咳，我笑你府上呵，妝奩都備，只少個掃茨除牆的佳帚。我只怕荊棘牽衣，因此上刻刻提防不舉頭。

（旦）阿呀，照賢婿這等說起來，我家有甚麼閨門不謹的事了？自古道：「眼見是實，耳聞是虛」，賢婿所聞的話，焉知不出于讒口？（小生）別人的話哪裡信得，是我親眼見的。嘖嘖嘖……（旦）吓！我家閨閣的事，賢婿怎麼看見？是何年何月？哪一樁事？快請講來！

（小生）夫人在上：去年清明時節，戚公子拿個風箏來央我畫，我題一首詩在上面，不想他放斷了線，落在貴府，可是有的？（旦）這是真的，老身與小女同拾的。（小生）後來著人來取去，

不想令嬡和一首詩在後面，可是有的？（旦）這也是真的，是老身教他和的。（小生）後來，我自家也放一個風箏，不想恰恰的也落在府上。及至著小价來取，誰知，令嬡叫個老嫗約我說起話來。（旦）這就是他瞞著我做的事了。或者是他憐才的意思，也不可知。（小生）好個憐才的意思！（旦）這等，賢婿來也不曾？（小生）怎麼不曾來吓！我當晚進來，只說面訂婚姻之約，待央媒說合過了，然後明婚正娶的。不想走進來的時節，我手還不曾動，口還不曾開……多蒙令嬡小姐的盛情，不待仰攀，竟來俯就。咳！如今在夫人面前，不便細述，只好言其大概而已。阿呀，我想婦人家所重在德，所戒在淫，況且是個處子，怎麼「廉恥」二字全然不顧。彼時被我洒脫袖子，跑了出去，方能保得自己的名節，不敢有污令嬡的尊軀。

【豆葉黃】虧得我把衣衫洒脫，纔得干休。險些做了個輕薄兒郎，險些做了個輕薄兒郎，到如今，這個清規也難守。（旦）既然如此，賢婿就該別選高門，另偕伉儷了，為甚麼又來聘這個不肖的東西？（小生）這是我在京中，哪裡知道是戚老伯背後聘的。如今悔又悔不得，只得勉強應承。實不瞞夫人說，這一世與令嬡只好做個名色夫妻，若要同床共枕，只怕不能夠了！（付）完哉！今夜頭做弗成親個哉。（小生）名為夫婦，實為寇讎。若要做實在夫妻，若要做實在夫妻，縱掘到黃泉，也相見還羞。

（旦）這等說起來，是我那不肖的東西不是了，怪不得賢婿發惱。賢婿請便，待老身去拷問他。（小生）如何？慈母尚難含忍，怎教夫婿相容。豈有此理！（小生下）

（旦）他方纔說來的話，一毫也不假。咳！千不是，萬不是，

是我自家不是。當初教他做什麼詩；既做了詩，怎麼就把外人拿去！我不但治家不嚴，又且誘人犯法了，日後老爺回來知道，怎麼了得！掌燈。（梅香應介）（旦）不爭氣的東西在哪裡？（坐介）

（小旦上）

【玉交枝】呼聲何驟？好教人驚疑費籌。（旦）阿呀氣死我也！（小旦）母親為何這等惱？（旦）好吓，你瞞了我做得好事！（小旦）孩兒不曾瞞母親做甚麼事。（旦）去年風箏上的事，難道你忘了？（小旦背白）是了，去年風箏上的詩拿了出去，或者韓生看見，說我與戚公子唱和，疑有甚麼私情，方纔對母親說了。吓，母親，去年風箏上的詩，是母親叫孩兒做的，後來戚家來取，又是母親把還他的，與孩兒一些相干也沒有。（旦）我把他拿去，難道教你約他來相會的？（小旦）母親吓，**我幾時把人約黃昏後？向母親求個分剖。**你還要賴！起先戚家風箏上的詩，是韓郎做的，後來韓郎也放一個風箏進來，你教人約他相會，做出許多醜態，被他看低，他如今怎麼肯要你吓？（小旦）這些話是哪裡來的？莫非是他見了鬼了。天吓！我和他有甚麼寃仇？平空造這樣的謗言來玷污我。**今生與伊無甚讎，為甚的擅開含血噴人口？**（旦）你還要高聲，不怕隔壁娘兒兩個聽見？今日喜得那老東西不曾過來，若過來看見，我今晚就要尋個自盡了。（梅香跌介）唉唉唉！（旦）**我細思量如何蓋羞，細思量如何蓋羞。**

（內打四更介）料想今晚做不成親了，你且進去，待明日再作道理。糞缸越淘越臭。（小旦）奇寃不雪不明。（旦）還不進去！

（小旦下）

（旦）這樁事好不明白。照女婿說來，千真萬真；據女兒說來，一些影響也沒有。是一個老嫗來約的？我家只有幾個丫鬟，並

沒有什麼老嫗。我有道理，只拷問這幾個丫鬟就是了。過來！我曉得，是你引進來的麼？（付）阿彌陀佛！我若引子囉個進來，教我明朝嫁家公也像今夜頭不肯上床丟！（旦）胡說！掌燈，我再到狀元房中去問。（打四更介）（付）狀元老爺有請。

　　（小生上）說明分散去，何事又來纏？又是什麼？（旦）方才的事，據賢婿說，確然不假。（小生）何嘗是假。（旦）據小女說，影響全無。（小生）難道。（旦）方纔賢婿說有個老嫗，我家只有幾個丫鬟，實無老嫗，如今喚在此，賢婿認一認。若是，不消說起，我家醜之事，決難逃了；若不是，這「莫須有」三字也難定案。過來與狀元細認，是呢不是？（小生）不是。（旦）果然不是麼？（付）啐！（旦）若這妮子不是，小女也有差誤在裡邊了。請問賢婿，去年進來，可曾看見小女麼？（小生）見吓，見之再見。（旦）這等，可還記得小女的面貌麼？（小生）怎麼不記得？世上哪裡還有第二個像令嬡這副尊容介！（旦）這等，方纔進房的時節，可曾看見小女不曾？（小生）也不消看得，看了令人倒要難過起來。（旦）這等，待我叫小女出來，請賢婿再認一認。若果然是他，莫說賢婿不要他為妻，連老身也不要他為女了。恐怕事有差訛，也不見得。（小生）也罷！認我晦氣，再認一認。（旦）丫鬟，將燈去照小姐出來。（內打五更介）（小生）只怕認也是這樣，不認也是這樣。（旦對上場背白）天哪！保祐他眼睛花一花，認不出也好。（丑、付扮梅香，照小旦上）請將見鬼疑神眼，來認冰清玉潔人。小姐來裡。（旦）小女出來了，賢婿請認。（小生）呀！怎麼竟變做一個絕世佳人！難道我眼睛花了了？（擦目介）

【六么令】我把雙睛重揉，（付）增錢弗如再看。（小生看介）燈拿起些。（旦）起些。（小生）唧唧唧，妙！**幻影空花，**

眩我昏眸。誰知今日醉溫柔，眞嬌豔，果風流！（丑）到底阿好？（小生）妙妙妙！不枉我鐵鞋踏破尋佳偶，鐵鞋踏破尋佳偶。

（旦）賢婿。（小生）岳母。（旦）可是去年那一個麼？（小生）阿呀，阿呀，不是，一些也不是！（旦）這等看起來，與我小女無干，是賢婿認錯了。（小生）岳母，豈但認錯了人，竟是活見了鬼！小婿該死一千年了。（旦）這等，老身且去，你們成了親罷。（小旦）母親。（小生）岳母請便，小婿明日還要負荊請罪。（付）倒帶累我淘介場溫氣！（旦）不是一番疑徹骨，怎得千重喜上眉。梅香。（丑）哪！（小生）梅香。（丑）哪！（小生）你每都去罷。（付）夫人叫我哩伏侍小姐。（小生）不消，出去！（付）方才沒做腔，個歇餓牢鶯能來乩哉。我若弗去，急殺吓哪！（小生推付，關門介）小姐，是下官認錯了人，冒犯小姐，告罪了。（小旦不理，哭介）

（小生）

【江兒水】雖則是長揖難辭譴，須念我低頭便識羞。我勸你層層展卻眉間皺，盈盈拭卻腮邊溜，纖纖鬆卻胸前扣。（內又打五更介）請聽耳邊更漏，已是丑末寅初，休猜做半夜三更時候。

（內雞鳴介）（小生慌介）小姐，雞鳴了，還不快睡？下官陪罪了。（跪介）（小旦扶起介）

（小生）

【川撥棹】蒙慈宥，把前情一筆勾。霽紅顏漸展眉頭，霽紅顏漸展眉頭，也虧我屈黃金先賠膝頭。請寬衣莫怕羞，急吹燈休逗遛。

（吹燈介）

【尾】良宵空把長更守，哪曉得佳人非舊。小姐，你莫怪小生，被一個作孽的風箏誤到頭。（攙下）

按　語

〔一〕本齣出自李漁撰《風箏誤》第二十九齣〈詫美〉。

〔二〕選抄此齣的散齣鈔本有中國社科院圖書館藏《集錦》。

副末

國泰民安　河清海宴祥麟現
三多嵩祝　四海頌堯天
幸遇唐虞盛世　正逢月麗花妍
梨園雙部舞蹁躚　文武爭奇誇艷
莫訝移宮換羽　須知時尚新鮮
簫韶奏　歡聲遍地　齊慶太平年
　　　　　　　　　　──交過排場

琵琶記・稱慶

小生：蔡伯喈。
外：蔡從簡，蔡伯喈之父。
付：秦氏，蔡伯喈之母。
旦：趙五娘，蔡伯喈之妻。

（小生上）

【瑞鶴仙】十載親燈火，論高才絕學，休誇班馬。風雲太平日，正驊騮欲騁，魚龍將化。沉吟一和，怎離卻雙親膝下？且盡心甘旨，功名富貴，付之天也。

　　宋玉多才未足稱，子雲識字浪傳名。奎光已透三千丈，風力行看九萬程。經世手，濟時英，玉堂金馬豈難登？要將萊綵娛親意，且戴儒冠盡子情。小生姓蔡，名邕，字伯喈，乃陳留郡人也。沉酣六籍，貫串百家。詩賦既擅乎長，音律亦窮其妙。抱經濟之奇才，值文明之盛世。幼而學，壯而行，雖望青雲之萬里；入則孝，出則弟，怎離白髮之雙親？倒不如盡菽水之歡，甘齏鹽之分。正是：行孝於己，俟命於天。更喜新娶妻房，方纔兩月，亦是陳留郡人，趙氏五娘，儀容俊雅，也休誇桃李之姿；德性幽閒，儘可寄蘋蘩之托。正是：夫妻和順，父母康寧。詩云：「為此春酒，以介眉壽。」今喜雙親既壽而康，對此春光，就在花下酌酒，與雙親稱壽。昨日已曾吩咐娘子安排酒席，不知可曾完備？不免請爹媽出來。爹媽有請。

（外扮蔡公上）

【寶鼎現】小門深巷，春到芳草，人間清晝。（付扮蔡母上）人老去星星非故，春又來年年依舊。（旦扮趙五娘上）最喜今朝春酒熟，滿目花開如繡。（合）願歲歲年年，人在花下，常斟春酒。

（小生）爹媽拜揖。（旦）公婆萬福。（外）罷了。（付）罷哉。（外）老夫蔡稜，字從簡，媽媽秦氏，孩兒蔡邕，媳婦趙氏五娘。鄰比有個張廣才，時常得他照顧我兒，日後倘有寸進，決不可忘。（小生）孩兒怎敢有忘。（外）你請我兩個老人家出來做什麼？（付）正是，做啥？（小生）告稟爹娘知道。（跪介）（外）起來。（小生）是。當此春光佳景，聊具一觴，與爹媽稱慶。（外、付）我兒，生受你了。（小生、旦送酒與外、付，叩首介）（合）

【錦堂月】簾幙風柔，庭幃晝永，朝來峭寒輕透。（小生）親在高堂，一喜又還一憂。（小生、旦）惟願取百歲椿萱，長似他三春花柳。（合）酌春酒，看取花下高歌，共祝眉壽。

（旦捧杯敬外、付酒，萬福介）

【前腔】輻輳，獲配鸞儔。深慚燕爾，持杯自覺姣羞。（付）自家骨肉，怕僯個羞吓？（旦）怕難主蘋蘩，不堪侍奉箕箒。（外、付）惟願取偕老夫妻，長侍奉暮年姑舅。（眾合）酌春酒，看取花下高歌，共祝眉壽。

【醉翁子】（小生）回首，嘆瞬息烏飛兔走。喜爹媽雙全，謝天相佑。（旦）不謬，更清淡安閒，樂事如今誰更有？（合）相慶處，但酌酒高歌，更復何求？

【前腔】（外）卑陋，論做人要光前耀後。願吾兒青雲萬里，早當馳驟。（付）聽剖，真樂在田園，何必區區做公與侯？（合）相慶處，但酌酒高歌，更復何求？

　　（合）

【僥僥令】春花明彩袖，春酒泛金甌。坐對兩山排闥青來好，看將一水護田疇綠繞流。

【前腔】（外、付）願你夫妻好厮守。（小生、旦）爹媽願長久。（合）但願歲歲年年人長在，父母夫妻好厮守。

　　（合）

【尾】山青水綠還依舊，嘆人生青春難又，惟有快樂是良謀。

　　（外）逢時對景且高歌。（付）須信人生能幾何。（小生）萬兩黃金未為貴。（合）一家安樂值錢多。（外、付）我兒，生受你。（外）媽媽，一年一度。（付）老老，光陰易過。（下）（小生）娘子，可撤[1]過了筵席。（旦）曉得。（同下）

1　底本作「搬」，參酌文意改。

按　語

〔一〕本齣主體情節、曲文接近汲古閣《六十種曲》本《琵琶記》第二齣〈高堂稱壽〉。

〔二〕選刊此齣的坊刻散齣選本還有：《風月錦囊》、《樂府紅珊》、《八能奏錦》、《摘錦奇音》、鬱岡樵隱輯《新鐫綴白裘合選》、《歌林拾翠》、《審音鑑古錄》。上述選本除了《風月錦囊》之外，都有兩支【僥僥令】，但曲文有別，可分為二系。第一系，第一支後半節為「但願歲歲年年人長在，父母夫妻好廝守（相勸酬）。」第二支後半節為「坐對兩山排闥青來好，看將一水護田疇綠繞流。」有《樂府紅珊》、《八能奏錦》、《摘錦奇音》、鬱岡樵隱輯《新鐫綴白裘合選》明版原文、《歌林拾翠》、《審音鑑古錄》六種。第二系，第一支【僥僥令】後半節為「坐對兩山排闥青來好，看將一水護田疇綠繞流。」第二支後半節為「但願歲歲年年人長在，父母夫妻好廝守（相勸酬）。」有鬱岡樵隱輯《新鐫綴白裘合選》經過剗改後的曲文、錢德蒼編《綴白裘》二種。

八義記・翳桑

付：靈輒，樵夫。
丑：趙盾的下屬，皂隸。
外：趙盾，晉國丞相。
末：程英，趙盾的門客。
小生：趙朔，趙盾之子。

（付提籃上）

【霸陵橋】告天告天，略略相憐念，我娘親老年，兩三日不見些黃粱米飯。我死溝渠猶等閒，只是我娘行教誰來看管？天吓！何苦困我英雄漢。

屋漏更遭連夜雨，船遲又被打頭風。我，靈輒。家住池州，為遭兵火，背負母親，逃于首陽山下，打柴為活。誰想連日風雨不止，又染成一病，險喪其身。咳！我靈輒身填溝壑值得甚的，只是八旬老母，無人侍奉。幸喜今日天氣晴明，身子略略稍可，只得闖閩下山。如今桑椹正熟，拾些回去，以供母親，卻不是好？

【五供養】春色惱人，呀，聽得黃鸝枝上聲聲愁人，還聽得使我悶添縈。我是英雄困厄，自恨我不逢時運。勉強來扶病下山，拾些桑椹救娘親。

來此已是桑園下。咳！我在此拾桑椹⋯⋯

【前腔】只是我山中母親，倚著柴門懸望兒身。阿呀親娘吓，怎知兒到此，心下戰兢兢？思之命窘，欲舉手恐人盤

問。（內嗽介）呀！見一簇人來至，敢是守園人？這便怎麼處？吓，有了！向草茵之下臥其身。（虛下）

（二旦扮小軍，丑扮皂隸背食箱，同外、小生、末上）

【望吾鄉】日暖溶溶，山花映水紅。呢喃燕子調舌弄，粉蝶雙雙遊花叢，似入蓬萊洞。（合）身如在圖畫中，對景堪吟詠。

（外）這是哪裡了？（末）翳桑了。（外）好！果然山明水秀。這是什麼樹？（末）是桑樹。（外）那邊的呢？（末）也是桑樹。（外）一般的，為何那邊的茂盛，這邊的凋零？（末）茂盛的是大戶人家，人力得齊，澆灌得均，故此茂盛；那凋零的是小戶人家，人力不齊，澆灌不均，所以凋零。（外）我兒，眼前便見興衰了。這是什麼山？（末）是北邙山。（外）那是什麼山？（末）是首陽山。（外）兩山相對，上面白茫茫的是什麼東西？（末）是瀑布泉。（外）這水從上流下，往哪裡去的？（末）那水從老山坳裡流至溪洞而去。（見付介）吓！那是什麼人？（外）敢是奸細麼？拿過來！（丑）拉囉里，拉囉里。（捉付上介）

（付）爺爺吓：

【古輪臺】（外）是何人，因何在草上臥其身？你在何方住居？何名姓？你一一招認。（付）息怒停嗔，聽小人說個原因。（外）家住哪裡？（付）家住池州，姓靈名輒。（外）為何到此？（付）為遭兵火只得逃難到京城，誰想年時不順。（外、眾合）為甚的形體尫羸，臉皮黃瘦，衣衫藍縷，行來幽徑？到此沒來因，遭盤問，莫非懷著不良心？

（付）

【前腔】望聽，可念我時乖運蹇受災迍，奈母子三日無

飯，米糧缺盡。身無所依，只得扶病下山林，拾些桑椹。
觀見一簇人來，只疑多是守園人，因此上藏身草徑。
（外、眾合）聽他言說得恓惶，使人心中憐憫。初來疑是巧
計，奸謀藏隱。到此且寬心，休憂悶，管教枯木再逢春。

　　（外）程英，食箱中可有什麼東西？（末）皂隸，食箱中可有
什麼東西？（丑）讓我看看，還有羊肉水飯。（外）盡數賞與他。
　　（丑）吓，漢子，老爺賞吼個羊肉水飯。（付）吓嘎嘎，好東西！
待我拿回去與母親吃。（丑）啓爺，賞他的東西不吃，藏過了。
　　（外）喚過來。（丑）走，走！老爺叫吼。（外）你說三日無飯，
為何賞你的東西不吃，反藏過了？敢是嫌殘麼？（付）阿呀老爺，
小人怎敢嫌殘！小人還有八十歲的母親在家，拿回去奉過母親，纔
敢自食。

　　（外）我兒，起初見他，只道是個無用之人，原來倒是個孝
子！（小生）人之百行，以孝為先。（外）既遇孝子，不可無贈；
只是沒有帶得什麼在此。程英，你去問眾人可有帶得銀兩在身。
　　（末）吓，你們眾人可有帶得銀兩麼？（眾）俱沒有。（丑）我有
拉裡。（末）在哪裡？拿來。（丑）阿呀，帶一個銅錢買菸吃哉，
搭膊裡空個哉。（末）多沒有。（外）程英，這裡可有大戶人家
麼？（末）有幾家。（外）你去說：「趙正卿父子勸農，行至醫
桑，遇一孝子，暫借白銀十兩，熟米五斗，來日加利奉還。」
　　（末）曉得。皂隸，隨我來。（下）

　　（外）筐籃內是什麼東西？（付）是桑椹。（外）要它何用？
（付）拾回去充飢。（外）為何有青、紫二色？（付）紫的味甜，
拿回奉母；青的味酸，小人自吃。（小生）這樣東西，怎生吃得？
　　（外）咳！你是膏粱子弟，哪知其味。不過是充飢而已。（末、丑

上）劍誅無義漢，金贈有恩人。老爺，白銀十兩，熟米五斗，有
了。（外）他家可說什麼？（末）他家說：「老爺要，來取便
了。」（外）記了，明日送還。（末）是。（外）漢子過來（付）
有。

（外）

【撲燈蛾】我在樹旁忽見伊，樹旁忽見伊，祇疑是奸細。
聽說悽惶語，教人怎不悲戚也？這熟米五斗十兩銀，一齊
多收取。拿回去做些經紀度日，免教伊，此身狼狽受藍
縷。

【前腔】（付）賜我銀和米，賜我銀和米，又蒙賜吃食。
論這恩和德，山高海深難報也。（外）你不須拜跪，有閒
時來吾家裡。（付）念靈輒人非草木，問大叔，不知相公
名姓甚官職？

【前腔】（末）家居堯都里，聲名天下盡聞知。（付）做什
麼官？（末）為正卿。（付）什麼名字？（末）名趙盾。
（付）此位何人？（末）兒為晉侯女婿也。（付）多少年紀
了？（末）年華五十，將相權一朝中獨貴。（付）大叔叫甚名
字？（末）我叫程英。你問我怎麼？（付）我把名和姓、姓和
名一齊多記取。（末）記他怎麼？（付）阿呀大叔嚇！我報恩
日，只爭來早與來遲。

【尾】（外）今朝得吾提掇起，免使一身在污泥。偶然遊
至桑林地，遇此貧民周濟。（付）我久後常思受苦時。

（外）白銀和米贈孤窮。（付）謝得恩官趙相公。今日得君提
拔起。（合）免教人在污泥中。（外）皂隸，送了去。（丑）是
（付）有勞。（下）（外）打導。（各下）

按　語

〔一〕本齣是在明富春堂本《趙氏孤兒記》第九折與佚名撰《八義記》第九齣〈鬧桑救輒〉的基礎上修編而成。

〔二〕《風月錦囊》也有選刊情節類似的段落。

慈悲願・認子

旦：殷氏，江流兒（玄奘）之母。

小生：江流兒（玄奘）。

（旦上）世人似我幾多愁，憶念兒夫化石頭。心如快鵲拖著線，身似浮魚吞著鈎。妾身殷氏。自從拋棄了孩兒，屈指算來，早是十八年矣。我這幾日身熱眼跳，神思不安，不知為何？吓，多因思想丈夫與孩兒，淹淹成病。不知幾時是我不煩惱的日子？我那江流兒吓！

【商調集賢賓】怎趁著這碧澄澄大江東去得緊，如失卻寶和珍。白日裡魚行也那蝦隊，到晚來與鷺友鷗羣。黑漫漫翠霧連山，白茫茫雪浪堆銀。只俺這跳龍門的丈夫暢好似那轉世穩，阿呀兒吓！便重生十八歲為人。目窮明月渡[1]，腸斷碧天雲。（下）

（小生上）百歲光陰似水流，金山安坐許多秋。只為奉著師尊命，來到長安訪母由。我一路間來，說前面黑樓就是殷府了。慚愧，慚愧吓……也罷！只說化齋便了。阿彌陀佛，化齋。

（旦上）不免登樓一望。

【逍遙樂】倚危樓也那高峻，瞑眩藥難痊，志誠心較謹。

1　底本作「度」，據《楊東來先生批評西游記》（《古本戲曲叢刊》初集景印）改。

（小生）阿彌陀佛，化齋。（旦）呀，見一個小沙彌來往楚門，（小生）阿彌陀佛。（旦）念幾聲阿彌陀佛心意真，策杖移踪似有因，恰便是塑來的諸佛世尊。吓，師父，可是化齋麼？（小生）是化齋。（旦）俺家齋你來。（小生）多謝女菩薩。（旦）我有那做袈裟的細絹，供佛像[2]的齋糧，禦嚴寒的衲裙。

　　（小生）貧僧何以消受？（旦）師父從哪裡來？（小生）貧僧從金山寺來。（旦）金山寺到此，幾日可到？（小生）順風二十日可到；風不順，一月可到。（旦）金山寺可是大剎所麼？（小生）正是大剎，萬眾可容。

　　（旦）吓！

【金菊香】金山寺至此有二三旬，寶殿能容千萬人。問訊向前施禮勤。覷著他清氣逼人，恰便似一溪流水潄雲根。

　　這和尚好似我丈夫陳光蕊模樣！

【梧葉兒】他眉眼全相似，身材忒煞真，霞臉絳丹唇。莫不是石上三生夢，天台一化身？我心下事時侵，心下事時侵。請問師父，法算多少？（小生）貧僧一十八歲了。（旦）吓！一十八歲了。俺孩兒若在，也是一十八歲了。阿呀兒吓！恁十八歲在波翻得這浪深。師父，你幾年上出家？俗家姓什麼？

【醋葫蘆】我問恁何處是家？哪個是親？（小生）我父親姓陳，名蕚，字光蕊，海州弘農人也。（旦）幾年上落髮做僧人？（小生）貧僧自幼出家的。（旦）出胞胎怎生便離了世塵？也是恁那前生有分，恁與俺從頭一一說原因。

2　底本作「緣」，據《楊東來先生批評西游記》改。

（小生）被水賊劉洪將我父親推墮江中的。

（旦）呀！

【其二】他道是父姓陳，母姓殷，為官為吏是當軍，幾年上此間來治民。此一句道得咱心迷眼暈，他道是江上遇著個強人。

你哪裡曉得？（小生）貧僧哪裡曉得，是我師父丹霞長老，在金山下拾得一個漆匣兒，有金釵兩股，血書一封為證。七歲上削髮，十五歲通經，今日纏得一十八歲。師父著我來尋母親的。

（旦）呀！

【其三】聽說罷口中詞，掃除了心上塵。悠悠的頂門上失了三魂，原來是江流兒遠方來認親。師父，非是我言多語峻，告吾師心下莫生嗔。

（小生）吓，如此說，是我親娘了。（旦）住了！你既認我為母，可有什麼為證？（小生）師父與我血書為證。（旦）可曾帶來？（小生）俺惹大年紀，來此認母親，若不帶來，何以為證？（旦）你既有血書，我草寫的墨書在此，待我唸與你聽，可是一般的？（小生）使得。（旦）[3]殷氏血書，此子之父，姓陳名蕚字光蕊，乃是海州弘農人也，官拜洪州太守。携家小至任，買舟載得江上，被劉洪將夫劫殺，推入江中，冒名做洪州知府。有遺腹之子，纏得滿月，被賊漢逼迫投之于江。有金釵兩股，血書一封。仁者憐而救之！此子貞觀三年十一月十五日子時建生，別無名字，喚做

---

[3] 自「你既有血書」到「使得。（旦）」，集古堂共賞齋本作「你既有血書，我草寫的墨書在此，你可唸與我聽，可是一般的？（小生）是，請聽」。

「江流兒」。（小生）呀！一些也不差，正是我親娘了。（旦）眞是我親兒了！親兒在哪裡？[4]

【其四】塵昏了老絹白，驚荒了舊血痕。這的一番提起一番新，與我那十八年的淚珠兒都徵了本。（合）善和惡在乎方寸，恰便似花開枯樹再逢春。

（小生）母親，只是師父吩咐孩兒：「若尋見母親，即便回山，商量報仇雪恨。」（旦）既如此，待我收拾盤纏與你，星夜回去，與師父商量報仇雪恨便了。吓，兒吓：

【後庭花】我這裡收拾下金共銀，阿呀兒吓，則要恁早分一個寃與恩。俺孩兒經卷能成事，陳光蕊呵，恁說甚麼文章可立身。莫因循，疾忙前進，下水船風力穩，報仇心如箭緊。去程忙似火焚，去程忙似火焚。

【柳葉兒】我又想起當年、當年時分，哭啼啼送你到江濱。今日個滿帆百尺西風順，休辭困，暫勞神。天吓！誰承望修血書弄假成眞。

（小生）母親請上，孩兒就此拜別。（旦）兒吓！

【浪里來煞尾】纔得見掌上珍，又提起心頭悶，今宵何處去安身？明日裡，風波可也無定准。（小生）母親！（旦）我兒！（小生）親娘！（旦）親兒！（小生哭，暗下）（旦）眼睜睜看得他有家難奔，空教我斷腸人送斷腸人。（哭下）

4　自「（小生）呀！」到「親兒在哪裡？」集古堂共賞齋本作「（旦）呀！一些也不差，正是我親兒了！（小生）真是我親娘了！親娘在哪裡？（旦）親兒在哪裡」。

按　語

〔一〕本齣出自《唐三藏西天取經》雜劇第一本第三齣〈江流認親〉後半齣。

繡襦記·鵝雪

小生：鄭元和，乞丐。
外、末、淨、付：乞丐。

　　（外、末、淨、付、小生扮丐上）

【沽美酒】鵝毛雪滿空飛，破草荐蓋著羊皮，殘羹剩飯在口中吃，李亞仙怎怎知？破帽子在頭上戴，破布衫露出肩甲。腰間繫著一條爛絲絛，腳下穿一雙歪烏辣。上長街又丟抹，咱便是鄭元和，只為家業使盡待如何？勸郎君休似我，勸郎君休似我。

【後庭花】小乞兒捧定一個瓢，自不曾有頓飽。只這肚皮中捱飢餓，頭頂上瑞雪飄。最苦的是冷難熬，正遇著嚴冬、嚴冬的天道，凜凜的似水澆，凍得咱曲折了腰。噯呀！有那等官人們、娘子們穿破的棉襖、戴破的舊帽、殘羹剩飯捨些與小乞兒們嚼。因此上，上長街，打上一會哩哩蓮花、哩哩蓮花落也。

　　（眾）鄭元和，你把〈四季蓮花〉唱出來。你唱我和，大家不忍飢餓。（眾）有理。

【沽美酒】（小生）一年介纏過不覺又是一年介春。（眾）哩哩蓮花，哩哩蓮花落。（小生）小乞兒也曾在東嶽西廟去賽靈神。（眾）也麼哈，哈哈哈蓮花落，也麼哈，哈哈哈蓮花落也。（小生）小乞兒搖槌象板不曾離卻身，哩哩

蓮花，（合）哩哩蓮花落。（小生）只聽得鑼兒錫錫錫、鼓兒咚咚咚、板兒喳喳喳、笛兒支支支，夥里夥里夥，夥里夥里夥，也曾鬧過了正陽門。也麼哈，（合）哈哈哈蓮花落，也麼哈，哈哈哈蓮花落也。（小生）只見那柳蔭之下香車寶馬，高挑著鬧竿兒，挨挨桬桬、哭哭啼啼都是那些女妖嬈。哩哩蓮花，（合）哩哩蓮花落。（小生）又見那財主們，在荒郊野外，擺著杯盤列著紙錢，都去上新墳。也麼哈，（合）哈哈哈蓮花落，也麼哈，哈哈哈蓮花落也。

（小生）

【醉太平】卑田院的下司，劉九兒的宗支，鄭元和當日拜為師，打下俺蓮花落的稿兒。拖竹杖走盡了煙花市；提揮毫寫就了龍蛇字；把搖槌象板唱一曲〈鷓鴣詞〉，這的不是貧不貧的風流浪子！

【沽美酒】（眾合）一年介春盡不覺又是一年介夏。哩哩蓮花，哩哩蓮花落也。（小生）只見那財主們，在涼亭水閣，散髮披襟，手執紈扇冰盤，沉李賞浮瓜。[1]也麼哈，（合）哈哈哈蓮花落，也麼哈，哈哈哈蓮花落也。（小生）只見那一隻小舟兒輕搖慢棹，短纜孤篷，提著鮮草，穿著魚鰓，手執蓮臺去賞荷花。哩哩蓮花，（合）哩哩蓮花落。（小生）驚起那水面上鴛鴦兒，一雙雙一對對，（合）忒楞楞騰、忒楞楞騰飛過了浪淘沙。也麼哈，哈哈哈蓮花落，也麼哈，哈哈哈蓮花落也。

---

[1] 底本作「沉李去賞浮瓜」，「去」字衍，據明末朱墨本《繡襦記》（《古本戲曲叢刊》初集景印）刪。

（小生）

【醉太平】鏤金的破瓢，碾玉妝成金繫腰，這苦兒叫人笑。我在煙花市上打圍高，叫化些馬打郎羊背皮兒通行鈔；叫化些赤金白銀珍珠瑪瑙；叫化些雙鳳斜飛碧玉搔；叫化些八寶妝成鑲嵌絲；叫化一個十七十八女妖嬈，與乞兒懷中摟抱著。

【沽美酒】（眾）一年介夏盡不覺又是一年介秋。哩哩蓮花，哩哩蓮花落。只見那財主們插著黃花簪著紅葉飲金甌。也麼哈，哈哈哈蓮花落，也麼哈，哈哈哈蓮花落也。（小生）可憐見小乞兒寂寂寞寞夜間愁，哩哩蓮花，（合）哩哩蓮花落。（小生）只聽得北來的孤雁兒呷呷啞啞過南樓。也麼哈，（合）哈哈哈蓮花落，也麼哈，哈哈哈蓮花落也。（小生）叫著那官人們、娘子們，有什麼吃不盡的饅頭皮兒、包子嘴兒、芝蔴餅兒、饊子腳兒共饘饘。哩哩蓮花，（合）哩哩蓮花落。（小生）拾些與小乞兒也，強似南寺燒香，北寺看經，請著和尚，喚著尼姑，叮叮噹噹，乒乒乓乓，打著鐃鈸，持齋把素念彌陀。也麼哈，（合）哈哈哈蓮花落，也麼哈，哈哈哈蓮花落也。

（小生）

【醉太平】貧窮的志高，村殺我俏難學。我在石灰泥壘瓦磚窰，叫乞兒苦惱。穿一領半長不短的黃蔴罩；戴一頂半新不舊的煙毡帽；繫一條半連不斷的爛絲絛，這的不是風流們的下梢！

【沽美酒】（眾合）一年介秋盡不覺又是一年介冬。哩哩蓮花，哩哩蓮花落。只見揉棉扯絮舞長空。也麼哈，哈哈

哈蓮花落，也麼哈，哈哈哈蓮花落也。（小生）可憐見小
乞兒屈屈伸伸把身躬。哩哩蓮花，（合）哩哩蓮花落。只
聽得頭頂上淅淅索索起了幾陣臘梅風。也麼哈，哈哈哈蓮
花落，也麼哈，哈哈哈蓮花落也。（小生）我想那有時
節、富時節，絨毛毯兒、高麗蓆兒、紅綾被兒那些舖蓋睡
了好快活。哩哩蓮花，（合）哩哩蓮花落。（小生）到如今
窮了也、沒了也，破瓦窰中蓋著草荐，伸出頭露出腳，虱
兒叮虱兒咬，翻來覆去睡不著。也麼哈，（合）哈哈哈蓮
花落，也麼哈，哈哈哈蓮花落也。

　　（眾）〈四季蓮花〉多打盡，眼前不見捨財人。乞兒不可並
行，大家分頭去罷。

　　（合）

【醉太平】繞前街後街，高大院的深宅。哪一個慈悲好善
女裙釵，與乞兒一頓飽齋，與乞兒換一床新舖蓋，與乞兒
繡一幅合歡帶，與乞兒攜手上陽臺？這的不是捨財們的奶
奶！

　　（眾先渾下）（小生後下）

按　語

〔一〕本齣據《繡襦記・襦護寒郎》前半齣改編，刪去開場的亞仙憂思，以及後半齣鄭元和、李亞仙相遇復合情節。

〔二〕選刊類似情節的坊刻散齣選本有：《來鳳館合選古今傳奇》、《歌林拾翠》，它們的選文較長，包含：亞仙憂思、眾叫化唱〈四季蓮花〉行乞、亞仙與元和相遇、亞仙襦護並堅持收留元和，特別的是叫化行乞這段多了一支【洞仙歌】（大雪洋洋下）。相較之下，本齣較為簡短，重心放在行乞時的歌舞唱跳。

梆子腔・買胭脂

貼：王月英，胭脂舖掌櫃。

小生：郭華，書生。

淨：賣雜貨的貨郎兒。

　　（貼上）

【梆子腔引】自見那書生，使我心歡喜。若能得後來嫁著此人，使奴心安穩，使奴心安穩。

　　一見才郎心欲迷，相思相見沒佳期。終朝茶飯無心吃，懶整烏雲綠鬢齊。奴家王月英，祖居長安城外，開下一個胭脂花粉舖。不幸父親前年亡過，只留下我母女二人撐持門戶，十分費力。幸喜得母親康健，諸事調停有方，這也不在話下。前日有一年少秀才官人，常來我家店中置買胭脂，與奴家眉來眼去，話頭勾引，甚是多情。怎奈有母親在傍，不便與彼交談，反使奴家心中不樂。今日母親往親戚人家去了，或者那官人又來買我的胭脂，亦未可知。且把店門開了，看我的僥倖如何。

【吹腔】我把那招牌兒先掛下，發賣的南北兩京胭脂花粉，好物高呈賜顧者，不誤來人，不誤來人。

　　（小生上）

【引】一見佳人使我忘餐寢，看他眉黛初勻，薄施脂粉，怎能夠與他巫山近？

　　千里姻緣一線牽，無緣對面口難言。此人若得成連理，不枉人

生一世間。小生郭華，洛陽人氏。來到長安赴選，誰料試期尚遠，終日在街坊閑走。前日在繡花衚衕，見一個開胭脂舖，內有母女二人。那為母的不過五十上下，像個舖戶之妻。那女兒生得十分齊整，更兼風雅宜人，年貌不過十六七歲，不要說別的，只就這雙眼睛，真正令人銷魂也！不好明言相近，只得終日去買胭脂為由，同他戲謔一番，看他甚是知情。爭奈有他母親在傍，不好打趣；若得他母親不在跟前，定成一段好事。不免再去走遭，或者他娘不在家，是小生之大幸也！

【梆子腔】**一程行來到街坊上，走長街復穿小巷。早來到那人家遙望，早見那招牌兒京樣。**（貼上）這時候還不見母親回來。（半笑坐櫃內介）（小生）呀，妙吓！遠遠望見那位姑娘，端端正正，斜靠在那櫃上，好不丰韻人也！**恨不得一口將他吞。且上前施禮殷勤，且上前施禮殷勤。**小娘子奉揖。（貼含笑回禮介）相公萬福。（小生）小娘子，今日令堂為何不見？（貼）吓，往親戚人家去了。（小生）吓！往親戚人家去了。（貼）正是。（小生）好吓，此乃天假良緣也！待我去著實調戲他一回，看他怎麼。（貼）吓，相公，你終日買這些胭脂何用？（小生）不瞞小娘子說，是買去送人的吓。（貼丟眼色介）（小生）**我買胭脂去，將來送與那情人。**（貼）吓，好吓！顏色是好的。（小生笑介）**好姣姿，怎能個與你姣娘並？**（背介）且住，他的容貌雖佳，但不知他的脚兒大小……吓，有了！（向貼介）吓，小娘子，我向來買去的胭脂只是平常，你今日可取那上架的胭脂，不知肯否？（貼）吓，相公今日要上架的胭脂麼？這也不難，待我來取就是了。（貼立起取介）（小生看下，喜介）吓唷妙吓！你看他好一雙小脚兒也！（貼取胭脂交付小生，各捏手介）

（小生）吓，果然比昨日的不同。（各看丟眼色介）小娘子，小生有一句話奉告，不知肯容否？（貼）相公有話，但說不妨。（小生）看天生一對貌[1]姿容，我和你做……（住口介）（貼）吓，要坐？請坐吓。（小生）不是吓。我和你做夫……（住介）（貼）吓？秀才不做要做伕？敢是那驢伕、馬伕、脚伕？（小生）不是吓，我和你做夫妻。（貼笑）吓！掩順些。（小生）我和你做夫妻。

　　（各笑，小生跳進櫃介）（淨內）買雜貨吓。（貼）不好了！有人來了。（小生）這便怎麼處？（貼）不妨，且藏在櫃裡罷。（淨上）賣雜貨吓。

【前腔】南北馳名，各樣蘇杭貨色新。牙刷盒香與汗巾，還有胭脂粉。

　　咦！一頓走，走子王大姐亢店裡來哉。吓，王大姐。（貼）吓，大公。（淨）王大姐，阿要買汗巾？（貼）不要。（淨）介沒買一個喇叭吹吹罷。（貼）用不著。（淨）阿要買子兩匣粉罷？（貼）也不要。（淨）吓，無儕作承我。吓，有介一面鏡子拉里，換子點胭脂去罷。（貼）也不要。（淨）好個青銅個嚄。（取鏡自照，小生立起，貼推下介）（淨）吓嘎，好寶貝！（貼）什麼寶貝？（淨）我搭吥兩個人倒照出三個頭來哉，阿是寶貝？（貼羞介）（淨回頭看介）咍？我明明看見三個頭，為僭了只得兩個人？真正是個咤頭哉。（又將鏡照，小生又立起，貼推下介）（淨）咦！個個人有點認得，好像郭華這小雜種。吓，今日倒要鬧鬧個哉。吓，王大姐，你不肯照顧我，我借你這店門外擺個攤兒，賣幾

---

[1]　疑為「妙」。

個錢用用。（攤介）（貼）噯！別處去攤。（淨）這裡好。（貼）
偏不要你在此攤！（淨）不要發惱，我去便了。（貼）快些走！
（淨收介）是哉，就去哉。（虛下）

　　（貼）他去了，快些去罷。（小生跳[2]出，淨撞介）好吓！
（小生）我有三錢銀子。（淨）做什麼？（小生）買你的不開口。
（淨）吓，吓。（接銀看，小生搶汗巾下）（淨）捉、捉、捉……
（笑介）好個一條巾汗，買子三錢銀子。譬如弗曾得，拿去風流風
流介。王大姐，我有三錢銀子在此，搭吓白相白相罷。（貼）呢，
老狗頭！什麼說話！（小生上）吓，你也在此做什麼？（淨）唔唔
唔！也有三錢銀子在此。（小生）要它何用？（淨）也買吓個弗開
口。（下）（貼關門介）

　　（小生）小娘子，開門。（貼）你還要什麼？（小生）我忘了
一件東西在你那裡。（貼）沒有。（小生）開了門，待我進來尋
嘵。（貼）門是不開的。（小生）你若不開……也罷！方纔搶得一
條汗巾在此，我就吊死在你門上。（貼）這樣吊是不死的。（小
生）血脈不和，死了也未可知。罷，真個吊死了罷……（貼）這樣
吊法也是不死的。（小生）吓，也吊不死的？也罷！牡丹花下死，
做鬼也風流。（吊介）（貼）呀！如今果然吊了，倘母親回來，如
何是好？不如開了門，救他下來罷。正是：救人一命，勝造七級浮
屠。（開門，小生親貼嘴）（貼）啐，怎麼這等沒規矩！（小生）
對天一拜如何？（貼）啐！（小生扯貼拜介）

　　（淨又上）吓！還拉丑來，讓我作樂作樂俚列介……（伴貼背
後聞頭介）（貼拜完起，見淨介）呀，怎麼這老兒還在此！（驚急

2　底本作「挑」，參酌文意改。

下）

　　（小生也拜完起，搿淨親嘴介）（淨）冒！好吓，我是介一嘴白鬍子，還要親我的嘴。（小生見淨，放手羞介）阿呀！（掩口下）

　　（淨）捉、捉、捉……哈哈哈！再弗曉得我一把年紀還交卯運哉。（渾下）

按　語

〔一〕本齣劇情與明萬曆文林閣本《胭脂記》第十六齣〈戲英〉類似，但曲文、賓白迥異，且多了貨郎這個角色。

梆子腔・落店

末：楊雄。
小生：石秀。
丑：時遷。
付：宿店老闆。

　　（末扮楊雄，小生扮石秀同上）

【吹腔】迢迢古道路兒欹，涉水登山敢憚遲？看金烏漸漸已沉西，早覓個旅店安身一夜棲。

　　（末）兄弟，為何不行了？（小生）哥哥，你看樹木叢雜，恐有歹人，待兄弟拿把土泥來撩他一撩。（丑內）吥！留下買路錢，放你過去。（小生）你是大快、小快？（丑上）阿呀，他問我是大快、小快。大快是梁山上的朋友，小快是偷雞剪綹兒的——想我怎肯認做娘的小快？吥！我是大快吓。（小生）你既是大快，敢出林子來麼？（丑）我出來，你們不要跑。看打！（小生接棍介）（末）住了！不要動手。原來是時遷兄弟。（丑）原來是楊大哥。請了請了。（末）請了。（丑）這一位硬頭硬腦的是哪一個？（末）這就是拚命三郎石秀。（丑）這麼著，楊大哥，得罪麼。在石哥面前說我，兄弟要與他見個禮兒。（末）使得，待我去對他說。吓，兄弟，此位鼓上蚤時遷要與你見禮。（小生）就與他見禮。（丑）我聞得石秀好得很，我與他見這麼一個高低。（末）時兄弟，與你說過了，上前相見。（丑）石哥，我們見禮。請了。

（右臂拉小生，小生右脚掃跌丑介）請了。（丑爬起介）楊大哥，他的武藝子比我高得多哩！待我去賠他一個禮兒。石哥，小弟年輕，最喜動手動腳，你卻不要怪我。（小生）我不怪你。

　　（丑）二位哥往哪裡去？（小生、末）上梁山去。（丑）上梁山去？好吓！我正想上梁山，可肯帶挈兄弟去走走？（小生、末）你這般身上，如何去得。（丑）去不得？我有出奇的好衣服。（小生、末）在哪裡？（丑）在林子裡，我去拿了來。（下場披龍袍，歪帶沖天冠上）哥，你看好麼？（小生、末）吓！這是王陵裡的東西，你盜了出來，是犯禁的，還不脫下來撩掉它！（丑）這樣好衣服撩掉它，捨不得。（小生、末）上梁山要緊，衣服是小事，快些脫下來！（丑）是的，上梁山要緊，衣服是小事。我想這個衣服又不是我自己銀子錢買的，我就撩掉了。走罷。（小生、末）頭上帽子也戴不得。（丑）怎麼著？那個帽子也戴不得？（小生、末）戴不得。（丑）罷了，拿下來。咦，二位哥瞧，這是金子打的。放在地下……（小生、末）做什麼？（丑）踹扁了，藏著走。（小生、末）住了！好物不可損。（丑）嗳！這是金子打的好東西。也罷，看二位哥面上，我也撩掉了。走罷。（小生、末）還要依我一件。（丑）什麼事情？（小生、末）一路上不許偷人家的東西。（丑）如今不做賊了。（小生、末）既如此，我們趲行前去。

　　（小生、末合）

【梆子駐雲飛】離鄉背井，露宿風餐不暫停。疊嶂穿山徑，怪石危峯嶺。嗏！紅日漸西沉，荒涼僻靜。遠望前村，草舍茅廬近。快趲前程，早覓個旅店安身。

　　（末）你看那邊有一宿店，不免去問來。（丑）二位哥且慢，待吾去瞧著。（下即上）（末）時兄弟，怎麼樣了？（丑）不好，

我們換個地方去。（小生、末）換到哪裡去？（丑）前面那個掛燈
的地方住去。（末）吓，手中的是什麼東西？（丑）是個鐃子。
（小生、末）哪裡來的？（丑）是那個店家的，擱在櫃上，喀叫他
不應，就拿著來了。（末）姆！又偷人的東西，快些去還了他。
（丑）還他？我換他一百二十個老黃邊，路上買東西吃。（小生）
不可，快些還他！（丑）這麼著，我就還他。（打觔斗下）

　　（小生、末）吓，店家。（付上）來了。我看這個銀子足足的
九五，他怎麼只看是九三？（小生、末）店家，快來！（付）來了
來了。可是要黃豆銀子的麼？（小生、末）是投宿的。（付）二位
是投宿的，請到裡面去。二位請了。（小生、末）請了。（付）二
位請坐。（丑暗上，探帽介）（付）阿呀做什麼？不要頑！阿呀什
麼人吓？朋友，你是哪裡來的？（丑）我問你是哪一個？（付）我
是店家吓。（丑）你是店家。我們三個進來，你看他兩個衣冠齊
整，就與他見禮，我的衣冠破些，就洒我在這個地方。（付）你倒
底是什麼人？（丑）這兩個是我的哥哥。（付）我不信。（丑）不
信，你去問。（付）二位，這一位是？（小生、末）是我的兄弟。
（付）如此，得罪了，我實不知尊介從哪裡進來的。（丑）怎麼
著？這麼半天還沒有瞧見我麼？（付）沒有瞧見。（丑）這狗囊
的，你小心著！（付）吓，朋友。（丑）做什麼？（付）我方纔實
在沒有看見尊介從[1]哪裡進來的，是我的不是，我這回賠你的禮。
（丑）你賠我的禮？（付）賠你的禮。（丑）這麼著，我倒得罪。
（付）不敢。請了。（丑）請了請了。（付）客官，請上樓去。
（丑）你先走。（付）我引道了。客官請坐，可用夜膳了？（小

1　底本作「在」，參考上文改。

生、末）不用了，有酒取一壺來。（丑）快些去。（付）噯噯噯！
你又偷我的帽子，拿來，不要頑！（丑）哪個拿你的帽子。（付）
我頭上的帽子呢？（丑）你頭上的帽子倒來問我。（付）這又奇
了，我這帽子往哪裡去了？（下，取酒即上）（丑）你帽子。
（付）吓！這個不是我的帽子？（丑）這個帽子是你的？（付）不
是我的，倒是你的？（丑）好帽子，多少錢買的？（付）二百個大
錢。（丑）便宜。（付）便宜，送給你罷。（丑）不要你送，我們
換著罷。（付）我不換。（丑）你不換。只是你戴得不好，你站定
了，我與你戴。（付）吓，我站著，你與我戴。（丑）帽子有個戴
法的。（付）我看你怎麼個戴法。（丑）這麼樣戴，你瞧著好不
好？（付）呸！你這想我的帽子，你這個人好胡鬧麼！今兒弄了一
個賊到我家來了。（下）

　　（丑）這個狗囊的，纔進門來就曉得我是個賊，我慢慢兒的與
你談心。

　　（付上）二位請茶。（小生、末）放下。（付）朋友，請茶。
（丑）我正想茶吃，得罪你。（付）阿呀！怎麼又抓我的帽子？
（丑）好茶，這個盃子好，待我藏起來。（付）又偷茶盃！（丑）
誰偷茶盃？（付）你不偷，往懷裡亂揣？（丑）你這個盃子髒得
很，我替你抹抹。你瞧，這不是髒的？（付）放下罷，他娘的！盃
子也想偷我的。（丑）我偷他的盃子，這多是什麼話。（付）阿
呀！三個人吃茶，怎麼剩下兩個盃子？吓，朋友。（丑）我又吃
茶。（付）不錯，再吃茶，連這兩個杯子多不見了。（丑）怎麼
樣？（付）你們三個人吃茶，怎麼剩下兩個盃子？（丑）你把那個
眼睛睜開些，慢慢的瞧。（付）我的眼睛睜得開開兒的。（丑）這
是一個，那是兩個，這不是三？（付）不錯！是三個。（轉身介）

阿呀，倒底是兩個。（丑）這是一個，哪不是三個？（付）這狗囊的，倒會耍戲法兒的。（下）

　　（內）黃豆銀子。（付上）來了。（袖內摸介）吓！我的銀包又不見了，待我去問這個朋友。吓，朋友，我一個東西又不見了。（丑）什麼東西？（付）是一個銀包。（丑）是的，這個銀包是我的。（付）怎麼銀包是你的？（丑）是我一個銀包失掉了，是你拿著，還了我。（付）呸！我一個銀包不見了，來問你，你倒問我要銀包。（丑）你的銀包不見了來問我？我卻沒有瞧見，你自不小心。（付）我不小心？（丑）不小心。（付）吓，朋友，你方纔偷我的帽子，如今這個銀包一定有些古怪。得罪你，要在你身上搜這麼一搜。（丑）站著！搜得出便怎麼樣？（付）送到當官夾打問罪。（丑）搜不出呢？（付）搜不出就罷。（丑）他娘的！吃了燈草灰，說著輕飄話兒。從哪裡搜起？（付）先看帽子。（丑）帽子裡也是藏東西的？你瞧，有沒有？（付）沒有。脫衣服。（丑）有沒有？（付）沒有。褲襠裡瞧。（丑）你瞧，在屁股眼子裡。（付）呀呸呸！好臭屁！（丑）你娘的！搜不出來便怎麼？（付）這又奇了，我這銀包哪裡去了？（丑）王八羔子小钯養的！（付）吓唷好打！（下）

　　（丑）這小钯的搜著我的銀包還了得！二位哥，請收著。（末）唔！還不還他？（丑）還他？我路上去買東西吃。（小生、末睡介）（內雞叫介）（丑）咻，這是雞叫，待我去看這麼一看。二位哥。（小生、末）怎麼？（丑）我下去出個恭就來。（小生、末）就來吓。（丑下）

按　語

〔一〕林鶴宜教授〈清中葉暢銷書《綴白裘》地方戲的刊行、流傳和腔調衍變〉考證，本段本事見《水滸傳》第四十五回〈病關索大鬧翠屏山，拼命三火燒祝家莊〉。

梆子腔・偷雞

小生：石秀。
末：楊雄。
丑：時遷。
淨：祝彪，祝家莊三少主。

　　（小生[1]、末上）

【梆子皂羅袍】遙想當年結義，勝如管鮑陳雷。心中輾轉
自猜疑。（末）我有衷腸訴伊，俺為人豈肯忘恩負義。殺
姣妻，教人忿恨難容。（合）今夜裡身投旅店，寂寞慘
悽。黃虀淡飯身無所依，飢寒二字甘心意。

　　（丑上）二位哥，請吃雞。（小生、末）哪裡來的？（丑）這
是我路上買來的。（小生、末）又是偷的！（丑）哪裡是偷的？牠
在那裡叫，攪人家的睡覺，我宰他娘吃了，明早好走路。（小生、
末）無義之物，我們不吃。（丑）二位哥不吃？這麼，我得罪，有
偏了。（付上）更鼓頻頻喧鬧，籠內金雞原何不叫？我這雞兒，一
更叫一聲，二更叫二聲，如今三更就不叫了，待我看來⋯⋯不見！
想是跑到樓上去了，待我上去瞧著。咦！風也沒有，燈倒滅了。點
了再找。（下）

　　（丑藏雞倒睡椅上介）（付上）吓，這二位睡著了，還有一個

1　底本作「生」，參考下文改。

在那裡。咦！這是什麼睡法？他的頭在哪裡？阿呀，單見屁股不見頭。頭呢？（丑翻身介）我把你這個浪蹄子小毯的！你這個意思，想是要偷我的帽子？（付）我點著燈來偷你的帽子？（丑）你不偷帽子，跑到樓上來做什麼？（付）我一隻雞不見了，來問你可曾看見。（丑）你不見了什麼雞？（付）寶貝雞。（丑）寶貝雞？我沒有見。（付）這麼，你沒有看見？（丑）沒有看見。（付）罷了，再到樓下去找。（丑）我幫著你去找。（付）不要你幫。呸！怎麼把我的燈吹熄了？（丑）是風吹的。我送你下去罷。（付）我不要你送。（丑推付換帽介）（付）呸！叫你不要送，把我這麼樣亂推，你這個人實在嚕囌。（下）

　　（丑）這個帽子，他不肯送我戴。好帽子！待我藏起來。好雞腿！（付暗上）（丑）好雞！他娘的，淡得很，弄個醬油兒蘸著就好了。（付）倒是醋罷。我把你這狗囊的！又偷我的雞吃。（丑）哪是偷你的雞？是我路上買來的鴨子。（付）鴨爪兒是扁的，雞爪兒是尖的。（丑將雞爪踏介）這不是扁的？（付）二位醒來（小生、末）為什麼？（付）他把我的雞兒偷吃了。（小生、末）算幾個錢賠你罷。（付）客官不知，我這雞一更叫一聲，二更叫二聲，五更叫五聲，有名的寶貝雞。（丑）二位哥，不要聽他這狗囊的說鬼話，他把我的行李多偷去了！（付）你有什麼行李進來的？（丑）王八羔子！我沒有行李進門的？（付）他娘的，又鬧他的什麼行李出來？（丑）做了個人，沒有行李的？我找出來，把你這個腦袋多打下來！（付）你找罷。（丑）我這個行李在你頭上我找來。（付）他娘的！我頭上哪裡來的行李？（丑）二位哥，他偷我的帽子。（小生、末）吓，店家，你怎麼偷他的帽子？（付）二位客人，難道我自己沒有帽子的？（小生、末）你除下來看。（付）

吓！你又把我的帽子換了去了！（小生、末）天明了，時兄弟，會了鈔趕路罷。（下）

（丑下，付扯介）呔！小毽的，你哪裡去？（丑）我下樓會鈔。（付）我今兒打死你這狗囊的，替我雞償命！（丑）你要打？站著，試試武藝子，瞧！打這三天三夜不許撒刁，照打！（付）站著，我們樓下去打。（丑）好，樓下去打。（下樓介）

（付）站著。我們還是文打呢武打？（丑）文打怎麼樣？（付）穿衣服打。（丑）武打呢？（付）脫了衣服打。（丑）爽快些，武打。（各脫衣，丑偷付衣，捲在自衣內介）（付）吓？我的衣服呢？（丑）你的衣服擱在哪一塊的？（付）我擱在這塊的。（丑）你擱在這塊，原到這塊去尋麼。（付）王八羔子！把我的衣服又偷去了。（丑）誰偷你的衣服！（付）狗囊的！這不是我的衣服？（丑）這是你的衣服？（付）不是我的，倒是你的？我把你這浪忘八羔子，伏了你了。（丑）你伏了我了？（付）你偷得我乾淨。（丑）我偷得你乾淨，小毽的。（付）吓唷好打！你這狗囊的！（丑）小毽的，耍得好拳！（付）我耍得好拳。（丑）這是什麼東西？（付）有名堂的。（丑）什麼名堂？（付）這叫「西牛望月」。（丑）我有解。（付）你解來。（丑）呔！（付）吓唷，這是什麼？（丑）也有名堂的。（付）什麼名堂？（丑）這叫「狗吃屎」。（付）我也有解。（丑）你解來。（付）照著！（丑）吓唷，好拳！（付）好拳！把你這浪忘八羔子。（丑）放著，我的拳頭利害得很哩！（付）怎麼個利害？（丑）這一下子，你要睡倒半個月。（付）小毽的，你打。（丑）打不著，抓你的鼻子、眼睛下來！（付）你抓。（丑）我把頭撞！（付）你撞。（丑）呔！照打！（付）小毽的，打了一夜，到底你叫什麼名字？（丑）你不認

得我？（付）我不認得。（丑）我就是時遷大老官！（付）是個飛賊。（丑）賊麼？我是梁山上的大頭目。（付）不好了！有梁山上強盜在此，快去報與爺知道。（下）

（末、小生上）時兄弟，不好了！他去報與祝彪知道了，怎麼處？（丑）不妨，放火燒他娘！（作放火，同下）

（淨領眾軍上，末、小生上，殺介）（小生、末敗下）（淨捉丑下）

（末、小生上）（末）兄弟，不好了！時遷兄弟被他拿去了。（丑上）二位哥。（末）吓？你怎麼逃出來的？（丑）祝彪這狗頭把我弔在馬坊裡，被我解開扣子逃回來了。（末、小生）這也難為你了。（丑）難為？我又拿了他幾頂帽子！（渾同下）

按　語

〔一〕林鶴宜教授〈清中葉暢銷書《綴白裘》地方戲的刊行、流傳和腔調衍變〉考證，本段本事見《水滸傳》第四十五回〈病關索大鬧翠屏山，拼命三火燒祝家莊〉。

梆子腔・花鼓

旦：朝霞，婢女。
付：曹月娥，花花少爺。
貼：打花鼓藝人，妻子。
淨：打花鼓藝人，丈夫。

　　（旦上）

【梆子腔】奉閨閣，去採花，來到園亭見秋花的遍開。只有那鳳仙花兒開得多姣媚，忙到園亭去看來，忙到園亭去採回。採了花，好去奉多姣愛，多姣愛。

　　我，朝霞。奉小姐之命，到花園中去採那鳳仙花，不免走一遭也。

【前腔】疾忙移步，走到園中，繞迴廊薔薇架近。一步步入名園，花香逼人。轉過池亭，重重花徑，白玉欄杆，太湖石近，太湖石近。（下）

　　（付上）

【前腔】浪子風流，小小年華，急性遊蜂伴相求救，悟得些兒透。半夜裡跳泥鰍，這的是我興來時候，只恐怕跌殺了兒孫沒後頭！

　　愛賭身貧無怨，貪花日夜不眠。小子姓曹，名月娥。姑娘家中有個女兒，許我為親。我對了他這個親，眠思夢想，飯多吃不下。昨日我姐姐帶回來一個丫頭，名喚朝霞，我意中十分愛他，只是一

時不能到手,怎麼好?左右無事,且到花園中去頑頑再處。阿唷,你看花香馥郁,鳥語聲喧,好景致吓好景致!今日起來得早了些,身子十分疲倦,不免就在這太湖石上打睡片時再處。(作睏介)

(旦上)奉命採花回,園中花正開。呀,你看,大相公在此打睡,叫我怎生過去?吓,有了!待我取物打醒他便了。(作地下拾物攧付,付醒介)是哪一個吓?(見旦作起介)(旦)大相公。(付)吓,原來是你。來得正好!(旦)怎麼呢?(付)你到此何幹?(旦)奉小姐之命,採鳳仙花回來。(付)吓,你今後不要叫它鳳仙花。(旦)叫什麼呢?(付)叫它奉承花。(旦)為何叫奉承花?(付)猶如奉承我大相公一樣的了吓。(將扇近旦嘴介)(旦)啐!(付)朝霞,我正在此想你,趁此沒人,我同你頑頑去。(作摟旦介)(旦)啲啐!(撇付急下)

(內打鑼鼓介)(付)咋!聞得新到一起鳳陽婆子,打花鼓甚好,不免去看他一看,頑他一頑,有何不可。(整衣慢下)

(當場浪調六板一套)

(貼布裝抱花鼓上,作撲頭、束腰、拔鞋等身段,遶場急慢走身勢,共十八鼓浪調急板,走至東場角,灣腰甩手唱介)

【仙花調】身背著花鼓,(淨持鑼跳上,貼[1])手提著鑼,夫妻恩愛並不離他。(合)咱也會唱歌,穿州過府兩腳走如梭。逢人開口笑,宛轉接謳歌。(貼)風流子弟瞧著我,戲耍場中哪怕人多。這是為錢財沒奈何。漢子吓!(淨作坐身勢,回看貼介)噯!(貼)哩囉嗹,唱一個嗹哩囉。哩囉嗹,唱一個嗹哩囉。

---

[1] 底本作「旦」,參考上下文改。

　　（各打鑼、鼓一記）（貼）一日離家一日深。（淨）猶如孤雁宿空林。（貼）路途貧苦如何了？（淨）老婆子，你腰間有貨不愁貧。（貼）啐！（淨）老婆子，連日不曾上街，今日到街上去，尋幾個銅錢用吓。（貼）使得。（同走介）漢子，好一個大衣架！（淨）嗳！這是大人家的牌坊，多不知道麼？（貼）牌坊吓，怎麼上邊有兩個哈叭狗兒？（淨）這是獅子滾繡毬。（貼）吓？獅子有舅舅？老虎也該有外甥了吓。（淨）冒入鬼，不要說了。（貼）走罷。（淨）咚咚搭鼓上長街，引動風流浪子來。（貼）看得他人心歡喜。（淨）銅錢銀子滾出來。（貼）啐！是拿出來吓。（淨）是，拿出來。

　　（付上看，將扇打鼓介）（貼）漢子，什麼東西在我鼓上打了一下？（淨回頭見付介）吓，大相公，什麼東西硬硼硼的，在我老婆子的肚上打了一下？（貼）是鼓上吓。（淨）是鼓上吓。（付）我大相公的扇子柄豈不硬乎？（淨）那毛骨瓏鬆的，什麼東西？（付）扇子有扇墜，扇墜有鬚頭，豈不毛乎？（看貼介）（貼）啐！（付）你是做什麼的？（淨）是打花鼓的。（付）他是你什麼人？（貼摸腰介）（淨）是我的老婆。（付）是我的老婆吓。（淨）大相公，怎麼說[2]，朋友妻，不可欺。（付）唗唗唗！我大相公要你這樣狗朋友！（淨）大相公，你不知道，皇帝老官也有草鞋親。（付）你可曉得四書[3]上兩句？（淨）哪兩句？（付）乘肥馬，衣輕裘，與朋友共。不論，不論。（淨）大相公倒像孔夫子的舐犢，文謅謅的。（付）家去來。（淨）老婆，回去罷。（貼）為

---

[2]　底本作「樣」，參酌文意改。

[3]　底本作「詩」，參酌文意改。

什麼？（淨）他要把我枷起來。（貼）大相公，為什麼要把我們枷起來？（付）不是吓，到我家裡去唱吓。（貼）漢子，叫我到他家裡去唱吓。（淨）到他家裡去吓？走走走。（付）隨我來。這裡是了。（淨）吓嗄，好個大牢門！（付）吥！是府門。（淨）那兩邊是什麼東西？（付）是「九天日月開昌運，萬里風雲起壯圖」。（淨）這圍牆上呢？（付）斗大的天官賜福。（淨）老大天天入屁股。（付）唉唉唉！隨我進來。（淨）好高大門檻吓！（跳進介）（貼）大相公好。（付）好。（淨）大相公害了什麼病，好不好？（付）唉！我大相公豈是罵得的。快些唱罷。（付坐，淨、貼打鑼鼓唱介）

【鳳陽歌】說鳳陽，話鳳陽，鳳陽原是好地方。自從出了朱皇帝，十年倒有九年荒。（打鑼鼓介）大戶人家賣田地，小戶人家賣兒郎。惟有我家沒有得賣，肩背鑼鼓走街坊。（打鑼鼓介）南方人兒太猖狂，姐兒搽粉巧梳妝。床前抱著情哥睡，下面伸手扯褲襠。

　　唱完了。（付）完了？兩頭睡。（貼）大相公，花鼓唱完了。（付）好也不見得。（淨）大相公，好的在老婆肚裡。（付）唉唉唉！我大相公在老婆肚裡，豈不害了三條性命？（淨）哪三條？（付）悶死我大相公，脹死你老婆。（貼）呀啐！（付）氣死你這烏龜。（淨）大相公，不是吓，好曲子在我老婆肚皮裡。（付）好曲子在你老婆肚裡？既如此，拿曲本來點。（貼）大相公，唱一個連相罷。（付）好吓，就是連相，快唱來。（淨）大相公，唱不成。（付）為什麼唱不成？（淨）要我兒子打吥，今日沒有帶出來，明日帶了出來再唱罷。（付）不妨，我大相公會打吥。（淨）這麼，大相公權做了我的兒子罷。（付）打這忘八入的！（淨跳

介）（貼做身段介）

【花鼓曲】好一朵鮮花，好一朵鮮花，有朝的一日落在我家。你若是不開放，對著鮮花兒罵。你若是不開放，對著鮮花兒罵。

【又】好一朵茉莉花，好一朵茉莉花，滿園的花開賽不過了他。本待要採一朵戴，又恐怕看花的罵。本待要採一朵戴，又恐怕那看花的罵。

【又】八月裡桂花香，九月裡菊花黃，勾引得張生跳過粉牆。好一個崔鶯鶯，就把那門關兒上，好一個崔鶯鶯，就把那門關兒上。

（貼伏地伸臥作美人勢介）（付欲戲貼，淨打鑼驚付介）
（貼）

【又】哀告小紅娘，哀告小紅娘，可憐的小生跪在東牆。你若是不開門，直跪到東方兒亮。你若是不開門，直跪到東方兒亮。

（付背淨摸貼介）（淨）哪裡去了？（付見驚散介）
（貼）

【又】豁喇喇的把門開，豁喇喇的把門開，開開的門來不見了張秀才。你不是我心上人，倒是賊強盜。你不是我心上人，倒是賊強盜。

【又】誰要你來瞧？誰要你來瞧？瞧來瞧去丈夫知道了，親哥哥在刀尖上死，小妹子兒就懸樑吊。親哥哥在刀尖上死，小妹子就懸梁吊。

（付、貼合嘴，淨打鑼驚散介）
（貼）

【又】我的心肝，我的心肝，心肝的引我上了煤山。把一雙紅繡鞋，揉得希腦子爛。把一雙紅繡鞋，揉得希腦子爛。

【又】我的哥哥，我的哥哥，哥哥的門前一條河。上搭著獨木橋，叫我如何過？上搭著獨木橋，叫我如何過？

【又】我也沒奈何，我也沒奈何，先脫了花鞋後脫裹腳。這多是為情人，便把那河來過。這的是為情人，就把河來過。

　　（付看貼，作手勢，獻臀，摸貼。淨作手勢，摸付臀）（付搖手作勢）（貼暗笑介）

【雜板】雪花兒飄飄，雪花兒飄飄，飄來飄去，三尺三寸高。飄了個雪美人，更比冤家兒俏。

【又】太陽出來了，太陽出來了，太陽出來，姣姣化掉了。早知道不長久，不該把你懷中抱。早知道不長久，不該把你懷中抱。

【又】我的姣姣，我的姣姣，我彈琵琶，姣姣吹著簫。簫兒口中吹，琵琶懷中抱。吹來的彈去，絃線斷了，我待要續一根，又恐那傍人來笑。

　　（付看呆落扇介）（淨拾扇，換鑼槌，付作喜自打介）（淨）唱完了。（付作惱介）完了，怎麼樣？（淨）完了要錢吓。（付）要錢，叫你老婆進來拿。（淨）吓。（付）還不走！（淨）吓，走走走。吓，老婆，大相公叫你進去拿錢。（貼）吓，我去。（淨）老婆。（貼）怎麼？（淨）他要毛手毛腳的，你進去須要防他。（貼）嗨！他還是小娃娃，怕他怎的。（淨）你不要看他是個小娃娃，他會放手銃。（貼）啐！（淨虛下）（貼進介）大相公。（付

摟介）好吓！你幾時到這裡的？（貼）來了七八天了。（付）你今年多少年紀了？（貼）二十五歲了。（付）好吓！你可會做生意？（貼）什麼生意？（付指貼下身介）就是這個生意。（貼）啐！（淨上）怎麼還不出來？（作聽介）（付）外邊的是你的什麼人？（貼）是我的漢子。（淨）不錯，倒在那裡問我。（付）怎麼你這樣一朵鮮花栽⁴在牛屎上？（淨）入娘的，把我比做牛屎！（付遞銀介）一錠銀子，我同你頑耍頑耍罷。（抱貼介）（貼）啐！（淨進見介）（付奔下）

（淨）好好好，臭蹄子！叫你出來做生意，同人家親嘴的。（貼）哪個替人家親嘴吓？（淨）是你替大相公親嘴。（貼）幾曾吓？（淨）是我聽見這麼匹。（貼）吓，這是我走進去大相公走出來，是碰⁵的吓。（淨）碰的吓！你這臭騷奴，我同你到城隍廟裡去算賬。（急走介）咳！這牢鑼也不要了！（貼）吥，這鼓也不要了！（攛介）（淨急拾鼓看，又打介）還好，咚咚的，還是好的。（貼氣介）（淨）呔！臭蹄子，出來做生意，與人家親嘴！（貼）我何曾與人家親嘴。（淨）我看見的。（貼）看見怎麼樣的？（淨）我看見這麼噴，噴，噴……咳！

【高腔急板】你好沒志氣，你好沒志氣，與人鬧嘴還是笑嘻嘻。（貼轉身打⁶淨介）什麼沒志氣？什麼沒志氣？既有志氣，不該去偷雞。（淨）偷的雞來是你吃。（貼）說話如放屁。（淨）放你娘的屁，我就一拳一脚打倒塵埃地。（貼）

4　底本作「栽」，從集古閣共賞齋本改。

5　底本作「硼」，參酌文意改。

6　底本作「持」，參酌文意改。

打倒塵埃地,告到當官去。(淨)告到當官去,總是我的
妻。(貼指淨頭,淨跌介)(貼)誰是你的妻?誰是你的妻?
(坐鼓上哭介)阿呀,我那媽媽吓,我恨當初晦氣嫁著你。阿
呀,我那媽媽吓……(淨回頭介)咳!老婆,不要說了不要說了,
算來總是我晦氣。

　　(跪介)回去罷了。(貼)我不回去。(淨)吓!你不回去我
就打!(將鑼放地打介)(貼)我也就打!(提鼓放地打,落出銀
子,淨拾笑介)吓!這是銀子,哈哈哈!早說有銀子,看銅錢銀子
分上,就罷了吓。介沒,老婆,也要與你講過了。(貼)怎麼?
(淨)後生家只可與人親嘴,不可與人躺[7]覺。(貼)啐!(淨)
老婆,不是吓,今日呢,罷了,這是後不為例吓。(貼提鼓起立
介)漢子,回去罷。(淨)吓呀。

　　(貼)

【尾】被人嘻笑緣何故?(淨、貼各作身段合)只為飢寒沒
奈何。(貼攤脚踏[8]淨大腿,貼又作身勢介)漢子。(淨)噯!
(貼又作身勢,斜腰,看左場角,起一手作勢介)轉過這衖衕再
唱蓮歌。(走幾步作騷勢下)(淨跳下)

7　底本作「倘」,參酌文意改。
8　底本作「蹈」,參酌文意改。

按　語

〔一〕林鶴宜教授〈清中葉暢銷書《綴白裘》地方戲的刊行、流傳和腔調衍變〉指出：打花鼓小戲被明代周朝俊撰《紅梅記》吸收，寫入第十九齣〈調婢〉與第二十齣〈秋懷〉，《綴白裘》此劇復原為小戲，仍保留前半齣曹公子戲朝霞一節。

倒精忠・交印

生：岳飛。
末：傳令的軍官。
外：宗澤，元帥。
丑：宗澤的僕人。
淨：夜不收，探子。

　　（貼、老兩旦扮軍牢，引生將巾緞馬衣上）

【遠地遊】一生落魄，忠孝平生樂。問丹心幾時歸著？

　　伏櫪悲鳴意不窮，相逢伯樂馬嘶[1]空。平生莫恨無知己，英雄自古識英雄。下官姓岳，名飛，字鵬舉，相州湯陰人也。忝中武科狀元，除授江南遊擊，向在張招討麾下，今歸宗留守轅門。聞得元帥有恙，特去問安。過來，到轅門上去。（軍）吓。（走介）這裡是了。門上哪位爺在？

　　（末扮中軍上）巍巍元帥府，團團將士營。什麼人？（眾）岳爺在此。（末）岳將軍。（生）請了。聞知帥爺有恙，岳飛特來問安，有手本，相煩稟一聲。（末）請到營房少坐，待帥爺起身，與你傳稟便了。（下）

　　（生）過來。你們回衙門去，若有緊急事情，速來報我。

---

[1]　底本作「群」，據清康熙間鈔本《如是觀》（《古本戲曲叢刊》三集景印）改。

（軍）曉得。（下）（生）英雄自恨英名事，心病還將心藥醫。
（下）

　　（丑扮家僮，扶外上）老爺出堂。

　　（外）

【十二時】心事將誰托？這幾日愁心越覺。白髮衝冠，丹
心如昨，未審孤臣怎生著落。

　　主暗臣庸天地陰，羽書烽火動人心。咻！金人未滅身先死，[2]
常使英雄淚滿襟。我，宗澤，官拜東京留守。只為朝中奸雄接踵，
盜賊生發，蒙聖恩，命我出鎮荊湘；雖授節鉞之隆，實為疏遠之
計。幸喜提兵到此，軍民有幸，烽煙無警。前在張招討麾下新得一
將，姓岳，名飛，乃是武科狀元，有罪將刑，我見他一表儀容，就
留他戴罪立功，喜得智勇雙全。我嘗與他談論，聽他忠心大義，事
事可嘉，實有大將之才。我想，朝廷得此一二之輩，何患金人跋扈
哉？只是，當今聖上勤於土木，信任奸邪……不料杞人之憂，積成
一病，連日臥病帳中，不能陞堂理事。咳！不知我的病，幾時得痊
可的日子？吓，僮兒。（丑）有。（外）喚中軍。（丑）中軍官
呢？（末上）在。（丑）大老爺喚。（末）中軍叩頭。（外）中
軍，我連日臥病，不能陞堂理事。與我傳出去，一應事情，不得通
報，倘有緊急軍情，速來稟我。（末）稟帥爺，岳飛問安，有手本
在此。（外）他來了麼？（末）在轅門伺候久了。（外）傳。
（末）吓。（外）我正在想他。（末）岳將軍。

　　（生上）欲呈醫國手，須識病根源。（末）元帥傳。（生）有
勞。（末）不敢。（進介）（生）元帥在上，小將岳飛參見。

―――――――――――――――

2　集古堂共賞齋本作「國家多故身先死」。

（外）請起。（生）稟參。（外）不消行此禮。看坐來。（生）聞知元帥有恙，急欲問安，為軍務事忙，所以問遲，多多有罪！（外）我曉得。我正在此想你進來談談，又多謝你來看我。看坐。（丑）吓。（生）元帥在上，小將焉敢坐。（外）承你來看我，未免有幾句話兒談談，坐了好講。（生）如此，小將只得告坐了。（外）僮兒，椅兒上些。（丑）吓。（生）夠了。（外）再上些。（丑）吓。（生）夠了。（外）咻！狗才！這裡來。（丑）吓。（外）看茶。（丑）吓。（下）

（生）且喜元帥貴恙痊可了。（外）咳！怎能得好。（生）請問元帥，不知貴恙從何而起？（外）鵬舉，我的病呵，

【高陽臺】只為義重身輕，愁真神失，丹心晝夜熱極。（生）請自寬心。（外）積怒邪風，怕乘虛早晚徹入。（生）還該請醫調治。（外）悲憶，目前恨無醫國手，（生）還該用藥。（外）病膏肓料非藥石。（生）不吃藥怎能痊可？（外）則除是，民安國泰，便是九還一粒。

（淨扮大報子上）報！萬騎胡兒[3]入帝京，羽書飛報進軍營。將軍縱有回天力，此際應難定太平。來此已是帥府轅門了。（下馬介）門上哪位爺在？呔！門上哪位爺在？（末上）呔！什麼人大驚小怪？（淨）爺，邊上夜不收報緊急軍情事的。（末）住著。（淨）吓吽喲，好利害！加加加，怎麼還不出來？怎麼還不出來？（末）啟元帥，邊上夜不收報緊急軍情事要見。（外）令進來。（末）夜不收，帥爺令你進去。（淨）夜不收進。帥爺在上，夜不收叩頭。（生）唗！元帥有恙，須要悄悄的講。（淨）吓。（外）

3　集古堂共賞齋本作「金人」。

夜不收，著你探聽金兵事體，如何了？（淨）爺吓，不好了！那兀
朮打破潼關，飛渡黃河，直抵汴京，事在危迫了。（外）怎麼講？
（淨重說，外照說）起來講。（淨）爺聽稟：

【高陽臺】他即日，胡馬長驅，看花洛苑，一片鬼號神
泣。（外）可有人與他抵敵麼？（淨）誰敢與他抵敵？靴踢城
崩，不費半毫人力。（外、生）汴京城破了！那些文武百官怎
樣了？（淨）安逸，或降或走文共武，止留得趙官家孤立。
（外、生）城中百姓怎麼了？（淨）那汴京城，三宮六院，盡
皆空壁。

　　（外、生）破城之後，兀朮怎麼行事？聖上和太上皇如今在哪
裡？（淨）那兀朮自破城之後呵，

【前腔】飛檄，要二聖出城議和。（外、生）可曾出城麼？
（淨）誰敢不去？只得親至金營，偷安宗廟，羈留至今不
出。（外、生）后妃、官僚怎麼樣了？（淨）把后妃官僚，俘
囚百不存一。（外、生）可知二聖下落麼？（淨）爺，小的一路
來，傳說二聖在金營好不苦憐吓！絕食，青衣侍酒為隸僕，滿
道上軍民號泣。（外、生）可有勤王？（淨）爺！哪有勤王？
人人袖[4]手，旁觀無策。

　　（外）沒有勤王？（淨）沒有勤王！（外）二聖在金營受苦？
（淨）在金營受苦！（外）阿呀！（作暈去介）（生）元帥醒來！
再去打聽。（淨）吓。（上馬介）吆！馬來。（下）（生）元帥甦
醒吓！

　　（外）

4　底本作「就」，參酌文意改。

【紅衲襖】我驟聞言日月昏天地翻，不由人不箭攢心魂魄散。咳，我好恨也！（生）敢是恨小將不能分憂抵敵麼？（外）非也，我恨金人恁猖狂肆禍殘，把中原人看得來不在眼。（生）元帥請自保重。（外）鵬舉。（生）有。（外）你道禍從何起？（生）小將不知。（外）這多是蔡京、童貫、楊戩、高俅這班奸賊！他逞奸謀弄朝權蒙蔽了天，致令得宋江山，宗廟遷君父散。（生）請自保重。（外）鵬舉，取令箭，傳諸將進營議事。（生）是，是。哪位在？（末）有。（生）元帥傳諸將進營議事。（末）吓。（下）（生）傳出去了。（外）鵬舉，你來扶我到堞下去。（生）堞下去做什麼？（外）我要遙拜二聖。（生）元帥貴體有恙，恐勞不得。（外）說哪裡話！我就死也是要拜的。（生）既如此，看仔細。這裡是堞下了。（外）哪一答是胡北？（生）西北一帶就是。（外）嘎！西北一帶就是金營，二聖受苦處？（生）是。（外）阿呀我那二聖吓！不道須臾變亂如斯也。（外）阿呀我那聖上吓！我宗澤老邁病篤，不能個為國報仇了，我除非做屬鬼遊魂殺賊還。

　　（拜跌介）（生）看仔細。（扶起坐介）（眾上）太平原是將軍定，還許將軍定太平。（末）交令，眾將齊了。（外）諸將齊了麼？令進來。（末）列位，元帥傳進。（眾）請吓。元帥在上，眾將打恭問安。（生見介）請了。（外）列位諸公，我宗澤年邁病篤，不能與諸公歡呼殺賊了。（眾）元帥吉人自有天相，請自保重。（外）我死何足惜？但恨君父受此慘禍，臣子聞之，五內迸裂！我死之後，當思忠義殺賊，為國報仇，我宗澤一靈兒，只在諸公馬前旗下矣！（眾）元帥何出此言？

　　（外）鵬舉。（生）有。（外）你一生忠義，自許智勇雙全，

我意欲與你少建功業，不料皇天不佑，中道捐生。中軍，抬我印信、兵符過來。（末）吓。印信、兵符有了。（外）鵬舉，我今日將印信、兵符交付與你。我死之後，你必須掃金酋，迎二聖，與君父報仇，這節大事，全在於你。送過去。（末）吓。（生）且慢。元帥在上：岳飛乃一介草茅，蒙元帥提拔，又蒙委命，小將何惜一死？上答聖恩，下報元帥優拔。但岳飛有老母在堂，未能輕許一死，恐誤國家大事，而有負元帥委託，不敢奉命。（外）咳，鵬舉，你這句話講差了！為人臣者怎能個忠孝兩全？汝可細細思之，無負我意。送過去。（眾）元帥既委，岳將軍不必推辭，請受了罷。（生）如此，小將只得權且拜領。多謝元帥。（外）請起。列位諸公，我今日將兵符、印信交付與岳將軍，我死之後，爾等須要同心戮力報效朝廷，名垂竹帛，我宗澤含笑九泉之下矣！（吐血介）（眾）元帥醒來，元帥醒來！（生）呀！

【紅衲襖】我見他剖丹心，似瀝萇弘[5]血一盤，恨號呼把忠心苦問天。（外）快快渡河殺賊！（生）列位吓，他就死也不忘渡河殺賊還，可見忠心鐵石堅。咳，皇天吓皇天！我岳飛本是一介草茅，蒙聖恩收拔，若不能為國報仇，何顏立于人世？怎忍見君王受困殘，為人臣真汗顏。（外）快快渡河殺賊！（生）元帥，你還須保重身軀，也留取丹心為國全。

　　（外）眾將還在麼？（眾）眾將在此，候令歸營。（外）列位，我還有話吩咐爾等。我死之後，不可把我屍骸殯葬。（眾）卻是為何？（外）你每不知。二聖陷身虜穴[6]，臣子豈忍安然就土。

5　底本作「長紅」，據清康熙間鈔本《如是觀》改。
6　集古堂共賞齋本作「外國」。

直待諸公退金兵，迎二聖，那時與我薄棺治殮，只消諸公在我靈前高叫一聲說：「宗留守，宗澤，今日二聖還朝了！」那時我含笑，含，含……（作吐血，丑、末扶下）（眾）看仔細，看仔細！（生）列位吓，元帥這般光景，多應不濟事了。

（末上）列位將軍，元帥扶進帳中，連呼渡河殺賊，吐血而死了。（眾）吓！死了！阿呀元帥吓……（生）住了！軍中不可舉哀，恐亂軍心。元帥新喪，我自料理。諸公各守營寨，不可以小節而誤大事。今後有事，大家同心戮力，商議而行，不可有負元帥之意。（眾）以後我等悉聽岳將軍指揮便了。（生）三寸氣在千般用，一旦無常萬事休。（眾）將軍戰馬今何在？野草閒花滿地愁。（同下）

按　語

〔一〕本齣出自張大復撰《如是觀》第八齣。

一文錢・燒香

末：龐家的僕人。

外：龐韞，財主。

付：羅和，龐家磨坊的傭工。

（末隨外上）

【鎖南枝】流光暗，善念敷，家珍廣施遇滿途。老夫龐韞，前者與妻女商量，將文書欠約盡數焚燒，大開方便門，廣放來生債。那些窮苦之人，不知週濟了多少，我家庫藏還沒有動得百分之一！近來，我一家人口誦佛持齋，每日向宅前院後燒香；他日，還要打辦頂笠策杖，行腳參方，尋個了悟的日子，有何不可。則待猛力修持，況性甘辛苦。天色已晚。院子。（末）有。（外）隨我各處燒香去。（末）曉得。旃檀氣，佛號呼。逞清閑，急先努。

　　（付內，作句容聲口介）搭痴殺肉還願心個！

【高腔】拋離數載，門前桃李槐，都是我劉噐親手栽。你看門樓倒壞，糞土成堆；糞土成堆，門樓倒壞。

　　（外）吓，這是羅和。喚他出來。（末）吓，羅和，羅和。（付內）你個殺肉！你不走，打下來了！（末）羅和，員外喚你。（付上）來了。聲名磨博士，祖家句容人。哪個喚我搭？（末）員外在這裡。（付）員外在革裡。我在裡頭打柜，沒子空得。（外）你甚有快活，在那裡唱曲？（付）阿呀員外，哪裡傏個快活！得子

員外三分銀子一日工錢，早起裡爬起來就要揀麥，揀子麥就要淘麥，淘子麥就要曬，曬子麥就要收，收子麥就要上磨，上子磨磨下麵來打篩，打完子篩就要鋤草，鋤完子草就要餵騾子……日裡夜裡無子空。恐怕打盹耽誤子工夫，唱些歌頭曲尾，在革裡解解磕銃，哪裡什麼快活得。（外）我且問你，眼皮上為何拄著這兩根棒？（付）個個我也沒奈何！做子一日生活，到夜頭就要打磕銃，所以拿個眼皮撐在革裡。（外）何不去掉了？（付）拿掉子，拿掉子，好鬆爽快活……（外）可憐他得了我三分一日工錢，恁般受苦！可見我家一舉一動哪一件不是造孽的？罷罷罷！自今以後，將油酒磨坊盡行關閉，都不開了。（付）阿呀員外，你若弗開子作坊，我個星人哪裡去過活？又不會做別樣生意，離子你個門，弗是餓殺，就是凍殺！阿呀員外吓，你要救我個命得！咳，多是我不好，唱僭個曲子！打子牢徘嘴……

　　（外）不妨，起來。院子，取一個元寶來。（末）是。元寶有了。（外）羅和，你可認得這東西麼？（付）砣砣是僭東西得？（外）這是銀子。（付）員外又來哄我了，銀子只有芝麻黃豆大個塊頭，哪裡有個石頭大個？（外）也中吃，也中穿。（付）也中吃，也中穿？我正在肚裡餓，讓我咬點吃吃看……阿呀，咬壞子牙齒了！（外）不是這等，拿去鑿碎了，買吃買穿。（付）吓，拿去鑿碎子買吃買穿。員外，砣砣是你個銀子，為僭把我羅和得？

　　（外）羅和：

【鎖南枝】可憐你窮年耐辛苦，終朝負罪辜。此去別尋道路，圖得個一覺安眠，好夢華胥赴。（付）個個銀子介重個！多謝子，多謝子！（外）罷了。（付）既然員外吩咐，我就拿子去了。個個磨坊裡個星傢伙交代交代明白……（外）不消了，你

去罷。（付）咳，我還有一樣事體掉弗落得……（外）什麼事情？（付）吃子你家麵頭麵腦，好看驢子打滾得。（末）走。（外）不送你了。（付）弗送你得，弗送你得。（下）（外）羅和已去。我與他這錠銀子，也夠他半世受用了；在我身上不過九牛一毛，也算得一樁善事了。從此以後，須要多加惜，任欠逋，親手填，善惡簿。

　　老年花似霧中看，一日身閒一日¹安。為問故人憔悴盡，不如高臥且加餐。院子。（末）有。（外）再到別處燒香去。（同下）

按　語

〔一〕本齣的劇名寶仁堂本、鴻文堂本均題作《盤陀山》，之後的本子包括乾隆四十六年四教堂本、集古堂共賞齋本、乾隆四十七年學耕堂本，乾隆五十二年博雅堂本、增利堂本、嘉慶十五年五柳居本、光緒二十一年之後的諸多石印本等，正名為《一文錢》。

〔二〕本齣主體情節與清康熙間鈔本《兩生天》（即《一文錢》）第十五齣接近，差別在鈔本中的羅和唱弋陽腔【駐雲飛】，曲文襲用王維〈渭城曲〉，較文雅。

1　底本作「身」，據清康熙鈔本《兩生天》（《傅惜華藏古典戲曲珍本叢刊》景印）改。

一文錢‧羅夢

付：羅和，磨坊傭工。
末：賽劉伶，夢中的酒徒。
旦：夢中的西施。
丑：夢中的小偷。
淨：小霸王，夢中的強盜。

（付上）快活，快活！眼皮今日免撐開，命裡應該發大財。我本無心求富貴，誰知富貴逼人來。哪裡說起！龐員外把我一錠大銀子，叫我做些生意，夜夜在家裡圖一覺好睡。好快活！弗要快活盡了把個銀子掉了，待我摸摸看⋯⋯在革里得，兀個不是銀子？唱個曲子一路家去得。

【梧桐雨】羅和運通，這元寶兒生生掗送。想我辛勤日夜做傭工，幾曾做、幾曾做這般春夢？半生苦苦為貧子，一旦欣欣做了富翁。我行來一步意心沖，羅和吓羅和兒，只怕還是夢中，還是夢中。

　　一頭唱，一頭走，已是自家門首了。咳！個間小房子出去是草繩繫子去個，今朝家來還繫子得。解開子，甩掉子，開子門，閂好子⋯⋯阿呀，晏了！弄起火來得。（點燈掛起介）快活！且坐子把銀子出來看看得。好銀子，好銀子！個個是銀子！

【山坡羊】孟古兒覷著你幾多兒輕重，人為你千般兒尊奉。盡說是萬民的膏血，又說是天地精靈種。今日裡驟相

逢，我有子銀子，少不得就硬了腰肢、響了喉嚨。他叫我鑿碎了零星用，怕只怕冷颼颼冰了我的肌膚，硬綳綳擦著牙關痛。咳，石頭大介一塊，叫我哪亨用？吓，弗難個，弗難個。銷鎔，買穿買吃燥皮風。經營，立業成家，稱了素豐。

　　有子銀子做僥生意好得？弗要愁，有本千條路，哪樣生意做不得？且住，有數說個：「是行弗要掉，弗是個行弗要傲。」原是我個本行生意好，租爿店面開起個磨坊來，買他個騾子，買他個驢子，驢子、騾子咿咿呀呀叫起來，好弗鬧熱吓！

【竹枝詞】那時節驢兒叫，磨兒礱，細麪重籮雪色同。秤兒大，價兒鬆，主顧多招生意隆。一本萬利財源長，倉庫豐，盈箱不空。感蒼穹，謝蒼穹，傳與兒孫用不窮，傳與兒孫用不窮。

　　且住，小兒尚未有母得，必須先要討個家婆纔好。弗差個，弗差個。

【楚江換頭】要想兒孫，須要滴滴親親及時下種，央個媒翁酒數鍾，訂個婚姻禮一通。吉日逢，擺下一個彩轎花燈、彩轎花燈，迎進我那拙荊新寵。那時節鼓樂叮咚，魚水和同，洞房中蘭麝擁，我的香衾內雲雨濃。巴得個坐產臨盆，生下一個娃娃出眾。兀的不喜殺了主人翁！一歲又一歲，看看五六歲，聰明又伶俐，關煞盡皆通，兀的不是喜殺了主人翁！

　　弗差個，先討家婆。且住，你看我個牆壁東穿西洞，門戶亦弗緊實，矻矻銀子放在哪裡？萬一踱進個賊來，倒要寫個謹具帖子送他得。放在哪裡好得？吓，揣在懷裡罷。緊緊揣在懷裡，就有賊來，哪裡曉得我懷裡有銀子得？

（內起更介）起更了，龐員外把我銀子，叫我夜夜好睏。且睏一夜，明朝起來算計。拿個火放在個頭，快活吓！今朝要睏個全夜了……（睡介）

（末上）酒是人間祿，神仙祖代留。若無花共酒，孩童白了頭。自家賽劉伶便是。聞得羅和得了一錠大銀子，不免去拿他的買酒吃。（付）好天氣！不免到街上嬉嬉去。（撞介）你個人好無道理！大街大巷不走，捱肩擦背做僥得？（末）羅和，聞得你得了一大錠銀子，拿來與我買酒吃。（付）砣砣銀子是龐員外把我個，你弗要搶子去。（末作取銀介）在這裡了。（下）

（付）阿呀，搶子銀子去了！還我銀子來……（醒介）咦！是個夢吓。弗好，看看懷裡個銀子看……咦，砣砣弗是銀子？銀子原在懷裡，真正是個夢！個也奇得。（內打一更介）

【黑麻序】呀！猛聽得金鼓一聲打動，起身軀把草荐來遮幪，又只見挨挨擠擠擦背磨胸。那人兒不放些兒空，他伸著手舒入懷中，趁了強梁搶去我的銀公。醒來時、醒來時依舊和衣擁。

弗好，砣砣銀子懷裡放弗得，放在哪裡得？吓，放在水缸裡罷。朴通革一聲撩下去，弗要說是未必有賊，就有賊，哪裡曉得我水缸裡有銀子吓？我還是睏。咳！個頭弗好，要做夢個，到兀頭來睏。（睏介）

（旦上）二八佳人體似酥，腰間仗劍斬愚夫。雖然不見人頭落，暗裡叫君骨髓枯。我乃夢裡西施是也。羅和得了一個元寶，不免去要他的。羅和，羅和！（付）哪個喚我得？吓喑，好個標緻女娘！你是哪個？（旦）我是西施。（付）你是西施。（旦）你是范大夫。（付）我是范大夫。你來做僥得？（旦）和你泛湖去。

（付）泛湖吓？阿呀泛弗得！湖大船小，翻子個牢棺材吓。（旦）
銀子在此了。（下）（付）阿呀，西施淹殺了我個水缸杀子去了！
阿呀，劈[1]頭一個大浪打得來了！救人吓！救人吓……（跌地醒
介）咻？我睏拉床上個，為儕奔子地下來得？亦是個夢吓。虧得是
個夢，若弗是個夢，真正要沉殺了。弗好，看看我水缸裡銀子
看……咻！銀子原在水缸裡。（內二更介）

【弋陽調】綮綮更鼓譙樓送，只待要上陽臺磕睡濃。誰料
道雨師、風伯多魔弄，還添個楊侯橫。又只見西施入夢，
病怯怯只把心兒捧。他方纔叫我范大夫，我和你到五湖
中，一葉扁舟送。咳！可惜不曾與他滑撻、滑撻……把磨
心放在磨管裡。狂風水湧浪千層，一霎時舟沉身喪波中。
醒來時又只見牆攤壁倒棟折榱崩，牆攤壁倒棟折榱崩。

　　弗好，矻矻銀子水缸裡放弗得，放在哪裡好？吓，放在門檻底
下罷。拿些泥來攤好子，哪裡曉得門檻底下有銀子在革里得？我還
是睏。咳！兀頭不好，還是兀頭來。（睏介）

　　（丑上）賊星照命，夜夜弗睏。爬牆挖壁，自我本分。我，樑
上君子是也。聞羅和得了一大錠銀子，不免去偷他的來。來此已是
他門首了，怎麼進去？吓，掘他一個壁洞便了。（付）喂！表兄，
掘壞子人家門戶，要費匠工收拾個得。咻！說子弗聽吓。（丑進
介）（付）阿呀，入娘賊個！鑽進來得。（丑作砍）（付）阿呀，
砍我得。（丑作打）（付）打我得。（丑）在這裡了。（下）

　　（付）阿呀，門檻底下個銀子拿子去了！捉賊，捉賊！（作起
撞門介）阿呀，磁子頭了……（醒介）咻？我明明看見一個人鑽進

---

[1]　底本作「匹」，參酌文意改。

來了，難道亦是個夢？弗好，看看我門檻底下個銀子看……咦！矻矻弗是銀子？銀子原在革里，真正亦是一個夢得。（內打三更介）

【前腔】阿呀！蓼蓼蓼三更鼓送，可惜好窩兒遭刦掠多強橫。誰料道樑上君子來作弄，爬牆挖壁更行凶。將咱來鞭敲刀刺，醒來時身猶痛，怎不教人跌腳搥胸，跌腳搥胸？

　　矻矻銀子門檻底下亦放弗得，放在哪裡吓？放在灶堂裡罷。矻矻灶頭一年弗曾燒火哉，爬開子灰放子銀子，再拿些灰來蓋好子……哪個曉得我竈堂裡有銀子得？咳，真正晦氣！龐員外把我銀子，叫我在家夜夜好睏得，我難間是再弗做夢個了。（睏介）

　　（淨上）風高放火夜，月黑殺人天。我乃小霸王是也。羅和這厮有一大錠銀子，不免去打刦他的。呔！羅和，拿銀子來。（付）個個是龐員外把我個，你要我個！（淨）不拿出來？小的們，放火。（下）

　　（付）阿呀，你弗要放火！燒著草堆了，刮到房子上去了。四鄰地方，救火吓！打水往上澆！打水往上澆……（醒作呆介）咻？難道亦是一個夢？看看灶堂裡個銀子看……銀子原在革里。（內打四更介）

【前腔】咳！四更鼓通，只望圖一覺良宵好睡濃。只見那燈兒移動，草堆邊萬道金蛇擁。街市上一派人聲鬧，一個個火鈎蘇搭不放力兒鬆。嚇得我身兒顫心膽沖，醒來時尚餘驚恐，尚餘驚恐。我想，多是個個銀子在家裡作怪。龐員外把我銀子，叫我夜夜好睏，哪裡僮個好睏！單單做夢，真正無子睏得！（內打五更介）阿呀五更天了！咳！我想龐員外也是個人，我也是個人，為僮不同？我有子一大錠銀子，做子一夜個夢；龐員外家有千千萬萬個銀子，難道一生一世弗睏，單在家裡做夢得？咳！

倒不如赤赤條條漢，誰願做巴巴碌碌翁。自念我生辰八字命合孤窮。恨只恨龐員外歹心翁，捱了我這錠騷銅，害得我初更魘到五更終，又何曾快活心胸。歷水火，陷刀鋒。歷水火，陷刀鋒。

（內絕更介）天大亮了，睏什麼子。不要叫你是銀子，倒是個禍根得。弗如送還子龐員外，依舊去打羅磨麥，心上無牽無掛，一夜還有半夜好睏得。再弗要痴心妄想討家婆、養兒子得。你弗要看我，我是無福消受你得。魘弗醒吓魘弗醒！

【耍孩兒】我自甘守分為貧子，哪許痴心做富翁？把原銀返璧，不把災殃種。我打羅磨麥從來慣，就是那凶肆卓田尚可容，怎肯把性命來輕賠奉。快打點另投人家，依舊去再做傭工。

羅和命運乖，好事反成災，元寶沒福得，窮人莫傲財。還子龐員外銀子，單剩一隻空手沒哪？不妨，我還有看家本事在革裡得！（取竿脚對君坐搖下）

按　語

〔一〕本齣的劇名寶仁堂本、鴻文堂本均題《盤陀山》，之後的本子包括乾隆四十六年四教堂本、集古堂共賞齋本、乾隆四十七年學耕堂本、乾隆五十二年博雅堂本、增利堂本、嘉慶十五年五柳居本、光緒二十一年之後的諸多石印本等，正名為《一文錢》。

〔二〕本齣主體情節、曲文與清康熙間鈔本《兩生天》（即《一文錢》）第十六齣接近。

梆子腔・韓湘子・途嘆

丑、付：張千、李萬，韓愈的僕人。
生：韓愈。

　　（丑、付扮張千、李萬喝，生上）啲！閒人站起來！（生）吆喝什麼？（付、丑）這些人見了老爺不起身。（生）我老爺是謫貶的官兒，不要吆喝他。

【梆子山坡羊】常言道人離鄉賤，似猛虎離山出澗，好比做蛟龍離了大海，鳳凰飛入在鴉羣伴。漢鍾離、呂洞賓他也曾降世間，誰人肯把神仙看？有一個絕糧孔子曾把麒麟嘆，似這等古聖先賢也曾遭磨難。蒼天！死生有命，富貴在天。堪憐！謫貶潮陽路八千。

　　這裡到潮陽八千里路，限十日要到，伕馬又沒有，怎麼處？張千，李萬，行李挑得動的挑些，挑不動的，棄了罷！（丑、付）吓。

　　（生）

【吹腔】纔離了渭水秦川，遠別咸陽又早過了葭田。正遇寒冬數九天，怎禁得朔風似箭。我為官又不曾將民詞屈斷，又不曾苦打成招，結下了死生冤。唐天子好不重賢，輕慢斯文把忠良坑陷。早知道今日遭磨難，何不去袖手傍觀、尸位素餐？沒來由諫諍什麼忠言，這苦有誰憐。

【前腔】滿長空瑞雪飄，好一似梨花落，亂紛紛似龍退

甲，乾坤宇宙多漫[1]了。張千，李萬，前面好像村店。（付、
丑）是所古廟。（生）原來是山前古廟。山澗裡雪壓溝槽，
好叫我行人怎走？這時節旅店中凍住酒糟。（付、丑）苦了
老爺了！（生）你道老爺苦，還有苦似我的：有一個餓和番蘇
卿受苦；有一個窮腐儒雪壓荒郊；有一個買酒客紅爐玩
賞；有一個富家郎美酒羊羔；有一個俏書生在城門立雪；
有一個窮漢子火滅煙消。這的是天遣韓愈謫降遭居貶，提
起來感嘆心酸。

　　（騎馬介）

【梆子山坡羊】一片下長空隨風飄蕩，剪鵝毛入蘆花難尋
真相[2]。頃刻間雲佈萬里，霎時間現山花，龍穴舞顛狂。張
千，李萬，那嶺上好像一個人下來了。（丑看介）不是人，是個多
年的枯樹椿。（生）正是千山鳥飛絕，萬徑人蹤滅，孤舟蓑
笠翁，獨釣在寒江雪。原來是嶺頭上一枝老枯椿，多因是
雪打昏花眼，錯認做人模樣。似這等漁翁在江上晚，獨坐
在船兒上。顛狂，坐孤舟把釣竿藏。勉強，孟浩然踏雪尋
梅兩鬢霜。（同下）

1　底本作「慢」，參酌文意改。
2　底本作「像」，參酌文意改。

按　語

〔一〕選刊類似情節的坊刻散齣選本有：《玉谷新簧》、《摘錦奇音》、《新鐫樂府時尚千家錦》，曲文各不相同。另，《徽池雅調》以及《詞林落霞》都有《升仙記・雪擁藍關》，是串中藥材名的文字遊戲，並非戲曲文本。

梆子腔・韓湘子・問路

小生：韓湘子，神仙。

淨：清風，韓湘子的弟子。

末：明月，韓湘子的弟子。

丑、付：張千、李萬，韓愈的僕人。

生：韓愈，韓湘子的叔父。

　　（小生扮湘子上）

【吹調駐雲飛】欲赴瑤池，化對仙鶴慢慢飛。採花閒遊戲，擺列成雙對。嗏！王母慶生辰，會宴瑤池。八洞神仙，齊赴蟠桃會，湘子花籃手內提。

　　今有叔父奉旨謫貶潮陽，迷失路途，不免遣清風、明月，化作漁、樵，指引去路。神仙若不分明說，誤了凡間多少人。（下）

　　（淨上）漁翁手執釣竿。（末上）樵子斧插腰間。（淨）二人相伴在溪邊。（末）驚散一天雲雁。（淨）你歸壺，我歸天。（末）名利大家休管。（淨）吾乃清風是也。（末）吾乃明月是也。（合）今有韓文公到此，奉仙師之命，命我二人化作漁、樵，待他來時，指引他便了。（下）

　　（丑、付隨生上）

【前腔】行到藍關，想起從前湘子言。曾記得金蓮詩句，白白明明、件件般般。上寫著一封朝奏九重天，他說道，叔父呵，把閒是閒非多休管。提起來感嘆心酸，韓愈只索把

程途盼。張千，李萬，前去問路。（丑、付）前面有一界牌。
（生）去了雪，且待我看來。（丑拂雪，生看介）「藍關東，秦嶺
西」，不好了！兒吓，昔日你大相公回來與我祝壽之時，曾於火內
種金蓮，金蓮上有詩句，寫著「藍關東，秦嶺西」，正看到此處，
他就把我的酒撤去了。我說：「怎麼不與我看完了？」他說：「看
完了就是老爺壽終之日了。」到今日果應其言。

　　兒吓，你老爺生則難免，死則有准。

【前腔】忽見長碑，不由人肝腸碎！上寫著藍關東秦嶺
西，狂風大雪難存濟。知道了，莫不是天叫韓愈死在這
裡？（付、丑）老爺，雪一發大了。（生）前去問路。（淨、末
上）（付、丑）這等大雪，有兩個人在此釣魚、砍柴，不免上前去
問他一聲。喂，二位，借問一聲，藍關哪條路去？（淨、末不應，
作砍柴、釣魚介）（付、丑）老爺，有漁、樵二人，小人們問他，
他不講話。（生）想是你們語言不對，待我前去。吓，漁哥請了。
這等大雪，釣什麼魚？（淨）釣的千年不上釣的韓魚。（生）這是
我的名字。樵哥請了。這等大雪，砍什麼柴？（末）我砍的是多年
的退枝。（生）退之是我的表字，他怎麼曉得？二位請上來。
（淨、末）怎麼？（生）漁哥聽吾言，樵哥聽我語。因佛骨
進中原，擅彈一本怒龍顏，將咱謫貶家鄉，撒在長安縣。
好艱難潮陽路遠，不知甚日轉回還。（淨、末）老子不用
忙，聽我說端詳。休上黃土坡，便是顛險處。再過一條
嶺，便是狼虎地。大熊做買賣，山蟲做主顧。千年老猴
精，猙獰扯衣服。要問藍關路，他便知端的。（淨下）（生
問末，末）要問藍關路，他便知端的。

　　（生）呀！霎時不見了。想是遇著妖怪所在了。帶馬來。（上

馬介）

【梆子駐雲飛】戰戰兢兢，勒馬停驂洗耳聽。虎豹聲聲近，生死由難定。驚倒在松林，苦難禁！只見豺狼虎豹，四下裡相圍困，若要還朝兩世人，若要還朝兩世人。（同下）

梆子腔‧韓湘子‧雪擁

小生：韓湘子，神仙。
生：韓愈，韓湘子的叔父。
外：秦嶺土地公。

　　（小生上）

【梆子駐雲飛】駕起雲端，來到藍關秦嶺山。叔父為官宦，出入金鑾殿。嗏！為甚的走秦山？好艱難！大雪漫漫，他的容顏多改變，方信道官高必受險。

　　不免遣土地變隻猛虎，將他主僕三人沖散。土地哪裡？（外扮土地上）秦嶺土地參見，大仙有何法旨？（小生）土地聽者：叔父將近藍關，你可變作猛虎，將他三人沖散，不可傷他性命。（外）領法旨。（下）（小生）大抵乾坤都一照，免叫人在暗中行。（下）

　　（生上）

【前腔】路阻天涯，西望長安不見家。凜凜狂風大，瑞雪紛紛下。暗地裡自嗟呀，淚如麻。湘子孩兒，粉壁上曾留下，寫著雪擁藍關事不假。

　　張千，李萬，我明白了。

【吹調】多只為將相雙全，出入金鑾殿。常言道君聖臣

賢，俺家裡盡遭刑憲[1]。只為著一封朝奏九重天，因此上將咱謫貶。豈不聞子胥嚴平罪當刑罰，死而無怨？霧騰騰雲照山，冷颼颼風吹面。想我在朝中做高官，踹金鑾步玉堦，享榮華受富貴，曾把珍饈百味餐。只日是前緣，誰想半路裡遭磨難。雪擁藍關，雲護著秦嶺山。似這等大雪漫漫，這等高嶺如何上去？也罷！你二人一個前面帶了馬，一個後面擁著些。似這等大雪漫漫，忍冷耽飢馬不前，鵝毛雪兒撲頭撲面。（虎上，三人嚇跌介。虎咬付、丑下。生醒介）嚇得我牙關兒打顫。張千，李萬。不好了，被虎吃了！望前看沒一個招商旅店，望後瞧不見了李萬、張千。好叫我左難右難，我只得望上告蒼天。怎能個半空中雲收霧捲？怎能個韓神仙出現？好寒天，好冷天，陰風陣陣透心寒。想起從前不聽湘子言，今日裡果應遭磨貶，飢寒寂寞有誰憐？錦乾坤改作粉江山，風狂雪大，藍關下大雪漫漫。看這鳥兒飛、那鳥兒噪，呀！誰敢過了溪橋？

【尾聲】豺狼虎豹亂交加，韓愈見了心驚怕。莫[2]不是天遣韓愈，險些兒被虎來咬殺。（下）

1　底本作「險」，參酌文意改。
2　底本作「若」，參酌文意改。

梆子腔‧韓湘子‧點化

小生：韓湘子，神仙。

生：韓愈，韓湘子的叔父。

（小生上）一變二變，神仙出現。叔父已過秦嶺，不免攝一座茅菴與他棲身者。茅菴速現！（下）

（生上）一步遠一步，離鄉多少路？李萬、張千被虎餐，心忙不識前頭路。

【吹調山坡羊】猛抬頭見茅菴一座，菴內有人麼？這茅菴沒個人兒應。茅菴小難容，這馬繫在外面罷。（作進菴介）呀！又只見花籃酒飯，莫不是天賜韓愈這頓飽餐？待我吃些充飢。且住，曾記得聖人言：飢死不吃嗟來飯。縱叫餓死茅菴裡，做一紙孤魂案。蒼天！遠望潮陽路八千。堪憐！回首長安不敢還，李萬、張千被虎餐。

且將這饅首與些馬吃。馬，饅首與你吃了，明日好趲路。身子睏倦，不免假寐片時。（睡介）

（二小鬼上，打渾，起更。小生上，立生背後椅上，唱道情。二小鬼猜拳跌背，渾介）（小生）

【耍孩兒】一更裡，在茅菴聽我言。想從前也曾度你兩三番，我叫你閑事閑非休多管。一封章奏犯君顏，謫貶潮陽路八千。這的是自作自受，誰憐你赤膽忠肝？

（二小鬼打一更，渾介）（生）呀，這個曠野所在，哪裡有更

鼓之聲？

【吹調】聽更聲鐘鼓沉沉，對影悲孤另。俺本待秉忠貞，誰想倒成畫餅。只落得腮邊兩淚零。（睡介）

　　（二小鬼打二更，渾介）（小生）

【耍孩兒】二更裡，在茅菴聽我言。細細的想從前，我也曾火內種金蓮。只道當初是戲叔言，誰知果到瘴江邊。雪擁藍關馬不前。是這般淒涼形狀，斷送了暮景殘年。

　　（生）

【吹調】昏昏睡起夢魂遙，聽譙樓二鼓敲。想起前情，不由人不淚珠兒拋。在朝綱掛紫袍，今朝來到藍關道。望長安路遠無消耗，悔當初把定盤星兒錯認了。（睡介）

　　（二小鬼打三更，渾介）（小生）

【耍孩兒】三更裡，在茅菴聽因依。你從前心太迷，金章紫綬成何濟。分散夫妻骨肉離，艱難此際誰憐你？想當初榮華富貴，到今日萬事多虛。

　　（生）

【吹調】呀！鼓三更半夜交，聽猛虎沿山嘯。三魂七魄蕩悠悠，生死真難保。無計出羊腸，只得把神仙告。（睡介）

　　（二小鬼打四更，渾介）（小生）

【耍孩兒】四更裡，在茅菴聽我因。孤孤另另身寒冷，形雲白雪鎖天門。李萬、張千無影形。今日個人亡馬倒，嘆明朝獨步單行。

　　（生）

【吹調】四更裡心膽裂，聽門外狂風猛雪。又聽得有鬼

說，馬兒命難逃。孤身何處歇？想必是韓愈前生多罪孽。
（睡介）

　　（二小鬼打五更，渾介）（小生）

【耍孩兒】五更裡，在茅菴聽我講。你從前欠主張，長安
昔日若回頭，今朝怎到得多魔障？多只為貪官戀爵，諫君
王惹禍遭殃。

　　（生）

【吹調】呀！五更鼓絕，雞聲三唱，不覺的東方亮。猛聽
得漁鼓兒響，好叫我驚覺慌忙。想是那韓神仙來度我，阿
呀大羅仙在哪廂？方纔夢寐之中，見我湘子孩兒，頭挽陰陽雙
髻，身穿水褐道袍，打扮做山樵模樣，一把扯住他的衣裳。
他是神仙，我怎麼扯得他住？化清風將身飛上。（睡介）

　　（小生下椅介）馬魂隨我來。（下）（生醒介）天明了。茅菴
大哥，在此打擾了。馬，起來趲路罷，呀……死了！

【吹調】馬死實堪哀，不由人心嗟嘆。兩眼無光閃，四足
面朝天，臭皮囊撇在荒郊外。想你在長安也曾萬馬爭先，
韓愈不幸遭君貶，累你受迍邅。高山峻嶺多踏遍，步空塵
出自然。我這裡細觀，你那裡無言。氣絕咽喉，馬！你就
閉了眼。

　　（小生上）

【前腔】韓神仙空中過，是何人作孽窩？原來是叔父遭殃
禍，豺狼虎豹在堦前坐。那有個潑毛團敢傷人，叫一聲，
擺尾搖頭過。（生）韓愈叔父高聲叫，叫神仙，你可憐一
家老幼遭磨難，君王謫貶在潮陽縣。你今度我過了藍關，
雖然是叔嬸沒有恩情，也須要看你家爹娘面。（小生）韓

神仙呵呵笑，笑叔父你好痴。你在那長安大國誇能會，動不動只說你為官貴。到今日運退時衰災禍齊來，這藍關受苦卻叫誰來替？（生）神仙吓，我知過必改，餐風冒雪委實難挨。望神仙你便權耽待，情願隨你去汲水挑柴。享榮華只道是千年萬載，又誰知運退時衰？今日裡藍關山下，沒奈何只得把姪兒拜。苦吓，早知道生死這般難挨！

【尾】餐風冒雪，不受這場災。（小生）只見他哭聲哀，俺這裡忙相待。大羅仙惻隱心展開，俺今度你登仙界。（生）你是我湘子孩兒？（小生）正是。（生）兒吓，快救我一救！我今死也不放了。（小生）姪兒在此，叔父放心。（生）我肚中飢餓得緊，如何是好？（小生）那邊有桃子，叔父摘來可以充飢。（生上椅摘介，作跌介）為何跌我一跤？（小生）地下一人，你可認得？（生）先前沒有，霎時間一人倒在地下。（小生）這就是叔父的凡胎。（生）這是我的凡胎？難道我也成了仙麼？（小生）叔父成了仙了。（生）哈哈哈！猛抬頭觀看韓神仙，手提花籃、魚鼓、簡板鬧長安，騰雲躡足登霄漢。（合）竹籬茅舍，雲霞霧餐。黃虀淡飯，頓頓飽餐。功成早赴蟠桃宴。（同下）

按　語

〔一〕寶仁堂本、四教堂與集古堂共賞齋本、學耕堂本等諸版本的版心以及目錄，本段標目作〈度叔〉。

麒麟閣‧揚兵

淨：尉遲恭，朔州定陽王劉武周麾下為將。

　　（雜扮四小軍，引淨上）

【引】氣概萬人雄，叱咤處，山川震動。看縱橫單鞭匹馬，聲名不讓重瞳。

　　鐵騎橫行鐵嶺頭，削平宇宙覓封侯。青海只今將飲馬，黃河不用更防秋。某，覆姓尉遲，名恭，字敬德，乃朔州善陽人也。力擒虎豹，氣吐虹霓。千軍辟易，斬將渾同探囊；萬夫莫當，奪槊就如拾芥。使一條水磨竹節鋼鞭，要打破他銅關鐵壘；騎一匹千里烏錐龍馬，踏平了峻嶺高山。眞個是怒氣轟轟天地撼，威名赫赫古今稀！奉俺主定陽王劉武周將令，統兵來取唐家晉陽一帶地方。俺自起兵以來，破了龍門寨，奪了介休縣。唐家許多將官，沒有一個敢擋俺的鞭梢兒一擋，眼見得唾手成功也！咳！唐童吓唐童，饒你有千軍萬馬，

【甘州歌】怎當俺揚威奮勇？愁雲慘慘，殺氣濛濛。鞭梢指處，神鬼盡教驚恐。三關怒轟千里震，八寨平吞一掃空。旌旗颭，劍戟叢，將軍八面展威風。人如虎，馬如龍，跰看一戰便成功。

　　（舞鞭領眾轉下）

按　語

〔一〕本齣出自李玉撰《麒麟閣》第二本下卷第九齣〈揚兵〉。

萬里圓‧三溪

生：黃向堅，尋親孝子。
末、丑：船伕。

（生上）

【十二紅帶坡羊】遠悠悠十年離況，意孜孜雙親懸望，急騰騰萬里奔波，路迢迢六詔如天上。

我，黃向堅。自遭盜劫，赤身凍倒雪中，感得老僧救我性命，臨行又贈我巾服、盤纏。辭別出門，哈哈哈！且喜步履強健。由湘鄉渡江而西，上寶慶府，至武岡州，過五陵溪，出紅江關，奔走二十餘日。一路問來，說上了桃子岩，進了大龍壁，就是三溪了。阿呀，但是人人盡說此時三溪水發，涉水難行，有橋不堪行走，無船難渡彼岸。（哭介）吓，如此說來，怎生過得三溪？若不過三溪，怎見得我雙親之面？吓，又無別路可行，如何是好？罷！只索勉力前往。

【五更轉】儘著筋力疲，足指穿，芒鞋毀。阿呀山高水闊、山高水闊忙前往，顧不得萬里連雲，千溪流漲。

（內鳴鑼作水聲介）聽濤聲振天，想到溪邊了。

【園林好】好一似撼天關軍兵鼓揚，阿唷戰層霄雷霆震響。

呀，你看：千尋白浪，萬丈銀河，越壑搏空，穿岩擊澗。一層層素練飛雲，一點點似明珠噴石。好怕人也！

【江兒水】渺渺黃河奔蕩，似怪石嵯峨，觸起銀濤雪浪。

　　果有一條獨木橋在此。你看：曲曲折折，多是獨木為樑；高高低低，無非危椿作架。阿呀教我怎生行走？

【玉交枝】看浮樑百丈，駕虹霓遙撐水央。看斜溪屈曲隨波浪，怕、怕伶仃舉足傍徨。

　　阿呀，我若不走此橋，怎過得三溪見我雙親之面？嗄！我想著了，記得飯店上老客長教我走橋的法兒，不可斜[1]觀，不可下看；須視橋如平地，放膽前行。我如今依著他法兒，竟、竟、竟走便了。阿唷！

【五供養】端心前向，作觀凝神，穩步康莊。波濤雖險阻，方寸只平常。阿呀雙親吓！念想，怎做得形骸得喪？

　　（笑介）哈哈哈！阿唷妙吓！如此危險，竟被我走過來了。此乃神天護佑，此乃神天護佑。阿呀，且住，但不知第二溪還有多少路？事不宜遲，作速趲行前去。

【好姐姐】茫茫[2]，前程鞅掌，拚竭蹶穿山越嶂。想溪流三徑，雙橋兩地長。

　　（內又鑼聲介）呀！

【玉山供】聽濤聲壯，震天荒，危橋何處作慈航？

　　阿呀，你看：第二溪水勢比前越大了。阿唷！一望無際，又無渡船，怎生是好？若在水中行走，踏著深處，是個死；被急流沖沒，也是個死；觸在那中流石上，也是個死。

【鮑老催】看洪波渺茫，馮河暴虎性命常，傳書龍窟稗史

1　底本作「邪」，據舊鈔本《萬里圓》（《古本戲曲叢刊》三集景印）改。
2　底本作「忙」，據舊鈔本《萬里圓》改。

荒。

　　阿呀，我若如此貪生怕死，出門到此也是徒然了。

【川撥棹】我心怏怏，盼親闈懸天壤。似銀河隔斷參商，似銀河隔斷參商。若、若惜微軀，空遭望洋。

　　咳！我為尋父母，不要說過此溪，就是龍宮海藏也說不得了。不免把衣服找扎起來。（笑介）哈哈哈！我又想著了！記得飯店上老客長教我，下水時把那傘兒拄定，測著深淺，望上流斜身而走。

【桃紅菊】牢、牢拴著破損衣裳，牢拴著破損衣裳。皇天吓皇天！保佑我黃向堅，早過此溪，得見雙親之面。望憑夷從空護將。

【僥僥令】滔滔遮膝脛，滾滾掩胸膛。拍浪滔天多洶湧，似浪打浮萍沒主張。

　　（跌介）（末上）喂，伙計，搖上去！（丑上）阿呀快點救，快點救！（末持棍扶生上船介）（丑）吐水，吐水！（末）嘔水！漢子，你是哪裡人？（丑）是囉里人？（生）是蘇州人。（丑）蘇州人是好人，救子俚過去。（末）要往哪裡去？（生）往雲南去尋親的。（末）如此說來，是個孝子了。吓，漢子，我這里十年沒有渡船，近日官府催造一隻獨木船，今日纔下水，不想剛剛撈救著你，豈不是個天數麼？（生）請問大哥，第三溪可有渡船麼？（末）沒有。（生）吓，阿呀皇天吓！（末）孝子不要哭，我們送你過三溪便了。（生）多謝大哥。

　　（合）

【尾】三溪穩渡無波浪。（生）一葦如從天降。（末）孝子。（合）這是孝感誠心格上蒼。

　　（生）多謝大哥。（末）好說。（生）感恩非淺。（笑介）哈

哈哈！（作跌介）（丑）看仔細，看仔細。（丑搖船下）

按　語

〔一〕本齣出自李玉撰《萬里圓》第十四齣。

幽閨記・拜月

旦：王瑞蘭，官宦千金。
貼：蔣瑞蓮，王瑞蘭結義妹。

　　（旦上）
【齊天樂】慼慼捱過殘春也，又是困人時節。景色供愁，天氣倦人，針黹何曾拈刺？（貼上）閒庭靜悄，瑣窗瀟灑，小池澄澈。（合）疊青錢，泛水圓小嫩荷葉。

　　（相見介）（貼）堦前萱草簇深黃，檻外榴花疊絳囊，清和天氣日初長。（旦）懶去梳妝臨寶鏡，慵拈針黹向紗窗，晚來移步出蘭房。（貼）姐姐，當此良辰美景，正好及時尋樂，你反眉頭不展，面帶憂容，卻是為何？（旦）妹子吓！（貼）姐姐。

　　（旦）
【青衲襖】我幾時得煩惱絕？幾時得離恨徹？（貼）姐姐，我和你到堦下閑步一回，何如？（旦）如此，妹子請。（貼）姐姐請。（旦走，住介）咳！（貼）姐姐為何欲行又止？（旦）妹子吓！我本待要散悶閑行到臺榭，（貼）為何傷情起來？（旦）傷情對景腸寸結。（貼）姐姐，把悶懷撇下些罷。（旦）悶懷些兒待撇下怎忍撇？（貼）可割捨得麼？（旦）待割捨教我也難割捨。倚遍欄杆，萬感情切，都分付與長嘆嗟。

　　（貼）
【紅衲襖】姐姐，你繡裙兒寬褪了褶，莫不為傷春憔悴

些？（旦）妹子，看我近日龐兒比舊日如何了？（貼）姐姐，你
近日龐兒瘦成勞怯，莫不是又傷夏月？姊妹每休見撇，我
斟量著你非為別。（旦）你量我什麼？（貼）話便有一句，不
好說得。（旦）但說何妨。（貼）我說來，姐姐不要惱吓。（旦）
你說，我不惱。（貼）如此，我說了嘘。（旦）你說，我不惱。
（貼）姐姐，你多應把姐夫來縈牽，（旦怒介）（貼）別無些
話說。

　　（旦）

【前腔】呸！你把那濫名兒將咱引惹，直恁的情性乖心意
劣。（貼）說過不惱的吓。（旦）女孩兒家多口共饒舌，在爹
娘行快活要他做甚的？要妝衣滿篋，要食珍饈則盛設，和
你寬打周折。（走介）（貼）姐姐到哪裡去？（旦）我麼？到
父親行先去說。（貼）說我什麼來？（旦）說你什麼來麼？我
說、說你那小鬼頭兒……（貼）好罵吓。（旦）春心動也！

　　（貼）

【前腔】呀！我兀特地錯賭別，姐姐，望高抬貴手饒過些。
（福介）（旦）你小小年紀，曉得什麼姐夫縈牽？（貼）呀！只
為一句話兒傷了俺賢姐姐。（跪介）姐姐，再不敢了。（旦）
如此起來，下次不可吓。（貼）今後若再如此呵，瑞蓮甘痛決，
姐姐閒耍歇，小妹每先去也。（旦）住了。吓，敢是我說了幾
句，使性要去麼？（貼）這個怎敢。不是吓，只管在此閒行，
忘收了針線帖。

　　（旦）也罷，你要去先去罷。（貼）我去了嘘。（旦）去罷。
（貼）咳，推些緣故歸家早，花蔭深處遮藏了。熱心閒管事非多，
啐！冷眼覷人煩惱少。哪裡說起，受這等閒氣！（下）

（旦）呀，倒被這丫頭胡猜亂猜，猜著我的心事。呀，只見半彎新月，斜掛柳梢，幾隊花蔭，平鋪錦砌。不免安排香桌，對月禱告一番。款把桌兒抬，輕揭香爐蓋。一炷心香訴怨懷，對月深深拜。

【二郎神】拜新月，寶鼎中明香滿爇。（貼暗上聽介）（旦）上蒼，上蒼，這一炷香呵：願拋閃男兒（貼聽下）（旦）疾忙較些，得再覯同歡同悅。（貼上）悄悄輕將衣袂拽，姐姐。（旦）是哪個？（貼）是我。（旦）呀啐！（貼）燒得好香吓！你卻不道小鬼頭兒春心動也。（走介）（旦）妹子，到哪裡去？（貼）我如今也到父親行說去。（旦扯貼）（貼）放手，待我去。（旦跪介）妹子，饒過了做姐姐的罷。（貼）姐姐請起，我是取笑。那嬌怯，看他無言俛首，紅暈滿腮頰。

　　（旦）妹子吓：

【鶯集御林春】我恰纏的是亂掩胡遮，（貼）姐姐，你事到如今都漏泄。和你姊妹們心腸休見別，夫妻每莫不是有些周折？（旦）教我也難推怎阻？妹子，我一星星對伊仔細從頭說。（貼）姐姐，他姓甚麼？（旦）他姓蔣。（貼）他姓蔣，叫什麼名字？（旦）世隆名。（貼）他家住在哪裡？（旦）中都路住居。（貼）他是姐姐什麼人？（旦）他是我男……（住介）（貼）姐姐，你話說到舌尖上為何不說了？一發說與妹子知道。（旦）妹子，我便對你說，只是，爹娘面前切不可提起。（貼）這個，妹子怎敢。（旦）妹子吓，他是我的男兒，（貼）做什麼的？（旦）受儒業。

　　（貼悲介）呀！

【前腔】聽說罷姓名家鄉，這情苦意切。悶海愁山在我心

上撇，不由人不淚珠流血。（旦）我悽惶是正理，只合此愁休對愁人說。妹子吓，你啼哭為何因？你莫非也是我的男兒舊妻妾？（貼）姐姐說哪裡話來！

【前腔】他須是瑞蓮的親……（旦）親什麼？（貼）兄！（旦）吓！原來是令兄。失敬了。（貼）豈敢。（旦）為何失散了？（貼）為軍馬犯闕，散失忙尋相應者，那時節只爭一個字兒差迭。（旦）妹子，和你比著先前又親。（貼）果然又親了。（旦）我如今越覺和你著疼熱。妹妹吓，你休隨我跟腳，久已後只當我的男兒那枝葉。

　　（貼）姐姐請上，妹子有一拜。（旦）做姐姐的也有一拜。

【前腔】（貼）我須是你妹妹姑姑，你須是我的嫂嫂。（旦）怎麼？就是嫂嫂？（貼）又是姐姐。（旦）這便纏是！（貼）未審家兄和你因甚別？兩分離是何時節？（旦）正遇寒冬冷月，恨我爹把我拆散在招商舍。（貼）如今還思想他麼？（旦）思量起痛心酸，那其間他染病耽疾。（貼）怎生割捨得他？（旦）是我的男兒叫我怎割捨？

【四犯黃鶯兒】（貼）爹爹吓，你直恁太情切。姐姐，你十分忒軟怯，眼睜睜怎忍和他相拋撇？（旦）妹妹吓，枉自怨嗟無計設，妹子，其時爹還猶可，咍！只恨六兒這小畜生！當不過他搶來推去望前扯。（合）意似虺蛇，性似蝎螫，教我如何訴說？

【前腔】（貼）流水一似馬和車，頃刻間途路賒，他在窮途逆旅應難捨。（旦）那時呵，囊篋又竭，藥食又缺，他那裡悶懨懨難挨過如年夜。（合）寶鏡分破，玉簪跌折，甚日重圓再接？

【尾】自從別後音信絕，這些時魂驚夢怯，莫不為煩惱憂愁將人斷送也！

　　（合）往時煩惱一人悲。（貼）從此淒涼兩下知。（旦）世上萬般哀苦事。（貼）無非遠別與生離。姐姐請。（旦）妹妹請。（同下）

按　語

〔一〕本齣主體情節、曲文接近汲古閣《六十種曲》本《幽閨記》第三十二齣〈幽閨拜月〉。

〔二〕選刊此齣的坊刻散齣選本還有：《風月錦囊》、《徽歌集》、《賽徽歌集》、《玄雪譜》、《新鐫歌林拾翠》、《萬錦清音》、鬱岡樵隱輯《新鐫綴白裘合選》、《樂府歌舞台》、《醉怡情》、《來鳳館合選古今傳奇》、《歌林拾翠》、《方來館合選古今傳奇萬錦清音》。選抄此齣的散齣鈔本則有中國社科院圖書館藏《集錦》。

亂彈腔‧陰送

四雜：四小鬼。
淨：楊延嗣（楊七郎）魂。
丑：地方鬼。
貼：楊八妹。

（雜扮四小鬼，各舞兵器、遷觔斗立兩傍。淨扮楊七郎，披髮短甲，頭上帶箭舞上。）生前勇猛逞英豪，死後靈魂志尚高。花標杆上遭冤害，今在幽州掌獄曹。俺乃楊延嗣七郎是也。父子興兵，鎮守兩狼山，卻被番兵圍困，內無糧草，外無救兵。被俺單鎗匹馬殺出重圍，取拿救兵。誰想潘仁美這厮，按兵不發，反將俺綁在百尺高竿之上，亂箭射死。我父親無顏見聖，在李陵碑下盡節而亡。說也慘傷！今我母親放心不下，特著妹子來至幽州，探聽我父子消息。正遇胡兵一隊，混殺一場。我妹雖然驍勇，怎奈寡不敵眾，如今落荒而走。此時愚兄不去救出，等待何時？叫鬼使。（四小鬼打觔斗應介）有。（淨）我妹在幽州敗陣，快同我去護救他過山者。（四小鬼）吓。（打觔斗，仍立兩旁介）
（淨）
【急板亂彈腔】滿月弓張，（遶場介）方信楊家手段強。（轉介）饒你有三頭六臂，（四小鬼觔斗介）（淨）總叫你命遭殃。（淨下）（四小鬼觔斗跳臺下）
（丑扮地方鬼，一隻眼，歪嘴，破衣，引貼白馬甲，手執馬鞭

上）

【前腔】我拚卻此命來探父兄，（急板）豈知道父兄們少
吉多凶。（急板浪）交鋒身勢窮，（急板浪，地方鬼渾介）
（貼）人亡馬倒走山空。

　　　（貼下，地方鬼跳下）（四小鬼觔斗，引淨上）

【前腔】赤膽忠心報宋朝，（急板）（四小鬼觔斗介）（淨）
十大功勞一筆消。恨只恨朝中的潘仁美，欺君誤國亂朝
綱。（四小鬼觔斗介）俺爹爹圍困在兩狼山虎口，李陵碑下
盡忠亡。大哥被長槍來刺死，二哥短劍下把身亡。（四小
鬼觔斗介）三哥馬踐如泥醬，四哥流落在番邦。五哥削髮為
和尚，鎮守三關楊六郎。（四小鬼觔斗介）惟有我七郎死得
苦，標竿屈受箭鋒芒。（四小鬼觔斗，立兩傍，淨上椅立介）
楊七郎站立在雲頭上，呀！那邊來了八妹女姣娘。

　　　（地方鬼跟貼上）

【前腔】父命殞[1]幽邦，（急板）望郊原殺氣揚。（急板）
（淨）鬼使，上前去，扯住了八妹的桃花馬。（急板）（小鬼
牽貼馬走介）（貼）不好了時不好了！今日裡奴家被鬼迷。
（急板）（四小鬼打咤，換一鬼牽馬介）（淨）叫一聲八妹，你
在馬上休害怕，我是你哥哥楊七郎。（貼）呀！我盼不到黃
泉路上見俺的嚴父并兄長，誰知道將寡兵微做了那敗落
荒！（四小鬼打咤，換一鬼牽馬上山，從椅上立檯上，轉椅下）
（淨）想我楊氏一門忠義將，都做了南柯夢一場。（四小鬼
打咤，換一鬼牽馬介）（淨）我急急的下落雲頭上，來見俺的

1　底本作「損」，參酌文意改。

同胞兄妹行。

（淨下椅相見介）（貼）阿呀，我那哥哥吓！（淨）八妹，愚兄在此，護送你過此山嶺，無事便了。（貼）如此，多謝哥哥。（同哭下）（四小鬼遷觔斗跳臺。地方鬼眼紅學遷。四小鬼繞場逐一跳下。地方鬼作遷跌，拐下）

按　語

〔一〕林鶴宜教授〈清中葉暢銷書《綴白裘》地方戲的刊行、流傳和腔調衍變〉指出，《北宋楊家將》第二十六回〈九妹女誤陷幽州，楊延德大破番兵〉與此情節相類。

西秦腔・搬場拐妻

丑：武大郎。
貼：潘金蓮，武大郎之妻。
付：趕腳驢伕。
淨：宋江。

　　　（丑上）
【水底魚】矮子矮人，矮衫矮布裙。矮腳矮手，矮人三寸
丁，矮人三寸丁。

　　　惱恨賤人太不良，終朝每日把我降。雖然不是親生母，夜夜打
得叫親娘。自家姓武，名植，叫做武大郎。只為清和縣年時荒旱，
要搬到陽穀縣尋個買賣，不免喚老婆出來。老婆哪裡？

　　　（貼上）
【字字雙】奴、奴天生命薄，嫁著窮漢，身子矮鋤。被人
恥笑，遭人戲侮。終身結果，叫奴、奴如何，如何？

　　　（打丑，遷一觔斗介）（丑）老婆子，你出來了麼？作個揖。
（貼）罷了。大郎，你叫我出來做什麼？（丑）吓，老婆子，請你
出來非為別事，只因清和縣荒歲歉，難以度日，我們搬到陽穀縣
去尋個買賣纔好；請你出來，這麼商議商議。（貼）好吓，只是，
搬到陽穀縣何處棲身？想個主意出來方好。（丑）此去陽穀縣有個
金員外，他今開個當舖為生。我先父在日，曾與他往來，我今去的
時節，他看見故人之子，再沒有不看顧的道理！（貼）如此，你別

了店主人起身去罷。（丑）說得有理！店家。（內應）不在家中。
（丑）哪裡去了？（內應）討賬去了。（丑）這是大娘聲音。
（貼）就是大娘，說一聲罷。（丑）大娘，多謝你。（內）不多
謝。（丑）不是，多謝你昨夜睡了一夜的好覺。（貼）大娘，多謝
你。（內應）（貼）大娘，店主回來說聲，我們去了。（內）慢你
們。（貼）好說。

　　（丑）待我拿了行李走罷。（貼）你走便走罷了，為何把身子
擺到東、擺到西？像什麼模樣！（丑）你不知道，矮人有多少便宜
之處。（貼）有什麼便宜？（丑）做衣只消三尺長，走到街坊不恍
蕩，婦人女子多來笑……（貼）笑什麼？（丑）笑我這樣好模樣。
（貼）啐！（丑）在你面上得罪些。吃了晚飯來睡覺，踏了梯兒就
上床；顧了上頭顧不得下，一夜湊到大天光。（貼）啐！不要說
了，走罷。出得門來，好天氣也！（丑）這樣好天氣，我要做詩
了。（貼）你會做什麼詩？（丑）你道我矮人不會做詩麼？待我做
與你聽。（做介）聞說山東錦繡邦，門前車馬響叮噹。口中五糞多
嘗過，鼻邊常帶糞渣香。（貼）不要說了，走罷。（丑）走吓。
（貼）大郎，你這等走法，走到陽穀縣幾時才得到？（丑）你道矮
人不會走麼？天晴有天晴的走法，下雨有下雨的走法。（貼）天晴
怎麼樣走？（丑）天晴這麼遊山玩水，我就慢慢的走這幾個俏步。
（貼）下起雨來呢？（丑）下起雨來，著了忙了，我就奔他這麼幾
步兒就到了——這不是天晴、下雨的走法？（貼）不要說了，走罷
耶。（貼唱，場上先浪調）

【西秦腔】（上上丶丶合四上四上尺六工上上上丶合四上
上丶丶上）這春光早又是瓓珊、瓓珊歸去也，梨花剪剪柳
絮飄飄何方歇？去匆匆捱過了三春節，春愁、春愁向誰說？

嘆離家背祖業，心兒裡忍飢渴。聽鳥兒巧弄舌道春歸，何苦的人離別？（丑）咳，（放行李介）告娘行聽我說，（貼）說什麼？（丑）人生最苦是離別。大丈夫……（貼）好個大丈夫吓！（丑）受得苦中苦，方為人上傑，這路兒上休哽咽，快些收拾收拾起這情切。（踢飛腳，拿行李走介）（貼）啼痕處，淚襟血，心兒結，思之、細思之命乖劣！

（貼作蹌[1]介）（丑）我的娘，看仔細！（貼坐地介）走不動了。（丑）你走不動了，仔麼好呢？（貼）僱個驢兒纔好。（丑）空野地方，哪裡去僱驢？（貼）我不去了。（丑）受他娘的累了，這個地方哪裡去僱驢兒？（付內唱）捉、捉、捉……搭、搭、搭……（丑）好了好了，那邊有個趕腳的來了。

（付上）

【小曲】趕腳趕腳，落里落托，牽著驢兒，路口立著。

（丑）趕腳的。（付）誰叫？（丑）是我叫。（付）青天白日那裡鬼叫！（丑）是伯叫。（付）鱉叫？阿唷！原來是個矮人兒。有趣，有趣！（丑）矮人兒麼？噲，哇哇。（付）哇哇頭上帶個帽兒，像你家爺爺。（丑）好乖乖，會騙嘴。（付）我不同你頑。（丑）我問你，這裡到陽穀縣有多少路？（付）有八十里地。（丑）要多少錢？（付）八個錢一里，八八六百四。（丑）站著，待我算算看。一八四五八，八八七十三。（付）這麼個大人兒，連賬多不會算！

（丑）我算不來。站著。吓，老婆，去不成。（貼）為何？（丑）僱一個驢兒到陽穀縣還有八十里路，趕腳的要八個錢一里，

---

[1] 底本作「銃」，參酌文意改。

八八要六百四十個錢。（貼）他在那裡哄你。（丑）哄我？待我打這厮。（貼）住了，待我去。（丑）老婆，這趕腳的壞得緊。（貼）趕腳的。（付）嗳！（場上六板兒，貼、付各看轉朝上介）（貼）好個俊俏的小夥！（付）好個標緻女人兒！（貼）趕腳的，這裡到陽穀縣有多少路？（付）有八十里地。（貼）要多少錢一里？（付）八個錢一里，八八要六百四，（貼）阿呀，這道兒上我也走過的，不要哄我吓。與你一個錢一里罷。（付）大娘子這等說了，就是這樣罷。（丑）呔！驢囚入的！你方纔說這裡到陽穀縣有八十里地，要八個錢一里，八八要六百四，你看我房下生得這樣標標緻緻，與你一個錢一里，你就肯了麼？（付）大娘子說在我心肝兒上。（丑）你這心肝兒，不是這樣生法！（貼）不要說了，帶驢兒來。（付帶驢）

　　（貼）

【西秦腔】挽絲韁，跨上了驢兒背。（丑）站著，趕腳的，你把這行李捎上。（付）我這驢兒只騎人，不捎行李。（丑）果然不捎？（付）呸！你的兒子纔捎。（丑）老婆，你與他說一聲罷。（貼）趕腳的，看我分上，與他捎一捎罷。（付）看大娘子分上，與他捎一捎罷。（丑）呔！你的老婆捎！（貼）不要說了，帶驢兒來。（貼）挽絲韁，跨上了驢兒背，偷睛瞧著小後生。他有情，奴有心，相看相看兩定睛。這姻緣卻原來在此存，頓停鞭……（笑[2]介）（付看貼呆介）（丑扯付介）查哩，查哩！為何只管看我的房下？（付）一個人生了一雙眼，不叫咱看，好笑。（貼）停鞭慢慢行。（付）那佳人有我心，這矮人、這矮人

---

[2]　底本作「淚」，參酌文意改。

隨後跟，如何、如何的同厮並？（貼）思忖怎近身？趕腳
的。（付）噲！（貼）加鞭帶絲韁，道路上行。（付帶介）
（丑）呔！趕腳的，狗入的，原何、原何不志誠？

　　（付）呔！什麼不志誠？（丑）我問你，你走路罷了，為何把
房下攄手攄腳？（貼）當家的，這驢兒要到邊上行，我心裡害怕，
故此叫他帶到正道而行。（付）這個驢兒要到邊上行，大娘子心裡
害怕，故此帶到正道而行，何嘗攄手攄腳。（丑）這麼個緣故。
（付）這麼意思兒。（丑）這麼說，我倒得罪了。（付）我也不計
較。（丑）狗入的，我心裡明白。（貼）走罷。這矮人最多心，
猜疑、猜疑妄自尊。兩下裡暗地論，相思、相思揹殺人。
（丑）快些走吓。（場上打鑼鼓，付趕走介）嗒嗒嗒……（丑）
雙程趕作共一程，前村、前村併後村。抹過了幾處疏林
徑，休教、休教的有遲近。頃刻間一似風吹緊，霎時、霎
時像走馬燈。

　　（付）下來，下來，歇歇兒再走。（貼下驢，坐行李上。丑坐
場上角。付坐下場，場面彈絃子，付唱小曲介）阿呀，把我那個
掙錢的哥哥熱壞了吓、熱壞了吓！盜子肏肏壞了，吃些草料
罷。（貼）當家的，肚中飢了，哪裡去買些餶餷來。（丑）這裡路
兒又不熟，哪裡去買？（付）噲，你方纔不看見？那個草坡兒上有
這個火燒餅、油瀾龜，油汆棉紗線，還有這麼粗，這麼長的虿頭蒸
捲。（丑）這是你吃的！（付）你吃的！

　　（丑）老婆，我去買餶餷。且住，這趕腳的這麼眉來眼去，有
些吒異，待我轉去。（付捏貼手介）我那好大娘！（丑）呔！你這
狗入的！好吓，我人兒雖小，人小力大，我的拳棒利害！（付）你
會拳棒，我們在江湖上走的人也會拳棒兒。（丑）也罷，和你丟個

架兒。（付）來吓來吓！（打拳介）（丑抓付卵子介）（付）阿唷，阿唷！（丑）這叫「霸王請客」。你伏了我了麼？（付）伏了你了。（丑）去罷。（付跌介）阿唷，好個「霸王請客」！（丑）且住，雖然拳棒伏了我，他的眼睛看著我的老婆……我有個道理在此。趕腳的，這裡來。（付）啥哩？（丑拿付鞭畫圈介）這叫做「劃地為牢」。跳進去。你若是跳了出來，你的腿兒就要斷！（付）我不敢跳出來。（丑）你把眼睛閉著。（付）嗜哩？（丑）你離了我，看我的房下，你的眼睛要瞎哩！（付）我就閉起來。（丑）這麼一個方法就處治了。老婆，我去買饛饛。（丑下）

　　（貼）趕腳的，為何把眼睛閉著？（付）你們這當家的說，我若看了你，眼睛就要瞎。（貼）他在那裡哄你。（付）哄我？如此開一個，要瞎瞎一個。咦，一個不瞎。再開一個，兩個多不瞎。（貼）為何站定在那裡？（付）我不敢走出圈子來。（貼）為何？（付）你當家的說，跳出來，腿兒就要折。（貼）也是哄你的。（付）待我跳出來。咦，腿兒也不折。我摸掉這圈兒。大娘子。（貼）趕腳的，你今年幾歲了？（付）我今年齊頭。（貼）齊頭是多少？（付）二十三。（貼）阿呀，人家齊頭只有二十、三十謂之齊頭，哪裡有二十三歲的齊頭？（付）我聽見人家說齊頭，還不知二十三、二十四。（貼）家裡住在哪裡？（付）前面草村裡。（貼）你家中還有何人？（付）只有一個媽媽。（貼）你可曾娶妻麼？（付）不瞞大娘子說，我們這山東路上的女人，黑又黑，黃又黃，瘦又瘦，胖又胖，哪裡有大娘子這等樣標緻的。若有像大娘子一般的俊俏，我就娶他一個了。（貼）趕腳的，可要我跟了你去罷？（付）我年紀小，不敢幹這勾當。（貼）不妨，有我在此。（付）有你麼？你敢騎我的這個驢兒麼？（貼）我就騎你的驢兒。

（付）我就拐得你走了。（貼）今日裡把矮人兒來拋棄，
（付）喒們兒如魚似得水了。（貼）一雙兒長久的天和地，
（付）喒和你到村中去做夫妻。（貼）加上鞭兒趕回去，
（付）報與我家媽媽來得知。（同下）

　　（丑上）這饘饘買來，滾熱的送與我家美嬌妻。老婆，
饘饘在此。阿呀多不見了！不好了，老婆被他拐了去了！大爺，借
問一聲。（內）問什麼？（丑）可曾看見一個俊俏婦人同一個年少
的驢伕，同往哪裡去了？（內）望西而去了。（丑）阿呀不好了，
不好了！我不免趕上前去追他們轉來。傷心，把我的老婆拐了
去。我急忙趕、趕，向前移。（下）

　　（淨上）俺本是鄆城縣一個小吏，今做了楊花柳絮飛。
家住山東一吏書，鄆城縣內有名儒。有人問喒名和姓，到處人稱及
時雨。卑人姓宋，名江，字公明。只因殺了閻婆惜，欲投橫海郡
去。行了幾日，前面將到陽穀縣了。你看天色將晚，不免趕上前
去。大丈夫不下等閒之淚，只因未到傷心處。（貼、付上）
一路裡恐怕人盤詰[3]。（付）大風吹倒梧桐樹，（撞淨跌）
（淨）唉！做什麼？（付）自有傍人說是非。（下）

　　（淨）這兩人見了我多驚哩。且住，這俊俏婦人同了年少驢
伕，見了我慌慌張張，必有咤異。呀吓！這樣閒事閒非管他則甚！
我自趲路。閉門不管窗前月，一任梅花自主張。

　　（丑急上）還是一心忙似箭，果然兩腳走如飛。（丑抱
住淨）阿呀老婆吓！（淨）唉！你這矮人怎麼抱住我哭起老婆來
呢？（丑）阿呀大爺，不好了！我一個老婆被人拐了去了。（淨）

3　底本作「結」，參酌文意改。

老婆怎麼被人拐了去？（丑）大爺，我告訴你。我呢是清和縣人氏，要搬到陽穀縣尋個買賣，行至中途，我老婆走不動，僱上一個驢與他騎了。誰想這趕腳的眉來眼去，把我的房下竟拐了去了。

（淨）矮人，你姓甚名誰？你說得明白，我指引得明白。（丑）大爺，我姓武，名植，叫做武大郎；兄弟叫做武松。（淨）久聞江湖上有個打虎的武都頭，就是令弟麼？（丑）大爺，你認得的麼？

（淨）認是不認得，聞名久矣。你如今便怎麼樣？（丑）就是方纔說的，那趕腳的同我老婆眉來眼去，把我的老婆竟拐去了。（淨）矮人，我方纔見有個俊俏的婦人，同著個年少驢伕望西去了。

（丑）吓，大爺，你看見的麼？（淨）我看見的。矮人，你會走？（丑）會走。（淨）如此，我和你趕上前去，追他轉來。**聽說罷怒從心上起。**（丑）喀兩人追趕不賢之妻。（同下）

　　（付、貼上）**咫尺間已到家門裡，消停且相倚。**（淨、丑上）**饒他走上焰魔天，腳下騰雲須趕上。**（捉住介）在這裡了！（丑）狗入的，好受用！（付）我何嘗受用？（丑）大爺，你扯住了，待我咬掉他雞巴。（淨）矮人，不可如此，放手。我且問你，你要官休呢私休？（付）大爺，官休便怎麼樣？（淨）官休，送到當官打你三十，枷號兩個月。（付）大爺，私休呢？（淨）私休，把這驢兒與婦人騎了去罷。（付）大爺，這是養命的。（淨）不依，扯他去見官。（付）依了，依了。（淨）饒他去罷。（付）噲，大娘娘……（丑）呔！這狗入的，還不走！（付看貼下）

　　（淨）矮人，我看你倒是忠厚人，我有碎銀幾兩相贈，與你夫妻二人尋個買賣。天色已晚將下來，叫你妻子騎上驢兒，趕到縣中，尋個安身之處。（丑）萍水相逢，怎好受大爺的銀子？（淨）

不必推辭，請收了。（丑）多謝大爺。大爺尊姓？（淨）我姓宋。
吓……我姓江。（丑）江大爺。老婆，這個江大爺送幾兩銀子，你
去謝謝他。（貼）惹厭！我不去謝。（丑）大爺，我叫他來謝一聲
大爺，他還不肯，反要打我哩。（淨）呀，**這婦人是個不良之**
輩，這矮人兒必遭他來害死了。（下）

　　（丑）大爺慢行，大爺慢行……眞正是個好人，難得！噲，我
問你，這趕腳的有甚好處，你就跟了他走了麼？（貼）你自己走差
了路，我騎了驢兒來尋你，怎麼反埋怨起我來？（哭介）（丑）罷
了，只此一遭，下次不可吓。（貼）帶驢兒過來。（場上打鑼鼓亂
彈，丑）請賢妻跨上驢兒背，前情、前情再休提。（貼）這
的是前生冤孽債，從今、從今怎脫離？

　　（打驢下）（丑）慢些，慢些！看打前失兒吓。（趕下）

孽海記・思凡

貼：小尼姑色空。
老旦：觀音大士。

（貼上）

【佛曲】昔日有個目連僧，救母親臨地獄門。借問靈山多少路？十萬八千有餘零。南無佛阿彌陀佛。

　　削髮為尼實可憐，禪燈一盞伴奴眠。光陰易過催人老，辜負青春美少年。小尼趙氏，法名色空。幼入空門，早年披剃。咳！朝參暮拜，念佛看經，何時得了？正是：禪房寂靜無人伴，鳥啼花落有誰知。好不傷感人也！

【山坡羊】小尼姑年方二八，正青春被師父削去了頭髮。每日裡在佛殿上燒香換水，見幾個子弟遊戲在山門下。他把眼兒瞧著咱，咱把眼兒覷著他。他與咱，咱共他，兩下裡多牽掛。冤家，怎能個成就了姻緣，就死在閻王殿前，由他把那碓來舂、鋸來解、磨來挨、放在油鍋裡去煠，由他！只見那活人受罪，哪曾見死鬼帶枷？由他！火燒眉毛且顧眼下，火燒眉毛且顧眼下。

　　想我在此出家，原非本心。

【前腔】只因俺父好看經，俺娘親愛念佛，暮禮朝參，每日裡在佛殿上燒香供佛。生下我來疾病多，因此上把奴家捨入在空門為尼過活。與人家追荐亡靈，不住口的念著彌

陀。只聽得鐘聲法鼓，不住手的擊磬搖鈴、擊磬搖鈴，擂鼓吹螺，平白地與地府陰司做功課。多心經，多念過；孔雀經，參不破。惟有那蓮經七卷是最難學，俺師父在眠裡夢裡多教過。念幾聲南無佛，哆吅哆，薩嘛訶的般若波囉。念幾聲彌陀，咻！恨一聲媒婆！念幾聲娑婆訶，叫、叫一聲沒奈何！念幾聲哆吅哆，怎知我感嘆還多。

吓，不免到迴廊下閒步一回，少遣悶懷則個。（下）

（場上鑼鼓、煙火。雜扮羅漢觔斗上，觔斗下。內奏細樂。老旦扮觀音，小生扮善財，旦扮龍女，生扮韋陀上）

（老旦）

【新水令】孤雲出岫下瑤天，笑拈花飛來千片。金鎞開覺路，寶筏渡迷川。法力無邊，法力無邊，慈悲願普渡迷津漢。

救苦慈悲法力強，竹林鸚鵡弄笙簧。慧眼微開遍宇宙，眉間放出白毫光。我乃南海落伽山觀音大士是也。今日登座說法，你看：眾羅漢鼓舞而來也。（老旦坐樓上，小生、旦立兩旁，生立正中。眾羅漢跳上。各參見，莊嚴坐介）

（貼上）

【接前】遶迴廊散悶則個，遶迴廊散悶則個。呀，你看，兩傍羅漢塑得來好不莊嚴也！又則見兩旁羅漢塑得來有些傻角，一個兒抱膝舒懷，口兒裡念著我；一個兒手托香腮，心兒裡想著我；一個兒眼倦眉開，朦朧的覷著我。惟有那布袋羅漢笑呵呵，他笑我時光錯、光陰過，有誰人、有誰人肯娶我這年老婆婆？降龍的惱著我；伏虎的恨著我；那長眉大仙愁著我，他愁我老來時有甚麼結果。佛前燈做不

得洞房花燭；香積廚做不得玳筵東閣；鐘鼓樓做不得望夫臺；草蒲團當不得芙蓉軟褥。我本是女嬌娥，又不是男兒漢，為何腰繫黃絲，身穿直裰？見人家夫妻們洒樂，一對對著錦穿羅。阿呀天吓！不由人心熱如火，不由人心熱如火！吓，也罷！今日趁師父、師兄多不在家，不免逃下山去，倘有些機緣，亦未可知。有理吓有理！奴把袈裟扯破，埋了藏經，棄了木魚，丟了鐃鈸。學不得羅剎女去降魔，學不得南海水月觀音座。夜深沉獨自臥，起來時獨自坐，有誰人孤恓似我？是這等削髮緣何？恨只恨說謊的僧和俗，哪裡有天下園林樹木佛？哪裡有枝枝葉葉光明佛？哪裡有江河兩岸流沙佛？哪裡有八萬四千彌陀佛？從今後把鐘樓佛殿遠離卻，下山去尋一個年少哥哥，憑他打我、罵我、說我、笑我，一心不願成佛，不念彌陀般若波羅！

　　好了，且喜被我逃下山來了！

【尾聲】但願生下一個小孩兒，卻不道是快活殺了我！（笑下）

　　（老旦）善哉，善哉！趙尼凡心頓起，逃下山去，這孽報何日得了也！眾羅漢，收拾莊嚴者。（下）（眾跳下）

按 語

〔一〕選刊類似情節的坊刻戲曲選本還有：《風月錦囊》、《樂府玉樹英》、《樂府菁華》、《滿天春》、《詞林一枝》、《八能奏錦》、《玉谷新簧》、《群音類選》、《時調青崑》、《方來館合選古今傳奇萬錦清音》、石渠閣主人輯《綴白裘全集》。選抄此齣的散齣鈔本有：中國藝術研究院藏佚名抄《崑弋曲選》、中國社科院圖書館藏《集錦》。

〔二〕寶仁堂本、鴻文堂本、集古堂共賞齋系統、學耕堂改輯系統（目錄是甲式者及嘉興博雅堂本、嘉興增利堂本）的目錄頁都標示本齣是「梆子腔」，但寶仁堂第一階段的本子並沒有標示「梆子腔」。

〔三〕寶仁堂本、鴻文堂本以及學耕堂改輯系統的本子，本齣後有「堆羅漢圖」，並說明：「眾羅漢逐一觔斗上，跌打技藝，下」。

長生殿・定情

生：唐明皇。

丑：高力士，太監。

貼：楊貴妃。

（生扮明皇，眾扮內侍，引上）

【東風第一枝】端冕中[1]天，垂衣南面，千門日麗明光。昭容引罷朝儀，芙蓉別殿焚香。〈昇平〉早奏，韶光好行樂何妨。願此生終老溫柔，白雲何處仙鄉？

柳暗百花明，春深五鳳城。鶯鳥睥睨曉，宮井轆轤聲。方朔金門待，班姬玉輦迎。明朝遣方士，東海訪蓬瀛。朕乃大唐開元天子，李隆基是也。少就臨淄之封，長平韋氏之亂。仰承帝命，入纘皇圖，緯武經文，敬天法祖。任人不二，委姚、宋於朝堂；從諫如流，列張、韓於省闥。且喜塞外風清萬里，民間粟賤三錢。真個太平致治，庶幾貞觀之年；刑措成風，不減漢文之世。更有太子璵仁孝英明，堪為主器，因此，寡人得以安養後宮，怡情聲色。昨見宮女楊玉環，豐姿濃豔，性格幽閒，卜茲吉日，冊為貴妃。已曾命高力士前去冊封，想便引來朝見也。（丑扮高力士，眾扮小太監。二旦扮宮女，引貼坐輦上）

1　底本作「冲」，據清康熙稗畦草堂《長生殿》（《古本戲曲叢刊》五集景印）改。

（合）

【三換頭】笙歌迭響，花迎仙仗。鸞車雉扇，紅雲遮障。荷君恩怎當。喜今朝沐雨露近天顏青霄直上。從此門楣也，榮分戚里光。耀祖揚宗，何必生男勝女郎？

（丑）奴婢高力士見駕。奉命敕封楊氏，現在殿門伏候聖旨。（生）宣進來。（丑）領旨。請娘娘進見。（吹打，貼進見介）臣妾楊氏見駕。願吾王萬歲，萬歲，萬萬歲！（內侍）平身。（貼）萬歲。臣妾寒門陋質，充選掖庭，叨沐聖恩，不勝惶悚！（生）妃子才藝絕倫，德容兼備，堪供內職，深愜²朕心。（貼）萬歲。（生）傳旨光祿寺排宴，教坊司奏樂。（定席介）

（眾合）

【念奴嬌序】寰區萬里，遍徵求窈窕，空令夢逐高唐。佳麗今朝，天付與，端的絕世無雙。歡暢，一笑回眸，百分含媚，三千粉黛總甘讓。（合）惟願取，天長地久，月滿花芳。

（貼）

【前腔】蒙獎。沉吟半晌，怕庸姿下體，不堪充選嬪嬙。受寵承恩，從此後隔斷人間天上。歡暢³，金屋藏春，玉樓傳夜，敢辭同輦近君王？（合）惟願取，天長地久，月滿花芳。

（丑）啟萬歲爺，月上了。（生）撤過筵席，朕與妃子玩月一回。（丑應）

2　底本作「協」，據清康熙稗畦草堂《長生殿》改。

3　底本作「常」，參考上文改。

（生）

【古輪臺】步迴廊，籠燈就月細端相，名花不及嬌模樣。淺偎輕傍，這鬢影衣光，逗得魂靈飛蕩。今夜歡娛，錦衾羅帳，問風流誰似李三郎。傳旨排駕西宮去。（眾應，各執燈引介）（合）紅遮翠障，錦雲中一對鸞凰[4]。〈瓊花玉樹〉，〈春江夜月〉，聲聲齊唱。風暖御爐香，溫柔傍，沉沉扶醉入蘭房。

【尾聲】花搖燭、月映窗，把良夜歡娛細講，願閏今宵玉漏長。

　　（丑）啟萬歲爺，已到西宮了。（生）宮人們迴避。（眾）領旨。（下）（生）青鸞飛入合歡宮。（貼）彩鳳啣花紫禁中。（生）共看今夜千門裡。（貼）銀海星槎一道通。（生）妃子，今夜之歡，不可無物為記。朕帶有金釵鈿盒，贈與妃子定情。

【棉搭絮】這金釵鈿盒百寶翠花攢，我出入懷中，珍重奇擎有萬般。今夜呵，與你助雲盤，斜插雙鸞。早晚深藏錦袖，密裹香紈。願似他並翅交飛，百歲同心結合歡。

【前腔】謝金釵鈿盒鳳篆與龍蟠，只恐寒姿，消不得天家雨露團。細偷觀，心內暗添歡。愛殺這雙頭旖旎，兩扇團圞。惟願取情似金堅，釵不單分盒永完。

　　宮漏沉沉夜欲分，玉龍深處寶香薰。（生）願為彩鳳雙飛翼。（合）共入巫山一片雲。（同下）

4　底本作「鳳」，參考曲格，並據清康熙稗畦草堂《長生殿》改。

按　語

〔一〕本齣出自洪昇撰《長生殿》第二齣〈定情〉。

〔二〕本齣情節與《長生殿》稗畦草堂本相同，但文字卻有差異，就文字水平整體看起來，似出自文士之手，不像是伶人修編。洪昇〈長生殿例言〉曾提到《長生殿》的前身《舞霓裳》「優伶皆久習之」，可知《舞霓裳》是演員熟悉的版本，有可能，在舞台上《舞霓裳》並沒有因《長生殿》的出現而絕跡，還有繼續演出，因而被錢德蒼記錄了下來。換句話說，本齣有可能是出自《舞霓裳》。另外值得注意的是，舞台演出本乾隆十五年沈文彩鈔本《長生殿・定情》與本齣文字高度接近，和稗畦草堂本有不少差異。

〔三〕《審音鑒古錄》選刊此齣，中國國家圖書館藏朱執堂抄《時劇集錦》選抄此齣，它們都接近稗畦草堂本。

〔四〕【三換頭】是本齣獨有。

蝴蝶夢 · 嘆骷

丑：骷髏。
生：莊周，莊子休。
末：白三，骷髏。

　　（丑扮骷髏，上場打觔斗。開四門跌打技藝完，朝上場中間跌倒介）（生扮莊子持摺扇上）

【一江風】曉風涼，旭日遮青障，信步荒蕪上。卑人姓莊名周，字子休，乃楚國蒙邑人也。不受趙國之聘，辭別還鄉，隱跡山林，一心悟道。來此荒郊野外，呀，你看：烏鴉滿空，白骨成堆，好傷感人也！見蒼松，滿樹枯藤，[1] 聽聲聲鳥語悠揚，共噪枝頭上。吓！這一堆骷髏暴露在此，想人生空自忙，想人生空自忙，骷髏吓骷髏，你的形藏在那廂，這一堆白骨倩誰收葬？

　　感嘆一回，身子不覺睏倦，不免就在樹蔭之下打睡片時，有何不可。正是：殘骨尚留芳草地，一番清話有誰知。（生睡下場介，骷髏起，打觔斗下）（末繭褶、幅巾插骷髏形上）忙忙不知地，悠悠何所歸？生前無所辱，死後有誰談？某白三，戰國無名氏骷髏是也。適聞莊周先生之言，甚有譏誚之意，不免上前去與他辯論一番。莊先生請了。（生起介）夢裡不知身是客。（末）先生。

1　底本「枯藤」二字脫，據王季烈、劉富樑考訂：《集成曲譜》補。

（生）誰來耳畔喚先生？足下何來？（末）適聞先生所言，句句真切。如僕者，則無此患也。（生）如此說，足下莫非是骷髏麼？（末）然也。（生）正要請教。但不知富不如貧，貴不如賤，則知生不如死。望足下教之。（末）既蒙垂問，敢呈所知。夫死者，無君於上，無臣於下，無四時之患，無萬感之勞。僕今在飄飄緲緲之間，其樂無窮，雖南面帝王之樂，不我過也。（生）如此說，那生不如死了？（末）便是。（生）願聞其事。

（末）

【宜春令】生能幾，死較長，有誰逃無常這樁。這腌臢臭腑，把幻身軀拋卻無真相。討得來富貴皮囊，只不過王侯尊長。未歸三尺土，難保百年身；已歸三尺土，難保百年墳。悲傷！怕提起在生時，有萬千魔障。

（生）

【前腔】生堪惜，死最傷，萬千傀儡搬演這場。似電光石火，一靈怎肯歸黃壤？縱然是再得人身，渾不似舊時形像。正是：敗壞不如豬狗相，人生莫作等閒看。堪傷！賢愚富貴，少不得似這般模樣。

骷髏，我當為汝告過陰司，令汝再生人世，意下如何？（末）先生，我為鬼如今已數秋，也無煩惱也無愁，先生叫我還陽去，只恐為人不到頭！（生）請問足下，在生時作何事業？乞道其詳。（末）言之可傷，恐君不忍聞耳！（生）請教。

（末）

【解三酲】俺也曾為功名勤勞鞅掌，為兒孫積下萬廩千箱。俺也曾珠圍翠繞在銷金帳，俺也曾為家園曉夜思量。俺也曾忘寢廢餐寫不盡千年帳，做了一枕黃粱夢一場。

（生）必竟是何等樣人？（末）你我同一樣，你便問吾是何人，我便問你是誰行？

　　（生）

【前腔】呀！聽說罷令人悽愴，這言詞果不荒唐。臭皮囊暫為人模樣，碎紛紛把骨殖包藏。憑你經文緯武為卿相，少不得死後同登白骨場。承你開迷網，怎能個跳出輪迴，方免無常？

　　（末）先生要免「無常」二字，我有一偈，你須牢記。（生）領教。（末）滿眼貪生怕死期，死中樂處有誰知？先生要免無常路，除是長桑公子知。（生）承教。

　　（末）

【尾】記真言還提想，模糊醉眼似徜徉。莊先生，這的是生死關頭，和你夢一場。

　　莊先生，請了。（下）（生作醒介）吓，骷髏，骷髏……呀，好奇怪！方纔明明與骷髏把生死之事辯論一番，他道生不如死，臨別時又贈我一偈，道：「滿眼貪生怕死期，死中樂處有誰知？先生要免無常路，除是長桑公子知。」我想，那長桑公子乃道德真仙，何由得見？也罷，我如今回去，別卻妻子，謝卻田園，遊遍天涯，尋訪長桑公子便了。正是：百年渾似夢，大夢古今同。（下）

按　語

〔一〕本齣出處待考，或為梨園表演藝術家為開展以下〈搠墳〉等八齣編寫。

蝴蝶夢・搧墳

老旦：觀音大士。
小生：韋馱尊者。
生：莊周，莊子休。
旦：新寡孝婦。

（小生扮韋馱，跳介。雜扮四天王上，丑扮善才，貼扮龍女，老旦扮觀音，同上）

【一江風】離蓬瀛，乍過神仙境，靈種超凡聖。過神州，秦晉山河，須臾變做滄桑徑。（老旦）下方何故一道金光直沖霄漢？護法去看來。（小生）領法旨。啓菩薩：下方有一醒世莊周與骷髏感嘆，故爾氣沖霄漢，實有仙風道骨之體。（老旦）善哉！善哉！此生雖有本心，但他妻室孽債未完，如何得脫？吓，也罷！吾如今變一婦人，搧墳求嫁，莊子休必來相助，待吾賜他齊紈一柄，點醒其妻便了。侍從們，暫住雲頭，待我點醒莊周去路，再回落伽便了。（眾）領法旨。（合）莊周已悟醒，莊周已悟醒，孽緣絆住行，將刀割斷塵凡性。（同下）

（生上）

【新水令】錚錚功烈一時丟，向崆峒尋師覓友。利和名輕撇手，轡與鎖早全休。想世路悠悠，歎世人枉自向紅塵走。（下）

（場上放煙火。旦扮孝婦上，搧墳介）

【步步嬌】輕移蓮步荒郊走，紈扇遮前後。非是我無端逐浪遊，只為恩愛夫妻方纏綣。丈夫吓，你撇得奴家好苦也！我記囑語漫追求，看世情風俗，只索要權生受。

（生上）

【折桂令】偶行來南北山頭，見幾種骷髏遶衢休囚。老少俱無別，賢愚同所歸，一入土塚內，豈復再回歸？想著恁掀天富貴，名世文章，做甚麼公侯。莫不是貪生忍辱？莫不是斧鉞誅求？壽[1]盡春秋，歎生前鳴[2]世驚人，死後呵，免不得葬此荒坵。

呀，那邊有一孝婦在彼搧墳，不知何意。不免上前去問他一聲。呀，小娘子，這塚內所葬何人？為何去搧它？（且不應，生又問）小娘子，為何叫之不應，問之不答？卻是為何？莫不是啞的麼？

【江兒水】（且）搧土含深意，何勞問不休。（生）非是卑人聒耳，實不知小娘子搧墳何意。（且）這塚中是妾夫遺首。（生）為何去搧它？（且）這塚內乃妾之夫，不幸亡過。生前與妾兩相恩愛，死不能捨。臨終時遺言，叫妾若要改適他人，直待喪事已畢，墳土乾燥，方可嫁人。妾思，新築之墳一時哪能就乾？為此日逐來搧。（生）如此說，小娘子為改嫁之故了。（且）非關改嫁將夫負，也只為身衣口食無所有，哪顧含羞遺臭。（生）據小娘子說來，那世上節婦從何而來呢？（且）先生此言差

1　底本作「籌」，據明崇禎《四大痴傳奇》（《傳惜華藏古典戲曲珍本叢刊》景印）改。

2　底本作「名」，據明崇禎《四大痴傳奇》改。

矣！（生）何差？（旦）莫道婦人無節義，男兒也有不綱常。就是古往今來，有多少臣子，受了國家厚祿，還要朝秦暮楚，那忘君負上者頗多，堪笑男兒，也有那不如箕箒。

（生）

【雁兒落】呀！想著他志昂昂丈夫儔，怎遺下慘喇喇無情咒。你看他美尖尖俊女流，還開這薄嘵嘵無情口。還虧他說生前恩愛，若是不恩愛的，難道丈夫未死，就去嫁人不成？你出言語直恁太不籌，搧墳的真可羞。他道是恩愛鳳鸞儔，難道是吠堯厖犬逐牛。羞羞羞！從今後笑破了傍人口。

（旦）自古一夜夫妻百夜恩。（生）咳！哪裡是一夜夫妻百夜恩。休休！把海樣恩情一筆勾，把海樣恩情一筆勾。

小娘子，這墳土搧有幾時了？（旦）有一月了。（生）小娘子玉手姣軟，舉扇無力，卑人不才，願代小娘子一臂之力，不知小娘子尊意若何？（旦）只是，怎好有勞先生。（生）好說。

（旦）

【僥僥令】深深忙頓首，襝衽更低頭。勞君搧得墳乾後，無物相謝，拔金釵當酒籌，拔金釵當酒籌。

（生）

【收江南】呀！笑恁個無節無操一女流，還虧他說生前恩愛永綢繆，這的是夫妻不能個偕老下場頭。（旦）先生為何不搧，只管閒講？（生）小娘子不要性急，看區區運籌，看區區運籌，管教那土中金水霎時收。

（雜扮鬼上，代生搧墳即下）（生）小娘子去看來。（旦看介）呀，果然一些水氣沒有了。只是，多謝先生！（生）好說。

（旦）

【園林好】把金釵權為謝酬，這齊紈先生請收。投李投桃恩厚，圖結草也難酬，圖結草也難酬。

（生）

【沽美酒】笑裙釵恁可羞，笑裙釵恁可羞，嘆日月去如流，何事夫妻不到頭？好休時即便休。想著他孜孜交媾，誓圖個百年聚首，一朝的輕輕分首，倒弄得出乖露醜。俺呵！頓提起前因，後由；這籌兒，那籌。呀！須把這利害機關參透。

小娘子，這釵兒請收去；這柄扇兒，卑人領了。（旦）多謝先生。奴家就此告辭。

【尾】謝君家，勞生受。（生）你急急回家尋對頭。（合）一任時人笑馬牛。（各下）

（眾引老旦上）莊周已去。侍從們，就此回山。（眾）領法旨。

（合）

【一江風後】莊周已悟醒，莊周已悟醒，孽緣絆住行，將刀割斷紅塵性。（下）

按　語 _____

〔一〕本齣出自《山水鄰新鐫出像四大痴傳奇》中的佚名撰《色痴·搧墳》。

蝴蝶夢・毀扇

貼：田氏，莊周之妻。
生：莊周，莊子休。

（貼上）

【引】慚予國色，幸侍超凡客。

　　妾身田氏，自嫁莊周為室，可羨他已參大道。今早出門遊玩去了，為何此時還不見回來？不免烹茶等候則個。（下）

　　（生上）問予何事棲碧山？笑而不答心自閒。落花有意隨流水，另是乾坤一洞天。娘子，開門，開門。（貼上）吓，來了。先生回來了麼？（生）正是，回來了。咳！（貼）先生出門遊玩，為何不樂而歸？（生）娘子，卑人呵，

【鬥鵪鶉】早則個徒走徘徊，行到那山前水後，見幾處荒塚纍纍，陡傷心嗟吁感慨。想人生盡是虛皮，少不得恁般形骸。七尺軀，只落得土一堆。爭什麼名利伊誰？辨什麼長短青白？

　　吓，娘子，我行路口渴，取茶來吃。（貼）曉得。（下）（生）咳！不是冤家不聚頭，冤家相聚幾時休？早知死後無情義，索把生前恩愛勾。（貼上）先生，請茶。（生）放下。（貼）是。（放桌上介）先生，適纔為何恁般嗟嘆？但不知此扇從何而得？請道其詳。（生）娘子要問這柄扇兒麼？（貼）正是。（生）待吾說與你聽。（貼）請教。（生）娘子，卑人呵，

【紫花兒序】望見形影縞白，俺只道遼東鶴化華表歸來。
（貼）是一件什麼東西呢？（生）一個青春年少孃娜裙釵。
（貼）這婦人在那裡做什麼？（生）他搠也麼來，俺三思也，
不解。（貼）何不問他一聲？（生）俺也曾問他五次三回。
（貼）他講些什麼來？（生）他只是弄齊紈，不瞅不睬，這啞
謎兒教我也難猜。

　　（貼）必竟說些什麼來？（生）吓，娘子，

【山桃紅】他道是良人葬在此中埋，說來的話兒如蜂薑。
（貼）他說什麼來？（生）吓，娘子，那婦人道：「這塚內乃妾之
夫，不幸亡故。生前與妾兩相恩愛，死不能捨。臨終時曾有遺言，
叫妾若要另適他人，直待喪事已畢，墳土乾燥，方可適人。妾思，
新築之墳一時哪能就乾？為此日逐將土來搧吓。」娘子，可恨他
病狂說出這話兒歪，還虧他生前捨不得恩和愛。怎狠毒似
狼豺？見了這敗俗傷風，急得俺怒吼一如雷。

　　（貼）咳，你那時便怎麼？（生）卑人一時不避嫌疑，代那婦
人幾搧，墳土霎時乾燥。那婦人就將這柄扇來謝我。娘子，你道此
情，思之真正可笑又可恨！（貼）阿喲，阿喲！不信天下有這等不
識羞的婦人！只是便宜了他，若是妾身在那裡，罵也罵他幾句，羞
也羞他一場，方纔氣得過。（生立起）咳！生前個個說恩深，死後
人人欲搧墳。正是：畫虎畫皮難畫骨，知人知面不知心。

【調笑令】俺心中自揣，恁且慢假裝呆，少不得莊周有一
日赴泉臺。（貼）阿呀先生差矣！人類雖同，那賢愚有不等。先
生何故把天下婦人看做一例？就是吾夢裡也有三分志氣，不要想差
了念頭。（生）咳，娘子，你這等如花似玉，青春年少，難道熬得
三年五載不成？少不得重赴會鸞駕，夫妻再結同心帶，裙也

麼釵，恁且自思來。（貼）婦人家三貞九烈，四德三從，倒是站得脚頭定的。不像你們男子漢，妻子死了，又娶一個；出了一個，又討一個。況且你又不曾死，可不枉殺了人！（生）阿呀娘子吓，恁、恁不須氣沖沖將俺直洒，只怕恁待不得墳土乾來。早上俺死，恁晚上就赴楚陽臺，可不一樣哀哉？

（貼）阿呀！這話兒一發不中聽了。自古忠臣不事二君，烈女不更二夫，這樣事莫說三年五載，就是一世也守得來的！（生）吓，娘子，

【煞尾】但願恁記得今朝把嘴唇賣。（貼）扇兒拿來！（生）只恐你等不得，也將那扇兒搗著那土堆來。（貼）扇兒拿來！（生）要它何用？（貼）這樣傷風敗俗的東西，留它何用？阿啐！（扯介）（生哭介）我將世情一發看破了，分明是撞入煙花九里山，擺了一座迷魂寨。（下）

（貼）呀啐！這是哪裡說起！從前只道他是有道德的，十分敬重他，不想倒是這等胡言亂語。吓，也罷，拚得與他做一場了！莊子休吓莊子休，叫你從前作過事，沒興一齊來。是非終日有，不聽自然無。（下）

按　語

〔一〕本齣出自《山水鄰新鐫出像四大痴傳奇》中的佚名撰《色痴‧毀扇》。

蝴蝶夢・病幻

貼：田氏，莊周之妻。
生：莊周。

（貼扶生上）

【引】逃名遁世，博得個半途而廢。（貼）待學那鳳簫雙品，不爭的鸞鳳和鳴。

（生）娘子，我一病不起，別無掛礙，只是有累娘子，如之奈何？（貼）先生且免愁煩，保重要緊。

（生）咳，娘子，

【小桃紅】我是驥中俊品儒中席珍，志願超凡聖也。不狗榮與貴，拋卻利和名。已是入函谷，叩老君，受道德五千言也。自分著區區上玉京，豈料名心戀紅塵，緣分短，徒到此哄與頻！

（貼）

【下山虎】我是金枝玉葉，如花似雲，娘娘二八青春，姣痴未馴。我家君呵，慕你才名遠聞，遣妾侍君。自分秦樓雙鳳鳴，不料君甘遁超身，半路相拋待怎生？家素貧，單衣薄衾，便是這桐棺三寸吾支分。（生）我還有要緊說話囑咐你。（貼）不知先生還有何吩咐？（生）娘子，我死之後，切不可把我埋葬。（貼）卻是為何？（生）我在生以天地為棺槨，日月為庭壁，星辰為珠璣，萬物為葬送，所以如此。（貼）妾恐烏鳶之

食，如之奈何？（生）我在上為烏鳶之食，在下為螻蟻所餐，奪彼于此，有何異乎？（貼）這個如何使得！（生）咳！只是可惜……（貼）可惜什麼來？（生）可惜那柄扇兒毀壞了。（貼）要它何用？（生）若留得在此呵，**你可去搗墳，屍寒土乾燥，好去重婚再連姻。**

（貼）

【貓兒墜】呀，超塵出世，何必太勞神。先生，你倘有不幸呵，誓不將身嫁二君，蒼蒼可鑒此衷情。先生吓，惺惺，妾也曾知書達禮，敢負初心。

（生）

【尾】病魔已入膏肓境，想永訣只須俄頃。（貼拿衣帽哭介）阿呀先生吓……（哭下）（生出桌坐笑介）哈哈哈！咳，田氏吓田氏，你平日聰明，今日也懞懂起來了，哪管得區區身後情？（下）

按　語

〔一〕本齣出自《山水鄰新鐫出像四大痴傳奇》中的佚名撰《色痴‧病訣》。

蝴蝶夢 · 弔孝

丑：蝴蝶，仙界的使者，楚國公子的書僮。

淨：蝴蝶，仙界的使者，楚國公子的僕人。

生：莊周。

小生：楚國公子。

貼：田氏，莊周之妻。

（場上放煙火。雜扮兩蝴蝶上，或單或雙，一舞一展，各飛一回。一高一低，一上一下，走四角剪刀股。舞完，打虎跳，用搶花心勢下。遮淨、丑上，閉眼對立，蝴蝶舞下，淨開眼唱）

【北賞宮花】俺本是休名休名一比肩。（丑開眼接）俺本是粉飾花衣遊世間。（合）恁看那清風明月閒。世人呵，恁空自忙，落得簷頭來走馬，快學俺覓高山做無拘自在仙。

（淨）咿！吓是蝴蝶耶，為僖了變起人來？（丑）我奉莊仙師法旨，著我變做書僮，不知哪裡使用？吓也是蝴蝶耶，為僖了也變起人來？（淨）我也奉莊仙師法旨，叫我變做蒼頭，不知哪壁廂使用？（丑）我搭吓大約是一路個哉。（淨）正是哉！我搭吓吃子多時個苦哉，到如此地位，倘得功行完滿，也好海外成仙。（丑）只是仙師吩咐，叫我們不要露形，弗知僖緣故？（淨）說弗得！且躲過子個惡時辰再處。（丑）有理個！暫辭揖身過。（合）少頃弄神通。（下）

（生上）天上寂無音，蒼蒼何處尋？飛高亦飛遠，多這在人

心。我，莊周。為探取田氏節志，所以將身外之身，明我死後之事。吓，二使何在？（淨、丑上）殼中煉成法，海外去成仙。仙師有何法旨？（生）我等已參大道，只因孽債未完，況吾妻田氏，我生時見他有志，未知死後貞烈否？我所以變作身外之身，試他動靜。若果然有志念，可以同往仙台路去也。（淨、丑）靜聽仙師施行。（生）待我變做楚國王孫，只說久慕吾名，欲拜為師，到彼隨機應變，試看他貞烈便了。待吾變來者。（下）

（場上放煙火，小生扮楚國公子上）吾們一同去罷。

（合）

【駐馬聽】快騁流黃，特訪南華處士莊。多道逃名遁世，不爭數日已夢黃粱。聽哭聲隱隱出前堂，可知逸士身真喪。（小生）蒼頭。（淨）有。（小生）你可去問一聲，這裡可是莊先生府上麼？（淨）曉得。喂，裡面有人麼？（貼內應）是哪個？（淨）借問一聲，這裡可是莊先生府上麼？（內）正是。（淨）公子，這裡正是莊先生府上。（小生）蒼頭，你去問：「莊先生在府上麼？」（淨）曉得。裡向個人介！（貼）怎麼？（淨）莊先生阿拉屋裡？（貼內）[1]先生三日前亡過了。（淨）公子，莊先生三日前果然亡故了，我俚居去罷。（丑）住孬！囉哩去？（小生）吓，蒼頭，你說哪裡話來！不遠千里而來，豈可就返。你去對裡面人說，我是楚國王孫。（丑）老伯伯，你去說，先生自家拉裡。（小生）咿！久慕莊先生大名，欲拜為師，不料先生已逝。特備祭禮，要到靈前祭奠一番，以表仰慕之意，不知可使得麼？可傳與他行，道楚國王孫特趨函丈。

1　底本作「內貼」，參考下文乙正。

（淨）吙。裡向個人介！（貼內）怎麼樣？（淨）我家公子是楚國王孫，慕先生大名，不遠千里而來，欲拜為師，不料先生已逝。特備祭禮，要到靈前祭奠一番，以表仰慕之意，不知可使得麼？（內）使得的，請進來。（淨）公子請進去，裡向的說使得的。（小生）隨我進來。阿呀，先生吓！（淨）先生是有德行個，我俚也來拜拜。

【前腔】（小生）你是經濟津梁，道德同天不可量。何以蒼蒼不憫？頓使人涕淚悲傷。弟子乃楚國王孫，久慕先生，欲拜為師。不料弟子命薄無緣，先生已故，好苦也！為此遠賫幣帛到門牆，誰知早已歸泉壤。蒼頭，你去說：「欲請師母一見，有言奉告。」（淨）曉得。裡向夫人！我家公子欲請師母一見，還有言奉告。（貼內）亡夫不滿百日，不好相見外客。（淨）公子，裡向夫人說：「先生亡故未滿百日，不好相見外客。」（小生）蒼頭，你再去說：「古誼通家好友，妻妾尚且不避，何況公子與先生有師徒之稱，是相見得的。」（淨）裡向個夫人！我家公子說：「古誼通家好友，妻妾尚且不避，何況公子與先生師徒之稱，是相見得的。」（貼）既如此，我出來了。（上）懊恨徬徨，三年不整徒增悒怏。

（小生）師母拜揖。（貼）公子少禮。請坐。（小生）有坐。（貼）不知公子有何事見諭？乞求明示。（淨）喂，兄弟，我搭吥外頭去走走再來……（下）（小生）師母聽稟。（貼）願聞。

（小生）

【桂枝香】荊南草莽，漢東夷黨。慕先生道範師模，故不辭迢遙縶掌。羨山高水長，山高水長，瞻依無望，徒懷敬仰。因此告娘行，願受三生衇，師母吓，我還持百日喪。

【前腔】（貼）襟懷豪爽，言詞慨慷。愧先夫矣舄西歸，辱公子雲駢來降。（小生）先生在日，可有什麼典籍遺下麼？（貼）先夫實乃虛誣之語；惟老君道德五千言，皆成人之言。（小生）必定是金經玉篆，寶幢法航了。（貼）豈寶幢法航，寶幢法航？溺沉身喪。公子再遲來幾日呵，將為殉葬。（小生）如此說，弟子有緣了。（貼）只是愧荒涼萬卷依然在，只是無物相待。（小生）豈敢，但恐攪亂不當。（貼）說哪裡話！（小生）萬卷經書恐非三月也。（淨、丑暗上）（貼）莫說是三個月，便是三年也不妨。

　　（小生）弟子告退。因訪先生是路歧，一朝拆散各東西。（貼）公子吓，夫妻本是同林鳥，大限來時各自飛。老人家，將公子的行李挑進來吓。（下）（淨）是哉。（小生）蒼頭，你早晚聽他說些什麼，速來回我。（淨）曉得。（同丑下）

　　（小生）咳！田氏吓田氏！

【尾】我改形妝不似當時相，田氏妖嬈怎識莊，等你改適王孫我方纔露真龐。

按　語

〔一〕本齣楚國公子上場之後的情節、曲文出自《山水鄰新鐫出像四大痴傳奇》中的佚名撰《色痴‧晤俊》。

蝴蝶夢・說親

貼：田氏，莊周之妻。
淨：楚國公子的僕人。

　　（貼上）
【引】紗窗清曉金雞叫，將人好夢驚覺。

　　不如意事常八九，可與人言無二三。妾身自見王孫之後，終日
不茶不飯，沒情沒緒，好悶人也！
【錦纏道】自嗟呀，處深閨年將及瓜，綠鬢挽雲霞。為爹
行，遣配隱跡山嶼。實指望餐松飲花，不爭的早又是仙遊
物化。恩情似撒[1]沙，先生吓，閃得我鸞孤鳳寡。猛然自忖
達，好難拿心猿意馬，心猿意馬教我好難拿。

　　（淨上）
【普天樂】趁風光，聞瀟灑，酒方醻，涎流滑。天將暮，
烏鵲喳喳，醉扶歸步履參差，看柴扉到家。個個是夫人吓，
素縞在屏簾下，看他眼兒斜媚，果然國色堪誇。

　　夫人在上，小老兒見禮了。（貼）老人家，罷了。（淨）多謝
夫人。（貼）老人家，為何連日不見？你今日在哪裡吃得這般大
醉？（淨）不瞞夫人說，連日伏侍公子晝夜讀書，不曾看得夫人。

1　底本作「撒」，據明崇禎《四大痴傳奇》（《傳惜華藏古典戲曲珍本叢
　　刊》景印）改。

今日偷閑出去買一壺酒吃，弗知弗覺有點醉哉，不知夫人在這裡，有失迴避，望夫人休怪。（貼）哪個怪你？只是有話問你。咳！可惜你醉了，明日來罷。（淨）夫人弗曉得，我老老有個毛病極好：吃子酒，幹點儕事體，倒是明明白白個；若是弗吃酒，做事體倒是顛顛倒倒、糊糊塗塗，再弄也弄弗出來個哉！（貼）如此說，老人家，你是明白的？（淨）明白個！夫人有儕說話，只管說得來。（貼）吓，老人家，

【古輪臺】我要問伊家。（淨）吓，夫人要問米價？個兩日大漲拉丑。（貼）啐！我說你醉了。（淨）弗醉吓，清清白白拉里嘘。（貼）你曉得我說什麼？（淨）我曉得個，夫人說（學介）要問伊家。（貼）是吓。你王孫有多少貴庚甲？（淨作吐介）（貼）啐！偏遇這無徒醉漢攪喳喳，把人來作耍。（淨）夫人問我俚公子幾歲哉？（貼）正是。（淨）年紀也弗小，今年足足能個廿三歲哉。（貼）阿呀妙吓！可羨他人物風流，聰明俊雅。不知可曾連姻何族，入贅何家？那夫人一定是個美姣娃。（淨）夫人，我俚公子還無得親事個來。（貼）老人家，你公子楚國王孫，為何還不娶親？（淨）有個緣故。（貼）什麼緣故？（淨）吾俚公子是個四方鴨蛋，古怪個卵子。高者不成，低戶不就，為此蹉跎至今。（貼）你公子要娶何等樣人家的呢？（淨）吾俚公子時常說道：「人家弗論，若要娶妻，要像夫……」啐，啐！（貼）吓，老人家，要像什麼？（淨）說弗得個！說出來夫人要見怪個了。（貼）我叫你講的，哪個來怪你。（淨）吓，夫人弗見怪個？（貼）不來怪你。（淨）既是介沒，我老實說哉嘘。（貼）你說。（淨）我俚公子弗娶便罷，若要娶個時節，要像夫人能個樣，標標緻緻個方纔要丑。（貼）老人家，公子果有此話？

（淨）哪哼哄騙夫人介？（貼）唔！只怕沒有此話吓。（淨）介個夫人，吾老老髭鬚像羊毧脬一樣拉裡哉，難道說謊弗成？（貼）如此說，阿呀妙吓！我今無依無靠，若不嫌奴貌醜，憐我孤寡，成全此事，勞伊傳達。量非野草與閑花。（浪板介）老人家，我賴你作伐，三盃美酒謝伊家。

（淨）既是介，吾去說哉嘻。（貼）阿呀，轉來！（淨）哪哼？（貼）還有要緊話對你說。（淨）做親個²事，弗要走回頭路。（貼）我在此立等回話的嘻。（淨）曉得個哉。（貼）吓，老人家，轉來！（淨）亦是哪哼？（貼）這……（淨）吓？（貼）啐！去罷。（淨）呸！無僝說亦叫吾轉來，阿是真正鰍打渾。（下）

（貼）阿呀妙吓！

【尾】明朝得遂東風駕，那些個一鞍一馬，莊子休吓莊子休，把往日恩情多做了浪滾沙。（下）

按　語

〔一〕本齣出自《山水鄰新鐫出像四大痴傳奇》中的佚名撰《色痴・露衷》。

2　底本作「做」，參酌文意改。

蝴蝶夢・回話

淨：楚國公子的僕人。
貼：田氏，莊周之妻。
丑：楚國公子的書僮。

　　（淨上）忙[1]將喜氣事，報與幻中人。領公子之命，去探莊夫
人行動，看他遮遮掩掩，意欲要搭公子連姻。我俚個公子欲允不
允，弗知僬個意思，看起來還有點弗局拉卥來，等吾去回頭哩聲
介。來此已是中堂。夫人有請。（貼上）偶遇紅鸞喜，耳聽好佳
音。老人家，你來了麼？（淨）正是，來哉。（貼）老人家，親事
怎麼樣說了？（淨）夫人叫我買僬金子？（貼）啐！親事。（淨）
吓，親事吓，弗成哉。（貼）怎麼說不成了？（淨）公子說，使弗
得了，弗成。（貼）怎麼說？（淨）使弗得，成弗得。（貼）啐！
老人家。（淨）哪哼？
【醉花陰】（貼）偏是恁弄虛花閑打哄，（淨）囉個卥打
恭？（貼）天大事恁般懞懂。（淨）我今朝弗曾醉嘑。（貼）
好叫我痴呆望眼空，悶懨懨斜倚薰籠。好叫我落花偏有
意，一霎時弄虛空，灑淚向西風。
　　（淨）
【畫眉序】夫人，何事忒朦朧？直恁將人認虛空。勸伊家

1　底本作「已」，參酌文意改。

息怒，須言語從容。（貼）昨日與你說的話，怎麼與吾渾帳起來介？（淨）介個夫人，我話也弗曾說完，就劈面一啐。啐得吾昏頭搭腦，就是有話也說弗出來拉里哉。（貼）你昨日怎麼說？（淨）我昨日將夫人這些話對公子說了。（貼）你公子怎麼說？（淨）公子就千歡萬喜，萬喜千歡。（貼）吓！你公子喜歡的麼？（淨）哪說不喜歡？百般的喜上眉峯，有一事心驚怕恐。（貼）怕什麼？（淨）公子道，堂前擺著兇器，心中有些害怕。道喜今得遂鸞鳳種，怕只怕堂前器兇。

　　（貼看下場介）吓！

【喜邊鶯】卻原來為靈兒未送，道眼睜睜覩物傷情，何勞唧噥。（淨）可惜介頭好親事。（貼）又不是根植崆峒，倩幾個樂人工，抬到空房供。一任他煙滅香消，我這裡喜孜孜，巫山十二峯。這纔是清淨門風，恰好處，清淨門風。

　　（淨）

【滴溜子】我虛脾弄，虛脾弄，將假言傳送。他百般的，百般的，道清淨門風。偏我，不做人的分開蓮種。（貼）你公子怎麼說？（淨）公子說，與先生有師徒之稱，不好行此吉禮之事，況公子才學萬分不及莊先生，恐被夫人輕慢。（貼）你公子好痴也！與先生不過生[2]前想慕，死後空言，有何妨礙。（淨）喲！個是做弗得親個。（貼）是成得親的！（淨）拜弗得堂個。（貼）是拜得堂的！（淨）阿呀公子，吾好造化！似御溝流情種。千金不用，花星照命，時來風送。

　　（貼）吓，公子。（淨渾介）咦。（貼）啐！阿呀！

2　底本作「先」，參酌文意改。

【刮地風】恁公子王孫俊愛美種，（浪板）老人家，奴雖是敗殘花尚有三月紅，（淨）夫人倒是個月月紅。（貼）猶勝似秋江上老芙蓉，做夫妻魚水兩和同。（坐介）（淨）自然恩愛個。（貼）老人家，吾告訴你。（淨）儕個話？（貼）當初楚惠王慕其虛名，將厚禮聘他，自知才力不及，故爾逃遁在此的。（淨）原來是逃走出來個。（貼）他沽名釣譽，德劣才庸，虛名敗檢，有眼如盲。代寡婦搧墳太不通，豈是道德名公。提起叫人怒沖沖。我將扇兒扯碎了，他臨死時，為了扇兒鬧了幾場，你道可是有道德的麼？貪戀著閑花野草，倚翠偎紅，談天論地，丟棍抽封，學孔門出妻難容。他、他本是樗櫟才老大偏無用。

　　（淨）吓，原來是介了。（丑上）有緣千里會，無緣事不成。喂，老伯伯，個個親事弗要說哉！（淨）哪了？（丑）我裡公子此來呵，

【鮑老催】不過尋師訪翁，怎生帶得妝奩用？略停幾日來迎送。（淨）咳！姜姜有點回頭，個搭亦弗是哉，個個媒人還做得個來？（貼）你家公子怎麼說？（丑）我裡公子說，婚姻大事，必須連夜回去告知楚王，擇日送了聘禮，然後再來成親便了。老伯伯，公子說：辦行裝，歸故里，休驚恐，秦樓他日乘鸞鳳，伊家慢自做牽紅。（淨）介沒，吓去收拾行李起來。（丑）是哉。（淨）咳！羞殺吾月下老白頭翁。

　　（貼起介）老人家，走來。（淨）哪說？（貼）你家公子這話講差了。（淨）弗差吓。（貼）哪！我在此呵，

【水仙子】並並並、並沒個姑與翁，怕怕怕、怕什麼人攔縱？便便便、便有那黃金百兩成何用？恁恁恁、便牽羊擔

酒不為豐。笑笑笑、笑楚國王孫甚懞憧，他他他、他多心錯認五更鐘。（淨）個個聘禮沒說弗要哉，個個酒席之費是要個喂。（貼）酒席之費多少就夠了？（淨）要介十來兩銀子丑嘻。（貼）何不早說，些些些、些小事莫要訟，又又又、又何須快快泣途窮。（下）

　　（淨）咦！你看哩喜氣匆匆，竟進去拿銀子哉。（丑）正是哉。

【雙聲子】他情意濃，情意濃，渾如醉心已朦。蝶戀蜂，蝶戀蜂，花間友恩愛濃。意綢繆，不放鬆。咦！看他娉婷嬝娜，急走如風。

　　（貼上）老人家，銀子在此，拿去就打點起來。（淨）等吾去借一本皇曆來，揀個好日勒好做親。（貼）自古揀日不如撞日，就是今日好。（淨）今日是來弗及介。（貼）阿呀，來得及的。（淨）咳，真正累殺哉！囉里來得及。介沒兄弟，吾去叫兩個鼓手得來，等我停當起來。（丑）是哉。（同淨下）

　　（貼）

【煞尾】趁著這更長漏永，好去跨鸞乘鳳。恁是個月下老，莫教繡幙錯牽紅。（下）

按　語 _____

〔一〕本齣改編自《山水鄰新鐫出像四大痴傳奇》中的佚名撰《色痴‧決嫁》，後半齣曲文不同，或經過大幅度修編。

蝴蝶夢・做親

丑：楚國公子的書僮。
淨：楚國公子的僕人。
小生：楚國公子。
貼：田氏，莊周之妻。

　　（丑領眾上）（丑）革裡來，革裡來。六局丒纔叫齊裡哉。
（淨上）齊哉偧，還沒得掌禮個，哪處？（丑）就是吼來噥噥沒
哉。（淨）罷嘘，介沒吹打起來。伏以楚國王孫前日來，今朝就上
楚陽臺。可憐不得墳乾燥，我的莊子先生請出來。（丑、小生、貼
上，淨隨口念詩賦合拜堂介）
【甘州歌】何幸今朝，楚國王孫俯降蓬茅。片言相洽，成
就了鳳友鸞交。恁俊豪令人情牽繞，兩國和諧歡會好。燭
影搖，夫婦姣，三生有幸會今朝。兩心同，慾火燒，雙雙
攜手赴藍橋。（眾）送入洞房。（下）
　　（小生、貼坐介）（小生）阿呀，阿呀！
【滴溜子】呼心痛，呼心痛，淹淹潦倒。怎禁得，怎禁
得，珠淚頻拋？阿呀，阿呀！（跌倒介）（貼）為什麼？（淨、
丑上）阿呀公子，為什麼？（貼）霎時，平空霹靂，忽地波濤
起。含羞這遭，只為兩意相投，相偎相抱。
　　（淨）兄弟，快星扶哩到裡房去。（丑）是哉。阿呀公子吓！
（扶小生下）（貼）吓，老人家，你公子為何霎時暈倒了？（淨）

娘娘，吾阿曉得了，叫子「剛要做親，毡子轉筋」。（貼）阿啐！
（丑上）老伯伯，弗好哉！公子個舊病發作哉！（淨）阿呀！個沒
哪處？吾進去看好子哩，我就進來耶。（丑）哎，個是囉哩說起
吓！（下）

（貼）吓，老人家，你公子什麼舊病呢？（淨）個個舊病麼，
是心痛病哉嘸。或三年一發，五年一作，發作起來無藥可救個嘻！
阿呀吾個公子吓……（貼）老人家，且不要哭，可有什麼法兒救他
纏好？（淨）吓，本國中太醫院傳一異方。（貼）什麼異方？
（淨）要用活人腦髓沖酒吃子，其病即痊。凡是公子病發個時候，
楚王在牢中取出應死罪犯殺了，取他的腦髓沖酒吃子就好。難間個
個場哈囉裡來吓？阿呀公子吓！個遭要死個哉。（丑又上）老伯
伯，弗好哉！公子手腳冰生冷，氣纏無哉。（淨）吾進去看好子
哩。（丑）阿呀公子吓！（下）

（淨）阿呀公子吓！個是囉哩說起吓。（貼）吓，老人家，
老人家！（淨）叫倰介？人吓死哉還要叫倰來。（貼）那死人的可
用的麼？（淨）吓，楚王也曾問過，說死人未過百日，其髓未枯。
我個娘娘吓，若是囉裡有沒，快點拿來救哩沒好！（貼）吓！如
此，不要慌，吾有，吾有！（淨）有沒，快點救！（貼）吓，老人
家：

【尾】煩¹伊將公子看承好，我今急去到空房取討，（淨）
哎，是哉。我個公子吓……（下）（貼）咳！莊子休莊子休，只
為生死相交走這遭。

1　底本作「頻」，據明崇禎《四大痴傳奇》（《傳惜華藏古典戲曲珍本叢
　　刊》景印）改。

按　語

〔一〕本齣出自《山水鄰新鐫出像四大痴傳奇》中的佚名撰《色痴‧假塚》。

〔二〕選刊類似情節的坊刻散齣選本有廣平堂刊《崑弋雅調》。

蝴蝶夢·劈棺

生：莊周，莊子休。

貼：田氏，莊周之妻。

淨：仙界使者。

丑：仙界使者。

　　（場上先設棺材、靈位，生上）

【粉蝶兒】戾鬼遊魂，俺非是戾鬼遊魂。則為那弄嘴婦痴迷愚蠢，俺也曾信口嘲哂，他百般的賣[1]弄貞烈，哪裡是冰清玉潤。咳，田氏吓田氏，哪識俺的玄妙也！恁漫自沉吟，我這裡等剛斧劈頭聲振。（下）

　　（貼打腰裙兜頭上）

【泣顏回】非奴意偏心，也只為身勢伶仃。劈棺取腦，我只為貪戀新婚。莊子休吓！（拔斧介）伊休見嗔，死靈魂莫怪我（下一記鑼）無情忍。（浪介）呀啐！再捱過幾時光陰，心上人也向鬼門。

　　（看斧抖介）阿呀，阿呀！（生上，立棺材上）呢！（貼）阿呀！（跌介）

　　（生）

【上小樓】想那日悠悠一命赴冥途，無常可也恁追呼。莽

---

[1]　底本作「買」，參酌文意改。

騰騰,風雷聒耳,雙足雲浮。(下一記鑼)只見那披枷戴
鎖,刀鋸與舂磨,(貼立起,轉身跌介)(生)一個個到此
間、到此間,怎是假惺惺不識歸來路。羨俺是神仙當度,
因此上飛過荒廬,飛過荒廬,(又下一記鑼)(貼又立跌介)
(生)猛聽得三聲響斧,因此上身起不須扶。

　　(貼)

【泣顏回】呀!猛然見鬼遇妖魔,驚得人魂赴冥途。阿呀!
(生)為何持斧開棺?(貼)吓!預知先生還陽,故……故爾持斧
開,開……開棺。(生)為何身穿吉服?(貼)恭喜先生還陽,不
敢將凶服沖破,為此開棺持斧,敢將凶服沖破?(生)為何將
棺木抬在空房?(貼)堂中恐,恐……恐不潔淨,為此抬,抬……
抬到空房供奉。(生)為何如此慌張?(貼)先生雖則還陽,妾身
終有些害怕。(生)如此,扶我進房。(扯走,貼)阿呀教人戰
悚!(此處擺桌子、三隻酒鍾介)假慇懃掙挫扶他臥。(生
看,浪,貼驚喊)阿呀!覷儀容活似閻羅,不由人不骨軟筋
酥。

　　(生)

【下小樓】怎道是身亡旬日餘,幻身軀已變作蟲蛆,哪知
俺魂返須臾?(又一記鑼。生轉中兩分班,貼退下場各看,浪
介)(貼驚喊)阿呀!(生)端的是莊周自己。俺這裡一步步
挪前進,(要用趨蹌走法,連走連唱)怎一步步往後退。怎道
是鞋弓襪小,怎道是鞋弓襪小,可怪你痴心愚婦。

　　為何房中擺列酒餚?這是何意?(貼)為先生還陽,故爾設席
相待。(生)這幾日可有人來相訪麼?(貼)沒有吓。(生)沒
有?(貼)沒有!(生)你看,那邊楚國王孫來也。(貼)在哪

裡？（淨、丑上）阿呀公子吓！（生）呢！（淨、丑下）（生）作怪作怪眞作怪，婦人水性楊花態。若非俺入定出神功，險些劈破天靈蓋。（貼）啐！阿呀田氏吓田氏，你聰明一世，懵憧一時。前番我罵掘墳婦，今人罵我劈棺妻，有何顏面再生人世？吓！不免尋個自盡罷。

【尾】夫妻情面冷如冰，如今方信沒情人。（自盡下）

（生）你看，這惡婦已自盡了。二使何在？（淨、丑上）仙師有何法旨？（生）就將這棺木盛殮了那惡婦者。（淨、丑）吓。（下）

（生）我今撇卻田園，尋訪長桑公子去也！恁試看純剛斧一柄。

　　　（蝴蝶上舞介）（生）

【一江風】隱山中，田氏相隨共，冤家今日把無常送。想戰國爭雄，一旦總成空。王侯也是空，貧窮也是空，轉眼成何用？莊周驚醒了蝴蝶夢。（騎蝶下）

按　語

〔一〕本齣取《山水鄰新鐫出像四大痴傳奇》的佚名撰《色痴・劈棺》中【上小樓】、【北快活三】、【醉春風】曲文改編。

〔二〕選刊類似情節的坊刻散齣選本有廣平堂刊《崑弋雅調》。

青塚記・送昭

外、生、淨、末：文官、武將。
付：王龍，王昭君的御賜弟。
旦：王昭君。
丑：馬伕。

（外上）丹鳳來儀宇宙春。（生上）中天雨露四時新。（淨上）世間惟有為忠孝。（末上）臣報君恩子奉親。（眾見介）請了。今有昭君娘娘往北和番，奉旨到十里長亭餞別，我等須索走遭。正是：文官把筆安天下，武將提刀定太平。（下）

（四小軍引，付扮王龍上）

【引】繡衣五爪，金帶垂腰，果然是一品當朝，果然是一品當朝。

湛湛青天到大風，張飛喝斷灞陵橋。人生何處不相罵？一夜夫妻百夜恩。（眾）老爹倒了運了！（付）自家非別，倒運的王龍便是。今有昭君娘娘往北和番，聖上命俺護送到彼。小校，打道到十里長亭去。（眾）吓。

【雜板令】（付）朝庭待漏午朝門。（眾）午朝門。（付）鐵甲將軍去跳井。（眾）去跳井。（付）跳了一個又一個，不登，不登，不登登。

（外、生、淨、末上，見介）（付）列位大人請了。（眾）請了。（付）敢是送駕的麼？（眾）正是。（付）娘娘有請。（旦在

內先唱一句）

【梧桐雨】別離淚漣，（雜扮太監、宮女，引旦上）怎忍捨漢宮帝輦？無端歹賊弄朝權，漢劉王忒煞懦軟。（眾）文官送娘娘。（旦）看那些文官濟濟全無用！（眾）武將送娘娘。（旦）就是那武將森森也是枉然！卻叫我紅粉去和番。臣僚呵，于心怎安？于心怎安？

　　（眾）眾臣參見娘娘。願娘娘千歲，千歲，千千歲！（旦）平身。（付）御弟王龍參見娘娘。願娘娘千歲，千歲。（旦）平身。（付）千千歲！（旦）眾臣免送。（眾）領旨（付）列位大人請了。（眾）請了。（下）（旦）御弟，車輦可曾完備？（付）完備多時了。（貼）如此，吩咐備輦。（付）是。請娘娘上輦。

　　（旦）

【山坡羊】王昭君好一似海枯石爛，懷抱著金鑲玉嵌的琵琶一面。俺這裡便思劉想漢，眼睜睜盼不到南來的雁，眼睜睜盼不到南來雁。阿呀雁兒呵，你與我把書傳，你與我多多拜上劉王天子前，道昭君要見無由見。恨只恨毛延壽誤寫丹青，教奴家紅粉親自去和番。（付）小校趲路。（旦）傷殘，放聲哭出了雁門關。心酸，心在南朝，身在北番。

【竹枝詞】昭君怨，去和番，懷抱琵琶在馬上彈。劉王送，珠淚潛，踢綻了鳳頭鞋半邊。咬牙切齒恨毛延壽，肩背儀容往外番。望長安，盼長安，要見劉王難上難，要見劉王叫我難上難。

　　（付）啟上娘娘，來此已是沙漠之地，鸞輦難行，要換一匹馬兀。（旦）如此，備馬。（下）

　　（付）馬伕哪裡？（丑上）來了。奔騰千里蕩塵埃，渡水登山

紫霧開。扯斷絲韁援玉珮，火龍飛下九天來。馬伕克膝！（付）馬伕，可有良馬？（丑）沒有良馬，只得一匹劣馬。（付）可降得？（丑）降得。（付）如此降來。（丑）吓。（裝介）老爺，馬拉里。（付）個是一匹禿馬吓。（丑）原說是禿馬。（付）可有鞍轡？（丑）個個弗是鞍轡？（付）介沒帶好了，待我老爺自家來上了鞍轡。（上介）吓，再說不差個！真正「人要衣裝，馬要鞍轡」，有了鞍轡，好看子許多。（丑）正是哉！（付）馬伕，帶好了，待我老爺來溜他一溜看。馬伕，你與我輕輕打介一鞭。（丑）吓。（打馬介）（付）不好了，不好了！（跌介）（付打丑介）介個毬養個！入死你的親娘！把我老爺蓋一跌。（丑）自家弗會騎，倒要打人。你看，肚帶還弗曾收緊來。（付）介拉為啥了弗早說？（收介）那是搖兀弗動個哉。娘娘有請。

　　（旦上）（付）請娘娘上馬。（旦）昭君跨玉鞍，上馬啼紅血。今日漢宮人，明朝胡地妾。（付）馬伕，帶好了。（丑）是。（旦）這裡是哪裡了？（丑）漢嶺了。

　　（旦）

【楚江吟換頭】漢嶺雲橫霧迷，塞下朔風吹透征衣。為何馬不行？（付）這裡是分關地界，南馬不過北。（旦）吩咐加鞭過關。（付、丑）吓。（旦）早來到分關地，人到分關珠淚垂。漫說道人有思鄉之意，馬豈無戀國之心？莫說人乎，就是那馬到關前、馬到關前他步懶移。人影稀，人影稀，只見北雁南飛，冷清清朔風似箭。又只見曠野雲低，細雨霏霏。在王宮多錦綺，受洪福與天齊。自幼在門闈閫之中，哪曾受風霜勞役？

　　御弟，可望得見家鄉了麼？（付）帶轉馬頭，隱隱還望得見。

（旦）馬伕，將馬頭帶轉來。（丑）吓。

　　（旦）

【牧羊關】阿呀爹娘吓！孩兒今日別了你，不知何年何月何日何時再得相見。一步遠一步，離家多少路？今日漢宮人，明朝胡地婦，阿呀我那爹娘吓！我只得轉眼望家鄉，轉眼望家鄉，望不見一似雲飛。又只見漢水連天，又只見漢水連天，野花滿地。我似在雁門關上望長安，縱有那巫山十二也難尋覓。懷抱琵琶別漢君，西風颯颯走胡塵。朝中甲士千千萬，始信功勞一婦人。愁脈脈，霧沉沉，咬牙切齒恨奸臣。今朝別了劉王去，若要相逢、若要相逢似海樣深。思我君來想吾主，我指[1]望鳳枕鴛衾同歡會，又誰知鳳隻鸞孤，多做了一樣一樣的肝腸碎。

　　（內喊介）（旦）

【黑麻序】俺只聽得金鼓連天震地，人賽彪，馬似龍駒。旌旗閃閃蔽日，一似雲飛天漢。見番兵，一似群羊隊。[2]只見他髮似枯松，面似墨色，鼻似鷹鈎，鬚捲山眉。嘎，御弟。（付）有。（旦）叫他每一個個下陣到關前去，一個個下陣到關前去。（旦下）

　　（雜扮二韃子上）（付）呔！騷韃子，臭韃子。（二韃子）呔！（打介）（付）娘娘道你們腥羶氣。（二韃）呔！（又打介）（付）娘娘道你們狗甲氣，[3]叫你們一個個下陣到關前去。

1　底本作「只」，參酌文意改。

2　集古堂共賞齋本作「見番兵一隊好似兇神類」。

3　自「雜」至「狗甲氣」集古堂共賞齋本作「（兩雜扮二伙長上）（付）

（二韃子[4]說番話介）呔！烏里哇，烏里哇，烏里奔吱叉。衣呀吱吱呀呀，背兒叉，背兒胡叉呀。（打付同下）

按　語

〔一〕本齣情節接近明佚名撰《王昭君出塞和戎記》第二十九折後半，但文字不同。

〔二〕選刊「王昭君出塞」情節的坊刻戲曲選本還有：《風月錦囊》、《樂府萬象新》、《樂府玉樹英》、《樂府紅珊》、《大明春》、《詞林一枝》、《摘錦奇音》、《徽池雅調》、《怡春錦》、《萬錦清音》、廣平堂刊《崑弋雅調》、《群音類選》、《醉怡情》、石渠閣主人輯《續綴白裘》。

　　呔！野蠻子，蠢蠻子！（二雜）呔！（打介）（付）娘娘道你們惡臭氣。（二雜）呔！（又打介）（付）娘娘怕見你們這等鬼樣的」。

4　集古堂共賞齋本作「二雜」。

青塚記・出塞

末：匈奴長者。

老旦、貼：匈奴歌妓。

淨、丑：匈奴藝人。

付：王龍，王昭君的御賜弟。

旦：王昭君。

　　（末扮老韃子，老旦、貼扮二韃婆，丑、淨[1]扮苦獨立，同前二韃子上）（末）[2]

【西調】東韃子和那西韃子在那馬上眠，[3]日裡打火號，夜裡打火號，苦獨立便把都都兒叫。

　　（淨、二旦坐地介）（末）台西，台西，你們唱個小曲兒頑頑。（二旦）是。

【西調小曲】冤家有些兒娃娃氣，你捱手捱脚做怎的？倘被傍人看出你我二人其中的意，我那當家的他也不是個省

1　底本作「末」，但「末」已扮老韃子，無法同時再扮苦獨立，參考下文改。

2　集古堂共賞齋本作「外扮老蠻子，老旦、貼扮二歌妓，二雜扮二伙長，淨、丑扮苦獨立上」。註一所及寶仁堂本的錯誤再加上集古堂共賞齋本的腳色改變，下文凡是「淨」、「末」，集古堂共賞齋本均作「外」，為清眉目，不另出校。

3　集古堂共賞齋本作「飲駱漿飽餐羊酥就在那馬上眠」。

事的。叫你來早,你偏要來遲。你細思量,哪一回叫你空回了去?你細思量,哪一回叫你空回了去?

（眾）打詫。（丑）來了。住了罷,莫說話。這個詫打掉了罷,留在肚裡做什麼?一個老兒本姓毛,娶個老婆也姓毛。養個兒子該姓毛,娶個媳婦也姓毛。親家公也是毛,親家母也是毛。一家六口多姓毛,一直搬到毛家橋。住的毛房子,蓋的毛氈條。翻過來也是毛,吊過去也是毛。上頭也是毛,底下也是毛。左邊也是毛,右邊也是毛。前頭也是毛,後頭也是毛,中間也是毛。希哩呼囉洒稻草,只有那個和尚頭上沒得毛。

（貼）

【西調】人人說我會吃醋,又有人說我會管丈夫。哪曉得他又吃酒、又要走小路,柴米油鹽全不顧!張三家趕羊,李四家去遊和。好良宵,叫我孤單獨自過。

（眾）打詫。（淨）來了。一位婆娘本姓顧,端條板櫈攔門坐,坐下來就把褲襠補。一時來補起,燒盆熱水洗屁股。屁股放在水盆內,鋪鋪鋪,大屁放了二十五,小屁放了四十五。希哩呼囉好像酒鹽滷。養個兒子打金鑼……

（報子上）報!昭君娘娘到了雁門關了。（末）吓!昭君娘娘到了雁門關了,耶步,耶步!（俱下）

（旦、付、眾上）（付）啟上娘娘:王龍想來,娘娘此去,絲竹之音再不能聽見了。（旦點頭介）（付）請娘娘把琵琶扒這幾扒,扒這幾扒。（旦）把琵琶取過來。

【弋陽調】手執著琵琶撥調,音不清明使人心下焦。指尖兒重把絲絃操,料得個知音少。縱有那伯牙鍾子七絃琴,惟有仲尼堪嘆顏回天。常言道,功名富貴難比天高,難比

天高。鴛侶賦情多，藕絲絃下焦。音韻撥，多顛倒，撥響難成調。彈不響，音不湊，怎不教人、教人惶惶心下焦？怎不教人惶惶心下焦？（付）阿呀絃斷了！（旦）若是那絃斷了，好一似寶鏡蒙塵人難照。若是那絃斷無聲了，好一似鸞孤鳳隻不堪道。想前生燒了斷頭香，今日裡離多歡會少。御弟，我有五恨在心。（付）請問娘娘，哪五恨？（旦）御弟，我第一來難忘父母恩。（付）第二呢？（旦）從人退後。第二來難割捨同衾枕。第三來損害了黎民百姓，第四來那國家糧草多輸盡。第五來百萬鐵衣郎，教他晝夜辛勤。我今日裡昭君捨了身，萬年羞辱漢君臣。

　　（旦）咳！（付）我也在這裡想吓。（旦）你想什麼來？

　　（付）

【前腔】他那裡也是一個娘娘，我這裡也是一個娘娘。他那裡也是一個國母，我這裡也是一個國母。一般的富貴，一般的受用，何須悲怨，何須愁悶。阿呀我的娘娘吓，姣容貌瘦損腰，手托香腮珠淚也麼落。（旦）御弟，我寧做南朝黃泉客，不願做番邦[4]掌印人。（合）哀哀哭出了雁門關，看漢朝最苦是昭君。漢王吓，叫人淚灑如傾，是伊家心忒狠。（旦）叫人淚灑如傾，叫人淚灑如傾。我恨只恨毛延壽歹心人。誰承望助國無成，反使紅顏受苦辛？眼中只見碧天連水水連雲，淚斑斑戴月披星，舉頭兒望不見漢長城。

【尾聲】淚痕濕透衣衿，重恨壓巫山。從今休想襄王夢，

4　集古堂共賞齋本作「他邦」。

十二峯頭已避塵。

　　藍橋水漲人難渡，飄散瓊花舞。若要雨雲重相會，除非夢裡再相扶。（同下）

梆子腔·探親

丑：胡媽媽，鄉里親家母。
外：胡老爹，鄉里親家。

（丑扮鄉里親家母上）

【引】農夫日夜忙，未知何日得安康。

　　鄉里莊家日夜忙，勤勞耕種受風霜。樹到秋來黃葉落，真個人生夢一場！老身胡媽媽的便是。所生一女，名喚野花，嫁在城中李家為媳。終日農忙，沒有去看看女兒，且喜這兩日莊家事畢，今日閑暇，不免到城中去望望他。只是，身上沒有好衣，手裡沒有東西，如何是好？

【銀絞絲】要往城裡去探也麼親，思量怎好進他的門。急殺了人！吓，有了！不免將些麵窩窩、扁豆角兒，七古八雜的拿些去罷了。麥麵乾扁豆，茄子十來斤，菱角雖小，只得將他混。我今打扮就行程，吩咐親夫看好也麼門。我的老頭兒吓！（外內應介）噯！（丑）你與我整備著驢，就把驢安頓；安頓驢，就把驢安頓。（下）

（外扮鄉里老，拿鞭上）

【前腔】老頭兒的今年七十也麼春，止生一女已離門，記掛在心。（丑換色衣上）（外）媽媽，你在裡面做什麼？（丑）老兒，我今日要往城中去看看女兒，在裡頭開了箱子，穿幾件好衣服。（外）自家女兒，就是隨身衣服何妨。（丑）老頭兒，你不曉

得。女兒、女婿呢，不怕他見笑，那親家、親母面前，也要像個樣兒。（外）說得有理！你趁著天氣晴，快去莫消停，進城路上須要小心。說我年高不得出門，吩咐我的親兒不要掛心。我的媽媽吓！（丑）噯！（外）問親家，就把親母問；問女兒，就把女婿問。吓，媽媽，你出門去，也該去辭辭鄰舍人家。（丑）說得有理。

【前腔】出得門來拜街也麼坊。張大娘，李奶奶。（內）胡媽媽，你今日打扮得齊齊整整，往哪裡去？（丑）偏你老人家。到城中去望望女兒，我家下無人，諸事拜托你老人家照應照應。（內）是了！你替我問聲姑娘。（丑）多謝你，偏你老人家。去了。噲，老頭兒，把那些東西收拾起來。（外）多已收拾好了，扁豆角兒搭連裡面裝。（丑）捎在牲口上。老頭兒的，與我扯扯衣裳。（外）你去就回來，家中事體忙。（丑）你也休得要外面去閑遊蕩。（外）媽媽，這個牲口，前日買了，還沒有騎過，你且騎騎看。（丑接鞭，作騎驢跑下）（外）我且關上門，便把門關上；關上了門，就把門關上。（下）

梆子腔・相罵

丑：胡媽媽，胡野花的母親，鄉里親家母。

旦：胡野花。

貼：胡野花的婆婆，城裡親家母。

小生：胡野花之夫。

淨：胡野花的公公，城裡親家。

老旦：王媽媽，鄰人。

　　（丑上）

【前腔】進得城來，到了門傍。下了驢兒，叫一聲姑娘。我的姐姐兒吓！（旦上）噯！是哪個？（丑）兒子，是你媽在這裡。（旦開門見介）原來是母親。請裡面坐。（丑）兒子，替我把驢子帶了進來。（旦）曉得。我上草料，忙把草料上；上草料，就把草料上。

　　（旦）母親，見禮了。（丑）罷呀，自己娘兒，見什麼禮？

　　（旦）

【前腔】一見娘來笑臉也麼開，爹爹為甚不同來？（丑）兒子，你在家中是曉得的，莊家事體忙。（旦）爹爹身子如何樣？（丑）你爹身子好，老健到安康，合家大小全無恙。（旦）媽吓！孩兒的苦楚告訴娘。（丑）阿呀呀，為什麼好端端哭起來吓？（旦）婆婆的不賢，女兒怎生當？我的媽媽兒吓，他心樣別，別心樣；他的心樣別，別心樣。

（丑）我的兒子，做娘的好久沒有來，今日特來看看你，怎麼有這些閑話？你如今嫁在這裡做媳婦，比不得在家裡，凡百事要忍耐些的。（旦）我也忍耐不住了！（丑）阿呀，兒子，

【前腔】我勸孩兒吓笑嘻嘻也麼嘻，搭連裡的東西遞與閨女，翹麥麵、窩窩韭菜餡的。（旦）婆婆不在家。（丑）我兒先吃些，等你婆婆的回來，拿將過去。（旦）什麼好東西？（丑）雖然不是什麼好東西，難為你家老子這麼推，推了這半日。我的姐姐兒吓！（旦）嗳！（丑）容易非，卻也非容易；容易非，也麼非容易。

（貼扮城裡親家母時樣服色上，向內介）別了呵……

【前腔】辭別了鄰居回轉也麼家。（旦）婆婆回來了！母親在此。（丑）親家奶奶，哪裡去了來？（貼）阿呀，原來是親家母，我在隔壁鄰舍那裡講閑話，失迎了。（丑）親家奶奶，見禮了。（貼）不敢。（丑看衣帶轉介）阿呀，奶奶請轉。（貼）不敢，你是客唦。（丑）我是客，你恰是主，主不僭客。（貼）好說。（笑作推渾見禮介）（貼）請坐。媳婦，看茶來。（丑）渴巴巴的吃甚麼茶？（旦掇茶上）（貼）親家母，請茶。（丑接茶吃介）親家奶奶，這是什麼茶？（貼）是松蘿茶。（丑）苦巴巴的，我們鄉里卻不吃這種茶。（貼）吃什麼茶呢？（丑）我們吃的叫做「滿天飛」。（貼）什麼叫做「滿天飛」？（丑）把茶葉抓一把，擱在缸子裡，燒了一鍋滾水，一沖沖將下去，那茶葉就飛起來了；這就叫做「滿天飛」。（貼笑介）（丑將兩指伸茶盃內，作燙痛潑茶介）（貼）做什麼？（丑）阿呀奶奶，我只道茶盃裡是個棗兒，哪裡曉得是我的鼻子影兒？（笑介）見笑了。（貼笑介）見了禮兒，吃了一盃茶，問聲莊家。（丑）今年的莊家不大怎

麼，借了二兩銀，典上幾畝瓜。老天爺不肯把雨來下，蝗蟲蚱蜢滿田爬，本錢利錢不得到家。我的親家母吓！（貼）噯！（丑）落下一個大窟嚨，我的窟嚨大；落下一個大窟嚨，也麼窟嚨大。

　　（貼笑介）親家母，什麼窟嚨這麼大？（丑笑介）親家奶奶，不是那個窟嚨。我們鄉里人家，欠了人的債就叫做窟嚨了吓。

（貼）親家母，你們做莊家的，上年不收，還有下年，不像我們城市人家，往返這青石板上，好不難！來了一位客，要一件買一件，真真不便，還是你們鄉里好。（丑）奶奶，我們鄉間雖然有幾畝薄產，卻是望天，收年成不好，就不中用了。（貼）親家母，你好久不到城中來走走？（丑）窮忙吓。（貼）我不替你借！吓，親家母，我有一句話要對你說，怕你著惱，不好說得。（丑）阿呀，我的親家奶奶吓，當初沒有扳親呢，是兩家；如今做了親家，就是一家人了。有話請說，我是不氣惱的。（貼）親家母不見怪的？（丑）不怪的。（貼）既然如此，待我先告個罪兒。（丑）阿呀，你們城裡奶奶就是這等多禮得緊。

　　（貼）

【前腔】告過了罪兒把話也麼論，你家的令嬡不成人。（丑）咻！（看旦做鬼臉介）（貼）不愛乾淨，一雙的鞋子撬了後跟。頭也不會梳，臉也不肯洗，針線不會縫。每日裡爬起來鰍打渾，貪嘴又要學舌根。敞著懷來露著也麼胸。我的親家母吓！（丑）嗨！（貼）他是坌殺人，其實坌；坌殺了人，其實坌！

　　（丑）嗨！親家奶奶，這句話，你講差了吓。（貼）為什麼講差了？（丑）他在我家做女兒，自然是我管，如今嫁在你家做媳

婦，就是你家的人了。凡百事你該教導他，難道叫我做娘的陪著他
嫁了來罷？（貼）不是這等說。桑條從小直，長大就不歪，這是你
從小引慣了他，所以如此，怎麼倒說我講差了。

　　（丑惱介）嗨！

【前腔】使我聞言怒氣也麼生，親家母說話不中聽，惱人
心！出了我的門來就是你家人，你不教訓他，說我待怎
生。你打你罵我也不肉疼，死是你家鬼，活是你家人。我
的親家母吓！（貼）嗨！（丑）氣悶人，也麼人氣悶；氣悶
人，真個人氣悶！

　　（貼）

【前腔】親家母不必嘴喳也麼喳，還是你從小兒不管他，
太油花。大脚也不裹，褲腿也不紮，終日在人家說閑話，
調唇弄舌膽子大。誰家的媳婦像著也麼他？我的親家母
吓！（丑）噯！（貼）真是一個騷辣[1]臭，也麼臭騷辣；辣臭
騷，也麼臭騷辣！

　　（丑）

【前腔】使我聞言怒氣也麼發，（指旦介）罵了一聲賤婢小
歪喇，氣殺了咱！枉了養你十七八，不痴又不聾，眼睛又
不瞎，忘了在家囑咐你的話。遠巴巴的前來瞧你，仔麼倒
惹得你婆婆嘴裡喇撒？你這孽障兒阿！（旦哭介）（丑）氣
殺人，也麼人氣殺；氣殺人，活把人氣殺！

　　（各背坐介）（小生扮女婿上）家無為活計，日費斗量金。原
來岳母在此。岳母拜揖。（丑）拜你娘的毬！臭雜種！（小生）這

1　底本作「喇」，參考下文改。

是什麼緣故？母親拜揖。（貼）又不是年，又不是節，拜什麼揖。討債鬼，小奴才！（小生）咻？母親為何也是這等氣惱？哦，我曉得。

【腔前】自我聞言明白也麼了。兒勸媽媽莫要放刁，好心焦！他路途遙遠來把女兒瞧，縱然他不是，求娘耽恕饒。爭爭吵吵，恐被傍人笑。嘴頭子嚕囌，覺得嘮叨，自己不是不知也麼道。我的媽媽吓！（貼）嗨！（小生）焦躁人，也麼人焦躁；焦躁人，也麼人焦躁。

（貼）

【前腔】自我聞言怒氣也麼生，罵了一聲冤家小畜生。見了丈母就忘了母親，護了怪妖精。把娘當外人，疼妻反把娘來恨。倒不如搬去離了你家門，免得老娘怒氣也麼增。你這小短命吓！逞了你的心，把你心來逞；逞你心，把你心來逞。

（丑）

【前腔】自我聞言淚如也麼淒，你兒子疼我，你罵他怎的？老東西，我離家這麼遠，走了大半日，反惹你嘴裡放閑屁。響叮噹的女兒交付與你，若有差遲了也了不得。你這潑婦兒吓！（貼）啐！（丑）你仔細看，看仔細；仔細看，也麼看仔細。

（貼）

【前腔】自我聞言怒氣也麼焦，鄉里的婆娘忒會放刁。鄰里多聽著，誰家媳婦兒（小生扯貼介）母親進來，休要惹人笑話！（貼）敢與婆婆吵？我寫張狀子當官去告，定盤星兒你錯認了。你挽起眉毛瞧這麼一瞧，你這臭騷奴吓！（丑）

　　啐！（貼）你這騷臭毧，毧扯騷；臭騷毧，毧扯騷。

　　（丑）阿唷，好罵！我且問你，是哪個扯騷？（貼）是[2]你扯騷。（丑）是你扯騷！（貼）是你扯騷！（打介）（丑）阿唷，阿唷，眉毛多拔掉了。你這臭娼根！（貼）賤淫婦！（小生勸介）母親，不要如此。（丑）養漢精！（貼）養漢吓？我是不曾養漢，你倒在蓮花庵裡偷和尚。（丑背伸舌介）咦？這個他哪裡曉得？（對旦介）又是你這騷奴告訴他的了。

　　（旦）媽媽，休得如此。

【前腔】自我勸娘淚珠也麼多。兒勸媽媽心內莫要苦，隨他把我磨，哪怕他家有煮人鍋。看他奈我何，怕他做什麼？命裡該死也躲不過，就到陰司去告閻也麼羅。我的媽媽吓！（丑）嗳！（旦）難過真，叫我真難過；難過真，也麼真難過。

　　（貼）

【前腔】自我聞言怒氣也麼昂，罵了一聲賤婢小狗娼，倚著你家娘，我當面打你又何妨。（打旦，丑打貼，小生勸介）誰家媳婦敢這麼逞強？地方保長送你到公堂，打你栲你莫要害慌。你這小賤人吓！（旦哭介）（貼）和你把帳算清，清算賬；賬算清，清算賬。

　　（丑）這是哪裡說起！咱今日到此看看女兒，反受了這場惡氣。罷！回去罷。

【前腔】自我聞言怒氣也麼哀，攢起拳頭把胸排。拔拔鞋，左手牽驢子，右手把門開。是我前生少下了路途債，

2　底本作「自」，參酌文意改。

什麼娘來，什麼女孩？我從今去了再也不來，我的寶貝的兒吓！（旦哭介）（丑）永不上你的門，把你門來揢；揢你門，把你門來揢。

【又】眼淚汪汪往前行。（淨箭衣頂帽，吃竹煙筒上）好天氣吓！（丑）出得門來遇見親家也麼公。（淨）原來是親家母，為何這般模樣？（小生）與母親吵鬧一場。（淨）原來與你娘吵鬧。你見是哪個不是？（小生）母親不是。（淨）母親不是，你為何不教訓他？吓，親家母不要見氣，請裡面去。兒子，把丈母牽了進去。（丑）啐！（淨）丈母的驢子吓。路遠風塵大，你纏來就去理上也不通。是他得罪你，少待且從容。椿椿件件我也知情性，心上不明點甚麼的燈。我的親家母吓！（丑）噯！（淨）和你兒女親，休爭論；兒女親，休爭論。

親家母不要氣，待我去教訓他。咻！喇化無才，親家母遠來，應該好好的看待他，這麼爭爭吵吵，成什麼樣子！我們是有前程的人家，可不被人家笑話麼？（貼推淨介）啐！（淨）阿唷噲，好沒規矩吓！

（老旦上）

【前腔】王媽媽的聞言走將過來，你二人吵鬧為著甚來？說得明白。（丑）隣舍奶奶，我告訴你。（貼）王媽媽來，我告訴你。（老旦）阿呀呀，我是老人家，不要扯。（丑）隣舍奶奶，我好端端的來看女兒，這個養漢精……（淨）咻？養漢精？難道我是開眼烏龜不成？（丑）開口就罵，動手就打。（貼）王媽媽，我告訴你。這個臭娼根，奔到城裡來，我與他說些家常話，一會兒妖發起來，就罵就打。（老旦）你們多不要氣，聽我分解。兒女親家拆不也麼開，縱然有不是，也要相耽待，一床錦被多

遮蓋。拿壺酒來與你們笑開，從今莫要掛心懷。我的奶奶們吓！（丑、貼應介）莫怪心，心莫怪；你莫怪心，你也莫心怪。

（淨）不差的，你們大家來再見個禮兒。（丑）罷呀。（老旦）來，來，大家笑笑。（扯丑、貼各福，淨混作揖，貼推跌介）
（合）

【尾聲】各各聞言怒氣也麼消，親家得罪了。自親惡不斷，休惹傍人笑，把從前事兒多掉丟了。

（丑）我要回去了。（貼）阿呀，親家母，你方纔沒有說話，倒也罷了；如今要去，明明是見怪了。（老旦）不錯，況天色已晚，今夜住在此了，明日叫小官人送你老人家回去罷。（丑）住在此，恐沒有睡處吓。（淨）不妨，我們的床大，三個人一頭睡罷了。（丑）啐！（貼）不要睬他！請裡面去。（老旦、丑、貼、旦齊下）

（淨）兒子，走來。（小生）怎麼？（淨）你丈母在此，也該買些東西請請他纔是。（小生）沒有錢。（淨）沒有錢吓？我枕頭底下還有七個錢在那裡。（小生）七個錢好買什麼？（淨）打了三個錢白酒，買了兩個錢豆腐，兩個錢韭菜。韭菜炒豆腐一碗，豆腐炒韭菜一碗，就是兩樣。（小生）吓。（淨）走來，豆腐一碗，韭菜一碗，湊了四樣。（小生）啐！（下）（淨）走來，走來。咦？怎麼進去了？咳，正所謂：「逆子頑妻，無藥可治。」父子不同道，此之謂也吓！（渾下）

翡翠園・預報

外：九天察訪使。

（四小鬼引外上）

【點絳唇】湛湛青天，金光閃電，威靈顯。報應昭然，難把神明掩。

　　善哉，善哉！小聖乃九天察訪使是也。今當除夕，屆期巡察人間善惡。今有舒德溥，陌路捐資，完人夫婦，小聖飛奏天庭。奉玉旨，伊子舒芬填入金榜，來科取中狀元。但那生目下正當厄運，須賴趙家翠兒營救，我神空中預報翠兒聞知則個。「舒生，舒生。今夜烹苦菜，來科中狀元。」宣諭已畢，吾神再往各處察訪去也。正是：凡事勸人休碌碌，舉頭三尺有神明。

按　語 ───────────────────✎

〔一〕本段情節接近舊鈔本《翡翠園》（《古本戲曲叢刊》三集景印）第四齣的前半齣，但曲文不同。

翡翠園・拜年

付：趙嬤嬤，趙翠兒之母，穿珠花為業。

貼：趙翠兒，穿珠花為業。

老旦：衛氏，舒德溥之妻，舒芬之母。

　　（付上）

【秋夜月】到處鑽，入戶穿房慣。有女妖嬈好身段，穿珠點翠多新款。要錢財滿貫，便欺心不管。

　　老身夫家姓趙，原籍湖州。三十八代家傳，點翠穿珠為活。雖是拋頭露面，只落得穿州撞府，憑你相府侯門，直出直進。所生一女，小名喚做翠兒，不但面龐標緻，更兼心性聰明，做出來個生活十人九傲。近日哩個爺死子了，帶哩出來走走，一隻小船來到江西省城，尋趁過日。且喜那些大人家見我女兒生得標緻，巴弗能個親近親近，頗有生意。舊年麻長史孜要穿一頂萬壽珠冠，送拉寧王府裡上壽，限正月二十頭就要完功個。個是大主客，要討好點個，故此今朝是年初一，同子囡兒去動手，不在話下。我一向個隻小船歇拉麻府裡庄房左近，舒秀才孜門前。舒家裡個位大娘娘十分賢惠，拿我個囡兒猶如親生肚細看承。舒秀才館拉孜湖廣，直到昨日年三十夜到屋裡。吭道阿奇？三更時分，我裡拉船裡，只聽得半空裡拉孜說，說道：「舒生，舒生。今夜吃苦菜，來科中狀元。」個是僥出處？今朝要到麻府裡去，且先到舒家裡去，只算是拜年，問他們個詳細，好出去報新聞。翠兒，背了包兒快些上岸來，打點做生意

去。（貼上）來了。

【前腔】心性端，懶樣梳妝扮。祖業相傳難更換，只得拋頭露面街坊串。且由人使喚，也由人侮玩。

咳，不做這牢生意了！今日是個歲朝，還不得安閒哩。（付）行業落在其中，不得安閒就好了。那麻府珠冠要趕完去寧王府上壽，舊年定下，原約歲朝動手。他家小姐一向極歡喜你的做人，出攛點！弗要縮縮撞撞就嫩哉。（貼）我幾曾懶慣個了介？（付）正是，老擦點，到人家去，好賺銀子。（貼）怕道銀子不會賺，要你教？（付）故丫頭倒會好勝。吳囉哩曉得賺僑銀子？只怕還要做娘個教吾來。（貼）教我什麼來？（付）故個生意全靠移手換腳。人家拿珠子來叫吳穿，拿細個換渠粗個，黃個換渠白個，糙個換渠光個，石角個換渠圓渾個；只要捉子面穿得好，使別人看弗出，就賺子銀子哉。（貼）如此說，全靠欺心賺錢。怪道人人說你……（付）說我僑個？（貼）說你真正趙珠花。（付）小花娘，怕道弗是我趙珠花，要吾表明？（貼）不要說了，快到麻府去罷。（付）且慢，我問吾，昨夜臨睡時，阿聽得空中叫喚之聲？（貼）怎麼不聽得！明明在舒家屋頂上說：「今年吃苦菜，來年中狀元。」這必竟舒家父子命中有狀元之分，故此神明預報。（付）弗曉得僑叫「今年吃苦菜」？我搭吾先到哩虱去拜年，問哩個細的。再者，個隻船拉哩虱河頭，原央舒大娘娘照看照看，我哩也放心。（貼）這也是，最好。孩兒同了母親就去。（付）不爭三五步。（貼）咫尺是他家。這裡已是，門兒虛掩在此。大娘哪裡？

（老旦上）

【引】甘憔悴，惜寒酸，桃符不換戶常關。

原來是趙媽媽同翠娘。（貼）正是，舟泊河下，常蒙照管，特

來拜年。（付）怎麼相公、小官人都不見？（老旦）今日元旦，同到學宮拜聖去了。（付）讀書人元旦拜聖人，像我里只拉世尊爺爺面前磕個頭。閑話少說，請問大娘娘，相公遠館在外，直至除夕回家，有多少束脩？度歲有餘？（老旦）不要說起！我家官人終歲脩儀原有三十多金，只為完人夫婦，盡已傾囊相助，不要說度歲，連昨夜晚餐也還勉強。（貼）老相公完全別人夫婦，情願自己耽飢，這也難得。只是，怎生過了節夜？（老旦）不瞞翠娘說，

【鎖南枝】只得烹苦菜，當合歡。（付對貼）烹苦菜，一發是兵腔哉。（貼）大娘，你們吃過了苦菜，可曾聽得空中有甚聲響？（老旦）略有所聞。咳，這是荒唐之事，哪裡放在心上。料寒儒哪得孽債完。[1]（貼扯付）母親，舒[2]相公行了陰德，上天早有報應。據神明預告，他父子必有個狀元在裡頭。自古施恩在未遇之先，他們正在艱難，何不量情捐助？料想日後決不相虧。（付）使得個，我里設法介斗把米，送拉哩吃個飽便罷。（貼）這樣小器！前年鄔府送來的三兩銀子定錢，現在身邊，取來送與大娘罷。（付）花娘！銀子是土塊了？就是三兩介一來。吓，阿是吓看上子哩虱小官人哉？（貼）自家兒女，虧你講得出這樣話，羞也不羞！（付）倒是我弗是？罷哉，喬吓弗過個哉，聽憑吓罷。（貼）待孩兒取來。大娘艱難之際，元旦何從告人？偶有鄔府定銀三金，送與大娘度歲。只是貼笑輕微，不夠供朝餐。（老旦）雖承厚意，只是不好受得。（貼）一點敬意，一定要受的。（老旦）如此，只

1　底本作「料寒雪那個孽債寃」，據舊鈔本《翡翠園》（《古本戲曲叢刊》三集景印）改。

2　底本作「施」，參酌文意改。

得權且收下。（付、貼）生涯小，辛苦拚，³不得侍妝臺，久陪伴。

（付）別過大娘，往麻府中去罷。（老旦）生意事體，論來不好阻擋，我家官人常說，寧王素懷不臣之心，長史亦是奸險之輩，媽媽和翠娘在那裡走動，須要十分小心。

【前腔】他恃著王侯寵，全無曠達觀。就是我家住房，與他庄子逼近，欲待知機遠害，奈先業遺傳，不便蝸居換。

（貼）大娘，這個休慮。長史雖是做人不好，他所生一位小姐，名喚翡英，卻十分賢惠，父親每有不端，屢屢善言勸諫。奴家蒙小姐見愛，故此長與往來。況且公道生涯，也不怕奈何著我。（老旦）吓，原來麻長史倒生得這位好女兒。翠娘，倒是老身多口了。

（付）儃說話！我里囡兒蒙大娘像親生一般看待教訓哩，極感個哉！（合）喜得門牆傍，骨肉般，正好賴提攜，聽呼喚。

就此告辭。小舟在河下，還望大娘看顧看顧。（老旦）這又何妨。自慚無盃茗。（貼）歲除⁴又看新。（付）大娘，我們行商不如坐賈，和你遠親不如近鄰。（老旦）有慢。（下）（付）好說。我裡快點走罷。（貼）是。（下）

3　底本作「心苦兼」，據舊鈔本《翡翠園》改。
4　底本作「敍」，參酌文意改。

按　語

〔一〕本段情節、曲文接近舊鈔本《翡翠園》第四齣的後半齣。

翡翠園·謀房

末：麻容，麻逢之的手下。
生：舒德溥，貧儒。

　　（末上）度理原情，後兵先禮。上命差遣，蓋不由己。自家麻府中一個院子便是。俺老爺職居長史，家寄南昌，向蒙寧王千歲優禮相待，言聽計從，凡有作為，無不資其籌劃。近又制造萬壽珠冠一頂獻媚宮中，只待穿成便索進上，這也不在話下。昨日老爺主意，要在東庄左側方起造園亭一所，以待千歲及時行樂，叵[1]奈東南一角礙有舒秀才住房，計欲方圓，甚難擺佈。我見老爺心上焦燥，就上前稟說：「老爺既欲方圓，這卻何難？小人打聽舒家衣食不週，今年又兼失館，只索與他半價，那所住居不怕不雙手奉上。」老爺聽說，十分歡喜，就要在我身上立時停當回覆。既奉差遣，只得走遭。行行去去，去去行行，此間已是。舒相公在家麼？
　　（生上）吓，是哪個？
【引】讀罷殘書，聲聲剝啄，誰顧茅廬？
　　呀，足下是麻府大叔？（末）在下便是。（生）請坐了。（末）相公在此，既蒙賜坐，只得告坐了。（生）大叔何來？（末）在下此來非為別事，只為我家主人要在東庄起造翡翠園一所，基地已定，卻是尊居住房礙著一角。若是別人家的，只要說一

1　底本作「可」，參酌文意改。

聲，不怕他不雙手送來；既是相公的，不好造次。意欲奉價求買，相公便另覓新居，不識可否？（生）這是哪裡說起！蝸居數椽，雖則所值無幾，只是祖父遺傳，從來不敢變棄。

【駐馬聽】甕牖繩樞，世代貽留此敝廬。（末）哪家房子不是祖父遺傳的？今日得價便賣，有何不可？（生）使不得。便道一貧如洗，若把祖業輕拋，不肖何如！（末）敝主人以禮相求，不為唐突，相公若決意不允，倘致觸怒，反為不便。（生笑介）從來交易，要憑兩願，不允怎就觸怒起來？王侯不佔庶民居，²相加非禮何急遽？（末）起造園亭非是主人私意，蓋為寧府要來尋幸，構此以備遊覽。相公堅執不允，就不怕我家老爺，難道寧王也不怕的？（生）放屁！寧王素有不臣之心，你家主人自謂冰山可恃耳，我卻怕他怎麼？我達禮知書，王章無犯吾心何懼。

　　（末）

【前腔】咳，可怪迂儒，藐視天潢正派殊。倘一旦泰山壓卵，禍到臨頭後悔應遲。（生）哇！狗才，什麼禍到臨頭！這等放肆。（末）我是好話，怎麼罵起來？（生）罵了打什麼緊？（末）只怕難罵的吓。（生）此處不是你站的所在，還不走出去！（推出介）鵲巢鳩佔計偏迂，虎威狐假情難恕。（關門罵下）（末）好罵，好罵！且住，我在老爺面前，一口應承穩穩半價可得，如今事情又做不來，反受了這場嘔氣，回去如何回覆？說不得添上幾句言語，攛掇老爺，尋個題目將他處置。法網輕拘，這

2　底本作「王侯不佔世居」，這是七言句，底本少一字。參考曲格，並據舊鈔本《翡翠園》（《古本戲曲叢刊》三集景印）改、補。

數椽陋室不怕不奉申謹具。（下）

按　語 _____✍

〔一〕本段情節、曲文接近舊鈔本《翡翠園》第五齣的前半齣。

翡翠園・諫父

淨：麻逢之，長史，皇親寧王的總管。
末：麻容，麻逢之的手下。
旦：麻翡英，麻逢之的女兒。

（淨上）

【引】寵藉天潢，職叨長史，泰山久恃無虞。

（末上）殺人可恕，情理難容。（淨）你回來了麼？（末）是，小人回來了。（淨）舒家的房子怎麼了？（末）老爺，不要說起！那舒秀才不但不允，反道老爺用計謀佔，把小人辱罵了一場。（淨）他怎敢罵你？（末）不但罵小人，還道老爺趨奉寧府，奸佞不仁——連老爺多罵了，何況小人。老爺要造翡翠園，只怕方圓不成了。（淨）吓！我用價求買，並非白佔，那廝輒敢無狀，豈不可惱！

【駐馬聽】藐玩區區，金谷繁華勝事虛。恨不得置之死地，好越界侵疆，我便穩便園居。（末）老爺要置他死地，一些不難。小人除夜從寧府王陵經過，只見舒家母子在陵傍隙地挑掘苦菜，拾取枯枝。只消老爺面奏王爺，只說他「盜掘王陵，砍伐樹木」，小人便做個見證，豈不定他一個立斬的罪名？那時家產入官，老爺就取之無礙了。（淨）好計，好計！明日待我面見王爺，依計而行便了。雖然罪狀太虛誣，由知情理難寬恕。你且退後。（末）是。（下）（淨）且到書房中草就密揭，明早進上。

一紙讒書，哪怕他伶牙利齒生生抗拒。

（旦上）

【引】謝粉辭脂，窈窕自慚淑女。爹爹，因何事怒容如許？

（淨）我有事在心，故此著惱。你女兒家問他怎麼？（旦）爹爹心事，孩兒竊聽多時，已略知一二了。（淨）你知道些什麼來！

（旦）吓，爹爹，你為起造園亭，要謀取人家房屋。那舒秀才一時唐突，遂欲置之死地。爹爹吓，天理昭彰，斷斷不可！（淨）唔！

（旦）

【啄木兒】聽幾諫，恕讜言，萬物從來各有主。那舒秀才佳在我家庄房相近，也須念桑梓情關，並未有釁隙斯須。原非不共深仇比，[1]如何頓把刑書鑄？望爹爹鑒納剪菉把怒焰除。

（淨）

【前腔】你言詞謬，識見迂。可不道千古江山非一主？憑著他執滯難通，卻教我行樂成虛。況他盜掘王陵，砍伐塚樹，若不奏明正法，朝廷令典安在。一坏擅向王陵取，王章怎把天條恕。顧不得手辣心粗斷送伊。

（旦）那舒秀才父子呵，

【三段子】明理讀書，列膠庠是表表大儒。若深求重誅，負冤屈真是子虛。艱難茹苦充飢餒，便模糊陷罪填刀鋸，可不道暗室虧心天鑒諸？

1　底本「原非不共深仇比」句脫，參考曲格，並據舊鈔本《翡翠園》（《古本戲曲叢刊》三集景印）補。

（淨）

【歸朝歡】書生的，書生的，敢撩虎鬚？我安排定，安排定，急須剪除。你女兒家深閨靜居，又何須恁多言聒絮。（旦）爹爹吓，漫將此日冰山恃，把朝廷法令尋常覷。（淨）閑說！快些進去！（旦）罷，罷！慚愧我諫諍無功志願虛。（下）

　　（淨）事在騎虎，不得不下毒手。我明日親到王府奏知寧藩，即著提刑衙門拿到舒德溥，從重究審，問他立決罪名，家產封閉入官，我那座翡翠園就造得成了。可怪狂生執不通，由知情理兩難容。結成鸞鳳青絲網，管取雞鳧入我籠。可惱吓可惱！（下）

按　語

〔一〕本段情節、曲文接近舊鈔本《翡翠園》第五齣的後半齣。

翡翠園・切腳

丑：王饅頭，公差。

貼：趙翠兒。

付：麻家的僕人。

淨：麻逢之，皇親寧王的總管。

生：舒德溥，王饅頭的恩人。

小生：舒芬，舒德溥之子。

老旦：衛氏，舒德溥之妻，舒芬之母。

　　（丑上）

【趙皮鞋】頭巾專戴歪，雨落天晴一草鞋。青皮落索領攤開，每日醺醺裝醉態。

　　區區非別，理刑廳裡一個公人王饅頭便是。吓道為俉了蓋個大號？家父是蘇州有名個王蒸籠，故星朋友道我是[1]蒸籠裡出來個，大號就叫子饅頭。其實學生作事闊綽，饅頭倒大子蒸籠。單是一節，爭個命弗過！爺氈殼裡做公人，從弗曾走一帳好差使，弄得破家蕩產。上年到湖廣去投奔親戚，親眷投弗著，倒借子營債，拿我裡個底老來出豁。虧子一個斯文朋友，吐手三十多兩銀子贖還子我，不致夫妻拆散；世界天下原有個樣好人！只是一時惑突，弗曾問得姓名。搭家婆嘀量，依舊原來到江西理刑廳裡復子舊役；只願

1　底本作「是我」，參酌文意乙正。

訪得著子恩人，尋個報恩機會。弗想亦差子兩差，奔奔走走，個個
恩人再撞弗著。

　　今朝我到衙門裡去看看，只見管轉桶個叫我到後堂去，老爺就
發一張硃單，說：「快去將舒秀才父子立刻拿來，轉解副使衙門，
不得遲誤；如違，四十革役。」我心上老大介一嚇。我說：「壞
哉，壞哉！亦是一出屹嵫事務里哉。」且稟明白子介：「皂隸稟上
老爺：舒秀才住居什麼地方？注明了，小人好去拿來。」只見哩一
頭退堂，一頭吩咐道：「你到麻長史老爺府中去討切腳就知道
了。」我說：「故呷有局哉，此去一頓酒飯，一封切腳東道穩取個
哉。」介中生說：「著子銅錢銀子，故兩隻腳擎弗住，只管望子前
頭走哉。」正是：要吃無錢酒，全靠腳奔走。（下）

　　（貼上）

【前腔】貨包肩上捱，不管短巷與長街。民家宦室總無
猜，贏得人人多喝彩。

　　奴家趙翠兒，前日在麻府穿過珠冠，十分中意，領得工價銀回
來。又蒙小姐吩咐說：「今後得暇，常到我府中走走，或者有些生
活，便好相煩。」這位小姐是個最賢惠的好人，心上捨他不下。連
日沒甚生意，母親身子又不耐煩，因此，背了包裹前來見見小姐。
呀，來此已是麻府門首，一向出入已慣，不免竟入。

　　（付扮鬚子上）侯門深似海，不許外人來。儕人對子裡向直
撞？（貼）是我。（付）原來是翠娘。老早來做儕？（貼）要進去
見見小姐，做些生活。（付）要見小姐？吾看二重門還弗曾開來！
（貼）真正大人家，日色這等高了，還沒有起身哩。（付）正是。
既來之則安之，你且來班房裡來坐介歇，等裡向開子門叫吾進去，
如何？（貼）使得。（付）來來來。喂，吾曉得吾要見小姐，無非

是賣翠花，兌首飾；既有寶貨，批關納鈔要拉頭門上納起個。（貼）納什麼鈔？（付手勢介）只要個一點點兒，叫子「通行寶鈔」。（貼）啐！這騷鬍子！老大年紀，還想老娘出身的所在，好個孝順的兒子！（付）倒會乂故哈！乂吓弗過。翠娘，是介罷，弗納鈔，聞得吓手段好，兩粒夜明珠拉裡，替我穿子，何如？（貼）明珠是不會穿的，你老婆的蚌珠便會穿。（付）我裡老媽個蚌珠弗惹穿個，吓弔湖州姐姐個河珠惹穿。（貼）啐！不要囉皂！（付）弗要肥皂？一個明角香筒拉里。（摟貼，貼推介）

　　（丑上）一紙如星火，官差不自由。門上有人麼？（付）弗好哉！有人來哉。偌人？偌人？（丑）大叔，我理刑廳裡公差。副使老爺仰本廳提解舒秀才父子，特來切腳。（付）吓，就為故樁事？我對吓說，那秀才叫做舒德溥，兒子叫做舒芬，住拉我裡東庄左側，門前小小河路。（貼聽作驚介）這是哪裡說起！快去報與他每知道。（付）囉裡去？（貼）天色尚早，去去就來。（急下）

　　（丑）有子切腳，我去哉。（付）吓個人！得子人身就走，我裡老爺還有要緊說話吩咐吓來，住弔。老爺有請。

　　（淨上）

【引】借彼發陵大罪，快咱佔產胸懷。

　　（付）稟上老爺，廳差到此切腳。（淨）喚進來。（付）老爺叫吓進去。（丑）吓，老爺在上，刑廳差人叩頭。（淨）起來，我有話吩咐你。那舒德溥大膽胡為，令妻發掘王陵，砍伐塚樹。王爺聞知，十分著惱，將他發到副使衙門審究，要問他一個立決的罪名。你此去呵，

【四邊靜】悄然一索將他械，立時便申解。不許說騙酒和漿，私將官法賣。（丑）酒漿雖愛，錢財要袋。事看急和

寬，性命非鹽買。

（淨）立刻他家去。（丑）從天降禍來。（淨）甕中如捉鱉。
（丑）手到便拿來。（淨）速去。（丑）是。（淨下）

（丑）且住，我此番去，見一個捉一個；若要我鬆介鬆，阿怕
哩弗大大里講點僑個？個叫子「天落饅頭狗造化」。阿呀！說子落
拽哉。（渾下）

（生上）

【引】飢寒難療，浪說文章好。（老旦上）事紡績無辭暮朝²。
（小生上）勤問省不憚劬勞。

（生）娘子，前日麻長史差人到來，要買我家的房屋。這是祖
父遺傳，我情願飢寒忍耐，決不忍輕易應承。娘子，孩兒，你道是
也不是？（老旦）據妾身愚見，官人不該一時發怒，辱罵來人。
（小生）爹爹指斥寧王，或致取禍。（生）有甚取禍？娘子：

【小桃紅】憑著我鹺鹽守分度昏朝，閉重門無喧攘也，眞
個是坦蕩襟懷禍不輕招。（老旦）咳！既拂其欲，又揭其短，
還是不該的。凡百事忍為高，又何必氣相凌，面相逢，眼相
睜³，言相鬧也？（小生）還怕他心險瞿塘，哪得便好開
交？

（貼急上）

【下山虎】急行馳⁴報，先計潛逃。此間已是，不免逕入。阿
呀不好了！（眾）為何這等慌張？（貼）你們還不知道麼？禍事

2　底本作「早」，參酌文意改。
3　底本作「爭」，據舊鈔本《翡翠園》（《古本戲曲叢刊》三集景印）改。
4　底本作「遁」，據舊鈔本《翡翠園》改。

驀然到，早須預調。（眾）有何禍事？請道其詳。（貼）可閉
上了門。我方纔偶然到麻長史府中，忽有刑廳公差要求切腳。是相
公父子觸犯了他，奉副使老爺文書，仰刑廳提解審問，即刻就要拘
拿了！卻不知何等大事，干涉副使衙門？（老旦、小生）這怎麼
處？（生）吓，是了！想那麻逢之要佔我家房屋，娘子方纔說的：
「既拂其欲，又揭其短。」他便倚了寧王之勢，訟我上司衙門。我
就到官去，不過戶婚田土之事，也不怕他難為了我！自古物各有
主，難將勢要。我不犯蕭何六尺條，便訴向公堂上，理不
屈氣自高。（小生、老旦）只恐官相護，不分混⁵淆，卵石
從來不耐交。

　　（生）且請翠娘裡面少坐，再作理會。（老旦）是。（同下）

按　語

〔一〕本段情節、曲文接近舊鈔本《翡翠園》第六齣以及第七齣的
前半齣。

5　底本「混」字脫，參考曲格，並據舊鈔本《翡翠園》補。

翡翠園·恩放

丑：王饅頭，公差。

生：舒德溥，王饅頭的恩人。

老旦：衛氏，舒德溥之妻。

小生：舒芬，舒德溥之子。

貼：趙翠兒。

（丑上）

【蠻牌令】打點話兒高，好索酒和餚。憑他窮措大，哪怕刮脂膏？（叩門介）（生上）靜掩衡門坐，何人剝啄敲？是哪個？（開門介）（丑）拉裡哉。（鎖介）（生）阿呀，不過戶婚田土之事，你們這班朋友慣是小題大做。（丑）撇脚生氣纔來哉，倳個小題大做！吾還睏弗醒冚來。有介張硃單拉裡，哪哪！盜王陵應將首梟，假裝喬口硬詞习。（生看介）阿，這是哪裡說起！我寒儒輩，少戶外交，況久羈楚館，除夜歸軺。

（丑）湖廣處館？年夜居來？（細認介）阿呀！是介說起來，就是我個大恩人哉。（跪介）我個恩人吓！吾阿認得我哉？（生）請起請起。有些面善，一時卻想不起了。（丑）我就是舊年臘月廿五拉湖廣賣妻償債，多蒙相公捐資贖還的，就是小人。

（老旦、小生、貼同上）閉門家裡坐，禍從天上來。怎麼處？（丑）個一位阿就是大娘娘？小人叩頭。（老旦）請起。這位公差是誰，相公卻認得？（生）就是舊歲捐助贖妻之人。（貼）如此

說，是你的恩人了，虧你還把鏈子鎖著。（丑）啐！我倒昏拉裡哉。（開介）

　　（老旦）不過房屋細事，也沒有鎖拿之理。（生）麻逢之妄揑虛詞，道我發掘王陵，砍伐塚樹，奏知寧藩，寧藩就發下副使衙門仰刑廳提解。事體雖大，只是沒有證據，如何可以坐罪？（小生）吓，是了！想去歲年夜，孩兒曾與母親在陵傍隙地挑掘苦菜，拾取枯枝，那時長史家人經過，實是看見；想他每藉此題目做個見證了。（生）如此說來，事出有因。不好了！這事非同小可。倘若弄假成真，事同叛逆，我父子要問大辟，家居盡行不保，這怎麼處？

　　（貼）大叔，自古知恩報恩，你既蒙他完全夫婦，難道今日就忍心將他父子拿去麼？（丑）噲！吓是倳人，拿我軒心介一記？（貼）我是趙翠兒，一向在此走動的。（丑）喂！趙翠娘，我受相公大恩，豈弗要報？但是麻賊倚仗寧王之勢。麻賊叫我到後堂當面吩咐，要拿兩位相公問個立決罪名，介個難題目叫我哪哼劃策？

　　（生）不須你每費心，這是卑人命中所招。

【五般宜】拚得個殉微軀，任鞭敲，又何必相貼累，受煎熬。（同哭介）一霎時肺腑內，如并刀。痛殺人夫婦分離，父子不保。（生）恨只恨，天高聽高，苦只苦，累世宗祧到今朝斬絕了。

　　（丑）那麻長史既要謀佔住房，必有私書囑托，此一番解審，凶多吉少。且住，自古道：「受恩不報非君子」，我王饅頭雖是下役，素有仗義之心。我想三十六著，走為上著，我放兩位相公逃走子，不一個捉弗著拉哩使使。相公：

【鬧黑麻】須要愛惜身軀，家鄉頓拋；休得洩漏機關，網羅更遭。（生）大哥放我父子逃走，足見仗義。但是我父子逃走

了，要連累大哥，哪裡使得！（丑）萬里功名，身軀甚重。我王饅頭呵，如草芥，比鴻毛。我去回覆那上司，把巧語花言，不到得一劍一刀。（小生）自然要連累大哥，這哪裡使得！（丑）咳！故個說使弗得，是哩亦說使弗得。當初賣妻償債，若非相公贖還，此時老婆被人受用，我王饅頭流落他鄉，今日倒顧戀我。也罷！我就死在相公跟前，但憑相公逃走也[1]罷，弗逃走也罷。天深地杳，前程遠奔逃。顧戀區區，顧戀區區，誤了你生機一條。

　　（撞介）（眾扯介）住了！我們竟依你便了。（丑）故沒罷哉！幾乎饅頭釀纏撞出來。（小生）只是，母親在家，如何割捨得下？（貼）王大哥這般仗義，難道我趙翠兒沒有見憐之心？

【前腔】則我小小裙釵，鬚眉自叨。相公遠逃，留下大娘在家，我母子舟泊河下，自當早晚照顧大娘。莫把我陌路看承，鹽鹽擔盡挑。（丑）但願相公此去金榜題名，那時報冤未遲。恩同報，仇共消，大海浮萍，相逢有朝。（小生）如此說，只得隨著爹爹早早逃生去罷。母親請上，孩兒就此拜別。（老旦哭介）（合）破卵覆巢，可憐奇禍遭。若得相逢，除非是魂交夢交。

　　（丑）相公，快點走罷。（二生、老旦抱哭介）

【尾】相依半世，同林鳥分離，一旦九泉遙，少什麼濕透青衫紅淚拋！

【哭相思】半生骨肉影形隨，匝地風波兩下飛。世上萬般哀苦事，無過遠別與生離。

1　底本作「吓」，參酌文意改。

　　（丑推二生同下）（貼）大娘請進去罷，明日同了母親早來看大娘。（老旦）多謝翠娘！此恩此德，何日得報？（哭下，貼亦淚下）

按　語

〔一〕本段情節、曲文接近舊鈔本《翡翠園》第七齣的後半齣。

翡翠園‧自首

付：皂隸。
丑：王饅頭，公差。
生：舒德溥，王饅頭的恩人。

　　（付押丑上）喂，王饅頭，吓個公人做老丑哉，還是介冒里冒實來。要賺銅錢，也要看事務起咭。舒德溥犯子像等樣個對頭，吓貪子個買命個？受個樣刑法竹爿夾棍。故是吓自作自受，我沒像個晦氣，賠飯折工夫，故是囉哩說起！（丑）吓看見我賺子哩幾哈銀子？一個窮秀才屋裡，飯也¹沒得吃拉丑，倒有銅錢買放？（付）賺弗賺也弗拉我第三隻小腿浪事！單是走子犯人，只要裹子官，少弗得親捉親，鄰捉鄰。個老舒原有底老個，阿可以著拉哩身上要得個了？（丑）喂，排字個，就是做公人個也要積介點陰德。老舒雖窮，倒底是黌門中人；個個舒大娘娘二門弗出個，刁腳刁手，捉哩到官出乖露醜，阿要子孫昌盛個？（付）弗差，子孫該昌盛個。吓今日再捉弗到，三十頭號，囉個替吓？（丑）啐！苦吓弗著，只說王某也逃走哉，就替我一限，也是朋友個情分……（付）故倒弗局！快點走，日頭轉西哉，官一坐堂就要帶上個。正是：只因一著錯，滿盤都是空。（丑）啐出來！公人弗吃打，要個屁眼種菜了？（付扯丑下介）

---

¹　底本作重文符號「〻」，參酌文意改。

（生急上）

【縷縷金】身狼狽，意彷徨，只因兒失去，返家鄉，拼得親投首公堂之上。自從中途失去孩兒，遍訪無蹤，又在廟中呆呆守過幾日，音信杳然，死生未卜。只得憤著一口氣，回到刑廳自行出首。我此去，就明目張膽罵賊而死，亦是大丈夫所為。急急行來，且喜將近府前了，不免走上前去。**男兒血性自昂藏，偷生敢承望？偷生敢承望？**

　　（內）吱！王饅頭，走一步嗙。（生）呀，前面來的明明是王兄！（付扯丑上）走嗙。（生）王兄。（丑見生，低頭急走介）走，走！（付）喂，有人吰叫吰。（丑）理哩做儕！我哩尋人要緊。（生扯丑）王兄，卑人舒德溥在此。（付急扯生介）吰就是舒德溥？來得正好！害個個氣塊兩夾棍六十頭號哉。（丑）弗要理哩！個個人像是痴個。（急向生丟眼色介）個是斬頭瀝血個事務，弗要拉里秋打渾，（推生介）痴朋友，快點走！（生）王兄，卑人雖承你釋放，我想人不累人，何苦害你追比？快同到刑廳自首去。（付）走走走，弗要說閒話，官府立等子下落，要解副使衙門個。（扯生走介，丑扯付）慢點，還有說話嘀量來……（付）嘀量賣北寺塔，阿是吰打弗像意來了？快點走！（丑）去弗得個嗙！（付推丑介）吰！（扯生下）

　　（丑）阿呀，故出戲那間叫我哪做？吓，且到戲房裡去商量嗙。（下）

按　語

〔一〕本段情節、曲文接近舊鈔本《翡翠園》第九齣的前半齣。

翡翠園・副審

外：胡世寧，按察副使。
小生：胡世寧的下屬。
丑：王饅頭，公差。
生：舒德溥，王饅頭的恩人。
末：麻容，麻逢之的手下。

　　（三旦、小生、淨、付吆喝，引外上）

【新水令】蒙恩特拔按封疆，矢精忠勿辜聖望，秉公扶善類，執法去豪強。但願得物阜民康，好把那舊瘡痍新培養。

　　（眾）開門。（外）性蠢惟存鐵骨寒，蕭然豈慮一囊慳？到來只飲民間水，歸去還看戶外山。下官胡世寧，北直涿州人也。世叨科第，累任部郎。聖上鑑我菲才，特陞為按察副使，分守江西全省。到任以來，幸得民安訟簡。但藩府寧王自恃國戚，壞法虐民，各官盡皆兇殘不法，下官暗暗察訪，候其舉動，這也不在話下。前日麻長史發下一事，乃是他家家人首告舒德溥父子，發掘王陵，砍伐塚樹，已轉發法府速行提解。不想差人賣法，私放脫逃，且喜昨日本犯詣府自首，原差申解前來。下官正待升堂從公諮審，可怪那麻長史又著家人致囑，必要將他父子處死，家產藉沒。下官想來，若係眞情，自有律法按治，何勞他又差人私囑？其間必有隱情，下官自當虛心細鞫，庶不有屈平人。左右。（小生）有。（外）吩咐

帶盜陵一起人犯進來。（小生）吓，盜陵人犯進。（眾）進來。（丑帶生上，末上）

（外）聽點：舒德溥。（生）生員有。（外）舒芬。（丑）未蒙行牌之先，遊學在外，故此尚未拘到。（外）胡說！這是要緊人犯，輒敢賣放？打！（丑）阿呀大老爺，他父子兩個一同遊學在外，這舒德溥是小的緝獲來的，他的兒子也在小人身上緝獲便了。（外）這等，饒打。限在十日內拘到，如遲處死。（丑）多謝大老爺。吓嗄！硂穿呧個花娘，幾乎饅頭皮吓亨子一爿去！（下）

（外）原首家屬麻容。（末）有。（外）堦下伺候。（末）是。（外）帶舒德溥上來。（生）有。（外）舒德溥，你把發掘王陵之事從實招來。（生）爺爺聽稟，念生員呵：

【步步嬌】楚地多年曾設帳，除夜家鄉往[1]。況平生稱善良，莫說到王陵上去，便左近鄰居，也未曾輕向。（外）你便說得這般乾淨。現有麻府家屬作證，親眼見你妻子在陵上發掘，自古罪坐家長，你如何賴得去？（生）爺爺，有個緣故。生員家貧，妻子見我歲底不歸，仍恐逗留他鄉，無以度歲，故同孩兒挑下苦菜，拾取枯枝，胡亂充飢。止在陵傍隙地，並不曾有犯寸土。若說發掘王陵，砍伐塚樹，這都是長史挾仇誣陷噓。（外）你與他有甚仇來？（生）生員有幾間破屋，不合與他庄房基址相連，他要起造園亭，逼我餽獻。因是祖父遺產，不肯輕棄，又辱罵了他家人幾聲，故爾揑此一端，希圖殺害全家，仍將祖業霸佔。爺爺，須明鑑狠如狼，這是欲加之罪何難枉。

（外大笑介）我道其間必有一段隱情在內！

---

[1] 底本作「遠」，據舊鈔本《翡翠園》（《古本戲曲叢刊》三集景印）改。

【折桂令】怪奸人依附藩王，暴虐鄰居，侵佔民房。因此上假捏危詞，挾私妄奏，陷害馴良。我如今待罪江右，為民公祖，必須度理原情，抑強扶善，使閭閻無冤苦之聲，天地降融和之氣，庶不負皇上知遇之恩也。俺今日奉天符按視江西，自應該公道昭彰。若一味腆忍周章，兀的不下負吾民，上負了吾皇！

　　左右，將舒生員原去收監，候本司申奏定奪。（眾應，帶生下介）（末急上）住了，住了！這是我老爺首告的盜犯，原何老爺竟不加刑，又不嚴究供招，原帶入監中去？這是主何見識？

【江兒水】獨與天潢抗，待開籠任遠翔，多應受賄將奸人放。我家老爺呵，畫棟雕楹層霄[2]障，料寒室陋屋誰思望？老爺，今日若不把供招呈上，則怕觸怒天威，禍到臨頭悲愴。

　　（外）

【雁兒落帶得勝令】呢！你靠著主人威敢肆猖，可知道暗中神難欺誑？祇為著一坏泥起禍殃，全不念一家人遭魔障。（末）他一面之詞，何足為信。（外）呀！雖則是一面詞何足信，則任這一封書卻也不可當。豈不聞盜祭器難加罪？早難道採田蔬算盜贓？你去回覆主人，大凡為人在世，須要堂堂，沒一事不可對人言講。蒼蒼，舉心兒卻將善惡詳。

　　（末）

【僥僥令】呀！他分明干國典，老爺，你左袒滅王章。豈不是私情一片糊塗賬？（扯外介）請老爺自去回覆王爺，早難道

伐塚開棺也一任將？

（外）

【收江南】呀！俺本是奉朝廷特簡呵，須不是藩府內一陪堂。若不把是非曲直細分張，怎做得民之父母固金湯？你自回去，本司呵，把情詞達王，寫情詞奏王，可知道屈誅孝婦累年荒？

（末）

【園林好】不遵依立栽禍殃，直待馬臨崖方纔勒韁。你要上疏，只怕俺家爺的疏先上了。笑你雞卵故將石撞，晴不走直待雨沱滂，晴不走雨沱滂。

（外）

【沽美酒】呃！老提刑法令彰，老提刑法令彰，你狐鼠輩敢恣猖狂！俺須是定罪從公分短長。（末）你道是朝廷差來一員副使，有本事加罪于我麼？（外）罪是賒的，打是現的。左右，揣下去重打三十！（末作不伏介）（眾扯打介）（外）一任你藐公堂，一任你逞強梁，俺欲把豺狼誅攘，先把恁爪牙摧喪，須知是董宣強項。（眾打完介）（外）你去對家主說，俺呵！視功名石燎，草霜，枯枝，敗楊。呀！一任你眾奸回的冰山千丈。

吩咐掩門。（眾推末出，眾下，末）咳，這是哪裡說起！

【尾】是非只為聞多講，輕輕的對頭狠撞，他如今要上疏，我去回覆老爺，管叫他立刻驅除煙瘴方。

投鼠也須忌器，執法不可痴迷。人無害虎之心，虎有傷人之意。（下）

按　語

〔一〕本段情節、曲文接近舊鈔本《翡翠園》第九齣的後半齣。

翡翠園·封房

老旦：衛氏，舒德溥之妻。
末、小生、淨：麻逢之的手下。
丑：王饅頭，公差。
貼：趙翠兒。

（老旦上）

【十二帶山坡】好端端驀遭災眚，痛生生兒拋夫阱，嬌怯怯剩孤身，恨巴巴從此音書迥。

可恨麻逢之，謀佔住房，借題陷害我家父子，幸得公差仗義放走，是極好的了。誰知我官人反撇了孩兒，自行投到該廳，申解副使衙門。幸得胡大人明鑒冤情，從輕不問，這兩日不知在監安否如何？孩兒不知流落在何處？只怕這奸賊到底還放我不過，如何是了？好生牽掛人也！

【五更轉】奈我伶仃步，從未得離門徑。如今縱思想腸空迸，落得個倚斷門閭，淚濕紅衫襯。

（末同小生、淨上）

【園林好】奉公差刻期敢停？驅罪屬將罪居房併吞。

（末）這家是了。打進去！（老旦驚介）你每什麼人，擅敢打進來？（末）我們是麻府中人，奉寧王千歲鈞旨，你罪犯不赦，產業應該入官。快快走出去，讓我們點明封鎖。（老旦大驚）阿呀！挑掘苦菜，並未曾在陵上摘取，卻憑一紙謊狀，便將我祖遺產業入

官，好沒良心也！

【江兒水】頭上有青天知證，須鑒我深冤，莫輕放奸雄胡
逞！

（眾扯老旦出介）你自向天告訴去。伙計，封了門回覆老爺
去。（眾封鎖，老旦）就要謀佔房屋，也待我取了傢伙與鋪陳[1]出
來。（眾）就有幾件傢伙，只好准與我們買酒吃的了，走走走！
（老旦扯眾，眾推，老旦跌介）（眾）這叫做「晴乾不肯走，直待
雨淋頭。」走，走！（下）

（老旦急起趕介）（丑奔上作撞，撞跌介）（丑急起罵介）原
來是一個皮娘家！阿是小腸氣了？（看介）呀！故是舒大娘娘耶，
為僑跌倒拉裡？大娘娘起來，起來。（老旦起，大哭介）天殺的，
還我家產來！（丑）大娘娘，我老王拉里，僑個家產！（老旦）
呀，原來是王大哥。不好了！幾間破屋，又被麻府中人將我趕出，
連傢伙、鋪陳多倒鎖去了！（丑驚介）將你房屋、傢伙一概多封鎖
去了，哪處？今夜叫吾拉囉哩去？（老旦）我一身生死何足計較，
但不知官人怎麼樣了？（丑）啐！我正為來報信，亦撞著子介一出
事務。大娘娘，真正雪上加霜，苦中受苦，個出哪處？（老旦）王
大叔，必竟我官人怎麼樣了？（丑）大娘娘，弗好哉！吾丑相公已
是問成大辟，只怕在目前目後倒下旨意來，就要短一尺哉。（哭
介）（老旦驚介）住了，住了！前日聞得胡副使鞫審，已自電鑒深
冤，從輕不問，怎麼一霎時就問了大辟？（丑）大娘娘，吾還弗得
知，連個胡老爺削子職哉，重新發拉麻長史審問。

---

[1]　底本作「程」，參考下文及舊鈔本《翡翠園》（《古本戲曲叢刊》三集景
　　印）改。

【玉交枝】貪殘梟獍，他假供招已申詳到京。眼見得刑書鑄就無僥倖，身棄雲陽，早辦了前程。

（老旦）如此說，我相公真個沒救了。阿呀蒼天吓！（跌倒介）（丑）大娘娘，甦醒，甦醒！

（貼上）

【玉山頹】忽聞悲哽，是誰個呼號不定？呀！這是舒大娘，為何哭倒在門外？（丑）舒相公已問成大辟了！（老旦醒，哭介）阿呀蒼天吓！（丑、貼）好了，大娘且免愁煩。（老旦）阿呀奸賊吓，與你有甚深仇隙，恁相凌？罷，罷！我拚得血奏登聞，死方目瞑。

（丑）呀！大娘娘，個是弗相干個嘘。

【好姐姐】念他王家寵幸，久已是計從言聽。九重高遠，你徒勞拚死生。

（老旦）難道我眼睜睜看丈夫屈死不成？（貼）便是。

【五供養】待得保全首領，奈一霎呼天不應。（老旦）此際有何計策？總是丈夫死了，我獨生何益。我如今帶一匕首前去哭訴寧王，如若不能聽從，我就堦除濺血付青萍，向泉臺候共夫登。

（丑）或者第二三個聽信子也弗可知，個個昏君㩙殺子一百個，只算得五十雙。（貼）便是。必竟想個妙策纔好。（老旦）事在燃眉，有何妙策？（貼思介）吓，有了！麻府小姐與我十分見好，過一日待我往見小姐，轉告麻老爺，求他寬釋。

【鮑老催】人急[2]計生，解鈴還須覓繫鈴，潛行不如冒險

2　底本作「極」，參酌文意改。

行。

（丑）若得是介，極好個哉。只是一說，我便受子相公深恩，理當圖報。吓只算得過路買賣，輪到吓，饅頭冷哉，也肯著故樣急。

【川撥棹】豪俠性，比區區倍有能。若得個起死回生，若得個起死回生，（跪介）甘屈膝女中俊英[3]。

（老旦）

【桃紅菊】還只恐將伊貽害，倒做了救人從井。

（貼）這也說不得了。

【僥僥令】放心投虎穴，捨命探龍津。（合）但願舜目重瞳親昭雪，兀的不謝穹蒼感聖明！

（丑）大娘娘，今夜住拉囉哩？

（貼）

【尾】小舟今夜權支應。（老旦）多謝你交相救護此殘生。（合）索把這一筆恩仇賬記清。

（丑）翠姐姐，吓便領子大娘娘船裡去。我再到府前去打聽打聽，還要送飯監裡去來。（老旦）若到監中去，說我房屋……（丑）為倚亦頓住子？（老旦）罷！省得又惹他煩惱。（丑）我曉得哉。（老旦）覆盆不照黑冤沉。（貼）自願回天力未任。（丑）正是路遙知馬力。（合）果然日久見人心。（老旦、貼下）

（丑）吓嘎，好熱！探子帽子介。吓看：骷顱頭上熱氣篷生，做子出籠饅頭裡哉。（渾下）

3　底本「英」字脫，參考曲格，並據舊鈔本《翡翠園》補。

按　語

〔一〕本齣情節、曲文接近舊鈔本《翡翠園》第十二齣。

翡翠園‧盜牌

貼：趙翠兒。
旦：麻翡英，麻逢之的女兒。
淨：麻逢之，皇親寧王的總管。
外：麻逢之的家將。
丑：王饅頭，公差。

（貼上）巾幗鬚眉莫浪猜，穿天入地一裙釵。白雲本是無心物，又被清風引出來。我趙翠兒與舒秀才雖係萍逢，誼同至戚。除夜神明預報，終須鼎甲榮登。今日他負屈含冤，思欲多方營救，自古「解鈴還是繫鈴人」，不向長史處求救，卻向誰來？因此，待直入侯門，往見小姐，求他轉勸長史，開放一條生路，免至身棄雲陽。此時天色漸晚，長史定已歸衙，不免就此走遭也。
【醉花陰】則是俺小小蛾眉膽偏大，沒來由擔驚受怕，也只為他忠良士受波查，不忍見帶鎖披枷，因此上把這不著己的禍來惹。前面麻府已近，一向出入已慣，沒人攔阻，不免竟自進去。不怕他花底吠驚猧，打辦著闖深閨慢陪話。（下）
　　（旦上）
【畫眉序】命不帶光華，諷諫無功自羞怍。笑人中麟鳳，今做了甕底魚蝦。可笑我爹爹，為欲起造園亭，謀佔鄰房不遂，遂將發掘王陵大罪誣陷舒生。我幾番諫阻，執意不從。正待覷個機會，再行勸解，不道方纔王府發下令牌，限在今夜五更，要把

舒生斬首回報。阿呀！事在呼吸，叫奴家如何搭救。這幾日趙家翠兒又不見來，就要通個消息也不能個。咳！爹爹吓，你造下這般罪孽，豈不怕神非鬼責？枉叫奴心曲含酸，渾無計刀尖乞假。

（貼上）小心寸步難行，大膽天下去得。小姐。（旦）原來翠娘到此。（貼）小姐萬福。（旦）翠娘連日不來，正在這裡想念。今日卻是甚風吹得到此？（貼）小姐在上，翠兒焉敢沒事到此？受人之托，特來與小姐討個方便。（旦）莫非就為舒秀才這樁事麼？（貼）便是。可憐那舒秀才，無端被¹陷害，拘繫樊籠。要求小姐，轉勸老爺開放一條生路哩。（旦）咳！你不提起舒秀才也罷，說起時，教奴又是一陣心酸。翠娘，你可知道，方纔王府發下令牌，只在今夜五更，便要綁向市曹處決？翠娘，那生性命只在頃刻了！可憐怨氣彌天壤，哪得六月霜痕飛灑？

　　（貼）今……今夜就要處決了。阿呀小姐吓！你既知他是負屈含冤，還是再去求告老爺，救他一命。（旦搖手介）大難，大難。（貼急介）呀，不好了！

【喜遷鶯】諕、諕得我魂消魄化，矻磴磴打閧雙牙。（跪介）阿呀小姐吓，你是個救苦的菩也麼薩！若此際不能挽回，可不枉了恁千金身價？（旦）奴一向屢屢勸爹爹，尚且不從，今日令牌已下，如何挽回？這個斷斷不能了。（貼）這等，還要請問小姐，老爺此時可在家中？那王府令牌發去該管衙門不曾？（旦）爹爹河下餞客，飲宴未回，王府令牌還在我家。只候爹爹回府，裏過驗明，便發下衙門去了。（貼背介）如此還好。（轉介）小姐，既老爺不在府中，怕小姐寂寞，翠兒在此閒話片時，等候老

1　底本原無「被」字，參酌文意補。

爺回府，然後告辭小姐回去。（且）如此甚好，隨我來。（貼）多謝小姐。破費著一炷爐香一盞茶，休相訝，儘和*²*恁度長宵追陪繡闥，伴清談笑剔燈花。（下）

　　（小生、末扮院子，淨上）

【畫眉序】恩寵日增加，餞客河干罄杯斝。趁黃昏月色，帶醉歸衙。（外扮家將上）家將稟上老爺，今有王府發下令牌一面，要弔出舒德溥，限在今夜五更綁去市曹處決，專候老爺回府，稟過驗明，好發下該管衙門去。（淨）我老爺這等大醉，打盹要緊了。且把令牌安放書房，候我酒醒，查驗明白發去衙門便了。院子們，各各迴避，我也就到書房安睡一回，一個人也不許進來，也不許門外走動。（眾）曉得。（淨）自不覺雙眼朦朧³，也則任五更兜搭。笑狂生何事不通達？只落得雲陽身剮。

　　（淨睡介）（眾下）（貼上）慚愧吓慚愧！悄悄打聽得長史酒醉昏沉，書房獨宿，令牌安放房內，吩咐不許一人驚動。好一個機會！此時不下手，更待何時。只得別過小姐，潛地出來。那府中門戶都是我平昔行走慣的，不免一步步捱進書房，盜取令牌出去。

【出隊子】並沒有神通廣大，也學那盜金盒紅線娃。恰喜他夜黃昏沉醉睡魔加，穩著俺放心兒逡巡耍。（內打呼介）（貼）聽鼾呼之聲，長史料已睡熟。我一眼覷去，那邊桌兒上果有一道令牌在此，不免悄悄取來，藏在身畔。趁此月色微明，又喜得長史吩咐，沒人走動。那壁廂有一便門，平昔慣走，且捱開橫栓，抽身而走。（開門出介）妙吓！又早脫離了是非窩的這一霎！

2　底本作「知」，參酌文意改。

3　底本作「騰」，參酌文意改。

（下）

（丑上）

【滴溜子】替不得登聞鼓撾，盼不到金雞唧赦，只落得心心牽掛。方才路上撞著子趙大娘娘，說翠娘為子舒秀才，親到麻府面見小姐求救，弗知阿中用？掉弗落，走到麻府前去打聽打聽。耳聽好消息，可能寃解？咻！只怕話不投機，倒做了一場話靶。

（貼上）

【刮地風】呀！禁不住肌慄生寒眼暈花，恰又是路走三叉。雖不比盜兵符救趙功勞大也，端的是手段堪誇。則待向園扉捏一道青蠅赦，還只怕漏洩爭差。呀，不好了！前面黑影之中，恰是有人走動，倘遇盤詰，怎生是好？（丑）嚕，來個阿是翠娘嘘？（貼）呀，原來是王哥，你怎麼也來了？（丑）聞知翠娘閨中求救，特來打聽消息，且喜果然伺候著了。（貼）王哥，你來得正好，有王府令牌在此，快快救取舒秀才去。（丑）這令牌從何而得？（貼）這令牌是王府發下，仰長史立提舒秀才梟首回報。（丑）阿呀，好險也！（貼）又是我賺得到手！你可急急到監，捏傳王府令旨，弔出舒秀才，乘夜放走。叫他奔天南走地北尋個穩便朱家，休將情蹤露名姓譁，仍做了血泊蝦蟆。（丑）是便是，做子個樣事體，我搭吓兩個再阿出頭弗得哉。（貼）便是。我只得同了舒大娘，也是一走。（丑）妙吓！我拿子令牌，就此前往監中賺救舒相公去也！翠娘吓，吓也快點上船去罷。（貼）是了。（丑）正是：將軍不下馬，各自奔前程。（下）

（貼）王哥已去，我也打聽一回，慢慢回到船中與舒大娘說知。則便趁西風一幅稍帆掛，且教他向天涯避禍芽。（下）

按　語

〔一〕本段情節與舊鈔本《翡翠園》第十三齣的前半齣類似，但曲文僅【滴溜子】接近，餘不同。

翡翠園‧殺舟

付：趙孃孃，趙翠兒之母。

老旦：衛氏，舒德溥之妻。

外：麻府的家將，殺手。

貼：趙翠兒。

　　（付同老旦上）（付）到子岸哉，帶子纜介。（合）
【鮑老催】停舟水涯，朦朦月色不甚佳，咚咚漏鼓不住
搨。（付）喂，大娘，我裡囝兒今夜到麻府裡去，求小姐拉老爺
面前討個方便，要救吥丟相公出監。此時足足里半夜哉，還弗見居
來，像是小姐留住丟。一歇兒月亮伴子雲裡去，黑出出哉，大娘，
吥拉船裡去先瞇子罷，我拉船梢上打個磕銃，再等等介。（老旦）
說得是，我自睡去。（下）（付）讓我打個磕銃，等囝兒居來。
（外扮家將，帶刀上）論斬草，要除根，免萌芽發，我奉公
差遣難干罷。自家麻府家將是也。老爺酒醉回來，誤將王府令牌
失去，細細查問，只有趙家翠兒到來，明明是他做的手腳。急急往
監中吩咐，早已舒德溥賺救出監去了。老爺十分著惱，賜我利刀一
把，著我乘此深夜，急急往東庄左近，找著這妮子，一刀殺卻，免
貽後患。咳！可惜好個女子，何忍把他下手……噯！既奉差遣，卻
也顧他不得了。悄悄行來，前面隱隱有個小船泊下。哟！這船上可
是賣珠的趙大姐？（付含糊應介）正是。（外跳上船，刺付，下
介）翠娘已被殺死，就此回覆老爺去。可憐紅粉多嬌姹，早一

旦成虛話。（下）

　　（老旦上）阿呀不好了，趙大娘被人殺死了！兀的不駭殺我也！阿呀我那趙大娘吓……（哭介）

　　（貼上）

【四門子】打聽得開籠放鶴非虛假，免做了几上肉砧邊鮓。趁著這路徑兒平月影兒斜，好向小舟兒歸去深藏下。何天可飛？何地可踏？呀，早打點片帆高掛。

　　母親，孩兒回來了。（老旦）阿呀，大姐回來了麼？不好了！你母親被人殺死了。（貼）怎，怎麼說？（老旦）阿呀大姐吓：

【雙聲子】眞奇詫，眞奇詫，剛半枕篷窗下。人聲話，人聲話，還未及開言答。白刃加，一命賖。阿呀我那大娘吓，哀哉賢母，做了水月空花。

　　（貼大驚介）有這等事！待我下船看來。（下船看介）阿呀我那娘吓！

【水仙子】呀呀呀、呀心痛嗟！覰覰覰、覰著恁血泊中橫屍眞慘殺！料料料、料這狹路上狠遇了宿世仇家。吓，我曉得了！多分是麻逢之這老賊，恨我賺救了舒相公，差人謀害，奴家回來得遲了些，母親在船，誤被殺死。阿呀娘吓！只只只、只望靠兒身暮景佳，反反反、反累伊死替兒家。（老旦）大姐，事已至此，且休啼哭。萬一麻賊知道誤殺，我二人性命終不能保，如何是好？（貼）此處自然安身不得，我且把船兒移到沒人所在，將母親屍首權且掩埋，我與大娘避向他方，再作區處。幸幸幸、幸香軀到處有生涯，任任任、任扁舟一葉隨風駕。咻！麻賊，麻賊，害得我們好苦！竟竟竟、竟做了去國與亡家。

（老旦）翠娘吓，這都是我家貽累了你，教我好不痛心！阿呀我那大娘吓！（貼）我那母親吓！

【煞尾】不能個半畝牛眠安厝下，忍一旦骨委黃沙。大娘坐著，我就此開船了。但願得出死入生跳出網幾重，也不枉受怕耽驚捏著汗一把。（大哭，搖船同老旦下）

按　語

〔一〕本段情節、曲文接近舊鈔本《翡翠園》第十三齣的後半齣。

翡翠園‧脫逃

丑：王饅頭，公差。
生：舒德溥，王饅頭的恩人。

　　（丑扶生，邊場上）（丑）好了好了！（生跌介）王哥，你弔我出監，話也沒有講一句，扶著只管走。走了半夜，來到這裡，一步也走不動了。（丑）且喜已賺出禁城，天色漸明了。這裡僻靜所在，沒人走動，且與相公說明了再走。相公吓，麻賊謀計不遂，必欲置相公于死地，聳動寧王，誣奏朝廷，發下令牌，著長史立提相公出監，梟首回報。（生）如、如、如此說，我、我、我性命休矣！（驚倒介）（丑）相公醒來，相公醒來！（生漸醒）好苦吓！（丑）相公休得著驚。多虧趙家翠娘親見小姐，賺得令牌到手，著我假傳令旨，救了你出來。相公，你可掙挫起來，快快逃命去。（生）阿呀天吓，兀的不駭殺我也！
【五更轉】我命不展，遭屈陷，釜中魚刀俎甘。多蒙翠娘與王哥冒死相救，向鬼門關上搶出幽魂暫。（丑）相公快點走，稍有遲延，怕就走不脫了。（生）阿呀大哥，則我四海無家，叫我如何放膽？（丑）相公休得遲疑！留得此身，還有報仇雪恥之日，若再拘拿，一死何益？（生）雖則如此，何忍累及大哥？（丑）弗妨！我個兩隻尊足龍能介裡，弗像吭虱故樣軟腳子。相公別後，學生也是一走。（生）阿呀我的妻難保，子不存，身喞憾，不如早早黃泉淹。（丑）咳，這個一發差了！你便拚得一

死，難道小的與翠娘幾番捨命相救，多撩在水中去了？（生）吓，這句話倒說得是。罷，我只得依了大哥，逃命前去。咳，也顧不得妻子了！只得撞破天羅，強把前程掇賺。

（丑）相公，這便纔是。相公吓：

【金錢花】不煩淚濕青衫，青衫。早些身脫龍潭，龍潭。還期冤雪與仇芟。（合）此一刻死生諳，圖再會夢魂憨，圖再會夢魂憨。

（生）大哥請上，卑人就此拜別。（丑）請起，請起。折殺子小人哉！（生）

【又】賴伊血海輕耽，輕耽。容咱生路親探，親探。何時結草與啣環？（合）此一刻死生諳，圖再會夢魂憨，圖再會夢魂憨。

（生）亡家去國最銷魂。（丑）冤報冤來恩報恩。（合）雙手劈開生死路，一身跳出是非門。（別下）（丑）相公轉來！還有說話來。（生）怎麼？（丑）吽走沒竟走，再乞弗得無主意，亦像子前日倩個自行投首，做子還籠饅頭，就無趣哉嚄。（生）曉得了。（下）（丑）吓嗄，匡穿吽個花娘！介個倩死麵塊，搦弗開個……（渾下）

按　語

〔一〕本齣主體情節與舊鈔本《翡翠園》第十四齣類似，但曲文僅【五更轉】接近，餘不同。

梆子腔·過關

付：皂隸。

丑：巡檢司。

旦、貼、老旦：乞婆。

　　（付扮皂隸，引丑圓翅紗帽上）

【引】十年身到，一舉成名弗曉。

　　自家非別，鄭州城外一個頭兒，腦兒，頂兒，尖兒，十七八品的父母官兒巡檢司的便是。今有梁山草寇作亂，奉上司明文，在此關前查點查點。叫皂隸。（付）有。老爺有何龜話？（丑）哾哾哾！貴話！什麼龜話。聽我吩咐：如有人過關，報一名稅來與我老爺買菸吃。（付）曉得。（內）乞婆過關。（付）啓爺，乞婆過關。（丑）快些叫他來報稅。（三旦扮乞婆上）老爺請了。（丑）哾哾哾！你們見了我老爺，跪多不跪，頭也不叩一個，什麼請了請了！（三旦）我們的鄉風規矩，先請後叩頭的。（丑）吓，既是你們的鄉風，也罷。快報稅來。（三旦）老爺，我們乞婆有什麼東西報稅？（丑）吓？沒有稅報？也罷，唱套小曲兒與我老爺聽聽罷。（三旦）請老爺坐了，待我們唱上來。（丑）好吓。皂隸，你去燙滾熱的燒刀子來。（付作看呆介）（丑）呔！王八入的。（付）吓。（貼立桌邊介）（二旦擺勢，丑使花扇取單照看三旦渾介）

　　　　（二旦）

【四大景】春景天，春景天，只見那士女王孫戲耍鞦韆。

桃花插鬢邊，裙底露金蓮。手挽著繩呀亦麼扭、扭亦麼呀，呀得手兒酸。

【又】夏景天，夏景天，只見那採蓮船呀亦麼鬧喧天，呀亦麼鬧喧天。金魚浮水面，荷花透水鮮。竿兒撐著船呀亦麼扭、扭亦麼呀，呀呀扭扭，扭得手兒酸。

【又】秋景天，秋景天，只見雁過南樓叫聲喧。把書傳呀即日團圓，呀即日團圓。

【又】冬景兒天，冬景兒天，雪花飄飄扯絮揉棉。那暖閣紅爐，醉擁嬋娟，美酒的羊羔吃得酣，美酒的羊羔吃得酣。

（二旦）老爺，唱完了。（丑）罷了，放他們過去。（三旦同下）

（丑）皂隸，扯那個轉來，扭那個轉來。（付扯貼上介）

（貼）老爺，他們多去了，扯我轉來做甚？（丑）讓他們先去。我老爺也會唱，來來來，我和你對唱。（貼）好吓，老爺也會唱！請吓。（丑）如此沒，有僭了吓。

【西調】你頭上的鮮花是誰與你帶？胸前的鈕扣是誰與你解開？芙蓉面吓搽的脂粉全不在，是何人解開你的絲鸞帶？你反穿著月白衫子、倒拖著花鞋，你這幾椿吓真情事兒還要賴。這真贓多在還要賴，我的乖乖乖。

（貼）

【前腔】頭上鮮花是我自己帶，胸前的鈕扣親手解。芙蓉面搽脂抹粉誰不愛？方纔洗足倒拖著花鞋。這樣天吓身邊正要解著絲鸞帶，怪著奴這句話兒哪裡來？

（丑）

【前腔】你做的事情還要賴，你瞞了我偷漢該不該？你在家反把那些小娃子來害，你進了我的門，天天要把風流賣。惱起我的性兒將你去賣，那時節，賣你到揚州煙花寨。山東花子來嫖你，天天將你下身賣，死死活活要你捱。

（貼）

【又】扯淡扯淡眞扯淡！我和人頑耍，與你的什麼相干。你若要幹事，待等兒夫他出去。他若在家，害我奴奴要淘氣。我叫你來早，你偏要來遲。若來早，哪有一遭空回去？你若來得早，哪一遭叫你空回去？

（丑）

【又】丫頭的好比並頭蓮，可惜我老爺不得閒。若得閒，天天叫你來陪伴。我見了你，一天多吃幾碗飯。叫一聲丫頭我的心肝，快些去養、養個兒子學小旦。（貼）養個兒子做小花面吓！（丑）我老爺年紀老，靠你吃碗現成飯。小兄弟吓，你若是相與了我，一錢五分常來拿去頑。（貼）要頑頑，且頑頑。貞節婦的牌坊造了千千萬，不知誤了多少單身漢？（丑）一日兩日情意斷，三日四日沒得相干，這兩日待我的容顏眞難看。你吃慣了糖炒黃蓮，我卻吃不慣，露水的夫妻難上難。（貼下）（丑）露水的夫妻難上加難，倒不如好來好去好好兒的。

（接白）散哉儕！（下）

梆子腔·安營

生：岳飛。

末：王貴，岳飛的部將。

付；牛皋，岳飛的部將。

（生上）

【引】繡陣花魁，見兵卒層層浪湧，一個個盡是英雄。

胡馬新裁白玉鞍，戰罷沙場月色寒。城頭鐵鼓聲猶急，匣裡金刀血未乾。本帥，岳飛是也。可恨楊么這廝，霸占洞庭湖一帶地方，聖上著本帥征勦，昨日已曾打下戰書，約定今日在洞庭湖交戰。（末、付暗上）王貴，牛皋。（末、付）有。（生）戰船可曾齊備？（末、付）齊備多時了。（生）吩咐五營四哨水陸將官聽令。（末、付）得令。（生下）

（末、付）呔！大小三軍聽者。（內）吓。（末、付）元帥吩咐：五營四哨水陸將官多到轅門聽令。（內）吓。（末、付下）

（吹打，四小軍四籐牌引末、付、生上）

（生）

【點絳唇】將士雄豪，橫沖天表。軍容好，擺列弓刀，殺氣滔滔浩。

王貴，牛皋。（末、付）有。（生）吩咐打導上船。（末、付）吓，吩咐打導上船。（眾）得令。

（合）

【醉太平】鸞車坐擁，玉掌高聳，看軍威勇健逞英雄。見紫霄禁中，御爐香遶紅雲捧，千軍麗日融和拱。遙望洞庭波浪湧，看曉陰淡濃。

　　（眾下）（梢婆上）（二水手上）（生、眾又上，上船介）（生）呀！上得船來，看兩傍士卒擺列森森，好不威嚴人也！

　　（合）

【普天樂】看舟中，旌旗動。跨龍舟，旛幢縱。畫蘭舫繡帶飄揚，整齊齊劍戟蒙茸。呀！看軍威騎猛，旌旗蔽遠空。奮武爭先馳騁，邀取標封。（二水手）啓爺，來此洞庭湖，已是楊么地界，船隻不能前進。（末、付）住著。啓元帥，來此洞庭湖楊么地界，船隻不能前進，請令定奪。（生）既如此，吩咐轉船。（末、付）吓，吩咐轉船。（吹打，上岸介）（下）（梢婆、水手下）（眾又上）（生）王貴，牛皋。（末、付）有。（生）踹一塊平陽之地，安營下寨。（末、付）得令。大小三軍。（眾）有。（末、付）元帥有令，吩咐踹一塊平陽之地安營。（眾）得令。（轉介）（末）啓元帥，此處靠山山又近。（付）靠水水又清。（末）一帶平陽地。（付）此處好安營。（生）吩咐就此安營下寨。（眾）得令。（合）呀！看軍威騎猛，旌旗蔽遠空。（生）眾將官。（眾）有。（生）奮武爭先馳騁，邀取標封。（同下）

梆子腔‧點將

丑：王木，楊么的部將。
淨：楊么，占據洞庭湖的霸王。
末：勞節，前營將領。
外：福太奇，後營將領。
旦：馬龍，左營將軍。
小生：華謨，右營將軍。

　　（丑上）頭戴金盔耀日光，身披鎧甲亮如霜。有人問俺名和姓，大將王木誰敢當！俺，王木是也。今日大王發兵與岳飛交戰，只得在此伺候。（吹打，一水手、一旗隨淨上，舞介）（跳上船介）（丑）王木參見大王。（淨）王木少禮。殺氣凌空星斗寒，強兵猛將勇如貪。戰策兵書吾不曉，全憑帳下眾嘍囉。某，楊么。霸占洞庭湖一帶地方，官兵不敢當我之鋒。可恨岳飛前來犯我疆界，昨日打下戰書，約定今日在洞庭湖交戰。王木過來。（丑）有。（淨）傳前營勞節聽令。（丑）得令。呔！前營勞節聽令。（末上）得令。

【朝天子】看軍容似龍，喜兵戈蜂湧，斜陽影裡煙霞縱。大王在上，前營勞節打恭。（淨）將軍少禮。（末）有何將令？（淨）與你三千長鎗手，俱用青旗青甲，按東方甲乙木，岳飛到來，不可放縱。（末）得令。看將軍英勇，鎗刀劍戟叢，弩箭離弦無虛空。（下）（淨）呀，你看，勞節好一身披掛也！聽

金聲震空，花腔鼓交関，朴咚咚，待成功凱歌聲湧。馬和車如雷哄，馬和車如雷哄。

　　王木過來。（丑）有。（淨）傳後營福太奇聽令。（丑）得令。吥！後營福太奇聽令。（外上）得令。

【普天樂】趲程途愁越重，仗青虹心驚恐。大王在上，後營福太奇打恭。（淨）將軍少禮。（外）有何將令？（淨）與你三千撩刀手，俱用紅旗紅甲，按南方丙丁火，引戰岳飛，不可有誤。（外）得令。旗開處飛馬猶龍，鬧攘攘笑語相哄。（下）（眾）呀！看軍威騎猛，旌旗蔽遠空。奮武爭先馳騁，邀取標封。

　　王木過來。（丑）有。（淨）傳左營馬龍聽令。（丑）得令。吥！左營馬龍聽令。（旦上）得令。

【朝天子】駕蘭舫從空，走馬兒休鬆，急投大寨聽元戎。大王在上，馬龍打恭。（淨）將軍少禮。（旦）有何將令？（淨）與你三千綑綁手，俱用黑旗黑甲，按北方壬癸水，擒拿岳飛，須要小心。（旦）得令。驚鳥兒飛空，猛蛟龍絕蹤，看此去指日成功。（下）（淨）呀！胡笳兒嗶嘟，畫鼓兒朴通，震山林，晴嵐疊聳。鳥飛鳴聲哀送，鳥飛鳴聲哀送。

　　王木過來。（丑）有。（淨）傳右營華謨聽令。（丑）吥！右營華謨聽令。（小生上）得令。

【普天樂】看兒郎多驍勇，讚君恩邀臣頌。大王在上，華謨打恭。（淨）將軍少禮。（小生）有何將令？（淨）將軍可帶領三千鐵騎，俱用白旗白甲，按西方庚辛金，擒拿岳飛，不可有誤。（小生）得令。腰懸著勁弩雕弓，殺南軍逃走何從。（下）（淨）呀，你看，好一派殺氣也！看軍威騎猛，旌旗蔽遠空。

奮武爭先馳騁,邀取標封。

王木過來。(丑)有。(淨)傳五營四哨水陸將官上前聽點。(丑)得令。大王有令:傳五營四哨水陸將官上前聽令。(內)得令。(前四人又上)大王在上,五營四哨水陸將官打恭。(淨)列位將軍少禮。(眾)不敢。有何將令?(淨)命爾等帶領本部人馬,埋伏四方,引戰岳飛,不可放縱;如違,按軍法從事。(眾)得令。(走陣下)(淨)王木過來。(丑)有。(淨)吩咐喚戰船伺候。(二水手一旗上)(淨)咳,岳飛吓岳飛,

【尾】泰山壓卵從來說,須知螳臂怎擋車。也是你今朝該命絕。(下)

梆子腔‧水戰

付：牛皋，岳飛的部將。

末：王貴，岳飛的部將。

外：福太奇，楊么的後營將領。

淨：楊么，占據洞庭湖的霸王。

生：岳飛。

　　（付上）大將南征膽氣豪，腰橫秋水雁翎刀。風吹駝鼓山河動，電閃旌旗日月高。俺，牛皋。奉元帥將令，今日與楊么交戰，著俺在此伺候。呀，遠遠望見王哥戰船來也。（上椅立介，二水手、末先上，外上，殺介）（末打殺外下，跳上船，水手叩頭介）（搖下）（淨、生殺上）（生敗，淨追下）（生又上）罷了，罷了！時耐楊么這廝，武藝高強，更兼船隻如飛，本帥不能勝他，如何是好？吓，有了！須引他到陸地上交鋒，方可擒他。牛皋。（付）有。（生）帶馬過來。（付）吓。（生上馬介）（淨又上，殺介）（淨敗下）（生）呀，你看楊么大敗而去，恐有暗算。可令籐牌手埋伏營前，不可有誤。（付）得令。（生下）（付）籐牌手哪裡？（四籐牌跳上）來也！有何將令？（付）元帥道，楊么大敗而去，恐有暗算。爾等今夜埋伏營前，不可有誤。（四人）得令。（跳滾下）

梆子腔‧擒么

淨：楊么，占據洞庭湖的霸王。
生：岳飛。

（淨敗上）阿呀，殺壞了吓，殺壞了！爭奈岳飛這廝，本領高強，殺得某家大敗虧輸。這便怎麼處？這便怎麼處？吓，有了！武士們何在？（四棍手跳上）來也！大王有何將令？（淨）只為岳飛這廝，本領高強，某家難以取勝，命爾等今夜三更時分，前去刼他的營寨，擒捉岳飛，不得有違。（眾）得令。（淨）聽我吩咐。（眾）吓！

（淨）

【朝天子】馬隊兒暗暗來，步卒兒魆魆挨。捲旌旗列在西郊外，唧枚疾走，奇計巧安排。到營前擺開，到營前擺開，殺得他翻江海，殺得他翻江海。

（眾）是。（跳下）（籐牌上介）（下）（棍手上介）（下）（籐牌上伏介）（棍手上打介）（打棍手敗下）（淨、生殺上介）（籐牌上斬馬脚介）（淨跌介）（眾捉介）（生）綁了！打上囚車，解京定奪便了。（眾）得令。

【尾】旌旗搖動非輕小，一掃干戈繚繞。饒你有萬騎蠻兵頃刻消。（同下）

百順記・賀子

末：王家的僕人。
淨：錢相公。
小生：杜相公。
外：王曾之父。
生：王曾，狀元。
丑：王家的奶媽。

　　（末扮院子上）樂奏銀屏外，花明玉堦邊。華筵開處，絕勝小壺天。自家王狀元府中一個院子便是。我老爺在京中同夫人回來，今生下一位公子，太老爺、太夫人十分歡喜。今日老爺命我安排筵席，做個玉麟佳會。酒席已完，只得在此伺候。（下）

　　（淨上）

【引】牽羊擔酒捧花紅，來到朱門喜氣濃。（小生接上）自愧舊時朋，何幸綺筵招寵！

　　（淨、小生）有人麼？（末上）是哪個？（淨、小生）相煩通報。（末）原來是錢、杜二位相公到了，請少待。太老爺、老爺，有請。

　　（外、生上）

【引】通宵好雨膏滋動，曉臨石砌倚蘭叢。

　　（淨、小生）老伯、王兄請。（外）請。（淨、小生）老伯、王兄請上，小姪有一拜。（外）愚伯也有一拜。自此孫枝已紹芳。

（淨）百年還喜繼書香。（小生）欲酬湯餅團圓會。（生）且向花前慢舉觴。（外）看酒。（末）吓。（淨、小生）不消。（外）擺下罷。

　　（合）

【畫眉序】晴日正瞳瞳，瑞氣祥煙靄簾櫳。荷皇天寵賜，一子承宗。縱休誇佳兆為熊，尤勝似明珠生蚌。酒盃齊向花前酹，相期福壽無窮。

　　（小生）老伯、王兄在上，欲求令孫一見，不知尊意如何？（外）只恐黃口小兒，有污長者尊目。（淨、小生）豈敢。（外）院子，吩咐乳娘抱公子出來。（末）吓。吩咐乳娘抱公子出來。（丑上）來了。金盆洗罷桃花暖，繡襖包來桂子香。太老爺，公子在此。（外）二位請觀。（淨）妙吓！頭兒圓圓，又是一位狀元。（小生）真乃麒麟兒也！（淨）小姪有金錢一枚，願令孫他日金榜題名；繡帕一方，願令孫一絲一歲。（外、生）多謝！收過了。（丑）曉得。（小生）小姪素處寒薄，愧無寸敬。口占一首，望賢喬梓納聽。（外）願聞。（小生）氣宇識[1]岩廊，丰姿明玉璧。五福願他年，綿綿如絡繹。（外）「繹」字甚好！孫兒就取名王繹便了。（生）是。抱公子進去。（丑）曉得。（下）（淨、小生）看酒來。奉敬老伯、王兄一盃，與令孫賀名。（外、生）多謝。

　　（合）

【滴溜子】銀河瀉，銀河瀉，珍珠色紅。這瓊卮泛，瓊卮泛，綠蟻浮動。大家齊聲歡哄，千金此立名，絕勝晁董。願取他年，拂袖登庸。

1　底本作「失」，據《樂府紅珊》（《善本戲曲叢刊》第二輯景印）改。

【尾】浴麟宴罷，歸人擁醉。把絲韁跨玉驄，笑別尊前落照紅。

　　　（小生、淨）告辭了。（生）王事匆匆，不及登門拜辭。（小生、淨）不敢不敢。（齊下）

按　語

〔一〕本齣出自佚名撰《百順記》第十四齣〈賀子〉。

〔二〕《樂府紅珊》也選刊此齣，選文較完整。

百順記‧三代

外：王曾之父。
老旦：王曾之母。
貼：王曾之妻。
小生：王繹，王曾之子，武狀元。
生：王曾。
付：王家的書僮。

【引】（外上）短髮堪憐。（老旦上）似積曉霜一片。（貼上）聞得人回天遠，酩子里愈增歡忭。

（貼）公婆萬福。（外、老旦）罷了。媽媽，昨日有朝報送來：孫兒王繹中了武狀元，破了契丹，封為平虜侯；孩兒封為沂國公；我們多有封贈。（老旦）謝天地！

【引】（生上）幾年台閣一生輝，此日恩榮無玷。（小生上接）青春赫赫握兵權，有多少英雄扼腕？

（生）爹媽請上，待孩兒拜見。（外、老旦）罷了。（生）孩兒只為國事羈留，有缺甘旨，恕孩兒不孝之罪。（外、老旦）官誥榮親，又歸終養，此乃忠孝兩全，可喜，可喜！（小生）祖父母請上，孫兒拜見。（外、老旦）罷了。（小生）托賴祖父母福庇，得此恩榮。（外、老旦）孫兒素有大志，今果然矣。（外）我兒，知你父子榮歸，特備錦堂筵宴在此。孩兒把盞。

（合）

【錦堂月】錦堂宴，骨肉共團圓。朱戶啟，綵毬懸，嵯峨寶鼎噴龍涎。輕盈十二花鈿，倒金樽如湧泉。喜椿萱白髮同康健，受明君紫誥金章，勝裴公綠野當年。

　　（付上）有事忙傳報，低頭入畫堂。報祥瑞的叩頭。（外）報什麼事情？（付）小人偶爾到堦傍，忽見靈芝草異香，折得一枝如紫玉，特來獻上報禎祥。（外）有幾種？（付）有福、祿、壽三種。（外）供在哪裡？（付）在宜秋亭上。（外）賞他十兩銀子。（付）多謝太老爺，老爺。（下）（外）我們同去一觀。（眾）有理。

　　（合）

【泣顏回】三秀出堦前，喜摘來報我華筵。笑景老矣，頓覺秋興飄然。逍遙地仙，茹靈根盡得昇霄漢。且休誇劍氣豐城，說甚麼玉產藍田。

【尾】旌賢御墨增光顯，飲到漏沉更斷，一任欄杆花影轉。（下）

按　語

〔一〕本齣出自佚名撰《百順記》第二十二齣〈三代〉。